재벌집 막내아들

2

N
W
E

재벌집 막내아들

산경
현대 판타지
소설

테라코타

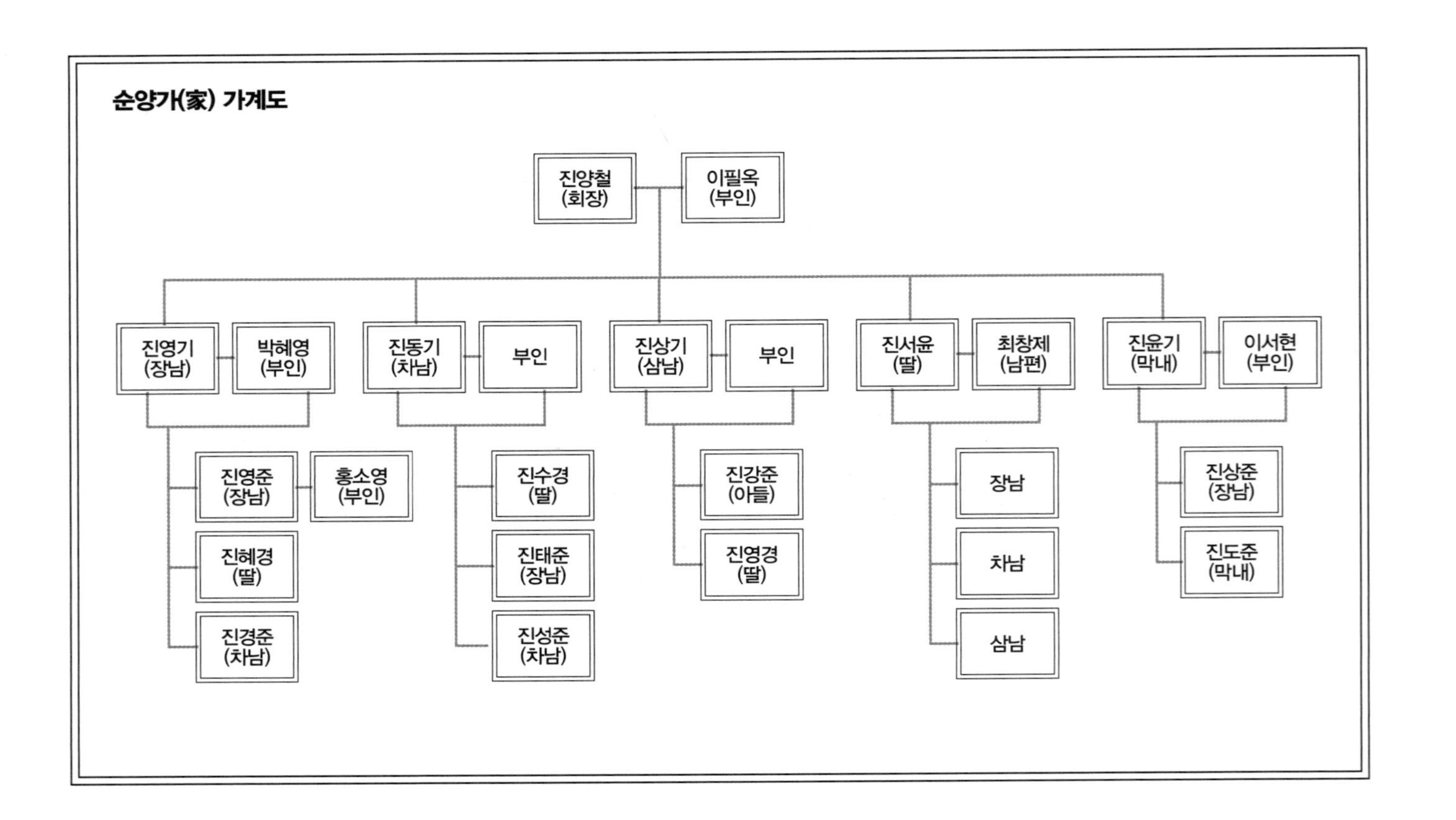
순양가(家) 가계도
진양철 (회장)
이필옥 (부인)
진영기 (장남)
박혜영 (부인)
진영준 (장남)
홍소영 (부인)
진혜경 (딸)
진경준 (차남)
진동기 (차남)
부인
진수경 (딸)
진태준 (장남)
진성준 (차남)
진상기 (삼남)
부인
진강준 (아들)
진영경 (딸)
진서윤 (딸)
최창제 (남편)
장남
차남
삼남
진윤기 (막내)
이서현 (부인)
진상준 (장남)
진도준 (막내)

주요 등장인물

진도준 (전생 윤현우) 순양그룹 창업주의 막내 손자이자, 순양그룹 미래전략기획본부에서 총수 일가의 온갖 구린 일을 뒤처리하다가 살해당한 윤현우가 환생한 인물. 전생에 자신을 죽인 진씨 일가를 무릎 꿇리고 순양그룹을 차지하는 것이 이번 생의 목표이다. 자신을 능력자가 아닌 '미래를 조금 아는' 평범한 사람이라 생각하기에 목표를 위해 단 하루, 한 시간도 헛되이 보내지 않는다.

진양철 순양그룹의 창업주이자 총수. 적을 무릎 꿇리고 새로운 영토를 정복하는 왕처럼 순양그룹을 키워 왔다. 사람들은 그를 정경유착의 상징, 편법과 탈법을 일삼는 재벌, 하청업체 쥐어짜서 부를 쌓아 올린 악덕 기업주라고 손가락질하면서도 국가 권력 기관을 줄 세울 정도로 큰 힘과 돈을 가졌기에 두려워한다. 자신의 성정을 쏙 빼닮은 막내 손자 진도준에게만큼은 인자한 할아버지의 모습을 보인다.

이필옥 진양철의 아내. 순양예술재단 이사장으로 한국보다는 유럽에서 미술품을 사 모으며 귀족처럼 살고 있다. 유럽에 머무는 또 하나의 이유는 남편 진양철을 증오하여 같은 공기를 마시는 것조차 싫기 때문이다. 남편 대신 아들들에게 집착하여 막내아들을 변하게 만든 막내며느리와 손자들을 매우 혐오한다.

진영기 진양철의 장남. 순양의 창업자 장남으로 태어나 특권의식이 매우 강하다. '망한 다스 손'이라 불릴 만큼 경영자로서 능력이 부족하지만, 본인은 창업자의 장남이니 당연히 그룹을 물려받아야 한다고 여긴다. 그룹의 벽돌 한 장마저 자신의 것으로 생각할 만큼 욕심이 크며 그룹의 주인이 되는 데 방해가 되는 것은 무엇이든 제거할 준비가 되어 있다.

박혜영 진영기의 부인. 순양그룹보다 아래에 있지만 그 이름을 모르는 사람이 없는 재벌가 출신으로 과시욕과 욕망을 마음껏 분출하며 사는 사람이다.

진영준 진영기의 장남. 여자, 술, 갑질… 망나니 재벌 3세가 할 수 있는 사고는 모두 치고 다닌다. 할아버지가 세상을 떠나면 순양그룹은 아버지 것이 되고, 결국 장손인 자신이 모든 걸 물려받을 거로 생각한다. 회장의 장손 앞이라 고개 숙이고 반발하지 못하는 사람들을 보며 자신의 장점이 '사람 관리'라고 착각한다.

홍소영 진영준의 부인. 국내 언론사 중 가장 발행 부수가 많은 한성일보의 장녀다. 순양의 안주인이 되기 위해 장손 진영준과 정략 결혼한다. 진영준의 문란한 여자 문제를 모두 알고 있지만 신경 쓰지 않고, 남편을 회장으로 만든 후 자식도 회장으로 만들겠다는 목표에만 집중한다.

진경준 진영기의 차남. 한때 진영준 못지않은 망나니였지만 유학을 마치고 철이 들었는지 순양물산 호주 법인에서 순양전자의 1호 스마트폰을 알리기 위해 열심히 뛰어다니고 있다. 성질을 죽일 줄도 알고 필요한 것을 얻기 위해서 자존심도 버릴 줄 안다.

진동기 진양철의 차남. 합리적이고 차분하며 신중한 성격의 소유자로 장남에 비해 사업 실적이 뛰어나고 계열사 사장과 임원들에게 평판도 좋다. 그래서 그룹을 이끌어 나갈 사람은 자신밖에 없으며, 자신만이 '회장의 그릇'이라고 자부한다. 무능한 형이 장남이라는 이유로 더 많이 물려받고 더 높은 위치에 있는 것에 늘 불만을 품고 있다.

진태준 진동기의 장남. 큰 사고 안 치고 평범하게 자라 아버지 진동기가 이끄는 순양건설과 준공업 계열 경영지원본부장으로 일하고 있다. 역량이 뛰어나진 않지만 착실하고 성실한 편이라 그룹 내에서 평판이 나쁘지 않다.

진서윤 진양철의 유일한 딸. 딸이라는 한계, 출가외인이라는 한계 때문에 후계 구도에서 일찌감치 떨어져 나갔지만, 호시탐탐 기회를 노린다. 남편을 정계로 진출시켜 정치권력으로 순양의 후계자들을 하나씩 제거한 후 회장 자리에 앉겠다는 야심을 품고 있다.

최창제 진서윤의 남편. 순양가의 사위라는 후광, 남편을 정계로 진출시키려는 아내의 노력으로 승승장구하며 대선까지 꿈꾼다. 하지만 욕심보다 능력이 부족하며 순양의 후광이 없으면 할 수 있는 게 많지 않다.

진상기 진양철의 삼남. 어차피 아버지에게 인정받지 못할 바엔 일찌감치 맏형 진영기와 한배를 타는 것이 유리하다고 판단하여 그 옆에 붙어 있다. '진영기의 따까리'로 불리며 둘째 형 진동기에게는 없는 동생 취급을 받는다.

진윤기 진양철의 막내아들이며 진도준의 아버지. 공부 잘하고 성실하여 아버지에게 가장 큰 기대를 받았다. 하지만 영국 유학 중 연극과 영화에 빠져 눈 밖에 나버리고, 반대를 무릅쓰고 영화배우와 결혼까지 하는 바람에 집안에서 철저히 배제되었다. 사실 진양철의 아들 중 경영자 자질이 가장 충만한 사람이다.

이서현 진윤기의 아내이며 진도준의 어머니. 단 한 편의 영화로 스타 반열에 올랐다가 진윤기의 열렬한 구애를 받아들여 결혼한다. 재벌가 시집 식구들의 괄시와 구박을 받지만 남편에 대한 사랑으로 이를 모두 감내하며, 자식을 위해서라면 두려운 시아버지 진양철 앞에서도 할 말은 하는 강단 있는 모습을 보이기도 한다.

진상준 진윤기의 장남이며 진도준의 형. 아버지를 닮아 예술 분야에 관심이 많다. 진양철 회장에게 미움을 받기에 주눅 들고, 뛰어난 동생 진도준 때문에 기죽어 지내지만 엇나가지 않고 자신의 길을 개척해 나간다.

서민영 진도준의 법대 동기이자 여자친구. 집안사람들만 모여도 법원 하나쯤은 구성하고도 남을 정도의 법조인 집안의 딸로 일찌감치 진양철 회장이 진도준의 짝으로 점찍어 놓은 인물이다. 법대 졸업 전 사시 합격을 목표이자 의무로 여기며 공부에 열중하며, '직진 서민영'이라고 불릴 만큼 하고자 하는 일에 거침없이 달려들고 기어이 해내는 근성을 지녔다.

이학재 순양그룹 비서실장. 그룹의 비밀과 전체 현황을 가장 잘 파악하고 있어 진양철 회장이 장남보다 더 장남처럼 대할 정도로 신뢰를 아끼지 않는 오른팔이다. 어떤 사안이든 그가 거부하면 진 회장도 거부할 만큼 큰 영향력을 가졌기에 순양 일가 사람들은 물론 그룹 임원들까지 그를 두려워하고 불편해한다.

오세현 진도준의 사업 파트너. 친구 진윤기의 부탁으로 어린 진도준을 만나 인연을 맺은 후 투자, 기업 인수 합병의 전면에 나설 수 없는 진도준의 대리인 역할을 해준다. 세계적인 자산운용사의 대표라고 하기에는 좀 허술해 보일 정도로 동네 아저씨처럼 굴지만, 현명하고, 경험 많고, 전 세계 어딜 가든 꿀리지 않는 경력을 보유하고 있다.

레이첼 진도준이 미국에 만든 투자회사 미라클 인베스트먼트 창립 멤버. 뛰어난 투자 감각으로 미국 법인을 총괄한다. 진도준을 보스로서 존중하면서도 큰누나처럼 조언을 아끼지 않는다.

김윤석 순양그룹 전략실 대리. 전략실 소속이지만 그룹 전략을 짜는 인재들이 모인 진짜 전략실이 아니라 3세들 뒷수발을 담당하는 파트 소속으로 진도준을 수행한다. 성격이 우직하고 매우 성실하다. 문제만 일으키는 다른 재벌 3세들과 다르게 열심히 살아가는 진도준을 존경한다.

우병준 순양시큐리티 상무. 모시는 사람의 가장 깊숙한 곳에 감춰진 추악한 비밀을 알아도 혼자만 알고 죽을 정도의 인물이기에 진양철 회장이 진도준에게 특별히 지정해 준 사람이다. 좀처럼 감정을 드러내지 않으며 잘 벼린 칼처럼 쓸모 있고 무서운 사람이다.

장도형 순양금융 계열사 임원. 40대에 임원이 되어 순양그룹 초고속 승진의 상징이다. 서구식 시스템을 선호하지만 순양에서는 통하지 않는다는 걸 알고, 현재를 있는 그대로 받아들이며 자신만의 방법으로 실적을 쌓아 왔다.

주병해 순양그룹 창업공신. 모종의 사건으로 진양철 회장과 등지고 시골에서 유유자적한 삶을 살고 있다. 머리가 비상하고 추진력이 뛰어나 순양에 계속 남아 있었다면 회장 자리에 앉았을 수도 있다는 평가를 받는다.

조대호 순양그룹 임원. 순양자동차 사장을 거쳐 진도준이 만든 HW자동차로 옮겨가 자동차 개발을 이끈다.

백준혁 장남 진영기의 비서실장. 진영기의 마음을 빨리 읽어 내는 눈치와 실행력으로 그의 오른팔 역할을 하고 있다.

주영일 순양그룹과 재계 유일한 경쟁자인 대현그룹의 회장.

일러두기
이 작품은 회귀, 빙의, 환생 등 판타지 세계관을 가진 '현대 판타지 소설'로 실제가 아닌 가상의 이야기입니다.

재벌집 막내아들

차례

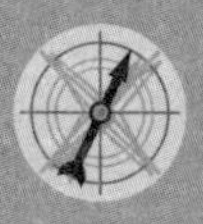

1장

기특한 약탈자

진동기는 차가 멈추자 창밖의 높은 빌딩을 올려다봤다.

"여기 맞아?"

"네, 사장님."

"이 자식, 돈 좀 벌었나 보네."

"제작뿐만 아니라 곧 배급까지 한답니다. 충무로 파워맨이죠."

보조석에 앉은 비서가 설명을 늘어놓자 진동기는 손을 내저었다.

"됐다. 그래 봤자 몇 푼이나 번다고? 어차피 취미생활인데."

비서는 차에서 내린 진동기의 뒤를 따르려 했지만 멈춰야 했다.

"대기해. 혼자 간다."

영화사 문을 열고 들어가니 수십 명의 사람들이 바쁘게 움직이는 모습부터 눈에 들어왔다. 진동기는 입구에 안내 데스크가 없는 회사는 처음이라 당황해 잠시 사무실 입구에서 멍하니 서 있었다.

"어떻게 오셨어요?"

"네?"

"어디서 오셨는지…?"

"아, 사장님 좀 만나러 왔소."

바삐 움직이던 직원 한 명이 어색하게 서 있는 진동기에게 조금은 짜증 섞인 목소리로 되물었다.

"그러니까 어느 회사에서 오셨냐고요?"

"진윤기 사장, 형이오. 친형."

"아, 네. 따라오시죠."

"허허, 거참."

진동기는 너털웃음을 터뜨리며 젊은 직원의 뒤를 따랐다. 사장의 친형이라고 분명히 말했는데도 딱히 공손하지 않다. 게다가 사장실도 아닌 조그만 회의실 같은 곳에 안내하자 속이 끓어올랐다.

"이봐. 여긴 뭐야? 사장 만나러 왔다고 했잖아. 내가 형이라고!"

"사장님은 지금 회의 중이시라서요. 잠시만 기다리세요. 메모 넣겠습니다."

젊은 직원은 진동기가 더 말할 새도 없이 문을 닫고 나가 버렸다.

"뭐 저런 놈이 다 있어?"

이런 대접은 처음이라 속이 부글부글했지만, 그것도 잠시, 조금 지나니 묘한 느낌이 들었다. 자신은 아버지를 제외하고 누구도 기다린 적이 없었다. 항상 누군가가 자신을 찾아왔고 그들을 기다리게 했다. 그들의 기분을 조금이라도 알 것 같다고 생각할 때쯤 벌컥 문이 열렸다.

"형님. 이거… 어쩐 일이세요? 여기까지 다 오고."

"이 자식이, 내가 못 올 데를 왔냐? 뭘 그리 놀라?"

진동기는 미소 지으며 손을 내밀었다.

"하이고, 근 10년 동안 한 번도 안 오셨으니 하는 말이지."

동생이 손을 맞잡으며 하는 말에 진동기는 깜짝 놀랐다.

"뭐? 벌써 그렇게 됐어? 10년이나?"

"뭐, 됐고. 제 방으로 가요."

사장실에 들어서자 진동기는 미간을 찌푸렸다.

"돈 많이 벌었다면서 이 꼴이 뭐냐?"

순양그룹의 말단 이사보다 작은 방, 집무용 탁자도 평사원과 비슷하다. 가뜩이나 작은 방에 온갖 서류가 너저분하게 쌓여 있으니 흡사 창고 같은 분위기가 물씬 풍겼다.

“다 헛소문이야. 이 바닥에서 돈 많이 벌어 봤자 형님 회사 부서 하나만도 못해.”

“야! 내가 도저히 못 참겠다. 내일 사람 보낼 테니까 사장실 넓혀 놔. 좀 그럴듯하게 꾸미고 살아.”

진윤기는 짜증 섞인 형의 말이 호의라는 걸 안다.

“형님. 좀 잘나가는 영화사는 사장실 좋아요. 회사 인테리어도 번쩍번쩍하고.”

“그런데 넌 왜 궁상이냐?”

“빚 갚아야지.”

“뭐? 빚?”

진동기가 소스라치게 놀라자 진윤기는 손을 내저었다.

“사채 끌어다 쓴 거 아니니까 놀라지 말고. 이 일 시작할 때, 자본금 도준이가 준 거잖아. 목장 팔아서. 몰랐어?”

“아, 그렇지. 기억나네.”

“그건 갚아야지. 아버지가 자식 코 묻은 돈 빼먹었는데 다시 채워 줘야 하지 않겠어?”

“듣고 보니 그러네. 말아먹은 것도 아니고 잘 벌면 갚아야지. 이자 듬뿍 얹어서. 하하.”

“자자, 그런 이야기 그만하고. 용건 꺼내 놓으세요. 뭔 바람이 분 거야?”

진윤기가 담배를 내밀자 진동기는 하나를 빼 물었다. 몇 모금 연기를 들이마시고 길게 내뿜으며 입을 열었다.

“넌 이 길 계속 갈 거지?”

“응? 뭔 뜻이에요?”

“영화판에서 끝장 볼 거냐고 묻는 거다.”

이번에는 진윤기가 한동안 담배 연기만 내뿜었다.

"회사 쪽은 쳐다보지도 마라?"

"그래. 너도, 네 자식도…."

진동기의 말에 미간을 잔뜩 찌푸린 진윤기는 다시 담배만 피워댔다. 그 모습에 진동기의 인상도 구겨졌다.

"설마 너도 욕심을 숨겼던 거냐?"

"너도? 그럼 욕심을 숨긴 사람이 또 있습니까?"

"너 빼고 전부 아니겠어?"

"그런가? 내 눈에는 모두 욕심을 숨기기는커녕 질질 흘리고 다니던데요?"

"말 돌리지 말고. 욕심, 있었던 거냐?"

진동기의 재촉에 진윤기는 담배를 비벼 끄며 말했다.

"지금까지 아비 노릇 못했는데 한 번은 할 생각이거든."

"도준이를 말하는 거냐?"

"그놈이 할아버지 같은 기업가가 꿈이랍니다. 아, 오해는 사절."

진윤기는 형이 뭔가 말하려는 걸 손을 틀어막으며 말을 이었다.

"순양그룹 계열사 몇 개 먹겠다고 설칠 만큼 작은 그릇 아니야. 제 손으로 뭔가 이루고 싶어 해. 난 최선을 다해 도울 거야."

"그게 회사랑 무슨 관계지?"

"비록 겉도는 막내아들이지만, 나도 순양그룹 회장님 핏줄이야. 주는 걸 사양하지 않을 거고, 안 준다면 내 몫은 내가 챙겨야지. 부족하지 않을 만큼."

"부족하지 않은 네 몫이라…."

막냇동생의 이런 모습을 처음 본 진동기는 놀란 속내를 드러내지 않으려 안간힘을 썼다.

"갑자기 이러는 걸 보니 큰형님과 뭔 일이 있었겠네. 뭡니까?"

다시 사람 좋아 보이는 웃음을 짓는 진윤기는 본래의 모습으로 돌아왔다.

"순양자동차 때문에 지분 변동이 심한가 봐요?"

"그런 거 아니다."

진동기는 의자를 뒤로 밀며 일어섰다.

"넌 지금처럼 빠져 있어. 그리고 날 응원해라. 내가 이기면 부족하지 않을 만큼, 도준이 꿈을 이룰 밑천은 내가 준비하마."

"큰형이 이기면?"

"아비 노릇 하려면 큰형님이랑 싸워야 할 거다."

사장실을 나가려던 진동기는 몸을 돌려 마지막 경고의 말을 던졌다.

"큰 욕심은 부리지 마라. 하나뿐인 남동생, 잃고 싶지 않다."

"뭔 소리야? 셋째 형도 있는데."

"상기 그놈은 내 동생 아닌 지 오래됐다. 그놈은 큰형 동생일 뿐이야. 명심해. 너라도 내 동생으로 남아라."

진동기의 씁쓸한 표정이 진윤기의 마음 한구석에 조용히 자리 잡았다.

"근데 이건 무슨 영화야? 〈타이타닉(Titanic)〉?"

진동기는 사장실 출입문에 걸린 포스터를 가리켰다.

"아, 그거 우리 회사가 내년 초에 배급할 거야. 지금 극장 잡고 있어."

"표 안 팔리면 말해. 왕창 사줄 테니까."

"말이라도 고맙소. 하하."

▲ ▲ ▲

"누나? 매형? 어쩐 일이야? 이 시간에?"

진윤기는 밤 9시가 넘어서 갑자기 방문한 두 사람을 보며 오늘 낮, 집안에 대단한 일이 있었는데 놓친 건 아닐까 하는 생각마저 들었다. 낮에는 형, 밤에는 누나다. 아침부터 밤늦게까지 꽉 찬 일정표로 움직이는 인간들이고, 뜻밖의 방문이 자연스러울 만큼 왕래가 잦은 가족도 아니다. 특히 백화점 사장, 정치인인 두 사람이 뚜렷한 목적 없이 늦은 시간에 동생 집에 올 리 없었다.

"뭐 그리 사무적이야? 동생 집에 올 수도 있지."

"그래. 그럴 수도 있겠지. 미안, 일단 앉아. 매형도요. 차라도 한잔 드릴까요? 아니면 술?"

"아니. 물이나 한잔 줘."

지친 모습의 매형은 거실 소파에 털썩 주저앉았다.

"올케는 안 보이네? 어디 갔어?"

"미국 간 지 좀 됐어. 상준이 지내는 거 돌봐 준다고."

일하는 아주머니가 물잔을 내려놓자 진서윤이 웃으며 말했다.

"됐으니까 들어가 쉬어요. 중요한 이야기라…."

아주머니가 물러나자 진윤기는 피식 실소를 터뜨렸다.

"오늘이 뭔 날이긴 한가 봐. 다들 표정이 안 좋네."

"뭐? 그게 무슨 소리야? 다들이라니?"

"아, 아냐. 회사 일 때문에. 그래, 무슨 일이야? 두 분이 나란히 오신 걸 보면 물 한 잔 마시는 게 볼일은 아닌 것 같고."

진서윤은 동생의 눈치를 슬쩍 살폈다.

"돈 좀 융통해 줄 수 있어?"

"뭐? 돈?"

어처구니가 없었다. 백화점 사장이 고작 영화사 사장에게 돈을 빌려 달라고 하다니? 백화점 하루 매출이면 영화 한 편의 수익 아닌가?

진윤기의 표정에서 속내를 읽은 진서윤이 황급히 말했다.

"아버지가 한도제철 인수할 때 캐시 싹 긁어 가셨고 지금은 백화점 돈을 다 묶어 버렸어. 입출금 내역 매일 보고 중이야."

"왜? 누나 사고 쳤어?"

"아냐! 이이 때문에 그래."

진서윤은 곁에 앉아 한숨만 내쉬는 남편을 흘겼다.

"내년 서울시장에 도전하겠다고 하니까 자금줄을 막아 버리신 거야. 백화점 돈, 손도 못 대."

"서울시장?"

돈 빌려 달라는 말보다 더 어처구니없는 소리다.

"너 올해 〈접속〉인가 〈접촉〉인가, 그거 대박 났다면서? 돈 좀 만졌을 거 아냐?"

"한국 영화 대박 난다고 해서 몇 푼이나 번다고? 입장료 얼만지 알아? 6000원이야, 6000원. 관객 67만이야. 다해도 40억이 전부라고. 극장이 떼어 가고, 배급사 떼어 가고, 제작비 떼고…. 얼마 남았을 것 같아? 말이 되는 소리를 해야지."

'이렇게 세상 물정 모르다니!'

황금 덩어리 위의 세계에서만 지내는 사람은 현실을 모른다. 흥행 수익을 듣자 두 사람은 또 한 번 한숨을 쉬며 소파에서 일어났다.

"처남. 못 들은 걸로 해줘."

현관문을 나서는 두 사람을 보며 진윤기는 혀를 차며 2층으로 올라갔다.

대문을 나선 두 사람은 서로를 바라보며 눈짓했다. 진서윤이 휴대전화를 꺼냈을 때 택시 한 대가 들어왔다.

"어? 고모?"

부부는 돈 많은 조카의 얼굴을 보며 활짝 웃었다.

▲▲▲

"네? 서울시장?"

"왜? 너 이 고모부 무시하냐?"

무시할 만한데 티 낼 수는 없는 일, 호텔 로비 라운지가 환하도록 웃어 줬다.

'갑자기 나타나 막무가내로 차 한잔 마시자더니 결국 돈 이야기군.'

"그럴 리가요. 의외라서 그런 거죠."

"어차피 여당이 이겨. 당의 후보만 되면 게임 끝이야."

과연 그럴까? 정권이 바뀌면 여당 야당이 뒤바뀐다. 역량보다 욕심이 앞서니 자꾸 가망성 없는 일에 매달린다.

"할아버지께 말씀드리…."

할아버지라는 단어가 나오자마자 두 사람의 입에서 약속이나 한 듯 한숨이 나왔다.

"야단만 맞으셨군요."

고모가 머리를 끄덕였다.

"음…."

백화점 돈은 꽁꽁 묶였을 테니 내게 쪼르르 달려온 건가? 내년 대통령은 DJ가 분명한데 서울시장이 누구였는지 기억나지 않는다.

"혹시 선거자금 때문에요?"

내 입에서 돈 이야기가 나오니 두 사람의 눈이 반짝인다.

"그래. 당 대표와 중진들에게 돌릴 돈만 있으면 돼. 당 후보로 낙점만 받으면…."

"할아버지 전화 한 통이면 절대 그럴 일 없을 텐데요?"

"그건 내가 막을 거야. 내가 알아서 할게."

고모는 자신 있다는 듯 손가락을 딱 튕겼다.

"그런데 얼마나 들어요? 저, 그렇게 돈 많지는 않아요."

처음부터 거절하는 건 하수라 했던가? 아직 반년 넘게 시간이 남았다. 갈고리를 꿴 채 끌고 다니며 필요할 때 빼버리면 된다.

"얼마나 갖고 있어?"

고모부의 눈이 탐욕스럽게 빛이 났다.

"글쎄요. 투자처에 묶인 돈이라 확인해야 해요. 잘 아시잖아요. 주식, 채권 시세는 매일 바뀌는 거. 그리고 선거전까지 묶인 돈을 현금화할 수 있는지도 확인해야 하고요."

고모부는 다소 실망한 눈치지만 그래도 기대를 놓지 않고 매달렸다.

"그럼 확인 좀 해봐. 나도 필요자금 뽑아 볼게."

수백 명의 국회의원 중 한 명으로는 도저히 해낼 수 없는 일을 서울시장이 되면 가능한 걸까? 이 부부가 원하는 것이 뭘까? 고모가 맡은 계열사의 완전한 독립? 아니면 정치계의 거물이 되어 순양을 압박하고 더 많은 것을 얻으려는 계획? 뭐든 좋다. 덩치 큰 순양그룹보다는 잘게 쪼개진 회사를 하나씩 점령하는 게 더 쉬우니까 말이다.

"고모부 서울시장 되시면 우리 아버지께 공유지 큰 거 하나 뚝 떼어 주시죠."

"공유지? 땅 말이냐?"

"네."

"왜? 빌딩 하나 올리게?"

"아뇨. 큼지막한 극장 하나 짓게요."

나는 순진하게 웃으며 두 사람의 깜빡이는 눈을 바라보았다.

"극장?"

"네."

"도준아. 극장보다 고층 빌딩이 낫지 않니? 위치만 좋으면 월세만 받아도 웬만한 회사보다 나을걸?"

못 말리는 우리 고모, 벌써 남편이 서울시장이라도 된 듯 오지랖 넓은 이야기까지 꺼낸다.

"아뇨. 일반 극장과 좀 다른 콘셉트로요. 새로운 극장을 만들면 어떨까 생각 중이에요."

'멀티플렉스라고 아실까 모르겠네.'

어차피 이해 못 할 말이니 구구절절 설명할 필요는 없다.

"어휴, 윤기는 정말 자식 복 터졌어. 아버지 하고 싶은 일 하라고 사업 자금 대줘. 어디 그뿐이야? 회사 키우라고 새로운 사업까지 구상해 줘. 부럽다… 정말."

"그러게. 우리 자식은 셋이나 되는데 부모 돈 쓰고 노느라 허구한 날 외박이니…. 쯧쯧."

자식 복 없는 두 사람의 신세 한탄을 계속 듣기에는 곤혹스럽다.

"고모. 제가 할아버지께 슬쩍 한번 말씀드려 볼까요?"

"뭘? 아, 안 돼!"

펄쩍 뛰는 고모에게 살짝 웃음을 날려 주며 말했다.

"할아버지가 왜 반대하는지 정확히 알아야죠. 그래야 마음을 돌리시도록 설득할 수 있잖아요."

"안 돼. 하지 마."

고모가 또 펄쩍 뛴다. 아무래도 고모부를 정치 거물로 만들려는 이유가 바로 할아버지의 반대편에 설 때를 대비한 포석일 것 같다.

"네네, 알았어요. 할아버지께는 비밀."

손가락을 들어 입술에 댔다.

"고모부께서는 여당에 뿌릴 돈, 금액 확인하시고 전 동원할 수 있는 자금 확인할게요."

고모와 고모부는 내 손 하나씩을 잡고 구세주를 보는 눈빛으로 바라봤다. 일단은 고모부를 서울시장으로 만들어 줘도 나쁠 건 없을 것 같다.

▲▲▲

"도준아. 너 나 잠깐 보자."

"아, 좀 늦었죠? 혼자 계시는데 죄송해요. 일찍일찍 다닐게요."

"다 큰 사내놈 귀가 시간 체크할 만큼 고리타분한 아버지 아니다."

엄숙한 표정의 아버지를 보는 건 참 오랜만이다. 지난 10년간 아무리 힘들어도 웃음을 잃지 않았…. 아니, 딱히 힘든 건 없었나? 아들 잘 둔 덕분에 승승장구했으니 말이다.

고모가 와서 무슨 헛소리를 했는지 한번 들어 봐야겠다 싶어 앉았는데, 아버지는 내가 조금도 예상하지 못했던 말을 꺼냈다.

"오늘 낮에 동기 큰아버지가 다녀갔다. 밤에는 고모가. 두 분이 전혀 다른 이야기를 했지만, 결론은 같았어."

"같은 결론…?"

아버지는 살짝 미소 지었다.

"어떤 이야기인지보다 결론이 더 궁금한가 보구나."

"과정은 중요한 게 아니니까요."

"역시. 보통과 다르네, 우리 아들."

부드러운 음성과 달리 아버지의 미소는 이미 사라졌다.

"술 한잔할까? 좀 터놓고 이야기할 때가 온 것 같지?"

아버지는 내가 뭐라 답하기도 전에 이미 일어서서 술병이 가득한 장식장 앞에 서서 술을 골랐다.

두 개의 잔에 술을 조금 따른 아버지는 한 잔을 내게 건넸다.

"건배할까?"

두 손으로 잔을 받자 아버지의 미소가 되살아났다.

"뭘 위해서 건배할까?"

"글쎄요. 내년에 개봉할 〈타이타닉〉의 흥행 성공?"

아버지는 머리를 살짝 저었다.

"나 말고 너."

"저요? 저는 그다지…."

어깨를 으쓱하며 아버지를 살피는데 뭔가 평소와 다른 모습이다.

"음… 그럼 내가 말할 테니까 하나 골라봐. 3조 원이 넘는 재산, 아진그룹의 인수, 할리우드를 쥐락펴락하는 투자사, 그리고 순양그룹 회장님의 무한한 애정. 어느 게 가장 마음에 들어?"

술을 마시지 않았지만, 이미 내 안색은 시뻘게졌다 다시 하얗게 변했다.

'이런, 입 가벼운 삼촌이! 아니, 내가 어리석었나?'

젊은 시절, 머나먼 이국땅에서 서로를 의지하며 다진 우정이다. 절친 아들의 비밀을 친구에게 10년간 말하지 않은 게 더 이상한 일일 것이다.

"지금 네 표정이 내가 세현이에게 네 이야기를 들었을 때의 표정이야. 하하."

대수롭지 않은 일인 것처럼 아버지는 호탕하게 웃으며 술잔을 꺾었지만, 입이 떨어지지 않았다.

"참 이상하지? 분명 내 아들인데 날 조금도 닮지 않았어. 난 나의 예술적, 미적 감각에 자부심을 느끼는데 넌 그 흔한 대중음악, 팝송조차 듣지 않더구나. 반대로 돈 계산은 내게 참 지겨운 일인데 우리 아들은 기적 같은 뛰어난 투자 감각을 타고났어. 어떻게 이렇게까지 다를까?"

나는 내 손에 든 술잔을 한 번에 비웠다. 쿵쾅거리는 심장을 진정시켜야 한마디라도 할 수 있을 것 같았다.

"괜찮아. 천천히 심호흡이라도 하렴. 아니, 한 잔 더 마실래? 하하."

아버지는 웃으며 내 잔에 술을 채웠다.

"처음에야 어마어마하게 놀랐지만, 한편으로는 자랑스럽기까지 하더라. 돈을 많이 번 것이 자랑스럽다는 게 아니고 그런 엄청난 재능이 자랑스러웠어."

"미리 말씀드리지 못해 죄송합니다."

"미리 말하지 않은 게 다행이다 싶던데? 중학생이 200억 원대의 돈을 주무르고 유창한 영어로 협상한다? 내가 그걸 믿었을 것 같아?"

아버지는 내 표정을 살피며 차분히 말을 이어 갔다.

"아무튼, 지나간 일은 내가 박수를 보내마. 솔직히 끝내줘! 멋지다."

아버지는 가볍게 손바닥을 몇 번 부딪혔다.

"이제 앞으로의 일을 이야기해 보자. 네가 궁극적으로 이루고자 하는 건 뭐지?"

"글쎄요. 아직 구체적인 목표나 계획은 없어요. 당장 다가오는 것을 검토하는 데 급급해요."

"혹시 넌 순양그룹을 차지하고 싶으냐?"

'진심을 말할까? 그리고 도움을 청해 볼까?'

아주 잠깐 고민했지만, 아직은 이르다. 한 명이 알면 모두가 아는 건 시간문제다.

"그건 제 꿈에 다가서는 수단이나 도구일 뿐이지 목표는 아니에요."

"그래? 그럼 우리 아들 꿈은 뭘까?"

"순양그룹을 능가하는 초일류 거대 기업? 그런 기업을 만들려면 처음부터 만들어야 할 회사도 필요할 거고, 순양그룹의 계열사 중에 괜찮은 건 사야겠죠. 물론 다른 대기업의 계열사도 필요하고요. 꼭 순양으로 한정할 수는 없어요."

"사?"

"네."

"야! 순양그룹이 구멍가게야? 동네 슈퍼냐? 그걸 산다고?"

"아버지. 할아버지가 순양그룹을 물려주시는 건 제가 원하는 일이 아닙니다. 그냥 재벌가에 태어난 놈이 억세게 운 좋다는 소리밖에 더 듣겠어요?"

"그래서 산다? 순양의 알짜배기 회사들을?"

"알짜배기라는 게 확실하다면요. 뭐, 아직은 꿈이죠, 뭐."

조금은 그럴싸하게 들렸을까? 아버지의 형제와 조카들 전부를 내 발 아래에서 줄 서려고 버둥대는 머슴으로 만들려는 본심이 드러나지는 않았을까?

아버지는 다소 놀란 모습이지만 내 본심을 알아채진 못한 것 같다. 놀란 모습 속에 기특하게 여기는 마음도 엿보였다. 잔에 남은 술을 깨끗이 비운 아버지가 웃으며 말했다.

"그런 마음이라면 내가 딱히 해줄 게 없을 것 같네. 괜히 고민했어."

"무슨 고민요?"

"난 네 꿈을 이루는 데 어떻게 하면 조금이라도 도움이 될까 고민했거든. 필요하다면 회장 아들 중 한 명이 가진 법적 권리라도 내세워 볼까 했지."

'이건 또 무슨 소린가? 아들의 권리?'

소파에서 일어난 아버지는 내 어깨를 한 번 툭 치며 미소 지었다.

"아무튼, 고맙다. 가족 간에 금이 가더라도 형님들과 싸워야 하나, 아니면 계열사 몇 개 또는 현금이나 주식을 요구하며 협상할까…. 생각 많이 했어."

'가만? 이건 전혀 생각지도 못한 새로운 카드네?'

"얼굴 붉히는 싸움도 싫고, 자존심 상하는 협상도 싫었는데 네가 필요 없다니, 뭐…. 밤늦었다. 난 올라가서 자야겠어. 너도 자."

아버지는 휙 돌아서서 2층으로 발걸음을 옮겼다.

"아, 아버지. 그건 아니죠. 잠깐만요. 이야기 좀 더 해요. 네?"

나는 2층으로 올라가는 아버지를 졸졸 뒤따르며 아버지를 불렀다. 오늘만큼 간절히 아버지라고 불러본 적이 없다.

▲▲▲

두 자동차 회사의 합병 문제를 논의하기 위해 할아버지 댁에 도착했을 때 주차장을 꽉 메운 10여 대의 검은 세단을 발견했다. 이건 그룹의 주요 인사들이 다 모였다는 뜻이다. 거실에서 서재의 회의가 끝나기를 기다렸다. 회의 내용은 이미 짐작하고 있다.

언론은 연일 심상치 않은 환율을 보도했고 단기 외화 자본을 도입하여 장기 대출로 자금을 운용하는 종합금융사의 행태가 위험하다는 경고를 계속했다. 하지만 이런 경고를 무시하는 정부의 발표도 잇달았다. 한국은 산업 구조가 튼튼하고 무역수지 흑자가 누적되고 있음을 거론하며 그 유명한 '경제 펀더멘탈' 타령이었다. 경제 부총리의 이 유명한 레토릭은 눈앞에 닥친 위기를 외면하게 만드는 힘이 있었다.

그러나 위기를 피부로 느끼는 넥타이 전사들은 달랐다. 이미 늦었다는 것을 실감했고 다가올 태풍이 약하게 지나가기만을 빌고 또 빌었다. 바로 서재에 모인 사람들처럼 말이다.

▲▲▲

"그룹으로 유입되는 외환은 단돈 1달러, 1엔, 1마르크도 쓰면 안 됩니다. 해외 결제가 임박한 핫머니부터 정리해야 하고요."

"은행에서는 달러를 풀 생각조차 없는 것 같습니다. 꽉 틀어쥐고 있어요."

"환율 상승 때문에 수출 환차익은 좋습니다만, 원화로 바꾸는 건 홀딩 중입니다."

계열사 사장들의 다급한 목소리가 이어졌다.

"부총리와 연락하신 적 있으십니까?"

진 회장의 곁에 앉은 이학재 실장이 눈치를 살피며 조심스레 물었다.

"자넨? 넌 통화한 적 없어?"

"제 전화를 피하더군요."

"자네 전화가 내 전화라는 걸 모를 리 없는 자다. 지금 경제인들 전화 다 피하는 게 분명해."

진 회장의 꽉 쥔 주먹에 힘이 들어갔다.

"그룹 내, 남는 돈 다 끌어모으면 얼마나 있어?"

"연말까지 핫머니 결제하면 4000억 조금 넘습니다. 당연히 외환은 바닥이고요."

"한도제철 인수 때 뭉텅이 돈이 나갔고 인수 후 지금까지 계속 돈이 들어갑니다."

진 회장은 계열사 사장들을 향해 소리쳤다.

"줄 돈 주지 말고 받을 돈 지금 당장 받아와. 그리고 가진 돈 전부 달러로 바꾸고."

하지만 돌아오는 반응은 영 시답지 않았다.

"시세보다 더 쳐준다고 해도 먹히지 않습니다. 달러 없다고 다들 우는소리만 돌아옵니다."

위기가 보통이 아닌 건 확실했다. 회장의 호통에도 주눅 든 사람이 없다. 불가능한 건 불가능하다고 말하고 다른 대책을 세워야 살아남기 때문이다.

"곧 특이점이 올 겁니다. 달러당 2000원, 아니 3000원까지 환율이 올라도 달러가 부족해서 못 구할지도 모릅니다."

서재에는 적막만 감돌았다. 아무도 입을 열지 않았다. 아니 열지 못했다. 동남아를 덮친 금융위기라는 쓰나미가 한국까지 덮칠 줄 아무도 예상하지 못했다. 쓰나미를 막을 방법은 아직 아무도 모른다.

이때 이학재 실장이 입을 열었다. 그는 구명보트가 어디 있는지 깨달았다.

"회장님, 아진그룹 말입니다."

"왜? 그놈들 비밀 창고에 달러라도 쌓아 뒀대?"

"아뇨, 그게 아니라 인수대금 있잖습니까? 1조 2000억 원."

진 회장은 의자 등받이에 기댔던 상체를 벌떡 세웠다.

"그렇지! 그거 미라클 자금이지? 빳빳한 달러로 갖고 있겠지?"

"네. 그 달러 우리가 받고, 1조 2000억 원화를 내주면 됩니다. 부족한 돈이야 은행 대출로 충분히 감당할 수 있습니다. 달러가 없을 뿐 원화는 넘쳐나니까요."

서재의 모든 사람들 얼굴이 환해졌다. 미라클의 달러는 구명보트 정도가 아니다. 쓰나미를 피해 배를 안전하게 지켜 줄 항구 수준이다.

"그뿐만 아니라 미라클이 보유한 달러를 순양 채권으로 발행해서 모두 거둬들이면 됩니다. 미라클 인베스트먼트의 연간 수익률보다 이자를 더 준다면 가능할 겁니다."

"이 실장님. 그쪽도 우리나라의 위기를 느낄 겁니다. 환율이 두 배로 뛰면 환차익만으로 두 배를 버는데 채권 이자 정도로 만족하겠습니까?"

순양생명 사장이 현실적인 문제점을 짚었다.

"1조 2000억은 환율 시세대로 줘야죠. 전 여유 달러에 대한 채권 이

자를 말씀드린 겁니다."

곧이어 서재가 시끄러워졌다. 조그만 가능성을 찾으니 그 가능성을 현실로 바꾸려는 생각들이 오고 갔다.

이때 진 회장의 웃음이 디져 버렸다.

"으하하! 모두 그만해. 그 문제는 내가 처리할 수 있어."

모두의 시선이 진 회장을 향했다.

"내가 미라클 인베스트먼트의 주인장이랑 아주 친하거든. 허허허."

이학재 실장은 진 회장의 웃음에 고개를 갸웃했다.

"회장님. 오세현 대표는 그리 호락호락하지 않습니다. 그자는 그의 회사가 가진 달러의 가치를 누구보다 잘 알 겁니다."

"이 실장, 오세현이가 주인이야?"

"네?"

"내가 말했지? 주. 인. 장. 이랑 친하다고. 오세현이는 그냥 마름이잖아."

마름은 지주의 대리인일 뿐, 당연히 지주는 따로 있다. 주주와 투자자가 바로 주인이다.

"회장님 설마…?"

차마 누구도 말하지는 못했지만, 서재의 모든 이들은 미라클이 혹시 진 회장의 회사인지 확인하고 싶은 표정이었다.

"뭐야? 그 눈빛들은? 오해하지 말라고. 내 돈 아냐. 그 정도 달러를 내가 어떻게 모아? 당신네들이 일을 열심히 안 해서 내 주머니가 텅텅 비었는데. 아니야?"

웃어야 할지, 말아야 할지, 모두 엉거주춤할 때 진 회장이 책상을 탕탕 두들겼다.

"됐어. 모두 나가 봐. 내 지시 사항 절대 빠뜨리지 말고 철저히 챙겨."

이학재 실장은 잠시 회장과 눈이 마주쳤지만 가볍게 끄덕이는 고개가 자신도 포함이라는 것을 알았다. 그리고 맨 마지막으로 서재를 나오는 이학재는 그때까지 사라지지 않은 진 회장의 미소를 확인했다.

▲▲▲

서재에서 나오는 인사들의 분위기가 좀 이상하다. 위기 때문에 대책회의를 했다면 잔뜩 얼어붙은 표정이어야 하는데 꽤 밝은 얼굴이다. 역시 재계 1위의 순양그룹이라 자금력이 탄탄해서일까? 이학재 실장이 마지막으로 빠져나오는 것을 확인하고 서재로 들어갔다.

"아이고, 주인장 오셨소? 허허."

"네?"

'주인장? 내가? 설마 오늘 긴급회의에서 날 후계자로 지목한 거야?'

절대 그런 일 없었겠지만 괜한 상상으로 심장이 두근거렸다.

"우리 손자, 미라클 주인장 아니신가? 오늘은 할아버지, 손자로 만나는 거 아니다. 두 주인끼리 중요한 이야기 한번 해보자."

"갑자기 그게 무슨 말씀이세요? 무섭게…."

"어디서 엄살이냐? 얼굴에 다 쓰여 있는데. 재미있어 죽겠다고."

내 표정이 아니라 할아버지의 표정이 바로 그렇다.

협상은 긴장과 초조함의 미학이다. 재미는 이미 협상의 여지가 없을 만큼 우위에 선 사람의 몫이다. 할아버지와 나, 두 사람 모두 우위에 서 있는 게 아닌 건 틀림없으니 우리 둘 다 히든카드가 있다는 소린데…. 내 카드는 알지만, 할아버지 카드는 모른다. 도대체 뭘까? 외환위기가 시시각각 다가오는데 어째서 이런 여유를 보일까?

"그런데 중요한 이야기는 뭔가요? 두 자동차 회사 합병 지분 비율 말씀하시려고요?"

"아, 그것도 있었네. 그건 나중에 하자. 더 중요한 게 있거든."

'더 중요한 게 뭐지? 정말 순양그룹 승계 문제?'

하지만 나만의 행복한 상상은 짧게 끝났다.

"너 아진그룹 인수대금 준비했냐?"

"준비랄 게 뭐 있나요? 해외계좌에서 국내계좌로 옮기면 되는데요."

"당연히 달러겠네?"

달러라는 말을 입에 담을 때 할아버지의 눈이 반짝이는 걸 놓치지 않았다.

'그렇군. 외환위기를 대비한 달러 확보!'

순양그룹과 할아버지에게는 이게 가장 중요한 문제였다.

"네. 미국 은행에 있으니까 달러죠."

"그거 내가 바꿔 주마. 1조 2000억. 맞지?"

"네."

"지금 환율이 1200원쯤 하니까, 보자…. 딱 10억 달러네?"

"네. 맞습니다."

"내일이라도 당장 옮기자."

"싫습니다."

"뭐?"

"복잡하잖아요. 그냥 채권단 은행에 주면 되는데 뭐 하러 이리저리 돌려요?"

생긋 웃는 내 모습을 할아버지는 기가 찬 듯 흘겨보았다.

"너 혹시…?"

"네. 저도 눈 있고 귀 있습니다. 달러가 계속 오르는 중이죠. 어차피 순양, 아진자동차의 합병이 마무리돼야 채권단이 인수 승인서에 사인합니다. 대금 지급은 그 이후고요. 저로서는 천천히 지불하는 게 이익이죠."

노친네가 놀란 눈으로 바라보는 게 좀 귀엽기까지 했다. 하지만 살아온 인생의 결이 다른지라 할아버지는 순식간에 차분해지며 옅은 웃음까지 보였다.

"그렇지. 그렇게 나와야 내 손자지. 암, 이제야 좀 재미있어지는구나. 허허."

웃음으로 시간을 벌며 재빨리 머리를 굴리는 모습이다.

'능구렁이 같은 영감!'

그리고 이어지는 제안.

"1500원 쳐주마. 어떠냐?"

"조금 더 쓰시죠."

"이런 날강도 같은 놈. 좋다. 1600원."

"어림도 없습니다."

"이놈아. 네가 지금 모은 그 달러, 내가 사준 목장 팔아서 살 붙이고 옷 입힌 돈 아니냐. 그걸 잊은 게냐?"

"그건 거래였죠. 전 어린 시절 내내 열심히 공부해서 전 과목 100점 맞아 할아버지께 기쁨을 드렸고, 그 보답으로 목장을 받았습니다. 목장 구입하는 데 몇천만 원 쓰신 걸로 아는데, 몇천만 원으로 그 정도 기쁨을 샀다면 합당한 거래였어요. 할아버지에게 몇천만 원은 일반 서민으로 친다면 몇만 원 아닙니까?"

"하! 고거 참 독한 놈이로세. 그걸 다 기억하느냐?"

할아버지는 머리를 절레절레 흔들었다.

"10년 전 일을 들춰내신 건 할아버지세요."

"이거, 내가 말린 것 같은데. 좋다. 얼마 쳐줄까? 네가 말해 보거라."

"황금보다 귀하신 몸이 될 달러를 휴지 쪼가리가 될 원화로 사시려니까 저울이 안 맞죠. 저울추에 다른 걸 올리세요."

"뭐라? 휴지?"

지금껏 옅은 미소를 잃지 않았던 할아버지의 표정이 싹 변했다.

"환율이 얼마나 될 거로 생각하기에 휴지라고 하는 게냐?"

"달러가 없어서 못 구하시니까 제게 이런 말씀 하신 거 아니세요? 돈 주고도 못 산다면 그 돈이 휴지죠 뭐. 돈의 역할을 못 하는 원화, 휴지 아닐까요?"

할아버지는 표정을 풀지 못하고 책상을 톡톡 치기 시작했다. 할아버지의 근심이 느껴지자 마음이 약해진다.

'너무 심했나? 적당한 수준에서 달러 지원을 좀 해드려야 하나? 이, 이런…. 지금 무슨 생각을?'

두 번 다시 오기 힘든 이 기회를 그깟 정 때문에 버릴 수는 없다. 이를 악물었다. 마침내 할아버지가 조용히 말했다.

"이 나라에 달러가 없다는 건 어떻게 알았느냐?"

"언론이죠."

"뭐? 언론?"

"네. 온갖 위험신호가 언론에서 쏟아지잖아요. 알 만한 사람은 다들 대책 세우려고 하겠지만…. 이미 늦은 것도 알겠죠."

"언론은 자극적인 걸 좋아하지. 좀 과장된 면이 크다."

리스크를 피부로 느끼면서도 저런 말을 한다는 건 내 머릿속을 알고 싶은 거다.

"할아버지. 진실은… 이를테면 시집 같은 겁니다."

"시집?"

"네. 늘 새로운 시집이 출판되는데 대부분 사람들은 시집을 읽지 않잖아요. 하지만 많은 시인이 노벨문학상을 받았습니다."

선문답처럼 대답하는 수밖에 없다. 그리고 이런 대답은 나이 드신 분들이 좋아한다.

“맞는 말이다. 진실은 힘이 세지만 못 읽거나 외면하는 사람이 대부분이지.”

머리를 끄덕인 할아버지는 미소를 되찾았다.

“좋다. 그럼 내가 저울에 뭘 올려야 균형이 맞을까?”

먼저 대답하는 멍청한 짓은 하지 않았다. 어차피 물에 빠진 건 순양그룹이고 구명조끼는 내 수중에 있다. 물이 가슴을 넘어 코밑까지 차오를 때, 충분한 공포를 느꼈을 때, 그리고 주머니에 든 황금 덩어리를 던지기 시작할 때 구명조끼를 건네면 된다.

“합병 비율 협상을 테이블에 올려놓을게요. 원샷으로 정리할까요?”

“합병 비율?”

이 단어 속에 들어 있는 두 개의 뜻을 한 번에 이해하지 못했는지 할아버지는 고개를 갸웃했다. 설명을 덧붙이지 않았다. 곧바로 진정한 의미를 이해할 분이다.

“이, 이런…. 요놈 보게나. 아주 뱃속이 시커먼 놈이었구나!”

할아버지의 ‘철면’이라는 별명이 전혀 어울리지 않는 순간이다. 뭐라 형언할 수 없는 온갖 감정이 얼굴에 스쳐 지나가는 게 여실히 보였다. 합병할 때 순양그룹의 지분을 순양자동차에 듬뿍 올리고, 합병 비율은 내게 유리하게 한다. 이 두 가지를 정확히 이해하신 게 틀림없다. 그렇지 않다면 뱃속 시커멓다는 표현은 하지 않았을 것이다.

“시커먼 게 아니고 협상 테이블에 꺼낼 수 있는 합리적인 요구라고 생각하는데요?”

“고놈 참, 말은 참기름 바른 듯 번드르르하지만, 욕심이 많다.”

말속에 숨은 본질을 내 앞에 들이미니, 너저분한 변명은 필요 없어져 버렸다.

"세상에 욕심 없는 인간이 어디 있습니까? 남의 욕심 달래 가며 내 욕심 채우는 게 장사고 사업 아니겠습니까?"

"오호!"

"그리고 욕심이란 게 어차피 욕먹을 짓인데 이왕 욕먹는 거 큰 욕심 부리겠습니다."

할아버지 입술이 실룩거린다. 어떤 말이 나올까.

"넌 참 효자, 아니 효손이다. 허허."

"당연하죠. 지금껏 기쁨만 드렸지 않습니까? 어릴 때는 공부로 즐겁게 해드렸고 다 커서는 꼭 필요한 돈까지 준비했으니까요. 이만한 손자, 어디 가서 찾기 힘듭니다."

분위기를 반전시키려 조금 능글맞게 말했지만, 할아버지는 오히려 웃음을 거둬 버렸다.

"그렇기도 하다만 넌 더 큰 걸 내게 줬다."

"…?"

"순양이 계열사를 거느리고 그룹이 되는 순간부터 내게 맞서는 놈이 없었어. 전부 굽신거리며 내 것을 얻어 가려 했을 뿐이다. 철저히 준비한 다음 두 주먹 불끈 쥐고 내 것을 빼앗겠다고 덤비는 놈은 눈을 씻고 찾아봐도 없더구나."

'설마? 칠순이 넘은 나이에 다시 불타오르는 걸까? 그것도 손자를 상대로?'

"내가 인심 좋게 내 것을 나눠 주기는 할망정 뺏기지는 않는다."

"할아버지. 설마 더 큰 것이라는 게…. 그건 아니겠죠?"

"맞다. 다 죽어 가던 불씨 한번 살려 볼 생각이다. 한번 해보자꾸나. 누가 이기는지."

"할아버지! 전 피를 이어받은 손자라고요!"

"그러니까 더 재미있지 않겠느냐? 할애비와 손자의 싸움. 이거, 말하고 나니 조금 민망하기는 한데… 뭐 어떠냐? 재미있는데. 으허허."

진담인지 농담인지 아리송하지만, 할아버지가 내게 기분 좋게 막 퍼주는 일은 물 건너갔다. 어차피 그 정도까지는 기대하지도 않았다.

"자, 달러 많이 쥔 주인장아. 제안은 내가 먼저 하마."

"…네."

최대한 시무룩한 표정을 지었다. 손자의 슬픈 표정도 할아버지에겐 치명적인 무기가 될 수 있다.

"합병 비율, 순양자동차에 얹어 줄 계열사 지분은 내가 정하고 넌 그냥 받아들여라. 어쩌면 내가 주는 게 네가 싸워서 얻는 것보다 훨씬 많을 수 있다. 난 네 할아버지 아니냐? 손자한테 야박한 할아버지는 없는 법이다. 어떠냐?"

'젠장, 이 영감에게 통하는 치명적인 무기 따윈 없군.'

"할아버지께서 말씀하셨듯이 전 효손입니다."

"그 말은 내 제안을 받아들인다는 뜻이렷다?"

"효손은 할아버지의 기쁨을 없애지 않습니다."

할아버지의 얼굴에 웃음꽃이 활짝 폈다.

"그렇지. 싸워 보지도 않고 항복하는 놈은 사내가 아니지. 첫 제안은 거절하는 게 당연하다."

"두 번째 제안도 있으십니까?"

"있기는 한데 제안은 아니다. 보통 이런 건 협박이라고 하지. 협박을 받으면 첫 제안을 왜 거절했을까 후회하게 될 게다."

마른침을 꿀꺽 삼켰다.

'도대체 무슨 협박일까? 협박 당할 일은 아직 없는데.'

"내 제안을 거절했으니 순양자동차와 아진자동차의 합병은 없을 게야. 내일 아침, 조대호 사장이 기자회견을 할 거다. 아진그룹 인수 대상자인 미라클에서 상식을 벗어난 요구가 많아 합병은 무산이다. 국민 여러분께 심려를 끼쳐 죄송하다. 뭐 이 정도?"

이 양반은 아직 외환위기의 크기를 정확히 모른다. 내 바짓가랑이를 붙잡고 늘어질 곳은 기업뿐만이 아니다. 은행 역시 마찬가지다. 대마불사를 너무 믿는 건가? 은행만은 안전하다고 생각하는 건가? 금융기관 중 하나인 고려증권 부도가 뭘 의미하는지 눈치챌 만도 한데 말이다. 긴장이 확 풀렸다.

"협박치고는 좀 약한데요?"

이제 할아버지의 당황하는 표정을 감상할 차례다.

"약해? 아진그룹 인수, 물 건너가도 상관없어?"

미간에 잔뜩 힘이 들어간 할아버지의 얼굴은 놀라거나 당황한 표정이 아니라 도리어 조금 화가 나 보였다. 협박이 먹히지 않을 때 할아버지는 이런 표정인가 보다.

"설마 너, 아진그룹 인수를 가볍게 생각했던 게냐? 사정이 여의치 않으면 관둘 생각이었어?"

할아버지는 내가 쉽게 포기한다고 생각한 듯하다.

'아하, 우리 할아버지, 가장 싫어하는 단어가 포기였지.'

"그럴 리가요. 합병이 무산되면 제가 아진그룹을 인수하지 못할 거로 생각하시나 봐요?"

"인수의 첫 번째 조건이다."

"상황은 변합니다. 지금은 그야말로 '비상 상황'이죠."

"변하지 않는 것도 있다."

"네?"

"나의 영향력이 바로 그것이다. 합병 깨버리고 채권단, 은행, 청와대,

국회에 전화 한번 돌리면 인수 결정은 없었던 일이 될 게다. 그리고 다시 입찰하겠지? 그럼 대현그룹 주 회장이 내게 술 한잔 대접하겠다고 연락할 거다."

부총리가 IMF에 구제금융을 신청했다는 정부의 공식 발표가 며칠이나 남았던가? 11월 말이 분명하다. 이 발표를 직접 봐야 대 순양그룹 회장의 영향력이 전혀 먹히지 않는다는 사실을 절실히 느낄 것이다.

"할아버지."

"왜? 이제 떨리기 시작하니?"

"정부가 110억 달러를 외환시장에 퍼부었는데 환율은 여전히 폭등합니다. 블룸버그 기사 보셨죠? 우리나라 가용 외화 보유고가 겨우 20억 달러에 불과하답니다. 강경식 부총리가 우방국에 돈 빌려 달라는 소리를 TV에 대놓고 했어요."

"외환위기 때문에 내 힘이 줄어들었다는 뜻이냐?"

"아뇨. 줄어든 게 아니죠. 없어졌어요."

"뭐라?"

오늘, 할아버지의 가장 놀란 표정을 지금 봤다.

"제 살길 찾기에도 힘겨운 시간이 이어질 겁니다. 그런데 할아버지 전화가 먹힐까요? 할아버지께서는 지금의 비상 상황을 좀 더 심각하게 생각하셔야 할 것 같아요."

할아버지가 아무런 말도 못 한다. 이제 협박은 내가 할 차례다.

"뭐, 할아버지 영향력이 먹혀 재입찰한다면 제게는 정말 고마운 일입니다. 그 누구도 입찰에 응하지 않고 미라클 단독 입찰이 될 테니까요. 인수자금 1조 2000억을 8000억으로 써도 채권단은 제게 큰절할 것 같지 않습니까?"

할아버지는 여전히 입을 굳게 다문 채 아무런 말도 못 한다.

"대현그룹 주 회장님, 지금쯤 가슴을 쓸어내리고 있을 겁니다. 아진에 1조 2000억 쏟아붓고 현금이 없다면 꽤 곤란했을 테니까요."

"도준아."

"할아버지, 잠깐만요. 제가 마지막으로 한마디만 더 할게요."

할아버지는 고개를 끄덕였다.

"할아버지 마음속 한편에는 분명, 지금의 비상 상황이 곧 나아질 거라는 희망이 웅크리고 있습니다. 아니, 바람일 수도 있고요. 그런데… 그런 일 없습니다. 팩트만 잘 보셔도 우리나라가 이 위기를 절대 피하지 못할 거라는 걸 아실 겁니다."

무너져야 할 것이 무너지지 않으면 불안하다. 진 회장뿐만 아니라 모두의 심정이었다. 하지만 대한민국 정도의 경제 규모가 쉽게 쓰러질 리가 없다는 막연한 믿음, 이 믿음이 바로 불안을 억누르고 있다. 그러나 지금, 할아버지의 표정이 변했다. 믿음을 버린 것이다.

"네 확신은 흔들리지 않느냐?"

"그렇습니다. 엄청난 일이 터집니다. 그것도 며칠 남지 않았고요."

"그 말은 우리 순양그룹이 네가 가진 10억 달러가 꼭 필요하다는 뜻이겠지?"

"우리나라 외화 보유고가 겨우 20억 달러입니다. 전 절반인 10억 달러를 들고 있고요. 그 달러가 한국으로 들어오는 순간 모든 은행과 기업이 미라클 사무실로 달려올 겁니다."

"그때 내가 널 만나려면 번호표라도 들고 있어야 하겠구나."

"할아버지는 0번이죠. 바로 지금, 저와 만나고 계시지 않습니까?"

잠시 생각을 가다듬은 할아버지는 매우 천천히 말했다.

"내가 이학재부터 불러서 아주 혼쭐을 내고, 우리 손자랑 다시 이야기해야겠구나."

할아버지가 한발 물러서는 모습을 처음 봤다. 이럴 때 보면 참 대단하다는 느낌을 지울 수 없다. 어린 손자의 말이라도 귀담아들을 줄 아는 재벌 회장님, 흔치 않을 것이다. 하지만 난 곱게 물러서도록 빠져 줄 생각은 없다.

"할아버지, 이젠 제가 재미없습니다."

"뭐라? 이놈이 달러 좀 있다고 할애비를 놀려?"

"진담입니다. 아진그룹 인수는 후딱 해치워야 합니다. 앞으로 할 일이 많습니다. 손에 쥔 달러 흔들어 가며 쇼핑카트에 주워 담을 기업도 찾아봐야 하고 가격 협상도 해야 합니다."

두 번째 보여 주는 할아버지의 당황한 표정이다. 왠지 모를 뿌듯함이 피어올랐다. 내게는 경이적이고 전설적인 존재였던 순양그룹 창업주였다. 그런 사람을 잠시나마 이겼다는 작은 희열이기도 했다.

"너… 너, 도대체 달러를 얼마나 쥐고 있는 게냐?"

"지갑을 다 보여드릴 수는 없지만 우성자동차도 주머니에 넣을 수 있을 정도는 될 겁니다."

"우, 우성이라고 했어? 참말이냐?"

"네. 아진, 우성 두 자동차 회사를 묶을 겁니다. 순양자동차까지 얹으면 대현자동차와 비슷한 체급이 되지 않을까요?"

의자를 뒤로 빼며 자리에서 일어섰다.

"싹 묶어서 순양자동차 간판 달아드릴게요. 이건 효손으로서 조부님께 드리는 또 하나의 선물입니다."

할아버지는 타는 듯한 눈빛으로 나를 바라보기 시작했다.

"두 번째 제안 기다리겠습니다. 시간이 얼마나 남았는지는 회의하셔서 알아보시고…. 빠른 결론 부탁드립니다. 대기자가 늘어나기 전에 말입니다."

"협박치고는 좀 약하다."

서재를 나가는 내 발을 붙잡는 말이었다.

"끝날 때까지 끝난 게 아니다. 이건 네가 했던 말이었지? 완전히 개소리는 아니로구나."

"물러나야 할 때를 알아야 한다는 말도 있습니다. 이건 할아버지께서 직접 하신 말씀이지요."

"그거 완전히 개소리구나. 허허."

호탕한 할아버지의 웃음에 어이없는 한숨만 나왔다.

▲▲▲

진 회장은 손자가 서재를 나가자마자 전화를 들었다.

"학재야. 지금 당장 집으로 와. 전자, 생명, 자동차, 물산, 건설 사장도 다 데리고. 빨리!"

수화기를 내려놓은 진 회장은 가만히 앉아 있지 못하고 서재를 서성거렸다. 손자가 말한 위기는 자신도 느끼고 있었다. 하지만 크기와 깊이가 다르다. 외환 고갈의 일시적 어려움은 특별한 일이 아니다. 이럴 때마다 정부는 미국, 유럽, 일본으로부터 달러를 빌리거나 통화스와프로 문제를 풀어 나갔다.

손자는 이번만큼은 다르다고 말한다. 경제 대국이 돈을 빌려주지도 화폐를 교환하지도 않는단다. 정말 20억 달러가 외환의 전부라면 음식은 많은데 물이 없다는 소리와 같다. 배고파 죽는 게 아니라 목이 타서 죽는 것이다.

똑. 똑.

"회장님."

노크 소리와 함께 사람들이 우르르 들어왔다.

"물산과 전자! 전 부서에 알려. 오늘부터 수출 대금 들어오는 대로 달러로 쥐고 있고, 결제할 돈은 대출받아서 줘. 그리고 건설."

"네, 회장님."

"해외 프로젝트는 10퍼센트, 아니 20퍼센트 싸게 입찰해. 대신 계약금이든, 중도금이든 하루라도 빨리 받아. 그리고 생명."

"아, 네, 회장님."

"해외 금융상품에 투자한 돈 전부 회수해. 위약금 얼마라도 좋아. 전부 해지해서 달러 확보해."

"회, 회장님, 그건 손실이 너무 큽니다. 경영 수지가…."

"닥치고 전부 회수해. 손해 보는 건 고객들에게 다 떠넘기면 되잖아."

회장이 왜 이러는지 모르는 바는 아니나 정도가 심하다. 마치 부도나기 직전, 현금 확보해서 야반도주라도 계획한 사람처럼 보인다.

"회장님. 좀 진정하시고…."

이학재가 조심스레 말하자, 진 회장은 말을 멈추고 거친 숨을 몰아쉬기 시작했다.

"이미 만반의 준비를 하고 있습니다. 전 계열사의 외환은 철저히 통제 중입니다."

진 회장은 세차게 손을 저었다.

"철저한 준비로는 부족해. 팔다리 하나쯤은 날아간다는 각오로 대비하라고. 알아들었어?"

"회장님, 혹시 미라클 오너와 말씀해 보셨습니까?"

"누구?"

"10억 달러를 쥐고 있는 미라클 말입니다."

"그래."

진 회장이 머리를 끄덕이자 모두 안색이 검게 변했다. 이야기가 틀어

진 게 틀림없다. 10억 달러라는 든든한 동아줄은 내려오지 않는다.

"그쪽에서 거절했습니까?"

"내가… 6.25 난리 통에도 돈을 번 놈이다. 전쟁도 그리 무섭지 않았어. 그런데… 지금은 무섭다."

진 회장의 엉뚱한 대답에 서재 안의 사람들은 천둥 번개가 쳐도 꿈쩍하지 않은 분이 오죽하면 저럴까 싶었다.

"달러 쥔 놈은 더해. 내 앞에서 눈도 깜박하지 않고 협박까지 하더라. 나보다 더 독한 놈은 처음이다."

진 회장을 가장 곁에서 지켜본 이학재는 믿을 수 없었다. 세상에 진양철보다 더 독한 인간이 존재하다니.

"대호야."

"네, 회장님."

"자동차가 보유한 계열사 지분은 어느 정도야?"

"항상 12퍼센트를 유지합니다."

"학재야. 경영권 방어의 한계선까지 간다면 자동차 보유 지분을 몇 퍼센트까지 올릴 수 있지?"

조대호 사장은 한 번도 예상하지 못했던 질문이지만, 이학재 실장의 입에서는 곧바로 숫자가 나왔다.

"17퍼센트까지 올려도 됩니다. 그 이상은 순양생명의 지분을 건드리기 때문에 그룹 전체 지분구조를 재조정해야 합니다."

"그럴 시간 없다. 딱 준비하고 있다가 내가 신호하면 옮겨."

"네, 회장님."

뭐가 어떻게 돌아가는지 짐작하는 사람은 단 한 명도 없었다. 하지만 그들은 철옹성 같았던 순양그룹에 먹구름이 끼었고 균열이 시작됨을 충분히 느끼고 있었다.

▲▲▲

1997년 11월 19일, 부총리 겸 재정경제원 장관으로 임명된 임창열은 'IMF에 가지 않고 현재의 위기를 해결하겠다.'라는 강력한 의지를 보였다. 하지만 이틀 뒤인 21일 밤 10시. IMF의 요구 사항이라며 국제수지 개선, 통화가치 안정, 무역자유화, 자본시장 개방, 기업 경영 투명성 제고를 곁들인 구제금융 신청을 긴급 기자회견을 빌어 발표했고 다음 날, 김영삼 대통령 구제금융 신청에 관한 대국민 특별 담화문을 발표했다.

IMF의 시작이었다. 한국 국가신용등급은 하락했고 종합주가지수 400선이 무너졌다. 아홉 개의 종금사가 영업정지 명령을 받았으며 한라그룹이 부도났다. 그리고… 미라클 인베스트먼트 사무실과 오세현의 휴대전화는 불이 났다.

"아, 글쎄. 행장님! 합병부터 끝내야 인수대금을 쏴드릴 것 아닙니까? 계약서 잘 보십시오. 협상 시한은 내년 2월까지입니다. 아직 한참 남았어요. 그리고 왜 달러로 지불합니까? 1조 2000억, 세종대왕님으로 드릴 테니 그리 아십시오!"

오세현은 신경질적으로 전화를 끊었다.

"제일은행입니까?"

"그래. 난리다, 난리. 하루에도 열두 번은 징징댄다."

"파격적인 제안이라도 하면서 징징대야 생각이라도 해볼 텐데."

"그러게 말이다. 행장씩이나 하는 사람이 애도 아니고. 에잉!"

오세현은 한심하다는 듯 머리를 흔들었다.

"근데, 넌 어떻게 돼가? 진 회장님은 여전히 계산 중이냐?"

"네. 손자라고 대충 얹어 줄 생각은 없으신가 봐요. 지독해."

"달리 재벌이겠냐? 너도 더하면 더했지, 덜하진 않잖아. 할아버지 꺼 조금이라도 더 뜯어내려고 머리 굴리면서…."

오세현은 피식 웃으며 내 곁에 다가왔다, 아주 친근한 표정으로.

"그런데 도준아. 환율이 더 올라, 만약 2000원 찍으면 어떻게 되냐?"

"완전 땡큐죠. 3조 원이 5조 원 되는 거 아닙니까."

"그러니까 하는 말이지. 넌 5조 원의 자산가야. 그것도 나이 스물에 말이다. 기분이 어때?"

오세현이 어깨를 으쓱하며 내 어깨를 슬쩍 밀친다.

"바람 넣지 마세요. 저도 그 돈 들고 유럽에서 귀족 놀이하고 싶어 미치겠다고요."

"하면 되잖아."

"삼촌. 돈만 많은 유럽 귀족과 나라를 주물럭거리는 한국 재벌 회장. 어느 게 더 좋아요?"

오세현은 입맛을 다시며 물러나 앉았다.

"아이고, 재미없는 놈."

"조금만 더 기다리세요. 전 한국 재벌 회장이 되고 삼촌은 유럽 귀족처럼 은퇴 생활 즐기도록 해드릴게요."

IMF로 온 나라가 초상집 분위기지만 우리 두 사람은 즐거운 상상을 하며 웃음꽃을 피웠다.

▲▲▲

이학재 실장이 회장실 문을 열자 누군가가 들어섰다. 접견용 소파에 앉아 있던 진 회장은 문이 열릴 때 일어서려다가 다시 엉덩이를 붙였다.

"총리가 심부름꾼을 보내? 많이 컸구먼."

진 회장의 불편한 한마디에 천천히 걸어 들어오던 심부름꾼은 재빨리 옆자리로 달려와 허리를 굽혔다.

"오해십니다, 회장님. 시국이 시국이니만큼 보는 눈이 많아 어쩔 수 없었습니다. 사과의 말씀 전하라고 제게 신신당부하셨습니다."

"그래, 알았으니 얼른 자리에 앉게."

김성수 차관은 연신 머리를 숙이며 소파에 앉았다.

"내가 총리를 왜 만나자고 했는지 이유는 알고 왔겠지?"

"물론입니다. 회장님."

"IMF가 555억 달러 지원을 승인했다고 들었어. 깡디신지 깡다군지 하는 놈이 어제 약속했다면서?"

김성수 차관은 대답은커녕 눈만 깜빡거렸다.

"너… 모르지?"

"회장님. 그, 그게 아니라 어떻게 아셨는지 해서요. 어제, 아니 오늘 새벽에 있었던 일인데…."

"내 눈과 귀가 누군지 묻지 말고 대답이나 해. 맞아?"

"네. 그렇습니다."

"1차로 얼마 들어와?"

"56억 달러입니다. 바로 수혈하기로 했습니다.

"그 돈, 어디에 쓸 건지 모르겠지만 15억 달러는 순양그룹이 좀 쓰자. 괜찮지?"

김성수 차관은 난처한 모습으로 두 손을 공손히 무릎 위에 놓았다.

"회장님. 그건 좀…. 일단 시중은행에 풀기로 했습니다. 수출업체들이 신용장 들고 장사진을 치고 있습니다. 그들 돈줄부터 풀어 줘야 줄도산을 막을 수 있습니다."

"구멍가게부터 살리고 본다?"

"네."

"나가."

"회, 회장님."

김 차관은 소파 끝자락에 간신히 엉덩이만 걸친 채 식은땀을 흘렸다.

"날 바보로 아나? 선거일이 며칠 안 남았지? 재벌 밀어준다고 하면 우수수 표 떨어지는 소리 들리니까, 중소기업 살린다는 발표부터 하고 보자는 속셈인 거 모를 것 같아?"

"아, 아닙니다."

"이것들이 보자 보자 하니까, 선거자금 아쉬울 때는 내 주머니 털어 가고, 내가 아쉬울 때는 딴 놈 주머니를 채워 줘? 그거 누구 계산법이냐?"

진 회장이 정곡을 찌르자 김성수 차관은 입도 벙긋할 수 없었다.

"김 차관. 그럼 2차 수혈은 언제요?"

가만히 지켜만 보던 이학재가 난처한 김성수를 살려 주듯 물었다.

"12월 말입니다. 크리스마스 직후에 말입니다."

"금액은?"

"20억 달러요."

진 회장은 소파 손잡이를 탕 하고 내리쳤다.

"그거라도 줘. 됐지?"

마치 할 이야기는 다 끝냈다는 듯 진 회장은 몸을 일으켰다.

"회장님."

"왜? 아직 할 말 남았나?"

"제가 그걸 어떻게 약속드립니까?"

"그럼 왜 왔어? 총리한테 그 정도 권한은 받았을 줄 알고 내가 자네 상대해 줬어. 권한 없는 놈이 지금까지 내 앞에서 떠들었다면, 자네 공무원 인생 끝이라는 것만 알아 둬. 잘 생각해서 입 열어."

공무원이 가장 자존심이 상하고 모멸감을 느끼는 순간이다. 권한 없는 놈. 권한으로 인간의 등급이 매겨지는 조직에서 권한이 없다는 말은 상대할 가치도 없는 인간이라는 뜻이다.

"회장님. 제 선에서 약속할 사안이 아닙니다. 총리님도… 아니, 대통령도 약속 못 합니다. 대선에서 여당이 승리하고 정권을 계승해야 가능한 일 아닙니까? 만약 야당이 정권을 쥐게 되면 공염불에 불과합니다."

"이기라고! 당신네들 이기라고 돈 줬잖아. 그 돈을 뿌리고도 못 이기면? 눈감고 무조건 1번 찍는 사람이 절반인데 그걸 못 이겨?"

선거전은 접전에서 변화가 없다. 그 누구도 당락을 점치지 못하는 상황이 지속될 뿐이다.

대답 못 하고 몸 둘 바 몰라 하던 김성수 차관은 도움을 요청하듯 이학재 실장에게 눈길을 돌렸다. 이학재 실장이 머리를 약간 끄덕이자 용기 내어 입을 열었다.

"네, 회장님. 꼭 이겨서 은혜에 보답하겠습니다."

"아부 떨지 말고 가. 20억 달러 잘 챙겨서 내 주머니에 넣어."

김성수 차관이 연신 허리를 굽히며 조용히 물러나자 진 회장은 한숨부터 내쉬었다.

"총리가 몸 사리는 걸 보면 게임 끝났구먼."

"정보팀 보고는 박빙이지만, 야당이 조금 앞선다고 합니다."

"산통 깨는 그 양반은? 만나 봤어?"

"네."

"뭐래?"

"절대 사퇴하지 않겠다고 고집부립니다."

"고춧가루 진하게 뿌리는구먼. 3번으로 나와서 1번 표 빼앗아 봤자 안 된다는 걸 왜 모르지? 그런다고 다음에 기회가 오는 것도 아닌데. 바보 아냐?"

"선거 유세 뽕 맞고 제정신인 사람은 없죠. 지지자들 보면 자기가 대통령 된다는 확신이 드니까요."

두 사람은 한심한 눈빛을 교환했다.

"참, 김 차관 저놈에게 좀 챙겨 주지 그래?"

"그렇지 않아도 자동차 트렁크에 한 상자 넣어 줬습니다."

"잘했어. 왔다 갔다 욕만 얻어먹고 다니는데 생기는 거라도 좀 있어야 기운 나지."

회장실 분위기가 좀 차분해지자 이학재는 조심스레 입을 열었다.

"회장님. 미라클 오너가 누군지 알려 주실 수 없으십니까? 제가 한번 만나서 협조 요청해 보겠습니다."

"됐어. 그쪽은 내가 처리할 테니까 넌 야당 캠프 한번 방문해. 박카스 몇 병 돌리고 언질만 해줘. 우리한테 20억 달러를 우선 지원하면 전경련이 차기 정권에 적극적으로 협조한다고 말이야."

이학재는 머리를 한 번 숙이고 회장실을 나갔다. 회장실에 혼자 남은 진 회장은 책상 위에 놓인 종이 한 장을 집어 들었다.

"17.7퍼센트라…."

순양자동차에 얹어 줄 수 있는 최대치의 지분이다. 17.7퍼센트의 영향력! 10억 달러를 받는 것도 아니고 단지 환전만 해주는 조건으로 주는 것이다. 물론 합병 뒤에 다시 순양그룹으로 집어넣겠다고 말은 하지만, 그럴 리 없다는 것도 이미 안다. 손안에 들어온 것은 주머니에 넣을 놈이지 되돌려 줄 놈이 아니다.

아깝지는 않았다. 다섯의 자식에게 골고루 나눠 준다면 20퍼센트는 줘도 된다. 아들을 건너뛰고 손자에게 주는 것이지만, 자격은 차고 넘치는 손자다. 하지만 진 회장은 마음 한쪽을 무겁게 짓누르는 걱정을 떨쳐 낼 수 없었다. 손자를 보면 마치 거울을 보는 듯한 순간이 적지 않았다. 한 번 손에 들어온 것은 뺏기지 않으려 하고 남의 것을 뺏는 즐거움을 안다. 17.7퍼센트가 끝이 아니라 시작임이 분명하다. 핏줄보다 계산이 앞서는 성정을 타고난 손자가 순양그룹을 노린다면 나머지 자식들과 손자들은 알거지가 되어 쫓겨날 것 같다. 물론 순양그룹을 더욱 크고 웅장한 성으로 만들겠지만, 그 성안으로 들어갈 자격은 절대 나눠 주지 않을 손자다.

진 회장은 머리를 흔들었다.

"…그래도 제 아비 챙기는 거 보면 속정도 깊은 놈이지."

어린 나이에 아버지의 꿈을 현실로 만들어 줄 정도로 생각도 깊다. 걱정은 떨쳐 버려야 한다. 아들 걱정보다는 그룹 걱정을 먼저 해야 할 상황 아닌가? 뺏기더라도 남이 아닌 손자가 약탈자라는 걸 위안으로 삼고 싶었다.

▲▲▲

"자, 이게 그나마 건실한 놈들이야. 이 위기만 잘 넘기면 문제없을 거야."

오세현이 내미는 리스트를 받아 들고 이름부터 살폈다.

"회계상으로만 본다면 어느 게 제일 가능성이 높을까요?"

"당연히 리스트 톱에 올려놓은 거. 기술력이 좋아서 이익률이 높아. 덩치로 먹겠다는 생각은 아니지?"

"네. 당연하죠."

리스트 톱에 있는 이름, 대아건설(大亞建設)! 도급순위 5위.

마음 같아서는 대현건설을 먹고 싶지만, IMF 위기를 구조조정으로 견딜 수 있는 재계 2위라 일찌감치 마음 접었다.

"자동차와 건설이라…. 좀 어울리기도 해. 흐흐."

"건설은 대기업으로 가는 첫걸음 아니겠어요?"

"그렇지만 대아건설이 무너질까? 사내 유보금도 좀 있고 외국에서 수주한 건도 많아."

"삼촌은 아직 제 말을 못 믿으세요? 지금 우리나라에서 이 위기를 자력으로 헤쳐 나갈 곳은 순양, 대현이 전부라니까요. 나머지는 바람 앞 등불입니다."

"그렇다고 해도 대아건설은 정부 지원 조금만 받으면 버틴다니까!"

오세현의 부정적인 의견에 반박하지 않았다. 이 정도 건실한 회사가 아니면 탐낼 이유도 없으니까 말이다. 그리고 내 욕심을 애써 드러낼 필요도 없다.

1997년 IMF 이후의 대한민국은 약육강식의 시대가 펼쳐진다. 지금까지는 육식동물이 몸을 숨기기 어려운 초원에서 초식동물과 공존하는 세상이었다. 하지만 이제부터는 몇 안 되는 육식동물이 무자비한 이빨을 드러내고 포효하는 정글의 시대다. 그곳의 제왕이 되기로 마음먹은 이상 거칠 것 없는 행동만 남았다.

"두고 보자고요."

이 말만 남기고 자리에서 일어섰다.

이제, 할아버지와 합병 문제를 마무리 지어야 한다. 여의도 사무실을 나와 승용차에 올랐다.

"김 대리. 회장님 댁으로 가요."

"넵."

김윤석 대리는 속도를 올렸다. 기름값 폭등으로 교통량이 많이 줄어 운전하기 좋을 것이다.

"도련님. 그동안 파악한 내용과 신석호 팀장이 끌어모은 정보로는 한성일보 측에서 꼬리를 붙였습니다."

"한성일보라면 사돈 될 집안?"

"네."

"확실해요?"

어이없는 결과다. 내부의 적만 생각했는데 벌써 침 흘리는 외부자가 나타나다니.

"사실 좀 더 일찍 파악했는데 회장님 사돈댁이 될지도 몰라 조심하느라 보고가 늦은 겁니다."

"그래요?"

"게다가 이미 회장님도 아신다고 합니다. 정보팀과 시큐리티에서 회장님께 보고했는데 모른 척하라는 지시가 있었답니다. 그래서 저희도 확신을 했고요."

'이미 파악했지만 모른 척이라! 무슨 속셈이지?'

한성일보 따위는 아무리 꼼지락거려도 신경 쓸 필요도 없을 만큼 하찮다고 생각하는 것인지, 아니면 사돈댁이라 조심하는 것인지 아직 모르겠다. 이런 사소한 할아버지의 결정 하나하나를 배워야 한다. 사소한 것을 모아 판단하고 활용하는 법, 그것이 전략이고 전술이다. 할아버지에게 슬쩍슬쩍 던져 봐야겠다고 생각하고 있는 사이 승용차가 저택 안으로 미끄러지듯 들어섰다.

차에서 내리기 전 한성일보 법인카드를 꺼냈다.

"이걸로 오늘 전략팀 직원들 회식하세요. 돈 걱정하지 말고 룸살롱으로 시원하게 쏘세요."

남의 돈으로 생색내는 건 참 기분 좋은 일이다.

서재에서 나를 기다리던 할아버지는 숫자가 빼곡히 적힌 종이 한 장을 보여 주었다.

"어떠냐? 그 정도면 충분할 게다."

바로 순양그룹 계열사 지분이 적힌 종이다. 마지막 합계에는 17.7이라는 숫자가 적혀 있다. 순양그룹의 17.7퍼센트와 아진그룹 여덟 개 회사를 하나로 만든다. 그리고 하나 된 회사는 내 것이다. 왜 17.7퍼센트인지, 이유와 근거는 묻지 않았다. 물어야 할 질문은 딱 하나다.

"할아버지. 이 숫자는 거래입니까? 상속입니까?"

눈썹이 꿈틀했지만, 곧바로 웃음을 터뜨렸다.

"아이고, 이놈아! 네놈의 욕심은 그 끝이 어디냐? 어허허."

한참을 호탕하게 웃던 할아버지는 웃음을 멈추고 대답해 주었다. 바로 내가 원하던 대답을.

"거래다. 상속? 내가 왜 네놈에게 상속해? 난 내 자식들에게만 줄 거다. 넌 네놈 부모한테 받아라."

"제 아버지는 할아버지처럼 재벌이 아니라서 기대하기가 좀…."

"그건 네놈 복이고. 으허허."

어쩌면 아버지에게도 조금 나눠 줄 것 같은 뉘앙스다.

'그것도 땡큐!'

"두 번째지만 마지막 제안이다. 빨리 도장 찍고 10억 달러 넘겨."

할아버지의 번뜩이는 눈빛을 보니 급하긴 급한가 보다. 한 번 더 밀고 당기며 협상할 생각은 버렸다. 여기서 딴말을 꺼내면 마음이 상한다. 넓은 호수도 작은 돌 하나에 파문이 인다. 두꺼운 애정도 한 번의 섭섭함에 금이 가는 살얼음이다. 얼음을 깨는 실수는 없어야 한다.

"네, 환율 1600원으로 10억 달러 준비하겠습니다."

시원스레 대답하니 오히려 놀란 눈치였다.

"뭘 그리 놀라세요? 전 언제나 할아버지 편이었어요. 이렇게 양보하시는데 더 욕심부리지 않을 겁니다."

할아버지의 기쁜 표정을 기대했는데 오히려 음흉한 표정이다.

"또 무슨 속셈이냐? 내가 네놈의 감언이설에 넘어갈 만큼 호락호락해 보이더냐?"

눈치 하나는 정말 끝내주는 영감님이다.

"협상은 이미 끝났습니다. 오늘 8일 자 환율이 1342원인데, 그걸 1600원으로 해주셨는데 속셈이 있을 리 있겠어요?"

"2000원이 넘을 수도 있어. 네 돈 10억 달러가 내 손에 들어올 때쯤이면 넌 엄청난 손해를 보는 거야."

"환율이 정말 2000원까지 오를까요?"

순양경제연구소의 예측 능력을 한번 확인해야겠다. 정말 똑똑한 인재가 다 모였다는 소문이 맞을까?

"2200원까지 오를 가능성 90퍼센트 이상. 이게 연구소 박사들의 예측이다. 늘 맞는 건 아니지만, 가끔 맞을 때도 있어."

할아버지는 내 눈치를 슬쩍 살폈다.

"왜? 2000원까지 오른다고 생각하니 아깝냐?"

"저도 한 번 말씀드린 적 있잖아요. 2000원 넘을 거라고. 그렇지만 전혀 아깝지 않습니다. 전 손자 아닙니까? 할아버지께 손해 본다고 생각할 만큼 쪼잔한 놈 아닙니다."

"쪼잔한 놈이 아닌 건 안다. 그렇다고 손해 볼 놈도 아니지. 뭐냐? 추가 조건이?"

눈치 빠른 사람에게 시치미 떼는 건 괜한 경계심만 불러일으키는 일이다. 말 나온 김에 해치워야겠다.

"두 가지 부탁드리고 싶습니다."

"그럼 그렇지. 좋다, 말해 보거라. 네놈이 손해 본 걸 메꿔 줄 만큼인지 아니면 더 큰 이득을 챙겨 갈지 한번 보자꾸나."

호기심을 드러내는 할아버지 앞에 준비해 온 지도를 꺼냈다.

"이건 서울 지도 아니냐."

"네. 여기 붉은색 동그라미 친 곳을 한번 보십시오."

10여 군데의 위치를 꼼꼼히 살펴보던 할아버지는 고개를 들었다.

"여긴 뭐지?"

"서울시 소유 공유지입니다."

"공유지?"

"네. 전 이 땅을 싸게 매입하고 싶습니다."

"음… 서울시장에게 압력을 넣어 달라는 부탁이냐?"

"아닙니다. 이제 겨우 임기 6개월 남은 시장입니다. 차기 시장에게 부탁, 아니 요구해야죠."

요구라는 말에 할아버지의 눈이 번뜩였다.

"너 혹시 네 고모부를 염두에 두었느냐?"

"그렇습니다."

"안 돼."

더 들어 볼 것도 없다는 듯 지도를 밀쳤다.

"고모부 선거자금은 제가 대겠습니다. 고모부가 서울시장이 되면 공유지를 매각하고, 할아버지께서는 이 공유지 지역구 국회의원에게 매각 압박만 해주시면 됩니다. 어쩌면 국회의원 압박은 필요 없을 수도 있습니다."

"글쎄, 안 된다고 하지 않느냐?"

할아버지의 완강한 거부를 못 들은 척하며 나는 할 말을 이어 갔다.

"명분은 좋습니다. 국가 경제 위기 속에서 서울시도 재원을 마련하기 위해 비업무용 토지를 전부 매각한다면 반대 여론은 없을 겁니다."

"어허! 그놈 참!"

"반대하시는 이유, 말씀해 주실 수 있으십니까?"

"그놈은 진가가 아니라 최가다. 이 정도면 충분한 반대 이유 아니냐?"

역시, 할아버지에게 핏줄은 남자의 피를 의미한다. 딸의 피는 가문의 영역에서 벗어난다. 나는 못 알아들은 척 엉뚱한 소리를 했다.

"서울시장은 순양그룹에 큰 영향을 끼치지 못합니다."

"최 서방이 정치하려는 건, 지 마누라 머리에서 나온 거다. 그놈은 마누라 꼭두각시에 불과해."

고모는 딸이라는 핸디캡을 정치적 힘으로 커버하려는 속셈이다. 한국의 정치인 중 진 회장에게 맞서는 사람은 정말 극소수다. 현미경으로 들여다보지 않아도, 돋보기로 보지 않아도, 순양그룹의 온갖 탈법, 편법을 확인할 수 있다. 하지만 모두 눈감고 못 본 척한다. 누군가가 이 사실을 거론해도 곧바로 묻힌다. 만약 힘 있는 정치인이 스피커에 대고 떠들기 시작하면 곤란한 일이 자꾸 생길 건 불 보듯 뻔하다.

고모가 그 힘을 이용해서 딸이지만 아들만큼 순양의 지분을 요구하거나 더 이상을 받아 내려고 하는 것을 잘 안다.

"할아버지."

"그만하래도!"

"고모부를 순양그룹의 꼭두각시로 만들 생각은 왜 안 하십니까?"

"뭐?"

"서울시장 의자에 앉을 때까지 온갖 오물과 먼지가 묻을 겁니다. 그걸 쥐고 있으면 꼭두각시 아닙니까?"

"그 오물, 먼지는 순양에서 나오는 거다. 터뜨리면 순양도 다쳐."

"그 먼지, 오물 제가 뒤집어쓰겠습니다. 그래서 고모부 멱살을 꽉 틀어쥐고 있을 테니까 할아버지께선 걱정하지 않으셔도 됩니다."

"요놈 보게나. 돈은 내가 대는데 생색은 네가 내겠다고? 예끼! 이놈아."

할아버지는 어이가 없는지 콧방귀를 뀐다.

"아닙니다. 돈도 제가 대겠습니다. 그리고 할아버지께서도 필요할 때 가끔 써먹으십시오."

"뭐라? 돈도 네가 대고? 그럼 그냥 밀어주거라. 내 허락이 필요 없지 않으냐?"

"할아버지께서 여당 대표에게 전화 한 통만 하시면 후보 지명도 못 받는데요? 아닙니까?"

할아버지는 말없이 내 눈을 뚫어질 듯 응시했다.

"딱 두 번, 8년만 서울시 청사 주인 행세하도록 허락해 주십시오. 그 기간 안에 필요한 거 다 챙기면 되지 않겠습니까?"

열심히 머리 굴리는 소리가 들리는 듯하더니 이윽고 할아버지가 입을 열었다.

"두 번째는 뭐냐?"

"허락하시는 겁니까?"

"아직 아니다. 두 번째부터 말해."

"대아건설로 정부 지원금이 흘러 들어가는 것을 막아 주십시오."

"뭐시라? 대아건설?"

생뚱맞게 튀어나온 이름 때문에 할아버지의 눈이 커졌다.

"공유지 받아 주차장 할 생각 없습니다. 그 땅 위에 뭔가 올려야죠. 그러려면 작은 건설회사 하나쯤은 있어야 하지 않겠습니까?"

"작은? 대아라면 도급순위 5위다. 그게 구멍가겐 줄 아느냐?"

"할아버지. 저 아진그룹과 순양자동차의 주인입니다. 거기 비하면 대아는 구멍가게죠."

갑자기 할아버지의 얼굴에 미소가 번진다. 허락인가?

"너 이 녀석, 진심이구나."

"네?"

"너 스스로 회사를 일군다고 떠든 거 말이다. 순양건설 뚝 떼어 달라고 떼쓰는 소리가 아니라 대아를 인수할 생각이라니…."

"혹시 떼쓰면 주실 생각이셨어요?"

농담처럼 웃으며 말하자 할아버지는 또 묘한 표정으로 변했다.

"줄 수도 있고… 아닐 수도 있고…. 뭐, 어차피 무의미하게 됐다. 넌 대아를 인수하겠다고 했으니 말이다."

'아니다. 속지 말자. 저건 날 약 올리려 하는 말이겠지.'

속으로 몇 번이나 되풀이했지만, 혹시나 하는 생각에 억울한 마음이 들기도 했다.

"대아건설이라…."

"네. 지금의 이 외환위기를 벗어날 기업은 없습니다. 분명 대아건설도 달러에 목마를 텐데 정부 지원금만 끊으면 부도납니다. 그때 제가 주워 담겠습니다."

"대아, 좋은 기업이지. 수혈 몇 봉지만 해주면 멀쩡할 것이다."

"그렇습니다. 오세현 대표와 직원들이 며칠 동안 파고들어 엄선한 회사니까요."

"그러니까 대아와 최 서방의 서울시장은 한 묶음이구나."

"네. 제가 피를 공급하고 고모부가 거름이 되면 활짝 필 겁니다."

"최 서방의 선거와 순양의 연결고리는 전혀 없으니 문제도 없고?"

"그렇습니다."

할아버지는 깊은 생각에 잠길 때면 늘 그랬듯이 책상을 손가락으로 톡톡 두드리기 시작했다.

나도 입을 다문 채 조용히 기다렸다.

"그렇게 대아건설을 활짝 꽃피운 다음…."

"당연히 순양의 이름을 달겠습니다."

"그거참 듣기 좋은 말이구나. 순양 계열사 늘리는 건 이 집안에서 나 말고는 너뿐이다. 허허."

느낌이 좋지 않다. 할아버지의 저 웃음, 기분 좋은 웃음이 아니다.

"둘 다 생각 좀 해보마. 아무튼, 우리 계약은 끝난 거 맞지?"

"네."

"그럼 돌아가서 서둘러. 그룹 사장들까지 동요한다. 10억 달러가 빨리 들어와야 좀 진정할 게다."

"네. 그렇게 하겠습니다."

더 보채지 않고 물러났다. 혹시 모르니 고모를 만나 단단히 일러둬야겠다.

▲▲▲

진 회장은 서재를 나가는 손자의 뒷모습이 사라지자마자 의자에서 벌떡 일어났다. 충격을 가라앉히기 위해 서재를 서성거렸다.

나라의 경제 위기 극복에 협조하는 서울시장이, 재원 마련 방편으로 공유지를 매각한다는 명분이 좋다. 그 시장을 제 손으로 만들고 땅을 차지한 후, 그 땅을 돈뭉치로 만들 수단인 건설사를 인수한다. 그림이 너무 좋다. 이 좋은 그림을 완성하기 위해 환율 폭등이 뻔한데도 몇천억쯤 포기하는 배포도 있다. 몇천억 이상의 돈을 뽑아낼 자신이 있다는 소리 아닌가?

손자의 설명을 듣는 순간 바로 승낙하고 싶은 것을 억지로 눌렀다. 쉽게 힘을 빌려줄 수 없는 일이니까. 그리고 또 한 번 무서움을 느꼈다. 손자는 귀엽고 잘생긴 얼굴 아래, 가장 포악한 맹수의 기질을 숨긴 놈이다. 아진그룹에, 대아건설에, 순양의 이름을 달겠다는 달콤한 말, 속으면 안 된다. 순양자동차를, 순양건설을 뺏어 갈 놈이 확실하다.

자신의 것을 얻어 가려는 자식 놈들보다 뺏어 가려는 손자가 훨씬 기특하고 사랑스럽다. 하지만 두렵고 불안한 마음이 드는 것도 어쩔 수 없다.

▲▲▲

"뭐? 말했다고?"

"네."

"도준아! 내가 안 된다고 몇 번이나 말했니? 아빠가 아시면 산통 다 깨지는 거야. 절대 허락할 리 없어. 큰일 났네. 이젠 우리 다 죽었어."

고모는 정말 죽을 얼굴로 호들갑을 떨었고 고모부는 떨떠름한 표정이었다.

"고모. 좀 진정하세요. 괜찮다니까요."

"뭐가 괜찮아!"

"여보. 좀 진정하고 도준이 말 좀 들어 봅시다. 생각이 있으니까 말했겠지, 안 그래?"

최창제는 고모 장단에 놀아나는 놈이라 생각이 모자란다. 서울시장 될 생각에 기대 가득한 표정만 짓고 있다.

"할아버지께서 생각해 보신다고 했어요. 무조건 반대하시는 게 아니에요."

고모는 크게 숨을 들이쉬며 마음을 가라앉혔다.

"솔직히 두 분 다 할아버지가 반대하시는 이유는 아시죠?"

"왜? 네게 무슨 말씀 하시디?"

"순양의 돈이 고모부 선거자금으로 흘러들어 가는 게 찝찝하신 거예요. 정치 스캔들이 터지면 큰 문제가 되니까요."

고모는 내게서 뭔가를 캐내려는 듯 내 표정을 하나도 놓치지 않고 살피기 시작했다.

"그래서 말씀드렸죠. 선거자금은 다른 곳에서 구하면 되니까 모른 척만 하시라고요."

"또? 다른 말씀은 없으셨어?"

"그래도 정치에 몸담으셨는데 서울시장 정도는 하시고 정계에서 은퇴하면 보기 좋지 않겠냐는 말씀만 드렸어요."

"뭐? 시장으로 끝내? 말도 안 되는 소리!"

'최창제, 멍청한 새끼. 말귀를 못 알아들어!'

"여보! 눈앞의 산부터 넘는 게 더 중요해. 가만 좀 있어 봐!"

고모가 눈치는 훨씬 낫다.

"도준아. 만약 아버지가 허락하시고 모른 척해 주시면? 선거자금은 가능해?"

"얼마나 들어요?"

나는 순진한 척 눈을 깜빡거렸다.

"특별당비 30억 내고 당 중진들에게 50억쯤 뿌리고…. 선거운동 자금으로 300억 정도 써야 해. 넉넉잡고 400억?"

고모부는 기다렸다는 듯 숫자를 줄줄 읊었다.

'400억이 뉘 집 강아지 이름도 아니고. 어이구 현실감각도 없는 놈 같으니라고.'

적어도 상세한 내역은 뽑아 놓고 기다려야 하는데, 기본도 안 됐다.

"우와! 엄청나네요."

눈을 크게 뜨고 소스라치게 놀란 척하니 고모부의 안색이 어두워졌다.

"왜 놀라? 그 정도 없어?"

"많이 부족하죠. 그리고 아버지 극장 지을 돈도 빼놔야 하고요."

잠자코 있던 고모가 입을 열었다.

"내가 150억 정도는 준비할 수 있어. 넌 250억만 마련하면 돼. 가능해?"

"네. 그 정도는 가능해요."

두 사람 표정은 그냥 보기 민망할 정도로 우습다. 놀라고 기뻐서 어쩔 줄 모르는 어린애 같다.

"내가 한 번에 150억을 뺄 수는 없어. 일단 내년 초에 특별당비를 납부해야 하니까… 30억부터 준비 좀 해줘."

이것이 현실감각 없는 재벌집 사람들의 뇌 구조인가? 겨우 스무 살짜리 조카에게 수십억, 수백억을 대수롭지 않게 말하고, 요구한다. 정말 이들에게 돈 단위는 억부터 시작하는 건가?

"네 빨리 준비할게요. 참, 그전에 계약서부터 써야죠?"

"뭐? 계약서? 무슨 계약서?"

두 사람은 어리둥절한 표정으로 내 눈만 쳐다봤다.

"영수증도 못 받는 돈인데 계약서라도 있어야죠. 안 그래요?"

나도 일부러 어리둥절한 표정을 짓고 그들을 마주봤다.

"도준아, 네가 아직 어려서 이쪽 일 모르는구나. 선거자금 주면서 계약서 쓰는 사람은 없어."

"아하, 우리 도준이는 투자사만 거래하니까 그런 생각했구나. 이 돈은 전부 사라지는 돈이야. 재테크가 아니야."

이 사람들은 아직 나를 돈만 많은 어린애로 보는 건가?

"아차차, 제가 자세히 설명해야 하는데 깜빡했어요."

나는 이마를 치며 어색하게 웃었다.

"잠깐만요. 자세하게 설명할 분이 계세요."

나는 거실 소파에서 일어나 2층으로 올라가는 계단 앞에서 외쳤다.

"삼촌! 내려오세요."

고모, 고모부 두 사람은 여전히 어리둥절한 표정으로 서로를 쳐다보고만 있었다. 집안의 막내에게는 삼촌이라고 부를 만한 사람은 없으니까.

▲▲▲

"땅? 공유지?"

"네. 내년 지방선거 끝나고 순식간에 싹 챙길 생각입니다."

"네 고모부를 서울시장으로 만든다고?"

"제가 만드나요? 고모부가 싸워야죠."

오세현은 내키지 않는 심정을 얼굴에 드러냈다.

"정치에 얽히고 오래가는 놈 못 봤다. 임기 끝나면 구린 거, 냄새나는 거 탈탈 털어서 보복하는 놈들이 정치인 아니냐? 몰라서 그래?"

"정치권력 끼지 않고 성장한 기업도 없습니다. 한국에서 정치권 밖에서 사업하면 대기업으로 못 크죠."

"그래서? 땅 받아서 뭐 하려고?"

"대규모 공사 한번 해야죠. 흐흐."

"갈수록 태산이로군. 뭐? 공사?"

"제가 뭐 때문에 건설사에 관심 뒀겠어요? 다 이거 때문이죠."

할아버지 앞에 펼쳤던 지도를 꺼냈다.

"가장 알짜배기는 바로 여깁니다."

난 힘차게 지도 한 곳에 빨간 핀을 꽂았다.

"여길 한번 개발해 보겠습니다."

"여기 어디야?"

노안이 온 오세현은 쓰고 있던 안경을 머리 위로 올리고 지도를 유심히 살폈다.

"마포? 상암동?"

"네. 이미 택지지구 개발에 지정됐잖아요."

"야, 야. 접어라. 다 끝난 걸 뭐 하러?"

올해 여름, 마포구 상암동의 구 난지도 쓰레기 매립장과 인근의 저개발 부락촌, 연탄공장, 유휴지를 '상암택지 개발지구'로 지정하고 개발을 발표했다. 이때 난 건설사 없이 이권 사업에 끼어드는 건 불가능하다는 걸 느꼈다. 어차피 지금 상암택지 개발에 참여한 업체는 다들 손 떼기 바쁘다. 나라가 부도 상태나 다름없는데 아파트를 지으면 뭐 하나, 입주할 사람이 없는데…. 모두 이런 생각이었다.

"택지지구 근처에 아직 공유지 엄청나게 많아요. 그거 개발해야죠."

"이미 아파트 물량 쳐내는 건 불가능해. 부동산값 폭락 안 보여? 이 지경인데 아파트를 또?"

오세현이 고개를 절레절레 저었지만 나는 웃으며 자신 있게 말했다.

"위기는 준비된 자와 만났을 때 기회가 됩니다. 우리나라 최대의 위기에서 저만큼 준비된 사람은 없잖아요."

"하여간, 어디서 주워들은 소리는 많아요. 이번엔 아니다. 아파트는 당분간 끝났어. 이 위기가 지난 뒤에 아파트에 손대."

"누가 아파트라고 했나요?"

"뭐?"

"아파트는 관심 없습니다. 택지 분양은 이미 끝났고 그쪽 건설사들은 한숨만 쉬라고 하세요. 전 다른 콘셉트로 개발할 겁니다."

어차피 내 고집을 꺾을 수 없다는 걸 아는 오세현은 이제 한숨까지 내쉬며 물었다.

"그래, 그 새로운 콘셉트는 뭔데?"

"DMC."

"참 내, 이젠 방송국이냐? 왜? 아예 MBC 방송국을 그냥 사!"

오세현은 어처구니없어 말하기도 귀찮다는 표정이었다.

"방송국이 아니고 DMC라니까요. 디지털미디어시티(Digital Media City)라는 뜻입니다."

"그건 또 뭐냐?"

이제야 표정을 펴고 관심을 좀 보인다. 디지털이라는 단어, 그리고 미디어라는 단어가 미래지향적으로 들리기 때문이리라.

"자료 드릴 테니까 한번 보세요. 그리고 상암동에 월드컵 주 경기장을 만들어야죠. 2002년, 얼마 안 남았어요."

1996년, FIFA는 한일 월드컵 공동 개최를 결정했다. 한국 대표팀이 4강까지 진출하리라고는 지금 아무도 예상 못 한다. 과거에는 호프집에서 TV를 보며 대한민국을 외쳤지만, 이번엔 VIP석에서 내 눈으로 직접 볼 생각이다.

"시티라면 도시잖아. 너무 황당한 거 아니냐? 월드컵 경기장은 그럴싸하긴 해."

"DMC도 그럴듯하게 만들 겁니다."

▲▲▲

"처음 뵙겠습니다. 진 사장님, 최 의원님. 오세현입니다."

고모와 고모부는 오세현이 내민 명함과 얼굴을 번갈아 보며 화들짝 놀랐다.

미라클 인베스트먼트 대표.

이것이 명함의 힘이다. 아진그룹을 인수한 투자사. 조 단위의 돈을 움직이는 자 아닌가?

"아, 안녕하세요. 도준아. 네 돈을 운용하는 투자사도 미라클이라더니 그 회사가 바로 여기?"

고모는 명함을 살짝 흔들었다.

"네. 맞아요."

나는 고개를 끄덕이고 두 사람을 향해 말했다.

"그럼 말씀 나누세요. 전 2층에 올라가 있을게요."

내가 자리를 비켜 준다고 하자 고모는 이 상황을 이해하기 힘든 표정이었다.

"미래의 서울시장님께 투자하고 비즈니스까지 생각하신 분입니다. 믿을 만한 분이니 허심탄회하게 말씀하셔도 됩니다. 아버지의 절친한 친구이시기도 하니까요. 그럼 전 이만…."

세 사람에게 머리를 살짝 숙이고 발걸음을 옮겼다. 오세현은 내 계획을 충분히 알고 있으니 문제없을 것이다.

▲▲▲

"이런 말 해서 좀 그렇긴 한데, 도대체 선거자금은 누구 돈이죠? 도준이 돈인가요? 아니면 미라클? 오 대표 개인 돈?"

날카롭게 눈꼬리가 올라간 진서윤은 조카를 대할 때와는 전혀 다른 모습이었다. 계약서라는 단어가 나왔고 비즈니스라는 말도 나왔다. 돈을 부탁하는 상황이 아니라는 것을 정확히 파악한 것이다.

"돈의 출처는 도준이죠. 하지만 전 도준이 돈을 성실하게 운용해야 할 의무가 있는 사람이라 나서게 되었습니다. 양해 바랍니다."

"하지만 이건 집안일입니다. 좀… 거북하군요."

"의외네요."

"네?"

"순양그룹 일가에 집안일이 있었던가요? 모든 게 다 비즈니스 아닙니까?"

싸늘한 진서윤과 달리 오세현은 웃음을 잃지 않았다.

"집안 식탁에 오른 소시지 반찬 하나 더 먹겠다고 싸우고, 아버지 어깨 좀 주물러 드리고 용돈 타 쓰는 게 집안일이죠. 아침밥 먹으며 반찬 대신 계열사 하나 더 먹겠다고 싸우고, 아버지 어깨 주무르면 지주회사 주식 수천억이 왔다갔다하는 건 비즈니스 아닌가요?"

한껏 비꼬는 말이었지만 진서윤은 화를 내기는커녕 오히려 싸늘한 냉기가 사라졌다.

"어린 조카 눈치 보느라 짜증 났는데, 차라리 더 좋군요. 비즈니스니까 굽신거릴 이유도 없죠?"

"물론입니다, 진 사장님. 같은 눈높이에서 제안하겠습니다. 마음에 들지 않거나, 부족한 부분이 나오면 언제든 지적해 주십시오."

"시원시원하시군요. 그럼 시작하죠."

오세현은 수첩을 꺼내 들었다.

"필요한 자금은 얼마로 생각하십니까?"

"400억이에요."

"그중 직접 충당하실 수 있는 금액은요?"

"없어요."

다시 나타나는 진서윤의 싸늘함에 이번에는 오세현이 당황했다.

"네? 도준이 말로는 진 사장님 개인 자금에서 일부 충당한다고…."

"그건 집안 식구끼리 이야기죠. 비즈니스라고 말씀하시지 않았나요? 이이가 서울시장이 돼서 오 대표에게 줄 특혜의 값어치가 400억이 넘을 텐데 굳이 내 돈을 써야 하나요?"

오세현은 잊었던 부자들의 습성을 떠올렸다. 자신을 위해서는 돈의 소중함 따위는 쓰레기통에 처박아 버리지만, 남의 돈이 눈앞에 보일 때는 지갑을 닫는 지독한 이들이다.

"그렇죠. 이거, 제가 깜빡했습니다."

오세현은 머리를 슬쩍 긁고 서울시 지도와 두꺼운 제안서를 꺼냈다.

"이미 아시겠지만, 공유지 불하입니다. 지도에 표시한 총 스물아홉 곳의 공유지 매각 발표를 하시면 됩니다. 풍전등화 신세인 국가 재정을 위해 전부 매각한다면 반대 여론은 없을 겁니다."

스물아홉 곳이라 하자 두 사람의 눈이 휘둥그레지더니, 진서윤이 목소리를 높였다.

"이봐요! 땅장사만 해도 수천억을 벌겠네. 말이 되는…."

"아, 오해하지 마시고요. 미라클이 전부 매입한다는 게 아닙니다. 우린 마포구 상암동, 대치동 그리고 내곡동 일대, 이 세 곳만 받을 겁니다. 전부 다 풀어야 특혜 의혹이 없죠. 나머지는 미래의 서울시장님께서 적당히 선정하시면 됩니다."

부부는 눈을 마주치며 머리를 끄덕였다.

"자, 그리고 이걸 한번 보십시오."

오세현은 제안서를 테이블 위에 올렸다.

〈상암 DMC 프로젝트〉라는 큼지막한 표제가 눈에 띄었다.

"이 프로젝트 자체를 선거 공약에 넣으십시오. 꽤 큰 호응을 얻을 겁니다."

진서윤과 최 의원은 한참 동안 DMC에 대한 설명을 듣고는 반신반의하는 얼굴이었다.

"그러니까 상암동에 방송, 프로덕션 등 미디어 콘텐츠 관련 기업을 유치한다는 말이죠?"

"그렇습니다. 사실 마포가 입지는 좋아요. 광화문, 강남, 여의도까지 그리 멀지 않습니다. 그리고 디지털미디어라는 게 미래지향적이지 않습니까? 이제 곧 새천년의 시대, 뉴 밀레니엄입니다. 좋은 공약이라고 생각합니다."

오세현은 제안서의 마지막 장을 펼쳤다.

"아…! 이게 있었네."

진서윤은 축구 경기장 사진을 발견하자 테이블을 가볍게 두드렸다.

"네. 바로 월드컵 경기장이 화룡점정입니다. 하하."

오세현은 두 사람의 밝은 표정을 확인하고 유쾌한 웃음을 터뜨렸다.

"공유지 개발 건만 잘 관리하셔도 서울시장 재선 때 선거비용은 문제없을 겁니다."

재선이라는 말에 최 의원은 입이 찢어질 만큼 헤벌쭉 웃었다.

"어떻습니까? 제 제안이 흡족하신지요?"

"공유지 세 곳이면 충분하다는 거 사실이죠?"

진서윤이 재차 확인하자 오세현은 기다렸다는 듯 서류 몇 장을 꺼냈다.

"불신과 의심을 한 방에 날려 버릴 마법의 종이입니다. 바로 계약서죠. 물론 비밀 계약서입니다."

서류는 금액과 날짜만 비어 있을 뿐, 지금까지 오세현이 말한 내용이 고스란히 담겨 있었다.

"오 대표. 그냥 우리를 믿으면 안 될까? 이건 불법 선거자금을 전달했다는 증거잖아요. 이런 걸 어떻게 남겨?"

"진 사장님. 전 이미 엄청난 위험을 감수하고 시작한 일입니다. 바로 부군의 낙선입니다. 400억을 허공에 날릴 위험도 감수하는데 증거라니요?"

진서윤이 여전히 껄끄러운 표정을 지우지 않자 오세현이 쐐기를 박았다.

"솔직히 도준이 가족이라 반대하지 않는 겁니다. 정말 손쉬운 방법도 마다하고요. 내년 6월 서울시장 당선자에게 400억 내밀고 이 전략을 알려 주는 게 더 확실한 투자죠."

오세현이 제안서를 흔들며 말하자 권력욕에 젖은 최 의원이 펄쩍 뛰었다.

"여보, 받아들이자고. 믿을 만한 분이잖아. 윤기 처남 절친한 친구이고 장인어른과 자동차로 연결된 분인데, 설마 뒤통수를 치겠어?"

"그렇습니다. 제가 이 계약서로 딴마음을 먹는다면 진 회장님께서 가만히 계시겠습니까? 특수부 검사 수십 명이 절 털기 시작할 겁니다. 저도 순양그룹의 힘이 어느 정도인지 잘 알아요."

이리저리 생각을 굴리던 진서윤이 마침내 머리를 끄덕였다.

"좋아요. 서로의 신뢰를 위해 계약서는 필요하겠군요."

오세현은 금액과 날짜를 서류에 채워 넣었다.

"자, 그럼 다 끝났죠?"

"네. 시원시원한 결정, 감사합니다."

오세현은 두 사람에게 깍듯이 머리를 숙였다.

"오 대표. 그럼 돈은 내일이라도 가능한가?"

최 의원은 다급한 듯 서둘렀다.

"아뇨. 적어도 사흘은 걸릴 겁니다. 몇 바퀴 돌려서 세탁도 해야 하고 신권이 아니라 구권을 구해야 하니까요."

철저한 준비에 믿음이 깊어지는 두 사람이었다.

"두 분께서도 사흘 안에 예선 통과는 하셔야겠죠?"

"예선이라니?"

"진 회장님의 허락 말입니다. 그분의 출마 허락이 없는 한, 자금 집행은 없습니다. 선거자금 400억을 전화 몇 통으로 휴지 조각으로 만드실 분 아닙니까?"

오세현은 약간 무시하는 듯한 눈빛을 보냈다. 그 눈빛에 두 사람은 진 회장의 성난 얼굴을 떠올리며 인상을 팍 구겼다.

▲▲▲

"네가 이 계약서를 언제, 어떻게 써먹을지 모르지만 내가 은퇴하고 외국으로 간 다음에 써라. 감옥 가기 싫다."

두 사람이 떠나자 오세현은 계약서를 내게 건넸다.

"이 계약서는 공개 못 하죠."

"사악한 놈. 폭탄은 쥐고 있을 때 위력을 발휘한다는 걸 벌써 아는 거야?"

"아뇨. 이건 할아버지께 드리려고요."

"야! 미쳤어? 그걸 주면? 진 회장님이 내 멱살을 잡는 셈이잖아."

"삼촌, 할아버지는 전문 경영인에게는 관심 없어요. 항상 주인의 목줄을 쥐는 분이에요. 이 계약서는 바로 고모부 아니, 고모가 딴생각을 못 하도록 만드는 스위치로 쓰실 겁니다."

놀란 오세현을 안심시키며 아직 끝나지 않았다는 걸 알려야 했다.

"고모부가 손아귀에서 벗어나지 못한다는 걸 확신하실 때 서울시장 출마를 허락하실 겁니다."

"진 회장님, 진짜 지독하구나. 자식도 못 믿는다니."

"자신은 누구도 믿지 않으면서 타인은 자신을 믿도록 만들었으니 그 자리에 앉았죠. 아마도 할아버지는 저도 믿지 않을걸요?"

"이왕 말 나온 거 하나 물어보자."

오세현은 소파에 기댔던 몸을 세우며 진지한 표정으로 변했다.

"17.7퍼센트. 이게 네가 가진 순양그룹 지배지분이다. 최소한 80퍼센트는 손에 넣어야 순양그룹 회장실 주인이 될 수 있을 거야. 뭐, 80퍼센트라고 해봤자 그룹 전체 주식으로 따지면 10퍼센트도 안 되겠지만….
어쨌든 진 회장님이 너한테 어느 정도까지 물려주실 것 같냐?"

"머리는 전부! 마음은 전혀!"

"뭐?"

"순양그룹 경영자로서 저만한 사람이 없다는 걸 할아버지도 모르지 않을 겁니다. 그런데 원래 가진 심성이 오로지 자신밖에 모르는 분이에요. 그 누구에게도 자기 것을 주기 싫은 거죠. 돌아가실 때 순양그룹을 관 속에 함께 묻을 수 있다면 그러고도 남을 분이라는 뜻입니다."

"그 양반 욕심을 묻는 게 아니야. 현실적인 생각은 어떠냐는 거지."

"저도 모르겠어요. 이성과 감성이 싸우면 늘 이성이 이기는 건 아니니까요."

"모른다?"

"네. 하지만 상관없어요. 할아버지가 물려주는 지분은 그냥 보너스라고 생각하기로 했어요."

어쨌든 보너스치고는 꽤 많을 것이다. 그리고 '욕심은 없지만, 능력이 뛰어난 손자, 준다고 해도 관심 없어 보이는 유일한 핏줄', 이것이 보너스를 가장 두둑하게 받아 내는 길이라 믿는다.

"아무튼, 이 계약서는 큰 역할을 할 겁니다."

1단계는 넘었다. 이제 2단계로 넘어가야 한다.

"삼촌. 32억 달러 중에 10억 달러는 순양에서 바꾸고 남은 22억 달러 있잖습니까?"

오세현의 눈빛이 달라졌다.

"왜? 그걸 쓰게?"

"값나갈 때 바꿔야죠. 아무튼, 그거 빼고 나면 미국 미라클의 운용 자금은 어떻게 됩니까?"

"사오억 달러쯤 남을 거야. 그중에 네 돈은 얼마 없어. 일반 투자자들 돈이니까."

"그러니까 제 돈을 전부 빼더라도 미국 미라클이 할 일은 남아 있는 거 맞죠?"

"당연하지. 그들도 능력 있어. 마냥 놀고먹는 사람들이 아냐. 물론 네 돈 다 빼오면 충격은 좀 받겠지만. 그런데 그 돈 어디 쓰려고?"

"귀한 달러니까 귀하게 써야죠. 대통령 선거 끝나자마자요."

"뭐?"

"정권은 분명히 바뀔 테니까 대선 승리의 선물로 주려고요."

가끔 놀라는 삼촌의 표정을 보는 재미가 쏠쏠하다. 바로 지금처럼.

"무, 무슨 생각으로 그러는 거야? 재벌 흉내는 그만둬!"

"그 흉내는 삼촌이 내셔야죠."

"야!"

"너무 놀라지 마세요. 생각보다 별거 아니니까."

오세현의 다양한 표정을 즐기는 건 그쯤에서 끝내고 일 이야기를 시작했다.

"삼촌. 미디어시티를 만들면 뭐 합니까? 그 도시로 이주해 오는 국민이 없는데?"

"이민자?"

"네. 미디어시티에 어울릴 만한 이름값 하는 기업을 유치해야죠. 이를테면 방송국 말입니다."

오세현은 머리를 싸매고 싶은 심정일 것이다. 갈수록 내가 황당한 소리만 해대니까 말이다.

"야! 방송국이 가당키나 해? 그 규모가…."

"공중파도 있지만, 케이블도 있습니다. 차근차근 해야죠."

케이블이라는 말에 조금 누그러진다. 케이블 방송 규모는 천차만별이라 가능성이 엿보이기 때문이다.

"DMC 프로젝트는 정부 차원에서도 나쁘지 않아요. 새로운 인프라 구축은 고용 효과뿐만 아니라 경제 활성화에도 도움이 되니까요. 새 정부의 사업으로 그럴싸합니다."

"그렇다고 22억 달러나 되는 돈을 덥석 안겨 준다는 건 미친 짓이야."

"제 돈을 왜 정부에 줘요? 달러 바꿔 달라는 소리죠."

"아…!"

감탄사를 내뱉는 걸 보니 모든 퍼즐을 다 맞췄나 보다.

"그럼 서울시 공유지도…."

"네. 전부 한 묶음 패키지라니까요. 달러가 부족한 한국에 22억 달러를 들고 들어온 투자사가 거대한 방송 미디어 인프라 조성에 투자하는 그림. 이건 두 팔 벌려 환영할 겁니다."

"정부와 서울시가 손잡고 사업을 펼친다! 어쩌면 정부 예산까지 받아낼 수 있을 거 같은데?"

"그렇게 된다면 더 바랄 나위 없죠."

오세현은 한동안 말없이 내 얼굴만 쳐다보았다.

"넌 네 할아버지 복제품이냐? 어떻게 이런 생각을 다 했어? 가능성은 둘째 치더라도 정말 스케일이 남다르네."

"아뇨. 이건 다 효심에서 비롯된 겁니다."

"뭔 헛소리냐? 효심?"

"DMC를 거대한 미디어 제국으로 만들어서 아버지께 드리려고요."

이젠 오세현의 놀란 표정이 지겨울 정도다.

"함께 공부하셨으니 아실 것 아닙니까? 우리 아버지, 훌륭한 경영자 자질이 충만하신 분이라는 거요. 지금 영화사 이끌어 가는 것만 봐도 알 수 있고요."

"그, 그래서 윤기를 위해 준비한 거라고?"

"네. 영화, 방송 콘텐츠 제작, 케이블 방송사 더 나아가 인터넷 사업까지. 순양 회장님 아들이고 제 아버지신데 이 정도는 거느려야 체면이 서죠."

큰 규모에 놀라서인지, 아들 잘 둔 친구가 부러워서인지 모르지만, 오세현은 입을 다물지 못했다.

"그리고 미국 미라클은 메이저 영화사와 관계도 깊지 않습니까? 잘만 연결하면 세계적인 미디어 기업이 탄생할지도 모르죠."

"윤기, 이 자식 지금 어디 있어? 빨리 만나서 술 사라고 해야겠다."

오세현의 표정은 부러움이었다.

"그전에 DMC 사업 계획서를 좀 더 마사지해 주세요. 디테일까지 꼼꼼하게요. 정부에서도 무릎을 탁 치게 만들어야죠."

"그, 그렇지. 우리 직원들뿐만 아니라 다른 전문가들도 붙여야겠다. 입이 쩍 벌어지게 꾸며야지. 윤기를 위해서라도 말이야."

이 양반 5년 뒤에 은퇴할 수 있을까? 규모가 크면 클수록 이렇게 열정을 드러내는 걸 보면 어렵지 싶다.

▲ ▲ ▲

"결국, 이런 걸 받아 냈느냐?"

"네."

할아버지는 계약서를 꼼꼼하게 다 살펴본 후 안경을 벗었다.

"이 정도면 고모부가 서울시장이 되더라도 할아버지 말씀을 거역하지 못할 겁니다. 공개하는 순간 정치자금법 위반으로 정치 인생이 끝나는 건 물론 법정에까지 설 테니까요."

“네가 원하는 건 공유지 몇 평이 전부고?”

“나머지는 할아버지께서 가지세요. 이 계약서 쓸 때 보니까 고모도 대단하시던데요?”

“네 고모가?”

“네. 순식간에 공유지의 가치를 파악하시더라고요. 선거자금 좀 밀어주는 대가로 공유지 전부를 받는 건 꿈도 꾸지 말라고…. 하하.”

할아버지는 슬쩍 웃음을 흘리며 말했다.

“그럼 내가 다 받아서 너한테 좀 줄까?”

“아뇨. 아파트 올려서 돈 버는 건 제 취향이 아니에요.”

할아버지가 분명 ‘다 받아’라고 했다. 됐다! 허락받았다.

“그런데 도준아. 이건 좀 무모한 짓 같은데…. 최 서방이 선거에 나와도 꼭 이긴다는 보장은 없어.”

“이제 당선 가능성이 높아졌죠. 할아버지께서 긍정적으로 생각하시니까요.”

“하여간… 네 녀석 눈치는 따라갈 수가 없구나. 허허.”

고모부의 상대로 누가 될지 모르지만 조금 불쌍하다. 순양그룹 정보팀에서 그 사람의 과거를 탈탈 털 것이고 그때 나온 먼지를 고스란히 모든 언론사에서 터뜨리면 버틸 재간이 없다.

“좋다. 우리 손자가 이렇게 큰돈 써서 서울시장을 내 손에 넣어 줬는데 가만있을 수는 없지. 시장 선거 때 나도 힘을 조금 보태 주마.”

“고맙습니다. 할아버지.”

고개를 숙이며 인사하다가 욕이 터져 나올 뻔했다.

‘서울시장을 내 손에 넣어 줬는데?’

손자가 만든 결과물마저 냉큼 가져간다는, 참으로 뻔뻔한 말 아닌가? 선거에서 떨어질 사람보다 고모부가 더 걱정된다. 시장 자리에 앉아 할아버지의 꼭두각시가 될 게 뻔하다.

이런 생각이 떨떠름한 표정으로 다 드러났는지 할아버지가 웃으며 말했다.

"요놈 보게나. 뭔가 섭섭한 표정인데?"

"아, 아닙니다."

"섭섭하게 생각 마라. 나도 선물 하나쯤은 주마. 혹시 부탁하고 싶은 게 있으면 말해 봐."

조금 망설여졌다. 선거 후에 말해야 하는데…. 아니, 어쩌면 선거 결과를 충분히 예측할 수 있는 사람이니 상관없을 것이다.

"모레 투표일인데 결과는 어떻게 될 것 같습니까?"

"갑자기 뭔 소리냐? 선거는 왜?"

이럴 땐 먼저 치고 나가는 게 정석이다.

"전 야당이 이길 것 같아서요. 정권이 바뀌지 않겠습니까?"

"3번으로 나온 자가 사퇴한다면 여당 압승이다."

"기대하십니까?"

"아니. 으허허."

선거판이 재미있는지 할아버지는 웃음을 터뜨렸다.

"아슬아슬하게 야당이 이길 거다. 3번 후보가 꽤 많은 표를 뺏어 갈 거야."

한국에서 보수의 힘이 얼마나 큰지 보여 주는 선거였다. 나라 경제를 한 번에 말아먹었지만, 표를 갈라치기 하지 않으면 여전히 강력한 지지를 얻는 여당이다. 언제나 1번 찍는 사람이 압도적으로 많다는 뜻이기도 하다.

"그럼 다음 정권의 이인자는 누구입니까?"

"JP와 손잡았으니 JP겠지."

뻔한 대답을 듣고 싶은 게 아니다. 과거 이 당시 나는 '정치는 쓰레기' 라며 전혀 관심 없었던 20대였기에 정보가 없다.

"아뇨. 신규 사업 하나 할 생각인데 그 인허가를 마음대로 주무를 수 있는 진짜 이인자 말입니다."

"뭐? 신규 사업? 그게 뭔데?"

할아버지는 호기심을 잔뜩 드러냈다.

"비밀입니다. 아직 완전한 계획도 아니고요. 하지만 선거 끝나고 정권 인수 단계에서 어느 정도 약속을 받고 싶어서요."

"비밀?"

"지금은요. 섣불리 말씀드렸다가 망치면 제가 쪽팔리잖아요."

"정권의 힘을 빌려야 하는 사업이라…. 꽤 큰가 보구나."

할아버지의 눈빛이 달라졌다. 무슨 생각일까?

"조심해라. 정치하는 놈들이 개입하면 변수가 많아진다. 그놈들의 이해관계는 우리보다 훨씬 복잡해. 그놈들은 도와주기 때문에 대가를 바라는 놈들이 아니야. 고춧가루 팍 뿌려서 망치지 않게 해주는 대가를 바라는 놈들이지."

조언을 해주는 걸까? 아니면….

"계획서가 정확하게 나오면 먼저 상의드릴게요. 그때 한번 판단해 주세요. 할아버지께서 말리시면 그만두겠습니다."

이것이 할아버지가 원하는 대답일까?

"네 돈으로 네가 벌이는 사업인데 허락받고 자시고가 어디 있어? 실패하더라도 한번 해봐. 좋은 공부가 될 거다."

저 눈빛과 말속에 숨겨진 할아버지의 마음은 여전히 모르겠다.

2장

칼바람 부는 계절

12월 19일 아침, JP의 자민련과 손잡고 민자당 계열의 박태준까지 합류한 기호 2번 새정치국민회의 김대중 후보가 대통령이 되었다는 결과가 전 채널을 통해 발표되었다. 앞으로 '피닉제'라는 별호를 갖게 될 기호 3번이 무려 500만 표에 가까운 득표를 함으로써 1번의 기세가 무너졌지만, 당락의 표 차이는 겨우 40만 표에 불과했다.

나는 알고 있던 결과가 바뀌지 않은 것을 안도하며 학교로 갔다. 학장님이 신신당부한, 적어도 시험은 치라는 말을 따르기 위해서였다. 기말시험마저 치지 않으면 아무리 순양그룹의 손자라도 학사경고는 피하지 못할 거라는 약간의 협박이기도 했다.

학교 분위기는 우울하기만 했다. 4학년들 대부분 IMF의 직격탄을 맞은 당사자였기 때문이다.

"야…. 이거 귀하신 분도 시험은 어쩔 수 없나 보네?"

"그러게. 코빼기도 안 보이더니만 시험 때 칼같이 학교 오는 거 봐."

이름과 얼굴을 아는 동기 몇몇이 나를 발견하고는 알은체하며 모여들었다.

"학사 경고 받으면 망해. 난 페널티가 무시무시하거든."

"페널티? 무슨 페널티?"

"학교생활 더듬더듬하면 우리 할아버지가 주식 안 준다고. 큰일 나는 거야."

"주… 주식?"

"그래, F학점보다 더 무서운 주식. 헤헤."

농담이라는 걸 명확히 알려 주려고 장난스러운 웃음을 더했지만, 이 놈들은 진심으로 받아들였나 보다. 웃음기 없는 얼굴에 입을 다물지 못했다.

"세상에. F학점 하나에 수억 날아가는 거야?"

"아니지. 수십, 수백억 아냐? 회장님 지분이라면 지주사 지분 아니겠어?"

'아이고, 애새끼들… 이걸 또 왜 진지하게 받아들이니.'

일반인에게 재벌은 판타지 같은 존재일까? 현실성 없는 이야기일수록 더 믿는 듯하다.

"야! 그만! 시험 끝나고 이야기하자."

주변의 동기들을 쫓아내고 책을 펼쳤다. 목차를 쭉 훑으며 생각을 가다듬었다. 어차피 엉뚱한 답을 쓰게 될 건 뻔하지만, 논리의 일관성만 갖추고 쓰면 되지 않을까. 백지만 아니면 된다. 적당히 답안지를 채우면 C나 D학점은 받을 것이다. 내 덕분에 순양장학재단에서 받는 장학금이 얼만데?

시험 첫날이 끝나자 애들 몇몇이 또 몰려왔다.

"도준아, 맥주나 한잔할래?"

"내일 시험은? 포기했냐?"

"간단히 한 잔만 하는 거지."

서울대도 별수 없다. 내가 다녔던, 소위 듣보잡 대학에서나 시험 기간에도 술 퍼마시는 애들이 있는 줄 알았는데 명문대라는 곳도 사람 사는 곳이다.

"아까 말했지? 내겐 주식이 달려 있다고! 시험 끝나고 종강 파티 때 한잔하자. 내가 쏠게, 됐지?"

내가 쏜다는 말에 요놈들 눈빛이 변했다.

"야야! 너무 기대하지 마라. 딴 거 없어. 소주나 맥주 말하는 거다."

"주종은 둘 중 하나지만 양은 무제한 아냐?"

기다렸다는 듯, 한 놈이 되묻는다.

'아차, 이놈들 이제 1학년이지.'

돈 걱정 없이 양껏 마실 수 있다는 것만으로도 즐거워할 나이다.

"그래. 무제한이다, 인마. 흐흐."

기말시험이 끝나는 날 애들에게 끌려간 곳은 바로 학교 앞 제일 큰 호프집이었다. 요놈들, 아예 뽕을 뽑으려고 작정한 것 같다. 이미 빈 좌석이 없을 만큼 꽉 찼고 드문드문 선배들도 보였다. 그나마 평소 격의 없이 대화하는 애들과 같은 테이블에 앉아 어색함은 덜했다.

"자자, 우리도 주문하자. 도준아, 뭐 먹을래?"

"야! 도준이가 이런 데 와봤겠냐? 그냥 알아서 시켜."

이런 곳? 수도 없이 다녔다. 돈이 없어 마음 놓고 안주를 시키지 못한 적이 한두 번이 아니었다. 그때를 생각하니 피식 웃음이 났다. 이왕 사는 거 먹고 싶어도 못 먹었던 것, 요놈들에게 그런 걸 먹여야겠다.

나는 손을 들어 아르바이트생을 급히 불렀다.

"다른 테이블에서 술 시켰어요?"

"네, 3000으로 통일해서 시켰는데요?"

"그거 취소하고 병맥주로 쫙 깔아 줘요."

"네?"

"뭐?"

아르바이트생보다 동기 놈들이 더 놀란다.

"간만의 술자린데 쏠 때는 확실하게 쏴야지. 쪼잔하다는 소리는 들을 수 없잖아."

슬쩍 웃으며 말하자 같은 테이블의 놈들 입이 찢어졌다.

"야! 도준이가 병맥 쏜대!"

한 놈이 벌떡 일어나 외치자 일순 정적이 감돌았다. 곧이어 함성이 터져 나왔다. 돈 없는 어린놈들에게 병맥주는 고급 중에 고급이니 좋아할 만하다.

"도준아. 카프리 마셔도 돼?"

누군가 크게 외쳤다.

'카프리? 아… 그 노란색, 눈으로 마시는 맥주?'

나는 어깨를 으쓱했다.

"카프리도 병맥주잖아. 뭐든 마셔."

기분 좋은 미소가 저절로 나왔다. 약간의 사치만으로도 기분 좋아지는 젊은 시절. 가끔 이들과 어울리며 이런 소박한 즐거움을 놓치지 말아야겠다.

"참, 안주 시켜야지."

메뉴판을 들고 안주 리스트와 사진을 쭉 훑어보고 손을 번쩍 들었다.

"여기요!"

아르바이트생이 총알같이 달려왔다.

"일단 카프리 여덟 병 줘요."

같은 테이블에서 눈만 깜빡거리는 애들을 무시하고 다시 메뉴판을 들어 안주를 짚어 나갔다.

"안주는 보자… 쏘야 하나, 골뱅이무침에 소면 사리, 아! 노가리도 하나."

메뉴판을 덮자 아르바이트생이 받아 적은 메모지를 확인했다.

"카프리 여덟 병, 쏘야, 골뱅이, 노가리. 맞죠?"

"네. 아, 잠깐만요. 혹시 마른 멸치랑 고추장, 서비스 됩니까?"

"네. 물론입니다."

넋 놓고 있던 동기 중 한 놈이 정신을 차리고 다급히 외쳤다.

"치킨도 시켜!"

"오케이. 양념? 후라이드?"

"후, 후라이드."

아르바이트생이 고개를 까닥하고 돌아가자 애들이 참았던 입을 열었다.

"뭐냐? 너도 이런 데 다녀? 잘 아네?"

"재벌 3세가 호프집이라니! 그림이 안 나오잖아, 인마!"

갑자기 궁금해졌다. 또 다른 재벌 3세인 내 사촌들도 호프집을 다녔을까? 포장마차에서 오뎅탕 국물 하나 시켜놓고 술잔을 기울인 적이 있을까?

"자주 다닌다. 가족끼리 투다리 가서 꼬치 먹기도 하고, 사촌들하고 찌개 하나 앞에 두고 소주도 마셔. 우린 뭐, 매일 호텔 레스토랑이나 비싼 고급 레스토랑만 다니는 줄 알아?"

동기 놈들 눈이 휘둥그레졌다.

"집에서 밥 먹을 때도 매끼 12첩 수라상 같은 거 안 먹어. 그냥 국, 찌개, 반찬 놓고 밥 먹는다고. 별다른 거 없어."

근본이 서민인 내가 서민 코스프레하는 것쯤이야 쉽다. 이 기회에 재벌 3세 이미지도 세탁하니 일거양득이었다.

맥주를 빠르게 비워 내며 병맥주를 몇 병 더 시켰을 때 선배 몇 명이 슬며시 다가왔다. 누군지 몰라 눈만 깜빡거리는데 동기 놈들이 벌떡 일어나 머리를 숙였다.

"이거 졸업할 사람들이 꼽사리 껴서 미안하다."

"아닙니다. 선배님."

4학년 졸업반이라는 말에 나도 벌떡 일어났다.

졸업반이 종강했다고 돌아다니는 걸로 봐서는 취업을 준비하는 게 틀림없다. 판검사가 목표라면 365일 법전에 묻혀 사는 게 정상이다.

"자리 좀 빌리자. 잠깐이면 돼."

표정을 보니 심상치 않다. 대충 짐작 가는 일이다.

"도준아, 뭐 좀 물어보려고 일부러 들렀다. 괜찮지?"

"네, 선배님. 말씀하십시오."

선배들은 긴 한숨과 함께 맥주를 들이켰다.

"사실 우리 셋은 금융사에 취직했는데 한 곳은 부도, 다른 두 곳은 합격 취소 통지서를 받았어. 올해 신입사원 채용은 불가하다면서…."

'이 선배들 어떡하나.'

급여가 센 곳이라 골라서 들어갔을 텐데 졸지에 백수로 졸업하게 생겼다. 차라리 대기업이었다면 월급은 좀 적어도 최소한 백수는 면했을 텐데 말이다.

"아, 오해는 마라. 너한테 취직 부탁하는 건 아니니까."

선배들은 씁쓸한 내 표정을 잘못 해석하고 난처해 하며 황급히 손을 내저었다.

"IMF. 이거 어떻게 될 것 같으냐? 넌 우리보다는 훨씬 더 많은 걸 알고 있지 않아? 아무래도 주변에 고급 정보가 많이 돌아다닐 테니까."

"어쩔 수 없이 취업 재수해야 하는데…. 솔직히 1년 뒤에도 계속 이 모양이면 노선 바꾸려고. 사시를 준비하든 행시를 준비하든 해야겠지."

선배들의 질문 때문에 주변이 조용해졌다. 모두 귀를 쫑긋하고 내 입만 바라보고 있다.

뭐라고 말해야 할까? 진실을 알려야 할까? 아니면 위로를 건네야 할까? 대학 졸업반이라고 해도 사회에서는 어린애나 마찬가지다. 이들에게 앞으로 벌어질 일들을 말해 줘도 그 깊숙한 진실이 피부에 와닿지 않을 것이다. 하지만 나를 바라보는 선배들의 간절한 눈빛을 보니 철부지들이라고 무시하기 힘들었다.

"제 생각을 말씀드리면… 취업은 포기하시고 사시나 행시 준비하십시오. 공부라면 한가락 하시지 않습니까? 지금도 늦지 않았으니 빨리 시작하시죠."

혹시나 했던 대답이 나오지 않자 선배들의 얼굴에 실망이 묻어났다.

"내년에도 IMF 때문에 취업이 어렵다는 거냐?"

내년? 앞으로 쭉 어렵다. 갈수록 더 힘들어지는 게 취업이다. 서울대라고 해도 예외는 아니다.

"취업은 고사하고 지금 다니는 사람들도 많이 잘릴 겁니다. 기업 구조조정이라는 명분으로 해고의 칼바람이 불겠죠."

"해… 해고?"

"네. 웬만한 대기업도 최소 30퍼센트 이상 정리할 겁니다. IMF 위기라는 건 단순히 유동성 자금 부족이 아니에요. 우리나라가 경제적인 부도 상태라는 겁니다."

선배들의 침묵이 호프집 전체로 퍼져 나갔다. 떠들썩하게 울리던 소리가 점차 줄어들기 시작했다.

"이제 평생직장이라는 개념은 사라졌어요. 기업은 언제든 직원을 자를 수 있고, 비정규직이라는 새로운 단어가 나올 겁니다."

"비정규직? 그게 뭐야?"

이 시대에 등장한 생소한 개념인 비정규직. 어떻게 설명해야 할까? 이때 홀을 왔다갔다하는 아르바이트생이 눈에 띄었다. 난 손가락으로 아르바이트생을 가리켰다.

"저 알바생, 소득세와 갑근세 같은 세금 뗄까요?"

"아니겠지?"

"퇴직금은요?"

"알바가 퇴직금이 어디 있어?"

선배들은 황당한 표정으로 나를 쳐다보기 시작했다.

"그럼 사장님이 내일이라도 그만두라고 하면 어떡해요?"

"그만둬야겠지?

"그게 바로 비정규직입니다. 장사하는 가게에서만 쓰는 게 아니라 대기업에서도 이런 형태로 고용하는 거죠."

우리의 소원은 통일이 아니라 정규직이라는 말이 한국을 지배하는 시대가 머지않았다. 하지만 이들은 실감하지 못한다. 지금 이들의 표정을 보면 알 수 있었다. 전부 설마 하는 얼굴로 나를 바라보고 있었고, 나는 주변의 동기들에게 말했다.

"국가 부도를 벗어나고 경제가 정상으로 돌아오려면 시간이 꽤 걸릴 거야. 고시 준비가 아니라 취업을 생각한다면 군대부터 다녀와. 적어도 졸업을 늦출 수는 있잖아? 소나기는 피하고 봐야지."

워낙 침울한 분위기라 내 말이 꽤 멀리까지 들렸는지 많은 애들이 고개를 갸웃한다.

1학년이 겨우 끝난 애들에게는 피부에 와닿지 않을 이야기가 맞다. 하지만 내년부터 진정한 칼바람이 불고, 주변 사람들이 IMF의 피해자가 되면 소나기는 피해야 한다는 내 말을 이해할 것이다. 내 속에 잠자던 아재 본능 때문일까? 걱정과 잔소리가 길어졌다.

'아이고, 가라앉은 이 분위기를 어떡하지?'

다행히 4학년 선배들이 좀 낫다.

"덕분에 정신이 번쩍 든다. 고마워."

"아닙니다. 제가 너무 부정적으로 말한 것일 수도 있어요. 주변에 회사 운영하는 사람들은 언제나 최악의 상황을 염두에 두고 있으니까요."

"우리도 최악의 상황을 생각하고 준비해야지. 이제 졸업이니까."

선배들은 씁쓸하게 웃으며 술잔을 들었다.

"이거 우리 때문에 분위기 엉망이네. 미안하다. 자, 한잔하자!"

"너희들은 아직 시간 많이 남았어. 소나기 피할 시간 충분하고 준비할 시간 많아. 걱정하지 말고 오늘은 퍼마시라고. 하하."

억지웃음일지라도 분위기 반전에 도움이 됐다. 게다가 1학년이라 아직은 현실에서 멀찍이 떨어져 있다. 애들의 목소리가 다시 높아지기 시작했다. 하지만 다시 침묵이 찾아왔다. 문이 벌컥 열리며 찬바람을 몰고 들어오는 사람 때문이었다.

두꺼운 오리털 파카 차림에, 털모자와 목도리로 눈만 드러났지만, 남자가 아니라는 것은 충분히 알 수 있었다. 그녀는 호프집을 쓱 둘러보더니 성큼성큼 내 자리로 다가왔다. 목도리를 풀자 예쁜 얼굴이 보였다.

"진도준. 오랜만이다, 너."

누군지 알겠다. 신입생 환영회 때 돌린 노트북을 가져가지 않은 애다. 그런데 이름이 기억나지 않았다.

'입안에서 맴도는 이름, 뭐였더라?'

내 표정을 본 여자애는 어이가 없는지 혀를 찼다.

"너 내 이름 까먹었지?"

나는 얼떨결에 머리를 끄덕이는 실수를 저질러 버렸다.

"이야, 역시 직진 서민영! 거침없구나."

같은 테이블의 선배가 서민영을 올려다보며 감탄을 터트렸다.

'맞다! 서민영. 이 애 이름이었지. 가만, 그런데 직진은 또 뭐지?'

"선배님, 잠깐 앉아도 되죠?"

서민영이라는 여자애가 의자를 끌어당겨 슬그머니 합석한다.

역시 남자 놈들은 어쩔 수 없다. 예쁘장한 여자가 끼어드니 모두 헤벌쭉하며 자리까지 만들어 준다. 남자는 여자의 미모에 약하다는 치명적인 약점이 있다.

"한잔할래?"

선배가 잔을 내밀자 서민영은 두 손으로 받고 잔을 조금 기울였다.

"반 잔만 주세요. 다시 도서관 가야 해요."

"오! 역시 사시 준비생이라 다르네. 종강도, 방학도 없이 직진한다 이거지? 그런데 여기서 이러고 있을 시간 있어?"

'또 나왔다. 직진!'

사시를 향해 달려가는 준비생들을 직진이라고 하나 보다.

"선배님들. 제가 보기에는 선배님들도 지금 이러고 있을 시간 없어요. 행정고시라면 2년 정도 준비하면 가능할 텐데요? 사시는… 아무도 장담 못 하는 문제니까 각자 판단하시겠지만."

'응? 이 애, 갑자기 무슨 말이지? 설마 IMF 이야기인가?'

"야! 서민영! 너 뜬금없이 그게 무슨 말이야?"

"바쁘신 선배님들이 도준이에게 그거 확인하려고 여기 오신 거 맞잖아요? 기업들 상황이 어떤가, 이 끔찍한 외환위기가 언제까지 계속될 것인가… 아닌가요?"

'어쭈? 제법인데?'

공부 머리가 좋아 법대에 들어왔고, 선배들 말을 들어 보니 오로지 법관을 향해 공부만 파는 모범생인 줄 알았다. 하지만 선배들이 이 자리에 모인 이유를 재빨리 알아내는 눈치도 있고 세상이 어떻게 돌아가는지도 잘 안다. 검사가 된다 해도 실적 걱정은 하지 않아도 될 것 같다.

"지금은 서울대 간판도 통하지 않는대요. 바깥은 칼바람이 분다고 졸업생 전부 울상입니다. 그리고 그 칼바람은 쉽게 사그라지지 않는다고 하네요. 그나마 우린 다행이죠. 법 공부라도 했으니 공무원 시험은 그다지 어렵지 않으니까요."

선배들은 나와 똑같은 말을 한 서민영과 나를 번갈아 보기 시작했다.

"너희 둘, 혹시 사귀냐? 데이트하면서 한국 경제문제 같은 걸 토론도 막 하고 그래?"

한 선배가 농담처럼 말하자 옆자리 동기 놈들이 소리쳤다.

"그건 아니지! 아니, 그럼 안 되지. 도준이 얘는 지구인이 아니야. 외계인과 우리 민영이가 사귈 리 없잖아."

"야! 민영아. 넌 아니라면서? 힘자랑하는 놈 재수 없고, 돈 자랑하는 놈 밥맛이라면서? 도준이 이놈은 돈과 힘, 둘 다 있다고. 정신 차려."

"진도준, 넌 너희 세계로 가. 다른 재벌집 무남독녀, 아니면 연예인…. 이런 여자 만나야지."

이거, 아무래도 농담 같지 않다. 동기 놈들 눈에 불꽃이 튄다. 서민영은 동기 놈들의 아우성에도 아랑곳없이 술잔을 싹 비우고 입술을 쓱 훔쳤다.

"너희들 왜 오버냐? 나 입학하고 도준이 본 게 오늘이 세 번째야. 사귀긴 누가…?"

"그렇지? 하긴, 물리적인 시간도 없고 기회도 없구나. 도준이는 학교를 안 오고 민영인 학교 도서관과 강의실만 오가니 사귀는 건 불가능이지, 암."

놈들의 눈에서 불똥이 사라졌다. 얘들 말하는 게 우습기도 하고 부럽기도 했다. 정신이 육체를 지배한다는 말은 다른 경우에 쓰는 말이지만, 내 경우도 그렇다. 연애 감정이 말라 버린 중년의 정신이다 보니 이런 애들 신경전이 귀엽게만 보인다. 가끔 내 몸속의 남성 호르몬이 날뛰지만 일 때문에 받는 스트레스가 그 호르몬을 억누른다.

"됐다. 얼굴 봤으니 난 가볼게."

서민영은 목도리를 두르며 일어섰다.

"그리고 도준이 넌 나 잠깐 보자. 할 이야기가 좀 있어."

"나? 왜?"

깜짝 놀랄 뻔한 것을 잘 넘겼다. 무슨 애가 앞뒤 없이 갑자기 쑥 들어오는지, 조금 전 당황했던 선배들이 이해된다.

"내가 좀 따질 게 있어서 그래."

"야. 서민영! 딴생각하는 거 아니지?"

무표정한 서민영에게 동기 한 명이 소리 질렀지만, 표정은 변함없었다.

"쫌! 까불래?"

귀엽기도 해서 별말 없이 그녀를 따라 밖으로 나갔다.

"으… 춥다. 뭔데? 뭘 따져?"

"내가 지금 진짜 쪽팔림을 무릅쓰고 하는 말이니까 잘 생각해서 대답해."

"그래."

어린애의 장단을 맞춰 주려니 좀 시큰둥하게 대답이 나왔고, 서민영은 이런 내 기분을 느꼈는지 입술을 잘끈 물었다.

"뭐야? 얼른 말해 봐."

"난 졸업 전에 사시 패스가 목표이자 의무거든."

"목표는 이해하는데 의무는 또 뭐야?"

"우리 집은 전부 법조인이야. 게다가 대부분 법대 졸업 전 패스했어. 졸업 전에 패스 못 하면 가족 전부가 갈구기 시작하거든. 그래서 무조건 패스해야 해."

김윤석 대리가 조사한 바에 의하면 검사장, 법원장이 흔한 가족이었던가? 그런데 대부분 졸업 전 패스라니… 의외다.

"그래서 고3보다 더 빡세거든? 솔직히 시간이 없어."

"무슨 시간?"

"너랑 데이트할 시간."

"뭐?"

'요즘 애들 다 이러나? 솔직한 건가, 당돌한 건가?'

"너 좋아한다는 고백인데 반응이 고작 그거야?"

"힘자랑, 돈 자랑하는 놈 싫다면서? 난 둘 다 있는데?"

"대신 잘생겼잖아."

"뭐?"

"넌 반응이 딱 하나뿐이구나. 뭐?"

내 말투를 흉내 내고는 짧게 한숨을 쉰다.

"우리 할머니가 그러시더라고. 남자는 인물이 제일 중요하다고. 남자가 잘생겼으면 화나는 일이 생겨도 용서가 된다나?"

"그래서? 할머니 말씀 따르려고?"

"아니, 나도 백퍼 동의하니까. 내가 남자 외모에 많이 약해."

어처구니가 없어 피식 웃자 서민영도 배시시 웃는다. 귀엽긴 하다.

"다시 본론으로 돌아가서…. 암튼 나도 시간 없고 너도 학교 잘 안 오니까, 자주는 아니고 한 달에 한두 번쯤 밥 같이 먹는 걸로 퉁치자."

"뭘 퉁쳐?"

"우리 데이트."

이번엔 웃음도 나오지 않았다. 공부라는 한 우물만 파서 남녀가 밀당하는 법을 아예 모르는 건가? 아니면 너무 솔직한 걸까? 대답을 못 하고 있으니 그녀가 나를 빤히 보며 말했다.

"잘 생각해서 대답해. 솔직한 게 좋긴 하지만, 거절하면 원한 품을 거야. 여자가 한을 품으면 오뉴월에 서리가 내린다고 하지만 난 좀 달라."

"어떻게 다른데?"

"검사가 돼서 네 명의의 계좌 싹 털 거야. 불법 증여 흔적이 나오기만 하면 넌 수갑 차고 취조실에서 날 보게 될걸?"

"그거 지금 쪽팔리니까 나 웃으라고 농담한 거지?"

"별로야? 안 웃겨? 이 멘트 준비한다고 서너 시간 고민했는데…."

서민영은 또다시 날 빤히 쳐다보았다. 예쁜 여자의 눈길을 고스란히 받아 내는 건 쉬운 일이 아니다.

"그렇게 쳐다보지 마. 심장 떨린다."

내 말을 이해 못 했는지 눈만 깜빡거리다 마침내 환히 웃는다.

'이럴 땐 좀 늦군.'

"내 번호 알지?"

서민영은 머리를 힘차게 끄덕였다.

"전화해. 차 보낼 테니까."

"차? 무슨 차?"

"너 데리러 갈 승용차. 잊었어? 나 재벌 3세야. 우리 데이트가 평범하진 않을 거니까 마음 단단히 먹어. 나 들어간다."

서민영의 어깨를 슬쩍 치고 돌아설 때 그녀가 다급하게 말했다.

"이거 비밀이야! 애들이 물어보면 조별 과제 빼먹은 거 따졌다고 해."

나는 웃으며 손을 슬쩍 들어 주고 호프집으로 들어갔다. 자리로 돌아오니 남학생들 눈빛이 심상치 않았다.

"뭐냐? 무슨 말 하디?"

"뭐긴? 조별 과제 할 때 땡땡이친 거 가지고 한참…."

이때, 갑자기 문이 열리며 서민영이 얼굴을 불쑥 내밀었다.

"나 오늘부터 진도준이랑 사귀기로 했다!"

이 말만 크게 외치고 그녀의 얼굴이 사라졌다.

'저, 저런! 도대체 저 애의 사고 회로는 어떻게 돌아가는 걸까?'

방금 제 입으로 비밀로 하자고 말한 지 1분도 지나지 않았다. 그녀의 폭탄 발언 탓에 남학생들은 나를 죽일 듯이 쏘아보았다. 그 눈길에 내 얼굴은 점점 하얗게 질려 갔다.

"으하하. 역시 직진이야. 민영이답다."

선배 한 명이 배를 잡고 웃었다.

'아…!'

직진이 무슨 뜻인지 대충 알 것 같았다.

▲▲▲

"호텔, 백화점, 리조트, 골프장. 이 정도면 결코 적은 게 아니다. 다른 그룹들을 봐. 백화점이나 골프장 한두 개가 전부야. 그게 딸이 가져가는 몫이다. 출가외인이라는 말이 괜히 있는 게 아니다."

"그러니까 정치하는 거예요. 부족한 걸 권력으로 메꾸고 싶으니까요."

"부족? 허, 참."

진 회장은 진서윤의 욕심에 할 말을 잃었다. 외동딸이라 너무 오냐오냐 귀여워만 하며 키운 자기 잘못도 크기 때문이다.

최 의원은 진 회장의 눈치를 살피며 조심스럽게 입을 열었다.

"염려하시는 부분은 없을 겁니다. 회사 쪽은 쳐다보지 않고 정치판에서 크겠습니다."

마누라 치마폭에 쌓여 꼼짝도 못 하는 놈이 험악한 정치판에서 크겠다고 큰소리치니 더 한심해 보였다. 진 회장은 사위를 무시하고 딸만 쳐다보며 말했다.

"야당이 정권을 차지했다. 여야가 바뀐 거야. 야당 후보로 나서서 선거에서 이기기 쉽지 않다."

"저는 정권을 차지한 야당보다 아버지가 더 두렵거든요."

배시시 웃는 딸을 보니 마음이 약해졌다. 나이 먹은 딸이지만 진 회장의 눈에는 여전히 귀여운 외동딸이었다. 하지만 자를 건 자르고 지킬 건 지켜야 한다. 더욱이 똘똘한 손자가 만들어 준 아킬레스건까지 손에 넣지 않았던가.

"모두 들어와!"

진 회장이 서재 밖을 향해 외치자 삼사십 대로 보이는 대여섯 명의 사내들이 들어왔다. 그들은 진 회장을 향해 허리 숙여 인사한 다음 회의 테이블의 한 자리를 차지하며 앉았다.

진서윤의 표정이 점점 더 환해졌다. 그녀는 이들의 정체를 잘 안다. 선거 때마다 대기업을 옹호하는 후보 곁에서 전략을 짜는 사람들이다. 소속은 순양경제연구소지만 경제보다 정치판을 읽는 데 탁월하다. 정치는 생물이라 시시각각 변하는데, 이들은 변화의 흐름을 정확히 읽고 전략을 수정하며, 유권자의 변화를 정확히 파악하는 식견을 보유한 능력자들이다. 이들은 계열사 사장급의 엄청난 연봉을 받으며 오로지 선거만 책임지는 그림자들이었다.

"오늘부터 이 친구들이 최 서방을 도울 거다. 이왕 나서기로 한 거 꼭 이겨야지."

뭐가 뭔지 모르는 남편에게 진서윤이 눈짓하자 황급히 머리를 숙였다.

"감사합니다, 장인어른. 꼭 이겨 은혜에 보답하겠습니다."

진 회장은 가볍게 머리를 끄덕이며 사위에게 말했다.

"그 말, 책임질 수 있나?"

"물론입니다. 장인어른은 제게 친아버지와 다를 바 없는 분입니다. 어떻게 딴생각하겠습니까?"

진 회장은 사위의 달달한 말에 웃음을 흘리며 서류 파일 두 개를 눈 앞에 툭 던졌다.

"이건…?"

최 의원이 어리둥절한 표정을 짓자 진서윤은 재빨리 파일을 낚아채고 펼쳤다.

"하나는 서울시 정무 부시장과 서울시 산하기관의 기관장으로 쓸 만한 사람 명단이다. 특히 도시기반시설본부, 시설관리공단, 주택도시공사에 앉을 인물은 특별히 골랐어."

"아, 아버지."

당황한 진서윤이 진 회장을 쳐다봤지만, 그 눈길을 무시하고 말을 이었다.

"선거 때 자네 공약에 써먹을 만한 거 몇 줄 적었다. 언제 발표할지는 저 친구들이 알려 줄 거야."

숫제 진 회장의 사람들로 서울시를 장악하겠다는 뜻 아닌가? 공약도 서울시장의 생각이 아니라 순양그룹을 위한 공약이다. 자신을 완전히 꼭두각시로 만든다는 계획이다.

"자, 장인어른, 저도 챙겨 줘야 할 사람이 있고 우리 당에서도 사람을 추천할 겁니다. 그 사람들도…."

"그건 내가 알아서 처리할 테니까 염려 말게. 서울시의 공무원 자리보다는 순양그룹 사옥으로 출근하는 걸 더 좋아할 거야."

이권을 쥔 자리는 진 회장 사람이 앉고 그 대가로 월급 듬뿍 주는 자리를 내주겠다는 말에 최 의원은 입을 닫았다. 울화가 치밀었지만, 아내가 보내는 눈빛 때문에 참아야 했다. 지금은 시키는 대로 고분고분 따라야 할 시기라는 걸 최 의원도 잘 안다. 반격은 권력을 손에 쥔 다음이다.

▲▲▲

"인수위원장 이종철. 정권 초기에는 이 사람이 주도해 나갈 거라고 합니다. 초대 비서실장이 유력하다네요."

"이종철? 이 양반은 DJ 사람도 아닌데? JP 쪽이야."

오세현은 진 회장이 일러준 차기 정권의 이인자 이름을 듣자 믿기 힘든 표정이었다.

"정보력으로 본다면 할아버지가 더 정확하지 않겠어요? 의심은 버리세요."

"하긴, 순양그룹이 파악했는데 어련하겠냐?"

"만나 봐야겠죠?"

"진 회장님께서 줄을 놔주신대?"

"그동안 제가 해드린 게 얼만데요? 그리고 우리 미라클은 순양의 대주주예요. 그 정도는 당연히 해주시죠."

대통령 당선인이나 인수위원장은 취임식 때까지 거동을 조심한다. 특정인을 만난다면 곧바로 언론에 노출되고 꼬투리가 잡히기 때문이다. 비밀 회동하기 위해서는 그만한 힘을 가진 사람만 가능한데, 진 회장 정도면 미팅 제안을 거절하기 힘든 사람이다.

"좋았어. 이제 큰물에서 한번 놀아보자."

"이제부터 함께 만나죠. 제가 정장 입고 삼촌 곁에 서 있으면 수행비서처럼 보이지 않을까요?"

"뭐냐? 날 못 믿는다는 소리는 아니지?"

직접 만나겠다는 소리에 놀란 듯 보였으나 이내 농담을 건넨다.

"정치하는 놈들은 말을 두루뭉술하게 하니까요. 정확한 해석을 위해서는 함께 만나는 게 나을 것 같아요."

"혹시 널 알아보지 않을까? 순양 회장의 손자라면 상대가 조심할지도 몰라."

"저 유명인사 아닙니다. 작년 수능 끝나고 TV에 잠깐 얼굴 나온 게 전분데 기억 못 하죠."

정권의 인수위원장이라면 가십에 불과한 방송을 볼 리가 없다. 중요한 것은 그가 현실을 얼마나 정확히 아느냐이다. 32억 달러 중 10억 달러는 순양그룹에서 바꿨고, 남은 22억 달러의 가치를 그가 어떻게 생각하는지 꼭 알고 싶었다. 만약 달러의 가치를 평가 절하한다면 그는 현실 감각 없는 정치꾼일 뿐이다.

이종철은 과연 차기 정권의 이인자일까? 아니면 문고리를 잡고 문만 여는 역할의 허수아비일까?

"이야, 이 자식. 이렇게 입으니 슈트발 죽이는데?"

"전 뭘 입어도 옷발 삽니다. 모르셨어요?"

"하여튼, 겸손이란 게 없어요."

오세현은 내 등을 툭 치며 엘리베이터 쪽으로 걷기 시작했다.

"이 호텔은 정치인들 안방이군요."

"청와대, 정부종합청사 바로 앞이고 여의도 가깝고, 이만한 곳이 없지."

"주차장에서 객실로 직행이라 눈에 띌 염려가 없어서 더 그런 거 같은데요?"

"그러니까. 뭔 놈의 비밀 회동이 그렇게 많은지, 음흉한 새끼들."

우리 둘은 정치인을 싸잡아 씹으며 약속 장소로 올라갔다. 객실을 가볍게 노크하니 TV에서 봤던 익숙한 얼굴이 문을 열었다.

"오세현 대표님?"

"네."

"들어오시죠."

객실에는 서너 명의 인수위원들이 대화를 나누다 우리가 들어서자 입을 닫았다.

"자, 그럼 그렇게 진행하고 먼저 돌아가. 난 이분과 나눌 이야기가 좀 있으니까."

인수위원들은 가볍게 머리를 숙이고 객실을 빠져나갔다.

"어서 오세요. 이종철입니다."

"오세현입니다. 바쁘실 텐데 귀한 시간 내주셔서 감사합니다."

"별말씀을요. 휘청거리는 아진그룹을 구제해 주신 분 아닙니까? 감사는 제가 드려야죠."

예상과 다른 태도다. 육사 16기 졸업생이며 5공화국 시절 중앙정보국을 거쳐 민정당 의원을 역임했다. 이 정도 경력이면 겸손과 거리가 멀고 거만과 가까워야 하는데 매우 깍듯한 말투다. 처세술이 좋은 건지 타고난 성품인지는 두고 볼 일이다.

"거기 젊은 분은…?"

"아, 제 스태프입니다. 혹시나 해서 먼저 말씀드리는데 저와 이 친구 사이에는 비밀이 없습니다. 오늘 위원장님과 나누는 대화, 어차피 이 친구에게 다 말할 생각이니 동석을 부탁드립니다."

"그러시죠. 그다지 숨겨야 할 이야기는 없을 텐데, 괜한 걱정이십니다. 허허."

나는 이종철에게 머리를 꾸벅 숙이고 별다른 말은 하지 않았다. 어차피 저 사람도 내게 별다른 관심이 없어 보였다.

"순양 회장님 말씀으로는 좋은 소식을 전할 분이라고 하던데, 맞습니까?"

"바쁘신 것 맞군요. 바로 본론부터 꺼내시다니."

"아차, 이거 실례했어요. 일단 앉읍시다."

이종철 위원장은 객실 중앙의 응접 소파로 우리를 안내했다.

"미라클 인베스트먼트의 뉴욕 본사에 가용할 수 있는 자금이 22억 달러쯤 있습니다. 전 그 돈을 국내로 들여올 생각입니다."

"조건이 있겠죠?"

22억 달러라는 말에도 전혀 놀라지 않았다. 분명 처음 듣는 숫자가 일 텐데, 침착한 걸까? 아니면 22억 달러의 가치를 모르는 걸까?

"네. 위원장님을 뵙자고 한 이유도 그 조건을 말씀드리고자 함입니다."

오세현이 준비한 파일을 건넸지만, 이종철은 제목만 흘낏 보고 테이블에 내려놓았다.

"투자사가 건설에 손대려는 이유가 뭘까요? 금융과 공구리는 별로 어울리는 모습이 아닙니다만."

"그 계획서는 공구리 사업이 아닙니다. 일부 들어가 있지만, 별개의 사업이죠. 긍정적인 검토를 부탁드립니다."

"긍정적이면 달러를 한국에 쏟아붓겠다는 뜻?"

"네."

"쏟아붓고, 막대한 이익을 챙기고, 그 돈은 다시 미국으로 가져가겠죠?"

웃으며 말하지만, 호의를 보이진 않는다. 미라클이 미국 투자사라는 것이 이 사람에게 선입견을 준 게 분명했다. 검은 머리 외국인이 한국의 부를 외국으로 유출하는 수단으로 보는 것이다.

"뻔한 수순 아닙니까? 아마 아진그룹 미래도 이것에서 벗어날 수 없겠죠? 정상화한 다음 쪼개서 팔고 이익은 미국으로, 아닙니까?"

"아닙니다, 위원장님. 그 반대입니다."

내가 입을 열자 이종철의 눈에 이채가 서렸다.

"반대?"

"네. 우리 미라클은 미국에서 번 돈을 한국으로 가져오는 일을 합니다. 지금까지 우리 회사는 델 컴퓨터, 마이크로소프트, 할리우드 영화, 일본의 소프트뱅크에 투자해서 많은 이익을 남겼고, 그렇게 번 돈으로 아진그룹을 인수했습니다. 어떻게 보면 수출 역군입니다."

"젊은 친구가 말장난이 심하군. 수출 역군이라니?"

육칠십 년대를 살아온 사람에게 수출 역군이라는 단어는 자부심과 긍지의 상징이다. 세계 최빈국에서 경제 대국으로 성장한 동력이 바로 수출이기 때문이다. 우리나라는 자원이 부족하므로 인적 자원이 전부이고 수출만이 살길이라는 소리를 귀에 못이 박히도록 들었다. 그런데 고작 돈놀이하는 놈이 드높은 긍지의 단어를 입에 담으니 처음으로 불쾌한 심정을 보이는 것이다.

"수출은 바로 달러를 벌어들이는 행위 아닙니까? 우리는 상품을 팔지 않을 뿐 외화를 번다는 것은 똑같습니다."

"지금은 그렇게 보일지도. 하지만 앞으로는?"

'이 아저씨 참… 의심이 깊네. 정보국 출신이라 그런가?'

"위원장님, 돈만 벌려고 생각했다면 환율 차이만 챙겨도 두 배가 넘습니다. 제가 드린 그 계획서가 현실이 된다 해도 두 배의 이익은 장담하기 어렵습니다."

오세현이 핵심을 찌르자 그제야 파일을 집어 들었다.

순식간에 내용을 싹 훑은 이종철은 파일을 내려놓으며 입을 열었다.

"한국 미디어 산업의 메카를 만들겠다는 계획 같은데, 나쁘지 않군요."

이종철의 태도가 변했다. 갑자기 호의적인 음성이다.

"22억 달러 전부를 미디어 산업에 투자할 계획입니까?"

"아닙니다. 그중 일부만 투자합니다. 사실…."

오세현은 잠깐 뜸을 들이며 이종철의 눈치를 살폈다.

"다양한 분야에 투자할 생각입니다. 미국 투자사는 현지인들에게 맡기고 전 우리나라에서 경영자로 거듭날 생각입니다만."

"혹시 IT는 어떻습니까?"

이종철이 눈을 반짝이며 묻는다.

"델, 마이크로소프트, 소프트뱅크에 투자해서 막대한 이익을 보셨다면 그쪽에 밝은 분이라고 생각하는데, 아닙니까?"

뜬금없는 질문에 당황한 오세현은 쉽게 대답하지 못했다. IT 투자는 전부 내가 주도한 일 아닌가? 이 질문에 나는 쾌재를 불렀다. IMF 사태로 침체에 빠진 경제에 활력을 불어넣기 위해 국민의 정부는 IT 관련 벤처기업을 육성하는 데 힘을 쏟아붓지 않았던가? 게다가 문화 융성이라는 화두까지 던진 정부다. 미라클에서 미국 투자회사라는 간판만 거둬내면 미디어시티는 그야말로 이 정부의 핵심 과제와 맞아떨어진다.

"IT는 중소기업 육성에 많은 도움을 줄 것입니다. 미국의 경우만 보더라도 실리콘밸리에서 출발한 벤처기업들이 현재 버블이라는 우려를 자아낼 만큼 급성장했고요. 정부 차원에서 핸들을 한번 돌리면 훌륭한 성과가 나올 겁니다."

공무원과 정치인에게는 듣고 싶은 대답만 해주면 된다. 지금 이종철이 원하는 대답은 IT의 밝은 미래다.

"역시 이쪽은 젊은 사람들이 잘 아는 분야구먼. 명쾌하네."

이종철은 밝은 표정으로 오세현에게 물었다.

"어떻습니까? IT 쪽 투자도 고려해 보시겠습니까?"

오세현이 무조건 받아들이기 전에 내가 먼저 대답했다.

"위원장님, 우리 미라클은 IT 투자는 전혀 생각하지 않습니다."

순간 두 사람의 표정이 확 변했다. 오세현은 당황한 표정이고, 이종철은 불쾌한 표정이다. 정권 핵심의 제안을 단칼에 거절하니 그럴 만도 했다.

"IT 벤처는 오로지 획기적인 아이디어와 기술력이라는 자양분을 먹고 자라야 합니다. 특정한 사적 자본이 개입하면 아이디어와 기술만 빼먹을 것입니다. 벤처 창업자들의 젊음을 자본가에게 뺏기면 안 되겠죠."

나의 색다른 의견에 이종철은 눈을 번쩍 떴다.

"그럼 산업 주체는 정부여야 한다?"

"네, 정부 차원에서 젊은 벤처기업가가 탄생할 수 있도록 좋은 화단만 마련해 주시고 지켜보는 것이 가장 좋을 듯싶습니다."

"화단이라면…?"

"IT 인프라 구축. 그리고 가만히 지켜보시면 좋은 결과가 나올 겁니다. 실리콘밸리가 이런 방식으로 커왔으니까요."

이종철은 한동안 말이 없었다.

정부의 신동력 사업을 어떻게 시작하느냐에 대한 구체적인 계획이 아직 없다는 게 느껴졌다. 이제 방향을 잡아야 할 것이다. 정부 출범 이후 국민에게 희망을 주는 메시지가 늦어지면 안 되니 IT와 미디어시티에 대한 결론은 빨리 날 것 같다.

"좋은 의견 잘 들었습니다. 이 계획서는 충분히 검토하고 연락드리죠. 그리고 22억 달러에 대한 투자 계획을 좀 소상히 알려 주시겠습니까? 정부 차원에서 적극 검토하겠습니다."

만세를 부르고 싶었다. 이건 엄청난 제안이다. 인수위원장이 적극적으로 검토한다는 것은 승인한다는 다른 표현일 뿐이다.

오세현은 이종철이 내미는 손을 공손히 잡았다. 하지만 이종철은 내게는 손을 내밀지는 않았다. 이런 게 서열을 각인시키는 방법이리라.

호텔을 빠져나올 때 오세현은 입이 찢어질 만큼 웃고 있었다. 22억 달러만 가져오면 정부가 밀어주겠다는 확답을 받은 것이나 다름없기 때문이다. 이종철은 아닌 척했지만, 달러를 절실히 원한 것이다. 우리가 이뻐서 밀어줄 리 있겠는가?

"참, 너 아까 했던 말, 진심이냐?"

"무슨 말요?"

"IT 쪽 투자 안 한다는 거 말이다."

"네, 진심인데요?"

"왜? 정부 차원에서 육성한다면 노다지야. 그렇지 않아도 우리에게 노크하는 벤처기업 꽤 있어."

나는 짧은 한숨을 내쉬며 오세현을 바라보았다.

"삼촌. 우린 대현자동차와 자웅을 겨루는 회사의 주인입니다. 벤처라는 게 어린애들 코 묻은 돈 벌려고 아등바등하는 곳 아닙니까? 우린 빅리그에서 놀아야죠."

"너무 만만하게 보는 거 아냐? 규모 커지면 무시할 수준 아니다."

"삼촌, 몇 년 전 반도체 활황일 때 순양전자 영업 이익이 얼만 줄 아세요? 무려 2조 원이었어요. 벤처가 아무리 커봤자 순양전자 발끝에도 못 미쳐요."

20년 뒤에나 겨우 일이 조의 매출을 올리는 IT기업에 눈 돌릴 틈이 없다. 수백조의 기업이 나를 향해 손짓하는데 말이다.

"푼돈 귀한 줄 알아야 돈 모은다. 그리고 혹시 또 아냐? 야후의 제리 양 같은 놈이 등장할지?"

꽤 많은 벤처들이 미라클의 문을 두드리나 보다. 미국 IT 붐이 한국에서 재현되기를 희망하는 오세현의 속마음도 보였다.

"그럼 삼촌이 마음 가는 곳에 조금씩만 투자하세요. 반찬값이라도 벌겠죠, 뭐."

돈 될 만한 IT 회사는 아직 등장하지도 않았다. 아마도 창고 같은 곳에서 창립 멤버들이 모여 컵라면으로 끼니를 때우며 개발에 열을 올리고 있을 것이다. 기억나는 것 중 지금 모습을 드러낸 것은 작년부터 서비스를 시작한 넥슨의 〈바람의 나라〉와 올해 봄부터 시작한 NC소프트의 〈리니지〉 정도가 전부다. 벤처 열풍에 편승해 단기간에 치고 빠져야지, 다른 회사에 투자했다가는 돈만 날리게 될 것이다.

'아이고, 우리 삼촌 어쩌나.'

"도준아. 착각하지 마."

"네?"

"정권의 실세를 만나고 수십억 달러, 수조 원의 돈을 만지니까 재벌 회장이라도 된 것 같으냐?"

"삼촌."

"잠자코 들어."

10년 동안 봐왔지만 오세현의 이런 모습은 처음이다. 굳은 표정으로 나를 노려보는 눈에는 경멸이 한가득 담겨 있었다.

"네 할아버지 진 회장님은 조 단위의 사업만 직접 관리하겠지. 정권의 실세들과 밥 먹으며 수천억짜리 이권을 챙기기도 하고. 그게 재벌 회장들이 하는 일이다."

지금 내가 하는 일이기도 하다. 그런데 왜 이리 화를 내는가?

"하지만 그들은 반찬값을 벌어 오는 수만 명의 머슴을 거느리고 있다. 그 머슴들이 한 푼 두 푼 벌어 온 돈으로 제철소도 인수하고 중국에 공장도 짓는 거다."

오세현이 무슨 말을 하려는 지 알 것 같았다.

"머슴이 없으면 주인도 없고 소작농이 없으면 지주도 없다. 백성이 없으면 왕도 없는 법이야. 그런데 넌? 머슴도, 소작농도, 백성도 없어.

돈 좀 쥐고 있다는 게 전부다. 그런데 벌써 재벌 회장 흉내 내는 거냐?"

잠자코 들으라는 말이 아니더라도 할 말이 없었다. 머슴이었던 내가 10년 만에 재벌 흉내를 내게 될 줄이야. 오세현의 따끔한 일침이 아니더라도 나 자신을 쥐어박고 싶었다.

'내가 이런 시건방을 떨게 될 줄이야.'

"반찬값? 수십억, 수백억을 벌어들일 수도 있어. 그게 반찬값이냐?"

"죄송합니다. 생각이 짧았습니다."

오세현은 재빨리 사과하는 내 모습에 오히려 당황한 듯했지만, 이내 표정을 가다듬었다.

"말귀는 빨리 알아들어서 좋네. 알았으면 됐다."

조금은 겸연쩍은 얼굴로 오세현은 고개를 끄덕였다.

"그럼 어떤 곳에 투자할까?"

"네? 그냥 삼촌이 정하시는 게…."

"아니다. 방향은 내가 정할 수도 있지만, 투자 판단이나 감은 네가 더 좋아. 그냥 말해 봐. 끌리는 거 없어?"

"그럼 온라인 게임 쪽 두 군데에 각 10억씩 넣고 나머지는 삼촌이 결정하세요."

"게임이라…."

오세현은 잠시 생각을 가다듬고 입을 열었다.

"전부 100억만 쓰자. 두 곳은 네 말대로 게임, 나머지는 최대 10억 이하로 해서 내가 분산 투자하마."

"그래요. 하나만 터져도 본전치기는 하겠죠?"

"방금 들었잖아. 차기 정부에서 IT 육성한다는데 하나만 터지겠어?"

환하게 웃는 오세현의 표정이 참 보기 좋았다. 이런 고마운 사람이 5년 뒤에는 은퇴한다니 아쉽다. 퇴직금은 정말 넉넉하게 챙겨줘야겠다.

▲▲▲

97년 겨울은 정말 춥다. 거리에 크리스마스 캐럴이 울려 퍼지지 않은 유일한 겨울이었다. 12월을 사흘 남겨 두고 올해의 마지막 전쟁을 치르기 위해 또 한 번 정장을 입었다.

"명함 나왔다. 챙겨라."

아무래도 사람들을 만나려 하니 명함 없이는 안 될 것 같았다. 고심 끝에 미라클 미국 본사에서 파견 나온 직원으로 위장했다. 본사에서 투자 시스템을 관리하는 젊은 재미교포 2세. 본사에서 파견 나올 만큼 현재의 한국이 위험하다고 위협하는 효과도 있다.

하워드 진이라고 찍힌 영어 이름을 보니 델 컴퓨터에 투자하러 텍사스로 날아갔던 8년 전 기억이 새록새록 떠올랐다. 마치 어제처럼 생생하다.

"첫 명함이 나오면 왠지 뿌듯하지. 다 큰 거 같기도 하고."

"그런가요? 좀 기분이 묘하긴 하네요."

"그 기분 나중에 만끽하고 빨리 출발하자. 채권단 인간들 눈이 빠져라 기다리겠다."

우리는 아진그룹 주 채권단이 기다리는 약속 장소로 출발했다. 오늘을 위해 오세현과 머리를 맞대고 계획을 세웠다. 바로 인수가격을 무자비하게 후려치기 위함이다. 한 푼이라도 아껴야 하지 않겠는가?

은행 세 곳의 본부장급 임원과 그들을 보좌하는 직원들이 커다란 회의실에서 초조한 모습으로 우리 두 사람을 맞이했다.

좋은 패가 들어왔을 때만 포커페이스가 필요한 건 아니다. 판돈이 말라 가고 똥 패가 들어왔을 때도 포커페이스를 유지해야 한다. 하지만 은행을 주축으로 구성된 채권단은 노름판에 앉기에는 많이 부족해 보였다. 표정, 말투, 행동에서 이미 본인들이 불리하다는 걸 조금도 숨기지 못한다. 세상에서 가장 중요한 돈을 쥐고, 언제나 큰소리치고 대접받던 슈퍼 갑인 은행에서 편안하게 지내던 사람들이다. 단 한 번도 이런 칼바람을 맞은 적이 없으니 발가벗은 것처럼 추위에 벌벌 떠는 것이다.

대표와 함께 온 젊은 내가 생뚱맞았는지 의아한 눈빛이었지만, 관심은 금방 사그라들었다. 오세현 대표가 있으니 내가 누구든 관심 없을 것이다.

"순양자동차와의 합병 논의는 완전히 끝났다고 들었습니다. 이제 인수 절차에 들어가는 게 어떻겠습니까?"

숨 돌릴 틈도 없이 앉자마자 재촉하기 시작한다. 그리고 그 재촉은 오로지 오세현에게만 향했다.

"아직 합의서에 사인하지 않았습니다. 순양그룹이 지분 조정 중이라서요."

"그게 언제쯤이면 끝나겠습니까?"

"순양그룹에 던져야 할 질문을 왜 우리에게 하십니까?"

오세현과 나는 느긋하게 커피잔을 들며, 추위를 견디지 못하는 사람들에게 외투 한 벌 값으로 얼마를 부를까 생각 중이었다.

"순양그룹 진 회장님께도 언질을 주시더군요. 이미 합의는 끝났고 남은 건 절차뿐이라고요."

"그게 전부는 아니죠."

커피잔을 내려놓고 조용히 입을 열자 저들의 시선이 내게 쏠렸다.

"실례지만 이분은 누구…?"

"아, 미국 본사에서 급히 불러들였습니다. 이번 인수 합병 건을 맡아 지휘하고 있습니다."

오세현이 나를 띄워 주자 채권단 사람들은 좀 놀라는 기색이었다.

'너무 어려 보이니?'

은행 측 사람 두어 명이 명함을 꺼내 들고 내게 슬쩍 내밀었다. 내 직책이나 직급이 궁금한 것이다. 또한, 내가 이 자리에 끼어들 만한 자격이 있는지 확인하려는 것이다. 그들의 기대에 부응하듯 나도 명함을 건넸고, 그들은 내 명함을 보자 수긍했다. 미국이야 새파란 놈들이 월가를 주무르지 않는가? 나는 채권단을 향해 가볍게 머리 숙여 인사했다.

"하워드?"

채권단 사람들은 내 이름을 되뇌며 서로 눈빛을 교환했다.

"교포 2세라 영어 이름을 씁니다. 양해 바랍니다."

"그렇군요. 하려던 말씀 계속하세요."

"네. 본사의 투자 심사단은 지금 이 인수 건에 대해서 정밀 재검토 중입니다."

일단 미끼 하나를 던지자 예상했던 반응이 쏟아졌다.

"뭐요? 재검토?"

"아니, 지금에 와서 재검토라니. 그게 무슨…!"

소스라치게 놀란 채권단 사람들의 타는 듯한 눈빛이 오세현을 향했다. 미끼는 내가 던졌지만, 이들은 본능적으로 계속 사장만 바라본다. 은행은 머슴과 상대하지 않는다는 철칙을 지키는 것이다.

"그러게나 말입니다. 내가 몇 번이나 만류했지만… 아시다시피 미국 애들은 시스템을 따를 뿐 사장 말을 잘 안 듣거든요."

오세현은 어깨를 으쓱한 다음 손을 들어 나를 가리켰다.

"회사 시스템상 저도 이 친구 눈치는 좀 봅니다. 우리 미라클의 미국 투자자들 의견을 쥐고 있으니까요. 그러니까 이 친구 말, 끝까지 한번 들어 보세요."

나는 오세현이 깔아 주는 멍석 위에서 판소리 한 가락을 뽑아내기 시작했다.

"처음 시나리오는 이랬습니다. 아진자동차를 갖고 싶어 하는 순양그룹, 하지만 그들은 한도제철을 인수하느라 가진 돈을 다 써버렸죠. 그때 우리 미라클이 등장한 겁니다. 아진그룹을 잠깐 들고 있다가 순양그룹이 돈을 모으면 아주 비싸게 팔 생각이었죠. 여기까지는 다들 짐작하시리라 믿습니다."

채권단 사람들은 불편한 표정이었다. 미라클의 목적이 돈이라는 걸 알자 원하는 걸 얻어 내기가 쉽지 않다는 걸 깨달았기 때문이다.

"그런데… 한국에 외환위기가 터질 줄이야. 인수금액 1조 2000억은 환율이 800원 하던 시절엔 15억 달러, 1800원인 지금은 고작 6억 7000만 달러. 만약 2500원까지 오르면? 4억 8000만 달러!"

환율을 거론하자 채권단 사람들은 창백한 안색으로 궁핍한 말을 쏟아 냈다.

"IMF 원조가 시작됐어요. 벌써 20억 달러가 들어왔으니 2500원까지 오르지 않아요. 이제 2000원 밑으로 떨어질 테고 곧 안정화 될 겁…."

"555억 달러를 약속했는데 겨우 20억 달러 들어왔어요. 정권이 바뀌었으니 새 정권과 다시 협상하려 들겠죠. 500억 달러… 언제 들어올지 기약 없습니다. 내년이면 3000원까지 오를지도 모르죠."

채권단은 더 이상 입을 열지 못했다.

"그런데 내일모레면 98년이죠. 여러분들은 올해 결산 맞춰야 하는데, 장부 들여다보면 답이 안 나올 겁니다. 새 정부 들어서면, 아마도 은행 통폐합을 시작할 텐데…. 생존하려면 우리 미라클이 쥔 달러가 해 바뀌기 전에 은행으로 들어가야겠죠?"

수출 기업은 달러를 벌어들이지만, 수입 기업은 달러가 필요하다. 지금 달러를 쥐면 이런 기업 전부가 몰려든다. 외국은행이 내미는 달러 결제 요구도 쌓여 있다. 이런 경제 위기 속에서는 항상 대형 은행의 필요성이 대두되고, 차기 정부는 올해 실적을 바탕으로 분명 통폐합을 서두를 것이다.

"그런데 우리 미라클 입장에서는 한국이 불안합니다. 다시 떠오르지 못한다면? 한국 경제가 동남아 수준으로 추락한다면?"

"그, 그래서 하고 싶은 말이 뭡니까?"

"우린 '우선 인수 협상자'지만, 그 자격을 포기하고 싶군요."

"뭐, 뭐요?"

"저희는 빠지겠다는 뜻입니다. 우리가 아진그룹 인수를 포기하면 대현그룹이 나설 것 아닙니까? 그쪽과 협상하십시오."

대현그룹이 나설 리가 있겠는가? 그곳도 발등에 떨어진 불 끄느라 정신없는데?

"아이고, 저 쳐다보지 마십시오. 돈의 주인인 미국 투자자들이 한국을 불안하게 생각하는데 어쩌겠습니까?"

오세현은 쏟아지는 채권단들의 시선이 부담스러운 척 너스레를 떨었다. 이 중에서 눈치 빠른 놈이 있다면 뭘 해야 하는지 알 것이다. 현금은 씨가 말랐고, 덩치도 크고 팔리지도 않는 악성 재고 하나가 떡하니 자리 잡고 속을 썩인다. 반값이든, 떨이든 빨리 처리하는 게 상책이다. 이 간단한 원칙은 구멍가게든, 대기업이든 그리고 은행이든 똑같이 적용된다.

"미국 투자자들의 마음을 돌리세요. 우리 대한민국이 그 정도로 허약하지 않습니다. 경제 규모 면에서나 경쟁력에서나…."

은행 임원 한 명이 다급하게 내뱉는 말을 나는 조금 비웃는 태도로 저지했다.

"외환위기가 터지기 전, 한국 정부가 했던 말이군요. 아닙니까?"

그들은 입을 닫았다. 똑같은 변명 외에는 그리 할 말이 없을 것이다.

이때 오세현이 슬며시 끼어들어 불을 지폈다.

"대승적인 결단을 내리셔야 하는 거 아닙니까?"

"네? 결단이라니요?"

오세현은 거만한 눈빛으로 엄지와 새끼손가락으로 전화기 모양을 만들어 까닥거렸다.

"행장님들께 전화하세요. 결단을 내리는 사람은 행장님이니까요."

임원도 머슴이다. 이제 주인장이 나서야 할 때다.

"뭣들 하세요? 얼른 전화하시라니까요."

처음에는 오세현이 무슨 말을 하는지 이해하지 못한 표정이더니, 한 번 더 재촉하자 채권단 임원들은 휴대전화를 꺼냈다. 협상을 깨고 빠지겠다는 말은 재협상하자는 의미였고, 새로운 협상은 채권단의 수장인 은행장이 결정해야 할 만큼 인수금액을 깎겠다는 뜻이라는 걸 알아챈 것이다.

나와 오세현은 임원들이 통화를 끝낼 때까지 느긋하게 차를 마셨다. 다급한 목소리로 차례차례 통화를 끝낸 임원들은 회의실 구석에 모여 수군거렸다. 각자의 상관이 지시한 내용을 서로 교환하고 결론을 내리려는 것이다.

"내일, 30일 오후 4시까지 인수대금 전액 지급할 수 있는 조건을 말씀해 주시겠습니까?"

세 임원은 은행장들의 일치된 의견을 말했다.

"인수금액 8000억, 환율 2000원 기준으로 4억 달러. 받아들이시면 오늘이라도 지정 계좌로 4억 달러 입금합니다. 그리고 내일, 다시 만든 협약서에 서명하는 걸로 하죠."

나는 기다렸다는 듯, 숨도 쉬지 않고 말했다.

"오늘 오후까지 연락 없으시면, 미라클은 경제 위기로 인하여 눈물을 머금고 아진그룹 인수를 포기한다는 발표가 내일 오전 중으로 나올 겁니다."

내 말이 끝나자 오세현은 경고를 빼먹지 않고 재빨리 말했다.

"이제부터 바쁘실 테니 저희는 이만 돌아가겠습니다. 긍정적인 답변 기다리겠습니다."

모두가 말도 안 되는 조건이라고 생각하는 게 보일 정도로 채권단의 표정이 일그러졌다. 우리는 그들이 입을 열기 전에 회의실 문을 열고 나와 버렸다.

"괜찮을까? 환율이야 이미 2000원을 찍었으니 수긍한다고 쳐도 무려 40퍼센트나 후려친 건 좀 부담스러워."

"이미 다 끝난 이야기 아닙니까? 왜 또 그러세요?"

"저 사람들 표정 보니까 심장이 철렁해서 그래."

채권단을 만나기 전 오세현과 인수금액 조정에 대해 심하게 부딪혔으나, 내 고집을 이기지는 못했다. 그런데도 막상 저들의 반응을 보니 받아들이지 않을까 봐 걱정이 되나 보다.

8000억이라는 숫자를 내 마음대로 정한 게 아니다. 과거 대현자동차가 아진그룹을 인수했을 때의 금액이 바로 8000억이다. 우선 협상 대상자로 선정된 대현그룹은 무려 2년이나 협상을 질질 끌면서 1조 2000억을 8000억으로 만들었다. 회사의 가치가 더 떨어진 게 아니라 한국의 상황이 그렇게 만든 것이다. 나도 불안하기는 마찬가지였다. 하지만 2년 뒤보다 지금 상황이 더 좋지 않다는 걸 믿었다.

제 몸을 지키기 위해 무엇이든 할 수 있는 자들이 바로 정점에 선 인간들 아닌가? 은행장들은 그 자리를 보전하기 위해 4억 달러를 간절히 원하고 있을 것이다. 그리고 그들의 선택에 도움이 될 만한 제안을 한다면 내 불안은 완전히 사라질 것이다. 오세현은 여의도로 돌아갔고 난 할아버지 댁으로 달려갔다.

“이놈 보게나! 칼만 안 들었지, 강도나 다름없구나. 8000억이라니.”

“협상하는 강도는 없습니다.”

“궁지에 몰린 쥐에게 선택을 강요하는 게 바로 칼이다, 이놈아. 허허.”

할아버지는 기분 좋은 웃음을 터트렸다. 아주 적절한 순간에 새로운 카드를 꺼낸 것이 마음에 들었나 보다.

“생각할 여유를 주지 않은 건 잘했다. 궁지에 몰린 쥐라도 시간을 주면 꼭 빠져나가더라고.”

“해 넘기면 무용지물이니까요.”

나는 고개를 끄덕이는 할아버지에게 조심스레 말을 꺼냈다.

“부탁이 있습니다.”

“쐐기를 박아 달라는 것이겠지?”

“…네.”

‘눈치 하나는 더럽게 빠르군.’

“어떤 쐐기를 박아 줄까?”

“순양그룹 고문 자리를 준비해 주십시오. 들어가는 비용은 모두 제가 드리겠습니다.”

“못된 건 빨리 배우는구나. 허허.”

‘모두 당신에게 배운 겁니다. 당신이 아들에게 가르쳤고 그 아들이 당신 손자에게 가르친 겁니다. 난 곁에서 주워들은 것뿐입니다.’

나는 하고 싶은 말을 삼키며 씁쓸한 미소를 지었다.

“얼마를 줄 생각이냐?”

“5년간 20억을 준다면 만족하지 않을까요?”

“주 채권 은행이 몇 개였더라?

“세 곳입니다.”

“그럼 60억이구먼. 넉넉하게 주는구나.”

“순양의 이름이 걸려 있으니까요. 인심 잃으면 안 되죠.”

“아까울 정도로 많기는 하지만… 네 덕분에 내가 생색 좀 내겠구나. 허허.”

할아버지는 웃으며 종이 한 장을 내밀었다.

“이걸 한번 보아라.”

종이는 매각과 합병 대상 은행 리스트가 적힌 금융권 구조조정안이었다. 제일 먼저 눈에 들어온 두 은행은 바로 아진그룹 채권단이었고 그들은 매각 대상이었다.

“이걸 어떻게 써먹을까 생각했는데 우리 도준이를 위해 쓰는구나.”

이 시점에 금융권 구조조정안이 나온 것은 차기 정부 인수위가 주도했다는 뜻이다. 인수위 구성은 며칠 지나지도 않았는데 그들의 일거수일투족이 할아버지 책상 위에 놓인다. 순양그룹의 촉수가 얼마나 촘촘하게 뻗어 있는지 알 수 있는 대목이었다.

“혹시 이 리스트, 은행도 입수했을까요?”

“그 정도로 흔한 정보라면 내게 보고하지도 않는다. 대현그룹 정도만 알고 있을 게야.”

“정말 효과적으로 써먹을 수 있겠네요.”

“네게 운이 따른다는 뜻이겠지. 곧 백수 신세라는 걸 알면 덥석 물게다. 어쩌면 부리나케 달려와서 고맙다고 머리 숙일지도 몰라.”

순양그룹 고문 자리는 제안이 아니라 동아줄이 돼버렸다.

‘아쉽다. 이 정보를 조금만 일찍 알았다면 반값으로 후려치는 건데.’

“도준아.”

“네.”

"순양도 내년 초에 대대적인 구조조정안을 발표할 생각이다."

역시… 10억 달러 정도로는 수습이 힘든 모양이다. 지금껏 자회사를 매각한 적은 있지만, 계열사를 정리한 적은 없었다. 몇 개나 정리할지 궁금하다.

"힘든 결정을 하셔야겠군요."

"어찌 보면 잘된 게지. 돈만 깨 먹거나 경쟁력 잃어 가는 부서를 한데 모아 싹 정리할 수 있으니까 말이다. 지금은 부당해고니 뭐니 하며 시끄럽게 구는 놈들도 없을 게다."

깜박했다. IMF는 살아남은 기업들에는 최고의 기회였다는 것을, 그리고 상위 대기업의 독식이 시작되는 순간이기도 했다는 것을 말이다. 굳은 내 표정을 다르게 해석한 할아버지가 엉뚱한 말을 했다.

"괜찮대도 그러네. 그룹 체질 개선에 도움이 될지언정 아까운 살을 잘라 내는 일은 없다. 너무 염려 말거라."

"네. 그렇다면 다행이고요."

이럴 땐 모른 체 듣고 싶은 말을 해주면 된다. 그러면 생각지도 못한 선물을 받을 수 있다. 바로 지금처럼.

"그리고 이번 기회에 내가 미뤘던 일을 할 생각이다."

"…?"

"네 나이 스무 살이 넘었으니 선물을 줘야지. 네게 그룹 지분을 좀 주마. 이번 구조조정안에 슬쩍 집어넣을 테니 네가 싸게 집어 가거라."

형용할 수 없는 기분이 표정에 드러났나 보다.

"이놈아, 순양자동차를 꿀꺽한 놈이 그깟 지분 몇 쪼가리에 그리 기쁘냐? 허허."

할아버지는 낄낄대며 수화기를 들었다.

"그리고 이건 지금 네게 주는 선물이고. 쐐기부터 박자."

곧이어 진 회장 특유의 목소리로 통화를 시작했다.

"아이고, 김 행장. 요즘 힘든 일 많다고 들었는데…."

날이 어두워지도록 전화가 없자 일이 틀어진 건 아닌가 걱정했지만, 저녁이 다 됐을 때 채권단으로부터 기다리던 전화가 왔다. 저들의 추가 조건은 언론 발표를 미뤄 달라는 것이 전부였다.

"…물론입니다, 행장님. 저도 떠벌리고 다닐 생각 없습니다. 사실 사적 계약 아닙니까? 굳이 알릴 필요는 없죠."

오세현은 웃음이 터지려는 것을 억지로 참으며 통화를 끝냈다. 그리고 그날 밤, 나와 오세현은 축배를 들었다. 저물어 가는 1997년을 아쉬워하며 오세현의 단골 술집에서 송년회를 겸해 술을 마셨다. 자정이 되기 전까지는 술을 좀 자제하다가 자정에 오세현은 미국 뉴욕 미라클로 전화를 걸었다. 그리고 바로 4억 달러가 채권단 계좌로 들어갔다.

다음 날 아침, 아진그룹의 주거래 은행의 행장실에서 변경한 조건으로 만든 인수계약서를 10여 명의 변호사들이 검토했고 오후에는 그 계약서에 서명할 수 있었다. 은행 임원들은 술 냄새 풀풀 풍기는 오세현을 죽일 듯이 노려봤지만, 은행장은 덤덤한 표정이었다. 노후가 보장된 든든한 보험을 든 놈들은 아쉬울 게 하나 없는 연말이었다.

이 모든 장면을 구석에 서서 지켜보던 나는 가슴이 벅차올랐다. 오늘은 한국에서 두 번째로 큰 자동차 회사의 주인이 되는 날이다.

▲▲▲

1998년 새해 첫날, 할아버지 저택은 사람들로 북적였다. 위기가 계속되고 순양그룹도 구조조정을 준비하니 계열사 사장들은 각자 살아남기 위해 모두 할아버지께 눈도장을 찍으려 모여들었다. 외국에서 유학 중이던 사촌들도 빠짐없이 참석해서 어른들께 차례차례 큰절을 올렸다.

"상준이 너는 음악 공부한다고?"

"…네."

2년 만에 귀국한 상준 형은 대중 예술을 딴따라라고 싫어하는 할아버지 입에서 불호령이 떨어질 것을 예상했는지 기어 들어가는 목소리로 대답했다.

"가수 되려고?"

"아, 아닙니다. 프로듀싱 공부하고 있습니다."

"프로듀싱?"

"네. 가수들 음반을 제작하는…."

"이놈아, 나도 그쯤은 안다. 늙은이라 무시하는 게냐?"

상준 형은 떨구었던 고개를 천천히 들었다. 할아버지의 음성이 부드러웠기 때문이다.

"괜찮으십니까?"

"뭐가?"

"제 마음대로 공부를 바꿨는데…."

"하고 싶은 걸 잘하면 되는 게지. 네 애비를 잘 보고 배워. 우리나라에서 제일 큰 영화사 사장이라고 들었다. 맞느냐?"

할아버지의 시선을 받은 아버지는 손을 내저었다.

"아이고, 아닙니다. 아직 멀었어요."

"모자란 놈 같으니. 그깟 쥐꼬리만 한 영화판에서 10년이 지나도록 뭘 한 게냐?"

"올해는 최고의 영화사 자리에 올라서겠습니다. 너무 구박하지 마십시오."

아버지는 할아버지의 얼굴에 나타난 미소를 보며 함께 웃었다.

"상준아."

"네, 할아버지."

"넌 네 애비처럼 빌빌대지 마라. 하는 공부 재빨리 해치우고 10년 뒤에는 그 바닥 최고가 되어야 한다."

공식적인 허락이 떨어지자 상준 형의 표정은 더없이 밝아졌다.

"네, 할아버지. 꼭 최고가 되겠습니다."

마지막 차례인 내가 큰절을 올렸을 때는 별다른 말씀이 없었다. 다만 흐뭇한 표정으로 머리만 가볍게 끄덕였다.

"올해는 매우 어려울 테니 모두 정신 똑바로 차리고 일해. 순양이 흔들리는 건 절대 용서 못 한다."

할아버지는 모두에게 엄한 경고를 잊지 않았다.

"그리고 영준이 결혼 서두르기로 큰애랑 상의했다. 정기인사 전에 혼인하고 영준이는 순양물산 임원으로 발령낼 생각이다."

진영준은 입이 찢어져라 웃으며 허리를 숙였다.

"감사합니다. 할아… 아니, 회장님."

이렇게 가족 모임은 끝났고 아랫사람들의 눈도장 찍는 순서가 돌아왔다. 서재에서 할아버지의 호통 소리가 들리기 시작했을 때 우리 가족은 조용히 집으로 돌아왔다. 상준 형까지 인정받으니 진정한 순양 가문의 일원이 된 것 같았다.

새해 TV를 장식한 첫 뉴스는 바로 두 은행의 매각 결정 소식이었다. 1929년 조선저축은행이라는 이름으로 설립한 대표적인 은행과 1959년 지방은행으로 창립하여 전국은행으로 성장한 은행이었다.

뉴스가 더욱 충격적이었던 이유는 바로 두 은행 모두 '해외 매각 우선 대상'으로 지정한 것이다. 은행은 국가의 부(富)를 모아 두는 곳이라는 인식이 크다 보니 국민적 분노는 하늘을 찔렀다. IMF가 긴급구제금융을 투입한다고 했을 때 고마웠던 마음은 사라졌다. 달러를 원조한 것도 아니고 고작 빌려주는 조건으로 은행을 가져간다는 사실을 알았기 때문이다.

나는 뉴스를 지켜보다 그 누구보다 놀랐다. 전생의 기억을 고스란히 기록한 노트를 몇 번이나 살폈지만, 이 사실은 어디에도 없었다. 하긴, 한창 노는 데 정신이 팔렸던 대학 시절이니 경제 뉴스를 챙겨 봤을 리가 없었다. 알았더라면 은행을 인수할 수 있었을까, 하는 의문과 지금이라도 가능할까, 하는 생각이 동시에 들었다. 재벌 대기업이 그토록 원하지만 가질 수 없었던 은행. 그런 은행을 가진다면 커다란 날개를 얻는 것이나 다를 바 없다.

'두 은행의 인수가격은 얼마나 될까? 수조 원? 아니 수십조 원?'

사흘 전, 거대 자동차 회사의 주인이 된 기쁨은 벌써 사라졌다. 내 눈앞에 나타난 새로운 먹잇감, 오로지 그 먹잇감을 갖고 싶다는 욕망이 나를 흔들었다.

3장

나쁜 놈들의 세상

새해에도 경제가 무너지는 소리는 멈추지 않았다. 1월 14일, 나산그룹이 부도나고 뒤를 이어 재계 순위 31위인 극동건설의 화의신청이 이어졌다. '건설 5인방'으로 불리며 업계를 주도한 극동건설은 증권사까지 인수해 풍부한 자금 조달 능력을 갖추고 사세를 확장했지만, 바로 그 이유로 외환위기의 직격탄을 맞아 버렸다. 극동건설과 성격이 비슷한 대아건설도 사실상 부도라는 소문이 파다했다.

"뭐 들은 거 없어?"

오세현은 초조한 기색을 감추지 못했다.

"왜요? 대아건설 버틸 것 같아요?"

"소문 믿지 마. 오늘내일 쓰러진다는 말만 돈 지 벌써 한 달이 넘었어. 아무래도 우리가 잘못 생각한 것 같다. 명줄이 질기네."

"극동건설보다 자금 사정이 더 좋지 않다면서요? 어떻게 버티죠?"

"내 말이! 동남아 진출하고 그쪽 금융위기로 박살 났을 때 자금줄 꽉 막혔다고 했는데 희한하게 버텨."

"대아건설 사장이 모아 놓은 돈이 많은가?"

"우리나라 기업주 중에 사재 털어서 회사 살리는 놈 봤냐? 망할 때 되면 회삿돈 빼돌리는 데 더 급급…."

오세현은 하던 말을 멈추고 내 얼굴을 쳐다봤다.

"야, 이거 혹시 진짜 작업하는 거 아냐?"

"그게 가능하겠어요? 안팎이 이 모양인데 어떻게 회사 자산을 빼돌려요?"

"돌려막기. 건설사니까 땅이 꽤 있을 거거든? 그거 빠르게 처분하면서 어음만 막는 거야. 직원들 월급 3개월 넘게 안 줬다고 했어. 급한 어음만 막고 알맹이 빼먹는 거지. 부도날 때까지 그 짓 하면 주머니 두둑해질 거야."

"삼촌 그건 형사 처벌까지 가잖아요."

"이 새끼들 돈 챙겨서 한국 바이바이 할 생각이야. 구제금융이든 뭐든 받아서 회사 살릴 생각은 눈곱만큼도 없는 게 확실해."

야반도주다. 일반인과의 차이라면 한몫 챙긴 돈의 크기가 3대는 떵떵거리고 먹고살 만한 거금이라는 것뿐이다.

대아건설 외에 다른 건설사 이름을 머릿속으로 쭉 읊어 봤다. 알맹이 전부 빼먹고 쭉정이만 남은 건설사를 인수할 수는 없는 일 아닌가? 하지만 마땅한 대안이 떠오르지 않았다. 우리나라 상위 건설사 중에 계열사 없이 건설만 집중한 곳은 대아건설이 유일하기 때문이다. 다른 건설사는 계열사까지 뭉쳐 있어 건설사만 따로 떼서 인수하기가 쉽지 않다.

찌푸린 내 얼굴과 달리 오세현의 표정이 점점 밝아졌다.

"요 새끼들, 잘 걸렸다."

"무슨 방법이 있으세요?"

"주총 열고 배임 횡령으로 싹 처넣고 그 자리 차지하자. 더 수월하지 싶다."

머릿속이 번쩍했다. 대아건설 주식은 지금 바닥에 착 붙어 있다. 5퍼센트만 사들이면 곧바로 주총까지 간다. 부도 후에 채권단 협상보다는 회사를 주워 먹고 살리는 게 더 쉬운 길일 수도 있다.

"다시 한 번 확인하고 작업 들어가자, 어때?"

"좋습니다. 삼촌은 역시."

내가 엄지를 척 들어 주자 오세현은 수화기를 들며 말했다.

"네가 재벌 회장 되면 다 내 덕분인 줄 알아라."

오세현은 직원들에게 대아건설 지분 매입을 지시한 다음 수화기를 내려놓았다.

"참, 네 사촌 형 결혼식이 언제더라?"

"모레요. 가족만 참석. 재벌답게 은밀하게 하죠."

▲▲▲

결혼식은 진 회장의 저택에서 열렸다. 어려운 시절이니만큼 최소한의 하객만 초대했고 언론도 단신 기사만 내보냈다. 진 회장의 부탁과 한성일보의 힘으로 저택 주변에 기자들이 진을 치는 일은 일어나지 않았다. 최소한의 인원이라고 하지만 양가 모두 보통 집안이 아닌지라 200여 명 가까운 사람들로 북적댔다.

"네 덕분에 순양그룹 회장님 집을 구경하다니. 가문의 영광이다, 얘."

"있는 집 자식들이라 그런지 다 잘생겨 보여."

"이 집안 막내가 스물하나라고 했지? 그러니까 아무나 잡아도 결혼할 수 있네?"

"꿈 깨셔. 다 정략결혼 대상자들이거든!"

순백의 드레스를 입은 홍소영 곁에서 신부 친구들은 수다가 한창이었다. 항상 침착했던 홍소영도 오늘만큼은 긴장을 감추지 못했다.

"신혼집은 어디야? 청담동? 한남동? 빌라야? 아님 아파트야?"

"평창동 시댁이다. 시집살이 시작이야."

신혼을 시댁에서 시작한다는 홍소영의 말에 친구들은 인상을 썼다.

"역시, 재벌가는 여전히 조선시대에 사는구나."

"넌 바보야? 나가서 살라고 해도 악착같이 붙어 있어야지. 왕국 밖에서 사는 왕자 봤어?"

"순양그룹 부회장님 집이 시댁이야. 밥을 하겠어? 빨래를 하겠어? 청소를 하겠어? 아침저녁 식탁에 앉아 방긋방긋 웃기만 하면 되는 시집살이야. 할 만하지, 뭐."

홍소영과 어울릴 정도의 친구라면 부족함 없는 부잣집 딸들이지만 차원이 다른 집안, 게다가 후계가 확실한 장손에게 시집가는 그녀에게 모두 부러움의 눈길을 보냈다.

같은 시간 진영준은 결혼식장으로 꾸며진 영빈관에서 하객들에게 인사하고 있었다. 하객들이라고 해도 가족을 제외하면 계열사 핵심 인사 몇 명과 한성일보의 주요 인물이 전부라 그리 바쁘지 않았다.

몰려온 친구들이 널따란 정원 한구석으로 진영준을 끌고 가 담배를 내밀었다. 억지웃음을 지으며 악수와 인사만 하다, 눈치 보지 않고 담배를 무니 살 것 같았다.

"영준이가 장가가다니. 이제 우린 누가 이끌어 주나?"

"이 새끼, 아직도 그 소리냐? 결혼은 그냥 요식 행위야. 우리 영준이는 앞으로도 우리랑 같이 놀 거야. 맞지?"

담배 연기를 내뿜으며 진영준은 친구들의 뒤통수를 갈겼다.

"시끄러워! 새끼들아. 유부남 새끼들이 총각처럼 놀 생각뿐이야. 내가 가장 장가 늦게 가는데 헛소리는."

"아쉬워서 그러지. 우리 친구들 중에 결혼하고 나서 와이프 눈치 보는 놈이 한둘이냐? 넌 그러지 말라고 하는 소리잖아."

"병신아, 그건 그 새끼들 처가가 더 잘사니까 그렇지. 영준이는 해당 안 되니까 괜찮다고."

"됐고. 나 결혼하고 나면 꼼짝 말란다. 영감탱이가 본격적으로 회사 일 하라신다. 와이프 눈치는 안 봐도 영감 눈치는 봐야 하는 게 우리 처지 아니냐? 적당히 놀아야지."

"그럼 그렇지. 우리 영준이가 어디 가겠냐? 오케이, 감 잡았어. 흐흐."

"난 다시 가볼란다. 신혼여행 다녀와서 한잔하자."

진영준은 담배를 비벼 껐다.

"참, 신혼여행은 어디로 가냐?"

"프라하. 그리고 넌 나 잠깐 보자."

진영준은 친구 한 명과 다시 영빈관 쪽으로 발걸음을 옮겼다.

"어제 그 애 있지? 드라마 조연인지 뭔지 하는 애?"

"누구? 아… 왜? 신혼여행에라도 끼고 가려고? 흐흐."

진영준의 친구는 음흉한 웃음을 짓다 입을 떡 벌렸다.

"야! 진짜? 너 돌았냐?"

"새끼야. 조용히 해."

진영준은 주위를 휙 둘러보고 아무도 없다는 걸 확인하자 마음을 놓았다.

"이틀 뒤에 비행기 태워서 보내. 호텔 알려 줄 테니까 네가 예약하고 한국에서 연락책 좀 해라."

"역시 진영준, 진짜 대단하다. 흐흐."

"이럴 때 아니면 주변 시선 의식하지 않고 언제 놀겠어? 신혼여행만 열흘이다. 와이프랍시고 잘 알지도 못하는 여자랑 열흘 동안 어떻게 단둘이만 지내? 이틀만 같이 지내도 답답해서 돌아 버릴 거야. 나도 좀 즐겨야지."

"너 그 애 진짜 마음에 들었나 보네?"

"그만한 애 찾기 힘들다. 내가 드라마 주연 자리 꿰차게 해준다고 해. 그 애도 우리 회사 TV 광고 하나만 찍으면 단박에 주목받는다는 걸 알 거 아냐?"

진영준의 친구는 씩 웃으며 말했다.

"오케이, 맡겨 둬. 흐흐."

결혼하는 손자놈이 정신 못 차리고 헛된 생각에나 잠겨 있을 때 진 회장은 영빈관의 하객들 자리를 돌며 인사를 '받고' 있었다. 식탁에 앉은 사람들은 진 회장이 나타나면 벌떡 일어나 축하를 건넸고, 그러면 그는 어깨를 두어 번 두드려 주는 것으로 화답했다.

"회장님, 아니, 사돈. 여기 영빈관은 조촐한 결혼식을 올리기에는 좀 화려하군요. 허허."

한성일보 홍 회장은 만면에 웃음을 띠고 진 회장에게 다가왔다.

"아이고, 사돈. 금이야 옥이야 키운 손녀딸. 우리 집안에서 편안해야 할 텐데 내가 괜히 조심스럽소이다. 허허."

두 사람은 손을 맞잡았다.

"잠깐 드릴 말씀이 있으니 자리 좀 옮길까요?"

진 회장은 수행비서에게 눈짓하고 영빈관 별실로 발걸음을 옮겼다. 조용한 별실에는 티 테이블과 안락한 의자가 준비되어 있었다.

"자, 앉읍시다."

잠깐 어색한 침묵이 흐르고 차 한 모금을 마신 진 회장이 먼저 입을 열었다.

"홍 회장."

"네, 말씀하십시오."

"이제 한식구가 됐으니 그만두시게."

진 회장의 목소리는 부드러웠지만 홍 회장을 바라보는 눈빛은 날이 서 있었다.

"무슨 말씀이신지?"

시치미 떼는 것이 아니라 진 회장의 말뜻을 진심으로 모르는 모습이었다.

“이런 눈치로 어떻게 글쟁이 짓을 하며 밥 벌어먹었을꼬. 쯧쯧.”

진 회장은 가볍게 혀를 찼다.

“우리 식구들 뒤에 애들 붙여 놓은 거 말이야, 그거 그만두라고.”

“사, 사돈.”

홍 회장은 주름 가득한 얼굴로 당혹스러움을 감추지 못했다.

“눈에 넣어도 아프지 않을 손녀딸이 시집가는데, 할아버지로서 사돈 집안사람들이 어떤지 알고 싶어서 한 일로 생각하겠네. 지금까지는 말이야.”

“그, 그게 아니라….”

“그냥 입 닥치고 내 말 듣게.”

험한 말을 들었지만, 홍 회장은 화를 내기는커녕 오히려 고개를 숙일 수밖에 없었다. 나이도 더 많고 상전으로 모셔야 할 사람이다. 정략결혼은 서로가 필요해서 맺어지지만, 여전히 상하관계는 남아 있다. 한쪽이 간절히 원하는 결혼이라면 사돈끼리 동등한 관계는 불가능하다.

“손녀딸 하나 슬쩍 집어넣은 게 뭐 대단한 일인 양 흥분하지 마. 어린애가 똘망똘망하니 당차 보여서 내 마음에 든 것뿐이야, 그게 전부라고.”

진 회장은 찻잔을 들어 목을 축였다.

“우리 영준이가 아직 철딱서니가 없어. 나이 서른인데도 애처럼 노는 걸 좋아해. 술도 좋아하고 계집도 좋아하지. 허술하다 싶어 남편 손아귀에 넣고 주무르기 쉽다고 생각했는지는 몰라도….”

“아, 아닙니다. 회장님. 절대 그런 생각은….”

어느새 호칭도 사돈에서 회장님으로 바뀌어 버렸다.

“그런데 우리 애는 그래도 돼. 내 손자니까. 세상에 있는 허물 전부 다 뒤집어쓰고 살아도 상관없어. 바로 내 손자니까 말이야! 세상 손가락질이 아무리 심해도 우리 집 문턱도 못 넘어!"

진 회장의 언성이 점점 더 높아졌다.

"우리 애를 허수아비로 세워 놓고 처가에서 순양그룹을 만져 보겠다는 생각을 조금이라도 한다면… 아직 안 늦었어. 손녀딸, 소박맞은 며느리 꼴 만들지 않으려면 그 생각 싹 지우게."

진 회장은 의자에서 일어났지만, 홍 회장은 다리가 떨려 일어서지도 못했다.

"혼사 치렀다고 다 끝난 거 아닐세. 사위랍시고 우리 애를 오라 가라 하지 마. 처가 식구들과 만나는 일도 없을 게야. 손녀 보고 싶으면 그 애만 불러. 영준이가 자네 집안사람 얼굴 보는 건 오늘이 마지막이야. 만난다면 그건 일이야. 광고 나눠 줄 때만 만나는 게야. 홍씨 성을 가진 사람 누구라도 우리 순양의 이름이 걸린 건물에는 발 디딜 수 없어."

별실을 나서는 진 회장의 마지막 경고가 홍 회장의 귀에 꽂혔다.

"한성일보 펜대는 순양그룹 돈의 힘으로 꺾어 버릴 수 있어. 내 말 가볍게 듣지 말게."

진 회장이 나간 별실에서 홍 회장은 한참 혼자 앉아 쿵쾅거리는 심장을 가라앉히고 후들거리는 다리를 진정시킨 후에야 천천히 일어설 수 있었다. 별실을 나설 때 그는 들어왔을 때와 다름없이 만면에 웃음을 띠고 있었다. 표정 관리가 아니다. 진심으로 우러나는 웃음이었다.

혼자 별실에 앉아 있을 때 그의 머리에 떠오른 것은 바로 외척의 씨를 말린 임금, 태종 이방원이었다. 이방원은 자신의 처가인 여흥 민씨 처남을 남김없이 다 죽이고, 양녕대군의 장인 김한로를 폐서인하여 쫓아냈다. 또한, 세종을 태자로 책봉한 뒤에는 세종의 처가인 청송 심씨마저 씨를 말려 버렸다.

하지만 멸문한 가문은 모두 왕이 될 후계자의 외척이다. 사돈인 홍씨 일가를 멀리한다는 것은 바로 진영준을 후계자로 생각한다는 진 회장의 흉심을 드러낸 것과 다르지 않다.

노인에게 남은 날은 많지 않다, 자신도, 진 회장도. 하지만 젊은이의 앞날은 아직 창창하다, 홍소영도, 진영준도. 순양그룹에 남의 손때가 묻는 것을 극도로 경계하지만, 시간은 진 회장의 편이 아니다. 진양철 회장만 사라지면 한성일보가 자연스럽게 순양그룹의 한 축이 될 것임을 깨닫자, 홍 회장은 조금 전의 수모는 모두 잊고 웃음을 지을 수 있었다.

결혼식은 순조롭게 끝났다. 두 사람은 모두의 축하를 받으며 신혼여행을 떠났고 한성일보 가족과 하객들도 서둘러 진 회장의 저택에서 사라졌다. 남은 진 회장의 가족들은 영빈관에서 떠들썩한 술자리를 가지며 3세의 첫 번째 결혼식을 자축했다.

이제 본격적인 3세들의 혼인이 이어질 것이다. 외손자까지 손주들을 모두 모아 놓고 진 회장은 만면에 웃음을 띤 채 입을 열었다.

"너희 중에 맞선 보고 결혼할 생각 없으면 지금 말해라. 내가 빼주마."

진 회장의 말에 표정이 밝아진 사람도 있었지만 나서는 사람은 단 한 명도 없었다. 진 회장의 말이 진심이라 해도 부모들은 다르다. 조금이라도 권력과 돈이 있는 집안과 연을 맺고 싶어 하니 자식들은 부모의 눈치를 보지 않을 수 없었다.

"아무도 없어? 좋아, 그렇다면 혜경이와 수경이는 올해 안에 시집갈 준비해라. 서른 되기 전에 결혼해야지. 노처녀 소리는 들을 수 없지 않으냐?"

진 회장은 연애 결혼하겠다는 손주가 없자 만족한 듯 고개를 끄덕이며 일어섰다. 그의 머리에는 이미 결혼 후보 리스트가 꽉 차 있었다.

"잔칫날이니 머리 아픈 건 다 잊고 실컷 먹고 마셔. 난 이만 들어가서 좀 쉬어야겠다."

진 회장이 본관으로 돌아가자, 나머지 가족들은 일반인들과 다를 바 없이 혼주인 진영기에게 축하주를 건넸다.

▲ ▲ ▲

진윤기가 담배 하나를 물며 화장실에 갔을 때 누군가 다가왔다.

"사장님, 회장님께서 찾으십니다. 다른 분들 눈을 피해 조용히 오라고 전하셨습니다."

"어디 계시죠?"

"서재에 계십니다."

'서재라….'

자식 얼굴 보자고 부르는 게 아니다. 서재라면 회사 일이다. 진윤기가 서재를 마지막으로 들어간 건 20여 년 전, 유학지를 선택할 때였다. 20년 만에 공적인 일로 자신을 찾으니 갑자기 긴장되었다. 술기운을 조금이라도 덜어내기 위해 찬물로 세수하며 긴장을 풀었다.

아들 덕에 인생의 황금기를 보내고 있다. 이것으로 충분했다. 아버지에게 아무것도 기대하지 않는다. 기대는 항상 실망을 안겨 준다는 걸 인생을 통해 배웠다. 특히, 아버지는 실망을 넘어 절망까지 안겨 준 사람이다. 진윤기는 마음을 비우고 서재로 향했다.

진 회장은 김이 모락모락 나는 찻잔을 앞에 두고 한동안 막내아들을 물끄러미 바라보았다.

"하실 말씀이…."

"하는 일은 괜찮다고 했는데 사실이냐?"

"네. 외환위기의 타격을 덜 받는 곳입니다."

"그래도 영화 투자자를 끌어모으기가 쉽지는 않을 텐데?"

"쉽지는 않지만, 우는소리 하기에는 미안할 지경 아닙니까? 다른 분야는 쉽다, 어렵다가 아니라 사느냐 죽느냐니까요."

"내가 도와줄 수도 있는데?"

진윤기는 아버지의 표정을 보며 슬쩍 웃었다.

"괜히 떠보지 마십시오. 이젠 아버지 말씀에 말려들 만큼 어리지 않다니까요. 하하."

"어쭈!"

진 회장도 아들의 당돌한 말에 기분 상한 건 아닌 듯 미소 지었다.

"하실 말씀이 있으신 것 같은데 말씀하십시오."

"그러자. 간단히 말하마. 순양의료재단과 순양인력개발원을 네게 주마."

진윤기의 미소가 사라졌다. 순양의료재단이 거느리는 병원은 세 손가락 안에 꼽히는 곳이다. 어마어마한 병원 부지 탓에 재산세만 10억 이상을 납부한다. 엄청난 재산을 물려받는 셈이다.

그런데 순양인력개발원은 감이 오지 않았다. 비록 독립된 법인이지만 하는 일이라고는 고졸, 대졸 신입사원 연수, 신임 간부, 임원 연수 등 각종 교육과 그룹 차원에서 진행하는 인력개발을 하는 조직일 뿐이다. 물론 독립된 주식회사로 모양새를 갖추기 위해 외부의 인사 컨설팅과 교육 프로그램을 운영하여 수익을 내기는 하지만, 그 액수로는 적자를 면치 못한다. 그나마 순양그룹의 교육을 담당하기에 계열사로부터 교육비를 받아 겨우 이익을 내는 곳이다. 기업이라고 하기에는 부족한 면이 없지 않았다. 진윤기는 이런 걸 왜 물려주려는지 알 도리가 없었다.

"표정이 왜 그러냐? 부족한 게냐?"

"많이 부족합니다."

아버지의 물음에 진윤기는 곧바로 대답했다. 기대가 없으니 주는 대로 받으면 된다. 하지만 마음에 걸리는 일이 하나 있다. 바로 아들이다.

"뭐라?"

아들의 이런 대답은 전혀 예상하지 못했는지 진 회장은 눈을 부릅떴다.

"회사 쪽은 쳐다보지도 않더니, 막상 포기하려니 욕심나는 게냐?"

"그렇습니다. 저도 아버지 노릇은 해야 하지 않겠습니까?"

"아버지 노릇? 도준이를 말하는 거냐?"

진윤기는 고개만 끄덕였다. 진 회장은 그런 아들을 한심한 듯 쳐다보며 말했다.

"아비 노릇 제대로 하려면 물건의 가치를 알아보는 눈부터 길러, 이놈아."

"네?"

"도준이에게 물어봐라. 내가 주는 병원과 인력개발원이 어떤 가치를 지니는지. 그 녀석이라면 쌍수를 들고 환영할 게다."

진윤기는 아버지가 말한 그 가치를 몰라 눈만 껌뻑거렸다.

"내가 주는 거 잘 지키다가 적당한 시기에 도준이에게 넘겨줘라. 그리고 도준이는 내가 따로 좀 챙겨 줄 거다. 물론 그냥 주는 건 아니고 싸게 팔 생각이지만…."

"팔다니요? 손자에게까지 돈 받을 생각이십니까?"

'아버지도 참… 손자에게 장사를 하다니? 가장 귀여워하는 손자가 분명한데 잘못 생각했나? 아니면 도준이는 벌써 아버지와 거래할 만큼 당당한 입장이란 말인가?'

챙겨 준다는 말이 무색한 아버지의 결정이 진윤기는 내심 못마땅했다.

진윤기의 못마땅한 표정에도 진 회장은 자세한 설명은 하지 않았다.

"그냥 그렇게 알고 있어. 이런 이야기는 네놈보다 도준이가 훨씬 잘 알아들으니까 말이다."

진 회장은 할 말은 다 끝났다는 뜻으로 손을 내저었다. 그리고 진윤기가 서재를 나설 때 한마디 잊지 않았다.

"보는 눈도 많고 듣는 귀도 많다. 당분간 너만 아는 게 좋을 듯싶다."

진윤기는 돌아서서 꾸벅 머리를 숙였다. 그리고 깜빡 잊었던 말을 했다.

"감사합니다, 아버지."

▲▲▲

김포공항 국제선 청사 앞에서부터 홍소영은 순양그룹의 힘과 위상을 실감했다. 허니문 리무진에서 내린 다음 비행기에 탑승할 때까지 단 한 번도 발걸음을 멈추지 않았다. VIP는 기다리지 않는다는 말을 뼈저리게 느꼈다. 한성일보 역시 대단한 집안이지만 이 정도는 아니다. 그리고 일등석에 탔을 때 다시 한 번 놀랐다. 자신과 진영준이 유일한 승객이었다.

"영준 씨. 혹시 이거 전세기인가요?"

"아뇨. 퍼스트와 비즈니스석만 전세 냈어요. 비즈니스석은 우리 수행비서 여섯이 차지하고요."

자신의 아버지도, 할아버지도 누리지 못하는 호화로운 생활이다. 홍소영은 네 명의 스튜어디스가 단둘을 위해 서비스하는 비행기 안에서 자신이 한국 제일의 재벌가 일원이 된 것을 실감하며 뿌듯해 했다. 진영준이 미모의 스튜어디스에게 눈길을 주는 것 따위는 아무렇지도 않을 만큼 만족스러웠다. 홍소영은 기내식을 먹은 후 진영준을 향해 말했다.

"식사 끝났으면 이것 좀 볼래요?"

진영준은 홍소영이 건네는 파일을 펼쳤다.

"이건 뭡니까?"

"일단 보세요."

홍소영이 자신만만하게 건넨 파일을 살펴보던 진영준의 얼굴이 점점 굳어졌다. 자신과 아버지를 제외한 가족 전체의 행적이 고스란히 담겨 있었다. 이 정도 세세한 내용을 만들려면 거의 24시간 밀착 감시해야 가능하다.

"예상했던 대로 가장 눈여겨봐야 할 사람은 진동기 사장님과 진도준이에요. 진동기 사장님은 계열사 임원들과 빈번히 만나고 특히 진도준은 이제 미라클 인베스트먼트 사장과 함께 다니며 본격적으로…."

"이 여자가 미쳤나…."

"여, 영준 씨."

진영준이 서류 파일을 벅벅 찢는 모습을 보며 홍소영은 새파랗게 질렸다.

"막내가 뭐 하는지 대충 알아보는 거 아니었어? 아예 우리 집안사람들 전부 미행한 거야?"

"그, 그게…."

"넌 네가 뭐라고 생각해? 어디서 감히 안주인 행세야? 엉? 에이씨… 기분 더럽네, 이거."

진영준의 입에서 험한 소리가 나오자 대기하던 스튜어디스들이 모습을 감추기 시작했다. VIP의 사적인 모습은 보지 않아야 후환이 없다.

"네가 원하는 대로 남에게 머리 숙이는 일 없도록 해준다. 대신 내 사생활도 간섭하지 않기로 했지? 이 말은 우리 가족 전부 해당되는 거야. 감히 우리 집안 어른들까지 감시해?"

진영준은 자리에서 벌떡 일어섰다.

"신문 나부랭이나 만드는 집에서 우리 집안에 들어왔으면 감지덕지

하며 찌그러져 살아. 내 뒤를 이을 아들 하나 낳는 게 네가 해야 할 일의 전부야. 내 허락 없이 한 번만 더 이따위 주제넘은 짓거리를 하면 평생 뒷방 신세 면하지 못할 거다. 명심해!"

홍소영은 진영준이 내뱉는 한마디 한마디에 소름이 돋았다.

"야! 최 비서!"

진영준이 소리치자 비즈니스석에서 사내 한 명이 칸막이 커튼을 젖히며 달려왔다.

"네, 이사님."

"도착하면 따로 지낼 거니까 내가 묵을 호텔부터 하나 잡아. 그리고 저거 잘 감시해. 쇼핑 정도는 하게 해주고 허튼짓 못하도록 확실히 막아. 알아들었어?"

"네, 이사님."

비서가 물러가자 진영준은 홍소영의 반대편 창가로 자리를 옮겼다. 안대를 차고 시트를 한껏 젖힌 진영준은 터져 나오려는 웃음을 참느라 입술을 깨물었다. 처음엔 화가 솟구쳤지만, 차라리 잘됐다 싶었다. 열흘간의 신혼여행을 완전히 자유롭게 지낼 핑곗거리로 이만한 것이 없다. 생각할수록 괘씸했지만, 꿩 먹고 알 먹고다. 결혼 첫날부터 부인의 기를 팍 죽여 놓았고, 이삼일 뒤에나 부르려 했던 여배우도 빨리 부를 수 있다.

진영준의 이런 생각도 모르는 채 홍소영은 아무 말도 못 하고 남편을 지켜봐야만 했다. 단 한 번도 남에게 머리를 숙인 적 없는 집안의 후계자가 어떤 인간인지 이제야 깨달았다.

핏줄을 나누지 않은 사람은 저 집안의 가전제품과 다를 바 없다. 그 쓰임새에 맞게 사용하는 도구일 뿐이다. 홍소영은 오늘 백년가약을 맺은 남편에게 자신이 쓸모 있음을 끝없이 증명해야 하는 신세라는 걸 알았다. 그것도 절대 남편의 기분을 거스르지 않도록 조심하면서. 눈물이 쏟아질 것 같았지만, 언젠가 자기 손에 들어올 순양그룹을 생각하며 이를 악물었다.

▲▲▲

"음…."

"뭐야? 넌 쌍수 들고 환영할 거라고 할아버지께서 그러시던데, 너도 모르는 거야?"

아버지는 내 표정을 꼼꼼히 살피며 숨은 의미를 파악하려 했다.

"아, 아뇨. 그것보다는 싸게 팔겠다고 하신 게 뭘까요. 뭘 주시려는지 짐작도 못 하겠어요."

"그럼 아는 거부터 말해 주면 안 될까? 난 궁금해 죽을 것 같아."

"제 생각에는 사람을 주신 것 같아요."

"사람?"

"네. 순양병원은 VIP 고객이 많기로 소문났잖아요. 고위 관료, 정치인은 자신의 건강 상태가 새 나가는 걸 조심하니까, 비밀 유지가 완벽한 순양병원을 찾잖아요. 그리고 연예인도 많고요."

"아…!"

낮은 탄성이 새어 나왔다.

"이제 특진을 원하거나 특별 대우를 받고 싶은 사람은 전부 아버지께 연락하겠죠. 자연스럽게 인맥을 쌓을 수 있잖아요. 아버지는 영화 제작할 때 감독이나 주연배우를 순양병원에서 케어할 수 있고요."

"그럼 인력개발원은? 그것도 사람이야?"

"물론이죠. 승진 대상 전부가 개발원 연수원에서 교육받잖아요. 개발원의 교육 평가가 승진을 보장하지는 못해도 승진 탈락에는 막대한 영향을 미치니까요."

순양그룹의 인력관리가 철저하다는 건 잘 알려진 사실이다. 다른 기업 연수원은 잠깐 쉬어 가는, 심지어 어떤 곳은 휴가지나 다름없다며 교육받는 동안 예비군의 냄새를 풍기기도 한다. 하지만 순양연수원은 엄청난 교육 시간, 세미나, 토론, 시험, 평가로 이루어져 마치 사법연수원과 비슷할 정도로 빈틈없는 곳이었다.

"그룹 핵심에 다가가려는 사람 전부가 개발원을 거치니까…"

"개발원 대표이신 아버지에게 잘 봐달라는 전화가 빗발칠 것이고 그게 전부 네트워크가 되겠죠."

"그러니까 그룹 외부, 내부 인맥을 골고루 쌓겠구나."

"네. 늦게 시작한 만큼 속성으로 아버지 사람으로 만들라는 배려죠."

"내가 아니고 네 사람 만들라는 뜻이다."

아버지는 조용히 말하면서도 신기한 듯 나를 바라보았다.

"도대체 어떻게 알아챌 수가 있지? 병원이나 연수원을 인맥과 연결하는 네 할아버지나 그걸 단번에 파악한 넌 또… 정말 할 말이 없다."

순양그룹에서 월급 받아본 사람은 연수원의 잠재력을 잘 안다. 별것 아닌 대리 진급을 위해 2층 침대가 두 개 들어간 4인실에서 무려 열흘간 밤잠을 설친다. 나이 지긋한 중년 부장들은 더하다. 2인실에 들어가 2주간의 지옥 같은 스케줄을 소화해야 한다. 체력이 버텨내지 못하면 임원 진급이 물 건너가니 악으로, 깡으로 견디는 것이다.

견딘다고 해서 끝나는 게 아니다. 인력개발원의 최종 평가가 C 이하라면 임원은 물 건너가고 정년까지 만년 부장을 할 건지, 사표 내고 떠나야 할지를 정해야 한다. 이럴 때 만약 개발원 이사장이 전화 한 통만 넣어 준다면? 하다못해 연수원장의 은밀한 지시만 있다면 임원 자리에 한 걸음 성큼 다가설 수 있다.

인력개발원의 가치를 아무리 낮게 잡는다고 하더라도 순양그룹의 주요 자리를 차지할 임원 후보들과 술 한잔 나눌 시간을 가질 수 있는 요직이다. 이 모든 건 오로지 순양에서 월급 받는 사람만 안다. 급여 통장에 찍힌 숫자에 한숨지어 본 적 없는 아버지가 이런 사실을 알 도리 없는 게 당연하다.

"관심이 없으셔서 그런 거겠죠. 그런데 혹시 인력개발원 지분구조 알 수 있을까요? 보유 자산도요."

"현황을 좀 알아봐라?"

"네. 단지 인맥 네트워크뿐만은 아닌 거 같아서요. 그게 전부였다면 당분간 비밀로 하라는 말씀은 안 하셨을 거예요. 큰아버지들이 알면 반발할지도 모르는 뭔가가 있지 않겠어요?"

"비밀로 하라는 말씀 속에 또 비밀이 있다?"

"할아버지는 비밀이 많으신 분이잖아요. 헤헤."

아버지는 내 웃음에 짧은 한숨을 내쉬었다.

"후유. 넌 어찌 된 게 나보다 할아버지를 더 닮았냐?"

"재능은 가끔 대를 건너뛰기도 하니까요."

아버지는 또 한 번 한숨 쉬고 일어났다.

"아버지 노릇 제대로 한번 하는 것도 쉽지 않구나."

▲ ▲ ▲

"결혼식은 어땠어?"

"제가 결혼하는 것도 아닌데요, 뭘. 그보다 어떻게 됐어요?"

결혼보다 더 중요한 게 있다. 바로 대아건설이다.

"재벌들 정략결혼은 늘 호기심의 대상이잖아."

"두어 번 얼굴 보고 하는 결혼, 그게 결혼인가요? 계약이지."

"오, 그럼 넌 정략결혼 안 할 거야? 재벌 3세와 평범하지만 꿋꿋하게 살아가는 캔디랑 결혼하는 순정만화 주인공?"

"꼭 필요한 여자와 하겠죠. 그게 뭐가 됐든. 삼촌, 왜 자꾸 딴소리하세요? 대아건설 주식은요?"

"자식아, 원래 나이 들면 젊은 애들 연애나 결혼이 궁금한 거야. 우린 끝났으니까."

오세현은 빙긋 웃으며 주식 현황 메모를 꺼냈다.

"이 새끼들 당황했나 봐. 5퍼센트 매입하고 대주주 신고 들어가자마자 연락이 왔어. 한번 만나자고 말이야."

증권시장은 완전히 얼어붙었다. 바닥에 착 붙어 움직이지 않는 장에서 곧 부도날 게 뻔한 회사의 주식을 순식간에 매입하니 회사 측에서 신경을 곤두세울 수밖에 없다. 게다가 휴지나 다름없는 주식을 매입한 자가 아진그룹을 삼킨 거대한 투자사 미라클이니 지은 죄가 있다면 잔뜩 겁먹을 것이다.

"만나야죠?"

"물론이지."

"저쪽에서 어떻게 나올까요?"

오세현은 눈을 찡긋했다.

"나한테 맡겨 둬. 내가 지금까지 투자질 하면서 회삿돈 빼먹고 튀는 놈들 한둘 봤겠냐? 나한테 걸린 그런 놈들, 지금 뭐하는 줄 알아?"

"감방에 모여 있거나, 전과자 신세겠네요?"

"빙고!"

오세현은 손가락을 딱 튕기며 가방을 들었다.

"자, 가자. 한판 해야지."

영등포의 대아건설 본관은 바깥 겨울 날씨보다 더 스산했다. 건물 안의 직원들은 월급도 나오지 않는 회사에 칼같이 출근해서 자리만 지킨다. 회사가 곧 망한다는 걸 모를 리 없지만, 존재하지도 않는 희망 한 자락에 의지해 회사로 출근하는 것이다. 아침에 눈을 떠서 이 건물이 아니면 갈 곳이 없다. 밀린 월급도 발걸음을 재촉하게 만든다. 혹시나 조금이라도 받을 수 있지 않을까 하는 기대를 품어 본다. 머리는 아무런 희망이 없다고 수백 번도 더 이야기하지만, 여전히 마음 한구석에 남아 있는 헛된 희망이 이 건물의 직원들을 고문하는 것이다.

사람이 미래다…. 또 하나의 가족….

20년 뒤에는 이런 개소리를 믿는 사람은 없지만, 지금은 아니다. 평생직장이라는 개념의 끄트머리가 아직 남아 있기 때문이다.

"저 사람들 어떻게 될까요?"

"네가 구세주가 되어야지. 밀린 월급도 주고 힘내라고 특별 보너스도 주고. 안 그래?"

오세현은 내 등을 한번 툭 치고 대아건설 사장실 문을 두드렸다.

"어서 오십시오. 대아건설 전무 강무진입니다."

"오세현입니다."

'어쭈, 이것들 봐라. 사장실에 주인은 없고 집사가 앉아 있다? 수작 부리려고 단단히 준비했나?'

"사실 당황했습니다. 갑자기 우리 대아의 주식을 사들이시다니요. 미라클 인베스트먼트 같은 대형 투자사가 관심 가질 만한 회사가 아닌 듯한데…. 이유를 말씀해 주실 수 있으신지요?"

"투자회사가 주식을 매입하는 이유는 하나뿐이죠. 돈이 되니까요."

강무진 전무는 바짝 마른 입술을 슬쩍 훔쳤다.

"이거 원, 어떤 면에서 돈이 된다고 생각하시는지 모르겠지만, 신문 안 보세요? 뉴스는요? 쓰러져 가는 대아건설에 발 담그시면 손해 보실지도 모릅니다."

"요즘 누가 주식에 투자합니까? 깡통 차기 딱 좋은데요. 돈은 은행에 넣어야죠. 이자율이 꽤 높습니다."

강무진 전무 옆에 앉은 중년 사내가 거들었다.

"당신 직급 전무보다 높아?"

오세현이 인상을 팍 쓰며 대뜸 반말을 내뱉었다.

"네? 뭐… 뭐요?"

"대주주님 말씀 중이시다. 이 자리 대가리 아니면 빠져. 5퍼센트가 넘는 주식을 보유한 대주주를 불러 놓고 대표이사도 아닌 전무와 말 섞게 하는 것도 짜증 나는데 어디서 감히 끼어들어! 주주가 무슨 말인지 몰라? 이 회사 주인이야. 주인 맞이하는 자세부터 글러 먹었군."

무례하기 이를 데 없는 태도였지만 강무진 전무는 화를 내기는커녕 벌떡 일어서서 허리를 굽혔다.

"이해해 주십시오. 사장님께서는 지금 회사를 살리기 위해 자금 구하러 뛰어다니십니다. 일개 상호신용금고 대리까지 만나고 계십니다."

"제가 무례했습니다, 죄송합니다."

강 전무의 눈짓에 중년 사내도 벌떡 일어나 허리를 숙였다.

"알면 다들 자리 좀 비켜 주지? 조용히 이야기 좀 하고 싶으니까."

강 전무가 사장실 소파에 앉아 있는 사내들에게 턱짓하자 모두 머리를 숙이고 우르르 빠져나갔다.

"자, 이제 말씀하시죠. 우리 회사 주식을 왜 갑자기 사들이시는지 말입니다."

강 전무는 미소까지 보이며 여유를 되찾았다.

"그보다 먼저 왜 나를 보자고 했는지부터 말하는 게 순서 같은데…?"

오세현의 이런 모습은 처음이다. 항상 예의 바르고 유머를 잃지 않으려 썰렁한 농담을 입에 달고 사는 사람인데 무례하고 공격적이다. 짐작건대 대아건설 경영진이 회삿돈을 빼돌린다고 확신하기 때문일 것이다.

약점 있는 놈에게는 강하게 나간다. 내 주변에 이빨, 발톱 숨긴 사람이 수두룩하니 약점 잡힐 일은 꼭 피해야 한다. 그렇지 않다면 내가 바로 저 강 전무 꼴이 될 것 같다.

"오 대표님을 뵙자고 한 것이 바로 그 이유를 묻고자 함이지요. 분명 원하시는 것이 있을 듯합니다. 허심탄회하게 말씀하십시오. 주주가 원하는 일을 경청하는 게 경영진의 본분이니까요."

기름칠한 혀에서 나오는 청산유수와 같은 말, 능글능글한 표정, 쉬지 않고 움직이는 눈동자를 보니, 의심이 확신으로 바뀐다.

"이미 말했을 텐데요? 돈 벌려고 합니다. 그게 투자자 아닌가요?"

"그러니까 드리는 말씀입니다. 주식을 매수가보다 더 높은 가격으로 매도해야 할 텐데 불가능하지 않습니까?"

"누군가가 좋은 가격으로 다시 사줄 것 같은데… 아닙니까?"

오세현은 빙긋 웃으며 강 전무의 얼굴을 바라보기 시작했다.

"아, 그렇군요. 뭐, 그럴 수도 있겠네요."

강 전무도 오세현의 웃음에 화답하며 한술 더 떴다.

"그럼 우리가 한번 알아봐 드릴까요? 아직 대아건설의 회생을 믿는 사람도 꽤 많습니다. 그분들은 우리 회사 주식을 다량 매집하려 준비 중이시죠."

"그런 수고까지 해주신다면 오늘 이곳에 온 보람이 있군요. 혹시 빨리 찾아 주실 수 있습니까?"

"최대한 서둘러 보겠습니다."

결국 이놈들은 자신의 계획을 우리가 망치기 전에 재빨리 다시 거둬갈 것이다. 아니면 차일피일 미루면서 시간을 벌든지.

"할 말은 끝난 것 같으니까 이만 일어나겠습니다."

오세현이 소파에서 일어서자 강 전무도 일어나 손을 내밀었다.

"주주님께서 만족하신 것 같아 다행입니다. 최대한 빨리 적당한 분을 찾아 오 대표님 주머니를 두둑하게 만들어 드리겠습니다."

"네. 빠른 조치 부탁합니다. 내일까지요."

강 전무는 맞잡은 손을 턱 놓아 버렸다.

"오 대표님, 내일까지는 좀 어렵습니다."

오세현의 갑작스러운 요구에 강 전무는 당황해 변명을 늘어놓으려 했지만, 그의 말 따위는 더 듣지도 않았다.

"모레 아침 임시 주주총회를 요구할 겁니다. 주총을 막으려면 서두르세요. 그럼 이만…."

오세현은 더 들을 것도 없다는 듯 서둘러 대아건설을 빠져나왔다. 빌딩밖에 대기 중이던 승용차에 올라타자마자 오세현은 주먹을 불끈 쥐었다.

"확실하네, 이 새끼들."

"내일 바로 덮치죠. 회계장부 열람권 주장하고 대아건설 자산부터 확인해야겠어요."

오세현은 나를 보며 혀를 슬쩍 내밀었다.

"역시 빨라. 다 배웠다 이거지?"

"아이고, 하산하기에는 아직 한참 멀었습니다. 사부님."

한바탕 웃고 나서 우리 두 사람은 동시에 휴대전화를 꺼내 들었다.

"아, 난데. 우리 심사 역 몽땅 모이라고 해. 그리고 회계법인에 전화해서 회계사 싹 긁어모아서 보내 달라고 하고. 실물 조사팀도 전원 대기시켜. 10분 뒤에 회의한다."

오세현이 내일을 위해 사람들을 모을 때 난 할아버지께 전화했다.

"할아버지 지금 바로 찾아뵈어도 될까요? 급히 상의드릴 일이 있습니다."

대아건설에서 딴생각할 때를 대비해야 한다. 그들이 음흉한 생각을 행동으로 옮길 때 그 발걸음을 막을 수 있는 사람은 할아버지뿐이다. 승용차로 여의도에서 오세현을 내려주고 마포대교를 달렸다. 헐레벌떡 할아버지 서재로 들어가니 웃으며 맞이해 주신다.

"아이고, 이놈아. 숨 넘어 가겠다. 왜? IMF가 또 터졌다더냐?"

"IMF가 또 터지면 전 뛰지 않고 날아다닐 텐데요?"

아직 18억 달러가 남아 있다. 외환위기가 더 심할수록 그 가치가 올라가니 날아다닐밖에.

"어디 나가지도 못하게 하고, 서재에서 꼭 기다리라고 한 걸 보니 내 도움이 필요한 게로구나."

"네, 절실히 필요합니다."

"읊어 봐. 들어 보고 얼마나 받을지 생각해 보게."

말끝마다 돈이지만, 항상 더 많은 것을 돌려준다. 손자에게 베푸는 것은 늘 넉넉한 분 아닌가?

"대아건설을 건드리고 있습니다. 올해 마포 DMC 프로젝트를 진행하려면 꼭 필요한 회사이기도 하고요."

"서론이 길다. 아는 건 빼고 본론만."

"그 회사 오너와 경영진이 쓰러져 가는 회사에서 마지막 남은 골수까지 빼먹고 있는 게 틀림없습니다. 그 전에 치고 들어가서 점령할 생각인데 어떻게 생각하십니까?"

"땡잡았구나, 이놈! 허허."

할아버지는 책상을 탕 치며 호탕하게 웃었다. 팔순이 다 되어 가는 인생을 살며 수많은 경험을 한 분이다 보니, 척하면 착이다. 벌써 무슨 일이 벌어지는지, 앞으로 어떻게 해야 하는지 훤히 꿰뚫고 있다.

"대아건설 사장이 누구더라? 강…?"

"강무성 사장입니다. 동생 강무진이 전무더군요."

"전무? 벌써 만나 봤느냐?"

"네. 조금 전에 확인하고 왔습니다."

"확인해 보니 그놈들이 돈 빼돌리고 있다는 확신이 들더냐?"

"네. 미라클이 대아의 주식 5퍼센트를 확보하자마자 연락해 오더군요. 그리고 되사겠다고 했습니다."

"5퍼센트?"

할아버지는 눈을 치켜떴다.

"그런 식으로 골수 빼먹는 데 숟가락 걸치는 승냥이 같은 놈들이 증권가에는 많다고 들었는데, 오세현이 생각이로구나."

5퍼센트 주식으로 회사를 휘젓는 일은 쓰러져 가는 회사에서만 일어나는 일이 아니다. 멀쩡한 회사의 주식을 확보하고 소위 진상 대주주가 되어 다시 비싼 값에 되파는 놈들도 종종 있다.

다만, 멀쩡한 회사는 5퍼센트 주식을 확보하는 데 드는 비용이 엄청나니 평범한 승냥이들은 감히 시도조차 못 하는 것이다.

"네. 극동건설이 쓰러지자 대아건설 주가는 폭락하기 시작했고 부도설도 돕니다. 큰돈 들이지 않고 쉽게 확보했죠."

"그놈들 식겁하겠는데? 내일이라도 임시 주총 열자고 요구하면 간이 철렁할 게다."

"주총보다는 내일 그쪽 장부 뒤지고 골수 빼먹은 증거를 확보할 생각입니다."

"이런, 아예 감옥에 처넣을 생각이냐?"

"네. 이미 빼돌린 회사 자산 전부 회수해야죠. 그다음에 회사 청소 말끔하게 하고 새 출발 하면 모양새 좀 나오지 않겠습니까?"

"음… 싸게 먹겠는데?"

할아버지는 이미 계산을 끝낸 게 확실하다.

"강무성 사장 일가가 쥐고 있는 주식도 꽤 될 거다. 그걸 손에 넣어야 경영권을 확보할 텐데?"

"횡령한 현금이나 현물을 추징금으로 내고 강무성 사장 일가가 쥔 주식을 대아건설 소유로 만들면 경영권 확보를 위한 주식 수가 그리 크지 않을 겁니다. 회사 소유의 주식은…."

"대표이사가 주권을 행사하니까."

"그렇죠."

할아버지는 얽혀 있는 여러 가지 복잡한 생각을 정리하는지 잠깐 말이 없었다. 이윽고….

"갈 길이 먼데 시간은 없구나. 그렇지? 적어도 6월까지는 대아건설 인수부터 정상화를 모두 끝내야 서울시장이 될 네 고모부와 함께 마포 프로젝트를 진행할 수 있으니까."

"네. 제가 부탁드리고 싶은 것이 바로 그 시간입니다."

"시간은 돈으로도 못 살 만큼 귀한 것인데…?"

"삽니다. 인간의 수명은 못 사더라도 인간의 인생 정도는 충분히 살 수 있는 게 돈 아닙니까?"

"진심이냐?"

"순양그룹 10만 명 임직원의 인생, 월급이라는 돈으로 사셨잖습니까?"

"이놈이 또 이 할애비를 뜨끔하게 만드는구나. 허허."

할아버지는 전혀 뜨끔하지 않은 표정으로 작게 웃기만 할 뿐이었다.

"일단 강무성이 일가족 전부 출국금지부터 해야겠구나. 이미 해외로 빼돌린 돈도 있을 터, 법무부에 수사 지시도 내리고."

'수사 지시를 내린다고? 요청이 아니라?'

지시라는 말이 이렇게 자연스럽게 나온다.

"물론 가능하시겠지요?"

"네놈 하는 거 봐서."

나는 벌떡 일어나 할아버지 등 뒤로 가 어깨를 살살 주무르기 시작했다.

"이 정도로는 안 되겠죠? 일단 출국금지만이라도 부탁드릴게요."

"으허허. 시원하게 주물러 봐라."

할아버지는 수화기를 들었다.

"김 고검장, 많이 바쁘신가?"

서울고등검찰청이다. 다행이다. 어깨 조금 주물러드리는 것만으로 출국금지 부탁을 들어주었다.

"…그러니까 말일세. 나라 경제가 이 지경인데 제 주머니 채운다고 망해 가는 회사 링게르까지 빼먹는 건 용서할 수 없지 않겠나…. 아니, 아니. 일단 해외로 도망가는 거부터 막고…. 그렇지, 그렇지. 내가 좀 더 알아보고 알려 줌세. 조만간 한번 놀러 와. 밥 한 그릇 같이하자고."

수화기를 내려놓은 할아버지는 고개를 돌려 나를 보며 웃었다.

"이 정도면 만족하냐?"

"감사합니다."

어깨를 주무르는 손에 힘이 들어갔다.

"빨리 진행하려면 내일 회계자료 열람할 때 확실한 증거 하나라도 챙겨. 그걸로 경영진 배임 횡령 걸어서 고소 고발 접수하고. 국세청, 검찰 움직여서 한 번에 휘몰아치면 저쪽에서 항복할 거야."

"항복?"

항복의 정확한 의미를 모르겠다. 할아버지의 항복은 어떤 의미일까?

할아버지는 내 손을 잡고 안마를 멈추게 하고 자리에 앉혔다.

"도준아."

"네."

"대아건설을 인수하려는 목적이 정확하게 뭐냐?"

"올해 DMC 프로젝트를 성공시키고…."

"거기까지만 하자."

"네?"

"그 뒤의 일은 나중에 생각하자는 말이다."

눈앞의 가까운 목표만 바라보며 지금 즉시 해야 할 일만 선정한다. 급할수록 장기적인 목표보다는 단기적인 목표에 집중하자는 말이다.

"자, 6월 지방선거 끝나고 네 고모부랑 일을 진행하려면 늦어도 올 상반기 안에 대아건설을 장악해야 한다. 그렇지?"

"그렇겠죠."

"검찰이 움직이고 증거를 확보한 뒤, 배임 횡령으로 공판을 시작한다면? 그놈들 주머니에 든 돈을 추징한다든가 압류하고 회사로 귀속시키려면 몇 년 걸릴 게다. 그사이 대아는 부도가 날 테고 채권단은 처리 문제를 놓고 고심하겠지. 빨라도 2년 뒤에나 네 손에 들어올 거다."

역시 문제는 시간이다. 시간을 단축하려 할아버지께 손을 내밀었다. 지금 그 해답을 주신다.

"그럼 할아버지의 항복은 다른 뜻이군요."

"그래. 살길을 마련해 주고 빨리 처리하거라."

"살길이라면…?"

"검찰수사, 국세청 조사는 협박용으로만 써야지. 2년 뒤 알거지가 되고 가족 전부가 옥살이할 건지, 지금 전부 다 내놓고 밥 굶지 않을 만큼 챙겨서 외국으로 도피할 것인지 선택하도록 만들어라."

온몸에 전기가 관통한 것처럼 짜릿했다. 처음 항복이라는 단어를 들었을 때 협상의 여지를 남겨 두라는 숨겨진 의도 정도는 어렴풋이 알았다. 내가 진짜 충격받은 건 바로 검찰수사의 완급까지 조정하는 힘이다. 검찰을 마치 내 칼처럼 쓴다. 칼집에서 필요할 때 빼 쓰고 넣고 싶을 때 다시 넣는다. 원할 때 수사를 시작하고 원할 때 멈춘다. 국세청도 마찬가지다.

할아버지의 이런 힘은 순양그룹의 돈과 주식으로 만든 게 아니다. 오랜 세월 동안 쌓아 온 것이다. 공직자들에게 돈을 안겼고, 그 돈의 대가로 공직자는 양심을 팔았다. 양심을 파는 순간 다시 할아버지에게 약점이 잡혔고…. 이것이 계속 돌고 돌아 순양의 힘이 된 것이다.

내가 가진 수조 원의 돈을 지금 다 뿌린다 해도 할아버지의 힘을 가질 수 없다. 수조 원이라면 아마도 할아버지가 뿌린 돈의 몇 배가 될 것이다. 하지만 이 차이를 메운 건 바로 세월이다.

조금 전 시간도 돈으로 살 수 있다고 뱉은 말이 얼마나 경솔했는지 뼈저리게 느꼈다. 마치 전기 충격을 받은 것처럼 말이다. 나는 다시 정신을 차리고 할아버지에게 부탁했다.

"항복은 제가 받을 테니 할아버지께서는 검찰과 국세청을 계속 움직여 주시겠습니까?"

"네놈 하는 거 봐서."

"잘하겠습니다."

머리를 꾸벅 숙이며 살살 녹는 말투로 말하니 할아버지는 장난스러운 미소로 화답했다.

"말로 때우지 마라."

"그럼 원하시는 걸 한번 말씀해 보시지요. 귀담아듣겠습니다. 헤헤."

농담처럼 대답했지만, 할아버지는 진지한 표정으로 생각에 잠겼다.

그리고 한참 뒤에 의외의 요구를 했다.

"네가 대아건설을 인수하면 경영진 대부분이 공석이지? 다들 푼돈 받고 쫓겨날 게 뻔하니까. 그렇지?"

"네."

"내가 사람을 보내마. 그 자리에 앉혀라."

쉽게 대답하기 힘든 요구다. 경영진을 할아버지의 사람으로 꽉 채운다면 대아건설은 누구의 것인가? 대표이사를 비롯한 주요 의사 결정을 내리는 임원 모두가 할아버지의 사람이라면 대아건설은 순양건설의 자회사일 뿐이다. 내가 머뭇거리자 할아버지가 물었다.

"어차피 넌 사람이 없지 않으냐? 내 사람을 안 쓴다면 염두에 둔 사람이라도 있는 게야?"

"이미 쓰러진 동아건설, 극동건설에 사람 많습니다. 그리고 대아건설에서 부장급을 대거 이사로 승진시키려고 했죠. 분위기 쇄신 차원에서 좋을 겁니다."

"오, 거기까지 생각했더냐?"

"괜찮은 생각입니까?"

"괜찮아? 당연히 안 괜찮지. 흐흐."

명백하게 비웃는 웃음이다.

"건설사 임원이라면 반 깡패야. 공사판 현장 소장부터 거친 노가다 놈들을 다루고, 사막 모래 폭풍을 견뎠어. 철거민을 싹 밀어 버리는 강단도 있다고. 점심때마다 막걸리 마시며 현장 지휘한 놈들인데, 그런 놈들을 섞어서 자리에 앉히면? 허구한 날 싸움박질만 할걸?"

건설사 출신이 거칠다는 것은 이미 알지만, 임원 이상이 되면 정치적인 사람으로 변할 거라 생각했는데 오산이었나 보다. 할아버지는 당황한 나를 대놓고 재미있는 장난감 보듯 바라본다.

"고민되지? 내가 주는 잔이 독약인지, 보약인지 구별이 안 되지? 할아버지의 사람으로 꽉 채운 회사, 순양그룹에 홀라당 뺏기는 건 아닌지 걱정부터 앞서고? 흐흐."

"아, 아니에요. 말씀드렸잖아요. 대아건설은 순양그룹에 드린다고요."

"예끼, 이놈아. 그 말을 믿으라고? 시커멓게 욕심 많은 네놈이? 허허."

황급히 손을 내저었지만, 내 속을 다 들여다보는 할아버지에게는 통하지 않았다.

"시간도 없고, 힘도 없고, 사람도 없고…. 가진 건 돈밖에 없는 네 녀석이 내 요구를 거절한다면 대아건설도, 디엠씬지 뭔지도 다 사라질 텐데 무슨 고민을 그리하느냐? 안 그러냐?"

맞는 말이다, 고민은 선택의 여지가 남아 있을 때나 하는 사치다. 그리고 지금까지 할아버지가 내게 주신 것엔 일관성이 있다는 것을 믿어야 한다.

'사람.'

또 사람을 주신 것일지도 모른다. 대아건설을 장악할 반 깡패 임원들, 그들을 내 사람으로 만들라는 숨은 뜻이 아닐까?

"회계 감사는 안 됩니다. 오세현 대표 측 사람 앉힐 겁니다."

"곳간 열쇠는 쥐고 있겠다? 흐흐. 계산기만 두들기던 놈들이 곳간을 지킬 수 있다고 생각하나 보지?"

'젠장, 불안하게 왜 이러시나?'

"도준아."

"네."

"건설사 인간들 삥땅하는 것 하나만큼은 예술의 경지에 이른 놈들이다. 일용직 잡부 수백 명을 가라로 넣었다 뺐다 하는 것쯤은 눈감고도 해치운다. 오세현 모르게 매일 1000만 원 정도 빼먹는 건 일도 아닐걸?"

나를 놀리려 재미 삼아 하는 말씀이 아니다. 경고 아니면 충고인데, 뭘까?

"그뿐인 줄 아느냐? 수백, 수천만 원짜리 원목을 몇만 원짜리 나무로 슬쩍 바꿔치기하면? 오세현이나 그 직원이 원목 구분은 할 줄 알아? 철근 중량 빼먹기도 하고 심지어 함바집 반찬값도 빼돌린다. 넌 두 눈 시퍼렇게 뜨고 눈탱이 맞을걸?"

"아, 살 떨리게 왜 이러세요?"

"아직도 모르겠느냐? 이 할애비의 뜻을?"

할아버지의 날카로운 눈빛을 받아 내며 모든 신경을 집중했다. 뜻을 찾아내야 실망을 안겨드리지 않는다.

"흙탕물에 몸을 담가야 진짜를 볼 수 있다는 말씀입니까?"

대한민국 기업 비리의 온상이 바로 건설사다. 담합 비리, 조합장 비리, 공사비 뻥튀기, 하도급 비리 등등. 그 흐름을 전부 파악하라는 충고라고 결론지었다.

"건설사 임원들을 네 마음대로 쥐락펴락할 수 있다면 머슴 다루는 건 다 배웠다고 볼 수 있다. 그럼 그놈들이 알아서 네가 필요한 돈을 만들어 올 거다. 출처 불분명한 돈을 써야 할 때, 건설사만큼 든든한 곳도 없다."

절반만 맞혔다. 흙탕물을 몸에 묻히는 대신 비자금 창구를 확보하라는 뜻이다. 그래도 기특한 눈빛을 보내오니 다행이다 싶었다.

"내일 결산 열람한다고 했지?"

"네."

"순양건설 감사팀 보내 주마. 함께 데리고 가거라. 오세현이가 부리는 회계사 나부랭이들과는 비교도 안 될 거다. 영수증, 세금 계산서만 대충 훑어도 다 잡아낼 놈들이야."

"고맙습니다, 할아버지."

벌떡 일어나 머리를 숙였다. 이 정도까지 도와주시는데 대아건설을 통째로 삼키지 못한다면 내가 무능한 탓이다.

"감사 인사는 나중에 해야 할걸?"

"네?"

"이 모든 게 전부 순양그룹을 위한 것일 수도 있다는 걸 알아야지. 할애비한테 뒤통수 맞고 징징대지나 마라. 흐흐."

'아, 진짜. 끝까지 들었다 놨다 하는군.'

장난스럽게 웃는 할아버지를 보니 한숨만 나왔다.

▲▲▲

"도준아. 이분들은 누구…?"

오세현은 나와 함께 온 시커먼 남자들을 보며 눈만 껌벅였다.

"순양건설 회계 감사팀 직원분들입니다. 건설사 시멘트 품번까지 다 외우시는 분들입니다. 영수증 서너 장이면 돈 빼돌린 거 곧바로 추적 가능하니 내일 검찰에 제출할 자료는 충분히 확보할 수 있을 겁니다."

천군만마를 얻은 듯이 오세현의 표정이 환해졌다.

"이거, 오늘 저녁엔 거하게 한잔 해야겠군요. 잘 부탁합니다."

"맡겨 두십시오. 업무시간 끝나기 전, 껍질까지 홀라당 벗기겠습니다."

자신감 넘치는 감사팀 직원을 보니 든든했다. 서너 대의 승합차에 나눠 타고 대아건설로 달려가는데 마치 기습 공격하는 특수부대원이 된 기분이 들어 흥분이 가시지 않았다. 대아건설 빌딩 문을 열고 들어가며 오세현은 휴대전화를 꺼냈다.

"아이고, 강 전무님. 어떻게… 우리 주식 비싸게 살 고객은 찾았습니까?"

"아, 오 대표님. 우리가 백방으로 수소문하고 있으니 곧 좋은 소식 알려드릴 겁니다."

"이런, 제가 말씀을 잘못 드렸나, 아니면 잘못 알아들으셨나? 오늘 밤까지가 아니라 오늘 아침까지였는데. 그러니까… 땡! 이 소리는? 우리 거래는 없었던 일이 됐다는 말이죠."

"뭐, 뭐요? 당신 지금 무슨 소리를 하는 거야? 아, 아니. 일단 만납시다. 만나서 다시 차분하게…."

"그럽시다. 지금 대아건설 빌딩 로비니까 10분 안에 얼굴 보며 마저 이야기합시다."

오세현은 휴대전화를 든 채 내게 눈짓했고, 나는 로비의 안내 데스크로 성큼성큼 걸어갔다.

"대회의실이 몇 층입니까?"

"시, 십일 층입니다."

정장 차림의 남자 수십 명이 로비를 점령하니 안내 데스크 여직원은 잔뜩 겁을 먹고 더듬거렸다. 내가 11층이라고 수신호를 보내자 오세현은 휴대전화에 대고 말했다.

"지금 11층 대회의실로 갑니다. 거기서 얼굴 보죠."

휴대폰 플립을 닫고 우리는 엘리베이터에 올랐다. 11층에 멈춘 엘리베이터의 문이 열리자 강무진 전무가 씩씩대며 기다리고 있는 게 보였다.

"아니, 오 대표님. 이게 무슨 짓입니까? 어떻게 하룻밤 안에 구매자를 구해요? 오늘 중으로 해결해 드린다니까요!"

"전무 자리에 앉으신 분이 아직 감이 안 오시나? 끝났습니다. 이제 주주의 권리부터 챙길 생각입니다."

오세현의 바로 곁에 서 있던 사내가 입을 열었다.

"주식회사의 외부감사에 관한 법률 제14조, 감사보고서 등의 비치·공시, 5항 회사의 주주 또는 채권자는 영업시간 내에 언제든지 서류를 열람할 수 있으며, 회사가 정한 비용을 지급하고 그 서류의 교부를 청구할 수 있다."

건조한 음성이 끝나자 오세현이 싱긋 웃었다.

"들으셨죠? 작년, 재작년 결산 자료와 증빙서류 2년 치 전부 이 회의실로 가져오세요. 주주로서 경영진의 능력에 의구심이 생겨서 말입니다. 도대체 회사를 어떻게 굴렸기에 이 지경이 됐는지 한번 봐야겠습니다."

강무진 전무는 자신을 외면한 채 회의실로 줄줄이 들어가는 사람들의 뒷모습을 멍하니 보고만 있어야 했다.

"전무님, 이러고 있을 시간 있습니까? 주주가 요구하는 서류, 빨리 가져오세요. 여기서 일 더 크게 벌어지길 원치 않는다면 말입니다."

마지막으로 내가 일침을 놓고 회의실로 들어갔다.

▲▲▲

"형님! 그놈들이…."

강무진 전무는 대아건설 사장실 문을 벌컥 열고 뛰어들어 갔다.

"뭐야? 무슨 일이길래 이리 호들갑이냐?"

강무성 사장은 새파랗게 질린 동생을 보자 심상치 않음을 느꼈다.

"미라클에서 사람들이 몰려왔습니다. 외부감사를 하겠다고 이미 대회의실을 점령했어요!"

"무슨 소리야, 그게! 어제 만나서 잘 해결했다고 하지 않았어?"

"주식을 되팔겠다는 의사를 분명히 밝히고 돌아갔습니다. 이렇게 뒤통수칠 줄이야…."

"도대체 일을 어떻게 하는 거야!"

강무성 사장은 동생에게 소리를 빽 지르고 재빨리 수화기를 들었다.

"송 대표. 난데…. 뭐? 거기도 들이닥쳤다고? 이런 제기랄!"

강무성 사장은 수화기를 거칠게 내려놓았다.

"회계사 사무실에도 몰려왔단다."

"네? 이 개새끼가…."

강무성 사장은 사장실을 서성대기 시작했다.

"이 자식이 왜 이러는 거야? 진짜 외부감사 해보겠다는 거야?"

"형님. 혹시 주식 가격 높이려는 수작 아닐까요?"

"뭐?"

"그렇지 않습니까? 어제의 그놈 눈빛, 표정… 아직 생생합니다. 쓸데없이 이런 일을 벌일 놈이 아닙니다. 분명 목적은 돈입니다. 증권맨 아닙니까?"

"이게 다 쇼다?"

"틀림없습니다. 외부감사로 그놈이 얻게 될 이익이 없으니까요."

"그래서? 어떡하자는 거야? 결론이 뭐야?"

강 사장이 소리를 꽥 질렀다. 분초를 다투며 살얼음판을 걷는데 프로나 다름없는 투자사 놈들이 회사를 샅샅이 뒤지도록 내버려 둘 수는 없는 노릇이었다. 행여나 이 소식이 채권단으로 들어가면 그쪽에서도 감사하겠다고 덤빌지 모른다.

"제가 오세현을 데려오겠습니다. 이 자리에서 쇼부 치고 돌려보내죠."

선뜻 내키지 않는 듯 강 사장이 망설이자 동생이 또 한 번 재촉했다.

"형님, 우물쭈물할 시간이 없습니다. 더 시끄러워지기 전에 끝내야 합니다."

"이 자식아! 네 입으로 별일 아니라고 말한 지 하루도 안 지났다. 이 자리에서 쇼부? 그러다 다 망치면?"

"그렇다고 이대로 놔둘 수는 없지 않습니까? 주주 권리를 내세우며 깽판 치기 전에…."

"됐다. 그만하고 빨리 데려와. 젠장, 온갖 거머리가 다 달라붙는구먼."

▲▲▲

"무슨 소리 하십니까? 대표이사님이 하실 말씀 있으면 여기로 오세요. 그리고 시간 끌지 말고 빨리 결산 자료나 가져오시죠."

"오 대표님, 긴히 말씀드릴 게 있으니까 청하는 것 아닙니까? 너무 까다롭게 그러지 마시고…."

강 전무의 애처로운 표정을 보고 웃음을 터뜨릴 뻔했다. 오세현이 말한 것처럼 전무나 돼서 저렇게 감을 못 잡아서야….

"전무님, 우리 미라클이 보유한 주식을 비싸게 매입하겠다는 걸 전하시려는 거 압니다만, 이미 늦었다고 우리 대표님이 말씀하셨죠? 헛수고 마시고 자료 가져오시죠. 10분 기다립니다."

새파랗게 젊은 내가 딱딱하게 경고하자 강 전무의 안색이 붉으락푸르락해졌지만, 지금은 참아야 할 때라는 걸 아는 모양이다. 아무 말 못 하고 오세현의 눈치만 계속 살피기에 나는 다시 한 번 재촉했다.

"10분 내 우리가 요구한 자료를 이 회의실에 가져오지 않는다면, 다음 행동으로 들어갑니다. 지금 우리 변호사가 법원에서 대기 중입니다. 주주의 정당한 요구를 무시한다면 대아건설 경영진의 직무 정지 가처분신청을 하기 위해 제 전화를 기다리는 중이죠."

역시 말보다는 법이 강하다. 변호사, 법이라는 단어가 나오자 강 전무는 사색이 되었다. 이때 순양건설에서 합류한 감사팀 직원이 소리쳤다.

"젠장, 딱 보니 견적 나오네. 구린 데가 겁나게 많구먼. 이봐요, 전무님. 우리도 뭔가를 손에 넣어야 쇼부 칠 거 아뇨? 반나절만 보면 우리가 보유한 주식의 적정 가격이 나올 것 같은데… 아닙니까?"

입으로는 험한 말을 하지만, 표정은 웃고 있다. 심지어 눈까지 찡긋하면서. 주식을 되파는 가격을 올리기 위한 요식 행위일 뿐이라는 뜻이 숨어 있다. 강 전무는 여전히 주저한다. 우리의 진의가 진짜 요식 행위인지 확신하지 못하기 때문이다.

"거참, 판단 되게 느리네. 시끄럽게 분란 일으키면? 우리한테 득이 될 게 뭐 있겠어요? 아직도 머리 안 돌아가? 안 되겠군. 거 변호사한테 전화하쇼. 싹 뒤집어 버리자고!"

"오케이, 기다려요! 진즉 그리 말했으면 될걸…."

강 전무는 손을 슬쩍 들어 우리 입을 막고 재빨리 회의실을 떠났다. 여의도 사내들이 순양건설 사내들을 신기한 듯 바라보자 그들은 겸연쩍게 웃었다.

"저놈들이 썩었으면 우리도 적당히 때 묻은 척하는 거죠. 이 바닥은 웬만한 건 다 뒷돈으로 무마할 수 있거든요."

"건설판이 왜 이렇게 된 겁니까?"

내가 궁금해서 묻자 그들은 머리를 슬쩍 긁었다.

"빠듯한 공기(工事期日) 때문이죠. 정해진 날짜까지 완공하는 게 지상 과제 아닙니까? 불법, 편법 따지고 할 겨를이 없는 거죠. 돈으로 메꿀 수 있으면 막아야 하는 겁니다. 그러다 보니 원리, 원칙 따질 수가 없는 겁니다. 그게 굳어져 관행이 되고 이 바닥 사람들 습성이 되었죠."

여의도 사내들도 고개를 끄덕인다. 한쪽은 오로지 숫자만 상대하던 사람들, 한쪽은 거친 남자들을 상대하던 사람들이다. 한자리에 모여 있으니 어울리는 조합은 아니다. 묘한 조합을 보며 사람에 대해 다시 한번 생각하고 있을 즈음 강무진 전무가 회의실로 돌아왔다.

"자, 다 가져왔습니다. 주주의 권리 실컷 누리시고 협상할 생각이 들면 언제든 사장실로 찾아오십쇼. 기다리고 있겠습니다."

강 전무의 뒤를 따라 들어온 대아건설 직원들은 카트 하나씩을 밀고 들어왔고, 그 카트 위에는 서류 박스가 산더미처럼 쌓여 있었다.

서류 더미에 파묻히게 하는 전략, 미드 법정물에서나 볼 수 있는 장면이었다. 기가 차서 한숨을 내쉬자 순양 직원이 씩 웃으며 말했다.

“아이고, 요즘도 이런 쌍팔년도 방법이 통할 거로 생각하나?”

순양 감사팀은 웃옷을 벗더니 박스를 까고 재빨리 서류를 훑기 시작했다

“자, 우리가 분류해서 드릴 테니 그것만 보세요. 참, 작년 결산 서류부터 찾으시고 확인하세요. 우린 다른 걸 볼 테니까요.”

그제야 정신을 차린 여의도 회계사들이 다른 박스를 열어 결산서부터 찾기 시작했다. 순양 감사팀은 서류 파일의 제목만 훑으며 빠르게 분류하기 시작했다. 그들은 찾고자 하는 증거가 뭔지 확실히 알고 있는 듯했다. 그룹 내에서는 검찰보다 더 무섭다고 알려진 조직 아닌가? 검찰은 영장이 필요하지만, 감사팀은 영장 없이 모든 조사가 가능하다. 감사 대상자의 계좌 공개까지 요구해도 따를 수밖에 없다. 싫다면 사표를 써야 하고, 사표 쓴다고 해서 끝난 게 아니다. 사표를 쓰는 순간 비리를 저질렀다고 확신하고 곧바로 검찰 수사를 의뢰한다. 차라리 감사팀 수사에 협조하고 적당한 선에서 합의하는 게 인생을 덜 피곤하게 만드는 최선의 방법이다.

나는 오너 일가가 친 사고를 뒤처리하는 보직이라서 단 한 번도 감사팀을 만난 적이 없었다. 이들이 일하는 모습을 보니 거대 기업 집단을 지배하려면 온갖 조직이 다 필요하다는 것을 새삼 느꼈다. 확실하게 내 사람들로만 채워야 하는 조직이다. 이런 생각이 스쳐 갈 때 갑자기 여의도맨과 순양맨이 머리를 맞대고 서로 확인한 서류와 자료를 대조하기 시작했다.

“오 대표님 이거 한번 보시죠.”

오세현은 안경을 고쳐 쓰고 복잡한 서류를 세세하게 살피기 시작했다.

"아무래도 환치기 같은데요. 게다가 마지막 송금한 돈은 아예 국내로 들어오지도 않았습니다."

"환율로 장난치고 달러까지 빼돌린 거네?"

"확실하죠?"

순양 감사팀 직원도 거들었다.

"원자재 수입으로 가장해서 돈을 빼돌리고 그걸로 환치기를 시작했습니다. 지금 환율이 출렁거리니까 제대로 해먹은 거죠."

"원자재 수입 자체가 거짓이다?"

"네. 여기 송장을 보면 샹들리에 같은 고급 인테리어 자재를 수입했는데… 이 정도 금액이면 컨테이너 여섯 개 이상이 필요해요. 부피가 워낙 커서 그렇거든요. 그런데 달랑 한 개만 쓴 걸로 나와 있습니다. 이 새끼들, 세관까지 구워삶은 겁니다."

"확실해요?"

"인보이스(invoice) 리스트에 나와 있는 품목은 우리가 수백 번도 더 넘게 만져 본 상품입니다. 우리 집 밥그릇 숫자나 가격은 몰라도 이 품목들 가격, 크기 등은 훤히 알아요. 확실하니까 이걸로 칩시다."

자신만만한 순양 감사팀의 태도에 오세현은 머리를 끄덕이며 일어섰다.

"그럼 쇼부 치러 가볼까?"

"그전에 전화부터 하고요."

나는 휴대전화를 들어 법원에서 대기 중인 변호사에게 대아건설 경영진의 업무정지 가처분신청과 횡령, 외국환관리법 위반에 대해 고소 고발 진행을 지시하고, 할아버지께도 이 사실을 알리기 위해 전화를 걸었다.

"대단하신 분들을 보내 주셨습니다. 두 시간도 채 지나지 않았는데 대박 하나 건졌습니다. 이 정도면 칼자루는 제 손에 들어온 것 같습니다."

"그거 봐라, 그놈들이 진짜 일꾼이야."

"법원에 서류 제출했습니다. 이제…."

"검사장과 통화하마. 오늘 중으로 압수수색영장 들고 갈 거다."

통화를 끝내고 오세현과 함께 사장실로 올라갔다.

"검토할 시간도 부족하고, 눈알 빠지게 서류 보는 게 귀찮아지셨습니까?"

말 그대로 뭔가 발견하기에는 짧은 시간이다. 강 씨 형제의 얼굴엔 안도의 빛이 어렸다. 여의도 투자사 나부랭이들이 자신들이 숨겨 놓은 것을 두 시간 만에 찾는 건 불가능하다고 믿기 때문일 것이다.

"참 나, 이렇게 사람 보는 눈이 없으니 회사 꼴이 이 모양이지. 우리가 두 시간 만에 손 털고 나올 사람으로 보이십니까?"

"뉘신가? 말버릇 없는 분은?"

강무성 사장이 나를 흘겨보며 싱긋 웃었다.

"이거, 실례했습니다. 제 소개도 안 하고 입을 열었네요. 방금 대아건설 경영진과 오너 일가 전부를 검찰에 고발한 사람입니다. 이 정도면 예의 차리고 대화 나눌 사이는 아니겠죠?"

"뭐!"

"뭐요?"

두 사람은 소파에서 벌떡 일어서며 소리쳤다. 믿기지 않는다는 표정이었다.

"검찰에 빨대 서너 개쯤은 꽂아 놓으셨을 테니, 못 믿겠으면 확인해 보시면 되겠네요."

오세현이 넋 놓고 있는 두 사람에게 눈짓을 보내자 동생 강무진 전무가 황급히 휴대전화를 꺼내며 밖으로 나갔다.

"다, 당신들 도대체 뭐하는 짓이야? 불난 집에 기름을 부어? 같이 망하자는 거야? 회사 망하면 당신들 주식도 휴지야!"

강무성 사장은 우리를 향해 고래고래 소리 질렀다.

그런 모습을 보니 이제 시작일 뿐인데 벌써 저렇게 무너지면 어떡하나 싶었다.

"커피라도 마시며 차분히 이야기하는 건 다음으로 미뤄야겠군요."

오세현과 내가 자리에서 일어났을 때 강무진 전무가 헐레벌떡 뛰어들어 왔다.

"혀, 형님. 서부지검 금융조사부가 영장 쳤답니다. 순식간에 진행되는 거로 봐서는 누가 압력을…."

강 전무는 말을 끊고 우리를 노려봤다.

"아진그룹 인수하고 순양자동차까지 삼키니까 우리에게도 빨대라는 게 생기더군요. 서로 돕겠다고 어찌나 난리 치는지. 참, 강 사장님. 공무원이 자발적으로 나서서 우릴 도와주는 것도 떡값 줘야 합니까? 경험 있으실 테니 힌트 좀…."

오세현은 두 사람의 속을 긁었다. 나도 그들이 꼭 알아야 할 사실을 빼먹지 않고 알려줬다.

"일가족 전부와 경영진 한 명도 빠짐없이 출국금지 상태일 겁니다. 비행기 타고 야반도주할 생각은 접고 순순히 조사에 응하세요."

사장실 문을 열고 나서며 오세현은 그들에게 구원의 동아줄을 내려줬다.

"자, 검찰 취조실이 무섭고 힘들어 쇼부 칠 생각 있으면 연락하쇼. 내 번호 알죠? 괜히 검사 앞에서 줄줄 불면 망합니다."

▲▲▲

진 회장의 서재에 모인 여덟 중 셋은 이 서재를 처음 구경하는 이들이다. 순양 본관의 회장실이야 직접 보고를 위해 몇 번 들어갔지만 큰 상징성은 없다. 하지만 회장님의 자택 서재에 들어왔다는 것은 1군으로의 승급을 의미한다. 이미 세 명의 얼굴에는 홍조가 가득했다.

"여기 막내가 누구지?"

"네, 회장님. 건설 지원본부 김경식 이사입니다."

홍송철 건설 사장이 소개하자 김 이사는 벌떡 일어나 허리를 굽혔다.

"언제 이사 달았지?"

"작년 봄 정기인사 때 임원 승진했습니다, 회장님."

"1년 만에 또 승진하겠군. 운이 좋아. 허허."

이사에서 상무로? 그것도 1년 만에? 홍송철 사장과 이학재 실장을 제외한 서재의 모든 눈길이 김경식 이사에게 향했다. 저놈이 혹시 회장님과 특별한 인연이라도 있었던 건가, 하는 눈빛이었으나 당사자인 김 이사도 기뻐하기는커녕 오히려 놀란 표정이었다. 모두의 의문은 회장만이 풀어 줄 수 있다.

"이 실장, 설명해 주게."

"네, 회장님."

이학재 실장은 간략한 조직도 한 장을 꺼냈다.

"여러분들은 곧 다른 회사로 자리를 옮길 겁니다. 물론 지금 순양건설보다 더 좋은 대우이고 직급 또한 한두 단계 오릅니다. 백재진 전무님께서는 대표이사 사장으로, 정광태 상무는 부사장, 그리고…."

여섯 명의 이름이 순서대로 나왔고 마지막은 김경식 이사였다.

"김 이사는 경영관리 본부장 상무로 보직 이동될 겁니다."

모두 이학재의 입만 바라보았다. 과연 어디일까? 순양건설과 비슷한

급의 계열사라면 영전이지만 아니라면 좌천 아닌가? 그런데 좌천에 불과한 인사 명령이라면 굳이 회장님의 서재에서 발표할 필요가 없다. 이 사실에 그들은 희망을 걸었다.

"여러분들의 새 직장은 바로 대아건설입니다."

대아라는 이름에 실망보다 의문이 몰려들었다. 곧 망할 회사 아닌가? 게다가 순양그룹과는 아무런 연관이 없다. 이 서재에서 절대 나올 이름이 아니다.

"어째서 대아건설인지 궁금하시겠지만…."

"됐어, 내가 설명하지. 그래야 안심할 것 같은 표정이잖아. 허허."

진 회장은 웃음을 머금고 당황한 사람들을 바라보며 말했다.

"대아건설은 곧 미라클이 차지할 거다. 미라클 알지?"

"아진그룹을 인수하고, 순양자동차와 합병한…."

"그래 바로 그 투자사지. 지금 작업 중인데 늦어도 두세 달 안에 대아건설 대주주가 될 거야."

"부도설이 파다한데…."

"부도나기 전에 차지하고 정상으로 끌어올릴 거야. 그런데 다들 많이 불안한 모양이구먼. 내 말을 끊다니 말이야. 하긴, 오죽하면…."

"죄, 죄송합니다. 회장님."

두어 명이 급히 머리를 숙였고 진 회장은 손을 내저었다.

"괜찮아. 너무 갑작스러운 일이라 그럴 수도 있지. 아무튼, 자네들이 해야 할 일은 명확해. 최대한 빨리 대아건설을 정상으로 만드는 거야. 본래의 모습을 되찾을 때까지 전력을 다해 주기 바라네."

"네, 회장님."

우렁차게 대답하지만 그들의 눈에는 아직 한줄기 불안감이 사라지지 않았다. 회사를 일으켜 세워야 할 사람들이 불안에 떨면 되겠는가? 진 회장은 그들의 사기를 북돋아 주는 말을 이어갔다.

"대아건설이 정상화되면 2년 안에 순양그룹 계열사가 될 걸세. 순양건설과 합병하는 게 아니야. 자네들이 열심히 키웠는데 합치면 자리도 줄어드니까 말이야. 그룹 내 또 하나의 건설사가 될 게야."

다시 돌아올 수 있다는 말에 이들의 불안이 사라졌다.

"하나뿐인 사장 자리를 홍송철이 꽉 물고 안 놓잖아? 이 기회를 잘 살려 봐."

홍 사장이 웃자 다른 이들도 긴장을 풀고 미소 지었다.

"회장님, 외람되지만 미라클과 우리 순양그룹은 어떤 관계입니까? 혹시 미라클은 회장님이 세우신 투자사인 건 아닌지…."

홍 사장은 순양자동차를 아진그룹에 넘겼을 때부터 궁금했지만 참아왔던 질문을 조심스레 던졌다. 자동차는 합병이지만, 이번 건은 아예 사람을 차출해서 지원하는 모양새 아닌가? 보통의 관계가 아니면 말도 안 되는 상황이다.

"미라클이 내 거라면 얼마나 좋겠나? 현금이 짱짱하다고 소문났잖아."

"그럼…?"

이학재도 차마 캐묻지 못하고 참아 왔던 터라 혹시 오늘 그 해답을 들을 수 있을까 기대에 찬 눈빛이었다.

"내가 자네들만큼 믿는 사람이 미라클의 대주주야. 그 사람 자본으로 만들어진 회사라고 생각해도 무방해."

아주 잠깐이지만, 이학재의 눈썹이 꿈틀했다. 드디어 퍼즐이 맞춰졌고 미라클의 정체를 알 것 같았다. 글로벌 투자사인 파워쉐어즈에서 잘나가는 오세현이 진도준의 분당 목장 매매 대금을 관리한다고 했다. 곧이어 파워세어즈를 그만두고 미라클이라는 투자사를 미국에 설립했다.

10년이 지난 지금, 아진그룹을 인수하고, 순양에 달러를 지원했으며, 대아건설을 삼킬 만큼 어마어마한 자금을 확보한 것이 틀림없다.

그렇다면 이 돈의 주인은 바로 진도준! 이제 겨우 대학생인 이 집안의 막내가 개인 자산으로만 본다면 진 회장보다 더 부자일 가능성도 있다. 진도준의 땅 판 돈을 시드머니로 해서 오세현이 이만큼 불린 것이다. 진 회장은 미라클에 순양의 핵심 인사를 보내고, 국내 기업을 사냥하는 데에도 아낌없이 지원한다. 진 회장은 핏줄을 이어받은 사람이 아니라면 측근들을 보내 도와줄 사람이 아니다. 진도준이 틀림없다. 이학재는 충격을 받았다는 걸 드러내지 않으려고 안간힘을 썼다.

'이거 재미있어지겠는걸? 아니, 아예 지각변동이 생기는 건가?'

이학재 실장의 머리에서는 지금까지 진 회장이 지시한 일들이 마구 춤을 췄다. 특히 최근에 지시한 일, 바로 의료재단과 인력개발원을 막내아들 진윤기에게 넘긴 일이 떠올랐다. 어쩌면 이 상속은 아들이 아니라 손자를 위한 것인지도 모른다. 하지만 의문이 들었다.

'딱히 큰돈을 벌어들이는 계열사도 아니고 그룹 통제가 가능한 주식을 보유한 곳도 아니다. 왜 하필…? 이유가 뭘까?'

"다행이군요. 미라클처럼 자금력 튼튼한 곳이 회장님의 굳건한 동맹군이니. 아마 이 위기도 기회가 될 듯싶습니다."

이학재는 쓸데없는 말을 늘어놓는 사람들 때문에 다시 현안에 집중했다.

"대아의 주식을 얼마나 확보할 수 있는지 미라클의 유동자금 현황을 알아야 합니다."

이학재 실장은 서류 몇 장을 꺼내 진 회장 앞에 쭉 펼쳤다.

"이건 대아건설 주주 현황입니다. 강무성 사장 일가가 23퍼센트, 임원들이 7퍼센트 보유하고 있습니다. 거래 은행들이 20퍼센트, 기타 기관과 큰손 투자자들이 35퍼센트, 마지막으로 개미들이 10퍼센트입니다. 5퍼센트는 미라클이 이미 확보했고요."

"거래시장에 돌고 있는 10퍼센트는 쉽게 긁어모을 수 있겠네?"

"그렇습니다. 전부 부도나기 전에 한 푼이라도 건지려고 하니 매도 물량만 잔뜩 쌓여 있습니다."

진 회장은 서재의 사람들을 둘러보며 말했다.

"어때? 이럴 때 재테크 좀 하지? 개미들 주식 싹 거둬들였다가 정상화 뒤에 다시 팔면 꽤 짭짤할 거야."

경영권 확보에 도움도 되고 부가적인 수입도 생기는 일거양득이다. 서재에 모인 사람들은 배실배실 새어 나오는 웃음을 참아야 했다.

"은행과 기관은 미라클이 주식을 확보하면 우호적일 테고…. 강 사장 일가 주식을 챙기는 것만 남았군요."

홍 사장이 조심스레 말하자 진 회장은 껄껄대며 웃었다.

"그건 미라클이 할 일이지. 우린 측면 지원만 하다가 자네들이 가서 대아건설을 점령하라고. 허허."

이학재 실장은 대아의 진정한 주인이 누군지 지켜보는 것도 흥미진진할 것 같다고 생각했다.

▲▲▲

"그냥 전부 다 까고 선처를 바라는 게 이 상황에서는 최선입니다. 아시죠?"

"…."

강무성 사장은 서부지검 취조실에서 새파란 검사가 비아냥대는 소릴 이 악물고 들어야 했다.

"우리 검사들… 박봉에 과중한 업무, 야근에 시달리는 불쌍한 사람들입니다. 당신 회사에서 가져온 서류가 2톤 트럭 두 대라고 하네요. 그걸 어떻게 다 봅니까? 세금 낭비죠."

"이건 부당한 기획 수사야. 우리 회사가 망하기만을 기다리는 경쟁사의 음모라고."

"음모는 무슨! 여기 당신이 결재한 증거까지 떡하니 있는데! 그리고 가만히 내버려 두면 오늘내일 자빠질 회사 아뇨? 누가 경쟁자라는 거요? 내 참, 웃기지도 않아요."

강 사장은 검사가 낄낄 웃으며 휙 던지는 서류 파일을 쳐다보지도 않았다. 환치기 내용이야 자신이 결재한 것 아닌가?

"기억 안 나. 난 결재한 기억이 없어."

심문하던 검사는 한숨을 한 번 쉬고 강 사장을 한동안 물끄러미 바라보았다. 그가 다시 입을 열었을 때, 더는 존댓말이 나오지 않았다.

"기억이 안 나? 그럼 기억나게 해줘?"

"뭐… 뭐야? 이놈이 어디서 감히!"

아들뻘도 안 되어 보이는 새파란 놈이 반말을 찍찍하자 강무성의 얼굴이 시뻘게졌다. 검사는 의자에서 일어나 바지 주머니에 두 손을 푹 찔러 넣고 강 사장이 앉은 의자를 툭툭 찼다.

"이 새끼야, 나라가 망할지도 모르는데 혼자 잘 먹고 잘살겠다고 돈을 빼돌리는 것도 모자라, 해외로 튈 생각만 하는 너 같은 새끼는 재판 없이 사형시켜도 누가 뭐라 할 사람 없어. 이 친일파 같은 새끼야!"

의자가 넘어가도록 발길질해대니 강 사장은 어쩔 수 없이 일어났다. 그 순간 서류 파일을 집어 든 검사가 강 사장의 머리를 갈겨 버렸다.

"너 이 새끼! 지금 무슨 짓이야? 감히 폭력을 써? 부장 불러와! 이 자식아!"

강 사장이 모멸감에 소리를 버럭 질렀지만, 오히려 기름을 부어 버린 꼴이었다.

"부장? 부장님을 만나고 싶어? 좋아. 만나게 해주지. 그 전에 이왕 강압 수사하는 폭력 검사로 징계받을 거, 내 확실하게 만져 준다. 내가 오늘 니 다리 한 짝 뽀개지 않으면 성을 간다. 각오해, 이 새끼야."

강무성 사장이 온갖 수모를 다 당하고 있는 같은 시간 달콤한 말로 임원들을 회유하는 검사도 있었다.

"임원이라고 해도 봉급쟁이 아닙니까? 뭐 하러 같이 불구덩이에 몸을 던져요?"

"검사님. 전 진짜 모르는 일입니다."

"어허, 이 양반아. 당신 결재 도장이 떡하니 찍혔는데 뭘 몰라? 그리고 내 말 잘 들어요. 요즘 달러가 없어 나라가 망하게 생겼어. 그런데 환율 뛰었다고 그걸 빼돌려? 이건 빼도 박도 못해. 그냥 외환관리법 정도가 아냐. 나라 팔아먹은 매국노라고. 판사도 최고형 때릴걸? 안 그러면 국민들한테 맞아 죽을지도 모르니까 말이야."

으름장인지, 협박인지, 회유인지 분간이 가지 않아 머뭇거리자 검사는 표정을 싹 바꿨다.

"떡 만지면 떡고물도 좀 묻었을 테고, 서류 거짓으로 꾸미고 환치기할 때 당신도 재미 좀 봤지? 그거까지 싹 털어서 추징금 왕창 물릴까? 챙겨 놓은 돈은 고사하고 아예 알거지로 만들어 줘? 엉!"

"거, 검사님. 그게 아니라…."

한편, 자신은 오로지 시키는 대로만 했을 뿐, 절대 죄가 없다는 걸 증명하기 위해 아는 걸 전부 털어놓는 아랫사람도 많았다.

"검사님, 제가 고급 인테리어 자재 수입 담당자라니까요. 수입 품목 내역, 제가 전부 줄줄이 꿰고 있어요. 수입 서류 이거, 전부 가라예요. 샘플용 몇 개 들어온 게 전부입니다. 아시다시피 우리 대아는 플랜트, 대형빌딩 전문 아닙니까? 아파트 올린 거라고는 서민 아파트 몇 단지가 전부예요. 이런 수입 인테리어 자재를 어디에 쓰겠어요?"

"사무용 빌딩에도 쓰지 않나? 요즘 고급 빌딩 많잖아."

"그건 로비에만 쓰죠. 그리고 각 층마다 전부 깡통으로 분양하죠. 인테리어는 입주사가 알아서 할 문제 아닙니까?"

"외국 송금은? 은행 서류에 당신 주민등록증 사본이 붙어 있는데?"

"검사님. 그럼 은행 송금을 사장이 직접 합니까? 저 같은 말단 직원이 서류 만드는 거야 당연한 거 아닙니까?"

"그럼 이거 한번 봐봐. 이게 전부야? 아니면 더 있어?"

담당 직원은 검사가 슬쩍 내미는 서류 파일을 열어 보지도 않았다.

"이런 거 서너 박스는 더 있습니다. 제가 작년 가을부터 아예 은행에서 살았다니까요."

검사는 쉬운 놈을 만나 오늘은 칼퇴근이 가능할 것 같아 웃음이 저절로 나왔다.

한편, 강무성 사장은 취조실 문을 열고 들어오는 중년 사내를 보자 돌아가신 부모님을 본 듯 눈물까지 글썽였다.

"이 부장. 이 무심한 사람아, 어째서 이제야 오는가?"

"이런, 강 사장님. 그런데 얼굴이 왜…."

강 사장의 양 볼은 풍선처럼 붉게 퉁퉁 불어 있었다. 강 사장이 젖은 눈으로 젊은 검사를 흘겨보자 부장검사는 구둣발로 평검사의 정강이를 걷어찼다.

"이 새끼가! 이분이 누구신지 몰라? 어디서 함부로 잡범 대할 때 버릇을… 나가! 이 새끼야."

평검사가 연신 머리를 숙이고 취조실을 나가자 강 사장은 부장검사의 손을 덥석 잡았다.

"이 부장. 나 좀 살려 주게. 내 그 은혜는 절대 잊지 않겠네."

"자자, 일단 앉읍시다."

부장검사는 꽉 잡은 손을 슬며시 뿌리치고 강 사장 앞에 마주 앉았다.

"일단, 보고는 다 받았습니다. 기록도 다 훑었고요. 그런데…."

'그런데'라니, 강 사장은 불길함을 느꼈다.

"뭐, 잡다한 이야기는 집어치우겠습니다. 미라클이 대아건설을 처음 찾아온 게 닷새 전이죠?"

"그렇다네. 이게 말이 되는가? 군사 독재 시절도 아니고 문민정부에서 어떻게 이런 일이!"

"그러니까요. 문민정부에서 어떻게 이런 일이 가능할까요? 겨우 닷새 만에?"

강 사장은 되묻는 이 부장의 표정에서 뭔가 심상치 않은 일이 벌어지고 있다는 걸 깨달았다.

"설마 이 모든 게 청와대 지시란 말인가?"

이 부장은 머리를 흔들었다.

"퇴임식이 며칠이나 남았다고. 청와대가 무슨 힘이 있겠습니까?"

"그럼? 누구란 말인가?"

"사장님은 지금 우리나라 최고 권력자가 누구라고 생각하십니까?"

"설마 차기 정권에서 날…?"

"아뇨. 지금 우리나라는 달러 푸는 놈이 왕입니다. 깡드쉬 알죠? IMF 총재. 그 새끼가 겨우 20억 달러 풀고 나라를 들었다 놨다 합니다."

"도대체 무슨 소리를 하는 건가?"

"미라클 인베스트먼트가 달러를 쥐고 정권인수위와 협상 중이랍니다. 망해 가는 대아건설 차지하는 조건으로 달러를 풀겠다고요. 사장님은 재수 없게 그놈들 먹잇감이 된 겁니다. 아시겠어요?"

눈앞이 흐려지며 아무것도 보이지 않았다. 보통, 인수라고 하면 망한 회사가 대상이다. 망할 때까지 기다리지 않았다는 건 다른 목적도 있다는 의미다.

"그리고 사장님이 돈 빼돌린 증거가 너무 확실해요. 임원들, 직원들 증언과 명백한 증거 서류가 넘쳐나요. 손 쓸 방법이 없습니다."

강 사장은 손쓸 방법이 없다는 말에 정신이 번쩍 들었다.

"그럼 기소한다는 뜻인가? 나를?"

"피하고 싶으면 어디에 줄을 대야 할지 잘 아시리라 믿습니다."

이 부장검사는 강 사장의 휴대전화를 탁자 위에 쓱 내밀고 일어섰다.

"빨리 결정하십시오. 참고인에서 피의자로 둔갑하는 거, 금방입니다."

취조실에 혼자 남은 강 사장은 한동안 멍하니 앉아 있었다.

▲ ▲ ▲

"사장님에게 이보다 더 좋은 조건 있습니까?"

반쯤 넋이 나간 강 사장이 내 말을 듣는 건지 아닌 건지 짐작하기 어려웠지만, 협상은 해야 한다.

"먹고살 돈 챙겨 줘, 게다가 외국으로 야반도주 안 해도 되니 언제든 귀국해도 되고. 아니, 아예 고향인 한국에 쭉 눌러앉아도 되죠."

건너편 테이블에서는 두 명의 수사관이 강무성 사장을 감시하며 설렁탕과 수육을 맛있게 먹는 데 반해, 그는 음식을 앞에 두고도 수저를 들지 않았다.

"자식들 생각은 안 합니까? 애들 이름으로 옮긴 돈, 어차피 불법 증여라 손도 못 대요. 직원들이 전부 증언한 거 아시죠? 자녀분들 단 한 번도 출근한 적 없다고. 월급으로 나간 돈도 불법 증여니 다시 회사로 환수할 겁니다."

"그래서? 원하는 게 뭔가?"

"빼돌린 회삿돈, 한 푼도 빠짐없이 가져오세요. 그럼 사장님 일가가 가진 주식을 우리가 매입하겠습니다. 그 돈이면 노후 걱정은 없을 겁니다."

"검찰 수사는?"

"당연히 수사 종결입니다."

식사를 제대로 못 해서인지 강 사장은 초췌하고 훨씬 늙어 보였다. 그의 이런 모습에도 일말의 동정심도 일지 않았다. 회사의 창업자라면 승객과 선원을 먼저 구출하고 자신은 그 배와 운명을 같이하는 타이타닉호의 선장 정도는 되어야 하지 않는가? 혼자만 살겠다고 배 안의 값비싼 장비부터 빼돌리는 놈은 응분의 대가를 치르는 게 맞다.

"그만 일어나자. 취조실에서 유치장, 유치장에서 구치소, 그다음 교도소 담장을 봐야 결정하실 것 같다."

망설이는 강 사장에게 오세현이 쏘아붙이자, 그는 급히 손을 내저으며 말했다.

"아, 아니요. 오 대표. 내 그리하리다. 약속만 잘 지켜 주시오."

"진즉에 그럴 것이지."

오세현은 손을 들어 식당 아주머니를 불렀다.

"식사 끝났으니까 그릇 좀 치워 주세요."

말끔하게 치워진 식탁에 오세현은 노트 하나를 올려놓았다.

"쭉 써보세요. 당신과 당신 일가족이 보유한 재산, 그리고 차명으로 빼돌린 해외계좌. 혹시 집 앞마당에 파묻어 놓은 금덩이라도 있으면 그것도 다 까요. 나중에 까지 않은 돈이 10원이라도 나오면 당신 평생 콩밥 먹고 장례까지 감방에서 치르게 해줄 테니까 각오하쇼."

굳은 표정으로 단호히 말하는 오세현 앞에서 강무성 사장은 힘없이 펜을 들었다.

강무성과 협상을 끝내고 승용차에 오르자마자 오세현은 노트를 펼쳤다.

"빌어먹을 영감탱이. 되게 아까운가 보지? 눈물까지 흘렸네. 기가 차서 원."

노트 군데군데 번진 눈물 자국이 보인다. 악착같이 긁어모은 돈이 이렇게 빠져나간다고 생각하니 억울하고 원통해서 피를 토하는 심정으로 흘린 눈물일 것이다.

"전부 얼마예요?"

"대충 보니 800억은 되겠는데?"

"그럼 절반 잡고, 최소한 1500억이겠군요."

"난 최소 2000억이라고 봐. 800억은 작년부터 챙긴 돈일 테고… 평생을 빼돌렸을 거 아냐?"

큰 도둑, 작은 도둑, 차이만 있을 뿐 세상은 도둑놈 천지다.

"전부 찾아야 하는데…."

오세현의 자신 없는 말에 내가 힘을 불어넣어 줬다.

"찾아야죠. 찾을 수 있습니다. 그 영감탱이, 남은 인생을 돈으로 바꿔야 한다는 걸 알게 해주면 됩니다."

상대의 약점을 쥐고 돈을 뱉어 낼 때까지 쥐어짜는 모습, 한두 번 본 게 아니다. 진영기도 그랬고, 진영준도 그랬다. 물론 두 사람 다 진양철 회장에게 배운 수법이겠지만.

"일단 주식부터 확보하죠."

"젠장, 저런 쓰레기 같은 놈이 주식 판 돈으로 노후를 만끽한다고 생각하니 피가 확 거꾸로 솟네."

"그럴 일 없을 겁니다. 주식 대금도 전부 회사에 들어오도록 할 겁니다."

"숫제 알거지로 만든다는 거잖아? 그게 가능해?"

오세현은 놀라 눈을 크게 뜨고 물었다.

"이래서 부모, 아니 할아버지 잘 만나야 하는 겁니다. 법을 마음대로 갖고 노는 분을 할아버지로 둔 덕분에 제가 큰소리치죠. 흐흐."

사는 게 참 우습다. 마음먹은 대로 움직여 주는 세상. 가진 놈에게 세상은 놀이터고 없는 놈에게는 지옥이라는 말이 새삼 와닿는다.

▲▲▲

"자, 서로 인사하지. 이쪽이 바로 미라클 인베스트먼트 오세현 대표. 여기 잘생긴 놈은 내 막내 손자. 처음 보는 사람도 있지?"

널찍한 별채가 보기 좋은 한정식 집에서 대아건설을 맡게 될 사람들과 처음으로 만났다. 이미 내 소개를 어떻게 해야 할지 입을 맞춰 두었기 때문에 홀가분하게 인사할 수 있었다.

"이 녀석은 돈 보는 눈이 밝아. 그래서 우리 오 대표 밑에서 투자를 배우고 있지. 나중에 자네들 돈도 맡겨 보라고 몇 배로 불려 줄 거야."

"아, 서울대 법대 다니는 영재군요."

역시 뛰어난 아랫사람들이다. 윗사람이 어떤 걸 좋아하는지 정확히 안다.

"그래. 자네들도 신문 봤구먼. 허허."

"뛰어난 영재니 뭘 해도 잘하는군요."

나에 대한 폭풍 칭찬이 한바탕 휩쓸고 지나가고 난 뒤에야 겨우 밥숟가락을 들 수 있었다.

"오 대표. 진행은 잘 되어 가나?"

"네. 강무성 일가 소유의 주식 매입은 계약서 도장만 찍으면 됩니다. 주식 대금은 분할로 주기로 했고요."

“분할?”

“네. 강 사장이 빼돌린 회삿돈을 회수할 때마다 주식 대금을 주기로 했습니다. 언제 마음 바뀔지 모르니까요.”

“그런데 계약서 도장은 왜 아직인가?”

“주거래 은행들과 협상할 일이 남았습니다. 그럴 리는 없겠지만, 만에 하나 은행과의 협상이 결렬되면 대아건설은 포기할 생각입니다.”

포기라는 말에 사람들은 낮게 수군거렸지만, 할아버지는 무릎을 탁 쳤다.

“당연히 그래야지. 줄 거 다 챙겨 주고 어떻게 사업하나? 부채도 탕감하고 이자도 면제받아. 그래야 쓰러져 가는 회사를 되살릴 것 아닌가?”

역시 우리 할아버지! 단번에 전후를 다 파악해 버린다.

“자자, 대아건설 인수는 변수가 아냐. 확정이라고. 그러니까 내가 자네들을 불렀지. 오 대표, 설명하게.”

오세현은 제본 파일을 꺼내 대아건설의 경영진이 될 사람들에게 돌렸다.

“이것이 새로운 대아건설의 첫 번째 프로젝트가 될 것입니다.”

그가 나눠 준 파일은 바로 DMC 프로젝트였다.

“자세히 듣고 준비 철저히 해. 대 역사(役事)가 될 거야. 그리고 도준이는 나 좀 보자.”

나는 할아버지를 따라 별실을 나섰다. 우리는 별실 주변에 꾸며진 작은 정원을 천천히 거닐었다.

“강 사장 그놈, 빼돌린 재산 순순히 내놓더냐?”

“스스로 밝힌 게 800억입니다. 그리고 지금 순양 감사팀과 여의도 회계사들이 검찰과 대아건설 직원들 도움을 받아 지난 10년간을 샅샅이 살피고 있습니다. 더 나오지 싶습니다.”

"주식을 넘겨받으면 돈을 줄 생각이냐? 만만치 않은 금액일 텐데?"

"어차피 횡령한 사실은 드러났습니다. 실형을 피하는 조건으로 주식 대금을 회사로 귀속할 생각입니다."

"허허. 강 사장, 그놈 쪽박 차겠구나."

"도저히 용서가 안 됩니다."

"뭐가 우리 도준이를 이렇게 화나게 했을꼬?"

할아버지는 웃으며 말했다.

"만약 직원들 밀린 월급이라도 챙겨 줬다면 먹고살 만큼은 줬을 겁니다. 2000명이 넘는 직원들이 3개월 넘게 손가락만 빨았어요. 요즘 은행 대출이 꽉 막혀 있으니 생활비 때문에 사채 끌어 쓴 직원도 많습니다. 그들이 느낀 절망감을 강무성 사장도 느껴 봐야죠."

할아버지는 천천히 거닐던 발걸음을 멈췄다.

"거참, 모를 일일세. 네가 어찌 월급쟁이들 마음을 다 헤아릴꼬?"

'저도 한때는 월급쟁이였으니까요. 급여 통장을 스치고 사라지는 월급이 한 달만 끊겨도 가정은 먹구름이 끼고 빚이라는 수렁에 빠지는 것을 잘 아는 사람이었으니까요.'

하지만 입으로는 마음과 다른 말을 해야 했다.

"처음 대아건설에 갔을 때 직원들의 그늘진 표정을 잊을 수 없습니다."

할아버지는 한동안 나를 물끄러미 바라보다 등을 두드려 주었다.

"그래, 그 마음 잊지 말아라. 어떤 일이 있어도 직원들 밥은 먹여야 한다. 굶는 것만큼 서러운 일은 없는 법이다."

'할아버지에게 이런 모습이 숨어 있었나? 산업 현장에서 사망한 노동자도 비용으로 생각하는 냉혈한으로 알려진 사람 아닌가?'

그런 사람의 입에서 이런 말이 나올 줄 상상도 못 했다.

"밥 굶고 배고프면 배신하거나 변절하는 게 인간이다. 당장 대아만 봐도 알 수 있지? 전표 치던 직원들 전부가 강 사장이 꿍쳐 둔 돈 찾겠다고 나서지 않느냐?"

'아, 역시…. 직원들 밥은 굶겨서는 안 되는 이유가 전혀 다르구나.'

"널 배신할 놈은 딱 두 종류다. 너무 배가 고파서 버틸 수 없는 놈. 그리고 먹어도 먹어도 배부른 줄 모르는 놈. 전자는 끼니 챙겨 주지 못한 네 잘못이고 후자도 사람 볼 줄 모르는 네 탓이다. 명심해라."

동정심이 아닌 경계심이다. 할아버지는 보통의 사람과는 출발점이 다른 분이다.

4장

장사꾼답게

1998년 2월 25일, 대한민국 대통령이 취임했다. 취임 연설을 하는 그의 목소리의 떨림이 멈추지 않았다.

『존경하고 사랑하는 국민 여러분!

오늘 저는 대한민국 제15대 대통령에 취임하게 되었습니다.

…그러나 불행하게도 이 중차대한 시기에 우리에게는 6·25 이후 최대의 국난이라고 할 수 있는 외환위기가 닥쳐왔습니다.

…잘못하다가는 나라가 파산할지도 모를 위기에 우리는 당면해 있습니다. 막대한 부채를 안고 매일같이 밀려오는 만기 외채를 막는 데 급급합니다.

…올 한 해 동안 물가는 오르고, 실업은 늘어날 것입니다. 소득은 떨어지고, 기업의 도산은 속출할 것입니다. 우리는 모두 지금 땀과 눈물을 요구받고 있습니다.

…잘못은 지도층들이 저질러 놓고 고통은 죄 없는 국민들이 당하는 것을 생각할 때 한없는 아픔과 울분을 금할 수 없습니다.』

"대통령의 취임사가 바로 우리가 하고 싶은 말이군요."

TV를 끄며 오세현이 말했다.

"어떤 의미로 하신 말씀이신지…?"

"죄 없는 대아건설 직원들 말입니다. 채권단 여러분께서 조금만 인정을 베풀어 주시면 그들은 거리로 쫓겨나지 않을 겁니다."

은행 임원들은 오세현을 조심스레 살폈다. 은행의 골칫거리인 대아건설을 살리겠다고 등장한 이가 바로 아진그룹을 인수한 외국계 투자사이기 때문이다. 그들의 눈빛에는 기대와 우려가 섞여 있었다.

"어떤 인정을 원하십니까?"

"먼저 이걸 보여드리고 싶습니다."

채권단 사람들은 우리가 내민 조직도를 유심히 살폈다. 대표이사부터 감사역까지, 20여 명의 명단을 본 채권단은 분명 놀랐으면서도 내색하지 않으려 애쓰는 모습이 역력했다.

"이건 좀 의외군요."

"조직도를 보시면 아시겠지만 우리는 순양그룹과 꽤 밀접한 관계입니다. 이 정도면 돈만 만지던 투자사 사람들이 어떻게 건설사를 경영할지, 품었던 의구심은 없어졌다고 생각하는데… 아닙니까?"

"인정합니다. 경영진은 훌륭합니다."

오세현이 자신감 넘치는 웃음을 보이자 채권단은 머리를 끄덕였다.

"그럼 우리에게 바라는 점을 허심탄회하게 말씀해 주시죠."

"이미 짐작하시지 않습니까? 첫 번째로 대출 상환은 최소 1년 이상 연장해 주십사 하는 겁니다."

"그리고요?"

이 사람들의 표정을 보니 대출 연장은 문제없어 보인다. 회사가 망하면 전부 회수할 수 없는 악성 손실이니 손해 볼 게 없다.

"두 번째는 연체 이자 감면, 부채 탕감, 그리고 귀 은행들이 보유하신 대아건설 지분의 의결권을 우리에게 맡기는 겁니다."

이자와 부채에 대해서는 의례적으로 나오는 조건이니 짐작했을 터이다. 하지만 의결권은 의외였나 보다.

"주식은 채무자의 경영에 대해 견제를 할 수 있는 유일한 수단인데 그걸 가져가시겠다?"

"대아건설처럼 병든 놈을 견제할 게 뭐 있습니까? 힘을 되찾으면 의결권도 돌려드리겠습니다."

"그 문제는 상의할 시간이 필요합니다. 혹시 또 있습니까?"

오세현이 어깨를 으쓱하며 할 말은 다 끝냈다는 제스처를 취했을 때 내가 입을 열었다.

"새해가 밝자마자 정부가 발표한 것 기억하십니까?"

내가 엉뚱한 소리를 꺼내자 은행 임원들보다 오세현이 더 놀란 듯 보였다. 또 무슨 사고를 치려고 저러나 하는 걱정스러운 눈빛이다.

"글쎄요. 워낙 많은 발표가 있어서…."

"시중 은행 두 곳을 매각하겠다고 한 거 말입니다."

"아, 물론입니다. 금융권에서는 엄청난 충격이었으니까요."

"재무 건전성으로 보면 성동은행은 충분히 회생할 수 있다고 들었습니다."

"그렇죠. 사실 성동은행보다 더 위험한 곳도 많습니다. 성동은행이 규모가 좀 작다 보니 매각 대상에 오른 것이죠."

"정부가 해외 매각을 추진하고 있으니 좋은 기회 아닐까요?"

"무슨 말씀이신지?"

이들에게는 해당 사항 없는 이야기다. 아니, 다른 은행에 눈 돌릴 여유가 없다는 게 더 맞는 말이다.

"우리 미라클 인베스트먼트 말입니다. 본사가 뉴욕에 있는 엄연한 외국 투자사입니다."

사람들의 표정을 보니 내 말뜻을 가장 먼저 알아챈 사람은 오세현이었다. 그는 당황한 기색을 온몸으로 드러내며 엉덩이를 들썩거렸다. 뒤

이어 은행 임원들의 눈이 커졌다.

"설마 성동은행을 인수할 생각입니까?"

"우리를 이용하라는 말씀이죠. 우리가 인수하고 여러분에게 넘기겠습니다. 아니면 우리 미라클과 컨소시엄을 구성해도 좋고요."

"그, 그건…."

한 번도 생각해 본 적 없으니 대답도 못 하고 더듬거리기만 하는 것이다.

"오늘은 여기까지 하죠. 우리 대표님의 제안, 빠른 시일 내 답변을 들었으면 합니다."

나는 오세현에게 눈짓하고 자리에서 일어섰다. 역시나 은행을 나서자마자 오세현이 소리쳤다.

"야! 넌 갑자기 뭔 소리야? 은행을 인수하자니?"

"삼촌, 눈앞에 고래가 보이면 다른 물고기는 전부 피라미로 보이는 법입니다."

"뭐야?"

"성동은행 인수를 제안했으니 우리의 요구 사항은 정말 하찮게 느껴질 거라는 뜻입니다. 하찮은 요구쯤은 쉽게 들어주지 않겠어요?"

오세현이 이마를 탁 쳤다.

"이야, 이 자식. 수 쓰는 거 하나는 정말 진 회장님 빼친다. 그거 정말 좋은 작전이다. 하하."

시원하게 웃는 오세현을 보며 나도 싱긋 웃었다.

'성동은행 인수 제안이 진심이란 걸 알면 오세현이 어떤 표정을 지을까?'

▲▲▲

진영기 부회장은 결재판에 끼워진 인사발령을 보며 두 손을 부들부들 떨었다. 계열사 사장급 인사는 아직 아버지의 결정을 따라야 하지만 건설 임원들이 일괄 사퇴하며 자신에게 일언반구도 없었다는 건 자존심 상해서 도저히 견딜 수가 없었다.

"이 사람들 오늘 출근했나?"

"회사에는 오지 않았습니다."

"그럼?"

"…."

긴장한 비서가 머뭇거리자 진영기는 짧게 한숨을 내쉬며 음성을 낮췄다.

"파악한 거 있으면 보고해. 괜찮아."

"홍송철 사장이 회장님의 지시를 받은 거로 보입니다. 백재진 전무를 비롯한 사람 차출은 홍 사장의 재량이었습니다. 그리고…."

"그리고 또?"

"차출된 사람은 여의도 미라클 인베스트먼트 사무실로 출근합니다."

"미라클이면 오세현, 그놈?"

"네. 순양자동차도 그렇고 이번 일도 그렇고… 아무래도 미라클은 회장님과 밀접한 관계가 있는 게 틀림없습니다."

"미라클이 우리에게 10억 달러를 빌려줬잖아. 그때부터 단순한 협력 관계가 시작된 것일 수도 있어."

비서가 말한 '밀접한'이라는 뜻은 미라클이 회장의 사금고일 수도 있다는 의미다. 진영기는 머리를 저었다. 아버지가 만약 사금고를 갖고 있다면 이렇게 세상에 드러낼 분이 아니라는 걸 알기 때문이다.

"더 아는 거 없어?"

"죄송합니다. 회장님께서 당분간 입 다물고 지내라고 하셔서 자세히 밝힐 수 없다는 말만 되풀이합니다. 차라리 부회장님께서 한번 만나 보시면 어떨까 하는데요?"

"전부 아버지 사람인데, 내가 물어본다고 말할 놈들이 아냐."

"김경식 이사는 어떻습니까? 회장님의 사람으로 보기에는 많이 어리죠."

"김경식이?"

"네. 잘 아시지 않습니까? 임원 달면 기분이 붕 뜨고, 한편으론 줄을 잡기 위해 안간힘을 쓰는 거… 부회장님께서 부르시면 만사 제쳐 놓고 달려올 겁니다."

"음…."

얼굴도 가물가물한 놈이다. 이사가 마지막 직책이 될 그렇고 그런 놈이니 자신이 부르면 감격의 눈물을 흘릴지도 모르겠다.

"저녁이나 먹자고 해. 조용하게."

처음 인사 파일을 봤을 때 아버지에게 달려가 따지고 싶었지만 이젠 참을 줄 안다. 50대 중반의 나이라면 자기 몫은 스스로 챙겨야 한다는 것을 안다.

김경식 이사는 진영기의 부름에 한달음에 달려왔다. 이는 김경식이 순양을 떠나지 않았다는 증거이며, 건설 임원들의 일괄 사퇴는 단순한 서류상 절차일 뿐이라는 뜻이다.

"마음껏 들게. 이거, 승진 축하가 너무 늦어 버렸군. 이사 달자마자 퇴직이라니."

"죄송합니다, 부회장님. 급히 준비하느라 인사도 못 드렸습니다."

"아냐, 아냐. 밖에서 일하든, 안에서 일하든 순양 사람 아닌가?"

진영기는 김경식 이사의 표정을 살피며 술을 따랐다.

“어때? 오세현 대표와 일하는 건 힘들지 않나?”

“괜찮습니다. 오랜 시간 외국 생활을 해서 그런지 격의 없는 분이더군요.”

진영기는 김경식이 자신을 경계하지 않는다는 걸 확인했다. 하긴 회장의 장남이며 부회장이지 않은가? 자신이 진행 상황에 대해 모두 알고 있고, 격려차 식사 자리를 만든 것으로 생각할 것이다.

“그 말은 일의 진척이 빠르다는 뜻인가?”

“네. 대아건설 인수도 임박했고, 디지털미디어시티 프로젝트는 콘셉트가 명확하고, 세부 계획이 잘 빠졌더군요. 공사 기일과 총비용 산정도 상반기 중에 끝낼 수 있습니다.”

‘대아건설 인수? 디지털 뭐? 시티?’

진영기는 놀란 티를 내지 않으려 무던히 애를 쓰는데 더욱 충격적인 이름이 나와 버렸다.

“참, 도준이…. 아니, 진도준 실장도 대단하던데요? 일을 배운다기보다는 끌고 나간다는 느낌이 들 때도 많았습니다. 역시 피는 속일 수 없는 것 같습니다. 하하.”

김경식이 듣기 좋으라고 한 소리가 분명한데, 진영기의 머릿속은 정리가 되지 않았다.

‘진도준?’

진영기는 충격을 감추려 술 한 잔을 재빨리 들이켰다. 술잔을 탁 내려놓고 회 한 점을 씹고 나서 입을 열었다.

“아차차, 도준이도 있었지? 그런데 실장이라니? 그건 처음 듣는데?”

“모르셨습니까? 뭐, 별거 아닙니다. 오 대표가 데리고 다닐 때 적당히 소개하려고 그냥 명함만 판 거죠.”

‘일을 배우고, 데리고 다닌다?’

진영기의 머릿속에 붉은 경고등이 켜졌다.

"우리 막내 조카가 오 대표 밑에서 일 배운다는 건 처음 들었는데… 거기서 뭘 배운다고?"

"아, 이런 제가 괜한 말을…."

"아니야. 다들 바쁘다 보니 조카가 뭐 하는지 관심 쏟을 시간도 없었는데… 괜찮아. 편하게 말해 봐."

"회장님 말씀이 아니더라도 충분히 짐작하겠던데요? 투자와 M&A 전문가가 목표인 듯 보였습니다."

"오세현 대표처럼?"

"네."

경고음이 사라져 갔다. 순양에 들어오지 않고 밖에서 투자와 M&A를 지휘한다면 순양의 장수일 뿐이지 왕권을 노릴 자리는 아니기 때문이다.

"거참, 검사 조카 하나쯤 있었으면 했는데 역시 피는 못 속이는 건가? 허허."

일단 한시름 놓은 진영기 부회장은 김경식을 슬쩍 떠보기 시작했다.

"그리고 자네 생각을 한번 듣고 싶은데…."

"네. 말씀하십시오. 부회장님."

"대아건설이 그 프로젝트를 원활히 진행할 수 있겠나? 규모가 크다고 들었거든."

"크죠. 어마어마할…."

김경식은 순간 입을 닫아 버렸다. 여느 건설사나 프로젝트를 입 밖에 내는 건 금기사항 아닌가? 마누라도 모르게 진행하는 것이 상식이다. 그리고 어투로 보아하니 부회장도 내용을 모르는 듯 보였다. 김경식이 난처한 표정을 짓자 진영기는 곧바로 입을 열었다.

"어마어마한 건 나도 알아. 그러니 물어보는 거지. 나도 아버지께 얼핏 들었지만, 외부에서 벌이는 프로젝트라 신경을 못 썼어."

"아, 그렇군요. 염려 마십시오. 말씀드렸다시피 차질 없이 진행 중입니다. 수조 원대의 사업인데 한 치의 실수도 없게 해야죠."

진영기는 망치로 머리를 얻어맞은 듯한 충격을 받았지만 내색하지 않고 머리만 끄덕였다.

수조 원대라니? 나라 곳곳에서 기업들이 픽픽 쓰러지는데 어떻게 수조 원대의 사업을 진행한다는 말인가? 설상가상 이런 거대 프로젝트가 있다면 당연히 순양건설이 차지해야지 왜 밖으로 빼돌린다는 말인가? 의문이 가시지 않았지만 더는 묻지 않았다. 여기서 더 캐묻다 보면 저 어리숙해 보이는 이사 나부랭이도 자신이 아무것도 모른다는 걸 눈치챌 것이다.

"그런데 말이야, 그 프로젝트가 순조롭게 끝나더라도 다시 순양과 합치는 건 어렵지 않겠나? 엄연히 미라클이 인수한 것이니 말이야."

"그, 그렇습니까? 회장님 말씀은 좀 다르시던데…."

"상황은 늘 변하니까 하는 말일세."

돌아오지 못할 다리를 건넌 게 아닌가 걱정하는 김경식 이사의 표정을 보니 이자가 아는 건 여기까지가 전부인 게 확실하다. 진영기가 김경식의 술잔을 채워 주며 이것저것 물어봤으나, 더는 나오는 게 없었다. 이 의문에 속 시원히 말해 줄 사람은 역시, 아버지뿐이다.

진영기는 아버지에게 가기 전에 동생 진동기를 찾았다.

"형님. 어쩐 일로 내 방에… 부르면 내가 갈 텐데요."

진동기 사장은 갑자기 문을 열고 들어온 진영기를 보자 적잖이 놀랐다. 정확히 열다섯 걸음이면 서로의 집무실을 방문할 수 있지만, 머리가 굵어지고 견제가 일상화되면서 형제지만 얼굴 보는 것도 불편한 두 사람이었다.

"상의할 일이 좀 있는데, 왜 불편하냐?"

"아, 아뇨. 일단 앉으시죠."

소파에 앉아 서로 마주 보니 어색함은 더욱 커졌다. 진영기는 눈을 들어 집무실을 한번 쓱 둘러보며 입을 열었다.

"오랜만에 온 것 같은데 변한 게 없구나. 책상이나 소파는 좀 바꾸지 그랬냐? 너무 낡았어."

진영기는 소파 팔걸이 가죽이 갈라진 부분을 괜히 손으로 한번 문질렀다.

"제가 사장으로 승진했을 때 책상은 아버지가, 이 소파는 형님이 사 주신 것 아닙니까? 함부로 바꿀 수 없죠."

"그랬나? 기억도 안 나는군."

비서가 가져온 차를 마시는 동안 다시 한 번 침묵이 찾아 왔다. 결국, 먼저 입을 연 사람은 동생이었다. 형님이 어려운 발걸음을 한 것만큼 힘든 이야기를 꺼내려는 게 분명하니 협조하는 게 도리 아닌가?

"형님, 인사차 들른 건 아닐 텐데… 할 말 있으면 편히 해요."

"그래, 툭 터놓고 이야기해야 할 것 같아서 왔다. 넌 이번 순양건설 임원들이 일괄 사퇴한 건 알고 있어?"

"네. 그것 때문에 회사가 시끌시끌하지 않습니까?"

"이유도 아는지 묻는 거다."

"나도 소문으로만 들은 거라 정확히는…."

"미라클 오세현과 관련 있는 것도?"

"네. 전부 여의도로 출근한다더군요."

동생 역시 눈과 귀가 되어 주는 파수꾼이 많다. 그렇다면 대아건설 인수를 위한 것이라는 걸 이미 알 것이다.

"미라클 인베스트먼트와 오세현이 아버지와 어떤 관계인지 짚어 봐야 하지 않겠냐?"

"왜요? 신경 쓰입니까?"

진영기는 살짝 웃으며 말하는 동생을 보니 욱하는 뭔가가 또 올라왔다. 두 살 위의 형이며 이 집안의 장남인 자신을 깔보는 듯한 태도, 바로 저런 동생의 태도가 자꾸 벽을 만든다.

"넌? 신경 안 쓰여?"

"아직은."

"왜?"

"윤기 때문이 아닐까 싶어서요. 아버지가 도준이를 워낙 귀여워하시니까 윤기까지 좋게 보이실 테고. 윤기도 이제 제 밥벌이는 잘하니까요. 막내아들이니 뭔가 물려주고 싶은 거 아닐까요?"

"그게 미라클이다?"

"오세현이 윤기 친구라고 들었습니다. 그쪽에 아버지가 돈을 좀 투자하셨고… 이것저것 코치해 주며 키워서 윤기 몫으로 주실 생각이겠죠."

진동기는 찻잔을 들어 입을 축이며 말을 이었다.

"순양그룹에서 몇 개 떼어 주면 형님이나 저나 다시 뺏어 올 게 뻔하다고 생각하시는 거 아닐까요? 하하."

"그 때문에 자동차도 떼어 주고 건설사도 하나 더 키우고? 윤기 몫으로 너무 많다는 생각이 안 들어?"

"대아건설 말씀이시죠?"

역시, 동생도 대아건설 인수를 알고 있다.

"그걸 알고도 천하태평이냐?"

"대아건설 규모는 우리 순양건설과 비교하면 절반입니다. 순양건설 쪼개서 주는 것도 아니고요. 관계사 하나 늘리는 건데 태평해도 되죠."

"넌 대아건설이 올해 벌이는 첫 사업이 뭔지 모르는구나. 안다면 절대 그런 소리 못할걸?"

진동기는 말을 못 했다. 형의 말대로 첫 사업이 뭔지 아직 파악 못 했기 때문이다. 진영기는 눈만 크게 뜬 채 입을 다물고 있는 동생을 보니 괜히 우쭐해졌다. 뭐든 다 아는 척, 위에서 내려다보는 눈빛이 계속 거슬렸는데 지금은 동생이 자신의 눈치를 살핀다. 하지만 매달려 묻지는 않는다. 자신도 모르게 벌어지는 일이 있다는 걸 인정하기 싫은 까닭이다.

'밥맛없는 새끼. 저 잘난 척을 어떻게 손보지.'

"뭔지 궁금한데 자존심 때문에 물어보는 게 내키지 않구나. 흐흐."

한 번쯤 비웃어 주니 진영기는 기분이 나아졌다. 기싸움은 여기까지! 지금은 자식들 몰래 아버지가 무슨 일을 벌이고 있는 건지 알아내는 게 더 중요하다.

"대아가 손대려는 게 수조 원대 사업이다. 그게 성공하면 순양건설과 어깨를 나란히 할지도 몰라. 그런 노다지를 왜 남에게 준 건지 확인해야 하지 않겠냐?"

"지금 조 단위 프로젝트라고 하신 겁니까?"

진영기는 고개만 끄덕였다. 이제 질문은 동생이 해야 할 차례다.

"잘못 안 거 아닙니까? 나라 전체에 돈이라고는 씨가 말랐는데 어떻게 수조 원대의 사업을? 불가능합니다."

진동기는 머리를 흔들었다.

"게다가 부도 위기에 놓인 대아건설입니다. 그럴 돈이 있다면 부채부터 갚아야죠."

"상식적으로 말이 안 되지? 그런데 비상식을 상식으로 바꾸는 일은 바로 아버지의 특기 아니냐? 이 모든 그림을 그리고 지휘하는 사람이 아버지라면?"

진동기는 또 말문이 막혔다.

"구색 갖추기 같았던 자동차를 윤기에게 물려주는 거야 그렇다 쳐. 그런데 수조 원대의 사업을 밀어준다? 이것도 윤기에게 주는 선물처럼 보여?"

진영기 부회장은 입을 꾹 다문 동생을 보며 자신과 똑같은 위기감을 느끼기를 원했다. 그래야 내민 손을 잡을 테니까 말이다.

"그래서? 원하는 게 뭡니까? 내가 어떻게 하기를 바라는 거요?"

답답하고 짜증 나는 건 진동기도 마찬가지였나 보다. 공손하고 예의 바르던 말투가 조금 거칠어졌다.

"순양이라는 밥그릇 싸움은 너와 나, 둘이면 충분하지 않아? 만약 우리도 모르는 누군가가 또 이 싸움에 끼어들 준비를 하는 거라면? 그것도 아버지가 숟가락, 젓가락 다 챙겨 준 놈이라면? 찜찜하잖아."

"충분히 알아들었으니까, 결론만."

"아버지께 물어보자. 숟가락, 젓가락 챙겨 주는 놈이 누군지. 왜 챙겨 주는지."

"형은 항상 그게 문제였어. 몰라? 문제만 생기면 쪼르르 달려가서 징징대는 아들, 지겹지도 않아?"

진동기는 젊었을 때처럼 형에게 존대하지 않았다. 동생에게 심한 말을 들었지만, 진영기의 기분은 나빠지지 않았다. 진짜 오랜만에 경쟁자가 아닌 친동생처럼 느껴졌기 때문이다.

"나 혼자 가서 징징대면 그렇지. 하지만 너랑 나 둘이 가면? 사업 현황을 알려 달라고 하고, 우리도 도움을 주겠다고 한다면? 대아건설 인수와 엄청난 프로젝트를 성공시키기 위해 모두 전력을 다하겠다고 말하면? 이건 징징대는 게 아니라 일 이야기가 된다. 아닌가?"

진동기는 형의 말대로 했을 때 아버지 반응을 추측해 보니, 그 결과가 나쁠 것 같지 않다는 생각이 들었다. 하지만 준비를 철저히 하지 않으면 아버지에게 꾸지람만 잔뜩 들을 게 뻔하다.

"징징대는 게 안 되려면 확실하게 알고 가야겠지? 간만에 형제끼리 툭 털어놓는 게 어때? 서로 아는 걸 말이야."

진동기가 정보 교환을 제안하자 진영기는 손을 들어 동생을 가리켰다.

"너부터?"

"그래야겠지. 첫째, 윤기는 아냐. 윤기랑 이야기한 적 있어. 윤기가 원하는 건 하나야. 지 아들내미 도준이를 위해 그놈도 욕심이 생겼어. 도준이에게 뭔가 남겨 주고 싶어 해."

"윤기가? 의외네."

"윤기도 아버지니까. 하지만 내게 속마음을 털어놓았어. 순양그룹을 욕심냈다면 그런 말을 할 리가 없어. 섭섭하지 않을 만큼 챙겨 달라는 뜻이겠지."

진동기는 막내가 밥그릇 싸움에 끼어들 가능성을 제외하고 오히려 다른 가능성을 말했다.

"아버지가 도준이를 끔찍이 여기고 도준이도 할아버지의 기대를 저버리지 않은 놈이니… 내 생각엔 차라리 도준이가 유력하지 않을까?"

동생의 말에 진영기는 고개를 저었다.

"아니. 도준이의 미래는 이미 정했어."

"어떻게?"

"도준이는 금융전문가로 키울 것 같더라. 투자와 M&A 전문가로 말이야."

"확실해?"

"그래. 오세현이 밑에서 착실히 수업하고 있어."

두 사람은 동시에 입을 닫았다. 진윤기나 도준이를 제외하면 마땅히 떠오르는 대상이 없다. 셋째인 진상기는 일찌감치 빠졌고 여동생은 끼어들 여지도 없다. 설마 숨겨 놓은 자식이라도 있는 건가? 별의별 생각이 다 들자 두 사람은 머리를 저었다. 더 늦기 전에 확인하는 수밖에 없다. 최악의 경우 아버지의 불호령은 각오해야겠지만 말이다.

"이보게, 장남 그리고 차남."

진 회장은 두 아들의 얼굴을 보며 씁쓸한 미소를 지었다.

"상대가 칼을 든 놈인지 장미꽃을 든 놈인지 분간 정도는 할 줄 알아야 순양의 후계자라고 떠들고 다닐 자격이 있는 거 아닌가?"

아버지의 입에서 의외의 말이 흘러나오자 두 아들은 당혹스러웠다.

"카, 칼을 들었다니요?"

"기억 못 하느냐? 불과 서너 달 전이다. 10억 달러 들고 와서 우리나라 돈 바꿔 주며 환전 수수료로 챙겨간 게 순양자동차다. 자동차가 쥐고 있던 그룹 주식까지 포함해서 말이다. 이런 날강도는 내 평생 본 적이 없어."

두 아들은 입을 떡 벌렸다. 그들이 생각했던 것과 전혀 다른 내용이 아닌가?

"정말 미라클은 아버지와 관계가 없습니까?"

"왜? 강도를 당한 내가 화내지 않아서?"

"아뇨. 관계가 없다면 너무 부당한 거래 아닙니까? 왜 그 같은 조건을 받아들이셨습니까?"

"안 받아들이면?"

진 회장의 찌를 듯한 눈빛에 질문했던 차남은 급히 입을 다물었다. 좀 더 침착해야 했다. 해외 핫머니 결제가 매일 수십만 달러에서 수백만 달러였던 시기였다. 보름 아니, 열흘도 견디기 힘든 자금 사정이었고 자신도 1차 부도는 피할 수 없을 거라고 절망하지 않았던가? 더한 조건이라 해도 받아들였을 것이다.

"죄송합니다. 말이 헛나갔습니다."

"위기만 넘기면 어려울 때를 쉽게 망각하는 게 평범한 인간이지."

'평범한'이라는 말이 진동기의 가슴을 찔렀다. 순양을 물려받을 자가 평범해서야 되겠는가?

"그럼 미라클은 우리 순양을 강탈한 놈이로군요."

"자동차와 그룹 주식 좀 주고 IMF 위기를 넘겼어. 너무 억울해 하지는 마라."

하지만 두 아들의 의문은 아직 사라지지 않았다.

"그런데 아버지, 순양자동차 사장을 비롯한 임직원을 다 보내지 않았습니까? 사람마저 뺏긴 건 아닐 텐데요?"

"대아건설 인수도 그렇습니다. 칼 든 강도라면 도와줄 필요가 없지 않습니까?"

두 아들의 의문에 진 회장은 혀를 찼다.

"내게 따지기 전에 내 생각을 헤아려 보는 건 어떠냐? 그리고 네놈들이 내 결정을 따지는 것도 좀 우습지 않나? 쯧쯧."

두 아들은 황급히 두 손을 내저었다.

"아, 오해 마십시오, 아버지. 따지는 게 아닙니다. 헤아리기 힘들어 여쭤보는 겁니다."

"거 뭐냐? 전쟁 때 거대한 목마 세워 놓고… 그 안에 군사들 숨어 있었던…."

"트로이 목마 말씀입니까?"

"그래. 트로이 목마."

"그럼 우리 순양 사람들을 함께 보낸 게…?"

"물론이다. 되찾아야 하지 않겠느냐?"

두 아들은 부끄러워 얼굴을 들지 못했다. 아버지의 계획을 모두 듣고 보니 이 순간 자신들은 쉰 넘은 나이에도 징징대는 아들일 뿐이었다. 위기를 넘긴 것에 안도만 할 뿐 되찾을 생각을 하지도 않았다. 심지어 조금은 골칫덩이인 자동차가 없어져서 홀가분하다는 생각까지 했다.

하지만 의문이 완전히 풀린 건 아니다. 대아건설도 남아 있고 진도준도 남아 있다. 차마 묻지 못할 뿐이다. 두 아들의 모습을 보며 진 회장은 다시 입을 열었다.

"미라클은 지금 나를 이용한다. 내 힘과 인맥을 이용해서 대아건설을 삼킬 거고 큰 프로젝트도 진행할 거다. 엄청나게 성장할 거야."

진동기는 눈을 빛내며 아버지의 말을 가만히 듣고만 있었다. 이제야 의문이 풀렸다. 하지만 괜히 아는 척하기는 싫었다. 건너편에 앉아 있는 형은 어떻게 생각하는지 궁금했다. 미리 답을 말할 필요는 없지 않은가?

"그렇게 커진 대아건설은 아진그룹으로 들어갈 테고, 그때 우리는 아진그룹을 흡수해야 한다. 자동차를 뺏겼지만, 아진그룹과 대아건설을 이자로 생각하고 받아 와야지. 안 그러냐?"

그제야 진영기의 표정이 밝아졌다. 지금까지 어떻게 돌아가는지 희미했지만, 이제는 전체 그림이 한눈에 들어왔다.

"그때가 언제일지 모르지만 아마도 너희가 그 일을 해야 한다."

"명심하겠습니다, 아버지."

진영기는 힘차게 대답했지만, 진동기는 묵묵히 앉아만 있었다. 그는 아버지가 아직 말하지 않는 마음을 헤아리는 중이었다. 항상 전부를 말하는 듯하면서도 뭔가를 숨기는 분 아닌가? 아직 뭔가가 더 남아 있고 그것을 말해야 한다. 이윽고 진동기가 입을 열었다.

"아진그룹도, 대아건설도 되찾아야 하지만 주인은 순양이 아닙니다."

"뭐라?"

아들의 의외의 말에 진 회장의 눈빛이 달라졌다. 하지만 진동기는 차분함을 잊지 않고 말을 이었다.

"자동차도 확실하게 계열 분리됐으니 차제에 윤기에게 주는 게 어떨까 합니다. 물론 아진그룹을 뺏는 게 먼저겠죠."

"윤기?"

진영기 역시 놀라서 입을 다물지 못했다.

"엄밀하게 말하면 도준이겠죠. 솔직히 우리 자식들 중에 도준이 만큼 영특한 애도 없지 않습니까? 윤기가 욕심이 없다 보니 도준이에게 기회를 주지 못한 것 같아 늘 마음에 걸렸습니다."

진영기의 눈썹이 꿈틀했다. 이건 대놓고 자기 아들이자 이 집안의 장손인 진영준을 뭉개는 말 아닌가? 하지만 아버지 앞이니 입술만 깨물 뿐 큰소리는 내지도 못했다.

"도준이라…."

진 회장은 두 아들의 표정을 번갈아 살폈다.

화를 참는 놈, 애써 마음 쓰는 척하는 놈.

이래서 사람 눈이 한번 높아지면 아래로 내려가지 않는가 보다. 진영기는 장남이라 남다른 애정이 있었고, 진동기는 차남이지만 깊은 속을 감추고 조용히 일 처리 하는 게 마음에 들었다. 하지만 도준이를 챙겨 주자는 차남의 말을 들으니 절로 한숨이 나왔다.

'누가 누구를 챙겨 주자는 건가? 새파란 조카가 곶감 빼먹듯 회사를 가져가도 눈 뜨고 당할 위인들 주제에.'

"동기야."

"네."

"내 것을 네 것인 양 선심 쓰는 버르장머리는 어디서 배워 먹었냐?"

아버지의 목소리가 조금 험해지자 진동기는 황급히 머리를 조아렸다.

"죄, 죄송합니다. 주제넘었습니다. 도준이 자질이 아까워서 그만…."

"됐다. 너희 둘, 듣고 싶은 말 다 들었을 테니 이만 나가 봐라. 내 말 명심하고 뺏긴 거 어떻게 찾아올지 궁리나 해."

"네."

두 아들이 일어설 때 진 회장은 잊고 있던 하나를 덧붙였다.

"이달 말일, 아진그룹 제2의 창업을 선포한다. 너희 둘도 참석해서 오세현이를 축하해 주고, 객지에서 고생할 조대호 사장 격려하는 것도 잊지 마. 그리고 우리 순양자동차가 남의 손에 넘어가는 걸 똑똑히 봐둬라. 알았느냐?"

두 아들은 아버지의 말에 고개를 끄덕이고 물러났다. 혼자 남은 진 회장은 긴 한숨과 함께 나지막이 중얼거렸다.

"늑대 같은 자식 놈들에게서 손자놈 지키는 일도 쉬운 게 아니구먼. 늘그막에 거짓말을 달고 살다니…."

▲▲▲

아진그룹의 제2의 창업 선포식과 계열사 대표이사들의 취임식이 치러질 그룹 사옥의 대강당은 활기보다는 비장함이 서려 있었다. 사망 직전 수혈받아 이제 겨우 중환자 상태를 벗어났기에 아직 생존의 기쁨을 누리기에는 이른 감이 있었기 때문이다. 송현창 회장은 계열사 사장들이 자리한 무대로 올랐다.

『임직원 여러분 안녕하십니까? 그리고 오늘을 빛내 주시기 위해 귀한 걸음을 해주신 귀빈 여러분께도 감사의 말씀을 드립니다. 한때 우리 아진을 위기에 빠트린 제가 다시 이 자리에 섰습니다.』

송 회장은 감회가 새로운지 잠시 말을 잇지 못했다. 그리고 그간의 어려움을 같이한 직원들의 노고를 치하하고 미래를 향한 비전도 제시했다.

『기업가치가 지속해서 증대되는 기업, 유형과 무형의 가치가 최고인 기업, 구성원의 만족도와 사회 공헌도가 최고인 기업, 단기적 외형성장을 넘어 축적된 내재가치를 바탕으로 미래의 무한성장을 향해 질주하는 기업이 되어야 합니다.

항상 미래를 꿈꾸고 준비하는 열정으로 불가능에 도전하고, 창의적 사고와 불굴의 의지로 꿈을 실현하는 영원한 청년 기업. 이것이 우리가 모두 되찾아야 할 모습입니다.』

회장 취임사가 끝나고 합병한 자동차의 대표이사인 조대호 사장도 취임사를 이어 갔다. 송 회장과 별반 다를 바 없는 취임사 끝 무렵에 조 사장은 손을 들어 무대 벽면을 메운 커다란 플래카드를 가리켰다.

『오늘부터 아진과 순양이라는 과거의 이름은 버립니다. 그리고 새롭게 태어난 이름 HW가 그 자리를 대신할 것이며 영원히 사라지지 않도록 하겠습니다.』

"도준아. 계속 비밀로 할 거냐?"

그룹 회장실에서 TV를 통해 느긋하게 행사를 지켜보던 오세현은 화면에 나타난 HW라는 이름을 보자 다시 물었다.

"글로벌 시대 아닙니까? 한글은 떼고 영어로 가야죠."

"누가 뭐래? 그러니까 무슨 뜻이냐고?"

"뜻은 지금부터 천천히 생각해서 그럴싸하게 갖다 붙여야죠. 그냥 보기 좋잖습니까? 하하."

계속 터져 나오는 웃음을 오늘은 참을 수 없었다.

'HW그룹, 이 얼마나 보기 좋은가?'

"그럴싸하게? 벌써 기자들이 묻고 있다고. 보도자료 돌릴 때 뭐라고 할 거야?"

"최고의 이미지 코디네이터 회사와 계약할 겁니다. 전문가들이 저 이니셜에 맞춰 만들어 내겠죠."

"뭐? 코디네이터?"

"네. 앞으로 우리 회사의 대외적인 이미지를 책임지고 관리할 회사죠. 그리고 송 회장님이나 계열사 대표이사들도 이미지 메이킹하고요."

"메이킹은 또 뭐냐? 야! 우리가 배우 키우냐? 연예인 키워?"

"21세기는 이미지로 먹고사는 시대가 될 겁니다. 기업 이미지가 곧 매출로 직결되고요. 아무튼! 오늘은 고민하지 마시고 즐기세요. 좋은 날 아닙니까?"

TV에서는 조대호 사장의 취임사가 끝나고 각 계열사 사장의 소개가 이어졌다. 이제 리셉션이 시작될 시간이다.

"삼촌, 가서 얼굴 비추셔야죠. 명실상부한 이 그룹 지배자 아닙니까?"

"넌? 인사 안 할 거야?"

"귀찮은 일에 말려들 것 같아서요. 큰아버지들 와 계신 거 얼핏 봤어요. 전 그냥 빠지려고요."

그들에게서 받게 될 불편한 시선을 피하고 싶었다. 오늘은 좀 특별한 날 아닌가?

나는 서둘러 아진, 아니… HW그룹 사옥을 빠져나왔다. 빌딩에는 아직 아진이라는 이름이 붙어 있지만, 곧 바뀔 것이다. 자축이라도 해야 할 날이지만, 적당한 아부도 떨어야 하는 날이다. 생색내기 좋아하는 할아버지를 잊으면 안 된다. 자고로 강직한 충언을 하고 죽은 사람은 많지만, 아부 떨다 죽은 사람은 없다.

"실장님, 어디로 모실까요?"

김윤석 대리가 차 문을 열었다.

"회장님 댁으로 가죠."

"네."

"참, 가다가 슈퍼 있으면 진로소주 한 병만 사다 주세요."

"소주요? 술은 잘 드시지도 않으시면서…."

"오늘 같은 날은 한잔해야죠."

마음껏 마시고 취하고 싶을 만큼 감격스럽고 뿌듯하지만, 이제 첫발을 내디딘 것뿐이니 오늘은 간단하게 한 잔만 마셔야겠다.

축하주는 가볍게, 성공주는 잔뜩.

서재 문을 열고 들어가자 할아버지는 뉴스를 보고 계셨다. 아진그룹 제2의 창업식은 꽤 큰 뉴스거리다. TV에서 쉬지 않고 흘러나온다.

"응? 왜 벌써 왔어? 지금쯤 연회가 한창일 텐데?"

"할아버지 덕분에 제가 아진그룹 주인이 됐는데 어떻게 혼자 즐기겠습니까? 할아버지와 축하주 한잔 기울이려고 왔습니다."

검은 비닐봉지에서 소주병을 꺼냈다.

"뭐냐? 왜 하필 재수 없게 망한 회사 술을 가져왔어?"

할아버지는 빨간 라벨의 진로 소주병을 보자 미간을 찌푸렸다.

"70년 역사가 담긴 술 아닙니까? 진로 창업주인 장학엽 사장도 고작 소주 브랜드 하나가 70년을 버틸 줄 몰랐을 겁니다. 그리고 회사는 망했지만, 이 제품은 여전히 팔리지 않습니까? 진로 소주는 앞으로도 사라지지 않을 겁니다."

"주인은 바뀔 수 있어도 사라지지 않을 제품이라… 그건 마음에 드는구나. 허허. 좋다, 한잔 따라 봐라."

진로소주가 바로 순양의 미래라는 걸 말하고 싶은 내 마음을 할아버지가 눈치챘나 싶었다.

'아, 좀 다르구나. 핏줄을 이어받았으니 주인이 바뀌는 것은 아닌가?'

"축하한다, 우리 손자. 장하다. 내가 네 나이에 가진 거라고는 금붙이 몇 개가 전부였는데, 넌 내 나이 마흔이 넘어서야 가진 걸 스물에 쥐었구나."

"그거야 할아버지께서는 저같이 열 살 때 널찍한 목장을 선물해 준 할아버지를 두지 못하셨으니까요. 고맙습니다, 전부 할아버지 덕분입니다."

할아버지는 고개를 저었다.

"아니다. 대한민국 재벌 손주 중에 열 살 때 몇천만 원짜리 목장 가진 놈은 수두룩해. 그놈들 나이기 스물이고 서른 되어 받은 거 까먹은 놈은 많아도 천 배, 만 배 불린 놈은 너밖에 없을 거야. 지금 네가 가진 건 할아버지를 잘 둬서가 아니다. 네 힘으로 만든 거야. 자랑해도 돼. 허허."

할아버지는 내 잔에 소주를 채우고 살짝 부딪혔다. 우리 둘은 단숨에 술잔을 꺾었다.

"이 술, 참 많이도 마셨는데 이젠 그 맛이 안 나는구나."

나도 그렇다. 삼겹살에 소주를 얼마나 마셨는가? 하지만 그 맛이 아니다. 아예 소주 첫 잔의 짜릿함이 기억나지도 않았다. 나와 할아버지는 아주 잠깐이지만 회상에 잠겨 말없이 빨간 소주 라벨을 물끄러미 쳐다보았다. 좀 우스운 모습이다. 노인과 젊은 놈이 같은 색의 추억에 잠기다니. 추억에서 깨어난 할아버지 먼저 입을 열었다.

"대아건설은 어떻게 진행하고 있느냐?"

"은행과의 협상은 조금씩 양보해서 무리 없게 진행 중이며, 실무진이 구체적인 금액을 계산 중입니다. 그리고 강무성 사장이 빼돌린 돈은 발견하는 대로 회수 절차를 진행 중입니다."

"검찰이 수고하는구먼."

"수고비는 넉넉하게 쥐여 줬습니다."

할아버지는 내 안색을 살폈다.

"그런데 강 사장 그자가 주식 매각 대금은 절대 안 내놓겠다고 버티나 보구나."

"네. 자식, 손자 전부 공금 횡령으로 구속하겠다고 해도 요지부동이네요. 돈… 참 무섭습니다."

기가 찬 내 모습을 보며 할아버지는 정색하며 말했다.

"아니다. 잘못된 생각이다."

"네?"

"그 주식 매각 대금은 강 사장이 가진 마지막 무기다. 아직 무기를 휘두를 시기가 아니라고 판단한 거야. 딱 한 번 휘두를 수 있으니까, 좀 더 결정적일 때 휘두를 거다."

여기서 휘두른다는 말은 주식 매각 대금마저 포기한다는 뜻이다.

"설마요? 강 사장에게 아직 기회가 남았을 리가…?"

"그 일가족이 전부 구속되고 유죄 받으면 주식 대금은 아마도 추징금으로 다 날아가겠지?"

"맞아요. 그런데 어떻게 기회가 남아 있습니까?"

"대신 너도 그 돈을 만지지 못한다. 국고로 들어가니까 말이다."

아직 할아버지가 말하는 의도를 잘 모르겠다. 주식 매각 대금을 대아건설로 돌려준다면 강 사장 본인은 물론 전 가족의 구속을 피한다. 하지만 계속 버티면 주식 매각 대금은 국고로, 가족들은 구속이다. 누가 보더라고 후자보다 전자가 현명한 선택이다. 기회는 더 이상 존재하지 않는다.

할아버지는 내 얼굴에 드러난 의문을 보며 잔잔하게 미소 지었다.

"넌 지금 쓸데없는 감정에 사로잡혀 돈을 날려 버리려는 거다. 아니냐? 장사꾼을 마음을 잊어버렸어."

"쓸데없는 감정이라뇨? 그런 거 없습니다. 저도 오로지 돈만 생각합니다. 그 돈이면 대아건설 정상화에 엄청난 도움이 되니까요. 그래서 할아버지의 힘을 이용해서 강 사장을 협박하고 회유하는 거 아닙니까?"

내가 구구절절 떠들어댔지만, 할아버지는 딱 한 단어로 내 감정을 설명했다.

"정의."

"네?"

"넌 지금 정의라는 감정 때문에 분노하는 거다. 직원들 월급도 주지 않으면서 망해 가는 회사의 돈을 빼돌리고, 그 돈으로 언젠가는 떵떵거리고 살게 될 강 사장 일가를 절대 용납할 수 없는 거지. 그런 놈은 알거지가 되어야 한다는 생각만 가득하지 않니?"

변명할 말이 없어 얼굴만 붉어졌다. 참 희한한 세상이다. 정의라는 말이 어색하고 불의에 분노하는 것이 쓸데없는 감정이 돼버렸다. 이 집안에서만 그런 건지, 세상이 그런 건지 그 경계는 모호하지만 말이다.

"강 사장은 말이다, 널 장사꾼으로 보고 있어. 그러니까 네가 단 한 푼이라도 더 건지기 위해 다른 제안을 할 거라고 믿고 기다리는 거야. 버티면 넌 한 푼도 건지지 못하니까. 그리고 두 번째 제안이 없는 거래는 없는 법이다."

할아버지는 강 사장의 의도를 정확히 내게 말했다.

"장사꾼이 남을 판단하고 비판하는 건 좀 우습지 않으냐? 남이 어떻게 살든, 무슨 생각을 하든 그게 무슨 상관이냐? 그놈 주머니에 든 돈을 네 주머니에 한 푼이라도 더 옮기는 게 장사꾼이지."

한동안 아무 대답도, 대꾸도 못 한 채 멍하니 앉아만 있었다. 강무성 사장에게 가졌던 내 감정은 과거의 경험 때문이다. 과거의 내 모습을 대아건설 직원에게서 봤기 때문이다.

"한번 생각해 보려무나. 강 사장 주머니의 돈을 나누자고 제안하면? 얼마를 남겨 준다고 해야 그놈이 네 제안을 받아들일지도 말이야."

"그러니까 돈도 좀 남겨 주고 강 사장 일가 구속도 피하게 해주라는 말씀입니까?"

"그놈이 주식 대금의 절반을 회사에 주겠다고 하면 반성의 기색이 역력하니 집행유예로 나오게 하면 되지 않겠느냐? 시나리오도 좋고."

여전히 주저하는 나를 보며 한마디 덧붙였다.

"행여나 딴생각은 말아라."

"딴생각이라니요?"

"돈을 먼저 챙기고 강 사장은 나중에 응징하겠다는 그런 생각 말이야. 다시 말하지만, 돈만 생각해라. 강 사장이 네게 위협이 되지 않는 한 그쪽은 쳐다보지도 마라."

'눈치 하나는 정말….'

"뭐, 어찌 됐든 대아건설도 네 손안에 들어갔으니 강 사장 돈을 찾아오는 건 보너스 정도겠지. 이 할애비가 해줄 수 있는 건 다 해줬다. 선택은 네가 해야겠지?"

"명심하겠습니다. 장사꾼답게 결정하겠습니다."

일 이야기는 이 정도로 끝냈다. 할아버지는 다시 술잔에 술을 채우고 내가 가진 것을 축하해 주었고 나는 감사의 마음을 전하며 한동안 이야기꽃을 피웠다.

"안양구치소로 갑시다."

"네? 갑자기 거긴 왜…?"

"남의 주머니 속에 든 돈, 내 주머니로 옮기려면 못 갈 데가 있겠습니까?"

김윤석 대리는 여전히 머리를 갸웃거리며 핸들을 잡았다.

'진정 돈도 챙기고 파렴치한 놈도 알거지로 만들 방법은 없을까?'

골똘히 생각에 빠져 있다 보니 어느새 안양이었다. 꼴에 사회 특권층이라고 널찍한 면회실까지 배정받았다.

"어떻게… 구치소 짬밥은 입에 맞으십니까?"

"미라클 같은 듣도 보도 못한 회사를 무시한 대가라 생각하니 그럭저럭 먹을 만하더구먼."

아직 여유가 보였다. 할아버지 말씀처럼 아직 휘두를 칼이 남아 있다고 생각하는 걸까?

"면회 시간 길지 않으니 우리 오 대표님 말씀만 전하겠습니다."

강 사장은 눈을 감으며 가볍게 머리를 끄덕였다.

"사장님께서 얻게 될 주식 대금 전부를 대아건설로 넣으시든지, 아니면 아예 주식을 회사에 주시든지 하시면…."

"당신네가 원하는 건 아니까 앞은 자르고 뒤만 말하지?"

"검찰 수사는 여기까지 자르고, 집행유예로 나오실 겁니다. 그럼 대아건설 고문 자리를 드린답니다. 고문 월급은 아주 두둑하게 챙겨드릴 수도 있다는군요. 앞으로 협조만 잘하신다면 말입니다."

강무성 사장은 쉽게 대답하지 못했다. 내가 던지는 제안은 보너스가 숨어 있다.

"망해 가는 회사의 골수까지 빨아먹은 파렴치한. 그 굴레는 벗을 겁니다. 모든 것은 오해였고 회사를 위한 일을 하다 보니 먼지가 좀 묻었다, 그런 선의를 알기에 고문으로 영입한다. 이렇게 언론이 예쁘게 포장해서 터트려 줄 겁니다."

명예. 나이 들면 이름값에 연연한다. 돈만 생각하는 장사꾼이지만 들고 다니는 명함의 무게를 잘 안다. 대아건설 고문이라는 명함은 그리 무겁지 않지만, 횡령 전과자보다는 낫다. 또한, 강무성도 장사꾼이다. 나와 극단으로 치달으면 돈도 명예도 다 떨어져 나간다는 걸 알아챘을 것이다.

"음… 오 대표 그 친구, 꼼꼼하구먼. 내가 가질 돈을 회사 경비로 처리하겠다? 너무 쪼잔하지 않나?"

고문으로 영입해서 가져가는 돈은 전부 급여다. 주식 대금 전부를 챙기고 일부분만 급여로 준다면 크게 나쁠 것 없다. 그리고 대아건설의 숨은 역사까지 잘 아는 사람이다. 뭐라도 써먹을 수 있을 것이다.

"에이, 통 큰 장사꾼이 어디 있습니까? 큰돈 척척 기부하는 장사꾼도 꼼꼼하게 계산하고 내놓잖아요. 세금 대신 생색내는 용도로 쓰는 게 기부금이죠."

"고문 월급치고는 꽤 많이 줘야 할 텐데?"

"대신 고문님도 갑근세 많이 내실 겁니다."

"성실하게 납세하는 것 또한 국민의 의무지."

그가 미소 짓는 걸 보니 연봉 협상만 남았다.

"그럼 고문 위촉 계약서 준비하겠습니다."

내가 의자에서 일어나자 강 사장은 손을 내밀었다.

"잘 부탁하네."

오세현의 찌푸린 표정이 그의 마음을 그대로 보여 주었다.

"강무성을 우리 고문으로?"

"네."

기업 고문이라는 자리가 단지 구색 갖추기 자리로 전락한 지 오래지만, 비리를 저지른 전임 대표이사가 앉을 만큼 만만한 곳은 아니다.

"주식을 전부 토해낸다고 하니 강 사장이 가질 수 있는 건 고문 급여가 전부죠. 뭐, 급여는 좀 많이 줘야겠지만."

"그 조건을 받아들인 건 확실해?"

"일가족 전체가 옥살이를 면치 못하고, 주식 대금 전부를 추징금으로 뺏길 판이니 수락한 겁니다. 국고로 들어가는 것보다는 나눠 가지는 게 낫다고 판단한 거죠."

"얼마나 줄 생각이냐?"

"강 사장이 원하는 금액은 주식 대금의 30퍼센트입니다. 10년에 걸쳐 받겠다고 하더군요."

30퍼센트라는 말을 듣자 오세현의 찌푸린 얼굴이 확 펴졌다. 최소 절반 정도를 예상했나 보다.

"뭐, 그 정도면 선방이긴 한데… 그래도 대아건설 사장보다 더 많은 급여를 받아 가겠는데?"

"처음에는요."

"처음?"

"네. 두어 달은 약속한 대로 주고, 그다음부터 확 줄일 생각입니다."

오세현은 다시 찌푸린 표정이 되었다.

"그건 또 무슨 꿍꿍이야?"

"그놈도 월급 못 받을 때의 처참한 기분을 느껴야죠."

오세현이 고개를 확 꺾으며 박장대소했다.

"으하하. 이런 잔인한 놈을 봤나!"

눈가에 눈물이 맺힐 만큼 한참을 웃고 나서야 똑바로 앉았다.

"처음 두어 달은 주고, 회사 자금 사정이 안 좋으니 급여를 깎겠다?"

"아니죠. 지급을 뒤로 미루는 거죠. 계약서대로 급여는 다 줘야 합니다만."

"언제 제대로 다 챙겨 줄지, 밀린 월급을 언제 줄지는 너도 모르겠네?"

"나라가 어렵습니다. 대아건설이 흑자를 달성할 때까지 모두 허리띠를 졸라매야죠. 흐흐."

"강 사장, 그 양반 미치고 팔짝 뛰겠군. 안 주는 게 아니라 못 주는 거니 말이야."

"잘 알겠죠. 그자가 대아건설 직원들에게 계속 해왔던 말 아닙니까? 밀린 월급은 형편 풀리는 대로 꼭 주겠다고요."

오세현은 싱글싱글 웃으며 내 눈을 바라봤다.

"이건 전략이냐? 복수냐?"

"네?"

"얄미운 그놈. 너도 한번 당해 봐라, 뭐 이런 거냐? 아니면 주식을 챙기는 방법으로 머리 쓴 거냐?"

"둘 다죠. 흐흐"

"강 사장이 소송하면 어쩌려고?"

"고통만 더해질 뿐이죠. 법정 싸움을 질질 끌 겁니다. 몇 년이나 질질 끌면 제풀에 지치겠죠. 그리고 소송 중에는 급여도 못 받습니다."

"옥살이는 피했는데 월급 못 받는 노후가 기다리고 있으니… 그 인간

고통받는 거, 나도 즐겁게 지켜봐 주마."

"아 참, 삼촌."

"응, 왜?"

"급여 팍 깎을 때 잊어서는 안 되는 말이 있습니다."

"그게 뭔데?"

"회사가 정상화 될 때까지 고통을 함께 나누자는 부탁 말입니다."

"절대 잊지 않으마. 하하."

우리 둘은 작으나마 정의를 실현한 것 같아 한동안 기분 좋게 웃었다.

"참, 그리고 제가 이스라엘을 잠시 다녀올까 합니다."

"뭐? 이스라엘? 갑자기 거긴 왜?"

웃음을 짓던 오세현의 눈이 동그래졌다. 이스라엘은 내가 생각해도 정말 생뚱맞은 곳이긴 하다.

"잠깐 가서 강의 하나 듣고 오려고요. 훌륭한 교수님이 계시거든요."

오세현은 어이가 없는지 헛웃음마저 지었다.

"강의? 네가? 바로 옆에 있는 네가 다니는 대학도 안 가는 놈이?"

"아, 이 강의는 법학이 아닙니다. 제게는 좀 어려운 이공계 강의거든요."

"강의 듣고 뭔가 배우고 오는 건 아닐 테고…."

"미래를 위한 씨앗은 미리미리 파종해야죠."

"언제쯤 싹이 돋을까?"

"솔직히 파종 시기를 놓친 건 아닌지 걱정됩니다. 그래서 확답은 못 드리겠어요."

이건 사실이다. 경제지 특집 기사의 기억을 노트에 기록해 뒀지만, 정확한 시기를 몰라 90년대 말이라고만 적어 두었다. 바다 건너 저편에서 일어나는 일이다. 늦었다면 이스라엘 여행하는 셈이고 늦지 않았다면 제대로 된 파종을 하는 것이다.

▲▲▲

"이, 이스라엘이요?"

"네. 왜 놀랍니까? 혹시 여권 없어요?"

김윤석 대리는 뒤통수를 긁으며 머뭇거렸다.

"여권 빨리 만드시고 항공편이랑 호텔 예약하세요. 일주일 정도 지낼 겁니다."

"네, 실장님."

태어나서 처음으로 외국으로 가게 될 김윤석은 우리 집 거실을 급히 뛰어나가다 다시 돌아왔다.

"실장님. 항공권은 어떤 거로…?"

"김 대리, 이번에 퍼스트 클래스 구경 한번 하세요."

이번에는 날 듯이 달려 나갔다.

학생들은 개학해서 학교로 달려갈 때 난 이스라엘로 날아갔다. 한국에서 이스라엘 텔아비브까지 비행시간만 열네 시간이 넘는다. 중동은 위험하니 그 상공을 피해 둘러가다 보니 서너 시간이 더 걸리는 것이다.

"실장님, 저 사람들은 일등석 손님 이름을 다 외우네요."

김 대리는 스튜어디스를 훔쳐보며 말했다.

"이스라엘 왕복 시간이 대충 24시간입니다. 이 자릿값이 700만 원 넘죠? 하루 만에 700 주는 손님이라면 전 그 사람 족보까지 다 외울 용의도 있습니다."

"아…."

"비행기에서 주는 서비스 즐겨요. 다 우리 돈입니다. 먹고 싶은 거 막 주문하고 술도 한잔합시다. 긴 시간이니 한잔하고 눈도 좀 붙이고요."

와인 몇 잔이 들어가고 김 대리가 슬며시 입을 열었다.

"실장님. 진영준 부장 말입니다."

"영준이 형이요?"

"네. 순양건설 상무로 발령 났습니다. 순양전자 임원으로 가고 싶어 난리 쳤는데 진영기 부회장님이 무시하고 쫓아 보냈습니다."

"대아건설로 임원진이 싹 빠져나갔으니 빈자리는 많겠죠. 전무 정도 줘도 될 텐데 야박하네."

"들리는 말로는 건설이면 나쁜 자리는 아니지만 그렇다고 꿀 보직도 아니라고 하던데, 맞습니까?"

"김 대리 생각은요? 순양전자 이사와 순양건설 상무, 어디가 더 힘 있는 자리 같습니까?"

"그, 글쎄요. 아무래도 주력인 전자 이사 자리가 더 끗발 있지 않을까요?"

김 대리는 자신 없는 목소리는 말했다. 잔소리를 한번 해야 할 때다. 경각심이 없으면 느슨해지는 게 보통 사람의 습성 아닌가?

"운전하고, 심부름하고, 회사 변동사항 알려 주는 데 필요한 사람의 조건은 뭐라고 생각하십니까?"

"네?"

"그 정도는 수만 명의 순양 직원 중에 아무나 시켜도 가능합니다."

김 대리는 손에 든 와인잔을 슬며시 내려놓고 등받이에 한껏 기댔던 상체도 슬며시 바로 세웠다. 질책이라는 것을 눈치챘다. 이 정도 눈치가 없다면 그건 심각한 수준이긴 하다.

"말했죠? 신 팀장이나 김 대리, 나와 거래 관계라고요. 거래 관계를 뛰어넘어 신뢰의 관계까지 가려면 어떻게 해야 한다고 보십니까?"

"…."

"벌어진 상황만 보고하는 게 아니라 그 상황을 판단하세요. 왜 이런 일이 벌어졌을까? 이 일로 인해 앞으로 어떤 것이 변하고 어떤 일이 생길까? 이런 김 대리의 생각을 듣고 싶습니다."

"아, 네."

"김 대리의 판단과 생각이 옳을 때, 그리고 그런 것들이 쌓여 나가야 신뢰가 쌓이는 겁니다. 거래처는 언제든 바꿀 수 있습니다. 하지만 신뢰를 대신할 만한 건 없죠."

"꼭 기억하겠습니다."

단단히 굳어 버린 김 대리를 보자 피식 웃음이 났다.

"아니, 그렇다고 채점하겠다는 건 아니니 그런 표정 거두세요. 하하."

"아닙니다. 제가 심부름꾼 마인드를 버리지 못했어요. 충고, 아니 경고… 감사합니다."

지금 김 대리가 뱉은 말이 꼭 지켜지기를 빌었다. 결심하는 보통의 사람은 많지만, 결심을 행동으로 옮기는 사람은 드물기 때문이다.

"자, 눈 좀 붙입시다. 아직 한참 남았어요."

비행기는 밤하늘을 가르며 서쪽으로 날아갔다.

이스라엘의 수도 텔아비브에서 15킬로미터 떨어져 있는 로드 시에 자리 잡은 벤 구리온 국제공항에 열네 시간 만에 도착했다. 김 대리와 함께 수화물을 카트에 싣고 공항을 빠져나왔다. 김 대리는 더듬거리기는 했지만, 공항 안내소에서 영어로 뭔가 묻기도 했다. 택시 기사에게 목적지를 말하는데 의사소통도 문제없어 보였다. 저 정도면 그동안 맹탕으로 놀지만은 않았나 보다.

하야콘 거리의 쉐라톤 호텔에 도착해 객실에 짐을 풀었다.

"방은 마음에 드십니까?"

김 대리는 내 눈치를 살폈다.

“네, 좋네요.”

빈말이 아니었다. 창밖으로 펼쳐진 시원한 지중해가 눈이 시리도록 푸르렀다.

“고생했습니다. 오늘은 좀 일찍 쉬도록 하죠. 다리가 뻐근하군요.”

이미 현지 시각으로 10시가 다 되어 간다. 퍼스트 클래스의 괜찮은 기내식을 먹어서인지 배가 고프진 않았다.

“혹시 출출하면 룸서비스라도 시켜 먹어요. 눈치 보지 말고.”

“네. 그럼 쉬십시오.”

혼자 남은 나는 과연 그 사람을 만날 수 있을까, 그리고 그 사람과 기분 좋은 악수를 할 수 있을까, 생각하며 잠에 빠졌다.

다음 날 아침, 호텔 조식을 맛있게 먹는 김 대리는 좀 들떠 보였다. 처음 밟는 이국땅에서 맞이하는 첫 아침이니 그럴 만도 했다.

“김 대리, 내가 여기서 일을 끝마칠 때까지는 자유롭게 지내요. 가이드라도 하나 붙여서 관광해도 됩니다.”

“아이고, 어떻게 그럴 수 있습니까? 실장님 보필하겠습니다.”

“아뇨. 딱히 보필할 일도 없어요. 여기 대학을 돌아보는 게 전부입니다. 제 옷차림 보세요. 그냥 학생처럼 보이지 않습니까?”

후드티에 청바지, 그리고 배낭 하나. 누가 봐도 학생이다.

“정말 괜찮겠습니까?”

“괜찮아요. 내일 아침까지 자유행동 합시다. 하하.”

아침 식사를 끝내고 나는 곧바로 예루살렘 히브리 대학으로 갔다. 이 학교는 이스라엘에서 가장 오래된 대학이며 총리 네 명, 노벨상 수상자 여덟 명을 배출한 세계적인 명문 대학이다. 탁월한 연구 성과가 많기로 유명한 히브리 대학은 대학 소유의 기술 센터에 7000개 이상의 특허가 등록되어 있고, 특별히 아인슈타인이 히브리 대학 설립에 크게 이바지

한 것으로 알려져 있다.

내가 가장 먼저 문을 두드린 곳도 바로 이 기술 센터였다. 안내 데스크의 직원에게 다가가 조금은 황당한 질문을 던져야 했다.

"Excuse me."

"Good Morning."

환하게 웃으며 응대하는 직원을 보자 다소 긴장이 풀렸다.

"교수님 한 분을 찾고 있는데 성함을 모릅니다. MIT에서 연구하신 분인데…."

데스크의 여직원은 살짝 웃었다.

"MIT에서 연구한 경력 있는 교수님은… 100명이 넘어요."

'젠장, 세계적인 명문 대학이라는 걸 자랑할 빌미만 줬군.'

"음, 그분들 중에 인공지능과 인지과학 분야에서 훌륭한 성과를 내신 분인데, 찾을 수 있을까요?"

"잠깐만 기다려 주세요."

직원이 모니터를 들여다볼 때 한 가지 사실이 더 기억났다.

"제가 찾는 분은 30대 후반입니다."

그녀는 나를 흘깃 보더니 다시 모니터를 향했다. 그러다가 메모지에 뭔가를 휘갈겼다.

"아마 이분이실 거예요. 지금은 강의시간이네요. 이건 강의실, 이건 교수님 연구실입니다."

"아, 감사합니다."

안내 직원에게 가볍게 머리를 숙이고 밖으로 나왔다. 메모지에는 대문자로 또박또박 적힌 이름이 보였다. 메모를 보자 어렴풋이 기억나는 듯했지만, 아직 확실하지는 않다. 만약 이 사람이 아니라면 이스라엘의 공과대학을 다 뒤져야 할 판이다. 그런 일이 생기지 않기만을 빌며 이름을 중얼거렸다.

"암논 샤슈아(Amnon Shashua)."

그리고 알려 준 강의실을 물어물어 찾아갔다. 조용히 뒷문을 열고 얼굴을 내밀었지만, 수업에 열중한 학생들은 아무도 돌아보지 않았다. 교단의 교수 역시 분필을 들고 칠판에 뭔가를 빼곡히 적는 중이었다. 슬쩍 강의실 구석 자리에 앉았다. 역시 이공계는 적응하기 어렵다. 칠판에 적힌 것 중 단 하나의 수식도 모르겠다. 그냥 조용히 암논 샤슈아 교수의 모습만 지켜보는 게 전부였다.

"Professor! Professor Shashua."

강의가 끝나자 앞문으로 나가는 교수를 급히 따라갔다. 이 젊은 교수가 과연 그 사람인지 확신할 수 없으니 좀 난감하긴 했다.

"무슨 일이죠? 혹시 뒤늦게 들어온 학생인가?"

"늦게 들어간 건 맞는데 학생은 아닙니다."

샤슈아 교수는 발걸음을 멈추고 위아래로 나를 살폈다.

"이거, 실례했어요. 그럼 나를 찾은 용건이…?"

"질문 하나만 먼저 하겠습니다. 혹시 요즘 상대표준 편차를 이용한 광학 분야 연구를 진행하십니까?"

"그렇습니다."

별로 놀라는 기색이 없는 걸 보니 이미 공개된 연구인가 보다. 당황한 건 오히려 나였다. 이 교수가 내가 찾는 그 사람이 맞는 것 같긴 한데… 벌써 연구 결과를 상업화하는 일이 상당히 진척된 건 아닐까 하는 걱정이 됐다. 이미 끼어들 자리가 없다면 이스라엘까지 날아온 건 완전 헛발질이 되어 버린다.

미래를 조금 안다는 것이 만능은 아니라는 것을 이미 충분히 경험했다. 저 평가된 주식을 왕창 사버리면 주가가 갑자기 급등해 버려 다른 투자 기관의 주목을 받는다. 단기 투자는 사실상 어렵다. 차라리 멀리 보고 수년을 기다리며 주식을 조금씩 사들이는 게 가능성이 컸다. 하지만 이 방식은 좀 답답하다. 주식 보유가 일정량을 넘어 대주주가 되면 이 또한 주목받기에 십상이다.

제일 좋은 건 창업하기 전 친분을 쌓고 엔젤 투자자가 되는 거다. 물론 이것도 정보를 빠삭하게 줄줄 외우고 있어야 가능한 일이다. 아무튼, 아직 늦지 않았기를 간절히 바라며 말했다.

"좀 긴 이야기가 될 듯한데, 시간 좀 내주시겠습니까?"

명함을 꺼내 건네니 의외의 눈빛을 보냈다.

"미라클 인베스트먼트?"

그 표정을 보는 순간 만세라도 부르고 싶었다. 저 표정과 눈빛은 아직 비즈니스로 접근한 사람이 없거나 준비하지 않고 있다는 의미다.

"네. 명함에 홈페이지 URL도 있으니 확인해 본 후 미팅을 해도 좋습니다만…."

샤슈아 교수는 명함과 나를 번갈아 보더니 입을 열었다.

"두 시간 뒤, 기술 센터의 내 연구실에서 보죠. 괜찮죠?"

"감사합니다. 그럼 곧 다시 뵙겠습니다."

내가 머리를 꾸벅 숙이자 그는 손을 슬쩍 들고 총총걸음으로 사라졌다. 두 시간 동안 학교를 어슬렁거리며 돌아다녔다. 여유가 있으니 급히 오느라 놓쳤던 것도 보였다. 학교 정문 옆에 치워 놓은 바리케이드와 검문소가 눈에 띄었다. 나중에 알게 된 사실이지만, 중동 테러의 위협이 감지되면 검문검색이 상당하다고 한다. 방문객뿐만 아니라 학생과 교수마저 샅샅이 수색할 정도라고 하니 화약고라는 말이 실감 났다.

학교를 한 바퀴 돌고 기술 센터로 향했다. 샤슈아 교수의 연구실에 들어서니 서너 명의 사람들이 컴퓨터 모니터에 머리를 박고 뭔가를 하고 있었다.

“많이 기다리셨죠? 이쪽으로 오시죠.”

샤슈아 교수는 나를 데리고 작은 방으로 안내했다. 사방이 책으로 둘러싸여 있고, 책상과 의자마다 논문과 온갖 카메라 렌즈가 쌓여 있어 앉을 곳도 마땅치 않았다. 보조 의자 하나를 들고 와 그의 책상 옆에 놓더니 손으로 가리켰다.

“앉으시죠.”

불편하지만 어쩌겠는가? 미래에 황금알을 낳는 거위가 되실 분인데.

“할리우드의 마법사께서 수학 공식이나 붙잡고 씨름하는 저를 왜 만나고 싶어 하는지 말씀해 주시겠어요?”

할리우드의 마법사? 설마 미국 미라클의 별명인 건가? 아니면 이런 제목으로 나간 기사라도 읽은 걸까?

“할리우드는 우리 투자 대상의 일부일 뿐입니다. 새로운 기술, 포텐셜 강한 신생 기업에도 늘 관심을 기울입니다.”

“혹시 코그니텐스(CogniTens)에 관심 있으신가요?”

“네? 코크니텐스?”

‘아, 이런 실수를 하다니!’

이 교수의 입에서 어떤 말이 나오더라도 놀라는 모습을 보이면 안 되는데…. 아는 게 거의 없다는 걸 들키지 말아야 한다. 나는 급히 수습에 들어갔다.

“죄송하지만 설명 좀 부탁합니다.”

그는 다소 실망한 기색으로 설명을 시작했다.

“코크니텐스는 금속 부품이나 조립품의 정밀도를 측정할 수 있는 3차원 광측정 솔루션입니다. 이 솔루션의 이름이자 회사명이기도 하죠.”

정확히 알아듣지는 못했지만 상관없다. 창업한 아이템마다 히트 친

천재 교수 아닌가?

"회사는 언제 설립하셨습니까?"

"1995년에 시작했죠."

"그 회사도 제 리스트에 추가하겠습니다."

"추가?"

"네. 제가 교수님을 찾아뵌 이유는 카메라를 통해 수집한 정보를 최소한의 오차범위 내에서 사용자에게 제공하는 기술에 관심 있어서입니다."

샤슈아 교수는 이제 놀란 눈으로 나를 바라보기 시작했다.

"그걸 어떻게…?"

"인공지능과 컴퓨터 비전 시스템에 대한 논문을 읽었습니다. 아, 제가 읽은 건 아니고요. 우리 회사 스태프가 발견했고 전 대략적인 콘셉트만 이해하는 수준입니다."

혹시나 해서 재빨리 선을 그었다. 깊이 있는 질문과 토론으로 이어지는 건 막아야 했다.

'무식이 들통나면 안 되지.'

"그 콘셉트가 비행기로 날아올 만큼 대단하다고 생각합니까?"

교수의 눈이 반짝였다.

"그 기술을 어디에 적용하느냐에 따라 가치가 달라지겠죠. 교수님께서는 이미 생각하시고 계신 분야가 있지 않습니까?"

"물론입니다. 하지만 미스터 진의 생각도 궁금하군요."

교수의 눈을 보며 조금도 주저하지 않고 말했다. 어차피 이 기술로 딴생각을 한다면 방향을 바꿔 줘야 하고, 이미 옳은 방향으로 생각한다면 나와 의기투합하는 데 더할 나위 없을 것이다.

"자동차의 눈입니다."

샤슈아 교수의 눈이 자동차의 라이트처럼 커졌다.

"교수님의 기술이 적용된 차를 생각해 봤습니다. 소형 카메라가 자동차 주변의 정보를 긁어모아 최소한의 오차범위 내에서 운전자에게 알려 준다면? 외부와의 접촉 전에 경고음을 울릴 수 있죠. 차 뒤 범퍼에 장착한 카메라가 실내 모니터로 고스란히 보여 준다면? 후진하거나 주차할 때 고개를 돌릴 필요도 없습니다."

"전방 카메라가 앞차와의 거리를 정확히 계산한다면 충돌 사고가 획기적으로 줄어들고, 교통신호를 인식하면 자동 브레이킹도 가능하죠."

교수는 어느새 자기 생각을 떠들기 시작했다.

"차선 인식도 가능한 수준으로 끌어올릴 겁니다. 그럼 차선 이탈도 막죠. 아날로그 데이터를 디지털로 변환하면 자동차 시스템에 녹여 낼 수 있습니다."

"맞습니다. 교수님께서 원하시는 최종목표는 바로…."

"자동차가 스스로 움직이는, 자율주행!"

신나게 떠드는 교수를 보자 절로 흐뭇한 미소가 지어졌다.

"교수님, 자율주행의 진정한 목표는 뭐라고 생각하십니까?"

"네? 아니, 자율주행이 목표죠. 목표의 목표라니요?"

"전 교통사고 제로가 바로 자율주행의 진정한 목표라고 생각합니다."

이건 샤슈아 교수에게 점수를 따기 위한 말이다. 그리고 먹혔다. 그는 한동안 입을 열지 못했다. 가까스로 입을 열었을 때 나온 말은 감탄이었다.

"그렇군요. 전 거기까지 생각 못 했습니다."

"시간문제일 뿐입니다. 교수님도 충분히 생각하셨을 겁니다."

자율주행의 궁극적 목표가 교통사고 제로라고 말한 게 이 양반인지 구글 회장인지 잘 모르겠지만, 결과는 만족스럽다. 단순한 투자자가 아니라 넓은 시야를 가진 젊은이라고 생각할 것이다.

"그럼 이제 본론으로 들어갈까요?"

"본론?"

"네. 제가 여기까지 비행기로 날아온 목적 말입니다."

"설마 콘셉트와 기초 이론이 전부인데 투자한다는 뜻입니까?"

"투자 조건은 말씀드리지도 않았는데, 벌써 놀라시면 안 됩니다."

놀란 가슴을 진정하며 샤슈아 교수가 말했다.

"자, 잠시만요. 자율주행의 가능성은 희박합니다. SF 영화에서나 등장한 겁니다. 물론 이론상 가능하기는 하나 언제 현실에서 사용할 수 있을지도 모르고… 특히, 과연 인간이 컴퓨터 칩에 핸들을 맡길지도 의문입니다. 생명과 직결된 일이니까요."

샤슈아 교수는 스스로 믿지 못하고 확신도 없다. 어쩌면 당연한지도 모른다. 새로운 시대가 너무 빨리 다가왔기 때문이다. 그러나 나는 그의 이런 자세 덕분에 오히려 신뢰할 만한 인물이라는 걸 알았다. 투자받아야 할 사람이 투자자의 시선과 같은 부정적인 면을 먼저 말하지 않는가.

"꿈같은 일을 현실로 만드는 것만큼 환상적인 게 있을까요? 우리 회사 이름을 보세요. 바로 미라클입니다."

여전히 어쩔 줄 몰라 하는 샤슈아 교수를 두고 자리에서 일어났다. 이 정도 놀라게 했으면 여지를 남겨 두는 게 낫다.

"전 쉐라톤에 묵고 있습니다. 투자 조건 등을 신중히 생각하시고, 정리되면 언제든 연락 주십시오. 참, 코크니텐스도 포함입니다. 그럼…."

샤슈아 교수로서는 갑작스럽고 비현실적인 일이 일어난 상황일 것이다. 인사를 건네자 그는 가까스로 정신을 차렸다.

"아, 실례했습니다. 쉐라톤…. 연락드리겠습니다. 미스터 진."

그가 내민 손을 잡았을 때 힘이 느껴졌다. 손을 꽉 잡는다는 건 놓지 않겠다는 의미 아닌가? 9부 능선은 이미 넘은 것 같다. 그가 어떤 제안을 하더라도 다 받아들일 용의가 있으니까 말이다.

예루살렘 시내를 구경이나 할까 하다가 그냥 호텔로 직행했다. 귀한 사람이 언제 올지 모르는데 한가한 생각은 말아야 한다. 그가 나를 찾아올 때까지 호텔에 머물며 기다리는 게 올바른 행동이다.

호텔에 들어서자 로비라운지에 앉아 커피를 마시던 김윤석 대리가 벌떡 일어나 달려왔다.

"일은 다 보셨습니까?"

"아니, 지금 여기서 뭐 하세요?"

"실장님 기다렸죠."

우직한 건지, 융통성이 없는 건지, 아니면 비행기에서 한소리 들은 게 마음에 걸려 이러는 건지 모르겠다.

"아, 저도 오전에는 시내 구경했습니다. 그런데 어딜 가나 검문도 많고 총 든 군인이 어슬렁거려 영 관광할 마음이 안 생겨서 그냥 들어왔어요."

나는 피식 웃음이 났다. 가끔 군인이 보이기도 했지만, 시내 구경할 마음이 사라질 만큼은 아니다. 보스가 일하는데 놀러 다니는 게 찜찜했던 거다.

"어차피 김 대리가 할 일은 없어요. 이번이 아니면 언제 이 나라에 다시 올지 모릅니다. 나중에 후회하지 말고 구경 다녀요. 그리고 오늘 일 잘 풀리면 내일 돌아갈 겁니다. 만약을 대비해서 넉넉하게 잡은 겁니다."

김 대리의 표정이 시시각각 변하는 게 재미있다.

"전 방으로 올라가서 좀 쉴 겁니다. 그냥 나갔다 와요."

여전히 망설이는 김 대리를 두고 프런트로 걸어갔다. 명함을 주며 찾는 사람이 오면 놓치지 말라고 부탁했다.

이제 발 뻗고 마음 편히 쉬어야겠다. 늦어도 저녁에는 자율주행 핵심 기술을 보유한, 자산가치 10조가 넘는 회사의 대주주가 될 것이기 때문이다.

샤슈아 교수는 저녁 식사 시간이 지나서 나타났다. 늦은 시간이었지만 하룻밤을 참고 넘기기 힘든 그의 마음을 보여 주는 것 같았다.

"우선 빠른 결단에 감사드립니다, 교수님."

"아뇨. 이건 기회니까 제가 놓치면 안 되죠. 기회를 주셔서 제가 더 고맙습니다."

늦은 시간이라 밤을 즐기는 투숙객들은 대부분 바에서 한잔하고 있다 보니 로비 라운지는 한적하기만 했다.

"제 제안에 대한 대답이 어떨지 궁금합니다."

샤슈아 교수는 상의 주머니에서 곱게 접은 종이 한 장을 꺼냈다.

"이게 초기 창업 비용입니다. 그리고 투자에 따른 지분구조 제안을 간략히 메모했습니다."

재빨리 종이에 적힌 숫자를 보자 웃음이 터질 뻔했다.

1995년에 창업했다는 코그니텐스의 규모가 어떤지 충분히 짐작할 숫자들이다. 우리나라 벤처기업과 다른 점도 확연히 다가왔다. 우리나라 벤처의 투자유치 사업계획서를 보면 최대한 많은 돈을 끌어내기 위해 애쓴 흔적이 곳곳에 보이지만, 이 한 장의 종이에는 어떻게 하면 돈을 아낄까 고심한 흔적이 묻어 있었다. 그만큼 최소한의 비용을 제시했고, 내게는 웃음이 터질 것 같은 적은 돈이었다.

종이를 접어 테이블에 조용히 내려놓았다.

"교수님, 돈보다 더 중요한 것이 있는데 말씀드려도 될까요?"

"물론입니다."

"교수님의 연구가 현실화될 것이라고 확신하십니까?"

"그렇습니다."

샤슈아 교수는 머리를 끄덕이며 자신감 넘치는 모습을 보였다. 이런 그의 태도에는 조금의 가식도 보이지 않았다. 스스로에 대한 믿음. 이제 꼭 필요한 것을 갖췄으니 다음 단계로 넘어가도 되겠다.

"기술 센터 협력은 어떤 형태로 이뤄지죠? 여기 보면 대학 기술 센터에 3.7퍼센트의 지분을 준다고 돼 있는데?"

"아, 통상 학교가 제공한 장비와 실험실에 대한 비용 측면이 강하죠. 기타 도서관 서적 같은 잡다한 것도 포함이고요."

샤슈아 교수는 내가 지분에 민감한 반응을 보이자 학교에 대한 설명을 보탰다.

"우리 대학에서는 창업에 대한 지원을 아끼지 않습니다. 유의미한 결과를 도출하기도 불확실한 연구지만 이미 20만 달러 이상의 기자재를 지원할 정도니까요. 3.7퍼센트는 결코 많은 것이 아닙니다."

"아, 오해 마십시오. 학교를 탓하는 게 아닙니다. 단지 학교의 지원 규모를 알고 싶었던 것뿐입니다."

물론 이것이 전부는 아니다.

"유의미한 결과를 만들 때까지 필요한 1차 펀딩은 70만 달러, 상용화가 가능할 때까지 필요한 2차 금액은 150만 달러. 맞습니까?"

"네."

혹시나 내가 너무 많다고 생각하는 건 아닌지 조금은 긴장한 샤슈아 교수는 내 입만 바라보고 있다.

"그리고 미라클의 지분은 35퍼센트."

"부족합니까?"

"아닙니다. 합리적이시네요. 진심입니다."

샤슈아 교수는 긴장을 풀고 환한 미소를 보였다. 거래가 성사되었다고 믿는 것이다. 하지만 첫 제안은 거절하는 게 맞다. 그 제안이 합리적이든, 아니든 말이다.

"교수님."

"네."

"이제 제 생각을 말씀드리겠습니다. 비합리적일 수도 있지만, 끝까지 들어 주시겠습니까?"

"아, 네."

미소가 사라진 교수를 보며 천천히 말했다.

"대학 기술 센터에 40만 달러를 주겠습니다. 그리고 지금까지 학교 측이 제공한 기자재도 학교 소유로 그냥 놔두겠습니다. 이로써 학교 측에 빚진 건 없으니 3.7퍼센트 지분은 줄 필요가 없겠죠? 더 줘야 합니까?"

샤슈아 교수는 머리만 저을 뿐 입을 열지 못했다. 두 번째 제안은 파격적일수록 효과가 크다. 지금 교수가 충격받은 것처럼.

"그리고 1차 펀딩은 700만 달러로 올리겠습니다. 필요한 장비, 가장 어드밴스 된 것으로 부족함 없이 다 마련하시고, 인력 역시 필요한 만큼 전부 끌어모아 쓰십시오. 미국 MIT 박사급이라도 괜찮습니다."

"미, 미스터 진!"

첫 번째 충격이 사라지기 전 두 번째 충격을 받으면 이렇게 말을 더듬는다.

"상용화를 위한 2차 펀딩은 그때 가서 결정하죠. 오해는 마십시오. 교수님께서 말씀하신 150만 달러를 안 쓰겠다는 게 아니라 1500만 달러로 할지, 더 필요할지 몰라서 결정을 미루는 것뿐입니다."

어쩌면 샤슈아 교수는 날 미친놈이라고 생각할지도 모른다. 그리고 이 투자 건이 수포로 돌아갈지도 모른다고 생각할 수도 있다. 필요한 금액의 열 배, 그것으로 끝이 아니다. 원하는 금액의 열 배, 아니 백 배라도 던질 기세를 보이니 말이다.

이런 경우는 딱 한 가지다. 이미 시장에서 그 성공 가능성을 인정받았거나, 이미 성공한 사업을 더 크게 키우는 타이밍이거나. 하지만 샤슈아 교수는 소설로 치자면 챕터 1의 첫 줄을 적었을 뿐이다. 앞으로 이 소설을 완결할지, 잘 팔릴지는 아무도 모른다.

그러나 난 미친놈이 아니다. 샤슈아 교수가 이 아이템으로 창업하면 곧바로 밝은 혜안을 가진 러시아 투자자가 1000만 달러를 쏘며 막대한 지분을 확보한다. 하지만 내가 미리 손을 써놓으면 숟가락 들고 와서 밥상에 끼어들 여지도 없을 것이다.

"미스터 진, 솔직히 믿기 힘든 제안입니다. 제가 예산을 좀 빡빡하게 잡은 건 사실이지만 무려 열 배의 금액을…."

"아직 제 이야기가 끝나지 않았습니다만."

당황한 샤슈아 교수가 뭔가 할 말이 있는 듯했지만, 그의 입을 막았다.

"대신 미라클의 지분은 60퍼센트로 설정하고 싶습니다."

60퍼센트라는 말이 나오자마자 교수의 얼굴이 구겨졌지만, 아직 내 제안은 끝나지 않았다.

"단지 보유만 할 뿐입니다. 모든 의결권은 교수님께 드릴 것이며 경영에는 일절 관여하지 않습니다. 그 흔한 감사도 파견하지 않을 테니 투자금을 어떻게 쓰든 별도의 보고서도 필요 없어요. 오직 비즈니스 성공만 생각하십시오."

나는 이야기를 끝내며 깍지를 꼈다. 이제 샤슈아 교수의 마지막 대답을 들을 차례다. 하지만 그는 입을 열지 못하고 눈만 깜빡거리며 내 얼굴만 빤히 보고 있었다.

"교수님?"

"아, 이런. 죄송합니다. 제가 들어 본 투자 조건 중 가장 황당한 소리라서… 이건 거의 도박 아닙니까?"

투자자를 믿지 못하는 저 눈빛, 많이 황당한가 보다.

"첫 카드가 에이스라면 올인 정도는 무리 없을 만큼 칩이 많으니까요."

신중한 건지, 의심이 많은 것인지 여전히 받아들이지 못한다.

"참, 코그니텐스도 투자할 생각입니다만, 100만 달러 정도면 되겠습니까? 지분은 현재의 자본금 비율에 맞추겠습니다."

구구절절 더 말하는 것은 그만두고 화제를 옮겼다.

"100만 달러면 코그니텐스의 지분 80퍼센트입니다. 그건 좀 곤란하군요."

"그럼 50 아니, 49퍼센트로 하죠. 기타 조건은 이미 말씀드린 조건과 똑같이 하고요."

난 들고 있던 커피잔을 내려놓았다. 더는 할 이야기가 없다.

"또 생각해 보셔야 하겠군요. 제 조건을 받아들이시면 내일 중으로 투자 계약서 만들어서 드리겠습니다. 검토하고 날인 하시면 곧바로 지정 계좌에 투자금 전액 입금하고요."

이야기가 끝났음을 걸 눈치챈 샤슈아 교수도 커피잔을 내려놓으며 일어섰다.

"파격적인 제안 잘 들었습니다. 이처럼 좋은 조건을 듣고 고민하게 될 줄 상상도 못 했는데 현실이 돼버렸군요."

"복권에 당첨되면 믿기지 않는 법이죠. 당첨금이 많을수록 말입니다."

손을 내밀어 악수를 청했다.

"교수님의 연구는 제게 복권이 될 것이라고 믿어 의심치 않습니다.

하하."

교수와 미팅을 끝내고 서울의 오세현에게 전화를 걸었다. 벌어 놓은 돈이 많아서인지 내 이야기를 들은 오세현은 시시콜콜 캐묻지 않았다. 단지 "1000만 달러 미만이면 선방했네."라고 말하는 게 전부였다. 나는 투자 조건의 큰 줄기만 말해 주고 통화를 끝냈다. 미라클에서 계약서를 만들어 메일로 보내면 여기에서 일은 끝이다.

이번 일은 정말 장기적인 투자가 될 것이다. 다만 샤슈아 교수의 '첨단운전자보조시스템(ADAS)'을 이용하여 한국에서 아진자동차의 점유율을 높이고 해외에서 첨단 시스템이 부족한, 뒤떨어진 자동차가 안 되는 데 이바지하기를 바랄 뿐이다.

복권 당첨을 싫어하는 사람이 없는 것처럼 다음날, 샤슈아 교수는 오전 중에 호텔로 달려왔다.

"이런 기적 같은 기회를 놓치면 안 된다고 신께서 말씀하시더군요."

그는 유대인답게 신의 계시를 언급했다.

나는 살짝 웃으며 농담을 건넸다.

"정말 신께서 말씀하셨습니까? 아니면 냉철한 이성의 계산 결과입니까?"

"사실, 과학자답게 정확한 계산이 먼저죠. 하하."

환하게 웃는 그에게 투자 계약서를 내밀었다.

"계약서 초안입니다."

계약서를 꼼꼼하게 읽은 샤슈아 교수는 밝은 얼굴이었다.

"군더더기 없어 좋군요. 하지만 변호사와 다시 한 번 체크하고 싶습니다만."

"당연히 그러셔야죠. 그리고 사명은 공란으로 해놨습니다. 직접 써넣으시라고요."

“아, 그렇지 않아도 제가 회사 이름을 한번 생각해 봤습니다. 모빌아이(Mobileye)라고 네이밍 했습니다. 어떻습니까?”

지금까지는 바뀐 건 없다. 이름이 같다.

“아주 좋군요. 추구하는 바가 뭔지 정확히 알겠습니다.”

나는 기쁜 마음으로 한껏 웃으며 그의 손을 잡았다. 100억 달러가 넘는 든든한 보험을 들었다. 만기가 되어 큰돈을 만질지, 그 전에 보험을 깨고 다른 용도로 쓸지는 두고 볼 일이다.

5장

오른팔이란

귀국하고 보니 내가 돌아오길 기다리던 사람은 오세현이 아니었다. 그는 대아건설을 HW그룹과 섞는 작업을 하느라 내가 이스라엘까지 가서 무슨 일을 했는지는 전혀 관심 없었다.

공항에서 곧바로 달려간 곳은 다름 아닌 할아버지 서재였다.

"이놈아, 그 위험한 곳에 왜 갔어?"

할아버지의 눈에는 걱정과 노기가 한가득 담겨 있었다.

"요즘은 괜찮습니다. 거기가 늘 전쟁만 하는 곳은 아니에요."

할아버지는 무사한 나를 보고 가슴을 쓸어내렸다.

"전화하려다 겨우 참았다. 일하는 데 괜한 방해만 될까 봐 말이다."

"전화하셔도 됐을 텐데요. 그냥 바람 좀 쐬고 왔을 뿐입니다."

"네놈이 바람이나 쐬러 지구 반대편까지? 뭔지 묻지 않을 테니 그런 씨알도 먹히지 않을 말은 관둬라."

피식 웃는 할아버지는 본래의 모습으로 돌아왔다.

"내가 급하게 널 보려고 한 건 그것 때문은 아니다."

때마침 서재 문을 열고 고모와 고모부가 얼굴을 내밀었다.

"아, 도준이도 와 있었네?"

고모는 환히 웃으며 내 어깨를 두드렸다.

"모두 앉아. 내가 알려 줄 게 하나 있으니까."

할아버지가 우리 모두를 호출했다는 건 곧 있을 지방선거 때문이 분명하다.

"최 서방."

"네, 장인어른."

"자네 서울시장 공천은 문제없지?"

"그렇습니다. 우리가 야당으로 전락했고 과거 정부의 인기는 폭락했으니 도전장을 던지는 사람이 없더군요. 순조롭습니다."

서울시장으로 가는 첫 단추를 끼웠으니 두 사람의 표정이 좋은 것은 당연했다.

"찬물을 끼얹는 것 같지만, 알아 둬야 할 게 있어. 여당은 서울시장 후보로 고경열이를 낙점한 것 같다."

이 방에서 멀쩡한 얼굴은 나 혼자였다. 제2회 전국동시지방선거에서 서울시장에 당선한 여당 후보 고경열. 아, 물론 전생에서 일어난 일이다. 그는 소속정당이 없는 관료 출신이다. 그것도 신망이 두터운 행정가다. 좌우 정치색에서 자유로운 사람을 영입했으니 야당으로서는 엄청난 강적을 만난 셈이다.

고모부의 안색은 이미 흙빛으로 변했고 고모는 입술을 깨물었다.

"흐흐, 도준아, 넌 헛돈 날린 것 같은데?"

"그보다 할아버지, 아직 뉴스에 나오지 않은 것 같은데 어떻게 아셨어요?"

"어떻게 알긴. 고경열이가 아침에 문안 인사차 전화했더라. 그리고 여당에서 자신을 영입하려 하는데 어떻게 할까 물어보더라고."

"네? 그 사람이 왜 할아버지께 허락을 구해요?"

"내 돈으로 그 자리까지 올라간 놈이 내 사위와 한판 붙는데 당연히 허락받아야지. 내가 끼어들지 않겠다는 대답도 듣고 싶었을 테고. 허허."

저 웃음…. 지금 할아버지는 이 상황을 즐기고 있다.

"자, 장인어른."

고모부의 낯빛이 시커멓게 변했다. 고경열이라면 때 묻은 여의도 인간이 아니다. 공무원 외길 인생을 걸어온 인물은 국회의원에 비해 깨끗하고 신선한 느낌을 준다. 게다가 여당 프리미엄까지 안고 있다. 별다른 변수가 없는 한 고모부의 승리를 점치기 쉽지 않다.

"뭘 그리 놀라? 누가 나오든지 이길 자신이 없어?"

"그게 아니고, 예상 못 한 인물이라…."

고모부가 차마 솔직하게 말하지 못하자 고모가 발끈 소리 질렀다.

"아버지. 그냥 한마디만 해줬으면 되잖아요. 우리 사위가 출마하는데 꼭 맞서야겠냐? 이 한마디면 그 사람이 나서지 않을 거 아니에요?"

"그놈 막으면 다 끝나? 그놈 뒤에 더 무서운 놈이 등장하면? 그놈도 내가 막아 주고? 이런, 한심하긴…. 쉬운 길로만 갈 생각이라면 지금이라도 당장 때려치우는 게 나아."

할아버지의 메시지는 고모나 고모부를 향한 게 아니다. 손발이 되어 줄 공직자를 만드는 게 쉬운 일이 아니라는 것을 내게 말하는 것이다. 이것 또한 나를 시험하는 방법 중 하나일까? 20대 애송이가 치러야 할 시험치고는 너무 무겁다.

"최 서방."

"네, 장인어른."

"가서 당직자들과 협의해 봐. 지방선거 중에 가장 큰 자리가 서울시장인데 두 손 놓고 있지는 않을 거 아닌가? 빨리 대책을 세우라고!"

두 사람이 허겁지겁 달려 나가고 다시 둘만 남자 할아버지는 혀를 찼다.

"쯧쯧, 오냐오냐 자란 놈들은 조금만 버거우면 우는소리부터 한다니까. 나나 최씨 집안이나 애를 잘못 키웠어."

"버거우면 누구나 울고 싶죠. 그걸 입 밖으로 내느냐 안 내느냐의 차이만 있는 거 아니겠어요?"

"버거울 때 주먹 쥐고 투지가 타올라야 제대로 된 놈이지. 울긴 왜 울어?"

할아버지는 내가 고모부를 편든다고 생각했는지 목소리가 조금 높아졌다.

"어떠냐? 넌 고경열이가 어떤 인물인지 아는 건 있어?"

당연히 잘 안다. 그가 서울시장 재임 시절 어떤 성과를 냈는지, 그리고 어떤 실수를 했는지 항상 뉴스에 나왔다. 하지만 지금은 모른 척해야 한다.

"이름도 처음 듣습니다."

"외교부 출신이다. 미국 대사까지 지냈고 정부 요직을 두루두루 거쳤지. 나이는 좀 있지만, 그건 안정감으로 포장할 테고 큰 먼지는 나오지 않을 게야."

"고모부는 먼지가 많습니까?"

"순양그룹 사위가 먼지 묻을 일이 뭐가 있겠어? 장인이 순양그룹 회장이고 마누라가 백화점 사장인데 돈 들고 뇌물 주겠다는 놈이 있다면 그놈이 미친놈이지."

"그럼 상대할 만하겠는데요?"

"재벌 사위라는 게 문제지. IMF가 재벌 때문이라고 연일 언론에서 떠들어대는데, 저잣거리의 사람들이 곱게 보지 않을 게 아니냐?"

젊을 때 정치에 무심했던 것이 후회되기도 했다. 고경열이 시장이 됐을 때 누가 상대였는지, 어떤 선거였는지 단 한 조각도 기억에 없다.

"할아버지는 고모부를 도울 생각이 없으신가 봐요?"

"나? 내가 왜? 난 아쉬울 게 없어. 고경열이가 시장이 된다 해도 내

부탁을 거절할 놈도 아니고, 최 서방이 되더라도 마찬가지고. 양손에 꽃패 든 셈이지. 허허."

웃으며 바라보는 할아버지의 눈빛에는 즐거워하는 마음이 확 드러났다.

"넌 낭패로구나. 미디어시티? 그거 만들어서 대아건설 회생 동력을 쓸 생각이었지?"

"겸사겸사죠."

"네 고모부가 지면 그 사업, 힘들어지겠어."

"그러니까 꼭 이겨야죠. 그런 대형 사업이 없으면 대아건설은 정말 골칫거리가 되거든요. 돈 먹는 아귀가 될 겁니다."

"거참, 난처하구나. 그쪽에 우리 순양 사람을 잔뜩 보냈는데, 그놈들 밥 굶게 생겼어."

이 정도면 장난이 분명하다. 대아건설이든, 아진그룹이든 전부 순양이라는 간판만 없을 뿐 한 가족이라고 생각하시는 분이 나 몰라라 할 리가 없다. 지금 내 반응을 확인하고 싶은 게다. 도와 달라고 매달리면 나 역시 고모나 고모부와 다를 바 없다. 할아버지 말씀처럼 주먹 불끈 쥐고 싸우는 투지를 보여 줘야 한다.

"고경열 씨도 사람인데 찌르면 비명 나오는 약점이 한두 개는 있겠죠. 그곳만 찾아내면 승산 있습니다. 그리고 고모부가 재벌 사위라는 게 약점이지만 반대로 장점이 될 수도 있고요."

"어떻게?"

"재벌 사위라는 게 장점이죠. 돈 넘치는 사람이니 적어도 세금 빼먹는 비리는 저지르지 않을 거로 생각하지 않겠습니까? 그리고 할아버지를 좀 팔고 다녀도 되고요."

"날 팔아?"

"네. 순양그룹 회장님께서 서울시를 위해 많은 사업을 벌일 거라고 약속하면 되죠. 아파트도 짓고요."

"내가 왜 서울에서 사업을 벌여?"

"말만 그렇게 하는 거죠. 정치인 공약이라는 게 공수표라는 걸 모르는 사람이 없지만 그래도 혹시나 하며 찍어 주지 않습니까?"

할아버지는 피식 웃을 뿐이었다.

"그럴싸하긴 해도 필승 전략은 아니라는 걸 알겠지?"

"이런 걸 차곡차곡 쌓아 가며 싸우는 게 선거 아니겠어요?"

웃음이 번지는 걸 보니 안심하는 것 같았다. 적어도 징징대지는 않으니까.

"할아버지. 딱 하나만 알려 주십시오."

눈치를 살피며 슬며시 말했다.

"뭘?"

"고경열 씨와 담판을 지으려면 누구를 징검다리로 할지 말입니다."

"징검다리? 측근 말이냐?"

"네. 그자와 한 번쯤은 이야기해 보고 싶습니다."

할아버지는 궁금함을 참지 못했다.

"만나서? 무슨 이야기를 하고 싶은 게냐?"

"글쎄요. 만약 고모부보다 뜻이 통한다면 말을 갈아타도 되는 거 아닐까요?"

"넌 이미 고모부에게 큰돈을 투자하지 않았더냐? 말을 갈아탄다는 건 그 돈을 포기해야 하는데?"

"400억의 수십, 수백 배를 벌 수 있는 사업이 걸려 있습니다. 400억을 버리는 게 아니고 4000억을 버는 겁니다."

"앞만 보고 뒤에 떨어지는 걸 줍지 않는다는 건 좋은 생각인데… 가능성이 있을까?"

고경열이 그 정도로 심지 굳은, 흔들리지 않는 인물인가?

"네 고모부가 미디어시티를 공약에 넣고 떠들고 다닐 거야. 그런데 당선된 고경열이가 패자의 공약을 실행에 옮긴다고? 그런 일은 없을 것 같은데?"

물론 옳은 말이다. 그러니 말을 갈아탄다는 건 둘러대는 말일 뿐이다. 고경열은 꼭 떨어져야 한다.

"그러니까 만나 보고 싶은 거죠. 뜻이 통한다면 선거 기간 동안 디지털미디어시티를 씹거나 헐뜯지 않을 거 아닙니까?"

할아버지는 내 생각이 마뜩잖은지 더는 말하지 않았다. 괜한 고집을 부린다고 생각할 것이다.

"아무튼 좋다. 내가 한번 줄을 놔보마. 그런데 말이다. 난 네가 아무래도 악수(惡手)를 두는 듯싶구나."

"조심하겠습니다. 분위기 봐서 힘들 것 같으면 그냥 인사만 하고 끝낼게요."

보통 인사가 아닌 큰 인사를 하고 끝장을 보면 된다.

▲▲▲

"경보시스템?"

"네. 정보만 전달한다고 해서 끝나는 게 아니죠. 그 정보를 판단하고 위험할 때는 조심하라는 신호를 보냅니다."

"자동차가?"

"네."

"그러니까 이 모빌아이라는 이스라엘 회사가 그런 장치를 만든다는 거야?"

"지금은 시작 단계지만 언젠가는요."

"거기다 100억이 넘는 돈을 줬다고? 아이고야…."

긴 한숨을 쉬는 걸 보니 아무래도 믿기 힘든가 보다. 자동차가 신호를 보내다니?

"삼촌, 그냥 제 판단과 감을 믿으세요. 이건 됩니다. 그보다 더 큰 문제가 생겼어요."

"뭔데?"

"여당의 서울시장 후보로 고경열 씨가 나선답니다. 우리 고모부와 싸우면…."

"100퍼센트 진다. 그런데 어떻게 알았냐? 아직 발표는 없는 거로 아는데?"

"할아버지 정보망이죠. 확실합니다."

"순양그룹 정보망은 한국의 CIA라고 하더니, 역시!"

"감탄할 때가 아닙니다. 여차하면 DMC가 날아갈지도 몰라요."

"그 양반은 엘리트 코스를 밟았어. 사무관으로 시작해 밑에서부터 차곡차곡 올라왔지. 관운이 좋아. 운 좋은 놈을 어떻게 이겨?"

"자식들 군 문제는 없습니까?"

"글쎄? 한번 알아볼까? 관직을 오래 했으니 아는 기자들 좀 돌려 보면 나올 것 같긴 해. 좀 기다려 봐."

오세현은 곧바로 전화 통화를 시작했다. 거의 한 시간 이상 이리저리 알아보고 표정이 밝아졌다.

"역시나. 대한민국 휴전선은 서민들이 지킨다니까."

"면제?"

"본인 면제, 형도 면제, 아들 하나는 방위, 둘은 면제다. 신의 자식들이군."

내가 손뼉을 짝 치며 좋아하자 피식 웃으며 말했다.

"네 고종사촌들은? 남자만 셋 아냐? 그놈들도 다 면제 아냐?"

"큰 형이 스물여덟인가? 둘째 형은 스물여섯. 막내는 나보다 두 살 많고. 아직 군대 갈 나이 아니죠. 다 유학 중이니까요."

"됐네. 군대로 밀고 가면 되겠네."

군대로 밀고 나가는 것이 만능은 아니었다. 본격적인 선거운동 기간 전부터 사실상의 선거전이 시작되었다. 여당은 서울시장의 후보가 고경열이라는 것을 재빨리 흘렸고 야당도 고모부가 유력한 후보임을 알렸다.

고경열의 유일한 약점은 군 면제였고 고모부의 약점은 재벌 사위라는 것이었다. 양측이 서로를 헐뜯으며 개싸움을 벌일 때 할아버지가 내게 한 사람을 소개해 주었다. 고경열의 오른팔이며 시장선거를 도맡아 지휘할 최고의 실세, 그리고 고경열이 시장이 되면 정무부시장 자리를 차지할 사람이라고 했다.

서울시 정무부시장은 6000여만 원의 연봉 이외에 연간 1억여 원의 판공비를 쓴다. 서울시청 앞 광장이 한눈에 내려다보이는 전망 좋고 상당히 넓은, 초록색 카펫이 깔린 2층 집무실을 갖는다. 또한 네 명의 비서진을 거느리며, 기사가 딸린 그랜저 승용차도 받는다. 확실한 오른팔만이 자리의 주인이다.

공식 선거일을 며칠 앞둔 5월 12일, 나는 걸그룹의 시조새 이효리의 핑클이 MBC 음악캠프에서 R&B 발라드곡 '블루 레인'으로 데뷔하는 걸 확인하고 광화문의 일식집으로 갔다.

먼저 자리를 잡고 고경열의 오른팔이 나타나기를 기다렸다. 오른팔은 약속 시간보다 30분 정도 늦게 나타났다. 40대 후반 아니면 50대 초반으로 보이는 그는 피곤함에 절었는지 얼굴이 흙빛이었다. 어린놈이 자리 잡은 걸 보더니 흙빛 얼굴에 불쾌한 기색이 역력했다.

"처음 뵙겠습니다. 진도준입니다."

그는 온통 영어로 떡칠한 내 명함을 받자 이리저리 살폈다.

"혹시 유학파? 아니면 재미교포?"

"어쩌다 보니 외국계 투자사에서 일하지만 둘 다 아닙니다."

"거절하기 힘든 분의 말씀이라 나오긴 했네만, 아진그룹을 인수한 회사 사람일 줄 몰랐는데…."

"귀한 시간 내주셔서 감사합니다. 가능한 한 짧게 말씀드리겠습니다. 그리 오래 걸리지는 않을 겁니다."

"아, 이거 실례했소. 김관혁이오."

그가 내민 명함도 직함으로 떡칠한 것이었다.

"워낙 바쁘신 분이라 끼니 챙겨 드시기도 힘들 것 같아 간단히 요기라도 할 수 있도록 미리 주문해 뒀습니다. 실례가 아니었으면 합니다."

어린 내가 나이답지 않은 정중한 말투로 이야기하니 그의 구겨진 표정도 조금은 펴지기 시작했다.

"실례는 무슨, 지금은 라면도 감지덕지해서… 일단 배 좀 채웁시다."

김관혁은 젓가락을 들고 생선회를 입으로 쑤셔 넣었다. 술잔을 채워주자 손을 저었다.

"아직 일정이 빡빡해. 술은 사양."

아무 말 없이 배를 채우고 나서야 젓가락을 놓고 나를 살펴보기 시작했다.

"입맛에 맞는지…?"

"배만 부르면 됐지 뭐. 아무튼 무슨 이야기를 하고 싶은지 모르겠지만 전부 거절합니다. 특히 우리 후보님을 한번 뵙게 해달라는 건 절대 불가하니 그리 알아요. 자… 이래도 할 이야기가 남았어요?"

'참, 성질 급하네. 아니, 내가 어리다고 무시하나? 내가 윗사람 모시는 데는 이골이 난 사람이야. 당신 귀를 솔깃하게 해줄 테니 기대하라고.'

"제가 뵙고 싶었던 분은 후보님이 아닙니다. 바로 당신입니다."

손가락을 들어 그의 얼굴을 가리키니 그의 눈썹이 꿈틀했다.

"나를?"

"그렇습니다. 고경열 후보님은 만날 생각도 없었고 앞으로도 만날 이유가 없습니다."

김관혁의 입꼬리가 살짝 올라가는가 싶더니 나를 바라보는 눈빛이 더욱 매서워졌다.

"민원은 나를 통해서만 넣어도 충분하다? 외국계 투자사치고 한국 정치인이 어떻게 움직이는지 잘 아는군. 청탁은 당사자를 만나지 않는 게 핵심이지."

원하는 것을 권력을 쥔 자에게 손쉽게 전달하는 사람, 이래서 실세라는 게 생긴다. 실세는 누군가의 청탁을 받아 해결해 준다. 물론 청탁을 해결하는 힘은 권력을 쥔 자만이 가졌지만, 그 권력을 쥔 자는 실세의 말에 따른다. 권좌에 오른 자와 그가 믿는 오른팔, 과연 누가 권력자인지 경계가 흐릿하다.

"오해십니다. 전 고경열 후보님께 민원 넣을 일 없어요."

"사업하는 분이 민원 넣을 일도 없는데 나를 만날 필요가 있을까? 아, 내가 너무 단칼에 잘라서 말조심하는 거요?"

"아닙니다. 조금 전에도 말씀드렸지만 전 김 본부장님을 뵙는 게 목적입니다."

김관혁은 술 한잔하고 싶은 것을 참는 것인지 술병을 한번 쓱 보더니, 대신 물잔을 집어 들었다.

"그 목적이 뭔지 한번 들어 봅시다. 비싼 밥값으로 그 정도는 해줄 수 있지."

"감사합니다, 본부장님. 제가 아직 경험이 부족해서 여쭙습니다. 혹시 이인자가 일인자의 뒤를 계승한 사례가 있습니까?"

또 한 번 그의 눈썹이 꿈틀했다. 이인자가 바로 자신임을 알아챘기 때문이다.

"이인자는 늘 이인자로 생을 마감하더군요. 물론 전두환의 친구 노태우 씨는 대통령이 되었지만, 전두환이 만들어 준 건 아니죠. 직선제로 바꿔 진흙탕 싸움에 밀어 넣었고, 양김의 분열 때문에 당선할 수 있었다고 생각합니다."

"그래서?"

말투가 조금씩 거칠어진다. 어차피 쌍소리 들을 각오는 했다.

"권력자의 오른팔은 조금씩 밑으로 내려가다가 결국 꼬리가 되더군요. 마지막은 권력자의 몸통에서 잘려 나가는 운명이고요."

"계속해 봐."

김관혁의 인상이 더욱 험악해지고 있다.

"이인자니, 오른팔이니 하는 말이 어디서 나왔다고 생각하십니까? 대중이 그런 인물을 높여 부르기 위해 만든 게 아닙니다. 바로 일인자나 몸통이 부하직원을 수족처럼 부리고, 충성을 끌어내기 위해 만든 겁니다. 한껏 치켜세워 주고 실컷 부려먹다 버려도 원망하지 않도록 만들기 위한 레토릭에 불과합니다."

나는 감정 이입하지 않기 위해 노력했다. 내가 믿는 사람은 너뿐이다, 함께 가자, 같이 가자…. 이 얼마나 달콤한가? 이런 달콤함에 취해서 스스로 머슴살이를 자청하고, 저지르지도 않은 죄를 대신 뒤집어쓰는 것도 충성의 일부이며 당연하다 여겼다.

지금 내 앞에 앉아 딱딱하게 굳은 김관혁도 그런 착각 속에서 벗어나지 못한 게 분명하다. 그걸 일깨워 주기만 하면 된다. 깨닫게 하는 건 말로 할 수 없지만, 처음에는 말로 시동을 걸어야 한다.

"사실은 본부장님께서 고경열 후보의 인생을 양손에 쥐고 계신 셈이죠. 앞으로 시작될 그분의 정치 인생은 김 본부장님이 어떻게 하느냐에 따라 희비가 엇갈리는 것 아닙니까?"

"젊은 친구가 음흉하군. 이 자리를 주선한 분이 소개해 줄 만큼 말이야."

어느새 말을 놓기 시작했다. 고경열을 대신한 자리가 아니니 그를 위해 격식을 차릴 필요를 못 느끼는 것이다.

"빙빙 에둘러 말하는 건 그만하고, 내가 목적이라면 결론만 말하지? 그 정도 눈치는 있으니까."

"김관혁 본부장님의 남은 인생을 제가 사고 싶습니다."

"뭐라고?"

"서울시장을 거쳐 청와대로 들어갈 가능성이 조금 있는 분의 오른팔. 물론 서울시장 자리에 오르는 것도 불확실하고 청와대까지 가는 길은 더욱 험난하겠죠. 게다가 본부장님께서 그 자리를 물려받는 건… 제가 보기엔 가능성 제로에 수렴하고…. 가능성 희박한 권력을 노리기보다는 비싼 값에 본부장님의 미래를 제게 파시는 게 어떠냐는 말씀입니다."

"이… 이게…!"

황당해서인지 아니면 모욕당한다고 생각해서인지 알 수 없는 표정이다.

"아, 본부장님의 자녀까지 책임지겠습니다. 자녀분이 하고 싶은 건 전부 할 수 있도록 지원을 아끼지 않겠습니다. 만약 놀고먹는 인생을 원한다면 그것마저 책임질 생각입니다."

자식 앞에서 한없이 약해지는 게 우리네 부모들 아닌가? 김관혁이 자리를 박차고 일어나지 않는 것만으로도 일단은 성공이다.

"오해는 마십시오. 뭐 대단한 걸 바라지 않습니다. 딱 한마디만 해주시면 됩니다."

"그 한마디 때문에 난 고경열 후보님과 결별하게 될 테고?"

"그렇습니다. 하지만 고 후보님께서 진정으로 본부장님을 오른팔로 생각하신다면 말 한마디의 실수 때문에 버리지는 않을 겁니다. 어쩌면 진정한 오른팔인지, 단순한 머슴인지 시험해 볼 기회이기도 합니다."

의심과 불신의 씨앗이 그의 마음 한구석에 숨어 있었다면 꽃을 피울 것이고, 없었다면 이제부터라도 씨앗이 발아할 것이다.

"고경열 후보가 시장 선거에서 낙선할 만한 말 한마디만 마치 실수인 양 흘리십시오. 그 대가로 200억을 드리겠습니다. 돈은 깨끗하게 세탁해서 원하시는 곳에 넣겠습니다. 스위스도 좋고 버진아일랜드도 괜찮습니다."

김관혁이 입을 열기 전에 제안을 멈추지 않았다.

"또한, 추가로 우리 미라클의 임원으로 모시겠습니다. 외국에서 살고 싶으시면 나라 이름만 말씀하세요. 거기에 지사를 만들어 모시겠습니다. 물론 임원의 혜택은 고스란히 누리실 수 있도록 하겠습니다."

어떤 거래든 항상 가격이 문제다. 전혀 예상하지 못한 금액을 던져야 흔들린다. 권력가와 줄 대는 가장 쉬운 방법이 그 집안의 경조사 때 1억 원의 부조금을 주는 거라 들었다. 진영준이 했던 말이다. 부담되면 돌려주기 위해, 아니면 감사의 말을 전하기 위해 꼭 만나게 된다는 게 그의 말이었다.

모시던 고경열을 배신하는 금액 200억, 그 돈이면 여당이든 야당이든 특별당비 수십억 내고 비례대표로 국회의원 배지까지 바라볼 수 있는 금액이다. 누군가의 오른팔에서 누군가를 오른팔로 만들 수 있는 기회까지 노려볼 만하다.

김관혁의 흔들리는 눈을 놓치지 않았다. 어차피 이 자리에서 대답하리라고는 기대하지 않았다. 고민할 시간 정도는 줘야 한다.

"이 자리의 주선자가 누군지 모르겠지만 그분을 믿으십시오. 제가 헛소리하는 것도 아니고, 어떤 말씀을 하셔도 밖으로 새 나가지 않을 겁니다."

나는 슬며시 자리에서 일어났다.

"충분히 고민할 시간을 드리겠습니다. 내일 이 시간까지 연락 없으시면 전 다른 분을 알아볼 겁니다. 어차피 누군가는 고경열 후보의 취약한 부분을 떠들어 댈 겁니다. 장롱 안에 깊숙이 숨겨 둔 금붙이를 꺼내 금 모으기 운동에 동참하는 시대에 200억이면 영혼까지 팔겠다고 나설 사람은 많습니다."

충격 때문인지 고민 때문인지는 모르겠지만 김관혁은 자리에서 일어나지 않았다.

그에게 머리를 숙이고 일식집을 빠져나와 할아버지 댁으로 향했다.

"그런데 김관혁을 소개한 사람은 누구죠? 그 사람은 할아버지 소개로 나온 것처럼은 보이지 않았어요."

"김관혁…?"

할아버지 역시 모른다.

"그 친구가 누군지 내가 어떻게 알겠어? 그냥 내가 아는 사람에게 고경열이의 최측근을 좀 보내라고 했어. 내 이름은 밝히지 말라고 했다. 그래야 그놈이 오해하지 않으니까 말이다."

순양그룹 회장님의 특사로 오해하는 걸 피하는 방법이다. 덕분에 내가 진가라는 것과 순양을 연결하지 못했을 것이다.

"그래, 만나서 무슨 이야기를 했어? 말을 갈아탈 수 있다고 언질 줬냐? 선거 후원이라도 해주겠다고 미끼를 던졌어?"

"아뇨. 모시는 고경열을 배신하라고 했습니다. 그럼 제가 뒤를 봐주겠으니 인생 경로를 확 바꾸라고 제안한 셈입니다."

할아버지께 어제 김관혁과 나눈 대화를 소상히 말씀드렸다. 어떻게 평가하실까? 이야기가 다 끝나자 한동안 나를 찬찬히 살펴보다 장탄식을 내뱉었다.

"후, 내가 널 아직 손자로만 생각했구나. 내 생각을 뛰어넘으리라고는 단 한 번도 생각하지 않았다. 네가 그 김 머시기를 통해 고경열과 독대할 줄 알았는데, 그놈에게 판돈을 밀어주다니…."

"머슴이 배신하면 무섭거든요. 측근이 등 돌리면 확실하게 무너집니다."

"고경열이를 마음대로 주무르면 되는 일인데 왜 아랫사람을 들쑤신 거지?"

이제는 내 선택의 잘잘못을 따지는 게 아니라 내 판단의 이유를 궁금해 하는 것 같다.

"고경열 씨는 할아버지 세대와 어울리는 사람이죠. 만약 제 제안을 받아들이고 저와 손잡는다고 해도, 제가 선거자금을 건넨다 해도 그 사람은 제게 고마워하지 않을 겁니다. DMC 사업을 추진해도 제게 은혜를 베푼다고 생각하겠죠. 주고받는 위치가 다릅니다."

돈 얻어다 쓰는 놈이 위에서 내려다보는 관계는 거절이다.

"하지만 고모부나 김관혁이 같은 사람은 뭘 하든지 제가 베푼 은혜에 보답한다는 생각으로 일할 겁니다. 할아버지 전화 한 통에 움직이는 사람들… 그분들이 할아버지 앞에서 허리를 숙이지 않습니까?"

"이놈, 사람을 사면서 늙은 세대는 차별하려 드는 게냐? 허허."

웃음을 터트리는 할아버지는 대단히 만족한 듯 보였다.

"어떻게 예상하십니까? 오늘 김관혁 씨가 제 제안을 받아들일까요? 아니면 그냥 오른팔로 만족하고 무시할까요?"

"글쎄다. 네가 던진 200억이라는 미끼가 너무 먹음직스러워서 마지막까지 고민할 게다. 어쩌면 흔들리는 자신을 다잡기 위해 다른 행동을 할 수도 있고."

"다른 행동이라니요?"

할아버지는 잔잔한 미소로 내 물음에 대답을 피했다. 무슨 의미일까?

▲▲▲

김관혁 선거본부장은 오늘 하루, 집중하기 어려웠다. 선거 대책 본부에서 회의를 주재하는 위치임에도 건성건성 뛰어넘었다.

"그만하지. 오늘 컨디션이 영 엉망이야. 언론 동향 꾸준히 살피고 여론조사 한번 돌려 봐. 재벌 사위와 군 면제, 어떤 게 더 부정적인지."

김관혁은 이 상태로는 아무 일도 못 한다는 걸 깨달았다. 흔들리는 자신의 마음을 다잡아 줄 사람은 역시 그분뿐이다.

"참, 지금 후보님 어디 계시지?"

"원내대표와 미팅 끝내고 지금 이쪽으로 오시는 중입니다."

"도착하시면 곧바로 알려 줘. 보고드릴 일이 있으니까."

김관혁은 혼자 남은 회의실에서 의자에 상체를 묻고 눈을 감았다. 이 모든 게 어제 자신을 흔들어 놓은 젊은 애송이 때문이다. 아니, 솔직히 말하면 그 애송이의 제안 때문이다. 한마디로 줄이면 200억으로 인생을 리스타트 하라는 뜻이며, 정치적으로 회생 불가능하더라도 투자사의 임원 자리를 보장해 준다는 유혹이다. 이 유혹은 절대 헛소리가 아니다. 전직 장관님은 헛소리할 놈을 소개할 분이 아니니까 말이다.

"본부장님, 후보님 도착하셨습니다."

김관혁은 잡생각을 떨쳐 버리고 회의실을 나섰다. 그리고 고 후보의 집무실 문을 가볍게 두드리고 들어갔다.

"가신 일은 잘됐습니까?"

"젠장, 아쉬울 때 날 불러 놓고, 이제 와서 길들이려 장난질 친다고."

고경열은 재킷을 벗어 신경질적으로 소파에 획 집어 던졌다.

"원내대표가 왜…?"

"서울 지역구 의원들이 해당 지역에서 점조직을 움직이려면 돈이 필요하니 선거자금 일부를 그놈들에게 주겠다고 '통보'하더라. 이런…."

표정과 말투만 봐도 얼마나 화가 났는지 알 수 있었다. 이럴 때 기름 붓는 건 아니라고 생각했지만, 생각을 고쳐먹었다. 이럴 때 기름을 부어야 한다. 그래야 진심이 나오고 본모습이 드러난다.

"저기, 후보님."

"응. 왜?"

"이런 말씀 드리기 조심스럽지만… 제가 일주일 정도 자리를 비워야 할 것 같습니다. 집안일인데…."

"무슨 소리를 하는 거야? 지금이 얼마나 중요한 때라는 걸 몰라? 안 돼! 집안일이면 좀 미뤄."

고경열은 표정을 확 구기며 짜증 섞인 목소리로 소리 질렀다.

"거참, 알만한 친구가 갑자기 왜 그래? 여기서 집안 챙겨 가며 일하는 사람 어딨어? 나도 호텔 생활한 지 2주가 넘은 거, 잘 알잖아. 애들 얼굴도 가물가물해."

김관혁은 고개를 약간 숙인 채 고경열의 입에서 딱 한마디만 나오기를 기다렸다. 그렇기에 아무런 대꾸도 하지 않았다.

"참, 서울 지역구 의원들이랑 지역 위원장들과 식사 자리 한번 만들어. 돈까지 뿌리는데 생색 한 번은 내야 할 거 아냐."

"알겠습니다."

기다리던 말은 나오지 않았다. 김관혁은 머리를 숙이고 돌아섰다.

"참, 김 본부장."

"네."

김관혁은 자신을 부르는 소리에 돌아섰다. 그의 얼굴이 조금은 밝아졌다. 상황이 좋지 않으니 경황이 없어 묻지 않았을 수도 있다. 이제 자신이 듣고 싶은 말이 나올 차례다.

"지난주 지지율 여론조사 결과는 나왔어?"

"아, 네."

그가 기대했던 말은 끝까지 나오지 않았다.

"오차 범위 내에서 후보님이 앞서고 있습니다. 계속 격차가 벌어지는 추세니 다음 주에는 좀 더 나은 결과가 나올 겁니다."

조금이나마 기분 좋은 소식을 들으니 고경열의 표정이 나아졌다.

"그래, 수고했다. 나가 봐."

다시 머리를 숙이는 김관혁은 입술을 깨물었다. 문밖으로 나오자 한숨부터 나왔다. 그가 듣고 싶었던 말은 단 하나였다.

'무슨 일인데?'

분명히 말했다. 일주일이라고…. 지금처럼 일분일초가 아까운 시기에 선거를 지휘할 사람이 일주일이나 자리를 비운다고 말했다. 그렇다면 사소한 일이 아니라는 것쯤은 누구라도 안다. 지금까지 자신은 가정과 집안일보다 윗사람의 개인사를 먼저 챙긴 최측근 아닌가? 그렇다면 바로 무슨 일인지부터 물어봐야 했다. 이 한마디가 그리 어려운 것도 아니지 않은가?

김관혁이 가만히 기억을 더듬어 보니 고경열을 10년 넘게 모시면서 그에게 단 한 번도 아쉬운 소리를 해본 적이 없다. 그래서 그런가? 그는 자신에게는 개인적인 일이 없다고 생각하는 걸까?

김관혁의 마음엔 모시던 윗사람을 시험했다는 죄책감도 사라졌다. 그 자리에 섭섭함과 실망이 밀려들었다. 그는 이 소소한 시험 하나로 섣부른 판단은 하고 싶지 않았다. 오늘 하루가 지나고 내일 아침이면 달라질지 모른다. 걱정스러운 표정으로 "김 본부장. 아니, 관혁아. 어제는 내가 정신이 없어서… 무슨 일이야? 집안에 좋지 않은 일이라도 생긴 거냐?"라고 말할지도 모른다.

사흘이 지나고 일주일이 지났다. 하지만 고경열의 입에서는 듣고 싶은 말이 끝내 나오지 않았다. 이미 잊어버린 게 분명하다.

"젠장, 겨우 이 정도였나…."

김관혁은 자신을 향해 자조하듯 욕을 내뱉었다. 그 간단한 질문 하나로 10년을 모신 분에 대한 신뢰가 무너졌다. 아니, 어쩌면 돈 200억에 자신을 팔아 버리는 변명거리를 만든 것일 수도 있다. 자신이 뱉은 욕설의 대상은 고경열이며 김관혁 자신이다. 둘 다, 욕을 먹어도 싸다.

▲ ▲ ▲

슬슬 다른 사람을 알아봐야겠다고 생각했다. 김관혁에겐 일주일이 넘도록 연락이 없었다. 200억이라는 선금과 높은 연봉을 보장하는 임원 자리도 거들떠보지 않는 끈끈한 관계, 그리고 충성심… 존중해 줄 만하다. 김관혁이 흔들리지 않는 충심을 가진 것인지, 고경열이 충성을 다할 만한 훌륭한 인격의 소유자인지 모르겠지만 말이다.

하지만 인간의 신뢰는 종잇장처럼 얇았다. 물 한 방울로도 찢어지는 종이처럼 김관혁의 신뢰는 무너졌다. 다시 만났을 때 그의 모습엔 생기가 보이지 않았다.

"미라클이 순양그룹과 밀접한 관계가 있다는 게 사실이요?"

"그렇습니다. 이미 우리가 순양자동차를 흡수하지 않았습니까?"

"아니, 기업 간의 관계 말고. 오너 일가와 말이요. 이 모든 게 사위를 서울시장으로 만들려는 목적이요?"

이제부터 주는 떡밥만 먹고 미끼만 챙기는 바보짓은 하지 않겠다는 건가? 전후 사정을 전부 알고 싶어 한다.

"그것과는 관계없습니다. 사위를 선거에서 승리하도록 만들려고 했다면 이런 복잡한 과정을 거칠 이유가 없는 게 순양그룹의 힘 아닙니까?"

김관혁은 머리를 끄덕였다. 그가 정치판에서 밥 먹은 지 10년은 넘었다. 지금껏 순양의 정치 비자금 덕을 본 사람들이라면 순양이 원하는 사람을 서울시장에 앉히지 이렇게 내부 사람까지 건드릴 필요가 없다는 것쯤 잘 안다.

"좋아. 그럼 이제 툭 터놓고 이야기 좀 합시다. 미라클이 왜 순양의 사위를 서울시장에 앉히려는 거요?"

"기업 비밀이라 외부자에겐 말할 수 없습니다."

김관혁의 표정이 조금 변했다.

"외부자? 난 지금 배신자가 될 생각인데 그쪽에서도 외부자라고 하면 난 어느 편에 있는 거지? 발붙일 곳도 없나?"

"우리 돈을 받고 고경열 후보가 낙선하는 순간 내부자가 됩니다. 그때까지만 경계인으로 사십시오."

쓴웃음을 지으며 술잔을 입으로 가져갔다.

"젠장, 배신자가 이런 거였나? 되돌아갈 다리가 확실하게 무너져야 배신자로 인정받는 건가? 이것도 못 할 짓이군."

이 사람의 처참한 심정을 조금을 어루만져 줘야겠다.

"본부장님, 외람되지만 한 말씀 드려도 될까요?"

"얼마든지."

"동료, 그리고 친구와의 신의를 저버리는 것은 배신이라고 부를 만합니다."

"윗사람과의 신의를 저버리는 건 배신이 아니다?"

"거래 관계만 끝나는 겁니다. 정말 고경열 후보와 신뢰로 똘똘 뭉친 관계였습니까? 본부장님은 진정으로 바라는 거 하나 없이 그분을 모셨습니까?"

김관혁은 쉽게 대답하지 못하고 술잔만 들었다.

"현대는 왕조시대도 아니고 봉건시대도 아닙니다. 이제 충성은 사라져야 할 덕목입니다. 윗사람은 아랫사람을 개처럼 부리는데 충성은 무슨…. 아랫사람은 개가 아닙니다. 서로 존중해야죠."

김관혁이 손을 들어 내 말을 막았다.

"그만해요. 조금도 위로가 안 되니까. 난 그저 속물일 뿐이야."

"대다수 사람들이 속물입니다. 불행하게도 속물이지만 돈도 못 챙기는 속물들이죠."

"그나마 난 낫다는 거요? 거금을 챙기니까?"

"돈도 챙기고 원하는 것에 도전할 기회도 있잖습니까? 누구누구의 오른팔이 아니라 국회의원 도전하세요. 우리 미라클이 적극적으로 돕겠습니다."

"국회의원이라…."

"16대 총선이 2년 남았습니다. 여당이든 야당이든, 또 지역구든 비례대표든 준비할 돈과 시간은 충분하지 않습니까?"

자신의 죄책감을 술로 씻어 내려는 듯 김관혁은 한동안 술만 마셨다. 소주 두 병이 바닥을 보일 때쯤 천천히 입을 열었다.

"스위스든 어디든 빨리 돈 옮겨요. 그리고 선거 이틀 전에 내가 연락하면 기자들 대기시키고. 큰 거 한 방 터트려 줄 테니까."

"네. 돈에 대해서는 염려 마십시오. 전 신뢰를 대단히 중요하게 생각합니다. 본부장님 뒤통수치는 일은 없을 겁니다."

거래가 성사되었지만 나는 손을 내밀지는 않았다. 기분 좋게 악수를 할 만큼 그의 마음이 지금 편하지 않다는 걸 알기 때문이다.

▲ ▲ ▲

선거를 2주 남겨 놓은 상황에서 지지율은 10퍼센트 격차였다. 후보자들의 공약이나 정책보다는 이미지가 가장 큰 요인이었다. 깨끗한 공직자와 IMF 주범인 재벌가의 사위라는 것은 지지율을 좁힐 수 없는 배경으로 작용했다.

"아버지, 제발 손 좀 써주세요. 이러다가는 선거운동도 필요 없어요."

야당 지도부에서도 이번에는 그냥 포기하고 다음을 노려보자는 말까지 나오자 진서윤이 할 수 있는 유일한 일은 진 회장에게 매달리는 것뿐이었다.

"이미 늦었다. 내가 모든 유권자에게 돈 봉투라도 돌리라는 말이냐? 선거의 마지막 힘은 바로 후보의 능력이다. 네 남편이 그 정도밖에 안 되는 걸 어쩌겠느냐?"

진 회장은 못마땅한 표정으로 딸을 나무랐다.

"제가 시장 아줌마들, 그 지저분한 손을 잡은 것만 수천 번이라고요! 이런 짓까지 했는데… 떨어지면 억울해서 못살아요."

뭐든 쉽게 손에 넣은 딸은 나이가 쉰인데도 아직 철부지 같은 소리만 하고 있다.

"네 남편 선거는 끝까지 네가 책임져. 그 선거자금은 어린 조카 돈이다. 두 배, 세 배로 돌려주지는 못해도 이자라도 듬뿍 쳐서 줘야 하지 않겠냐?"

진 회장은 400억이라는 돈은 전혀 생각하지도 않는 딸에게 따끔하게 쏘아붙였다.

"미라클 오세현이를 만만하게 보지 마라. 미국 투자자들 돈으로 아진을 인수하고 대아건설까지 삼켰다. 보통이 아니야. 그런 자의 손에 계약서가 있어. 이기지는 못하더라도 성의 없는 선거전이나 포기한 모습을 보인다면 무슨 짓을 할지 모른다."

그제야 진서윤도 돈의 출처를 떠올렸다, 그리고 계약서도.

딸의 당황한 표정을 보고는 진 회장은 혀를 찼다.

"쯧쯧, 돈 무서운 줄 모르더니 이제야 기억나느냐? 이럴 시간에 빨리 오세현이를 만나서 다독여 주는 게 나을 게다."

진서윤은 황급히 백을 챙겨 들고 오세현을 만나러 달려 나갔다.

"대표님이 그토록 신경 써주셨는데 아무래도 힘들 것 같아요. 지지율 격차가 계속 벌어지기만 하고…."

진서윤은 오세현에게 최대한 공손하게 머리를 숙였다.

"뭐죠? 아직 열흘이나 남았는데 포기?"

"추세라는 게 있어요. 이걸 뒤집으려면 대형 타가 하나 터져야 하는데 이미 나올 건 다 나왔어요."

"그래요? 음…."

오세현은 표정 관리하느라 애를 써야 했다. 나이도 먹을 만큼 먹은 재벌가의 딸이 공손한 태도를 보이는 것도 우습고, 이미 역전의 발판을 마련한 사실을 어떤 식으로 비싸게 팔아먹을까 궁리하는 것도 내보이지 않아야 했다.

"그러니까 절대 못 이긴다는 말씀입니까?"

"안타깝지만 그래요."

"제가 역전시켜 볼까요?"

진서윤은 오세현의 진의를 알아듣지 못해 눈만 껌뻑거렸다.

"방금 말씀하셨죠? 대형 타 하나 터져야 한다고. 제가 그거 터트려 드릴까요?"

"무슨 말씀이신지? 대형 타라뇨?"

"제가 회삿돈 400억을 쏟아붓고 순순히 포기할 거로 생각했습니까? 혹시 진 사장님과 최 후보님은 남의 돈이라고 편히 생각하시는 건가요?"

"아, 아니에요. 그럴 리가요. 상황이 이래서 죄송할 따름이죠."

속이 부글부글 끓어오르는 걸 감추려는지 진서윤은 고개를 들지 못했다. 아버지 진 회장 외엔 그 누구 앞에서도 고개 숙인 적이 없었던 사람이다. 지금 얼마나 큰 모멸감을 느낄까?

"상황이 이러니 제가 나서겠다는 겁니다. 전 돈 잃는 짓은 절대 하지 않습니다."

오세현은 찻잔을 내려놓고 결론을 지어 버렸다.

"진다는 생각 따위는 버리시고 끝까지 최선을 다하세요. 역전의 발판은 제가 만듭니다. 선거 이틀 전까지 큰 변화가 있을 겁니다. 그리고…."

오세현의 확신에 찬 말에 진서윤은 입만 벌린 채 아무 말도 못 한다.

"이것까지 다 포함해서 우리의 공로를 기억하셔야 할 겁니다. 그 보답은 톡톡히 받아 낼 테니까요."

"뭐든 말씀만 하세요. 원하시는 대로 다 할게요."

"그 말씀, 꼭 기억하세요."

매섭게 쏘아보는 오세현을 보며 진서윤은 고개를 세차게 끄덕였다.

▲ ▲ ▲

"삼촌, 연락 왔습니다."

"그래? 어디래?"

"오늘 저녁 8시부터 여의도 일식집 '다미' 4호 룸에 기자들 풀라고 합니다. 아마 김관혁은 3호 아니면 5호실에 들어가겠죠."

"오케이. 특종 확 풀어야 하니 중앙일간지 전부 불러 모아야겠지?"

오세현은 바로 전화를 돌리기 시작했다. 대여섯 명의 기자와 통화를 끝낸 오세현은 조금 긴장한 듯 보였다.

"과연 200억의 가치를 할까?"

오세현은 추가로 들어가는 200억에 대해서는 별다른 소리를 하지 않았다. 주식 투자로 평생을 보낸 사람이니 400억을 잃는 거보다는 더 쏟아붓고 성공하는 것이 올바른 투자라는 걸 잘 알기 때문이다. 그가 걱정하는 건 제대로 된 물타기 여부일 뿐이다.

"고모부가 낙선하면 돈은 꼭 회수할 겁니다. 김관혁도 알겠죠. 오늘이 인생 리셋하고 새 출발 하는 날인지, 쪽박 차고 정치 인생 끝나는 날인지 중요한 갈림길이라는 것을요."

그날 오후 나는 다른 일정을 모두 뒤로하고 일식집 다미로 향했다.

"칸막이 이거 조립식이잖아. 이거 뜯고 우리가 갖고 온 거로 빨리 바꿉시다."

오세현은 이미 작업자와 새로운 칸막이까지 준비하고 일식집 사장에게 돈 봉투를 찔러 넣었다.

"볼일 끝나면 원상태로 바꿔 줍니다. 됐죠?"

두꺼운 봉투의 손맛을 느낀 사장은 환하게 웃었다.

"아이고, 사장님. 당연히 편의 봐드려야죠."

"그런데 오늘 8시 예약한 방 있죠? 3호 아니면 5호일 텐데."

"어? 맞습니다. 5호실 예약한 분이 계세요. 5호실이 좀 넓거든요."

"오케이."

대여섯 명의 작업자들은 30분도 지나지 않아 칸막이를 교체했고 술잔 부딪히는 소리까지 들리는 것을 확인했다.

4호실은 오세현과 기자들이, 3호실은 나 혼자 차지하고 그들이 오기만을 기다렸다.

▲▲▲

"오 대표님. 무슨 일인지는 모르지만… 이거 먹으면 체하는 거 아닙니까?"

다섯 명의 기자들은 자리마다 하나씩 놓인 봉투를 보고 웃으며 말했다.

"박 기자, 그냥 넣어 둬. 용돈이야, 용돈. 윗사람이 주는 용돈 가지고 시비 걸 놈이 어디 있어? 대통령도 가끔 지갑 던져 주잖아. 새삼스럽게 왜 그래?"

오세현이 너스레를 떨자 기자들은 웃으며 봉투를 집어넣고 자리에 앉았다.

"하나만 부탁하자. 대아건설 미래가 암울하다는 둥, 책임져야 할 사람이 모두 한자리씩 차지하고 있다는 둥, 험담 좀 그만하자. 내 입장도 좀 이해해 줘. 썩은 데를 도려내려면 그놈들이 필요하다고."

"역시, 이거 뒤약 맞네요. 흐흐."

"또, 또 그런다! 부탁은 이게 전부야. 자, 한잔합시다."

소주 몇 순배를 돌리며 기자들은 이야기를 나눴다. 혹시라도 괜찮은 소스라도 건지려고 입은 조심하고 귀는 활짝 열었다. 이때 밖에서 소란스러운 발걸음 소리가 들리더니 옆방이 시끄러워졌다.

"자자, 오늘 허리띠 풀고 마음껏 마셔. 모레 투표 끝나면 우리 고경열 후보님이 고경열 서울시장님이 되는 거다. 하하."

옆방에서 들리는 고경열이라는 이름에 기자들 모두 입을 닫았다. 경제부 기자들이지만 고경열이 바로 지지율 1위 후보라는 것을 모를 리 없다.

"누구지? 지지자들인가?"

"혹시 선거운동원?"

"쉿, 저 목소리 귀에 익어. 조용히 해봐."

행여나 옆방에 들릴까 봐 기자들은 들릴 듯 말듯 속삭였다.

"에이, 왜 이러시나. 술맛 떨어지게. 신경 끄고 마시자고"

"대표님, 조용. 잠시만요. 확인만 좀 합시다."

오세현은 기자들에게 술잔을 돌렸지만 이미 기자들의 관심은 옆방으로 쏠렸다. 오세현은 슬며시 웃으며 그런 기자들을 말없이 지켜봤다. 옆방의 목소리는 점점 커졌다.

"딱 하루 남은 내일, 마지막 힘까지 쥐어짜라고 오늘 회식하는 거다. 선거 끝나면 너희들 고생의 대가는 내가 절대 잊지 않으마."

"이제 본부장님은 부시장 되시는 거 확실하죠?"

부시장이라는 말에 기자들은 큰 숨을 들이쉬었다. 옆방 사람들이 선거운동의 핵심 인물이라는 것을 알았기 때문이다. 아예 소형 녹음기까지 주섬주섬 꺼내는 기자도 있었다.

"야! 이것들이 나 김관혁을 뭐로 보는 거야? 내가 그깟 자리에 연연하는 거로 보여?"

김관혁이라는 이름이 들리자 기자들은 서로를 바라보며 눈짓했다. 어쩌면 특종이 나올지도 모른다.

"아이고, 아닙니다. 본부장님이야 다음 시장 자리 물려받으셔야죠. 하하."

"뭐? 물려받아?"

김관혁의 거친 목소리가 나오자 옆방은 일순 조용해졌다.

"내가 우리 고 후보, 시장으로 만든 거다. 물려받기는 뭘 물려받아? 이제 날 여의도로 꼭 보내야 할 사람이 바로 고 후보야. 그 양반 냄새는 내가 전부 지워 줬는데?"

"그럼 그 의혹이 사실입니까?"

"무슨 의혹?"

"군 면제 말입니다."

"이 친구, 순진한 거야? 아니면 멍청한 거야? 고경열 후보 정도의 고위 관료가 애를 군대 보내겠어? 군대는 우리 같은 평민 자식들이나 가는 거다."

오세현의 눈에 비친 기자들은 모두 기도하는 모습이었다. 고경열 후보의 최대 약점이었던 군 면제, 그 적나라한 내용이 옆방에서 들려오길 모두 간절히 기도하는 마음이 전해질 정도다.

"자식새끼 셋을 군대 안 보내려고 무슨 짓을 했는데? 내가 직접 만든 가짜 진단서만 수십 장이야. 그런데 그 양반도 참 재수가 없긴 해. 외교부에 일하면서도 하나같이 한국에서 애를 다 낳았거든. 미국에 근무할 때 애 낳았으면 미국 국적으로 군대 안 갔을 텐데. 흐흐."

"아니죠. 미국 국적이었으면 서울시장 후보로 나올 때 오히려 자진 입대해야 했을걸요?"

"듣고 보니 그러네. 하여간 운 좋은 양반이야. 하하."

이미 기자들은 엉덩이가 들썩거렸다. 이 정도면 특종 중의 특종이다. 물론 데스크의 결정이 남았지만 말이다. 이 사실이 신문에 실리면 시장 자리의 주인이 바뀐다. 이제 서울시장은 언론이 결정할 수 있다. 이런 좋은 기회를 놓칠 언론이 아니다.

"그런데 왜 셋째 아들은 면제가 아니고 방위 갔습니까?"

"사모님 때문이지 뭐."

"네? 고 후보님 부인요?"

"그래. 지 새끼가 아니거든."

이번에는 오세현마저 입을 떡 벌렸다. 혼외자라는 말 아닌가?

"고 후보가 혼자 일본에서 근무할 때였을 거야. 남자 혼자 외국에서 몇 년 지내는데 여자 없이 되겠어? 외교부 여직원이랑 바람났지."

기자들은 행여나 숨소리라도 들릴까 봐 손으로 입까지 막았다.

"고 후보도 어쩔 수 없었어. 사모님이 그 애를 호적에 넣어 준 것만으로도 감지덕지하지. 그냥 군대 보낸 거야. 방위로 뺀다고 손쓰지도 않았어. 그놈 시력이 엄청 나빠서 정상적으로 방위 간 거야."

기자들은 이런 초대박 특종을 쥐자 흥분을 감추지 못했다. 누구 한 사람이라도 일어서면 전부 따라나설 기세였다. 이때 오세현은 당황한 듯 입을 열었다. 행여나 옆방에 들릴까 봐 속삭이듯 목소리를 낮추는 것도 잊지 않았다

"자, 잠깐만. 최 기자, 박 기자, 좀 진정해."

"왜 그러세요? 이게 지금 진정할 일입니까?"

기자들 역시 잔뜩 목소리를 죽이며 말했다.

"이거 터트리지 말자. 이거 내일 터지면 선거 하루 앞두고 뒤집히는 거 확실하잖아."

"당연하죠. 우리나라에서 절대 용납 안 되는 두 가지를 전부 건드린 겁니다. 자식 군대 보낸 부모들 표가 싹 빠져나가고, 불륜에 혼외자라면 절반의 여성 표가 전부 등 돌린다고 봐야죠. 게임 끝났어요."

"그러니까 하는 말이야. 역량으로 보나 능력으로 보나, 고 후보가 재벌 사위 최 후보보다는 훨씬 낫잖아. 이런 개인 문제로 넘어지기엔 아까운 사람이야. 그냥 묻어 두자고."

"기자가 그런 거 따지면 어떻게 펜대 놀립니까? 알릴 게 있으면 알리고 선택은 유권자가 하도록 해야죠."

오세현은 아껴 둔 마지막 펀치를 날리기 위해 물 한 잔을 마시며 목을 축였다.

"뭐야? 설마 특종 터트리고 고 후보 대신 최 후보 당선되면 떨어질 떡고물 때문에 그러는 거야?"

"네? 지금 무슨 말씀하시는 겁니까?"

기자들 전부 표정을 구겼다. 무슨 떡고물인지 정말 모르는 모양이다.

"그렇잖아. 이 기사 나가면 최 후보 당선의 일등 공신은 바로 첫 특종 터트린 언론사가 분명한데 순양그룹이 가만있겠어? 광고를 그냥 막, 확실하게 밀어줄 거 아냐? 아마 1년 치 광고는 한 방에 들어올걸? 아냐?"

'순진한 놈들, 설명을 들어야 이 기사의 가치가 얼마짜린지 알아채는 건가?'

오세현은 데스크를 설득할 근거까지 말해 준 셈이다. 눈치 빠른 기자 하나가 가방을 어깨에 메고 벌떡 일어섰다.

"오 대표님, 다음에 한잔 대접하겠습니다. 먼저 갑니다."

이 한 명을 시작으로 다른 기자 전부도 앞다퉈 방을 빠져나갔다. 홀로 남은 오세현도 자리를 털고 건너편으로 옮겼다.

▲ ▲ ▲

"기자들 다 갔죠?"

"그래. 네 말대로 광고 힌트 줬더니 미친 듯이 달려가더라."

"영업사원이 따로 없다니까요. 흐흐."

내가 술 한 잔을 따르자 오세현은 단숨에 들이켰다.

"너도 다 들었지?"

"네. 다 들으라는 듯 저렇게 크게 떠드는데 못 들을 리 없죠."

"근데… 사실일까?"

"혼외자요?"

오세현은 고개를 끄덕였다.

"사실이든 아니든 중요한 게 아니죠. 저게 내일 터져 버리면 수습할 시간이 없다는 게 중요하죠. 선거 끝나면 사실 여부는 따지지도 않으니까요."

"참 모질다. 측근이라는 게 말이야."

"카이사르도 부르투스의 칼이 가장 고통스러웠을 겁니다. 측근이야말로 가장 확실하게 저격할 수 있는 사람이죠."

나도 씁쓸한 마음을 달래기 위해 술 한 잔을 마셨다.

"이제 저 친구, 어떡하지?"

"한번 지켜보죠. 배신자의 딱지를 떼고 화려하게 부활할지, 이대로 사라질지 말입니다. 부활하면 우리가 확실하게 키워 주면 됩니다."

비싼 회가 입안에서 녹지 않고 목의 가시처럼 자꾸 걸렸다. 내게 득이 되는 배신이라도 지켜보는 마음은 편하지 않았다.

▲ ▲ ▲

"기기… 김 본부장은? 김관혁은 어디 있어?"

고경열 후보는 머리를 푹 숙인 보좌진들과 선거 참모들 앞에서 소리쳤다.

"핸드폰이 꺼져 있어서…."

"사실이야? 어제 너희들과 술 마실 때 나온 소리야?"

"그, 그게 확실하지 않습니다. 군 면제 건이 부각되지 않고 잘 넘어갔다. 뭐, 이 정도 이야기가 전부였는데…."

어제 함께 술을 마신 보좌진 한 명이 변명처럼 말했지만 자신 없는 표정만 봐도 알 수 있었다. 술자리에서 나온 이야기가 이 기사의 소스다. 아침 뉴스부터 조간신문까지 전부 자식 군 면제와 혼외자 기사뿐이다. 도덕성에 크나큰 상처를 입었으니 해보나 마나 한 싸움이다. 긴급히 돌린 여론조사에서 이미 10퍼센트 이상 뒤진다. 하지만 선거를 책임진 본부장이 나타나지 않으니 모두 우왕좌왕할 뿐 대책이 나오지 않았다.

망연자실한 고경열이 의자에 털썩 주저앉았을 때 문이 벌컥 열리며 김관혁이 뛰어 들어왔다. 그는 방으로 들어오자마자 머리를 숙이고 있던 참모진의 뺨을 때리고 정강이를 걷어차며 고함을 질렀다.

"어떤 새끼야! 누가 흘린 거냐고! 이 새끼들아!"

갑자기 떨어진 날벼락에 모두 신음만 낼뿐이었다.

"죄송합니다, 후보님. 모두 제 책임입니다. 오랜만에 마신 술 때문에 입 밖에 내서는 안 될 말을 했습니다. 죽여 주십시오."

사무실 바닥에 무릎을 털썩 꿇은 김관혁이 흐느끼기 시작했다. 자신은 배신자가 아니다. 단지 취중에 말실수했을 뿐이며 배신자는 머리 숙인 채 서 있는 놈들 중에 있다. 순식간에 이 상황을 정리해 버린 김관혁을 보며 고경열 후보가 신음을 흘리며 말했다.

"아직 기회는 남았나? 방법 있어?"

"긴급 기자회견 준비하겠습니다. 그리고 오늘 중으로 언론사에 정정보도 요청하겠습니다."

고경열은 의자에 더욱 몸을 묻고 손을 내저었다.

"다 나가 봐. 수습할 거 있으면 빨리 움직여."

김관혁은 고 후보의 방을 나오자마자 소리쳤다.

"누구야? 어떤 놈이 흘렸어?"

김관혁의 번뜩이는 눈빛에 모두 서로를 힐끔거리며 눈치만 살폈다.

미치고 팔짝 뛸 상황 아닌가? 만취 상태로 귀가해서 푹 잠든 게 전부다. 아침에 눈을 뜨니 이런 날벼락 같은 상황이 벌어졌을 뿐이다.

"좋아. 일단 내일 선거 끝나고 보자. 오늘까지는 배신자 없는 거로 간주한다. 마지막까지 포기하지 마. 알아들었어?"

"넵!"

사람들이 흩어지고 혼자 남은 김관혁은 긴 한숨을 내뱉었다. 밤새워 고민했다. 후회는 털끝만큼도 없었고 어떻게 행동할지에 대한 고민이었다.

'집안에 무슨 일이냐?'라는 한마디만 있었다면 이런 일은 벌어지지 않았다. 후보에게 '나는 단지 부리는 사람 중의 한 명이 아닙니다.'라는 말을 던진 후 그가 분통 터트리는 모습을 보고 싶기도 했다. 하지만 자신은 아직 미래가 창창하지 않은가? 배신자라는 낙인을 안고 여의도로 입성하기에는 부담이 컸다. 김관혁은 끝까지 충신 흉내를 내기로 마음먹었다.

▲▲▲

진 회장은 특종이랍시고 하루 종일 고경열 후보를 때리는 뉴스를 보다 머리를 절레절레 흔들며 TV를 껐다. 깜깜이 선거운동 기간이라 일반인은 알지 못하지만 진 회장의 책상 위에는 여론조사 결과가 놓여 있었다. 선거 전문가들은 7퍼센트 차이로 자신의 사위가 무난히 당선한다고 알려 왔다. 투표를 하루 앞둔 시점에서 이 정도 폭격이면 누구라도 견딜 재간이 없다.

당사자인 고경열 후보가 긴급 기자회견을 열고 즉각 음해성 보도를 중단하라고 촉구했지만, 상대인 사위의 캠프에서는 친자확인 절차부터 시작하라고 엄포를 놨다.

이 일은 분명 내부자의 제보다. 그동안 은밀하게 탐사한 언론사가 있었다면 단독 특종이어야 할 텐데, 중앙일간지 전부가 일제히 포문을 연 것은 누군가의 확실한 제보 외에는 설명할 길이 없다.

"허, 참, 고경열이의 오른팔을 회유하다니. 이놈이 무슨 농간을 부렸기에…."

진 회장은 정치판에 인생을 던진 놈을 여럿 봐왔다. 권력이 주는 달콤함에 취하면 돈 따위에 흔들리지 않는다. 물론 돈에 휘둘리는 놈들도 많지만 이런 놈들의 한계는 뻔하다. 큰 꿈을 가진 놈들은 권력을 손에 넣는 데 필요한 돈만 취하고, 하수는 권력을 돈벌이 수단으로 사용한다. 고경열의 오른팔 정도면 필시 큰 꿈을 꾸는 놈이 분명하다. 돈에 흔들릴 놈은 아닐 텐데….

진 회장은 몸을 일으켰다. 지금은 만나야 할 사람을 서재로 부르기는 싫었다. 아주 오랜만에 누군가를 만나기 위해 직접 움직이고 싶었다. 서재를 나오니 대기하던 비서 하나가 쪼르르 달려왔다.

"차 준비해라. 좀 나가야겠다."

"회사로 가시겠습니까?"

"알 거 없고, 빨리 대기시켜."

"넵."

밖으로 달려 나가는 비서는 이미 휴대전화를 꺼내 들고 기사를 호출했다.

잠시 후 본관 입구에 대기 중인 승용차의 뒷문을 열고 기다리던 비서는 뭔가 잘못됐다는 걸 깨닫고는 다리가 후들거렸다. 회장이 뭐가 못마땅한지 미간을 찌푸리고 있었다.

"이건 뭐냐?"

"네?"

"이 차는 뭐냐고?"

진 회장은 당황한 표정으로 어찌할 바 모르는 젊은 비서를 보자 한심하기 짝이 없었다.

'젊은 놈이 왜 이리 둔할까?'

"내가 순양자동차 뺏긴 지 오래됐다. 이 차를 내가 왜 타?"

비서보다 기사의 눈치가 빨랐다. 재빨리 덩치 큰 순양차를 빼고 진 회장이 가장 만족해 하는 독일 세단을 대령했다. 보조석에 앉으려는 비서를 내쫓고 기사와 단둘만 출발했다. 물론 허겁지겁 뒤를 따라올 것이지만 말이다.

"여의도로 가자. 오세현이 회사로."

거리 곳곳에는 후보들의 선거운동이 치열하게 벌어지고 있었다. 시끄러운 확성기 소리와 어지럽게 나붙은 현수막과 포스터, 한나절도 남지 않은 황금 같은 시간이라 그들은 마지막 힘을 짜내고 있다.

▲ ▲ ▲

"회장님!"

"할아버지!"

마포 상암동의 지도를 펼쳐 놓고 구획 검토를 하는 도중이었다. 대아건설 담당자들도 함께하다 보니 할아버지의 등장에 모두 벌떡 일어섰다. 할아버지가 그들에게 손을 내밀어 악수까지 청하자 모두 감격스러운 표정마저 보였다. 작년까지만 해도 회장님 그림자도 볼 수 없었던 순양건설의 직원이었으니 당연한 행동이다.

"바쁜가 보구나."

"그렇긴 하지만 회장님께 차 한잔 대접할 시간은 있습니다."

오세현은 웃으며 자리를 권했다.

"자네들은 잠시만 자리 좀 비켜 줄 수 있겠나? 긴히 할 이야기가 있어서 말이지."

"네, 물론입니다. 회장님."

건설사 직원들이 물러나자 할아버지는 근엄한 표정을 싹 지우며 환히 웃었다.

"오 대표도 이제 풍채가 달라졌구먼. 회장님 냄새가 나. 허허."

"아이고, 아닙니다. 요즘 운동을 아예 못해서 체중만 불었어요."

"몸무게 말하는 게 아니라 태도를 말하는 걸세."

오세현은 가볍게 정담 몇 마디를 나누다 눈치를 살피며 말했다.

"그런데 어쩐 일이신지? 여기까지 직접 발걸음 하신 걸 보면 보통 일은 아닐 것 같습니다만."

"오늘 뉴스, 두 사람 작품인가?"

선거에 관한 일이다. 나는 오세현과 눈을 마주친 후 입을 열었다.

"그렇습니다."

"결국, 네 말대로 됐구나. 어떻게 회유했느냐?"

"김관혁은 이인자나 오른팔로 만족할 만한 사람이 아니었습니다. 누군가를 밟고 기회를 만들 만큼 욕망이 컸을 뿐입니다."

"회장님, 혹시 선거 결과 예측 자료라도 받으셨습니까?"

오세현이 슬며시 끼어들었다.

"오 대표도 받았을 거 아닌가?"

"회장님 정보 라인은 제 라인과 차원이 다르지 않습니까?"

"7퍼센트 차이라고 하더구먼."

나도 모르게 두 주먹을 불끈 쥐었다. 물론 아닐 수도 있지만, 순양그룹에서 돌린 여론조사라면 이보다 더 정확한 예측은 없을 것이다.

"우리 조사는 10퍼센트라고 나왔습니다. 둘 다 승리를 점쳤으니 이번이 없는 한 고모부가 이겼네요."

"몇 시간 남았다고 이변이 생기겠느냐? 문제없을 거다."

할아버지는 걱정하지 말라는 듯 머리를 끄덕였다.

"이제 네가 진행하려는 그 프로젝트도 5부 능선을 넘었구나."

'겨우 5부 능선? 서울시 자체 사업이니 7부 능선은 넘었다고 생각했는데 내가 너무 쉽게 생각했나?'

당황한 내 표정을 본 할아버지는 피식 웃음을 터트렸다.

"이놈아, 밥상 차린 놈과 먹는 놈이 꼭 같더냐? 두고 보아라. 이제 숟가락 들고 덤비는 놈이 한둘이 아닐 게다. 그놈들은 제 밥그릇 못 챙기면 밥상 엎으려고 날뛸걸?"

모르는 바는 아니다. 하지만 내가 건설 바닥을 잘 모르니 할아버지의 경고가 예사롭지 않았다. 그 정도로 거칠게 나올까?

"오 대표 그리고 도준아."

"네."

우리 둘은 할아버지의 입만 쳐다봤다. 은근한 목소리로 우리를 부르는 거로 봐서 여기까지 찾아온 목적을 말할 것 같았다.

"마포 미디어시티 공사건, 내게 맡기는 게 어떠냐?"

쿵 하는 소리가 머리에서 울렸다. 아직 정확한 의미를 잡아내지는 못했지만, 할아버지의 말은 내가 차린 밥상에 가장 먼저 숟가락을 들이미는 모습으로 보였기 때문이다. 오세현도 마찬가지였는지 입술을 꽉 다물며 얕은 침음만 흘렸다.

"왜 그런 표정이지? 마음에 들지 않나?"

"회장님, 맡으시겠다는 게 정확히 어떤 뜻인지요?"

오세현이 조심스레 물었다.

"말 그대로지. 서울시와 계약하는 주체는 바로 순양건설이라는 의미야. 물론 대아건설도 큰 역할을 담당하는 건 당연하고."

"그러니까 순양이 맡고 대아에 하청을 주시겠다는 뜻… 맞습니까?"

"에잉, 무슨 말을 그렇게 하나? 하청이라니? 이럴 때는 협력이라고 하는 걸세."

할아버지의 진의를 파악하자 믿어지지 않아 말도 나오지 않았다. 아무리 욕심 많은 영감이라고 해도 아끼는 손자가 수백억을 써가며 만든 기회를 날로 먹으려 들다니?

"할아버지, 진담이세요?"

"이놈아, 내가 사업을 앞에 두고 농담하더냐?"

할아버지는 내 표정을 살피며 말을 이었다.

"말하지 않았더냐? 두 사람이 이 일을 끌어가기에는 버겁다고 말이다. 건설사들이 픽픽 쓰러지는 시국이다. 살아남은 놈들은 이런 호재를 가만두고 보지 않을 거다. 어찌 보면 국책 사업으로도 생각할 수 있지 않으냐?"

"그러니까 우리 힘만으로는 이 프로젝트를 차지하기 힘들다는 말씀이시죠?"

"그렇지."

"그럼 할아버지께서 도와주시면 되잖아요. 굳이 전부 가져가셔야 합니까?"

"도와주는 정도가 아닐걸? 내가 나서지 않는다면 이 사업은 갈가리 찢어질 거다. 네가 차지하는 건 2할도 힘들다. 아니면 건설사 카르텔들이 이 판을 엎어 버리고 내년이나 내후년에 판을 새로 짤 거다. 물론 그때는 대아건설이 끼어들 틈도 없을 거다."

"저기… 회장님."

굳게 다문 오세현의 입이 열렸다.

"대아건설 임원 대부분이 순양 출신입니다. 전 이것으로 충분한 협조가 가능하다고 생각하는데요? 굳이 순양건설이 주체가 되어야 할 필요가 있습니까?"

"거참, 젊은 사람들이 왜 말귀를 못 알아듣나? 내가 힘쓰는 게 도와주는 정도가 아니라는 말일세. 나 아니면 차지하기 힘든 사업이니 당연히 내가 주체라는 말이 아니겠는가?"

도무지 알 수 없었다. 갑자기 왜 이러는 걸까? 대아건설 아니, HW 그룹 전체를 순양과 별개로 보지 않는 사람이 이런 욕심을 내다니? 정말 큰돈이 되는 사업이라면 혈육도 생각하지 않는 걸까? 이것이 재벌 회장의 습성인가? 나는 한동안 두 사람의 대화를 지켜보기만 했다. 오세현은 될 수 있으면 할아버지의 비위를 긁지 않으려 애쓰며 도움만을 요청했고, 할아버지는 점잖은 말로 사업을 도맡아 하겠다는 말만 되풀이했다.

"할아버지."

큰 결심을 하고 입을 열었다. 지금 할아버지가 나를 테스트하는 건지 아닌지 판단이 서지 않았지만, 지금은 내 의지를 보여 주는 것만이 최선이다. 설령 이것으로 할아버지가 나를 괘씸하게 생각할지도 모르지만 어쩔 수 없다. 눈치만 보다가는 나도 큰아버지나 고모와 다를 바 없다.

"순양그룹 간판을 단 회사가 차츰 늘어나고 어느 순간부터는 할아버지께 부탁하는 사람만 있습니다. 그래서 할아버지는 서재에서 나오실 필요가 없었지요. 그런데 지금은 직접 어려운 걸음까지 하시며 이곳에 계십니다."

순간 나는 할아버지의 눈썹이 꿈틀하는 것을 놓치지 않았다.

"나도 가끔은 이렇게 밖으로 나온다. 날씨도 좋지 않으냐? 허허."

"그럴까요? 마음이 급하신 건 아니고요?"

"내가 급할 게 뭐가 있다고…?"

"고모부가 시장에 취임하는 순간 전 이 사업을 몰아붙일 겁니다. 지금 이 사업에 뛰어들 만큼 준비한 회사는 우리가 유일하죠. 다른 회사들이 숟가락 들 틈도 주지 않을 겁니다."

"그게 과연 뜻대로…."

"할아버지께서도 프로젝트를 시작하기 전에 차지하지 않으면 기회가 없다는 것을 잘 아시니까 이렇게 달려오신 거 아닙니까?"

할아버지는 눈만 깜박일 뿐 대답하지 않았다.

"우리가 건설 분야는 잘 모르니까 할아버지의 도움은 절실합니다. 하지만 통째로 넘겨드릴 수는 없습니다. 우리가 주축이 되고 순양건설은 믿음직한 협력업체가 되는 것, 이게 최대치의 양보입니다."

단호한 내 모습에 할아버지의 표정이 점점 더 굳어졌다.

"삼키지 못할 먹이를 탐내다가는 입만 찢어진다. 네 능력을 너무 과신하다가는 큰코다친다."

"어린애는 다치면서 크는 거 아닐까요? 한번 해보겠습니다."

"방금 넌 이 할애비를 적으로 돌린 거로 생각해도 되겠냐?"

무시무시한 말을 던지는 할아버지를 보며 겁먹지 않은 티를 내려 무던히 애썼다.

'하, 위압감이 장난 아니다.'

"적이라니요? 아닙니다. 여전히 순양건설은 이 일에서 최고의 파트너라고 생각합니다."

"시끄럽다. 내 뜻에 맞서면 적이나 다름없다!"

할아버지는 버럭 소리 지르며 일어섰다.

"내일 투표 끝날 때까지 잘 생각하고 다시 이야기해라. 오 대표도 잘 생각해 보게. 이 판, 나 없이는 쉽지 않을 게야."

뒤도 돌아보지 않고 나가 버리는 할아버지를 보며 오세현은 한숨을 크게 내쉬었다.

"휴, 대체 왜 저러시는 거야? 정말 돈 앞에서는 핏줄도, 손자도 없는 거냐?"

"저도 모르겠어요. 설마 절 이용하신 건 아닐 텐데…."

"어떡할 거냐? 항복해? 아니면 이대로 밀고 나가?"

"쪽팔리게 지금 와서 굽힐 수는 없잖아요?"

하지만 '쪽팔림을 무릅쓰고라도 굽혀야 하나?' 하는 생각이 머리에서 떠나지 않았다.

▲▲▲

"이제 때가 되었나…."

"네?"

진 회장이 중얼거리자 기사는 뒤를 잠깐 돌아보며 말했다.

"아니야. 운전이나 해."

"아, 네, 회장님."

당돌한 녀석이다. 젊을 때의 자신을 보는 듯 자신감도 넘치고 당찬 모습도 보인다.

"자네 말이야."

"네."

"모레 아침 좀 일찍 오게."

"어디로 모실까요?"

"군산에 갈 생각이니 차도 한번 정비하고. 참, 비서 놈들에게는 말하지 마. 조용히 다녀올 생각이니까."

"명심하겠습니다, 회장님."

운전기사는 룸미러로 진 회장의 눈치를 슬쩍 보며 대답했다.

▲ ▲ ▲

“모레 새벽에 군산을 다녀오신다고 합니다.”

“군산? 확실해?”

“네. 비서에게도 알리지 않고, 조용히 다녀온다고….”

“혼자 가시는 거야?”

“그것까지는 모르겠습니다.”

진 회장의 운전기사는 두 손을 모으고 공손한 자세로 서 있었다.

“군산 가신다는 건 언제 말씀하셨어?”

“여의도 다녀오실 때 말씀하셨습니다.”

“여의도라면 오세현?”

“네. 오세현 씨 만나고 오실 때였습니다.”

“혹시 그 자리에 도준이도 있었어?”

“그것까지는 잘… 전 밖에서 대기했습니다.”

“알았어. 나가 봐.”

운전기사는 툭 던져 준 봉투를 주워들고 조용히 물러났다.

기사에게 보고를 받은 이는 한참을 서성이다 마침내 전화기를 들었다. 그러고는 두 명에게 이 사실을 조용히 알려 주고 전화를 끊었다. 연락받은 두 사람은 진도준이라는 이름에 화들짝 놀랐고, 이 정보를 알려 준 이에게 고맙다는 말도 잊지 않았다.

▲ ▲ ▲

대한민국 출구 조사의 시초는 1995년 제1회 전국동시 지방선거였다. MBC와 한국갤럽이 전화 여론조사를 토대로 6시 15분경에 예측 결과를 발표했고 15개 광역단체장 당선자를 전부 맞혔다. 특이하게도 사전 출구조사는 대통령 선거와 지방선거 결과는 비교적 정확하게 맞히고, 국회의원 총선 때만 되면 빗나가기로 유명하다.

6월 4일 선거 당일은 그 전날까지의 소란스러운 선거운동과 대조적으로 조용했다. 오늘 가장 속 타는 사람은 아마도 진서윤일 것이다. 남편의 시장 당선을 위해 평소라면 생각지도 않은 별의별 일을 다 했다. 매일같이 험한 일을 하고 나면 남편에게 스트레스를 풀어야 할 만큼 화가 났지만, 막상 선거 당일이 되자 더 심한 일을 하지 못한 것이 후회됐다. 고경열의 아내가 동네 목욕탕에서 아줌마들 등도 밀었다는 이야기를 들었을 때 어이가 없어 콧방귀를 뀌었지만, 지금이라면 전신의 때라도 밀어 줄 수 있을 것 같았다.

오후에 그녀는 선거 사무실에서 출구 조사를 기다리며 마음을 다잡았다. 남편은 당선을 의심치 않는 듯 선거운동원들과 당직자들의 어깨를 두드리며 그간의 노고를 치하하고 있다. 이런 모습이 마음에 들지 않은 진서윤은 인상을 찌푸렸다. 결과가 나올 때까지 긴장을 풀지 않는 태도를 기대했는데 남편은 항상 마지막에 풀어져 버린다. 기대는 앞서고 포기는 빠르다. 앞으로 함께 큰일을 치러야 하는데 한숨부터 나왔다. 많은 사람들이 함께한 자리라 잔소리도 못 하고 온화한 미소만 짓고 있자니 울화가 치밀었다.

"후보님. 지금 시작합니다."

선거운동원의 외침에 모두 TV만 뚫어지게 쳐다보기 시작했다. 6시 15분. 화면에는 카운트다운이 시작되었고 0이라는 숫자가 끝나자 한 사람의 이름이 나타났다.

『기호 2번 최창제 42.1퍼센트』

순간 와하는 함성이 사무실에 울려 퍼졌다. 진서윤은 깍지 낀 두 손에 힘을 주며 눈을 감았다. 드디어 첫 고개는 넘었다.

▲▲▲

고모부는 그래도 은혜는 잊지 않는 사람이다. TV에 출구 조사 결과가 나오고 30분도 지나지 않아 감사의 전화를 해왔다.

"축하합니다. 고모부."

"도준아, 내가 절대 네 공은 잊지 않으마. 앞으로 계속 손발 맞춰 잘해보자."

이 정도면 뻔뻔하지는 않다. 물론 다음 선거를 위해 든든한 자금줄을 챙기는 측면도 없진 않았겠지만.

"고모부께서 어련히 잘 챙겨 주시려고요? 저야 뭐 서울시장이 제 고모부라는 것에 만족합니다. 하하."

고모부는 오세현에게 감사의 말을 전하는 것도 잊지 않았다. 선거자금을 밀어준 계약서까지 있으니 설설 기는 것이 당연하다. 서울시장 당선자의 공치사를 들었지만, 오세현의 표정은 풀어지지 않았다.

"이거 참, 이겼는데도 즐겁지가 않아."

오세현은 신경질적으로 TV를 껐다.

"어쩔 거냐? 할아버지 시키는 대로 할래? 아니면 한번 들이받을래?"

"한 번 더 꼬셔볼게요. 아양 떨고 아부 떨고…. 그래도 안 먹히면 들이받고요."

"건설사 임원들에게 넌지시 이야기하니까 꼬리 내리더라."

"그 사람들이야 할아버지 수족들인데요, 뭐."

오세현은 긴 한숨을 토하며 아랫입술을 꾹 깨물었다.

"우리가 당한 거 같다. 진 회장님을 믿고 손 내밀었는데, 아예 대아건설을 통째로 넘겨주게 생겼어. 실수다."

"그때는 그게 제일 나은 선택이었으니까요. 순양건설 사람들 아니었으면 이 정도까지 장악하는 건 불가능했을 겁니다."

그 사람들 덕분에 숨겨 둔 비자금을 회수했고 불필요한 사업에서 손 뗄 수 있었다. 알짜 사업부서를 남겨 뒀고 비용만 깨 먹는 부서를 깨끗하게 도려냈다. 초기 세팅에 없어서는 안 될 사람들이었다.

"삼촌. 다 과거일 뿐이니 복기는 해도 후회는 하지 맙시다. 최악의 경우 DMC 프로젝트 다 넘기고 대아건설도 순양에 붙여 버리면 되죠. 손해 보는 거는 수업료라고 생각해요. 이렇게 배워 나가는 거죠."

"네가 뭔가를 배웠다면 나도 괜찮아. 근데 이건 뒤통수 맞은 게 전부다."

"배운 거도 있죠. 누구도 믿지 마라. 흐흐."

말은 이렇게 했지만, 아직 할아버지를 믿고 있다. DMC가 아무리 거대한 사업이라고 해도 털도 뽑지 않고 통째로 손자 손에서 뺏어 갈 만큼 탐욕이 넘실대는 분은 아니다. 어쩌면 이 사업을 성공시키고 난 후, 내게 다시 돌려주려는 생각일지도 모른다. 좋게 생각한다면 말이다.

"선거 결과는 출구 조사랑 다르지 않을 것 같고… 전 할아버지 만나러 가볼게요. 특별한 일 있으면 바로 연락드리겠습니다."

무거운 마음으로 일어섰다. 열심히 차린 밥상, 할아버지께 바치는 최초의 손자가 될 것 같다.

"고모부와 통화는 했느냐?"

"네. 조사 결과 나오고 곧바로 연락 오더군요."

"곧바로? 얼마 만에?"

"대략 30분 정도?"

할아버지는 피식 웃었다.

"결과 나오자 내게는 1분도 지나지 않아 연락했어. 전부 내 덕분이라고 고마워하더구나. 난 아무것도 한 게 없는데 말이다. 허허."

아무것도 한 게 없으니 재빨리 감사의 인사를 드린 것이다. 하고자 마음먹었다면 고모부를 떨어지게 하는 것쯤 식은 죽 먹기였으니까 말이다. 물에 빠트리는 건 단 한 사람의 힘으로도 가능하지만, 구조하는 데는 많은 사람이 필요하듯, 달리는 데 태클 거는 사람이 빠져 주는 것만으로도 고마워해야 하는 게 맞다. 특히, 태클 거는 사람이 어마어마한 힘을 가졌다면 더욱 그렇다.

"할아버지."

"오냐."

"이미 충분히 겁먹었거든요? 고모부도 할아버지 뜻대로 움직인다는 거, 말씀하지 않으셔도 잘 알아요."

"눈치는 빠르구나. 그럼 내 말대로 할 테냐?"

"제 생각을 말씀드리기 전에 하나만 여쭤볼게요."

"그래, 말하려무나."

"정말 마포 프로젝트가 탐나시는 겁니까? 아니면 다른 뜻이 있으신 겁니까?"

나도 방법이 없었다. 솔직하게 물어보는 것만이 할 수 있는 유일한 일이었다.

"다른 뜻? 다른 뜻 뭐?"

"그건 저도 모르겠습니다."

"거봐라. 복잡하게 생각하니 답이 안 나오지. 다른 뜻 없다. IMF 때문에 우리 순양도 돈이 씨가 말랐어. 뭐든 닥치는 대로 해야 한다."

"그렇다고 사랑하는 손자의 밥그릇을 뺏습니까?"

"너는?"

"네?"

할아버지는 턱을 괴고 재미있어 하는 표정으로 바라보기 시작했다.

"넌 10억 달러 빌려주며… 아니, 빌려준 게 아니지. 원화로 바꿔 가면서 자동차 회사를 꿀꺽하지 않았느냐? 환율 좀 편의 봐줬다고 해도 무지막지한 강탈 아니냐?"

어이가 없어 말이 나오지 않았다. 설마 그때 일을 잊지 않고 갚아 주려는 것인가?

"할아버지!"

"이놈아, 귀청 떨어지겠다."

"진심이세요?"

"그럼? 진심이고말고. 자동차에, 그룹 지배지분에… 손해가 막심했어. 이번에 보충 좀 해야겠다."

딱히 반박할 말이 떠오르지 않았다. 달러의 힘을 이용해서 나는 많은 것을 차지했다. 물론 할아버지의 큰 양보와 배려 때문에 가능한 일이기도 했다. 이번에는 할아버지 차례다. 할아버지가 지닌 영향력, 건설업계에서는 아마추어에 불과한 나와 오세현의 약점, 이런 걸 이용해서 큰 돈벌이를 챙기려는 것은 당연한 것 아닌가?

"너무 억울해 하지 마라. 순양건설이 사업 주체가 되더라도 네게 두둑이 챙겨 주마."

"두둑이라는 게 어느 정도입니까?"

"흠, 보자… 대아건설이 빚도 좀 갚고 밀린 급여도 정산할 수 있도록 말이다."

"구체적으로요."

"최소 전체 공사의 30퍼센트 이상은 대아가 맡도록 하마."

이미 전체 규모의 윤곽은 나왔다. 30퍼센트라면 떼돈은 아니더라도 두둑하다고 말할 만하다. 할아버지 입에서 단번에 적당한 수치가 나온 걸 보면 대아건설 임원들이 수시로 할아버지께 보고하는 게 틀림없다. 배신감은 들었지만, 그들을 쫓아낼 생각은 들지 않았다. 내가 순양건설을 차지할 때 꼭 필요한 사람들이니까.

"더 이상은 주지 않으실 거죠?"

"욕심 그만 부려. 30퍼센트라면 충분하다는 것쯤 알 거 아니냐?"

여기서 물러서면 아버지가 만들어 나갈 미디어 제국이 물거품이 된다. 돈벌이가 목적이 아니니 30퍼센트가 충분하더라도 제안을 받아들일 수 없다. 내려다보는 듯한 할아버지의 눈빛을 보며 더는 망설이지 않았다.

"할아버지, 정말 죄송합니다만…."

"그 말 하기 전에 다시 한 번 생각해 보는 게 좋을 게다."

손을 들어 내 말을 끊은 할아버지는 단호하게 경고했다. 하지만 물러서기에는 너무 늦었다.

"어제부터 계속 생각했습니다만 마음이 바뀌지 않더군요. 이번 일은 양보하기 어렵습니다. 만약 제 결정이 할아버지와 맞선다고 하더라도 한번 해보겠습니다. 죄송합니다."

"진심이냐? 후회하지 않을 자신 있어?"

나를 쏘아보는 할아버지의 눈에서 불꽃이 튀는 느낌이다. 온몸에서 피가 쫙 빠져나가는 듯했지만 마음을 다잡았다.

"DMC에서 단 한 푼도 얻지 못해도 후회하지 않겠습니다. 그리고 할아버지를 원망하지도 않겠습니다. 어차피 여기까지 온 건 전부 할아버지 덕분이니까요."

"그 말도 진심이냐?"

"네. 하지만 전부 뺏긴다면… 며칠 정도는 할아버지께 연락드리지 않아도 이해하세요. 조금은 삐질 것 같거든요. 흐흐."

억지로라도 여유 있는 모습을 보여주고 싶었다. 체면은 살려야 사내답게 보이지 않겠는가?

"그것참, 협박치고는 좀 쪼잔하구나. 안부 전화도 하지 않겠다는 게냐? 허허."

"네. 하지만 일주일은 넘지 않도록 노력하겠습니다."

할아버지의 웃음에 긴장이 풀렸다. 나는 자리에서 일어났다. 지금부터 부지런히 움직여야 하기 때문이다. 가장 먼저 고모와 고모부부터 단속해야 한다. 잘 될지는 모르겠지만.

"도준아."

"네."

"내일 아침 일찍 다시 오너라. 나와 싸우기 전에 바람이나 쐬러 가자꾸나."

'이건 또 무슨 속셈이지?'

영문을 몰라 눈만 깜빡거리는 나를 바라보며 할아버지는 호탕하게 웃었다.

▲ ▲ ▲

진영기 부회장은 복잡한 도면이 연상되는 도표를 뚫어지게 쳐다보며 이마를 문질렀다.

"현재는 내가 최대 지분인가?"

"회장님을 제외하면 그렇습니다."

"우호지분을 확보하면? 내가 아버지와 맞설 수 있나?"

"어렵습니다. 회장님 지분을 승계하지 못하면 경영권 확보는 불가능합니다."

머리까지 흔드는 걸 보면 아예 불가능하다는 의미다. 진영기 부회장은 곁에 서서 보고하는 두 변호사를 향해 아주 조심스럽게 입을 열었다.

"만약에 말이야. 아버지가 돌아가시면 지분구조가 어떻게 되나?"

전혀 예상하지 못한 질문에 두 변호사의 얼굴이 하얘졌다.

"이 친구들이! 왜 그리 놀라? 아버님 연세를 생각해 봐. 내일 당장 돌아가신다고 해도 이상한 일이 아니잖아. 아직 승계 작업이 덜 끝났어. 그런 변고에 대비책도 없고…."

변호사들은 표정을 바꿨다. 괜한 오해를 불러일으키면 안 된다. 장남이자 부회장 아닌가?

"회장님 지분은 사모님께서 23퍼센트, 자녀분들은 15퍼센트가량 균등 상속입니다. 이 상태로라면…."

"유언장은? 효력 있는 유언장은 없나?"

"알 수 없습니다. 일단 그룹 변호인단 중에 별도의 유언장을 받은 사람은 없습니다. 하지만 모르는 일입니다. 회장님의 개인 변호사 중에 있을지도요."

"그런데 부회장님, 제 생각이지만 별도의 유언장은 없을 겁니다. 그룹 지분이라면 상속세가 어마어마합니다. 그거 피하자고 지금까지 작업했는데… 개인 유언장이 존재한다면 그룹 지분을 제외한 회장님 사재가 전부일 겁니다. 땅이나 집, 소장품 정도요."

편법 상속이 아니면 수천억, 어쩌면 조 단위의 세금을 내게 될지도 모른다. 그러니 대부분의 재벌가는 살아 있을 때 편법 증여로 경영권을 승계한다. 진 회장이 상속세를 제대로 낼 만큼 양심적인 사람이라고 생각하는 이는 없다.

"그럼 별도의 유언장은 없다고 보고, 균등 상속하면? 경영권은 어떻게 되지?"

"복잡해집니다. 어떻게 뭉치느냐에 따라 회장실의 주인이 바뀔 겁니다."

"어머니가 내 편을 들면?"

"정확한 계산이 필요합니다만… 아 참, 셋째인 진상기 사장은 부회장님 사람 아닙니까? 사모님과 진상기 사장만 회장님 곁에 선다면 문제없습니다."

희망적인 분석을 듣자 진영기 부회장의 얼굴이 밝아졌다.

"괜찮기는 한데… 그래도 아버님 돌아가시기 전에 승계 작업 끝내는 게 제일 좋겠지."

이때 변호사 한 명이 이마를 탁 치며 입을 열었다.

"아, 한 가지 변수가 있습니다. 순양자동차를 넘길 때 지분 17퍼센트 정도가 함께 넘어갔습니다."

"아차차, 그게 있었지. 젠장."

진영기의 밝아진 얼굴이 다시 찌푸려졌다.

"미국 자본이니 큰 변수는 아니겠지?"

"미라클 오세현과 진윤기 사장이 친하다고 들었는데…."

변호사는 조금 걱정스러운 표정이었다.

"윤기는 영화판 사람이라 집안싸움에는 관심 없어. 괜찮을 거야."

진영기 부회장은 막냇동생을 떠올리며 가볍게 손을 저었다. 하지만 지금까지 관심 밖의 동생이 큰 변수로 떠올랐다는 것도 잊지 않았다.

"알았으니까 나가 봐."

변호사들이 머리를 숙이고 나가자 참았던 울화가 터져 버렸다.

"이런 개 같은 경우가!"

털끝만큼도 신경 쓰지 않았던 막내가 갑자기 칼자루를 쥔 셈이다. 더욱이 한 자루뿐이었던 칼이 두 자루로 변하기 직전이다. 생각만 해도 털

끝이 곤두선다.

장남 진영기 부회장이 지분구조를 보며 신경을 곤두세우고 있을 때, 차남 진동기 사장은 아주 가끔 술 마실 때나 피우던 담배를 입에 물고 착잡한 마음을 달래고 있었다. 길게 내뿜은 담배 연기 속에 여러 얼굴이 스쳐 갔다. 가장 오래 연기를 붙든 건 바로 아버지의 얼굴이다.

'빌어먹을 영감탱이!'

종잡을 수 없는 행동, 예측할 수 없는 변덕, 사람 속을 긁어 버리는 심술. 도대체 언제까지 당신이 살아 있을 거로 생각하는지…. 어차피 빈손으로 가야 할 길인데, 집안의 온갖 분란을 일으킬 불씨마저 던지려 한다.

"막내가 참…."

두 막내가 다크호스로 떠오르리라고는 단 한 번도 상상하지 못했다. 막냇동생 진윤기, 막내 조카 진도준, 아끼는 그들이 싸움판에 끼어들지 않기만을 빌었다. 이 싸움은 장남과 차남이면 충분하다. 그런데… 혹시 생각 짧은 형님이 사고나 치지 않을지 그게 더 걱정이다.

▲ ▲ ▲

시끄럽게 울어대는 핸드폰 벨 소리에 잠을 깼다. 눈이 잘 떠지지 않는 거로 봐서는 아직 이른 아침이 분명한데 누굴까?

"여, 여보세요?"

"이놈아. 아침 일찍 오라고 하지 않았더냐? 아직 자는 게냐?"

"아, 할아버지."

시각을 확인하니 새벽 4시가 조금 넘었다.

"지금은 새벽이잖아요. 아침이 아니고요."

"시끄럽다. 빨리 씻고 오너라. 차 막히기 전에 출발해야 한다."

어제 내게 등 돌린 분치고는 목소리가 너무 해맑다. 마치 소풍 가기 전날의 어린아이 같지 않은가? 할아버지 눈치를 봐야 할 처지라 침대에서 벌떡 일어나 재빨리 샤워하고 밖으로 나갔다. 동네 주민 모두가 운전기사까지 부리는 고급 주택가에 택시가 다닐 리 만무하다. 택시가 다니는 큰길까지 가려니 한숨부터 났다.

"실장님!"

갑자기 등 뒤에서 자동차 라이트가 깜빡거리더니 나를 부르는 소리가 들렸다.

"휴, 안 늦었네요. 다행입니다."

김윤석 대리가 차에서 내리며 안도의 한숨부터 내쉰다.

"뭡니까? 오늘은 그냥 쉬라고 했잖아요."

"그럴 수 있나요? 회장님께서 아침 일찍 부르셨다고 말씀하셨잖습니까?"

"그렇다고 이 새벽에 와요?"

김 대리는 슬쩍 목덜미를 긁으며 웃었다.

"혹시나 해서 신 팀장님께 물어보니까 회장님 기준으로 이른 아침이면 새벽 4시라고 그러시더라고요. 그래서 택시도 없을 것 같아 모시러 왔습니다."

이스라엘에 다녀온 후로 그는 많이 변했다. 자신이 내세울 수 있는 가장 큰 장점인 성실을 앞세우고 있다. 내 배려에 아랑곳하지 않고, 할 수 있는 최선을 다해 나를 보필하려는 게 느껴진다. 애틋하기도 하고 고맙기도 했다.

"이거, 덕분에 편하게 됐습니다. 그렇지 않아도 할아버지께서 빨리 오라고 닦달하셨거든요."

"새벽이라 20분이면 갑니다."

처음엔 어두워서 알아채지 못했다. 늘 타고 다니던 순양자동차가 아니다.

“이 차는 뭐죠?”

“아, 어제 차 바꿔서 왔습니다. 회장님 댁에 실장님 차 다섯 대나 있잖습니까? 좋은 거 놔두고 순양차만 타셔서… 제가 실수 한 겁니까?”

순양자동차를 제외하면 전부 부담스러운 차다. 움직일 때는 괜찮은데 뒷좌석에서 내릴 때 주변 사람들의 시선이 쏟아지기 때문이다.

“아뇨, 괜찮아요. 있는 차 쓰죠 뭐. 앞으로 번갈아 가며 탑시다. 하하.”

김 대리의 성의를 무시할 수는 없는 일, 난 웃으며 큰 덩치의 BMW 7xx의 뒷좌석에 앉았다. 김 대리의 말처럼 20분도 걸리지 않아 할아버지 댁에 도착했다.

“수고했어요. 오늘은 그냥 퇴근해요. 더는 일이 없을 것 같으니까.”

머리를 꾸벅 숙이는 김윤석 대리를 뒤로하고 집 안으로 뛰어 들어갔다. 할아버지는 이미 현관까지 나와서 나를 기다리고 있었다.

“새벽 공기가 시원하니 좋지? 어여 가자.”

여전히 목적지를 알려주지 않았지만, 어차피 곧 알게 될 터라 나도 물어보지 않았다. 할아버지와 뒷좌석에 나란히 앉자 차는 미끄러지듯 출발했다. 뻥 뚫린 도로를 달려 순식간에 서울을 벗어났다. 서서히 형태를 갖춰 가는 서해안 고속도로에 올라서는 걸 보니 충남이나 전라도로 가는 것 같았다.

할아버지는 입을 다문 채 창밖만 바라보고 있었다. 희뿌연 여명이 밝아올 때쯤 처음으로 입을 열었다.

“도준아.”

“네.”

“지금 어디로 가는지 궁금하지 않니?”

"궁금해서 미칠 것 같죠. 하지만 할아버지께서 근엄하게 계시니 여쭤 보지 못했어요."

할아버지는 옅은 미소를 보이며 내 무릎에 손을 올렸다.

"지금 가는 곳은 순양그룹이 시작된 곳이지. 바로 군산이다."

군산 그리고 순양그룹이 시작된 곳. 곧바로 기억이 되살아났다. 시험 공부 하듯 외웠던 순양그룹의 역사, 바로 조선미곡창고가 있었던 곳이다.

해방 후 일본인들이 남기고 떠난 재산인 적산, 그중 알짜라고 불리던 조선미곡창고를 불하받아 쌀을 빼돌렸고, 그 쌀 판 돈을 종잣돈으로 지금의 순양그룹을 일궜다.

"조선미곡창고가 아직 남아 있나요?"

할아버지의 눈이 휘둥그레졌다.

"네가 조선미곡창고를 어찌 아느냐?"

"잡지에도 많이 났고 할아버지 인터뷰에서도 종종 말씀하셨잖아요. 순양그룹 직원들은 다 아는데 손자인 제가 모르면 안 되죠."

"어허, 넌 이렇게 또 내 점수를 따는구나. 손자가 열 명도 넘지만 할애비 돈만 빼먹을 줄 알지, 그 돈을 어떻게 벌었는지 아는 놈은 너밖에 없을 게다."

내가 정상적인 손자였다면 나 역시 관심 없었을 것이다. 할아버지의 인생이 궁금한 손자는 찾아보기 힘들다.

"전쟁 때 미군들이 쓴다고 그 창고를 뺏어 가서 한참 뒤에 되찾았지. 지금은 역사박물관으로 변했어. 의미 있는 일이다 싶어 내가 나라에 기증했다. 덕분에 내 돈 한 푼 들이지 않고 깨끗하게 보존하는 게지."

"역사박물관이라면 혹시 할아버지 이야기도 나와 있나요?"

"천부당만부당이지. 내가 도둑질한 것을 기록으로 남겨 둬서야 되겠느냐? 허허."

"아, 그때 쌀을 빼돌려서…."

할아버지는 머리를 끄덕였다.

"그때 알았다. 작은 도둑질은 나쁜 놈이라고 손가락질받고 처벌받지만 큰 도둑질은 아무런 탈이 나지 않는다는 것을 말이다. 왜 그런지 아느냐?"

"너무 크면 건드리기 힘들어서요?"

"그런 점도 없진 않지만, 진짜 큰 도둑놈들이 권력을 쥐고 있기 때문이다. 도둑질한 돈 일부를 상납하면 그들이 눈감아 주기 때문이지."

정경유착의 시작인가?

"그럼 그때 빼돌린 쌀도…?"

"그래. 힘 있는 사람들과 나눠 가졌지. 그 돈으로 공장을 세우고 회사를 만들었다. 돈을 얼마나 벌었는지 세어 볼 틈도 없었다."

조금 상기되어 젊은 시절을 회상하는 할아버지의 표정은 더할 나위 없이 즐거워 보였다.

"그때는 버는 돈 전부를 쏟아부어 회사를 늘렸다. 순양 이름을 단 공장이 늘어나고, 건물이 많아지자 이제는 뺏기지 않고 지키는 것이 전부다. 재미없는 일이지."

"큰할아버지와 결별하신 건 순양을 지키기 위함이었습니까?"

나는 할아버지의 눈치를 살피며 조심스레 물었다. 철면이라는 할아버지, 그는 형제까지 찌른 사람 아닌가? 어떤 심정이었을까?

"아니다. 살아남으려고 그랬다."

놀라지도 않고, 당황하지도 않고 담담하다.

'생존하기 위해 형제를 배신한 건 거리낄 것 없다고 여기시는 건가?'

"군부가 정권을 장악하고 국민의 지지를 얻으려 부자들을 두드려 패기 시작했어. 그때 형님은 지금으로 치면 공장장이었다. 회사 경영은 몰랐지. 어차피 순양은 정권의 타깃이었어. 나 아니면 형님, 둘 중 한 명은 정권의 회초리를 맞아야 했다."

자동차는 공사 중인 고속도로를 벗어나 국도로 접어들었고 할아버지는 창문을 조금 열어 시원한 아침 공기를 들이마셨다.

"내가 잡혀가면 순양은 다른 놈들 손에 들어가는 게 불 보듯 뻔하니 독하게 마음먹었어. 형님을 팔아넘겼다."

지키기 위한 어쩔 수 없는 선택인지, 전부를 갖기 위한 배신인지… 무엇이 진실일까? 더는 묻지 않았다. 어차피 호기심일 뿐, 진실을 안다고 해서 달라질 건 없다.

"너는 어떠냐?"

"네?"

"너도 네 것을 지키기 위해 가족을 팔아넘길 수 있는지 묻는 게다."

진심을 말해야 할지, 할아버지가 원하는 대답을 해야 할지, 쉽게 판단이 서지 않는다. 지나다니는 차 한 대 없지만, 사거리 신호 대기 때문에 멈춰선 차 실내는 엔진의 공회전 소리만 나지막이 들렸다.

"저는…."

이번에는 잔머리 굴리지 않기로 했다. 내 마음을 솔직하게 말하고 할아버지의 반응을 보고 싶었다. 하지만 더는 말을 이을 수 없었다.

부와아아앙!

요란한 자동차 굉음 소리가 들렸고 순식간에 눈앞이 하얗게 변했다.

콰, 콰쾅! 쿵!

나는 온몸으로 할아버지를 감싸 안은 후 깨진 유리 파편이 쏟아지는 걸 느끼며 정신을 잃어 갔다. 꺼져 가는 의식의 끝자락을 잡으려 안간힘을 쓰는 가운데 머릿속엔 억울함만 가득했다.

진짜 진도준이 죽은 해를 정확히 기억하지 못한 것이 분통 터졌다.

스무 살인 줄 알았는데 아니었다. 그리고 두 번째 생을 사는 기적을 겨우 10년으로 끝내 버리는 신의 계획에 화가 났다. 장난치는 것도 아니고. 또 있었다. 이제 겨우 긴 싸움을 시작할 채비를 갖추었는데 시작도 못한 것과 계좌에 쌓여 있는 내 돈을 생각하니 더 원통해서 죽을 것 같았다. 아니, 이미 죽어 가고 있나? 마지막으로 진씨 일가를 내 앞에 무릎 꿇리지 못한 것이 가장 분했다.

'젠장, 어떻게 생겨 먹은 인생이 이따위인가? 두 번의 죽음 모두가 객사인 것도 모자라 억울하고 분한 기억만 안고 가야 한다니.'

6장

세 번째 후계자 후보

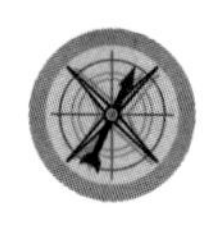

"정신이 듭니까?"

눈도 제대로 뜰 수 없는 밝은 빛, 귓가에서 들리는 손가락 튕김이 만들어 내는 딱딱거리는 소리….

'안 죽고 살았나? 아니면 큰 수술이라도 끝내고 아직 생사를 오락가락하는 걸까?'

하지만 몸이 덜컹거리는 게 느껴졌다. 게다가 뿌연 시야에 흐릿하게 보이는 것이 낯설지 않았다. 바로 TV나 영화에서 보던 모습이었다.

'구급차인가?'

"하… 할아…."

알려야 했다. 순양그룹 회장의 정체를 밝히면 조금이라도 더 신경 쓰지 않을까?

"아… 말씀 마… 세요. …괜찮…."

귓가에서 윙윙대기만 할 뿐 명확히 들리지 않았다. 괜찮다는 뜻일까?

"수… 순양… 그룹…."

"네? 순양그룹요?"

"회, 회장님… 입니다."

다시 정신을 잃었다.

▲ ▲ ▲

"야! 방금 순양그룹 회장이라고 말한 거 맞지?"

"네. 그 노인, 어쩐지 낯이 익더라니."

구급요원은 서로를 바라보다 곧바로 휴대전화를 꺼내 들었다.

"거기 환자 상태 어때?"

"한가하다, 너! 끊어, 새끼야."

"그 노인네 순양그룹 회장님 같아. 잘 확인해 봐."

"헉!"

전화기에서 숨 멎는 소리가 들리더니 다시 짜증이 터져 나왔다.

"맞다. TV에서 봤던 그 얼굴이다. 젠장, 이거 보통 일이 아닌데…."

"내가 병원에 연락할 테니까 상태 잘 살펴. 잘못되면 우리 인생도 조지는 거야."

안타까움, 불안, 걱정, 두려움이 가득한 구급차들이 충남 공주의료원으로 달려갔다. 응급실 밖에서 대기하던 의료진들은 구급차에 실려 온 환자의 상태를 확인하고는 모두 낭패감을 느꼈다.

"호흡도 희미하고 출혈이 심합니다. 가슴 아래가 다 으스러진 것 같습니다. 골반도…."

"알았어요. 자, 빨리 뛰어."

의사의 말이 떨어지기도 전에 의료진들은 수술실로 사력을 다해 뛰었다. 수술실로 달려가지 않은 병원 직원은 구급대원에게 말했다.

"뒤따라오는 환자들 상태는요?"

"두 명은 양호하고 두 명은 그보다는 나쁩니다. 하지만 심각한 수준은 아니고요."

"알았어요. 고생했습니다."

병원 직원은 방금 수술실로 들어간 중상자만 구하면 된다는 사실에 안도의 한숨부터 나왔다.

▲▲▲

다시 정신을 차렸을 때 눈부신 형광등 불빛 때문에 눈을 제대로 뜰 수 없었다. 안 죽었다. 아니, 의외로 멀쩡한 듯 느껴졌다. 어찌 된 일일까? 할아버지와 대화를 나누느라 무슨 일이 일어났는지 도무지 알 도리가 없다, 교통사고라는 것밖에.

형광등의 밝은 불빛이 익숙해졌을 때 가장 먼저 내 몸을 훑었다. 링거 하나가 대롱거리며 걸려 있는 게 전부다. 몸 곳곳이 쓰라렸는데 파스처럼 큰 밴드가 덕지덕지 붙어 있다.

"아, 정신 들었어요?"

환한 미소로 호감을 잔뜩 드러내는 간호사가 이마와 팔목, 목덜미를 만졌다. 곧이어 흰 가운을 입은 의사가 나타나 작은 손전등을 눈에 대며 말했다.

"제 손가락만 보며 눈동자를 움직이세요."

움직이는 의사의 손가락을 손으로 툭 쳐냈다.

"할아버지는요? 많이 다치셨습니까? 상태는요?"

"됐네. 멀쩡한 것 같은데?"

의사는 손전등을 끄고 가운 주머니에 넣었다.

"함께 실려 오신 분이 자네 할아버지신가?"

"네."

"그분도 괜찮으시다네. 곧 깨어나실 것 같긴 해. 사고 당사자 다섯 분 중의 한 명만 수술 중이야. 너무 염려 말아요."

'다섯? 도대체 몇 대가 사고 난 걸까?'

궁금증은 뒤로하고 해야 할 일부터 처리해야 한다.

"선생님, 우리 할아버지, 순양그룹 회장님입니다. 병원이 시끄러워지기 전에 조치부터 부탁합니다."

"조치?"

"네."

의사는 미간을 찌푸렸다.

"순양그룹 회장이면? 어쩌라고? 가벼운 교통사고 난 게 뭐 대단한 거라고 특별대우 받으려고 해? 경찰도 불러야 하고 사고 경위도 파악해야 해. 여긴 지방 국립의료원이라 VIP 특실 같은 것도 없어."

의사는 내 말을 오해한 것 같다. 사회 특권층이 특별대우를 요구하는 것으로 생각했나 보다.

"VIP 대접 바라는 게 아닙니다. 깨어나시면 저부터 찾으실 테니 제가 곁에 있어야 합니다. 그리고… 아, 아닙니다. 어차피 막을 수 없을 테니까…. 아무튼 감사합니다. 선생님."

의사가 간호사에게 눈짓하자 간호사들은 커튼을 걷고 침대를 움직였다.

"일단 검사부터 할게요."

"보호자 연락처 좀 주세요. 사고 사실 알려야…."

간호사들이 연이어 입을 열었다.

"그건 지금 곤란합니다. 일단 할아버지부터 좀 만납시다."

교통사고 사실을 집안에 알리는 건 할아버지의 판단에 맡겨야 한다. 보통사람에게는 당연한 일이겠지만 할아버지의 교통사고는 우리나라 주식시장을 출렁이게 하는 영향력이 있다. 공식적인 발표가 아니면 새어 나가서는 안 된다.

"고집도 참… 알았어요. 검사 끝나면 바로 같은 병실에 보내드리죠."

▲ ▲ ▲

진 회장은 정신이 들자마자 자신의 팔에 꽂힌 수액을 만지작거리는 간호사에게 말했다.

"아, 아가씨 전화기 좀…."

"어머, 할아버지. 깨어나셨네. 잠깐만요. 선생님 불러…."

"빨리 핸드폰 좀 줘. 어서!"

하지만 간호사는 진 회장의 말을 무시하고 방긋 웃었다.

"지금은 안정을 취하셔야 해요. CT 찍었는데 괜찮으시다니까 조금 쉬시면…."

"거참, 어서!"

벼락같은 호통 소리에 화들짝 놀라 뒷주머니에 꽂아 두었던 휴대전화를 내밀었다. 순양그룹 회장님이라는 소리를 들었는데… 사실일지도 모른다는 생각이 들었다.

진 회장은 전화번호가 기억나지 않는지 한참을 끙끙대다 버튼을 눌렀고 잘못 걸었다는 퉁명스러운 대답을 몇 번 듣고 나서야 원하는 사람과 연결되었다.

"네, 회장님. 바로 조치하겠습니다."

아침 일찍 생각지도 못한 진 회장의 교통사고 전화를 받은 이학재 실장은 식은땀이 쫙 흘렀다. 다행히 크게 다치지는 않았다고 하니 마음이 놓였다. 진 회장과 통화를 끝낸 이학재 실장은 곧바로 전화를 걸기 시작했다.

"순양시큐리티 직원 중에 최고 베테랑 스무 명 뽑아서 지금 당장 충남 공주의료원으로 보내. 내가 먼저 가 있을 테니 내 지시 따르라고 말해 놓고!"

보안이 중요하기 때문에 신속하게 보안 요원을 병원으로 보내야 했다.

"공주의료원 원장 찾아서 내 핸드폰으로 전화 연결해, 빨리!"

마지막으로 가장 중요한 지시 사항도 처리했다.

"청장님, 순양 이학재 실장입니다."

경찰청장에게 몇 가지 부탁을 끝내고 대기 중인 차에 올랐다.

"지금 공주의료원으로 빨리 가야 해. 한강 다리 건너기 전에 경찰 호위 붙을 거야. 최대한 속도 올려."

한남동을 빠져나와 반포대교 진입로가 보일 때 네 대의 오토바이가 앞장서며 사이렌을 울리기 시작했다.

공주의료원의 유 원장은 아침도 거른 채 병원으로 달려갔다. 한평생 지방에서 조용히 살던 그에게 이게 무슨 날벼락인지 모를 정도의 유별난 아침이다. 순양그룹 실세라는 사람과 통화할 날이 올 줄이야! 그보다 더한 것은 통화 내용이었다. 한국 제일의 부자라는 순양그룹 진양철 회장이 자신의 병원 응급실에 실려 왔단다.

유 원장은 병원에 도착하자마자 지금 수술실에 들어간 사람들을 빼고 오늘 아침 사고를 처리한 모든 의료진을 한자리에 소집했다.

"모두 입단속 철저히 해. 이 사실이 밖으로 나가면 병원은 아수라장이 된다. 기자들 몰려올 테고 방송국 카메라까지 등장할지 몰라. 순양그룹 측에서 절대 비밀 유지를 부탁했다. 그리고 우리에게 폐를 끼치지 않겠다고 했으니 그리 알고. 모두 알아들었으리라 믿는다."

직원들 입막음을 단단히 하고 곧바로 병실로 달려갔다.

"회장님, 몸은 괜찮으십니까? 어디 불편한 곳은 없으신지요?"

진 회장은 깍듯이 인사하는 유 원장을 보며 머리를 끄덕였다.

"이거, 아침부터 소란스럽게 해서 미안허이. 내 몸 상태야 의사 선생님들이 괜찮다고 하니 괜찮겠지. 그보다 부탁 좀 함세."

"네. 말씀하십시오."

"병원 식구들에게 입단속은 단단히 하셨고?"

"네. 철저히 함구하도록 조치했습니다."

"고맙네. 그리고 좀 있으면 우리 직원들과 내 자식 놈들이 달려올 걸세."

"벌써 연락하셨습니까? 저희가 연락드려야 하는데…."

"아니야. 손 멀쩡하고 입 멀쩡한데 누가 하든 무슨 상관인가?"

"네. 그리고 손자분도 크게 다친 데는 없다고 들었습니다. 지금 몇 가지 검사 중인데 끝나고 바로 이곳으로 모시겠습니다."

"나도 들었네. 그보다 말이야, 무리한 부탁인 줄 알지만 나와 내 손자, 중환자실로 좀 보내 주게."

"네?"

"사정은 나중에 듣고 우리 두 사람도 크게 다친 거로 하자고. 수술도 했고 결과는 지켜봐야 한다, 뭐 그런 식으로."

진 회장은 허허 웃으며 눈을 찡긋하는 여유까지 보였다.

"아마 가장 먼저 달려오는 사람은 우리 이학재 실장일 걸세."

"아, 네. 저도 그분 전화 받았습니다."

"그래. 자세한 사정은 그 친구가 잘 설명할 테니 내 말대로 좀 해주게나. 내가 충분히 보답할 테니 부탁함세."

"아닙니다, 보답이라니요. 그렇게 하겠습니다."

"고마우이. 참, 이 실장 오면 그 친구만 몰래 병실로 들여보내 주게."

"네, 회장님."

유 원장은 왜 이런 부탁을 하는지 생각하지 않기로 했다. 그저 이 난리가 조용하고 원만하게 끝나고 다시 평화로운 일상으로 빨리 돌아가기만을 빌 뿐이었다.

▲ ▲ ▲

"할아버지!"

"아이고, 내 새끼. 괜찮으냐? 어디 다친 데는 없고?"

"좀 긁힌 게 전부예요. 저보다 할아버지는 어떠세요?"

"의사가 괜찮다고 하더구나. 네 녀석 멀쩡한 거 보니 다행이다 싶다. 허허."

할아버지는 내 손을 꼭 잡고 볼을 쓰다듬었다.

"그런데 여긴 중환자실인데 왜…?"

"며칠만이라도 조용히 좀 지내자꾸나. 그리고 내가 따로 조치해 놨으니 사고는 잊어라."

"하지만 심한 중상자가 있다고 들었습니다. 혹시 기사님이면 어떡하죠?"

"흥분하지 마라. 몸 상한다. 내가 다 알아서 하마. 수술 중이라고 하니 기다리자."

"네."

참으로 천만다행이다. 내가 살아남았고 할아버지도 멀쩡하다. 신은 내게 준 기회를 거두어 가지 않았다. 우리 두 사람은 한동안 말없이 눈빛만 주고받았다.

사고 때 내가 할아버지를 보호하려 감쌌던 게 기억났다. 그건 조금도 계산하지 않은 본능이었다. 나는 순양을 차지하기 위한 기특한 손자 행세는 이미 오래전에 끝냈다는 걸 깨달았다. 이분은 나의 친할아버지이며 나는 친손자다. 그 이상은 없다. 지금에야 내 마음을 알았다. 눈물이 쏟아지려는 걸 간신히 참아 냈다.

그때 병실 문을 두드리는 노크 소리가 들리더니 병원장이 들어왔다.

"쉬시는 데 방해가 됐는지요?"

"아닐세. 들어오게."

병원장은 우리 둘의 눈치를 살피며 조심스레 피 묻은 신분증과 명함 하나를 내밀었다.

"지금 수술 중인 분의 지갑을 찾았습니다. 그 속에 있던 건데… 혹시 아시나 해서 가져왔습니다."

나는 피 묻은 명함에 적힌 이름을 보고 얼어붙었다. 사고보다 더 큰 충격이었다. 순양그룹 전략실 대리 김윤석. 이자가 왜? 퇴근해서 집에서 편히 쉬고 있어야 할 사람이 왜 수술대에 누워 있다는 말인가?

"누구냐? 아는 사람이야?"

놀란 나를 보며 할아버지는 손에 들린 명함을 낚아챘다.

"뭐냐? 우리 직원이었던 게냐?"

"아, 네. 제 전담 수행직원입니다. 오늘 새벽에 절 데려다줬어요. 퇴근하라고 했는데…."

말하다 보니 상황이 그려졌다. 김 대리는 내 말을 무시하고 자기가 할 수 있는 최대치의 성실함을 지킨 것이다. 내가 집으로 들어갈 때까지 나를 수행한다는 직무를 다했다. 그렇다고 몸까지, 아니 목숨까지 던질 줄이야?

할아버지는 이 상황을 대번에 이해한 듯 병원장을 향해 입을 열었다.

"이 친구 살 수 있소?"

"지금 최선을 다하고 있습니다."

의사가 할 수 있는 말은 이것이 전부다. 사람의 목숨을 놓고 장담하지 않는 게 의사 아닌가?

"꼭 살려 주시게. 어쩌면 우리 생명의 은인인 것 같으니…."

"네, 회장님."

"혹시 내 말이 기분 상하더라도 오해는 마시게. 필요하다면 순양의료원으로 옮기는 게 어떨까 하는데?"

"지금은 무리입니다. 일단 수술을 끝내고 상태를 봐야 합니다. 작은 충격에도 쇼크가 올 수 있습니다. 앰뷸런스는 물론이고 헬기도 위험하니까요."

"좋아요. 그 판단은 병원장에게 맡기지. 하지만 뭐든 괜찮으니 필요한 거 있으면 주저 말고 말씀하시게. 의료진이든, 장비든 말일세."

"네. 수술 끝나면 다시 말씀드리겠습니다."

병원장이 물러나자 할아버지는 나를 위로했다.

"네 녀석은 인복도 좋구나. 이런 사람을 만나다니."

나를 위해 목숨을 던지는 사람, 현실감이 없었다.

"나 대신 옥살이 한 놈은 많아도 목숨까지 내놓은 놈은 없었는데…. 넌 이 빚을 어떻게 갚아야 할지 고민이겠구나."

"그 빚, 저만 진 게 아닌 것 같은데요?"

"그렇구나. 나도 이 친구에게 단단히 빚졌구나. 허허."

할아버지는 피 묻은 명함을 다시 내려다보았다.

"좀 주무세요. 적어도 수술 끝마칠 때까지는 할아버지나 저나 할 수 있는 일이 없을 것 같습니다."

"그래, 좀 쉬자꾸나."

할아버지는 눈을 감았지만 나는 편히 쉴 수 없었다. 혹시라도 김윤석 대리가 수술실에서 살아 나오지 못한다면 갚을 길 없는 빚을 영원히 지고 살아야 한다. 마음 한구석이 묵직하다.

▲▲▲

공주시에 접어든 이학재는 잠시 차를 세웠다. 앞서가던 경찰을 불러 그들의 도움에 감사를 전하고 적절한 보답도 했다. 그리고 병원보다 먼저 들러야 할 곳이 있었다.

"공주경찰서로 가자."

경찰서에 도착한 이학재는 성큼성큼 서장실로 들어갔다. 이학재의 명함을 받은 서장은 공손한 태도를 보였다.

"청장님께 연락받았습니다. 그런데 이렇게 일찍 도착하실 줄 몰랐습니다."

"워낙 다급해서 말이죠. 좀 세게 밟았습니다."

"현장에 출동했던 애들 입은 단단히 막아 뒀습니다. 그 점은 안심해도 될 겁니다."

"신경 써주셔서 감사합니다. 그런데 상황은 파악하셨습니까?"

"현장 조사는 좀 더 해야겠지만 교통계 선임자들 의견은 이렇습니다."

경찰 서장은 A4 용지 위에 그림을 그리기 시작했다.

"스키드마크를 확인하니 회장님 차는 신호 대기였습니다. 그런데 교차로 좌측에서 트럭이 직진하다, 왜 핸들을 꺾었는지 모르겠지만, 회장님 차로 돌진한 겁니다."

"그렇다면 회장님은 크게 다쳤을 것 같은데…."

"그렇죠. 그런데 이때 회장님 후방에 차 한 대가 더 있었습니다. 그게 BMW였는데… 트럭과 회장님 승용차 충돌 전에 트럭을 그냥 쾅하고 들이받았어요. 아스팔트에 BMW의 급출발을 알 수 있는 타이어 자국이 선명합니다. 그 덕분에 트럭의 방향이 틀어졌고…."

이해하기 힘든 표정의 이학재를 보자 서장은 고개를 갸웃거렸다.

"회장님 수행비서 차량이라고 짐작했는데 아닙니까?"

"혹시 BMW 운전자는…?"

"중상이죠. 아무리 안전한 독일 차라고 해도 8톤 트럭을 그대로 갖다 박았는데 멀쩡할 수가 없죠."

"그러니까 회장님 승용차는 2차 충돌이군요."

"네. 그나저나 순양 회장님 수행비서들은 정말 대단하군요. 주군을 위해 목숨까지 초개처럼 던지다니요. 감동했습니다."

"혹시 그 사람 신분이나 이름 파악했습니까?"

"네. 지갑이 나왔습니다. 잠깐만요. 어디 적어 뒀는데…."

서장은 책상 위에서 메모지 한 장을 들고 왔다.

"전략실 김윤석 대리라고, 아십니까?"

당연히 모른다. 전략실이라는 부서의 역할만 잘 안다. 이건 천천히 알아보면 되고….

"혹시 트럭 운전사는…?"

"그자도 부상이 심해서 치료 중입니다. 염려 마십시오. 형사 하나 붙여 뒀습니다. 어디로 내빼지는 못합니다."

서장은 이학재의 눈치를 살피며 조심스레 물었다.

"혹시 께름칙한 일이라도 있습니까?"

"아, 아뇨. 이른 아침이니 밤새워 운전한 트럭 기사가 졸았겠죠. 그런 일 많지 않습니까?"

"저희도 일단 그렇게 생각합니다만, 조사는 더 해봐야…."

"서장님."

"네."

이학재는 손짓으로 서장의 입을 막아 버렸다.

"그보다 먼저 트럭과 운전기사 정보 좀 주시겠습니까?"

서장은 사고 보고서를 내밀었다.

"트럭 번호와 기사 신상입니다. 말씀드린 대로 조사는 좀 더…."

"청장님이 다시 연락하실 겁니다. 그냥 덮어 주세요."

"네?"

"아시다시피 회장님의 사고는 여러 분야에 악영향을 미칩니다. 피해자는 우리 직원이니 문제없을 겁니다."

청장님의 지시고 순양그룹의 부탁이다. 서장으로선 더 고민할 필요가 없다. 귀찮은 일 하나 줄인 게 어딘가?

"아이고, 순양그룹이 하는 일인데 어지간하겠습니까? 편할 대로 하십시오."

여기서 해야 할 일은 끝났다. 이학재에겐 이제 병원으로 가서 그쪽 입 막고 눈 막는 일만 남았다.

▲▲▲

병원장의 안내를 받아 이학재 실장이 조심스레 문을 열고 들어왔다.

"이 실장님."

혹시 자고 있는 할아버지가 깨어날까 싶어 목소리를 낮췄다. 이 실장은 침대를 힐끗 보더니 내 곁으로 다가왔다.

"넌 좀 어때? 괜찮으냐? 검사는 다 받았고?"

"네. CT 찍었는데 큰 이상 없습니다."

"다행이다. 회장님도 괜찮으시지?"

"네."

이 실장은 여전히 할아버지 침대에서 눈을 떼지 못했다.

"참, 김윤석이라고 아니?"

"네, 제 수행원입니다. 전략실요."

"역시 그렇군. 그런데 이 친구가 왜 따라붙었지?"

이 실장이 조금은 미심쩍어하는 표정이기에 내가 김 대리의 마음을 되짚어 보며 설명하자 고개를 끄덕였다.

"그 친구, 충정이 대단하네. 덕분에 너도, 회장님도 목숨을 건진 것 같아."

"그렇습니까? 저도 그렇지 않을까 짐작만 하고 있었습니다."

"맞아. 이 친구가 달려오는 트럭을 들이받았어. 그 때문에 진로가 확 바뀌어서 멀쩡한 거야."

"왔나? 깨우지 그랬어."

할아버지가 상체를 일으켰다.

"회장님, 그냥 누워 계십시오."

이 실장이 급히 달려가 부축했고 난 침대 등받이를 세웠다.

"도준아. 옆방에 좀 가 있거라. 할애비는 이 실장과 할 이야기가 좀 있다."

"네."

나는 조용히 병실을 나오며 문을 꼭 닫았다.

▲ ▲ ▲

"그래, 조치는 다 취했나?"

"네. 이곳 서장에게 사고 자체를 지우라고 했습니다. 원장 만나서 사고 내용이 새어 나가지 않게 다시 한 번 일러뒀고요."

"사고 내용은? 들은 게 있어?"

이학재는 경찰서장과 나눴던 내용을 고스란히 전달했다.

"트럭 기사 뒷조사는 이미 지시했습니다. 파다 보면 뭔가 나올 겁니다."

"왜? 뭔가 있을 것 같나?"

진 회장이 눈을 빛내며 묻자 이학재는 조금 당황했다.

"만약을 생각해야 하니까요. 회장님께서도 의구심을 지울 수 없으니 아직 가족분들에게 연락하지 않으신 거 아닙니까?"

"내가 군산으로 간다는 걸 아는 사람이 없다. 단순한 졸음운전일 수도 있어."

"트럭 기사가 깨어나면 확인해 보겠습니다."

이학재가 승낙을 바라는 눈으로 바라보자 진 회장은 조용히 머리를 끄덕였다.

"잡음 나지 않게 조용히 처리해."

"네. 그런데 가족분들에게는 언제 연락할까요?"

"일단은 기다려 봐. 어차피 소문은 날 거니. 병원에 사람이 한둘인가? 자네가 적당히 둘러대. 온천에서 휴양한다고 해도 좋고."

"알겠습니다."

이학재는 진 회장의 눈치를 보며 조심스레 물었다.

"도준이를 데리고 군산으로 가시려고 했던 건 바로 그 뜻입니까?"

군산의 조선미곡창고, 순양그룹이 출발점. 그곳에는 비밀이 있다. 순양의 극소수만 알고 있는 비밀의 장소. 박물관으로 변했지만, 그곳 지하실 역시 박물관이다. 진양철 회장의 개인 박물관. 어린 시절부터 현재까지, 그의 기억을 자극하는 사소한 물건들을 보관하는 장소로, 인생 역정을 차분히 돌아볼 수 있는 기억의 박물관이다.

그곳에서 장남 진영기와 차남 진동기는 각자 순양의 후계자 작위를 받았다. 오늘 진도준은 세 번째 작위를 받을 뻔한 것이다.

"그래. 왜? 도준이가 부족해 보여?"

"아, 아닙니다. 어리지만 출중하다는 건 잘 압니다."

이학재는 진도준의 비밀을 알고 있다. 수백억을 수조 원으로 만든 놈 아닌가? 재주도 놀랍지만 그걸 비밀로 하는 치밀함이 더 놀랍다.

"이미 두 아드님이 다녀갔고, 도준이는 세 번째입니까? 아니면…."

말끝을 흐렸다. 아들들을 지우고 손자로 방향을 틀었는지 묻고 싶었지만, 입에 담기에는 거북한 말이다.

"그냥 세 번째라고 해두자. 아직은…."

"네. 회장님 뜻, 잘 알겠습니다."

이학재가 고개를 숙이자 진 회장은 피식 웃었다.

"아들놈들은 순양그룹을 잘 이끌어 달라는 말에 날 듯이 기뻐했어. 도준이 저놈은 어떤 표정을 지을지 궁금했는데 못 본 게 아쉽구먼."

"진중한 성격이니 담담한 표정 아니었을까요?"

"어쩌면 손사래 치며 거절했을 수도 있어."

"네? 설마요?"

순양그룹 후계자를 거절한다? 돈에 욕심 없든지, 겁먹든지 둘 중 하나지만 진도준은 어디에도 해당하지 않는다.

"저놈이 얼마나 음흉한데?"

진 회장은 아예 낄낄대며 웃었다.

"이제 갓 스물 넘은 놈이 목숨 던져 가며 충성하는 부하까지 만들었다. 학재 넌 나 대신 죽을 수 있냐?"

"이제는 못 합니다. 저 죽기만 기다리는 마누라와 자식 놈이 셋입니다. 제 돈 펑펑 쓰고 싶어 안달이지요. 억울해서 어떻게 죽겠습니까?"

쓸쓸히 웃으며 이야기하는 이학재를 보며 진 회장은 눈을 동그랗게 떴다.

"너도 나이 많이 먹었구나. 죽는 거 무서워하는 걸 보니 말이야. 허허."

"섭섭하지 않으십니까?"

"나 대신 옥살이 3년 한 네게? 내가 말을 안 해서 그렇지 늘 고맙게 생각한다는 것만 알아 둬."

"말 대신 돈을 챙겨 주셨으니 회장님 마음은 잘 압니다. 하하."

진 회장은 자신 앞에서 스스럼없이 말하는 이학재를 보니 새삼 세월이 많이 지났음을 느꼈다. 이제 자신의 시대는 저물었다. 다음 시대는 누구 손에 들어가는지 지켜보는 재미도 쏠쏠할 것 같았다. 이때 문을 두드리는 소리와 함께 유 원장이 들어왔다.

"실장님, 사람들이 찾아와서 실장님을 찾습니다."

"아, 바로 나가겠습니다."

이 실장은 일어서며 말했다.

"혹시나 해서 보안 요원들 좀 불렀습니다. 전 나가서 일 보겠습니다. 좀 쉬십시오."

▲ ▲ ▲

의료원 정문부터 중환자실로 통하는 입구 그리고 진 회장의 병실까지 정장 입은 사내들이 죽 늘어섰다. 이들은 이학재 실장의 지시만 따를 것이다. 즉, 이 실장의 허락 없이는 가족도 진 회장의 얼굴을 보지 못한다는 뜻이다. 요원들의 철저한 장벽 안에서 난 오랜만에 푹 쉴 수 있었지만 이마저도 쉽지 않았다.

"이놈아, 맥주 한 잔쯤이야 괜찮지 않냐?"

"할아버지, 우리 생명의 은인이 지금 생사를 건 수술 중입니다. 최소한 수술 끝날 때까지만이라도 기도하는 심정으로 기다려야죠. 술은 무슨!"

또 하나의 사실을 알았다. 건강한 노인이 병실 침대에 누우면 먹고 싶은 게 많아진다. 불만 가득한 할아버지의 구시렁거리는 소리를 못 들은 체하며 수술이 끝나기만 기다렸다. 김윤석 대리가 수술대에 누운 지 열여섯 시간이 지났을 때 병원장과 수술 집도의가 밝은 표정으로 들어왔다.

"회장님, 방금 수술 끝났습니다. 다행히 수술은 성공적입니다."

성공적이라는 말에 눈물이 왈칵 쏟아질 뻔했다. 할아버지도 손뼉을 짝 치며 침대에서 일어났다.

"다행이구먼. 정말 고생했어요."

"감사합니다, 선생님. 정말 고맙습니다."

집도의의 손을 꽉 잡아 보니 그가 얼마나 힘들었는지 알 것 같았다. 온몸의 기운이 다 빠져나간 것 같고, 피곤이 몰려오는지 손이 덜덜 떨렸다.

"아닙니다. 마땅히 해야 할 일을 했을 뿐입니다."

"김윤석 씨는 회복실로 옮겼습니다. 다행히 내장 손상은 적어 회복은 빠를 것 같습니다. 경과를 지켜보다 면회 가능할 때 다시 알려드리겠습니다."

집도의는 겸손을, 병원장은 생색을, 역할은 분명하다.

"내가 감사의 표시는 따로 하지. 피곤할 텐데 어서 가서 푹 쉬어요."

"참, 회장님. 환자 보호자 연락은 따로 취하지 않았습니다만…."

"이미 조치했을 거외다. 지금쯤 가족이 이쪽으로 오고 있을 거요."

두 사람이 머리를 숙이고 병실을 나가고 난 뒤에야 나는 큰 숨을 내뱉었다.

"참으로 다행이지 않으냐?"

"네. 정말 평생 어깨에 무거운 짐을 지고 살아갈 뻔했습니다."

"평생은 아닐 게다. 허허."

"네?"

"은혜는 쉬이 잊고 원한은 오래 가는 게야. 인간이라는 게 원래 그렇다. 친구가 급하다고 해서 빌려주고 못 받은 돈은 평생 잊지 않지만, 빌려서 다 써버린 빌린 돈은 언제, 누구에게 빌렸는지 기억도 안 나는 법이다."

그럴지도 모른다. 하지만 은혜를 잊지 않도록 그 기억을 끝까지 간직하려고 애쓰는 것 또한 인간 아닌가?

할아버지는 심각한 이야기를 그만두고 다시 술타령을 시작했다.

"이제 술 한잔해도 되겠지? 어떠냐?"

"네. 수술 성공 축하주 마셔야죠. 뭐 드시고 싶으세요?"

할아버지는 입맛을 다시며 아주 잠깐 생각하시더니 가볍게 손뼉을 쳤다.

"우리 오늘 먹은 게 없구나. 든든한 거로 먹자. 닭백숙하고 동동주 한 잔할까?"

"병원에서는 젖은 닭이 아니라 튀긴 닭이 제격이죠."

"통닭?"

할아버지는 못마땅한 표정이었다. 나이 든 분이라 기름기 많은 것이 내키지 않으신가 보다.

"그럼 백숙이랑 치킨 둘 다 먹죠. 대신 술은 가볍게 맥주 한 캔 하는 거로 하시죠. 동동주는 너무 무겁습니다."

병실 밖을 지키는 직원에게 배달을 부탁했다. 백숙 때문인지 한참 후에나 음식이 도착했다. 밤 10시가 넘었는데 어디서 백숙을 구해 왔는지, 대단한 사람들이다. 병실로 가져온 치킨을 본 할아버지는 눈만 껌벅였다.

"이게 뭐냐? 뭔 통닭이 거무죽죽해?"

"간장 양념 치킨입니다. 혹시 처음 보세요?"

"뭔 놈의 닭에 이런 장난질을. 간장에 닭을 빠트린 게냐?"

"이거 별미예요. 맛이라도 보시겠어요?"

할아버지는 내키지 않다는 듯 손을 내저었다.

"됐다. 너나 실컷 먹어라. 난 젖은 닭 먹을란다."

캔 맥주로 건배하고 각자의 닭을 뜯기 시작했다. 하지만 짭짤한 내음이 병실에 퍼지자 할아버지는 결국 호기심을 억누르지 못했다.

"그거 하나 줘봐라. 냄새가 참…."

웃으며 닭 날개 하나를 내밀었다. 어떤 반응을 보일지 호기심을 갖고 지켜봤다. 역시, 짭조름한 맛이 혀를 자극하는지 할아버지의 표정이 변했다. 건강을 생각해 자극적인 음식을 피해 왔을 테니 지금의 맛은 새로운 세계일 것이다.

"도준아."

"네."

"바꿔 먹자."

그럴 줄 알았다. 맥주 한 잔 뒤의 치킨 맛은 무엇과도 바꿀 수 없다. 할아버지의 표정은 이미 어린애처럼 변해 있었다.

"너무 많이 드시지는 마세요. 소화 잘 안 돼요."

양념치킨을 내밀자 백숙 그릇을 내 앞으로 놓아 주었다. 역시나 백숙과 맥주는 조합이 별로다.

▲ ▲ ▲

"아픈 척 그만하고 솔직하게 털어놓지? 누가 시켰나?"

"다, 당신들은 누구요?"

"피해자 가족이다. 왜?"

"서, 설마…. 도도, 돌아가셨습니까?"

트럭 운전사는 정장 차림의 사내 셋이 풍기는 압박 때문에 사색이 되었다.

"아직 몰라. 그보다 듣고 싶은 말이 있어. 트럭으로 들이받으라고 시킨 사람 있지?"

"아, 아닙니다. 정말 사고였어요. 밤샘 운전하다 깜빡 존 것뿐입니다. 믿어 주십시오."

"믿고 안 믿고는 우리가 판단해. 사실대로만 말하면 여기서 아무 일 없었던 것처럼 끝나고, 조금의 거짓이라도 있다 싶으면 당신 인생이 끝나."

트럭 기사는 갑자기 침대에서 내려와 무릎을 털썩 꿇었다.

"제발 선처해 주십시오. 요즘 일거리가 너무 없어 빈 차로 올라와야 했습니다. 기름값도 안 빠지는 일이라 울화통이 터져 저녁 먹으며 딱 소주 반병 마셨습니다. 취기가 올라… 죽을죄를 지었습니다."

트럭 기사는 아예 바닥에 머리를 찧으며 눈물을 펑펑 쏟아 냈다. 이 광경을 말없이 지켜만 보던 이학재 실장은 슬그머니 빠져나오며 뒤따라오던 비서에게 말했다.

"끝까지 족쳐 봐. 뭐라도 건지면 즉시 보고하고."

"네, 실장님."

눈물까지 보이는 트럭 기사의 말은 그럴듯했으나 이학재는 의구심을 버리지 못 했다. 놈의 말이 좀 어색했다.

"참, 사고 낸 놈이 피해자의 상태를 처음 확인할 때 죽었습니까? 많이 다쳤습니까? 이렇게 묻지 않나? 돌아가셨습니까? 이렇게 묻나?"

"음… 글쎄요. 위압감 때문에 저절로 존대가 나온 게 아닐까요?"

"그래? 알았어. 가서 일 봐."

허리를 숙이는 비서를 뒤로하고 이학재는 진 회장의 병실로 올라갔다. 병실에 들어서자마자 진 회장의 질문이 날아왔다.

"그 친구 식구들이 왔다고?"

"네. 김윤석 대리의 아내와 어머니가 오셨습니다."

"걱정 덜어드리고, 가까운 곳에 좋은 숙소 하나 마련해 드리지?"

"호텔 하나 잡아 뒀습니다. 그리고 병실 하나도 비워 뒀고요. 또 옆에서 잔심부름해 줄 직원 한 명도 붙여 줬습니다."

"잘했군."

진 회장은 이학재 실장의 세세한 조치가 만족스러워 머리를 끄덕였다.

"그런데 회장님."

"응."

"아직 제가 회장님 현황을 알리지 않았는데, 차라리 사고 내용을 알리는 게 어떨까 합니다."

진 회장은 이학재의 의중을 알아챘다.

"반응을 살피고 싶다?"

"네. 분명 누군가는 움직일 겁니다. 사고가 아니라 계획이었다면요."

"자네는 이게 단순한 사고라는 생각은 아예 하지 않는구먼."

"죄송합니다. 회장님께서도 중환자실로 옮기신 이유가 의심 때문 아니었습니까?"

머리 숙인 이학재를 보며 진 회장은 나지막이 한숨을 흘렸다.

"자네 장단에 춤을 춰보지. 그렇게 해. 덕분에 몇 주는 여기서 쉬게 생겼네."

"도준이에게도 말하겠습니다. 눈치 빠른 애니까 알아들을 겁니다."

"그래. 아무튼, 난 여기서 푹 쉴 테니 자네가 우리 애들 병실로 들어오는 건 잘 막아야 해."

"네. 회장님 쉬시는 데 불편함 없도록 처리하겠습니다."

병원으로 가장 먼저 달려온 건 진도준의 아버지 진윤기였다. 자식을 생각하는 아버지가 가장 빨리 움직이는 건 당연했다.

"형님!"

사색이 된 진윤기는 중환자실을 막아선 이학재를 발견하고 크게 부르며 뛰어왔다.

"도준이는요? 괜찮습니까? 크게 다친 겁니까?"

"진정해. 도준이는 괜찮아. 지금 회복 중이라니까 안심하고 기다려."

"그럼 아버지는요? 아버지도 괜찮으시겠죠?"

이학재가 대답하기 난처한 모습을 보이자 진윤기의 안색은 하얗게 질렸다.

"윤기야! 이 실장!"

뒤이어 달려온 두 사람은 바로 장남 진영기와 차남 진동기였다. 이학재는 병원이 소란스러워지는 걸 막기 위해 회장의 아들들을 데리고 밖으로 나갔다. 그리고 오늘 사고와 그간 처리한 일들을 자세히 이야기해 주었다.

그러자 진윤기가 다소 화가 난 듯 소리쳤다.

"그런데 아버지는 왜 애를 데리고 여기까지 오신 겁니까?"

군산의 의미를 모르는 진윤기만이 할 수 있는 질문이다.

"윤기야. 지금 그게 중요한 건 아니잖아!"

큰형이 소리를 빽 지르자 진윤기의 얼굴이 붉어졌다. 지금은 아버지의 안위가 더 중요하다.

"회장님은 지금 수술 끝내고 회복실에 계십니다. 의사 말로는 하루 정도 지나야 결과를 알 수 있다고 합니다."

이학재는 두 아들의 표정을 하나도 놓치지 않으려는 듯 눈을 빛냈다.

"촌구석 병원에서 이러고 있을 수 없어. 옮기자. 순양의료원, 아니 최고 의사들 전부 부르고…."

"부회장님, 지금은 지켜봐야 합니다. 약간의 충격이라도 받으면 위험해요. 좀 더 두고 보다가 괜찮을 때 서울로 모실 겁니다."

"그럼 이대로 손가락 빨면서 기다려야 해?"

흥분한 진영기와 달리 진동기는 차분히 입을 열었다.

"이 실장님, 의사 소견은 어떻습니까? 뭐라고 해요?"

"그들도 장담은 못 하더군요. 48시간은 지켜보는 수밖에 없습니다."

세 아들은 침울한 표정으로 탄식만 내뱉었다. 이학재의 눈이 쉴 새 없이 움직이며 그들의 표정과 손가락 움직임까지 하나하나 살폈다.

"이 실장, 연락받았으면 왜 즉각 보고하지 않았지? 도대체 이게 뭐야? 자식인 우리가 한나절 지나서 안다는 게 말이 돼?"

진영기 부회장이 얼굴을 붉히며 화를 냈지만, 이학재는 차분함을 잃지 않았다.

"회장님 지시 사항입니다. 회장님 신변에 변고가 생겼을 때의 행동지침을 따랐을 뿐입니다. 섭섭하셨다면 죄송합니다."

부회장은 화가 났지만, 깍듯이 머리 숙이는 이학재에게 뭐라 더 할 말이 없어 침만 삼켰다. 아버지 지시라는데 어쩔 것인가?

"참, 도준이는?"

어색한 분위기를 바꾸려는 건지 진심인지는 모르지만, 진동기 사장이 동생을 향해 물었다.

"도준이는 괜찮습니다. 회복 중이라네요."

"그럼 말씀 나누십시오. 전 상황 체크 좀 해야겠습니다. 보고할 상황이 발생하면 즉각 보고하겠습니다."

이학재는 유난히 보고라는 말에 힘을 주고는 병원 안으로 들어가 버렸다. 진영기 부회장은 못마땅한 표정으로 그의 뒷모습을 노려볼 뿐이다.

이학재가 진 회장 병실을 다시 찾았을 때 문 앞을 지키던 직원이 말했다.

"실장님, 회장님은 지금 안 계십니다."

"뭐? 어디 가셨어?"

"재검사할 게 있다고… 따라오십시오. 제가 안내하겠습니다."

안내하는 직원의 뒤를 따라 도착한 곳은 MRI 검사실이었다.

"아, 실장님."

원장이 이학재를 발견하고는 복도로 나왔다.

"무슨 일입니까? 혹시?"

"아닙니다. 걱정할 정도는 아니고요. CT 결과에 미심쩍은 부분이 있어서 다시 한 번 체크하는 겁니다. 회장님도 흔쾌히 승낙하셔서 말이죠."

"큰일은 아니라는 거죠?"

"그렇습니다. 만에 하나라는 게 있어 명확히 하려는 것뿐입니다."

안도의 한숨을 쉬는 이 실장을 향해 병원장은 조금 어두운 표정으로 물었다.

"가족분들이 도착한 것 같던데요?"

"제가 차단할 테니 병원은 조용할 겁니다. 아, 혹시 회장님 상태를 확인하려 들면 제가 말씀드린 대로만 해주십시오."

"네. 회장님도 말씀하셨으니 믿고 그렇게 하겠습니다. 다음에 문제만 생기지 않도록 해주십시오."

이때 검사를 끝낸 진 회장이 걸어 나왔다.

"애들 왔다면서?"

"네. 모두 걱정이 많습니다."

"그렇겠지. 걱정하는 이유는 제각각이겠지만."

진 회장이 피식 실소하자 이학재는 주변에 귀가 많음을 상기시키듯 눈짓을 보냈다.

"가자. 병실에서 이야기해."

"네."

돌아서는 두 사람을 향해 병원장이 말했다.

"결과 나오는 대로 곧 찾아뵙겠습니다."

진 회장은 뒤를 돌아보지도 않고 손을 들어 가볍게 흔들었다.

▲▲▲

"형님, 잠깐 이야기 좀 합시다."

진동기는 진영기 부회장을 노려보며 말했다.

"그러자. 나도 묻고 싶은 게 좀 있다."

심상치 않은 분위기를 감지한 진윤기가 한숨을 내쉬었다.

"형님들, 여기까지 와서 꼭 이러셔야 합니까? 그만 좀 하시죠."

"네가 생각하는, 그런 거 아니다. 쓸데없는 걱정은 접어 둬라."

진동기는 동생의 어깨를 툭 치고 작은 공원처럼 꾸며진 휴게소로 앞서 걸어갔다. 서늘한 밤바람과 듣기 좋은 풀벌레 울음소리가 두 사람의 마음을 가라앉혔다.

"형님, 상기는요?"

"유럽 출장 중이다. 아직 연락 안 했어. 아버지 상태가 심각해지면 알려야지."

"형님도 알고 계시죠? 저한테만 연락 왔을 리는 없고…."

"그래, 들었다. 도준이 데리고 군산 가시는 길이였다는 거."

"어떻게 생각하십니까?"

"내 생각이 궁금한 거냐? 아니면 네 생각을 말하고 싶은 거냐?"

"내 생각이 궁금하기나 한 거요?"

"아니. 네가 지금 무슨 생각하는지 아니까 궁금한 건 없어."

진영기의 서늘한 눈빛에 진동기의 눈꼬리가 올라갔다.

"넌 지금 내가 사고 친 게 아닌가 의심하고 있지? 지분 승계 작업 없이 아버지가 급작스럽게 돌아가시면 내가 가장 유리하니까 말이다. 도준이 같은 애와 푸닥거리할 일도 없고."

"형님이 가장 유리할지 아닌지는 아무도 모르는 거 아닌가? 지분구조 다시 파악하려면 반년은 걸릴 텐데?"

"난 장남이야. 아버지 돌아가시면 내가 만상주다. 신문에, 뉴스에 내 얼굴만 나올 거다. 누구나 당연히 내가 회장이 될 거로 생각할 거야. 그럼 주주들도, 기관도 당연히 내 편을 들어 줄 테고."

진동기의 얼굴이 구겨졌다. 없는 집 장남은 짐만 지지만, 있는 집 장남은 저런 프리미엄을 안고 있다. 초상집에 문상 오는 힘 있는 사람 모두가 만상주를 찾고 앞으로의 일을 논의한다. 그룹 임원들도 그런 모습을 보고 나면 대세가 누군지 판단할 것이다. 장남은 확실하게 유리한 고지를 선점할 수 있다.

"그래서요? 정말 엄청난 짓을 한 거요?"

어렵게 묻고 싶었던 말이 쉽게 나왔다. 판을 깐 건 형이니까.

진영기는 코웃음을 치며 동생을 흘겨봤다.

"내 대답은 이미 알고 있을 텐데?"

"말 돌리지 마쇼."

"아버지가 이대로 깨어나지 못하면 안타깝고 슬프기도 하겠지만, 나로서는 나쁠 것도 없어. 그게 내 대답이다."

하긴, 아무리 멍청해도 이렇듯 허술하게 사고 칠 정도는 아니다. 우연이 겹친 사고라고 생각하는 게 더 합리적이긴 하다.

"도준이는 어쩔 거요?"

"신경 쓰여?"

"안 쓰인다면 거짓말이고."

"알아서 해. 네 특기 살려 봐. 자기 사람 만드는 거 잘하잖아."

진동기는 형의 툭툭대는 말투가 거슬렸지만 싸우고 싶은 생각은 없었다.

"한 가지만 약속하쇼. 애는 건드리지 않는다고."

"착한 척하지 마라, 인마. 도준이가 위협으로 다가오면 먼저 손쓰는 건 내가 아니라 네가 될 거다."

굳은 얼굴로 말을 쏟아 낸 진영기는 동생의 불룩한 상의 주머니를 가리켰다.

"힘들게 끊은 담배, 다시 시작한 걸 보니 초조한가 보구나."

진동기는 주머니의 담배를 만지작거렸다.

▲▲▲

밖에서 아버지가 초조하게 기다린다는 사실을 알지만, 지금은 어쩔 수 없다. 할아버지의 장단에 맞춰 기다리는 게 내게도 나쁜 일은 아니다.

계속 신경이 쓰여 마음이 편치 않은데 할아버지는 같은 것을 묻고 또 물었다.

"저 애 이름이 뭐라고?"

"옥주현요."

"눈 똥그란 저 애는?"

"성유리."

"흠."

할아버지는 계속 고개를 갸우뚱거렸다.

"거참, 생각할 게 뭐 있습니까? 당연히 이효리라니까요. 얼굴, 몸매 전부 우월하잖아요. 다른 멤버들 압도하는 비주얼이라니까요."

"그런데 보기는 참 민망하구나. 다 큰 애들이 유치원 재롱잔치 하는 것도 아니고 말이다. 저게 뭐하는 짓인지…."

초록, 핑크색 옷을 입고 폴짝폴짝 뛰어다니는 게 마음에 들지 않으신가 보다. 걸그룹이 섹시와 청순이라는, 상반되지만 가장 잘 먹히는 콘셉트를 20년 넘게 우려먹는다는 걸 말씀드리면 어떤 표정을 지을지도 궁금하다.

"좋다. 결정했어."

"누구예요?"

"난 옥주현으로 할란다."

할아버지는 재미있다는 듯 껄껄대며 웃었다.

"내가 서울 올라가면 저 애들 꼭 부르마. 같이 밥이라도 먹자꾸나. 허허허."

할아버지는 정말 모든 걸 잊고 휴가를 즐기는 사람처럼 보였다. 하루에 올라오는 주요 안건만 수십 개다. 매일같이 결정의 연속인 시간을 보내던 할아버지가 걸그룹 멤버 중 누가 더 좋은지 결정하는 즐거운 고민의 시간을 보내고 있으니 얼마나 마음 편할까? 할아버지는 앞으로 최소 일주일 이상은 이런 한가한 시간을 보낼 수 있을 것이다.

하지만 늘 중요한 결정을 하는 할아버지의 운명은 잠시도 한가한 시간을 보내는 것을 허락하지 않았다. 노크 소리와 함께 조심스레 문을 열고 들어오는 병원장과 의사 한 명의 표정이 조금 어두워 보였다. 나만의 착각이 아니다. 할아버지도 병원장의 얼굴을 보더니 대번에 미소가 사라졌다.

"뭐 안 좋은 소식이라도 있는 건가? 혹시 김윤석 그 친구 상태가 더 나빠졌나?"

"아, 아닙니다. 회장님."

당황하는 병원장은 슬며시 동행한 의사에게 눈길을 보냈다.

"김윤석 씨는 예상보다 훨씬 빠른 회복을 보입니다. 바이털사인만 보면 곧 의식을 회복할 것 같습니다."

"그런데 왜 그리 안색이 안 좋으신가?"

의사는 짧게 숨을 내쉬고 천천히 말했다. 행여나 자신의 말을 오해할까 싶어 아주 신중하게 단어를 고르는 게 느껴질 정도였다.

"회장님의 검사 결과가 나왔습니다. 처음 사고를 당하셨을 때 외상에 집중하다가 놓친 것이라 명확히 하기 위해 재검한 것인데… 아주 작은 종양을 발견했습니다."

"종양? 암이라는 말입니까?"

깜짝 놀라 큰소리로 되물으니 할아버지는 침착하게 나를 진정시켰다.

"도준아, 의사 선생 말씀 아직 안 끝났다."

"죄송합니다."

머리를 가볍게 숙이자 의사가 말을 이었다.

"걱정하실 정도는 아닙니다. 크기로 봐서 초기인 것 같습니다. 수술로 완전히 제거할 수 있습니다."

"그런데 왜 그리 안색이 안 좋으신가?"

"종양이 발생한 부위가 뇌입니다. 상당히 민감하죠."

뇌종양이라는 말에 침착하게 듣던 할아버지도 안색이 어두워졌다. 그리고 나는 전혀 다른 이유로 아무 말도 못 하고 있었다. 과거의 진짜 진도준이 왜 죽었는지는 여전히 알 길이 없다. 내가 아는 정보라고는 사고사가 전부이다. 이것은 아직 진행형이다. 내가 여전히 살아 있기 때문이다. 앞으로 사고를 당해 죽을 수도 있다. 하지만 할아버지의 뇌종양은 전혀 다른 문제다.

전생의 순양그룹 창업주 진양철은 78세를 일기로 사망한다. 바로 내년이다. 내 기억으로는 병사였다. 혹시 뇌종양으로 사망한 건 아닐까? 몇 시간 전의 교통사고가 할아버지의 운명을 바꾼 건 아닐까? 수술이 성공적으로 끝난다는 가정하에 말이다.

"현재 전이의 흔적은 나오지 않았지만, 종양의 크기가 너무 작아서 악성인지 양성인지 판단하기는 어렵습니다. 하지만 천만다행이죠. 일찍 발견했으니까요."

"내가 한 달 전쯤 종합검진을 받았지만, 종양은 없었다고 들었네."

의사는 종양의 크기와 한 달이라는 시간을 맞춰 보느라 잠시 생각에 잠긴 듯했다.

"음… 그렇다면 악성일 수도 있겠네요. 아무튼 수술은 빠를수록 좋습니다."

"그럼 준비하시게. 난 언제든 가능하니까 말일세."

종양을 무슨 사마귀쯤으로 생각하는지 할아버지는 너무 대수롭지 않게 말했다. 이런 할아버지의 반응에 오히려 의사들이 당황했다.

"여기서 말입니까?"

"그래, 왜 문제 있나?"

병원장은 황급히 어려움을 털어놓았다.

"여긴 지방 국립의료원이라 아무래도 시설이 좀 떨어집니다. 완벽한 케어는 어렵습니다."

"또한 순양그룹 회장님이라는 이름이 주는 무게도 무시할 수 없습니다. 우리 의료원은 아직 VIP 환자를 경험하지 못했습니다. 중압감을 견디지 못하면 실수가 나오거든요."

원장과 함께 온 의사도 현실적인 어려움을 솔직하게 털어놓았다. 순양그룹 회장 수술이 잘못되어 변고라도 생기면 엄청난 변호인단이 이끄는 의료 과실 소송을 각오해야 할지도 모른다. 지방 의료원에서 이런 위험을 감수하기에는 버겁다. 결국 병원을 옮겨야 한다. 할아버지는 두 의사를 잠깐 번갈아 보더니 아쉬운 표정을 지었다.

"마음 편히 쉬려고 했는데 그것마저도 안 되는군. 할 수 없지. 그럼 우리나라 최고의 의사는 누군가? 내가 저놈 장가가는 거 보고 죽으려면 오래 살아야 하거든."

나를 바라보며 환하게 웃는 할아버지를 보니 마음이 아려왔다.

"간단한 수술이라고 하잖습니까? 너무 염려 마세요."

이런 식으로 별것 아니라는 듯 말하는 것이 내가 할 수 있는 일의 전부라는 게 안타깝기만 하다.

"최고의 신경외과의는 누가 뭐래도 명인대학병원의 장준혁 교수입니다. 그분이라면 악성이라고 해도 재발의 위험 없이 완벽한 수술을 할 겁니다."

순양의료원의 의사가 아님에도 눈치 보지 않고 추천하는 걸 보면 그만큼 뛰어난 의사라는 뜻이다.

"알겠네. 자세한 이야기는 우리 이 실장과 하면 될 걸세."

원장과 의사가 물러나자 할아버지는 내 손을 꼭 잡았다.

"네가 복덩이는 복덩인가 보다. 여러 번 나를 구하는구나."

"네? 제가요?"

"네 충복이 우리를 구했고, 넌 사고 날 때 나를 꼭 끌어안고 보호하지 않았느냐? 그리고 이 사고 때문에 하마터면 돌이킬 수 없는 지경까지 갈 내 병을 미리 막을 수 있으니 얼마나 행운이냐? 허허."

뭐든 나 때문에 운 좋다고 생각하는 걸 보면 우리 할아버지, 콩깍지가 단단히 씌었다.

"아니에요. 할아버지께서 오래 사실 운명인 거죠. 수술은 꼭 성공할 겁니다."

"그래야지. 아직 실물도 못 봤는데 실패하면 안 되지."

실물? 설마…?

"할아버지, 핑클 진짜 부르실 거예요?"

"당연하지. 으허허."

원장에게 연락받은 이학재 실장은 얼마나 놀랐는지 노크도 없이 문을 벌컥 열고 들어왔다. 그리고 호탕한 할아버지의 웃음과 내 미소를 보고는 어리둥절한 표정을 지었다.

"회장님. 혹시 검사 결과를 못 들으셨습니까?"

"응? 들었지. 방금 왔다 갔어."

"그런데…?"

이학재 실장은 뇌종양 수술이라는데 왜 웃느냐고 물을 수는 없는지 말끝을 흐리는 게 전부였다.

"간단한 수술이라는데 걱정할 필요는 없지 않은가? 다행히 조기 발견이라고 하니 축하하는 게 맞지."

"그, 그렇긴 하죠."

"이 실장, 괜찮으니 그런 얼굴 하지 마. 자, 지금부터 대책을 세워 보자고."

할아버지는 아직 어리둥절한 표정의 이학재 실장을 가까이 앉혔다.

"여기 의사가 명인대학병원 장준혁 교수를 추천하더군. 만나서 수술 날짜 잡자."

"네, 제가 직접 만나겠습니다."

"그리고 밖에 있는 애들에게는 추가 수술하는 거로 말해 두고."

"추가 수술이라고 하면 많이 놀랄 텐데요?"

"놀라고 당황하면 실수가 나오는 법이지."

할아버지가 말하는 실수라는 게 정확히 무엇인지는 모르겠지만, 아마도 허겁지겁 주식 매입을 서두르는 누군가가 나오기를 기대하는 것 같았다.

“도준이 넌 예서 더 있도록 해라. 그래도 우리 은인인 김윤석이 깨어나는 건 봐야 하지 않겠느냐?”

“그래야죠. 알겠습니다.”

할아버지가 서울로 올라가면 큰아버지들은 함께 갈 테니 아버지를 만날 수 있다. 멀쩡한 내 상태에 대한 적절한 변명거리도 만들어야겠다.

▲▲▲

강남 순양호텔 27층은 진서윤이 집보다 더 자주 잠을 자는 공간이다. 오세현은 구둣발 아래의 감촉부터 다른 두툼한 카펫의 쿠션을 느끼며 직원의 안내에 따라 객실로 향했다.

문을 열고 들어선 오세현은 몇 번이나 탄성을 내질렀던 그런 로열 스위트와는 전혀 다른 인테리어에 깜짝 놀랐다. 보통의 로열 스위트보다 덜 화려하고 얼핏 보면 소박하고 단순해 보이기까지 하다. 하지만 하나하나 뜯어 보면 예술품의 경지에 오른 수억 원대의 가구와 소품들로 꽉 차 있었다.

10억 원에 달하는 알리기에로 보에티의 작품이 정면에 걸려 있고, 마리아 퍼게이의 2억 원대 탁자를 협탁으로 쓰고 있었다. 또한 천장에 매달린 작은 모빌 장식품은 알렉산더 칼더의 30억 원대 예술품이었다. 이 객실을 장식하는 예술품 가치만 따져도 몇백억은 족히 나간다.

오세현이 입을 다물지 못하고 둘러보고 있을 때 원피스 차림의 진서윤이 침실에서 나오며 가볍게 머리를 숙였다.

“오셨어요? 늦은 시간인데… 실례가 아니었으면 합니다.”

“아닙니다. 아직 자정 전인데요. 그런데 최 시장님은요? 당선 축하 인사라도 드려야 하는데….”

“서울시 인선 구성하느라 당과 미팅 중이에요. 오 대표님 노고는 우리가 충분히 압니다. 제가 대신 감사드릴게요."

오세현은 진서윤이 권하는 소파에 앉으려다 주춤했다. 수억짜리 가죽 소파에 엉덩이를 걸치려니 부담감이 확 밀려왔다.

"늦은 시간인데 어디 외출하십니까?"

그녀는 화장을 한 것은 물론 집에서 걸치는 편한 차림이 아니었다.

"조금 전에 연락받았어요. 아버지가 사고를 당하셨다는군요. 교통사고…."

오세현은 뭐라 할 말이 없었다. 갑자기 전해 들었다고는 하지만, 사고 소식을 전하는 진서윤의 표정이 너무 아무렇지도 않아 보였다.

"회장님은 괜찮으신지…?"

"수술 끝나고 중환자실로 옮겼다고 했어요. 어차피 빨리 달려가도 만나지 못하는 걸요, 뭐."

세상에! 아버지가 혼수상태라는 소식을 듣고 어떻게 저토록 냉정할 수 있을까?

"제가 호들갑을 떨어야 하나요?"

오세현의 표정에서 그의 심정을 다 읽은 듯 진서윤이 살짝 미소 지으며 말했다.

"아, 아닙니다. 호들갑이 회장님의 상태를 호전시키는 건 아니니까요."

"우리가 이렇게 살아요. 아버지가 돌아가시면 슬픔보다 걱정이 앞서요. 전 아직 순양 지분 챙겨 놓은 게 거의 없거든요."

"진씨 가문에 태어난 것 자체가 보통의 생활이나 감정은 지워야 하는 삶이겠죠. 이해합니다."

"역시, 말이 잘 통하시네요."

진서윤이 와인 한 모금으로 목을 축일 때 오세현이 말을 꺼냈다.

"평상시 모습이시니 이런 말씀 드리는 게 좀 편하군요. 진 회장님께서 마포의 DMC 프로젝트를 욕심내시는 것 같습니다. 우리에게 양보하라고 하시더군요."

"아버지가요?"

진서윤은 전혀 놀라는 기색이 아니었다.

"네. 도준이에게 그런 의사를 전달하셨습니다."

"큭큭."

진서윤은 웃음을 참으려 애썼지만 결국 입술 사이로 터져 나오고 말았다.

"왜 웃으시는지? 이미 짐작하신 겁니까?"

"아, 아뇨. 죄송해요. 호호."

그녀는 마침내 웃음을 참지 못했고 한동안 깔깔댔다.

"죄송해요. 오 대표님이 쓸데없는 걱정하신 걸 생각하니 재미있어서요."

"쓸데없는 걱정이라니요?"

"아버지는 그럴 생각 없으세요. 손자를 후계자로 만들 생각까지 하시는데 그 애 손에 쥔 걸 빼앗겠어요? 걱정하지 마세요."

이 객실 곳곳에 걸린 엄청난 예술품에 놀랐고, 혼수상태의 아버지를 걱정하지 않는 딸에게 놀랐지만, 진도준을 후계자로 만든다는 말이 그 어떤 것보다 충격적이었다. 오세현은 그저 멍하니 앉아 있을 뿐이었다.

"아버지가 교통사고 난 곳이 충남 공주예요. 물론 도준이도 함께요."

"네? 도준이요? 그럼 도준이도 많이 다쳤습니까?"

깜짝 놀란 오세현이 벌떡 일어서자 진서윤은 얼굴을 찌푸렸다.

"오 대표님. 그런 인간적인 모습은 나중에 보이세요. 지금은 이야기 나눌 시간도 부족해요."

그녀는 오세현이 진정하기를 기다리지 못했다.

"아버지와 도준이가 이대로 영영 일어나지 못한다면 오 대표님은 어떡하시겠어요?"

"지금 무슨 소리 하시는 겁니까? 어떡하긴 뭘 어떡해요? 보자 보자 하니까…."

"흥분하지 마세요. 전 지금 제안을 하려는 겁니다."

"지금 그런 말이 나오세요?"

오세현은 진도준과 피 한 방울 섞이지 않았지만 많이 다쳤는지 걱정이 앞섰다. 이것이 사람의 본성 아닌가? 그런데 아버지가 다쳤다는데 딸이라는 사람이 제안이니 뭐니 하며 엉뚱한 소리를 멈추지 않으니 오세현은 밀려드는 짜증을 더 이상 참을 수 없었다.

"선장 잃은 순양호라는 거대한 범선의 새 선장 자리를 나누자는 제안이라면 어떤 상황에서도 말할 수 있는 것 아닐까요?"

하지만 진서윤은 오세현의 인간적인 반응에는 관심 없는지 차분함을 잃지 않았다.

"그룹 지분 승계 작업 없이 아버지가 돌아가시면 저와 윤기가 각각 11퍼센트의 지분을 물려받아요. 합해서 22퍼센트죠. 물론 전체 지배지분으로 계산하면 15퍼센트? 어쩌면 그 아래일 수도 있죠. 이미 큰오빠 둘이 조금 보유하고 있으니까요."

이 와중에 지분 계산이라니. 진도준 말대로 이 여인이 알맹이고 남편은 껍데기에 불과하다는 걸 다시 한 번 느꼈다.

"그런데 순양자동차, 이젠 HW자동차죠. 그 회사는 지배지분 17퍼센트를 갖고 있습니다. 다 합치면 적어도 30퍼센트는 되죠. 30퍼센트면 그룹 회장 자리에 앉을 수 있는 충분한 기반은 가졌다고 봐야 해요."

"그래서요? 계속해 보세요."

지분에 관심 생긴 건 아니다. 진서윤이 어디까지 가는지 두고 보자는 심산이었다.

"절 도와주신다면 제가 순양호의 선장이 된 후 괜찮은 계열사 열 개 이상 드리겠습니다. 그 회사를 HW그룹에 붙이면 오 대표님은 우리나라 재계 서열 20위 안에 드는 대기업 총수가 되시는 겁니다."

"맞장구 쳐드리죠. 계산 잘못하셨습니다."

"네? 무슨 뜻인가요?"

갑자기 확 변한 오세현의 태도에 진서윤은 눈을 동그랗게 떴다.

"윤기는 제 친굽니다. 혈육의 정도 별로 없는 누나보다는 저랑 더 가깝죠. 우리 둘이 손잡으면 진 사장님 지분은 하잘것없는 수준이에요. 반대가 돼야죠. 저나 윤기가 순양호의 선장이 되는 걸 도우세요. 괜찮은 계열사 열 개, 아니 열다섯 개 드리죠. 이게 정확한 계산입니다."

당황한 진서윤은 말을 잇지 못했다. 손에 쥔 지분으로 봐서는 오세현의 계산이 맞기 때문이다. 하지만 머리를 끄덕일 수는 없었다.

"역시 보통이 아니시네. 그렇게 나오시니 제가 숨겨 둔 히든카드를 까야겠네요. 아버지가 돌아가시면 우리 엄마도 꽤 많은 지분을 상속받아요. 그걸 윤기에게 보탤 리는 없죠. 지금도 얼굴 쳐다보는 것조차 꺼리니까요."

막내를 없는 아들로 취급하던 진 회장의 태도가 바뀌었다는 건 알고 있다. 그 이유가 진도준 때문이라는 것도 안다.

'어머니는 아직 아들을 받아들이지 않은 건가?'

진 회장의 자리가 워낙 커서 안주인의 존재를 잊고 있었다. 오세현은 머리를 흔들었다. 현실성 없는 남의 집안 이야기는 이쯤에서 끝내고 진도준에 관한 이야기를 해야 한다.

"아까 하던 말씀이나 마저 하세요. 도준이가 후계자라니요?"

"그런 게 있어요. 아마도 교통사고 때문에 그 같잖은 의식은 진행하지 못했겠지만, 아버지는 도준이를 유일한 후계자는 아니지만 적어도 후계자 중 한 명으로 인정하는 게 틀림없습니다."

치켜뜬 진서윤의 눈에는 경멸이 담겨 있었다.

"도준이가 후계자 중 한 명이 되면 더 강력해요. 도준이도 최소 10퍼센트 이상의 지분을 확보할 테니까요. 그러니까 도준이, 저 그리고 오 대표님이 손을 잡고 순양을 차지할 수 있어요. 전리품을 나눠 갖는 건 천천히 생각하기로 하고요."

"도준이가 후계자 중의 한 명이 된다면 더더욱 진 사장님과 손잡을 필요 없는데요? 지분이 없잖습니까?"

"이제 겨우 20대인 도준이가 순양을 물려받아요? 받아도 못 지킵니다. 왜냐하면 순양의 진짜 힘을 가지지 못하니까요."

진정한 힘, 그게 뭔지 오세현도 잘 안다. 바로 나라를 주무르는 힘의 원동력이다.

"순양의 엄청난 인맥 말이군요."

"눈치도 빠르셔. 맞아요. 아버지 전화 한 통이면 총리가 달려옵니다. 그 전화, 20대가 하면 총리가 달려올까요?"

"회장님의 공식적인 발표나 인정이 없는 한, 진 사장님 전화에 달려올 총리도 없을 것 같은데요?"

세상이 아무리 바뀌었어도 아직 이 나라는 여성에게 머리 숙이는 일은 드물다. 더는 뭉그적거리고 싶지 않은 오세현은 테이블을 가볍게 탕 치고 자리에서 일어났다.

"우린 관심사가 달라서 이야기를 더 이어 갈 순 없겠군요. 전 순양호의 선장이 누가 되는지보다 도준이가 걱정되어서 빨리 가야겠습니다."

"어차피 저도 내려가니 함께 가시죠. 차 안에서 좀 더 이야기하면 좋겠어요."

"아뇨, 전 따로 가겠습니다. 관심 없는 이야기를 계속 나누는 건 고역입니다."

단호히 거절하는 오세현에게 화가 난 듯 진서윤의 표정이 일그러졌다. 그때 누군가 다가와 그녀에게 귓속말을 속삭였다.

"뭐? 서울?"

"네."

진서윤은 눈을 크게 뜨며 입술을 깨물었다.

"어차피 혼자 가셔야겠습니다. 아버지는 서울로 옮기신다는군요. 아, 도준이는 공주의료원에 있으니 빨리 가보세요."

오세현은 진 회장이 서울로 온다는 게 어떤 뜻인지 알아채기 힘들었다. 상태가 더 나빠져서 오는 걸까? 호전돼서 오는 걸까?

"오 대표님, 조만간 다시 만나고 싶어요. 마포 DMC는 이제 큰 이슈가 아닙니다. 순양그룹이 태풍의 한가운데에 서 있어요. 제 말뜻 잘 이해하시길 바랍니다."

진 회장이 위독하다는 뜻이다. 오세현은 진도준이 무사하기만을 빌었다. 그리고 이런 사람들 틈바구니에서 몸부림치느니 혼자만의 길을 가라고 설득해야겠다고 결심했다. 진도준은 순양그룹보다 더 큰 배의 선장이 될 자질이 충분하기 때문이다.

▲▲▲

"도준아!"

아들내미가 크게 다친 줄 알고 있으니 얼마나 마음을 졸였을까? 병실 문을 열고 들어오는 아버지는 이미 눈물까지 글썽였다. 혹시라도 내 몸에 이상이 있을까 싶어 끌어안지도 못하고 손만 덥석 잡는다.

'아, 참으로 난감하네. 내가 먼저 확 끌어안아야 하나?'

쑥스러워서 차마 끌어안지는 못했다.

"아버지, 괜찮습니다. 찰과상과 타박상뿐이에요. 보시다시피 멀쩡합니다."

"정말이지? 어디 심하게 다친 데는 없지?"

"네. 머리부터 발끝까지 싹 검사했는데 아무 이상 없답니다. 그러니 걱정하지 마세요."

이상 없다는 소리에 아버지는 그제야 나를 끌어안았다. 쑥스럽지만 어쩌겠는가? 나도 아버지 등을 살짝 두드렸다.

"도대체 어떻게 된 일이냐?"

의심스러운 정황은 싹 빼고 그간 벌어졌던 일을 차근차근 설명했다. 단순한 교통사고, 그리고 수행하던 김윤석 대리가 하필 할아버지 차 옆에 있다가 변고를 당했다고만 말했다.

주군을 위해 목숨을 걸었다는, 조선 시대에나 있을법한 충성 미담은 아버지가 가장 싫어하는 관계의 포장일 뿐이다. 시답잖은 돈으로 사람 위에 군림하는 부모 형제의 행태에 질린 사람이기 때문이다.

"그럼 김윤석 씨는? 괜찮으냐?"

"네. 수술도 성공적으로 끝나고 회복도 빠르다고 합니다. 그분도 걱정하지 마세요."

한 명을 달래 놓으니 또 한 명이 달려왔다.

"도준아!"

놀란 얼굴로 문을 벌컥 열고 들어오는 오세현을 보고, 내 몸이 멀쩡하다는 걸 또 재방송해야 했다. 힘든 재방송이 끝나자 오세현은 나와 아버지를 번갈아 보더니 어렵게 입을 열었다.

"내가 들은 게 있는데… 윤기 너도 알아야 할 것 같다."

"뭔데?"

"도대체 공주는 왜 온 거냐, 도준아?"

"이 자식아, 차근차근 말해."

아버지는 나와 아버지 사이에서 두서없이 말하는 오세현에게 눈을 흘겼다.

"군산 가는 길이었습니다. 군산의 조선미곡창고에…."

새벽부터 움직인 이유와 조선미곡창고가 가진 의미를 말하자 오세현이 무릎을 탁 쳤다.

"그렇군. 그 같잖은 의식이라는 것이 바로 조선미곡창고였군."

"야! 넌 뭔 헛소리를 하는 거냐?"

"어이구, 아버지 눈 밖에 난 아들은 뭐가 뭔지 모르겠지? 잘 들어. 회장님은 네 아들 도준이를 순양그룹 후계자로 생각하신다고. 단독 후보는 아니지만 말이다."

"뭐?"

아버지는 여전히 영문을 몰라 소리쳤지만, 난 모든 퍼즐을 맞출 수 있었다. 역시! 단순한 박물관도 아니었고 그냥 바람 쐬는 것도 아니었다. 난 세 번째 후계자 후보다. 두 큰아버지 다음이 바로 나다. 별로 놀라지 않은 나를 보며 오세현은 미소 지었다.

"이 음흉한 자식 좀 보게. 기다렸던 소식을 듣는 놈 같지 않아? 아니, 이미 예상한 것 같기도 해. 하하하."

오세현의 웃음도 놀란 아버지를 진정시키는 데는 효과가 없었다. 아버지가 우리 대화에 참여하려면 시간이 좀 필요할 것 같았다.

"그런데 삼촌, 어떻게 아셨습니까?"

"네 고모가 좀 보자고 하더구나. 나도 DMC 건을 이야기해야 해서 겸사겸사 만났는데… 사고 지점이 충남 공주라는 데서 이미 무슨 일인지 아는 것 같았어."

오세현은 아버지를 힐끗 보고 웃었다.

"네 아버지는 여전히 뭐가 뭔지 모르는가 보다. 호호."

"나도 알아. 하지만 큰 기대는 하지 마."

"뭐?"

"네?"

역전이었다. 아버지가 뭔가 알고 있는 듯 미간을 살짝 찌푸리며 이야기를 시작해 우리는 놀랄 수밖에 없었다.

"영기 형, 동기 형 둘은 그곳에서 후계자로 임명됐어. 말 그대로 유치한 의식이지. 순양그룹의 역사, 당신의 역사를 보며 아버지는 말씀하시지. 이 역사를 네가 이어 가라. 하하."

"너, 넌 어떻게 알아? 설마 너도…?"

오세현이 더듬거리며 묻자 아버지는 쓴웃음을 지었다.

"아니. 큰형이 다녀와서 자랑스럽게 말하더라. 오늘부로 내가 아버지의 후계자가 됐다면서 어찌나 좋아하던지, 그 모습이 아직도 생생하게 기억나."

"근데? 왜 기대하지 말라는 거야? 도준이도 상속자라는 뜻이잖아. 어쩌면 순양의 3분의 1을 받을지도…."

자신 없는 오세현의 말에 아버지는 고개를 저었다.

"지금 순양의 지분을 봐. 큰형님이나 작은형님 둘 다 10퍼센트 미만의 지분을 물려받았어. 후계자로 지목된 지 거의 20년이 지났지만 말이야. 아직도 모르겠어?"

아버지의 질문은 나를 향한 것이었다.

"도준아. 네 할아버지는 말이다, 어마어마한 욕심을 가지셨어. 보통의 사람은 상상도 못 할 크기야. 당신이 가진 걸 남에게 주는 일은 끔찍이 싫어하시는 거야. 자식이라고 예외는 아니지."

일견 수긍할 면도 있지만, 꼭 맞는다고 할 수는 없다. 아버지가 바라보는 할아버지와 내가 바라보는 할아버지는 다르다. 할아버지의 욕심은 아버지 말대로 어마어마하다. 하지만 그 욕심보다 더 큰 바람도 있다. 바로 순양의 번영이다. 두 큰아버지가 왜 20년 가까이 겨우 10퍼센트 미만에 불과한 상속자가 됐을까? 바로 순양의 번영을 기대하기에는 10퍼센트 미만의 기대치밖에 없기 때문이다. 아니, 그런 이유라고 믿는다.

"아버지, 기대가 없으면 뭐든 감사하기 마련입니다."

"무슨 뜻이지?"

"제가 순양의 후계자 운명은 아닌가 보죠. 보세요. 하늘이 거부하는 것처럼 사고가 나지 않았습니까? 그래서 상속 지분이 쥐꼬리만 하더라도 고마울 따름입니다."

웃으며 말하는 내 모습을 보며 두 분은 완전히 다른 표정을 보였다. 순양을 노리는 내 본모습을 잘 아는 오세현은 겸손한 척 내숭을 떠는 내게 혀를 내둘렀고, 내가 욕심을 내지 않는다고 생각한 아버지는 기특한 듯 머리를 끄덕였다.

▲ ▲ ▲

명인대학병원 VIP 병실은 호텔만큼 호화롭다. 비록 사립대지만 의대만큼은 명문이라고 알려진 대학이니 돈 많은 환자들이 줄을 이었고, 그들은 특별한 대접을 받는 데에는 돈을 아끼지 않았다. VIP 병실은 그에 걸맞은 환경을 갖추고, 호텔 특실보다 더 비싼 요금을 받는다.

진 회장은 비밀리에 이 병실에 입원했고 병원장이 그를 직접 맞이했다.

"원장 우용길입니다. 모시게 돼서 영광입니다, 회장님."

"영광은 무슨…. 내 머릿속을 들여다볼 선생이시군. 잘 봐주시오."

"회장님 머릿속은 제가 아니고 우리 장 교수가 자세히 볼 겁니다. 기업 정보는 보지 못하지만, 종양은 그 뿌리까지 확인하고 깔끔하게 제거할 겁니다. 하하."

우용길 원장 곁에 서 있던 장준혁 교수는 허리를 숙였다.

"공주의료원에서 보낸 CT는 다 확인했습니다. 발견하기 어려운 건데 그쪽에 굉장한 분이 계셨네요. 운이 좋으셨습니다."

"내가 원래 운이 좋다오. 그런데 하나만 물어봄세."

"말씀하십시오, 회장님."

"그 몹쓸 종양이 언제부터 내 머리에 자리 잡았다고 보는가?"

"조직 검사하기 전에는 뭐라 말씀드리기 곤란합니다. 사람마다 다르기에 단지 크기만으로 짐작하는 건…."

"장 교수 짐작이나 생각만 말하면 돼. 따지자고 하는 말은 아니니까 말일세."

곤란한 듯 잠깐 주저했지만, 조심스레 말할 수밖에 없었다. 단순한 질문이지 않은가?

"한 달은 넘었고 두 달은 지나지 않았습니다."

"…."

진 회장이 별다른 반응을 보이지 않자 이학재 실장이 입을 열었다.

"수술 후 재발은 없겠죠?"

"책임지고 깔끔하게 제거하겠습니다. 수술 후유증도 최소한으로 해서 회장님께서 빠른 시일 내 집무실로 돌아가실 수 있도록 하겠습니다."

"고마우이. 혹시 순양의료원도 싫지 않다면 원장 없을 때 내게 슬쩍 알려 주게. 신경외과 과장으로 모시지. 으허허."

느닷없는 진 회장의 인재 헌팅에 원장과 장 교수는 당황해 아무 말도 하지 못했다.

"뭐, 천천히 생각하시게."

미소 띤 진 회장에게 두 사람은 허리를 숙여 인사하고 병실을 나갔다.

단둘만 남자 이학재가 입을 열었다.

"회장님."

"그래."

"사장들과 임원들이 동요하고 있습니다."

"벌써 소문났어?"

"아닙니다. 외부에 교통사고가 알려진 건 아니고…."

"자식 놈들이 들쑤셨구먼."

"네. 각 회사가 보유한 다른 계열사의 주식 현황을 파악하느라 모두 미친 듯이 날뜁니다."

"이번 기회에 정확히 알 수 있겠네. 두 아들놈 뒤에 줄 선 사장들이 누구누군지 말이야."

진 회장의 수술이 끝나면 한바탕 피바람이 불 것 같았다. 진 회장이 원하는 사람은 후계자인 두 아들이 아니라 자신에게만 충성하는 사장이다. 오로지 자신에게만 충성해야 앞으로 진 회장이 지명하는 후계자에게도 그 충성이 전달될 것이라고 믿는 사람이기 때문이다.

"혹시 외부 투자자에게도 손을 뻗친 놈이 있나?"

"아직은 없습니다. 외부에 알려지는 건 아무래도 조심하기 마련이죠."

이학재는 또 한 번 진 회장의 눈치를 살피며 조심스레 말했다.

"두 아드님은 이번 사고와 무관한 것 같습니다."

"어째서?"

"두 사람 대화를 엿들었습니다."

"뭐라고 하디? 내가 빨리 죽기를 바라던가?"

"아닙니다. 적어도 회장님께서 이 상태로 돌아가시면 후계 구도가 혼들린다는 걸 둘 다 정확히 알고 있었습니다."

"그룹 지배구조가 살얼음판인지 아는 걸 보면 아예 돌대가리는 아니네. 그건 다행이군. 흐흐."

"의심스러운 상황이긴 하나, 우연한 사고일 확률이 높습니다."

"그건 좀 더 확인해 보면 될 테고, 그보다 이 실장."

"네."

"저녁에 순양의료원 원장 좀 데리고 와."

"원장을요?"

"그래. 확인할 게 있어."

"혹시 종양 때문에 그러십니까?"

"그래. 지방 의료원에서도 찾아낸 종양을 순양의료원에서 발견 못 했다면 전부 모가지 날려야지."

"네, 회장님. 조용히 불러오겠습니다."

진 회장의 딱딱한 표정으로 그뿐만이 아닌 것 같았지만, 이학재 실장은 군말 없이 머리를 끄덕였다.

그날 저녁, 순양의료원의 병원장은 갑자기 방문한 이학재 실장의 설명을 듣고 온몸의 기운이 쫙 빠졌다. 회장님의 뇌종양을 놓쳤다는 것은 순양의료원 수뇌부가 전부 짐 싸서 집으로 가야 할지도 모르는 실책이다.

"아무튼, 회장님의 종양은 함구하셔야 합니다. 그리고 지난달 정기검진하셨다고요?"

"아, 네."

"그 자료 전부 챙기십시오. 확인도 해야 합니다."

병원장은 떨리는 손으로 수화기를 들었다. 검진 자료 속에 뇌종양의 흔적이 하나도 없기를 바랄 뿐이었다.

의료원장이 병실 문을 열었을 때, 진 회장의 표정은 예상외로 밝았다. 그는 가슴을 쓸어내리며 조심스레 전원을 권했다.

"회장님, 지금이라도 순양의료원으로 옮기시는 게 어떻습니까? 우리 신경외과도 장준혁 교수 정도의 실력자가 많습니다."

"이 친구야. 내가 우리 의료원을 못 믿어서 여기 온줄 아나? 의료계에서 하도 장준혁, 장준혁 노래를 부르길래 스카우트하러 온 거야. 기다려봐. 내가 그 친구를 자네 품에 넣어 줄 테니 잘 쓰라고. 허허."

이 미소와 이 웃음에 속으면 안 된다. 병원장은 언제 날아올지 모르는 진 회장의 칼날을 대비해야 했다.

"그런데 말일세, 종양은 어떻게 된 건가? 한 달 전만 해도 괜찮다고 하지 않았나?"

역시, 책임을 묻는다. 병원장은 여기서 실수하면 끝이라는 생각에 아찔했다. 명인대학병원으로 오는 길에 순양의료원의 의사들과 끊임없이 문자를 주고 받았다. 의사들은 아무리 확인해도 종양은 보이지 않는다는 의견들이었다. 그들의 실력을 믿는 수밖에 없다.

"말씀드리기는 송구합니다만 한 달 전에는 종양을 발견할 수 없었습니다. 아마도 급성 종양인 듯합니다. 아직 CT를 확인하지 못했으니 뭐라 말씀드릴 수는 없습니다."

"그러니까 종합검진 때는 분명히 없었다는 말이지?"

"네, 회장님. 수십 명의 의사들이 철저하게 검사하고 확인했습니다. 믿어 주십시오."

결백을 주장하는 죄인 같은 모습을 보이자 진 회장은 인상을 찌푸렸다.

"아니! 이 사람아. 내가 뭐라 그랬나? 이건 그냥 확인하는 것뿐이야. 거참, 괜히 사람 무안하게 만드는군."

"죄, 죄송합니다."

거듭 머리를 숙였지만 이미 늦었다. 회장님의 심기는 뒤틀려 버렸다. 당연히 축객령이 떨어졌다.

"이만 가보게. 난 좀 쉬어야겠어. 아 참. 내가 이곳에서 수술한다는 사실은 자네만 알고 있게. 무슨 말인지 잘 알겠지?"

"아, 네, 회장님."

의료원장이 식은땀을 흘리며 돌아가고, 이학재 실장은 장준혁 교수를 데리고 병실을 찾았다.

"오, 장 교수. 나 때문에 왔다 갔다 하느라 번거롭지?"

"아닙니다, 회장님. 담당의가 꼭 해야 할 일입니다. 마음 쓰지 마십시오."

"그래, 혹시 확인했나?"

"네."

장준혁 교수는 두꺼운 서류봉투를 내밀었다.

"순양의료원의 검사 결과는 다 확인했습니다만 뭐라 말씀드리기가 곤란합니다."

"어째서 그런가?"

"전 종양을 찾기 위해 들여다봤고, 순양의료원 선생들은 이상이 있는지 없는지만 확인했을 겁니다. 보는 방법이 다르죠."

같은 의사로서 변명을 대신해 주는 것인지, 사실을 말하는 것인지 알아채기 힘들다.

"음… 그렇기도 하겠구먼."

"네. 저 역시 종양의 존재를 몰랐다면 이상 없음이라는 판단을 했을지도 모릅니다."

"있긴 하나?"

"네. 한 달 전이지만 아주 미세한 흔적이 보입니다. 그러니까 변이는 한 달 전부터 시작됐다고 봐야 합니다."

진 회장이 가볍게 머리만 끄덕이고 별다른 말이 없자 장 교수는 조심스레 의견을 더 내놓았다.

"혹시 이 일로 순양의료원 의사들을 질책하지는 마십시오. 그들의 실수도, 무능도 아닙니다."

순간 진 회장의 날카로운 눈길이 장준혁 교수의 미간에 꽂혔다.

"그건 내가 알아서 하지. 우리 식구 일이니까 말이야."

매서운 눈길과 불편한 표정에 장 교수는 황급히 머리를 숙였다.

"이런, 죄송합니다. 제가 주제넘었습니다."

그가 다시 머리를 들었을 때 진 회장은 어느새 온화한 표정이었다.

장 교수가 물러가자 진 회장은 이학재를 향해 입을 열었다.

"어떻게 생각해? 고의는 아닌 것 같지?"

"장 교수 말에 따르면 실수도 아니지 않습니까? 누구라도 발견하기 어려웠다고 하니까요."

"그런 셈이긴 한데…."

진 회장의 의심은 아직 사라지지 않았다. 뇌종양을 숨긴 병원, 때맞춰 일어난 교통사고. 이 모든 것이 누군가의 각본대로 일어나는 것만 같다. 막연한 의심이긴 하지만 쉽사리 떨쳐 내지 못했다.

이학재는 진 회장의 마음을 충분히 이해할 수 있었다. 옆에서 보는 자신도 짙은 안개처럼 드리운 의심을 걷어 내지 못하고 있으니 말이다.

의심이 지워지지 않으면 뒤를 쫓아야 하는 법, 두 사람의 의견은 다르지 않았다.

"이렇게 하자. 원장에게 사람 좀 붙여 놔."

"이미 조치했습니다. 어디 가서 나불대지는 않는지 확인하겠습니다."

입조심하는지 감시하는 게 아니다. 누구와 접촉하는지 알아내려는 것이다.

"그래, 그리고 두어 달 뒤에 이사회 열어서 해임해 버려."

"자르라는 말씀입니까?"

진 회장은 고개를 끄덕였다.

"아무리 생각해도 영 꺼림칙해, 잘라."

"알겠습니다."

단지 꺼림칙하다는 이유로 사람을 내치는 게 아니다. 의심쩍은 놈을 멀리하는 것이다.

그리고 이틀 뒤, 진 회장은 종양 제거를 위해 수술대에 누웠고 신의 손이라는 장준혁 교수는 너무나 손쉽게 수술을 마쳤다. 이쯤 되니 더는 언론에 숨길 수 없었고 그룹 홍보실은 보도자료를 돌려야 했다. 당연히 사실대로 알리지는 않았다. '뇌'라는 단어를 빼고, 간단한 종양 제거 수술이었으며 건강에는 전혀 이상 없다는 걸 강조했다. 언론은 최대 광고주가 제공하는 보도자료라 단어 하나 틀리지 않으려 노력해 기사를 냈을 뿐 취재는 없었다. 괜히 병원을 서성거리며 진 회장 일가를 번거롭게 하지도 않았다.

수술실 앞에서 기다리던 자식들은 끝내 진 회장의 모습을 보지 못하고 돌아갔다. 완전히 회복하기 전에는 절대 만나지 못한다는 이학재의 싸늘한 말을 듣는 게 전부였다. 진 회장에게는 아직 시간이 더 필요했다. 엉뚱한 짓을 하는 자식이 없다는 확신이 들 때까지 그는 병실에 누워 있을 것이다.

▲▲▲

김윤석 대리는 수술이 끝난 지 열흘이 지나서야 정신이 돌아왔다. 연락은 받았지만, 일단은 기다렸다. 나보다 수십, 수백 배나 가슴 졸였던 가족이 있다. 그들의 만남이 우선이고 그들의 울음이 웃음으로 바뀔 때까지 기다리는 게 예의다.

다시 이틀의 시간이 지났을 때, 나는 긴장된 마음으로 가족이 없는 시간에 맞춰 김윤석 대리의 병실을 찾았다. 병실에 들어서자 깁스와 붕대로 온몸을 감싼 김 대리와 눈이 마주쳤다.

"감사합니다."

머리 숙인 내가 할 수 있는 말은 이것이 전부였다. 김윤석 대리는 나를 향해 빙긋 웃을 뿐 다른 말은 없었다.

"이틀 전에 깨어난 걸 알았습니다. 곧바로 달려오고 싶었지만, 가족과 시간 나누라고 일부러 찾지 않았습니다. 이해하세요."

여전히 미소만 보여 조금 불안해졌다.

"혹시 말하는 데 지장 있습니까?"

"아닙니다. 단어가 조금 헷갈리지만 괜찮습니다."

"궁금한 게 참 많지만, 천천히 물어보겠습니다. 당분간 안정을 취하세요."

내가 꼭 쥐었던 그의 손을 놓자 그는 웃으며 말했다.

"실장님, 말씀하셔도 됩니다. 열흘이나 쉬었더니 입이 근질근질하고 좀이 쑤셔요. 흐흐."

나는 다시 그의 곁에 앉았다.

"그럼 사고 당일 이야기 좀 해주시겠어요? 기억나는 대로요."

그는 아직 온전한 정신이 아니다. 내 질문에 답하기 어려울 수도 있으니 근질거리는 입을 마음껏 열도록 하는 게 더 나을 것 같았다.

"그러니까… 그날 회장님 수행비서 차량이 뒤따르는 줄 알았는데 달랑 한 대만 움직이더군요. 실장님께서 퇴근하라고 하셨지만, 새벽에 퇴근하는 것도 모양 빠지는 것 같고…."

그의 얼굴에 겸연쩍은 미소가 어리더니 얼굴마저 약간 붉혔다.

"사실 차도 바꿨잖습니까? 새 차 길들일 겸, 그리고 한번 밟아 보고 싶기도 해서 따라갔죠. 새벽이니 도로는 뻥 뚫려 있을 게 뻔하니까요."

나를 수행하기 위해서만 따라나선 게 아니다. 사심도 약간 들어 있어 표정이 변한 것이다.

"그랬군요. 차를 바꾼 게 여러모로 천운이었던 것 같습니다. 그 큰 사고가 났는데도 목숨은 건졌으니 말입니다."

그의 표정이 다시 변했다. 이번엔 딱딱하게 굳어 버렸다.

"실장님."

"네."

"사고 말입니다. 솔직히 제가 확신할 수는 없습니다. 그런데 그 트럭 달려오다 방향을 튼 게 아니에요. 기다리고 있었습니다."

"네? 기다려요?"

"확실하지 않습니다만, 그렇게 보였습니다."

사고가 아니라 사고로 위장한 것인가? 마음속에 숨어 있던 께름칙함이 고개를 들었다.

'누굴까'에 대한 두 가지 의문이 들었다. 범인은 누구이며 목표는 누구인가? 할아버지도 이런 께름칙함 때문에 멀쩡하다는 걸 숨긴 것인지도 모른다. 의문을 뒤로하고 김 대리에게 정말 중요한 질문을 해야 한다.

"이런 말을 하는 게 참 어색합니다만 오해하지 마세요. 따지는 것도, 추궁하는 것도, 더욱이 의도를 의심하는 것도 아닙니다."

잠깐 숨을 들이쉬며 호흡을 가다듬었다.

"어째서 희생하셨습니까? 죽을 수도 있었습니다. 아니 살아난 게 기적이라고 할 수 있어요."

“제가 몸빵 한답시고 트럭 들이받은 거요?”

“네.”

“음… 일단은 차를 믿었습니다. BMW 7시리즈 세단이면 설마 죽기야 하겠냐는 생각이 있었고….”

내가 듣고자 하는 대답은 아직 나오지 않았다.

김 대리도 숨을 가다듬고 말을 이었다.

“어쩌면 그 짧은 순간에 나름대로 판단한 것 같습니다. 이건 최고의 거래를 할 수 있는 최적의 기회다! 이런 생각 말입니다.”

“거래? 아…!”

“기억나시죠? 저와 신 팀장이 처음 실장님 사람이 되겠다고 했을 때 말씀하신 거 말입니다. 충성을 요구하지 않는다, 단지 거래일 뿐이다. 실장님은 우리에게 풍족한 돈을 줄 것이고 우린 돈 받는 대신 뭔가를 제공해야 한다.”

“네, 기억납니다.”

충성은 마음만 있으면 되지만 거래는 머리도 있어야 한다. 실력과 능력이 없다면 거래는 늘 깨지기 마련이다. 이들의 자기계발 동기부여를 위해 던진 말이었는데, 이런 방식으로 풀어낼 줄은 몰랐다.

“제가 혼수상태에서 깨어난 뒤 곰곰이 생각했습니다. 이 거래는 얼마짜리일까? 제가 거래 계약서 한쪽에 실장님의 생명, 인생을 적었는데 남은 곳에는 얼마를 적어야 거래가 성사될까?”

김 대리는 눈을 빛내며 내 얼굴을 쳐다보기 시작했다.

“이제 실장님께서 빈 곳에 적으십시오. 실장님의 목숨, 인생과 교환할 만한 합당한 것을 말입니다. 흐흐.”

저 웃음 속에 담긴 여유, 당당한 말투…. 절대 충성하는 머슴으로 보이지 않는다. 이 사람, 단번에 커버렸다. 죽을 고비를 넘기고 나면 이렇게 되는 걸까?

나도 활짝 미소 지었다. 웃음에는 웃음으로 화답하는 게 어울리지 않는가? 그리고 김윤석 대리는 더 이상 내 수행원이 아니다. 당당한 거래자가 되어 버렸다.

"어떤 걸 원합니까? 일시불로 받으실래요? 아니면 평생 할부로 받으실래요?"

내 말속에 담긴 뜻을 알아차렸을까?

"네? 아, 이런…. 으흐흐."

김 대리가 붕대를 칭칭 감은 상태라 웃는 것인지 찡그리는 건지 분간은 힘들었지만, 눈을 보니 알 수 있었다.

"할부로 하렵니다. 적금은 회장님께 받으면 되니까요."

아, 할아버지도 있었지. 난 이마를 탁 쳤다. 김윤석은 내 속뜻을 이해했을 뿐만 아니라 내가 깜빡 잊고 있었던 것까지 계산에 포함했다.

'뭐지? 사고 때문에 두뇌 회전까지 빨라졌나?'

"천천히 생각하십시오. 제가 일시불로 드린다면 김 대리 인생이 서너 번은 바뀔 만큼 큰돈을 준다는 뜻이거든요."

"아뇨. 이미 결정했습니다. 할부로 받겠습니다."

전혀 망설이지도, 고민하지도 않는다.

'뭐지? 주관까지 확고한 사람으로 변한 건가?'

"진심입니까?"

"물론입니다. 제가 아직 펑펑 돈 쓰는 재미를 모르거든요. 하지만 그 재미는 금방 시들해진다는 것쯤은 압니다. 실장님과 함께한다면 돈 쓰는 재미보다 더 큰 재미가 있을 것 같습니다."

고마운 말이기는 하나 이것만으로는 내 사람이 되기에는 충분하지 않다.

"김 대리. 기억하는지 모르겠지만 제가 했던 말은 아직 유효합니다."

"무슨 말씀 말입니까?"

"전 실력 없으면 제 곁에 두지 않습니다. 제 생명을 구해 주신 건 그 무엇으로도 보답하지 못한다는 걸 잘 압니다. 단지 돈이 있으니 돈으로 마음을 표시할 뿐입니다. 하지만 함께 간다는 건 다른 의미입니다."

김 대리는 내 말을 이해했는지 재빨리 말했다.

"실장님과 함께할 만한 실력과 능력을 갖춰 나가겠습니다. 부족하다고 느끼실 때 언제든 말씀하십시오. 물러나겠습니다."

나는 손가락 세 개를 내밀었다.

"세 번까지는 넘어가겠습니다. 아무리 큰 실수를 하더라도, 일을 망치더라도, 세 번의 기회는 드리겠습니다. 하지만 네 번째 큰 실수를 저지르면 우리 인연은 끝입니다."

"그 세 번의 기회를 쓸 일 없도록 하겠습니다."

단단한 의지와 확고한 결의까지 보여 준다. 이 사람, 하드웨어가 좋아 보인다. 학벌이라는 소프트웨어로 자신을 무장했지만, 성능이 따라가지 못하는 허당들을 숱하게 보아 왔다. 지식으로 극복하기 힘든 어려운 일에 당면했을 때 좌절하고 포기하는 놈이 어디 한둘인가? 비록 학력과 스펙은 떨어지지만 타고난 근성과 끈기로 포기하지 않는 의지를 보여 주는 강인한 자, 나는 그런 사람이 좋다. 마치 나를 보는 듯한 기분이 든다.

"자, 이제 서울로 올라갑시다. 순양의료원, 아니 명인대학병원으로 가야겠군요. 순양의료원은 빨대가 많을 게 뻔하니…. 아무튼 완벽한 컨디션을 찾을 때까지 치료도 하고 재활도 합시다."

명인대학병원으로 옮기자마자 나는 할아버지 병실을 찾아갔다. 할아버지는 나를 보자 붕대를 동여맨 머리를 쓱 만졌다.

"대현그룹 주 회장은 그룹 매출이나 주가보다 내 풍성한 머리를 가장 부러워했는데, 이제 날 보면 고소하다고 웃을 거다."

"머리카락은 다시 자라날 때 더 풍성해진다고 합니다. 그때까지 만나지 마세요."

할아버지는 내 손을 유심히 살펴보다 입이 쫙 찢어졌다.

"그거 사 온 거냐?"

"술은 안 됩니다. 그래서 치킨만 사 왔어요."

"냉큼 올려놓거라. 그 간장 양념이 왜 그리 생각나는지…."

순식간에 닭 한 마리가 뼈만 남기고 사라졌다. 맥주 한 잔이 아쉽다고 할아버지는 계속 투덜거리긴 했지만 말이다.

"이 뼈는 네가 잘 치워라. 잔소리하는 놈들이 뭐 그리 많은지. 에잉."

"하도 드시고 싶다고 하셔서 사 오기는 했지만, 퇴원하실 때까지 이게 마지막입니다."

"네놈도 잔소리냐? 됐다."

할아버지는 시원하게 트림을 한번 하더니 물을 들이켰다.

"그 친구도 깨어났다고?"

"네. 고비는 다 넘겼고 이제 재활 치료만 남았습니다."

"젊으니까 잘 해내겠지?"

"그래야죠."

"뭐… 특별한 이야기는 없었고?"

흘깃 쳐다보는 할아버지의 눈길이 예사롭지 않았지만 모르는 척 시치미를 뗐다. 주위에서 뭐라 해도 의심을 거두지 않는 분이니 내가 의심을 몇 줌 더 얹는다고 해서 달라질 건 없다.

"길게 이야기하지는 않았습니다. 그럴 상태도 아니고 해서요."

"왜? 아직 말이 어눌하더냐?"

"아닙니다. 정신도 멀쩡하고 언어장애도 없습니다."

어차피 직접 만나 볼 것 아닌가? 김 대리는 내게 했던 말을 고스란히 전달할 것이고, 흑막 뒤에 누군가 있다면 할아버지는 꼭 잡아낼 것이다.

"그럼 됐다. 나도 한번 만나서 고맙다는 말은 해야 하지 않겠냐? 우리 목숨을 구해 준 은인인데 말이다."

'감사의 인사만 할까? 아니면 뭔가를 확인하실까?'

"그래야겠죠."

"그나저나 넌 어떡할래? 퇴원할 생각이냐?"

"이미 아버지를 만났습니다. 아버지도 제가 크게 다치지 않았다는 걸 아시니 병원에서 뒹굴뒹굴한다는 게 더 이상합니다. 퇴원해야죠."

"음… 윤기 그놈은 어디 가서 거짓말할 놈은 못되니 네가 병원에 누워 있는 건 우습겠다. 그래라."

"네, 자주 오겠습니다."

"내가 중환자 행세를 하는데 네가 들락거리는 건 아닌 것 같다. 전화 통화나 하자."

"네."

조금은 실망했다. 군산으로 날 데리고 갔던 목적을 지금이라도 알려 줄 줄 알았는데…. 설마 마음이 변한 건 아니겠지?

▲▲▲

진 회장은 김윤석 대리의 병실에 아무도 없다는 것을 확인하고 천천히 발걸음을 옮겼다. 이미 그의 프로필을 받아 쭉 훑었다. 자식들 뒷수발이나 하라고 뽑은 삼류다. 순양이라는 이름과 월급봉투의 두께 때문에 스스로 몸종을 자처하는 놈이다. 게다가 입사 처음에는 영빈관 청소나 하던 놈인 거로 봐서는 삼류 중에서도 아래라는 이야기다.

"이놈, 목숨을 건 도박에서 성공한 셈이구먼."

서울대를 나오고 그룹에서 승승장구한 계열사 사장이 평생 벌고 모아도 가지지 못할 돈을 한 번의 도박으로 거머쥘 수 있게 생겼다.

'어떻게 생겨 먹은 놈일까?'

진 회장은 호기심을 한껏 안고 김윤석 대리의 병실 문을 열었다.

"회, 회장님."

깜짝 놀란 김윤석 대리가 벌떡 일어나려 했으나 아직 깁스한 팔다리 때문에 버둥거리기만 했다.

"아, 그대로 누워 있게. 병원에서는 많이 다친 환자가 제일 어른이야. 괜히 이 늙은이 때문에 그럴 필요 없네."

진 회장은 김윤석 대리 곁으로 다가가 그의 손을 잡았다.

"늙은이 목숨 살리자고 젊은 목숨 던지기가 쉽지 않은 일인데… 고마우이."

"아, 아닙니다, 회장님. 저보다 더 훌륭한 젊은이도 있지 않습니까? 너무 마음 쓰시지 않으셔도 됩니다."

"그런가? 내가 아니고 우리 도준이 때문에 그리한 건가? 허허."

"꼬, 꼭 그렇다기보다는…."

진 회장은 농담이라고 던졌지만, 말단 직원에게는 불편하고 어려울 뿐이다. 김 대리의 안색이 붉어졌다.

"아냐. 고마워서 그래. 내 목숨 살린 거보다 내 손자 구해 준 게 더 고맙다네."

진 회장은 잡은 손을 토톡 치며 인자한 표정을 보이며 김 대리를 좀 더 편하게 만들었다. 그래야 진심을 들을 수 있기 때문이다.

"자, 이제 이 늙은이가 자네에게 큰 보답을 하고 싶은데… 말해 보게 뭐든 들어줌세."

진 회장은 목숨까지 각오한 이놈의 배포와 그릇을 보고 싶었다. 한 나라의 가장 큰 부자가 원하는 걸 물었다. 말하는 대로 다 들어줄 힘이 있는 사람이다. 김 대리가 대답을 못 하고 머뭇거리자 진 회장은 기본적인 건 먼저 말해 버렸다.

"집이나 애들 학비 같은 건 말할 필요 없어. 이미 강남 아파트로 이사하도록 했고 자네 자식들 교육은 전부 책임지겠네. 등록금은 물론이고 학원비 전부 줄 테니까 자네 자식들 공부는 여한 없이 시키도록 해."

누구나 첫손가락으로 꼽는 가정의 안정은 꺼내지 못하게 만들어 버렸다. 집과 자식 문제를 해결했으니 이제 삼류 인생이 뻔한 놈의 욕심을 보고 싶었다.

"감사합니다. 회장님."

"아닐세. 이 정도는 당연히 해야지."

조금 의외이기는 했다. 여전히 담담한 표정만 보인다.

진 회장은 대답을 재촉했다.

"생명의 은인한테 돈만 입에 담아 나도 부끄럽네. 하지만 내가 자네에게 줄 수 있는 것이 돈밖에 없으니 어쩌겠나?"

"돈은 그다지 필요하지 않습니다. 저 같은 사람이야 집 걱정, 자식 교육 걱정이 전부 아니겠습니까? 회장님께서 그 걱정을 덜어 주셨는데 더 바랄 게 없습니다."

진 회장은 의외의 대답에 조금 놀라고 당황했다. 수십억, 수백억을 달라고 해도 줬을 것이다. 침대에 누워 자신을 빤히 바라보는 김윤석 역시 그 사실을 안다.

'원하는 게 없다? 지금은 인생 역전이 일어나는 순간이고 기회인데 그걸 차버려?'

그 순간 김윤석 대리의 눈이 반짝이는 걸 진 회장은 놓치지 않았다.

"허허, 거참…. 세상에는 욕심 많은 놈 천지구먼."

진 회장이 김 대리의 마음을 읽은 게 확실하다.

"돈밖에 없는 늙은이에게 돈이 싫다? 난감하구먼."

"회장님, 사실 저도 뭘 원하는지 제 마음을 정확히는 모르겠습니다."

"이 친구가! 나도 아는 걸 자네가 모른다고 하면 어쩌라고?"

"사실입니다."

진 회장은 한동안 김 대리를 내려다보다 아예 침대 곁의 의자에 앉았다. 이야기가 꽤 길어질 것 같다.

"사람에게 평생 세 번의 기회가 온다는 말을 들어 본 적은 있겠지?"

"네."

"자네는 벌써 두 번을 놓쳤네."

김 대리는 지금이 바로 첫 번째라고 생각했다. 그런데 벌써 두 번이나 놓치다니? 의미를 몰라서 진 회장의 입만 바라보기 시작했다.

"그 첫 번째는 바로 부모를 잘 만나는 거야. 있는 집 자식으로 태어나면 이미 꿈의 절반을 이룬 거나 다름없어. 자기만 잘하면 되니까. 자네 부모 돈 많은가?"

"아닙니다."

"그럼 한 번 놓쳤고, 두 번째는 뭔지 아는가?"

"혹시 대학… 입니까?"

조심스레 묻자 진 회장은 머리를 끄덕였다.

"그래. 옛날과는 많이 다른 세상이야. 이 시대는 바로 그 같잖은 대학이 기회야. 이 나라의 인맥은 대학에서 이뤄지네. 고향? 고등학교? 이딴 게 아니야. 대학은 끼리끼리 어울리는 가장 좋은 장소이며 그 사람의 배경을 단번에 뒤집을 수 있는 절호의 기회를 주는 곳이지."

삼류대 출신의 김 대리가 이를 악물었다. 첫 번째 기회는 운이지만 두 번째 기회는 자신의 노력이다. 자신은 그 노력을 하지 않았다.

"서울대 떨어진 놈을 서울대에 갖다 놓으면 졸업하지 못할 것 같은가? 지방 국립대 학생이 따라가지 못할 만큼 서울대 공부가 어려울 것 같은가?"

진 회장은 머리를 절레절레 흔들었다.

"그냥 들어가기만 하면 되는 거야. 그럼 성공하지는 못하더라도 최소한 인생의 나락으로 떨어지지는 않네."

"전 이제 기회가 단 한 번 남았다는 뜻입니까?"

"아니. 그 한 번이 바로 지금이라는 뜻이야. 어떤가? 부모 잘 만난 놈도, 서울대 나와 앞날이 창창한 놈도 따라오지 못할 만큼 돈을 주겠네. 이 정도면 만족하는가?"

이를 악물었던 김 대리가 돈 이야기가 나오자 다시 평정을 되찾았다. 밑밥을 이만큼 던졌는데도 흔들리는 기색을 보이지 않자 진 회장은 결국 웃음을 터트렸다.

"허허, 이 친구 보게. 사실이었구먼."

"네?"

"내가 아니라 우리 도준이를 구하려고 뛰어들었다는 말, 그거 진심이었구먼."

"전 진도준 실장님을 모시는 사람이니까요."

얼굴을 붉힌 김 대리는 결국 머리를 끄덕였다.

"내 손자에게 자네 인생을 걸겠다? 이게 자네가 원하는 건가?"

"진도준 실장에게 제 인생을 의탁하겠다는 뜻은 아닙니다. 가장 가까이에서 그분과 함께하고 싶다는 뜻입니다."

"왜?"

"네?"

"뭐냐고? 하나뿐인 목숨까지 걸어가며 우리 도준이와 함께하고 싶은 이유가 뭐냐는 말일세?"

김윤석을 노려보는 진 회장의 눈 속에는 불꽃이 튀었다. 그 위압감에 그는 움찔했다. 실수한 건 아닐까, 하는 생각마저 들었다. 진 회장이 가장 아끼는 손자다. 김 대리는 손자의 목숨을 구해 준 걸 가지고 평생 빌붙을 생각이나 하는 놈으로 자신을 오해한 건 아닐까, 걱정됐다.

"저도 앞에 서고 싶습니다."

"뭐라?"

"전 항상 그림자처럼 남의 눈에 띄지 않아야 했습니다. 그런 제 역할이 부끄럽습니다. 조금 전 제가 원하는 걸 말하라고 하셨습니다. 이제 확실히 말씀드리겠습니다. 저도 저 자신을 부끄럽지 않게 생각하고 당당히 앞에 서고 싶습니다."

"주제도 모르는 놈이 감히!"

앙다문 이 사이로 진 회장의 분노가 새어 나왔다. 김윤석은 설마 이런 반응이 나올 줄 꿈에도 생각 못 했다. 자신의 어깨를 두드리며 손자를 잘 보필하라는 말이라도 들을 줄 알았는데… 진 회장의 분노만 자아냈으니 모든 기회를 다 날려 버린 것 같았다.

"너 같은 놈은 우리 도준이의 발목만 잡을 뿐이다. 일머리 하나 없는 놈이 그 알량한 몸 한 번 던진 거로 찰거머리같이 딱 붙어 피나 빨아먹을 생각부터 해?"

"회, 회장님. 그런 생각은 한 번도 해본 적 없습니다. 진도준 실장의 발목 잡을 일이 생긴다면 차라리 제 발목을 끊고 물러날 생각까지 하고 있습니다. 믿어 주십시오."

거동을 막는 깁스만 아니었다면 무릎이라도 꿇었을 것이다. 붕대를 칭칭 감고 누워서 이런 결의를 말하는 처지가 김 대리는 억울할 뿐이었다.

"시끄럽다. 네놈은 지금 이 순간, 세 번째 기회마저 걷어차 버렸다. 너 같은 놈들은 늘 그렇지. 똥인지 된장인지 구분도 못 하는 어리석은 놈."

진 회장은 벌떡 일어나 분노를 터트릴 데가 없어 애꿎은 의자만 걷어찼다.

"이미 준 것은 다시 거두지 않으마. 네놈이 걸을 수 있게 되면 당장 쫓아 버릴 것이야. 두 번 다시 도준이 주위에 알짱거린다면 알량한 네 목숨은 내가 뺏어 버릴 게다."

진 회장은 큰 소리로 협박에 가까운 경고도 잊지 않았다.

"회, 회장님."

김윤석은 병실을 나가는 진 회장의 다리라도 붙잡고 진심을 보이고 싶었으나 꼼짝할 수 없으니 뒷모습만 바라보는 게 전부였다.

▲▲▲

"병원에 들락거리지 말라고 말씀하신 게 어제였어요. 혹시 양념치킨 때문에 전화하신 거라면 절대 안 됩니다."

할아버지는 아침부터 전화해서 빨리 달려오라고 성화였다.

"시끄럽다. 오라면 냉큼 올 것이지 무슨 말이 그렇게 많으냐?"

수술한 사람이 맞나 싶을 만큼 쩌렁쩌렁한 목소리가 수화기에서 울렸다. 전화를 끊자마자 재빨리 병원으로 달려가니 굳은 표정의 할아버지가 기다리고 있었다.

"도준아."

"네."

"네 녀석의 개가 되고 싶어 하는 놈이 있던데, 너도 알고 있느냐?"

느닷없이 던지는 질문에 당황했지만, 누구를 말하는지는 알았다.

"김윤석 대리 말씀입니까?"

"그래, 그놈."

"어제 만나셨군요."

"거금을 준다 해도 거절하더니 네 옆에 서고 싶다더구나. 혹시 너도 허락한 일이냐?"

실수한 걸까? 아직 새카맣게 어린놈이 벌써 사람이나 끌어모으는 게 마음에 들지 않는 건가?

"조건부로 기회를 주기로 했습니다."

두 사람 사이에 무슨 말이 오갔는지는 모르지만, 시치미 떼기에는 이미 늦었다.

"조건?"

"네. 그자가 제 일을 망치더라도 세 번은 용서하기로 했습니다."

"세 번이 넘으면?"

"내쳐야죠. 제 목숨을 구했으니 세 번의 기회를 준 겁니다. 그 정도면 빚은 갚은 거 아닐까요?"

"음…."

한동안 말이 없던 할아버지가 다시 말문을 열었을 때는 완전히 다른 이야기를 꺼냈다.

"넌 개의 미덕이 뭐라고 생각하느냐?"

"개요?"

"그래. 사람들이 좋아하는 개 말이다."

"주인에게 충성하는 거 아닐까요? 충견이라는 말도 있잖습니까? 개 외에 충이라는 단어를 붙이지는 않으니까요."

"틀렸다."

틀렸다니? 충성이 개의 미덕이 아니라면, 아무리 머리를 굴려도 다른 건 떠오르지 않았다.

"충성은 조건이 붙는다. 바로 올바름이다. 주인을 올바른 방향으로 나아가도록 하는 것이 충성이다. 그래서 주인에게 쓴소리도 마다치 않는 것이다. 주인이 올바르지 않은 길로 갈 때 앞을 가로막는 것도 충이며 방향을 트는 것도 충이다."

"올바르지 않아도 따르는 것, 그것도 충성 아닙니까? 맹목적인 충성이라는 말도 있으니까요."

"그건 간신이고."

어렵다. 충성이 아닌 개의 미덕이라… 설마 사랑은 아니겠지?

"개의 미덕은 헌신이다."

아…! 몸과 마음을 바쳐 있는 힘을 다하는, 희생도 마다치 않는 헌신. 충성과 다른 점은 조건이 없다는 것이다.

"그놈이 네게 헌신하리라 보느냐?"

"지금까지는 그렇습니다."

자신 있게 대답했을 때 할아버지는 가벼운 조소를 보였다.

"이유는?"

"자신의 진심을 숨기지 않았습니다."

긴 설명은 필요 없다. 중요한 단어 한둘만으로도 전부를 꿰뚫어 보는 할아버지 아닌가?

"하지만 그놈은 이미 실수를 저질렀다."

"할아버지께요?"

할아버지는 머리를 끄덕이고는 설명했다.

"너를 섬기고 싶다는 걸 내게 말했다. 개가 주인을 정할 때 다른 사람에게 허락을 구하느냐? 그놈은 너보다 내가 더 위에 있다는 걸 염두에 둔 것이다."

사소하다면 한없이 사소한 것이다. 내 할아버지며 그룹 회장님이니 충분히 말할 수 있는 것 아닌가? 이 정도 사소한 것도 용납하지 않는 철저함이 심하다 싶었지만, 다시 생각해 봤다. 그냥 직원 하나 뽑는 게 아니다. 수족이 될 사람이다. 한 치의 부족함이 없어야 할 것이다.

"또 실수한 게 있습니까?"

"개가 되겠다는 놈이 스스로 당당한 사람이 되고 싶다고 했다. 개가 자존감이 있더냐? 두들겨 패는 주인이라 할지라도 손만 내밀면 마냥 꼬리를 흔드는 짐승이 개 아니더냐?"

두 번째 실수다. 이번에는 무슨 말을 했는지 짐작할 수 있었다. 내 옆에 서고 싶다고 했을 것이다.

"세 번째도 있습니까?"

할아버지는 어이없다는 표정을 지었다.

"넌 아직도 기회를 주고 싶은 게야?"

"약속했으니까요. 아랫사람에게 한 약속을 헌신짝처럼 버리는 사람은 되고 싶지 않습니다."

아랫사람의 미덕이 헌신이라면 윗사람의 미덕은 신의다. 내가 진영기나 진영준 같은 사람이 될 수는 없지 않은가?

"그놈은 많이 부족하다."

"훈련이 부족할 뿐, 사람이 부족하다고는 생각하지는 않습니다."

"이미 다 갖추어진 인재가 널린 곳이 순양이다. 넌 거기서 고르기만 해도 돼."

"인연이 없습니다. 그들은 출세를 보장하면 언제든 제 사람으로 만들 수 있습니다. 하지만 그 이상이 없잖습니까?"

내 고집을 본 할아버지는 침대에서 내려왔다.

“따라오너라. 그놈이 순식간에 세 번째 실수하는 걸 보여 주마.”

김윤석의 병실로 성큼성큼 발걸음을 옮기는 할아버지는 확신에 차 있었다.

“똑똑히 봐둬. 그자가 누구를 더 두려워하고 누구의 눈치를 살피는지 말이다.”

지금 무엇을 확인하려는지 알겠다. 김윤석 대리가 내 사람이 되겠다고 결심했다면 내 옆의 할아버지 눈치는 보지 않아야 한다. 할아버지의 말씀대로, 헌신하는 충견이라면 그 시선은 오로지 주인에게만 향해야 한다. 하지만 쉬운 일일까? 할아버지는 어쨌든 순양그룹 회장이다. 현재의 고용주이며 나보다 훨씬 어른이다. 나보다 그런 분의 눈치를 더 보는 건 당연하다.

병실 앞에 서니 조금 긴장되기도 했다. 내가 아직 사람 보는 눈이 없는 걸까? 아니면 사람 고르는 기준이 할아버지와 다른 걸까?

할아버지는 쾅, 하고 문을 벌컥 열었다. 상체를 기댄 채 침대에 누워 있던 김윤석 대리는 갑자기 나타난 우리 두 사람을 발견하고 소스라치게 놀랐다. 난 그의 눈과 입만 바라보았다. 저 눈은 누구를 향하고 있으며, 누구에게 입을 열까? 일어설 수 없으니 허리를 숙일 수도 없고 목을 움직일 수 없으니 고개를 숙일 수도 없다. 그는 오로지 눈으로만 인사할 뿐이었다. 그리고 입을 열었다.

“실장님, 죄송합니다.”

그가 입 밖으로 던진 첫마디 때문에 할아버지의 눈썹이 꿈틀했다.

“실장님과의 인연은 여기까지인 것 같습니다. 제가 많이 부족해서 실망만 안겨 드렸습니다.”

할아버지를 흘깃 보니 놀란 것 같았다. 당연히 회장님, 회장님 하며 오해를 풀려고 변명을 늘어놓을 줄 알았는데 깔끔하게 선을 그으니 예상 밖이었다.

“무슨 일인지 모르겠지만, 포기가 빠르군요.”

“제가 주제를 몰랐습니다. 그걸 깨달았을 뿐입니다. 우연히 몸을 써서 실장님을 구했지만, 그걸로 더 큰 걸 얻으려는 욕심도 있었습니다. 부인하지 않겠습니다.”

“욕심 없는 사람이 어디 있습니까? 기회가 오면 잡는 거고, 잡은 기회를 이용해서 욕심도 채우는 거죠.”

“전 능력이 부족하고 실력도 바닥입니다. 단지 욕심만 앞섰던 것 같습니다.”

김윤석은 그제야 할아버지에게 눈길을 돌렸다.

“회장님께서 제 분수를 일깨워 주셨습니다. 그 점은 감사드리겠습니다.”

할아버지는 김윤석의 이런 태도를 어떻게 받아들일까? 나는 뒷짐 진 채 두 사람이 어떤 대화를 나눌지 지켜보기로 마음먹었다.

“도준아.”

“네.”

“넌 좀 나가 있어라.”

이건 또 무슨 말인가? 나뿐만 아니라 김윤석의 눈도 휘둥그레졌다.

“내 긴히 이놈과 이야기 좀 해야겠다. 어서!”

▲ ▲ ▲

“진심이냐?”

손자가 병실을 나가자마자 김윤석에게 던진 진 회장의 질문이었다.

“네 목숨까지 던졌는데 건진 거라고는 겨우 아파트 한 채와 자식 교육 걱정을 더는 게 전부다. 억울하지 않으냐?”

"짧지만 화려한 꿈을 꾼 것으로 만족하려고 합니다."

김윤석은 진 회장을 똑바로 바라보며 담담하게 대답했다. 진 회장은 그의 눈에 사심이 한 조각이라도 있는지 뚫어지게 쳐다보았다.

"좋다. 네가 순순히 포기하니 기특한 점도 없지 않구나. 네가 풍족하게 먹고사는 데 지장 없도록 충분한 돈을 주겠다. 생활은 걱정하지 않아도 될 게다."

"아닙니다, 전 아직 젊습니다. 회장님이 주시는 돈으로 무위도식하며 인생을 보낼 수는 없습니다."

"괜히 무게 잡지 마라. 주는 돈 받고 편히 살아. 인생을 날로 먹을 기회니까 말이야."

김윤석은 진 회장의 말에 피식 웃음까지 보였다.

"제 꿈이 바로 그거였습니다. 인생을 날로 먹을 수만 있다면 얼마나 좋을까? 그런데 진도준 실장을 보며 제가 얼마나 멍청하고 덜떨어진 놈인지 깨달았습니다."

"도준이가 왜?"

"제 소속이 전략실입니다. 진도준 실장의 사촌들이 어떤 생활을 하는지 어렴풋이 듣습니다. 아무리 써대도 마르지 않는 돈, 결제 한계가 없는 카드로 누가 봐도 화려하고 부러운 삶을 삽니다."

"그런데?"

"진도준 실장도 같은 재벌 3세입니다만 단 하루도, 단 한 시간도 헛되이 보내는 것을 본 적이 없습니다. 아침 7시면 여의도로 출근합니다. 사무실 근처의 평범한 밥집에서 끼니를 대충 때우고 다시 사무실로 돌아갑니다. 뭘 하는지는 모르지만요."

김윤석은 한참 어린 진도준을 마치 존경하는 상사를 묘사하듯 말했다.

"회장님께서 제게 큰돈을 주신다면 전 진도준 실장처럼 살 자신이 없습니다. 펑펑 쓰면서 제 인생을 낭비하겠죠. 그렇게 살고 싶지는 않습니다."

진도준의 곁에 서고 싶다, 함께하고 싶다는 말은 인생을 치열하게 살겠다는 의미의 다른 표현이었다.

"자네가 아무리 열심히 살겠다고 외쳐 봐야 들어 주는 사람은 없어. 세상에는 열심히 살지만 먹고사는 데 빠듯한 사람이 천지야. 그렇게 고생만 하며 인생을 낭비하고 싶나?"

"고생이라도 하는 게 놀고먹는 것보다는 낫지 않겠습니까?"

돈을 받지 않겠다는 말의 진심이 느껴졌다.

"도준이는 네게 세 번의 기회를 주기로 했다고 들었다. 오죽 못났으면 그랬겠냐?"

"그 마음 씀씀이가 고마울 뿐입니다. 제가 무슨 말씀을 드릴 수 있겠습니까?"

진 회장은 잠시 뜸을 들이다 말을 이었다.

"조금 전 왜 내게 부탁하지 않았느냐? 내 말 한마디면 넌 도준이의 사람이 될 수도 있었다. 넌 그 기회마저 차버렸어."

"회장님 말씀 중에 틀린 게 없었습니다. 전 진도준 실장의 발목만 잡을 뿐이라는 것을 깨달았습니다. 발목만 잡는 놈을 데리고 있다면 그건 동정심 아니겠습니까? 이제 그런 신세는 그만하고 싶습니다."

"주제 파악을 빨리하는 거로 봐서는 제법 쓸 만하구나. 좋다. 내 너를 내치지는 않으마. 어디 적당한 자리 알아봐 줄 테니 회사에서 계속 일하거라."

온정을 베푸는 말이었음에도 김윤석은 쓴웃음만 지었다.

"방금 말씀드리지 않았습니까? 동정은 그만두십시오."

"평안감사도 제 하기 싫으면 그만이지. 알겠다."

인사치레라도 한 번 더 제안할 법도 하건만, 진 회장은 냉정히 돌아섰다.

"아 참, 내 자네에게 묻고 싶은 것이 있었는데 딴 이야기만 했구먼."

"말씀하십시오. 회장님."

"자네가 막아 낸 트럭, 사고라고 생각하는가?"

김윤석은 조금도 망설이지 않고 바로 답했다.

"그건 이미 진도준 실장에게 말씀드렸습니다."

진 회장은 김윤석의 대답에 어이가 없었다. 손자에게 말했으니 그쪽에서 들어라. 이 뜻 아닌가? 진 회장은 헛기침을 한 번 하고 병실 문을 열었다.

"뒤끝 있는 놈이로고. 허허."

▲▲▲

VIP 병실은 방음도 좋다. 병실 밖에서 어떤 대화가 오고 가나 엿들었지만 웅얼거리는 소리만 낮게 흘러나왔다. 할아버지는 나를 보더니 피식 웃고는 다시 병실로 발걸음을 옮겼다.

"무슨 대화를 나누셨습니까?"

"넌 알 거 없다. 참…!"

갑자기 발걸음을 멈춘 할아버지는 목소리를 낮게 깔았다.

"저놈이 네게 사고에 대해 말했다는데 뭐라 하더냐?"

사고라…. 김 대리가 할아버지께는 입을 닫았다. 이 또한 좋은 태도다. 은밀한 비밀과 정보를 누군가에게 전하는 권한은 내게 있다는 뜻이며, 김 대리 자신은 입을 닫는다는 의미 아닌가?

"스스로 확신하기 어려워서 말을 아끼는 것입니다. 사고가 아닐 가능성을 말하더군요."

"사고가 아니다?"

"네. 확실하지는 않지만, 그 트럭이 마치 우리를 기다리고 있었다는 느낌을 받았답니다."

할아버지의 미간이 좁혀졌다.

"음…."

"기억일 뿐입니다. 확실한 건 아닙니다."

"됐다. 내가 알아서 하마."

더 깊은 이야기는 꺼리시는 것도 이해할 만하다. 사고가 아니라면 가족이 관계된 것이 유력하니까 말이다. 나는 어색한 분위기를 지우기 위해 재빨리 다른 주제로 넘어갔다.

"그보다 김윤석 대리는요? 그냥 이대로 끝내야 합니까?"

"그것도 내가 알아서 하마. 내 저놈 사람 구실 하도록 만들어 볼 테니까 기다려. 가능성이 안 보이면 어차피 네 곁에서 민폐만 끼칠 거다."

"할아버지께서요?"

"그래. 하나는 쓸 만하더구나."

"그게 뭐죠?"

"존경심. 아랫사람이 윗사람을 따르는 첫 번째이자 가장 중요한 조건이다. 저놈은 널 존경한다."

할아버지는 멈췄던 발걸음을 다시 옮겼다.

"필요한 기본은 얼추 갖춘 것 같으니까 일을 배워야지. 만약 일머리가 없다면 기본이 된 놈이든, 조건을 충족한 놈이든 말짱 황이다."

김윤석은 운 좋은 사람이다. 순양그룹 회장님이 직접 낙점한 이상 단기간에 훌쩍 성장할 기회를 얻었다. 몸과 정신은 아주 고달프겠지만.

7장

캐스팅보트

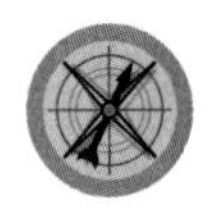

일요일 이른 아침, 진영기 부회장의 별장으로 고급 세단이 속속 들어왔다. 승용차에서 내리는 사람들은 한결같이 골프웨어 차림이었지만 이곳은 골프장이 아닌 별장이다. 서로 악수를 하며 별장으로 사라지는 그들의 표정은 화창한 날씨에 어울리지 않게 굳어 있었다. 손님들과 달리 진영기 부회장만은 환히 웃으며 그들을 맞이했다.

"번거롭게 해서 미안합니다. 요즘 워낙 보는 눈이 많아서 말이죠. 하하."

진영기는 한 명씩 일일이 손을 꼭 잡고 인사한 뒤 널찍한 식탁으로 그들을 안내했다. 여남은 명의 사람들이 모두 식탁에 자리를 잡고 앉자 그는 수저를 들며 식사를 권했다.

"이곳은 물이 좋아서 그런지 밥맛이 다릅니다. 자, 듭시다."

모두 천천히 아침 식사를 하는 가운데 진영기 부회장은 중요한 이야기를 꺼냈다.

"말씀드린 건 확인하셨습니까?"

그는 누구에게도 눈길을 주지 않고 그릇만 내려다보고 말했지만 누가 대답해야 하는지는 명확했다.

"명인대학병원 여기저기 쑤셨습니다. 수술은 성공했고 퇴원하셔도 될 만큼 건강하시다고 합니다."

"무슨 수술이었죠?"

"악성 뇌종양 제거 수술이었습니다."

악성 뇌종양이라는 말이 나오자 식탁엔 달그락거리는 소리마저 멈췄다. 진영기 부회장도 손발이 많다. 그는 수술이 끝나고 가장 먼저 결과를 들은 몇 안 되는 사람 중 한 명이다. 그런데도 이 식탁에서 수술 이야기를 다시 꺼낸 건 다른 이유에서였다.

“그런데 병원장님.”

“네.”

“악성 뇌종양이 재발할 가능성은 어떻습니까?”

순양의료원 원장은 혀로 입술을 훔쳤다.

“뇌라는 곳은 가장 예측하기 어려운 영역입니다. 그리고 악성 종양은 늘 재발할 가능성이 크기 때문에 악성이라고 하죠.”

“아버님의 경우 재발 가능성은 얼마나 됩니까?”

“나이 많은 노인의 경우 항상 50퍼센트 이상 재발했습니다. 확률이 절반밖에 안 되는 이유는… 재발 전 노환으로 사망하기 때문에 그렇습니다.”

식탁에 모인 사람들 중, 진 부회장과 병원장이 왜 이런 이야기를 나누는지 눈치채지 못한 사람은 없었다. 순양의 창업주 진양철 회장의 살날이 얼마 남지 않았다는 점을 말하고 있는 것이다.

“원장님께서 계속 신경 써야겠군요. 회장님, 오래 사셔야 합니다.”

“네. 최선을 다하겠습니다.”

이 대답을 듣고 나서 진영기는 머리를 들었다.

“원장님의 건강 비결은 소식이군요. 벌써 다 드셨습니까?”

“네? 아….”

병원장은 얼른 수저를 내려놓고 식탁에서 일어났다. 그의 얼굴이 확 구겨졌지만 어쩌겠는가? 준비한 쇼의 오프닝 담당일 뿐이니 본 공연이 시작되기 전 무대에서 내려가는 게 당연하다.

의료원장이 사라지자 진영기 부회장은 음식을 깨작거리며 말했다.

"군산의 조선미곡창고 박물관이 어떤 의미인지 우리 순양의 사장님들이야 다 아시겠죠?"

계열사 사장들은 서로 눈빛을 교환하며 머리를 끄덕였다.

"얼마 전, 우리 회장님께서는 손자까지 그곳에 데리고 가셨답니다. 다 내가 부족한 탓이지요."

조용하던 식탁에 탄성 소리까지 들렸다. 진영기가 말한 손자가 누군지 모두 짐작할 수 있었고, 그 의미까지 알고 있기 때문이다. 또 한 명의 후계자가 등장했다. 두 아들의 팽팽한 구도가 깨지고 세 조각으로 나뉜다.

"언제 돌아가실지 모르는 회장님… 그런데 그룹은 안개만 더욱 짙어졌습니다. 가뜩이나 경영 상태도 악화 일로에 있는데 말입니다."

계열사 대표이사들은 오늘의 아침 식사 자리가 불안해지기 시작했다. 아무래도 들어서는 안 될 말을 듣게 될 것 같았다.

"제가 여러분을 모신 건 짙은 안개를 싹 걷어 내고 불확실한 미래를 좀 더 명확하게 만들고 싶어서입니다."

"저기… 부회장님, 혹시 후계 구도에 대해 말씀하시는 거라면 우리들은 회장님의 뜻에 따를 뿐입니다."

가장 겁 많은 자의 말이다. 혹시라도 이 모임이 새 나가면 진 회장의 눈 밖에 나기 때문이다.

"후계 구도를 말할 겁니다."

진영기는 겁에 질린 사장을 노려보며 목소리에 힘을 주었다.

"이제 겨우 스물한 살짜리 애가 그룹의 3분의 1을, 어쩌면 절반을, 아니 전부를 차지할 수도 있습니다. 나이 많은 할아버지의 빗나간 애정 때문에 말입니다. 이런 위험을 사장단과 논의하는 건 당연한 일 아닙니까?"

"부회장님, 우리야 그룹 전반에 대해 논의를 하기에는 부족한…. 주력 계열사도 아니고…."

"계열사마다 매출도 다르고 규모도 다르지만, 공통점이 있잖습니까? 모든 계열사는 그룹 지분을 골고루 쥐고 있습니다. 여러분이 맡고 계신 회사도 다른 회사의 주식이 꽤 있을 텐데요? 안 그렇습니까? 순양전기 사장님?"

계열사들은 서로의 주식을 쥐고 있다. 진양철 회장이 그룹 전체 지분의 1.65퍼센트로 그룹을 지배하는 마법의 이름, 순환출자다.

"회사의 경영자는 대표이사입니다. 공식적인 회사 서류의 최종 결재자는 대표이사입니다. 법률상 회장, 부회장은 존재하지도 않습니다. 아닙니까?"

"법률보다는 실질적인 권한이 더 중요합니다. 비공개 서류에는 회장님의 결재를 받지 않습니까?"

순양전기 사장은 당치도 않다는 듯 손을 저었지만, 진영기 부회장은 싱긋 웃을 뿐이었다.

"그 권한이 여러분께 있다는 걸 실감 나게 해드릴까요?"

부회장은 식탁 근처에 서 있던 사내에게 눈짓했다. 사내는 서류 파일을 꺼내 각 계열사 사장들에게 한 장씩 돌렸다.

"그 서류에는 여러분이 맡은 회사가 보유한 주식 현황이 기재되어 있습니다."

이렇게 알려 주지 않아도 잘 아는 내용이다. 하지만 서류는 단순히 주식 현황만 나와 있는 게 아니었다. 이 서류는 바로 계약서였다.

"여러분의 법인 인감만 찍으면 됩니다. 그럼 여러분 회사가 보유한 주식이 전부 순양정밀기계로 모입니다. 순양정밀기계가 모두 사들일 겁니다."

당연히 순양정밀기계의 최대주주는 진영기 부회장이다. 비상장기업이며 규모도 크지 않은 회사다.

"어떻습니까? 회사가 보유한 자산을 매각하는 것은 대표이사의 권한입니다. 이제 여러분이 가진 권한을 실감하십니까?"

계열사 사장들은 몇 숟가락 뜨지 않은 아침밥이 체하는 것 같았다. 에어컨은 끊임없이 찬바람을 내뿜었지만, 식은땀까지 흘리는 사장도 있다.

여기 모인 10여 명의 계열사가 가진 그룹 주식을 전부 한곳으로 모아버리면? 모두 바쁘게 머리를 굴렸지만 복합한 지배구조가 어떻게 변할지 명확하게 아는 사람은 없다. 하지만 순양정밀기계 주식회사가 그룹을 뒤흔들 만큼 힘을 가진다는 것쯤은 안다.

"부, 부회장님. 이 계약서에 결재하는 건 월권입니다. 우리 목이 서너 개가 있어도 남아나지 않을 겁니다."

비주류 계열사 사장이라서 하는 말이 아니다. 그룹 간판인 순양전자 사장이라도 똑같은 말을 했을 것이다. 사장들의 떨리는 시선이 진영기 부회장의 얼굴에 꽂히자, 그가 웃음을 터트렸다.

"허허, 이거 참. 벌써 그런 눈으로 보면 어떡합니까? 전 여러분이 가진 힘만 알려드린 겁니다. 지금 당장 넘기라는 게 아니에요. 대가리에 피도 안 마른 놈이 회장 놀이한답시고 까불어댈 때, 그룹을 쪼개서 들고 나가겠다고 억지를 부릴 때, 여러분이 가진 합법적인 힘을 쓰시라는 겁니다. 아시겠습니까?"

모두 한숨을 쉬고 가슴을 쓸어내렸다. 두 눈 시퍼렇게 뜨고 군림하는 회장에게 반기 드는 미친 짓은 미래의 일이 되었다.

"이거 제 말이 길어지는 바람에 찌개와 국이 다 식었습니다. 다시 준비할 테니 맛있게 드시고 가시기 바랍니다."

진영기는 사람들이 뭐라 말하기 전에 재빨리 일어나 식탁을 벗어났다. 고민은 저들의 몫이다. 고민이 길어지면 당근과 채찍으로 결정을 강요하면 될 일이다. 계열사 사장은 달리는 말과 다를 바 없다.

"아버지. 제가 도준이를 한번 만날까 합니다."

"네가?"

"네. 그놈 속셈을 알아보고 일찌감치 포기하도록 설득하겠습니다."

진영기는 미심쩍은 얼굴로 아들을 살폈다.

"괜한 짓 하지 마. 군산 가는 길에서 사고 났다. 아직 전해 들은 말이 없을 수도 있어. 그럼 네가 정보만 주는 꼴이 된다."

"그러니까 속마음을 떠본다는 거 아닙니까? 도준이는 이미 상당한 돈을 모았다고 알고 있습니다. 놀고먹어도 될 놈이에요. 그룹 일에는 관심이 없을 수도 있는데 괜히 할아버지 혼자 물려주느니 마느니 하는 것일 수도 있어요."

아들의 그럴싸한 소리에 진영기의 마음이 조금 움직였다.

"그래요. 영준 씨 말이 맞을 수도 있어요, 아버님."

곁에서 차를 따르던 홍소영도 슬쩍 끼어들었다. 진영기 부회장은 가끔 이런 식으로 끼어드는 며느리가 거슬렸으나, 한 번씩 쓸 만한 소리를 할 때도 있어 내버려 두고 있었다. 그리고 아직 시댁 분위기를 몰라서 그러려니 하고 너그러운 시아버지 모습을 유지 중이다.

"어째서 그러냐?"

"요즘 미라클 명함을 들고 다닌다고 들었어요. 투자를 배우려면 굳이 명함 들고 다닐 이유가 없죠. 사무실에서 모니터만 들여다봐도 충분하니까요."

홍소영은 시아버지가 넌지시 관심을 보이자 신나게 떠들었다.

"오세현 대표가 비서처럼 데리고 다닌다는데, 분명 기업 M&A를 배우는 겁니다. 법대 진학한 것도 M&A의 필수 분야가 법이기 때문이겠죠. 도준 도련님의 관심사는 그룹이 아닐 거예요."

일견 그럴듯하게 들렸다. 하지만 관심을 버리기에는 순양이라는 이름이 주는 유혹이 너무 크다.

"영준아, 도준이가 포기하도록 설득한다고 했는데, 가능할 것 같으냐?"

"그놈 고등학교 졸업할 때쯤 제가 이야기한 적 있습니다. 별 볼 일 없는 계열사 물려받느니 순양그룹 이인자가 되는 게 어떠냐고요."

"뭐? 이인자?"

"네. 도준이 똘똘하지 않습니까? 참모로 딱이죠."

"그래서? 뭐라 하더냐?"

"그땐 어려서 이해하지 못한 것 같았어요. 그런데 아버지, 원래 막내들이 어려움을 스스로 헤쳐 나가기보다 큰 나무 그늘에서 안락하게 지내는 걸 좋아합니다."

진영기는 아들이 겉멋 잔뜩 든 비유까지 들며 이야기하는 게 못마땅했지만, 진도준의 속마음을 떠보고 더 나아가 회유까지 할 수 있다면 나쁠 건 없다고 생각했다. 어쨌든 집안에서 가장 공부 잘하고 성실한 놈 아닌가? 참모로 쓸 수만 있다면 금상첨화다.

"그래. 한번 만나 보는 것도 나쁘지 않겠다. 교통사고 당했는데 안부 인사 겸해서 말이다."

"네, 맡겨 두십시오."

"너무 앞서가지 말고 적당히 떠보는 선에서 끝내라."

성격 급한 아들에게 한 번 더 당부하는 것도 잊지 않았다.

"저기 영준 씨…."

시아버지가 2층으로 올라가자 홍소영은 재빨리 남편을 향했다.

"왜?"

진영준은 조심스레 자신을 부르는 아내를 매섭게 흘겨보며 그녀의 입을 막아 버렸다.

"쓸데없는 소리 하려면 그만둬. 도준이는 나 혼자 만나도 돼. 말했지? 1년은 쥐죽은 듯 엎드려 있으라고. 조금 전에도 그래, 왜 아버지 말씀하시는데 끼어들어? 건방지게!"

차를 내왔으면 조용히 두고 가면 될 것이지 은근슬쩍 소파에 궁둥이를 붙이고 앉아 결국 참견까지 한 아내가 못마땅해 죽을 지경이었다.

홍소영은 남편에게 한마디 하고 싶었지만, 입술을 꾹 깨물고 대꾸하지 않았다. 그녀가 내세운 결혼 조건에 아내의 말을 귀담아들어 주는 남편은 없었으니까 말이다.

▲▲▲

"형님. 어쩐 일로 전화를 다 주시고…."

"회사로 와라. 저녁이나 같이하자."

진영준, 이놈이 갑자기 왜? 신혼여행 다녀와서 친척집 돌며 인사할 때 본 게 전부이고 친근하게 연락 주고받는 사이도 아니다. 하긴, 우리 아버지나 몰랐지 친척 모두 군산행의 의미를 알고 있을 테니 지금 집안 사람들의 시선이 전부 내게 쏠려 있을 것이다.

'진영준은 내게서 뭘 알아내려는 것일까?'

술이나 한잔하며 회포를 풀자는 말에 순순히 응했다. 나도 이놈에게 전할 말이 있다.

순양 본관으로 가서 전화하자 진영준은 전용 엘리베이터를 타고 내려왔다. 저 엘리베이터는 20층 이상만 움직인다. 그룹 총괄본부, 계열사 사장급 이상의 집무실이 모여 있는 곳이다. 저걸 탔다는 것은 진영기 부회장과 함께 있었다는 의미인데, 아버지에게 교육이라도 받고 내려왔나?

"도준아!"

진영준은 손을 번쩍 들어 나를 불렀다.

"너 차 갖고 왔어?"

"아뇨. 택시 타고 왔는데요."

"궁상 그만 떨고 좀 즐기면서 살아, 인마."

진영준은 내 등을 한 번 툭 치고 본관 입구로 나갔다. 서너 명의 사람이 대기하고 있다가 차 문을 열어 준다.

"출발해."

이미 기사는 목적지를 아는 듯 부드럽게 출발했다.

"형님, 설마 별장 가는 건 아니죠? 너무 멀어요."

"별장은 주말에나 가야지. 나도 내일 출근이다. 멀리 못 가."

차는 논현동 고급 빌라가 즐비한 곳으로 접어들었다.

"여기에 식당이 있어요?"

"사람 많은 곳에서 어떻게 밥 먹냐? 오늘은 허리띠 풀고 편하게 먹자."

차 번호를 확인한 경비가 부리나케 달려 나와 빌라를 막은 커다란 철문을 활짝 열어 주었다. 차는 미끄러지듯 빌라 안으로 들어갔다.

"여긴 어딥니까?"

창밖을 보며 두리번거리자 진영준이 내 옆구리를 꾹 찔렀다.

"어디긴 어디야? 도심 속 별장이지."

낄낄대는 그를 따라 빌라로 들어갔다. 복층 구조의 빌라인지 한 층이 대단히 높고 평수도 꽤 큰 듯했다.

평범해 보이는 현관문을 열고 들어선 순간 억 소리가 절로 나며 벌어진 입을 다물 수 없었다. 일본풍의 작은 정원, 벽돌로 만든 연못에 심지어 물을 내뿜는 작은 분수까지 갖추고 있었다.

'실내 정원이라니!'

큰 평수라는 건 짐작했지만, 이상하리만치 넓다. 두 개를 터서 하나로 만든 건가? 아니면 세 개?

"오셨습니까? 요리는 어떻게, 지금 바로 준비할까요?"

유니폼 차림의 두 여자가 공손히 묻는다. 이들도 순양그룹 직원일까?

"어, 빨리 내와."

화려한 식탁에 앉아 찬찬히 실내를 둘러보았다. 1층 중앙에는 커다란 응접실, 그리고 한쪽 벽면에는 혼자서도 술을 마실 수 있는 바가 꾸며져 있다. 이미 한 명의 바텐더가 대기 중이다. 그리고 주방에서는 두 명의 셰프가 열심히 요리를 준비하고 있다. 2층에 보이는 문은 분명 침실일 테고….

"뭘 그렇게 두리번거려?"

"여기 몇 평입니까? 이렇게 큰 빌라는 처음이라서요."

"몰라. 대충 100평 넘는 거 두 개 뚫었어. 혼자 밥도 먹고 가볍게 한잔하면서 사업 구상하기 딱 좋을 것 같아 만들었지. 괜찮아 보여?"

'괜찮아 보이긴, 개뿔! 사업 구상 좋아하시네.'

주방은 고급 레스토랑을 옮겨 놨고, 바는 여자 데리고 갈 만한 분위기 좋은 곳과 비교해도 손색이 없다. 딱 봐도 용도가 나온다. 보안이 철저한 고급 빌라촌이니 여자 불러 놀기에 최적화된 곳이다.

분명 회삿돈으로 이 빌라를 구매하고, 인테리어 비용도 회사 경비로 냈을 테지만, 공금 횡령이라는 생각은 단 한 번도 하지 않았을 것이다.

수많은 샐러리맨이 밥 먹듯 야근하며 벌어들인 돈을 이딴 식으로 처바르다니! 씁쓸하고 짜증이 났지만, 티 내지 않고 저녁을 먹기 시작했다.

"신혼인데 저녁은 형수님이 차려 주는 거 드셔야 하지 않나요?"

"네 형수, 결혼하고 주방에서 일하는 거 한 번도 못 봤다. 우리 집 며느리들이 밥 차리는 거 봤어?"

진영준은 살짝 구운 고기를 씹으며 피식 쓴웃음을 흘렸다.

"그렇네요. 밥은 아주머니들이 챙겨 주시죠. 하하."

쓸데없는 농담이나 하며 식사를 끝내고 나니 셰프가 안줏거리를 만들기 시작했다.

'출장 나온 요리사들일까? 아니면 이곳의 전속일까?'

"간만에 우리 진하게 한잔하자. 내가 요즘 아주 바빠서 동생들을 통 못 챙겼다. 가벼운 칵테일부터 시작할까?"

바가 아니라 널찍한 소파로 옮겼다. 바텐더는 정성 들여 칵테일을 만들고 유니폼을 입은 여자들은 부지런히 술잔을 날랐다. 칵테일을 마시며 나는 슬쩍 근황을 물어봤다.

"건설에 계시죠?"

"그래. 어서 시멘트 냄새나는 곳을 벗어나야 하는데 쉽지 않네."

"어디로 가고 싶으세요?"

"당연히 물산이나 전자지. 그룹 핵심이잖아."

"에이, 형님이야 어차피 후계자 아닙니까? 수련 기간 지나면 그쪽으로 가겠죠."

은근슬쩍 후계자라는 말을 흘리니 요놈 눈빛이 달라지고 입꼬리도 살짝 올라간다.

"영감님이 너무 오래 살아. 쉰이 넘은 우리 아버지가 아직 '부' 자도 못 떼고 얼굴마담이나 하잖아."

"이제 회장 타이틀 물려주시겠죠. 곧 팔순이시잖아요."

살살 녹는 달콤한 말을 던져 주니 술잔 비우는 속도가 빨라졌다.

'그래, 술에 취해야 속내를 털어놓지.'

"아차, 내가 깜박했다. 너 몸은 괜찮냐? 사고 후유증은 없어?"

'빨리도 물어본다. 어차피 관심도 없으면서.'

"네. 생각보다 큰 사고는 아니었어요. 할아버지야 노쇠하시니까 충격이 크셨지만 전 타박상 정도?"

"천만다행이다. 병원에 꽤 오래 있어서 큰 사고 난 줄 알았어."

"병원에서 괜한 호들갑을 떤 거죠. 그리고… 아시지 않습니까? 이학재 실장님요. 이럴 때 우리 가족들 앞에서 존재감 내세우려고 쇼 한번 한 거죠. 직원들 데리고 와서 차단하고, 무슨 비밀 작전하듯 서울로 옮기고… 언론 통제해서 사고 소식 안 나오게 하고."

"언론에 안 나오게 한 건 잘한 거야. 주가 떨어져 봐. 난리 난다."

이학재 실장은 우리 집안에서 참 불편한 사람이다. 가족보다 몇 배의 시간을 할아버지와 단둘이 보내는 사람으로, 그룹의 비밀과 전체 현황을 가장 잘 파악하고 있다. 그의 말 한마디에 큰아버지들이 애써 키운 수족들도 잘려 나간다.

이들의 편에서 이학재를 씹는 척해봤는데 예상과 달리 진영준은 별다른 반응을 보이지 않았다.

"참, 할아버지는 어떠시냐? 수술은 문제없이 잘 끝났다고 들었는데?"

"저도 공주의료원 뒤로는 못 뵀어요. 전 거기서 곧바로 퇴원했거든요."

"그래? 음…."

진영준은 술잔을 입으로 가져가며 내 눈치를 슬쩍 보며 물었다.

"그런데 공주는 왜 간 거냐? 아, 이거… 물어봐도 되나? 할아버지와 너만의 비밀인가?"

"왜요? 형님도 할아버지와 형님만의 비밀이 있습니까?"

은근슬쩍 되받아치자 이놈, 펄쩍 뛰며 손을 내저었다.

"나? 내가 그런 게 어딨어? 할아버지, 나 싫어하잖아."

뭔가 있는 건지, 아니면 불려 가서 호되게 야단이라도 맞은 건지 모르겠다.

"요즘도 그래요?"

"몰라. 나 결혼 뒤에 할아버지 얼굴 한번 못 봤다. 우리 아버지가 당분간 일에 집중하라고 하더라. 그러면 할아버지도 날 다시 평가하실 거라나?"

말끝을 흐리더니 다시 묻는다.

"아무튼, 뭐냐? 생뚱맞게 공주라니?"

"글쎄요. 저도 몰라요. 갑자기 부르시더니 군산 가자고 하시더라고요. 순양그룹이 시작된 곳이라며…."

"조선미곡창고인가 하는 그 창고?"

"네. 나이 드시니까 추억이 떠오르셨나 보죠."

"다른 특별한 일은 없었고?"

이 자식, 내가 후계자 지명을 받았는지 아닌지 궁금해서 미칠 지경인가 보다.

"특별한 게 있어야 하나요? 군산이 뭔가 특별한 장소예요?"

"아니. 그냥 물어보는 거지 뭐."

꼬치꼬치 캐묻는 걸 보니 이놈도 군산 미곡창고의 숨은 의미를 아는 게 틀림없다. 서로 뻔히 아는 걸 모른 척하려다 보니 잠깐 침묵이 흘렀다.

진영준이 어색한 공기를 느꼈는지 다른 이야기를 꺼냈다.

"아 참, 상준이는? 상준인 미국서 음악 공부 잘한대?"

"좋아하는 공부니까 열심히 하겠죠. 그런데 영준이 형."

"응."

"혹시 제게 뭔가 할 말 있는 거 아니에요? 있으면 말하세요. 괜히 딴 얘기 꺼내니까 영 불편한데요?"

술도 마셨으니 취한 척, 조금은 대담하게 물었다.

"응? 하하. 이거, 역시 넌 눈치 하나 끝내준다."

진영준은 어색하게 웃고는 목소리를 착 깔고 진지하게 말했다.

"너 나랑 일해 볼 생각 없냐?"

"네? 형님이랑요?"

역시, 예상했던 대로다. 후계자가 되기 전 나를 회유하려는 것이다.

"그래. 내가 이사 명함 박고 일해 보니까 너만 한 사람 찾기 힘들더라."

"제가 어떤데요?"

"뭐?"

진영준의 눈동자가 흔들린다. 내가 어떤 인간인지 겪어 보지도 않았으면서 대뜸 칭찬 같은 말만 해버렸으니 말문이 막혔을 거다. 회사에서 '너만 한 사람 없어'라고 하면 직원들은 황송해 하고 좋아 죽는 모습만 봤으니 내게도 통한다고 생각했을까? 회사 직원들이야 오너 일가의 말이니 무조건 좋아할 수밖에 없다. 장차 회장이 될 유력한 사람이 인정했으니 누구라도 감격스럽게 받아들인다.

"그, 그야… 인마. 꼭 구체적인 게 있어야 하냐? 느낌이지. 내 밑에서 일하는 애들도 학벌 좋고 스펙 좋아. 그런데 딱 꼬집어 말하기에는 그렇지만 뭔가 아쉬워."

"저도 그럴 겁니다. 마음에 쏙 드는 아랫사람이 어디 있나요? 겉만 보면 좋아 보이지만 포장지를 까면 늘 아쉽죠."

슬쩍 겸손을 떨어 봤다.

"이 자식, 나랑 함께 일할 생각 없구나."

웃음기가 섞인 말투지만 바라보는 눈은 매섭다.

"꼭 그렇다기보다는 나랑 안 맞아요."

"뭐? 내가 너랑 안 맞아?"

"아, 아니. 그게 아니라 난 사람들과 함께 일하는 게 영 어색해. 그냥 혼자 하는 게 좋아요. 공부도 혼자 하고 일도 혼자 하고."

"그래서 투자회사에서 경험 쌓는 거야?"

"네. 투자라는 게 그렇잖아요. 데이터 보고, 정보 취합해서 혼자 결정하고. 다른 사람들과 맞춰 가며 하는 게 아니니까요. 이게 적성에 맞나 봐요."

"음… 투자라."

그룹에 관심 없다는 뜻을 내비쳤는데 어떻게 나올까? 내 말을 액면 그대로 믿을 만큼 순진한 놈은 아니다. 앞으로 몇 번 더 떠보려 할 것이다.

"야, 듣고 보니까 더 탐난다."

"엥? 왜요?"

"내가 그런 거에 약하잖아. 기획, 분석 그런 거 말이야. 난 사람 관리하는 건 편하고 잘하는데 숫자에 약해."

'저걸 말이라고! 숫자에 약해, 기획은 못 해, 분석도 엉망이야, 그럼 일 못 한다는 소리밖에 더 돼? 뭐? 사람 관리가 편해? 회장의 장손인데 누구나 설설 기고 말 잘 들을 텐데, 하나 마나 한 소리를!'

일그러지려는 표정을 가까스로 감추고 웃음을 보였다.

"흐흐. 왜 그래요? 우리나라에서 똑똑한 사람 다 모아 놓고 부리면서."

"아니라니까! 겉만 번드르르하지 맹탕이 많아."

괜히 심각한 표정을 짓는 진영준을 보며 슬슬 첫 번째 미끼를 던졌다. 이걸 문다면, 두 번째 진짜 미끼를 던질 것이다.

"영준이 형."

"응."

"만약, 이건 진짜 만약입니다."

"그래, 말해."

진영준의 눈이 반짝이기 시작했다.

"제가 투자 일 하다 아니다 싶으면 다른 일 해야 하는데… 결국 그룹 일밖에 없긴 하잖아요."

"그렇지."

"형님이 같이 일하자는 건 정확히 무슨 뜻입니까?"

"넌 내게 이학재 실장이 되는 거야."

"그룹 총괄 일 맡으라는 뜻입니까?"

"그렇지. 사실 이학재 실장보다 더 막강한 권한을 가지게 될 거야. 이 실장이야 생판 남이고, 막말로 월급쟁이잖아. 하지만 넌 오너 가족이고 내 동생이잖아. 계열사 사장들도 시기나 질투, 반발 같은 건 하지 않을걸? 안 그래?"

이학재는 끝없이 계열사 주요 임원들과 반목한다. 같은 사장급이지만 이학재 실장보다 더 나이 많고, 할아버지와 더 일찍 인연을 맺은 사람도 많다. 그들에겐 순양을 그룹으로 키운 공신이라는 자부심이 있다. 그런데 자신들보다 늦게 합류한 이학재가 사사건건 트집을 잡으니 사이가 좋을 리 만무하다.

"우리 3세들이 그룹을 맡으면 넌 진짜 이인자가 되는 거야. 창업주인 할아버지가 아끼는 손자였는데 누가 네게 불만을 품겠어? 안 그래?"

"음…."

술잔을 들고 잠시 고민하는 시늉을 하니 진영준은 애가 닳는지 더 달콤한 말을 쏟아 내기 시작했다.

"내가 딱 버티고 중심 잡아서 너한테 힘을 몰아줄게. 솔직히 투자라는 거, 결국 돈놀이하는 거잖아. 그거보다는 순양을 세계적 기업으로 키우는 게 더 재미있지 않겠냐? 스케일이 다르잖아."

"그래 봤자 나도 월급쟁이 아닙니까?"

"뭐? 그게 무슨 소리야?"

"형님이랑 제가 피를 나눴다 해도 그게 무슨 의미가 있습니까? 순양그룹 주식 한 주 없는데요?"

"…."

그룹 지분을 거론하니 갑자기 입을 닫는다. 자신이 함부로 말하기 어려운 일이기도 하고 민감한 부분이다. 어차피 지분 확보가 곧 순양그룹 계승자를 결정하는 것 아닌가?

"형님, 저 투자 일 배웁니다. 전 부동산 투기꾼도 아니고 오로지 기업 주식 투자에 집중하는데…. 이 일 배우면 가장 먼저 지분의 중요성을 깨달아요. 주식은 바로 주인의 상징이며 오너의 신분증입니다."

대답할 말을 찾지 못했는지 진영준은 여전히 말을 못 했다.

"왜 말씀이 없으세요? 조금 전 저한테 그러셨죠? 오너 가족이라고. 아닌가요?"

"응? 아, 아냐. 당연히 가족이지."

"사촌이니까 그룹 지분은 나눠 주지 않겠다는 뜻입니까?"

나는 짐짓 화가 난 체하며 술잔을 탕 하고 내려놓았다.

"뭡니까? 함께하자, 같이 일하자 해놓고서는 결국 날 월급쟁이로 부려먹겠다는 심산이었습니까?"

"야! 새끼가… 말을 왜 그딴 식으로 해. 인마!"

"그렇잖아요? 식구네, 가족이네 해도 직원이랑 뭐가 달라요?"

"넌 내가 그런 양아치로 보이냐? 엉?"

갑자기 큰소리치는 걸 보니 대꾸할 말을 찾았나 보다.

"내가 인마, 지금 너처럼 주식 쪼가리 하나 없으니 뭐라 말할 건덕지가 없어 그런 거야. 지금 내가 말하는 건 먼 미래의 이야기다. 할아버지가 우리 아버지에게 그룹 승계하고, 다시 내가 받으려면 최소 10년, 아니 15년은 걸린다. 15년 뒤의 일을 어떻게 장담하겠냐? 안 그래?"

이놈이 날 100퍼센트 믿지는 않겠지만, 그룹의 지분 욕심 하나 없는 순진한 놈처럼 구는 것보다 적당히 욕심을 드러내야 내 말을 더 믿을 것이다.

"그럼 15년 뒤에나 제 손에 들어올 지분을 기다리라는 말입니까? 그거 믿고 형님 밑에서 일하라고요? 말이 되는 소리를…."

"야! 밑이라니, 인마. 오른팔이지 어떻게 밑이냐? 그리고 네가 진짜 생각 있으면 내가 약속한다. 당연히 지분 나눠 줘야지. 주머니가 든든해야 힘이 나는 건 당연하잖아."

진영준이 내 말꼬리를 잡고 되레 큰소리를 치더니, 잡은 기회를 발판 삼아 다시 내 생각을 읽으려 했다.

"좋다. 툭 까놓고 말해. 얼마나 원하냐?"

여기서 대답을 잘해야 한다. 내가 그룹 경영권에 욕심 없다고 생각할 만큼만 불러야 하는데, 이놈에게 가장 적당한 숫자는 무엇일까?

괜히 생각하는 척, 즉시 대답하지 않고 뜸을 들였다.

"형님이 앞으로 갖게 될 순양그룹 지분의 25퍼센트."

이 자식, 미묘한 표정이다. 많은 것도 아니고 적은 것도 아니니 애매하긴 할 거다. 하지만 한심한 놈, 어차피 먼 미래의 일 아닌가? 단지 날

떠보는 중이며 줄 생각도 없을 테니, 이럴 땐 바로 콜을 외쳐야 한다. 우물쭈물 대답을 못 하는 것은 속 좁고 욕심 많은 속내만 드러내는 것 아닌가?

저놈에게 내가 그룹을 탐내지 않는다는 확신을 주기 위해 말을 보탰다.

"제가 가질 25퍼센트는 형님 경영권 방어를 위한, 영원한 우호지분이 될 겁니다. 그리고 형님이 경영에서 물러나고 형님 아들, 즉 제 조카가 계승할 때 싸게 넘기죠. 하하."

이렇게까지 기분을 맞춰 주고 양보하는 척했는데 망설인다면 상대할 가치도 없는 바보다.

"생기지도 않은 애에게 무슨…. 25퍼센트 지분은 네 아들놈, 그러니까 내 조카한테 줘라. 하하."

할아버지가 이 모습을 보면 기가 차서 쓰러질지도 모르겠다. 새파랗게 어린 손자 두 놈이 형님 아우 하며 주고받는 꼴이 얼마나 어처구니없을까?

"좀 쑥스럽군요. 아직 제가 어떻게 할지 결정도 못 했는데…."

"괜찮아. 이건 네 인생의 플랜 B가 될 거다. 네가 하고자 하는 일이 잘 안 풀리면 오늘 이 약속을 기억해. 나도 잊지 않으마."

이럴 때 기분을 맞춰 줘야 한다. 그래야 두 번째 미끼를 자연스럽게 던질 수 있다.

"고맙습니다, 형님. 솔직히 형님이 저를 이 정도까지 생각해 주는지 몰랐습니다."

"야야. 관둬라. 우리 사이에 무슨…!"

진영준은 한껏 호기로운 모습으로 술잔을 싹 비우고 내게 내밀었다.

"아직 한참 뒤의 일이지만 중요한 건 너하고 내가 통했다는 거다. 서로 밀어주고 당겨 주면서 순양그룹 끝내주게 한번 만들어 보자."

"네, 형님. 제가 그룹 일을 하게 되면 항상 형님 편에 서겠습니다."

나도 꽉 찬 술잔을 깨끗하게 비웠다.

'이제 떡밥을 한번 뿌려 볼까?'

"형님, 그런데 돈 좀 있습니까?"

"돈? 왜? 필요해?"

"아, 아닙니다. 제가 돈 쓸데가 어디 있나요?"

"그런데?"

"제가 진심으로 형님 편이라는 걸 보여드리고 싶어서요."

호기심이 드러나는 눈빛, 진영준은 가까이 다가앉았다.

"뭔데?"

"아시는지 모르겠지만, 오세현 대표가 고모부 시장 선거자금을 많이 지원했어요."

"뭐? 진짜?"

"네. 처음에 고모가 제게 찾아와서 선거자금 좀 보태 달라고 했는데, 제 돈이야 전부 미라클에 묶여 있잖습니까? 그래서 오 대표를 소개해 줬어요."

"고모가 오세현과 거래했군. 뭐 준다고 했는지 알아?"

"그게 핵심이죠. 흐흐."

내 웃음에 진영준은 손뼉을 짝 쳤다.

"잠시 들어가 좀 쉬지? 필요하면 다시 부를 테니까."

우리 술자리를 도와주던 사람들이 모두 2층으로 올라가자 진영준은 본격적인 관심을 드러냈다.

"뭐야? 설마 미디어시티 그거야? 고모부 공약에 들어가 있던 거? 설마 그거 때문에 대아건설 인수한 거야?"

"네."

공사판 함바집 밥 좀 먹더니 눈치가 좋아졌나? 대번에 알아챘다. 하지만 규모가 다르다는 걸 알면 깜짝 놀랄 것이다.

"순양건설 임원들, 대거 대아로 옮겼잖습니까? 할아버지와 오 대표는 협조 관계고요. 그런데 두 분이 정보를 꼭꼭 숨겨 놨어요."

"무슨 정보?"

"위치요. 미디어시티가 어디에 들어서는지는 아직 발표 안 했어요. 뭐… 워낙 크다 보니 입단속 하는 건 이해하지만…."

슬쩍 표정을 보니 입을 떡 벌린 채 눈만 껌뻑거린다. 경제 위기 속의 대규모 프로젝트다. 정부도 적극적으로 지원할 건 뻔한 일, 이런 프로젝트의 숨은 정보라면?

"너 위치 아는구나!"

난 싱긋 웃으며 머리를 끄덕였다.

"고모부는 서울시장의 첫 사업으로 디지털미디어시티를 발표할 겁니다. 아시겠지만…."

"발표만으로 땅값 폭등이지."

진영준은 이미 욕심이 뚝뚝 묻어나는 목소리를 숨기지 못했다.

"발표, 허가, 사업자 선정 등등. 단계별로 껑충 뛰니까…."

"여윳돈 묻어 두기 딱이죠."

"어디냐? 거기가?"

"마포 상암동 일대입니다."

"상암동?"

진영준은 미간을 찌푸렸다. 마포는 알아도 상암동의 정확한 위치는 모르는 것이다.

"네. 그런데 상암동은 국유지 아니면 시유지가 대부분입니다."

"뭐야? 그럼 헛똑똑이잖아."

"아뇨. 상암동에서 좁은 길 하나만 건너면 은평구 수색동입니다."

"수색동이면…?"

"네. 거저 주워 올 수 있습니다. 엄청나게 싸요. 동심원효과 아시죠?"

"야! 내가 그걸 모르겠냐? 명색이 건설사 임원인데. 중심 지역 땅값 오르면 주변 지역도 덩달아 오르는 거잖아."

"네. 그런데 제가 본 서류에는 상암동과 그 일대라고 했으니 수색 지역도 포함될 겁니다. 고모부는 시장이니까 마포구, 은평구 두 지역의 지지를 얻을 기회인데 놓칠 리가 없죠. 분명 미디어시티는 상암동과 수색동을 걸칠 겁니다."

"길 하나를 두고…."

"왕복 2차선의 좁은 길입니다. 그냥 한 덩어리죠."

더 말하는 건 입만 아프다. 이미 진영준은 돈다발이 머리 위로 떨어지는 상상에 잠긴 모양새다.

"수색 쪽 땅 조금만 매입하면 되겠네. 용돈은 건지겠지?"

"그럼요. 그런데 형님, 너무 무리하지 말고 여윳돈만 던지세요. 수색동 어디까지 프로젝트에 포함될지 모르니까요."

나중을 대비해서 나는 조금 발을 뺐다. 어차피 이놈에게는 들리지 않을 테지만.

"도준아, 불확실할 때는 확률을 확 높이는 거다."

그렇지, 이게 내가 기다리던 반응이다.

"최소한 동심원효과는 보니까 왕창 사두면 돼. 그럼 큰돈, 어중간한 돈, 손해 보는 돈도 생기지만 결과는 이득이다. 그러니까 최대한 많이 사둬야 해."

"그래도 리스크도 커지잖습니까?"

"그걸 감수할 돈이 있으면 질러도 돼. 총알이 많으면 절대 안 지는 게임이야. 흐흐."

한 수 가르치는 듯한 말투…. 이럴 땐 감탄 정도는 해주는 게 예의라 진영준이 좋아할 만한 달콤한 말 몇 마디를 던져 주었다.

▲▲▲

"너도 이젠 알겠지? 아버지가 어떤 생각인지?"

진윤기는 갑자기 집으로 찾아온 형 진동기 때문에 놀랐다. 하지만 그가 조심스레 끄집어낸 문제는 집으로 직접 찾아올 만큼 민감하기도 했다.

"형님, 너무 민감하게 받아들이실 필요 없습니다. 아버지도 이제 늙으신 겁니다. 그러니 눈에 넣어도 아프지 않은 손자한테 선물 주는 기분으로 군산행을 결정하셨을 테고요."

진윤기는 사고 이후, 형제들의 달라진 시선이 부담스러웠다. 그는 당사자는 아니지만 자기 생각이 옳다고 확신했다. 이것은 변덕스러운 아버지의 유희일 뿐이다. 물론, 그룹 후계자를 지명하는 유희라니, 기가 차다.

하지만 두 번째 지명자였던 진동기의 생각은 달랐다. 후계 지명은 알게 모르게 퍼져 나가고 사람들의 시선이 달라진다. 특히, 그룹 내 메인스트림에 올라탔거나 올라타려고 애쓰는 사람들이 지명자 주변에 몰려들게 돼 있다.

진도준은 아직 어리다. 다루기 쉽다고 착각하는, 속이 시커먼 사람들이 몰려들면 내키지 않아도 아군과 적군을 구별하고 적들을 쳐내는 일을 반복해야 한다.

"원인이 뭐가 됐든 결과가 중요한 게 회사잖아. 도준이는 어리니까,

대신 너한테 사람들이 몰려들 거다. 어떡할래?"

진동기는 차분하게 동생의 대답을 기다렸다.

"나한테 묻지 말고 형님 의견이나 들어 봅시다. 어차피 내 생각이 궁금한 것도 아니고 형님 계획 말하려고 온 것 아닙니까?"

눈치 빠른 동생을 보니 예전 한량 생활할 때와는 완전히 다른 모습이다. 어릴 때 똘똘하던 그 모습을 다시 보는 것 같았다.

"한번 말한 적 있지? 너는 그냥 내 동생 해라."

"무조건 강요만 하지 말고 방법을 말하세요. 영원히 좋은 동생이 되어 줄 테니까요."

"뭐?"

"만약 도준이 꿈이 순양그룹 회장이면 어떡하실 겁니까? 조카 상대로 싸울 거예요? 그럼 난 형님 동생 못합니다. 내 아들 아버지 할랍니다."

"헛된 꿈일 뿐이다. 그러니까 네가 나서서 말려야지."

"아들 꿈 말리는 아버지 역할은 못 합니다."

진동기는 동생의 확고한 결심을 충분히 읽을 수 있었다.

"그러니까 형님이 방법을 만드세요. 순양그룹 회장 자리는 하납니다. 싸움은 큰형님하고만 하세요. 도준이의 조건 없는 양보나, 힘으로 누를 생각은 꿈도 꾸지 마시고요. 사업하는 분 아닙니까? 서로 만족할 만한 방법을 갖고 다시 이야기하는 게 좋겠습니다."

진동기는 동생의 마음을 읽어 냈다. 아들이 유산 싸움에 말려드는 꼴은 보기 싫지만, 그렇다고 모든 걸 포기할 생각도 없어 보인다. 이 둘을 만족하는 거래, 동생은 그것을 원한다. 자기 사업을 하더니 문제를 해결하기 위해서는 감정을 지워야 하는 것이 첫 번째라는 것도 안다. 진동기 자신은 감정을 못 이겨 동생에게 달려왔는데 말이다.

'사업가답게 풀자.'

진동기는 마음을 다잡았다.

"좋다. 그럼 내가 도준이와 이야기하마. 그게 문제 해결의 첫 단추겠지?"

"저도 함께하겠습니다. 괜찮죠?"

"물론이다."

진동기는 갑자기 넥타이를 풀었다.

"그럼, 도준이 올 때까지 술이나 한잔할까?"

"아침부터?"

진윤기는 갑자기 태도를 확 바꾸는 형에게 놀랐으나 곧 얼굴에 미소가 번졌다. 이유가 어떻든 간에 형제끼리 술잔을 나누는 것도 오랜만 아닌가?

"독한 거? 아니면 순한 거?"

"순한 거 하자. 이젠 몸이 못 견뎌. 그리고 도준이랑 이야기도 해야 하는데 맑은 정신 아니면 밀릴 것 같은 기분이 들거든. 흐흐."

간단히 마시기로 했지만, 두 사람은 순식간에 와인 한 병을 다 비웠다.

▲▲▲

간만의 숙취가 꽤 오래간다. 쿡쿡 쑤시는 머리를 문지르며 현관문을 열자 거실에서 웃음소리가 들렸다.

"어? 큰아버지, 오셨어요?"

"이놈아. 어제 외박했다면서? 벌써 그러고 다니면 어쩌려고?"

순서대로 등장하는구나. 장남과 차남이 이렇게 나를 찾는 이유는 묻지 않아도 알 수 있었다. 술이 깨지 않은 게 찜찜했지만, 테이블에 와인병이 있는 걸 보니 다행이다 싶었다. 내 입에서 나는 술 냄새를 두 분은 눈치채지 못할 것 같다.

"외박이라고 해서 허튼짓하고 다니는 건 아니에요. 하하."

"너도 여기 앉아. 큰아버지가 주는 술잔 받아라."

좋은 일이 있을 리 없는 두 분의 얼굴에 웃음이 가득한 것이 의외였지만, 적어도 웃으며 시작할 수 있어 다행이었다. 마무리도 웃으며 할 수 있다면 좋으련만….

"도준아."

"네."

큰아버지는 잔을 채우며 대화의 포문을 열었다.

"너, 순양그룹의 회장이 되고 싶으냐? 대를 건너뛰는 무리수도 감내할 만큼…?"

"형님!"

에둘러 말하지 않고 곧바로 껍질을 까버리는 큰아버지의 말에 아버지는 놀라 소리 질렀지만, 나는 어느 정도는 예상했던 일이다. 효율을 강조하는 합리적인 생각, 곁가지 많은 절차를 싫어하며 모든 걸 간소화하는, 건조한 성격의 소유자로 소문난 사람이 둘째 큰아버지 아닌가? 욕심만 많은 장남과의 승계 싸움에서 왜 졌는지 도무지 알 수 없는 미스터리다.

"괜찮아. 도준이가 다른 조카 놈들처럼 철부지도 아니고, 어린애로 취급해서 윽박지르는 것도 아냐. 사회인이나 다름없는 도준이의 계획을 듣고 싶은 거다. 이놈의 생각을 모르면 이야기의 진전은 없어. 너도 그렇게 생각하잖아?"

큰아버지는 아버지를 바라보며 말했다. 두 분은 어느새 웃음을 지우고 취기까지 날려 버린 듯 보였다. 이분의 기질과 성정을 잘 알기에 나도 껍질은 벗겨 버리고 알맹이만 선달했다.

"군산이 어떤 의미인지도 잘 압니다. 하지만 현실적으로 불가능하다는 것 또한 잘 압니다."

두 분의 대화를 막고 의견을 꺼내자 내게 눈길이 꽂혔다.

"전 할아버지가 주시는 걸 모두 받을 생각입니다. 그래서 다시 되팔아야죠. 더 비싸게 사겠다는 분께 말입니다."

"팔겠다? 네 목표는 돈이냐?"

"상품값을 꼭 돈으로 받을 생각은 없습니다."

"그럼?"

"글쎄요. 아직 상품이 없으니 뭐라고 말씀드리기가 곤란합니다. 제 손에 물건이 들어왔을 때 결정해야겠죠."

더는 질문이 이어지지 않았다. 이 정도 대답이면 내 생각의 의미를 충분히 알아챌 사람이다. 내 대답이 진실인지 아닌지까지는 모르겠지만.

대화가 끊어진 자리에 침묵이 자리 잡았다. 나는 앞에 놓인 와인잔만 바라봤고 두 사람은 와인을 들이켰다. 다시 와인 병이 비어 갈 때 큰아버지가 입을 열었다.

"신중하구나, 영리하기도 하고."

아버지는 여전히 침묵만 지켰다.

"넌 저울 양쪽에 두 큰아버지를 올려놓고 무게를 맞춘다는 뜻이겠지? 팽팽한 긴장감을 이기지 못해 먼저 비명을 지르는 사람의 편에 서면 물건값은 폭등할 테고."

"그 과정이 귀찮아서 처음부터 세일할 수도 있겠지요."

"퍽이나 그렇게 하겠다. 하하."

'이 아저씨, 안 속네.'

큰아버지는 잔에 남은 술을 싹 비우고 일어섰다.

"우리 집안에서 제일 난놈은 도준이인 게 확실하구나. 가장 막내라는 핸디캡만 없었다면 3대 회장은 너였을 거다."

2대라고 말하지 않았다. 차기 회장 자리를 절대 뺏기지 않겠다는 의지겠지. 큰아버지가 벗어 두었던 상의를 걸치자 아버지가 말했다.

"가시게요?"

"알 거 다 알았으니 가야지. 도준이가 장사를 시작할 때, 내가 첫 손님이 되려면 어영부영할 시간이 없을 것 같은데?"

큰아버지는 내 등을 쓰다듬었다.

"이대로만 커라. 재벌 흉내나 내는 네 사촌 형들 본받지 말고."

칭찬을 들었으니 인사는 해야 한다.

"감사합니다. 기대를 저버리지 않겠습니다, 큰아버지."

큰아버지는 술기운에 얼굴은 붉어졌지만, 쉬운 상대는 되지 않을 만큼 훌륭하게 성장하겠다는 내 말뜻을 이해했다는 듯 눈을 반짝였다. 큰아버지가 나가고 나서 아버지는 나를 다시 앉히고 물었다.

"순양의 회장 자리, 탐나지만 포기한 거야?"

"지금은요."

"나중에는 변할 수도 있다는 거냐?"

"할아버지께서 제게 무엇을, 얼마나 주시느냐에 달렸겠죠."

"음…."

아버지는 새 술병을 따며 웃음을 흘렸다.

"도움이 필요하면 말해. 언제든 부모 노릇은 할 테니까."

▲▲▲

"또 어떤 놈이 내 욕을 하는 게야? 에잉."

진 회장은 새끼손가락으로 귀를 파며 투덜거렸다.

"그래, 두 아들놈이 껄떡거렸다고?"

"네."

이학재 실장은 진 회장의 곁에 앉아 붕대 감은 머리를 보며 웃음을 참고 있었다.

"뭔 짓을 하디?"

"진영기 부회장은 마이너한 계열사 사장들과 조찬 모임을 가졌습니다."

주력 계열사가 아니면 전부 공채 출신 사장들이다. 요놈들이 모여 무슨 수작을 부리는 걸까?

"무슨 말이 오갔는지는 아직 모르고?"

"무슨 말이 오갔을지 뻔히 짐작 가는데 굳이 한 명 한 명 불러 물어볼 필요 있을까요? 괜한 경계심만 불러일으켜서 부회장이 더 조심하고 은밀하게 움직이면 관찰하는 게 어려워집니다."

"네 짐작 한번 들어 보자."

"그 계열사가 보유한 그룹 지분으로 자신을 지지해 달라고 요구했겠죠. 그럼 회장이 됐을 때 일등공신으로 대우해 주겠다. 이 정도라고 생각합니다."

진 회장은 큰아들의 꿍꿍이가 거슬리는지 인상을 찌푸렸다.

"또? 딴짓은 그게 전부야?"

"아들 진영준 이사를 시켜 도준이를 만나게 했습니다. 진동기 사장은 직접 만났고요."

"동기가?"

"네. 윤기 집으로 찾아가서 술 한잔했습니다."

고요한 호수처럼 평온을 유지하는 둘째까지 나선 걸 보니, 파장이 크긴 했나 보다.

"도준이를 자기편으로 끌어들이려 모두 난리 치는구먼."

"아마도 캐스팅보트가 도준이 손으로 들어갈지도 모른다는 위기감을 느꼈을 겁니다."

"어리석은 놈들 같으니. 지들이 잘하면 아무 문제없을 텐데, 그걸 모르니…."

이학재는 혀를 차는 진 회장을 보며 조심스레 물었다.

"어느 정도 생각하십니까? 도준이가 진짜 캐스팅보트를 쥘 만큼, 많이 생각하십니까?"

"자네 생각은?"

"그룹이 쪼개질 위험은 피해야 하지 않겠습니까?"

"한 놈에게 다 주라는 뜻 같은데… 도준이는 거기 포함 안 된다는 말이야?"

"물리적인 나이를 무시할 수는 없습니다."

진 회장도 머리를 끄덕였다. 집안에만 전쟁이 일어나는 게 아니다. 집 밖에도 사방에 적이 깔려 있다.

"학재야, 캐스팅보트를 쥔 놈이 그걸 흔들면 나머지 두 놈은 눈치를 보겠지?"

"그렇겠죠."

"그럼 가장 힘센 놈은 누굴까? 흔드는 놈일까? 눈치 보는 놈일까?"

이학재는 이런 심각한 문제를 웃으며 말하는 진 회장을 보자 어이가 없었다. 경영권을 흔들 정도의 힘이라면 도대체 얼마나 많은 유산을 남겨 주겠다는 뜻일까?

"진심입니까?"

"뭐가?"

"도준이가 시소 한가운데 앉아 힘의 균형을 맞추도록 할 생각입니까?"

진 회장은 이학재의 직접적인 질문에 대답을 피했다. 아직 자신의 심장과 머리가 일치하지 않는다. 결정은 뒤로 미뤄야 하지만 시작은 서둘러야 한다. 앞으로 살날이 얼마나 남았는지 모르는 나이 아닌가?

"일단 지배지분 뺑튀기할 방안부터 만들어 봐. 그리고 내 지분 옮길 방법도 찾고."

이학재는 놀라기도 하고 할 말도 많았지만, 머리만 끄덕였다.

"네, 준비하겠습니다."

방법만 찾는 것이지 실행하는 건 아니다. 의견은 회장이 실행하라고 할 때 다시 말씀드리면 될 터, 이학재는 말을 아꼈다.

"그리고 사고 조사는 계속하고 있나?"

"네. 트럭 기사에게는 사람을 붙여 뒀습니다. 24시간 철저히 감시하고 있으니 배후가 있으면 드러날 겁니다."

생각하기 싫은 일을 떠올리는 진 회장의 표정이 안 좋아졌다. 이학재는 그의 굳은 얼굴을 보며, 한 가지 더 보고할 것을 꺼내지 않았다. 바로 회장의 운전기사에 대한 것이었다. 진 회장의 말에 따르면 그날 군산 일정을 미리 안 사람은 기사가 유일하다.

회장의 넓은 저택 귀퉁이 별채에서 기거하니 미행은 필요하지 않으므로 그의 뒤를 캐는 중이다. 이미 순양 장학생인 서울중앙지검 검사가 그의 계좌를 뒤졌다. 특이한 점이 없어 기사의 가족과 친척까지 확대하는 중이며 별채에는 도청장치까지 설치하고 감시 중이다. 뭔가 나온 이후에나 보고하는 게 나을 것 같다. 어쨌거나 회장은 지금 환자 아닌가?

▲ ▲ ▲

"좀 알아봤어?"

"네. 마포 상암동은 거래할 만한 개인 사유지가 별로 없습니다."

"별로 없다? 그게 무슨 소리야? 정확하게 알아보라고 했잖아!"

버럭 소리 지르는 진영준 앞에서 두 명의 과장은 연신 머리를 조아렸다.

"죄송합니다. 아예 없습니다."

"아예 없다니? 상암동엔 사람이 살지 않는다는 거야?"

"이미 누군가 싹 쓸어 갔습니다. 등기부 등본도 확인했습니다. 지난 사오 월경 거래가 이루어졌습니다."

진영준은 그 누군가가 누군지 짐작할 수 있었다. 오세현과 고모, 그리고 정치권에 몸담은 놈들이 뻔하다. 잔뜩 찌푸린 진영준을 보며 보고하던 과장이 황급히 입을 열었다.

"싹 쓸어 갔다고는 하지만 물량이 얼마 되지 않습니다."

"그럼 수색동은? 거기도 다 쓸어 갔어?"

"아뇨, 그쪽은 거래가 거의 없었습니다. 이사님께서 원하는 만큼 확보할 수 있습니다."

진영준은 과장이 내미는 두꺼운 서류 뭉치를 받았다.

"수색동 현황입니다. 지시하시면 곧바로 매입 시작하겠습니다."

"그래. 나가 봐."

혼자 남은 진영준은 이리저리 전화를 돌려 사람들을 불러 모았다. 순양건설 이사가 된 후, 지금처럼 바쁜 건 처음이다. 잠시 후 비서가 회의실에 모두 모였다고 알려 주자 부리나케 달려갔다.

"은행에 알아봤어?"

"네. 이사님의 무담보 신용대출은 20억까지 가능합니다."

"겨우?"

예상보다 적은 액수에 진영준은 이맛살을 찌푸렸다.

"지점당 한계 금액이 있다 보니 그렇답니다."

자금 담당 부장은 준비한 몇 장의 서류를 내밀었다.

"이사님 소유의 자재 납품 회사 두 곳은 각각 200억, 160억이 가능합니다. 그런데 조건이…."

"뭔데?"

"형식적이지만 이사님 사재를 담보로 요구합니다."

진영준은 순간 열이 뻗쳤지만, 가까스로 억눌렀다. 성질부릴 시간이 없다.

"그렇게 해. 그리고 순양건설에서 내 자재 회사로 선금 좀 당겨. 100억 정도."

회의에 참석한 모두의 표정이 변했다.

"이, 이사님, 그 정도 자금을 옮기려면 대표이사님 결재가…."

"작년 IMF 터지고 나서 아파트, 상가 등 미분양 물량이 많습니다. 회사 자금 사정이 좋지 않은데 100억이나 빼낸다면…."

여기저기서 어려움을 호소하자 마침내 진영준이 폭발해 버렸다.

"내가 알아서 한다니까! 홍송철 사장에게 양해를 구할 테니까 주라면 줘. 선 조치, 후 보고! 몰라? 그 돈으로 땅 매입하고 매입한 땅을 담보로 대출 왕창 당길 거야. 문제 되면 선금받은 거 다시 되돌려 준다고! 됐어?"

책상까지 탕탕 치며 소리 지르자 모두 입을 닫았다. 일견 그럴싸하게 들리지만 믿을 수 없다. 순양건설 돈을 빌려서 땅을 사고, 그 땅을 담보로 대출받으면 돌려주기는커녕 다시 땅에 쏟아부을 놈이다. 어쩌겠는가? 이런 놈이라도 주인집 손자 아닌가? 정신 바짝 차리고 줄을 잘 서야 한다.

"모두 딴소리 말고 철저하게 서류 준비해. 내가 다시 지시하면 하루 만에 전부 처리할 수 있도록 말이야. 알았어?"

"네!"

모두 머리를 숙이자 진영준은 기분이 좀 풀렸다. 하지만 여기서 끝이 아니다. 다른 계열사에서 조금씩 더 모아야 한다. 최소 1000억 정도는 때려 박아야 목돈 만지는 기분이 날 것이다.

'아… 젠장. 은행장 딸과 결혼하는 건데. 이럴 때 대출 팍팍 당기면 얼마나 좋아?'

갑자기 후회가 밀려왔다. 그래도 아내에게 넌지시 말은 해볼 것이다. 처가도 꿍쳐 놓은 돈이 많다고 소문나지 않았는가? 넉넉하게 총알 준비하고 진도준의 연락을 기다려야 한다.

▲▲▲

"청와대, 국회 모두 조율 끝났습니다. 서울의 건설 경기 살리는 데 도움도 되고, 문화 정책의 일환이라는 명분도 있으니 호응이 좋더군요."

"다행입니다, 시장님. 발표는 아무래도 7월 1일 취임식 때 하시겠네요?"

"아닙니다. 공식적인 발표 없이 공고만 낼 생각입니다. 그래야 대아건설과 수의계약(隨意契約) 진행이 유리하니까요. 물론 아주 일부 정도는 입찰공고를 낼 생각입니다."

오세현과 고모부는 손발을 맞추기 시작했다.

"그런데 오 대표. 내가 아직 우리 장인어른을 못 만났어요. 혹시라도 순양건설이 끼어들면 저도 어쩔 수 없습니다. 아시죠?"

고모부는 이미 지나간 이야기를 꺼낸다. 내가 후계자 후보에 올랐는데 할아버지가 내 밥그릇을 뺏을 리 없다는 사실을 아직 모른다. 내심 놀랐지만, 모른 체했다. 고모가 고모부에게 아무런 정보를 주지 않은 게 틀림없다. 흔들리는 내 눈빛을 보며 오세현이 선수를 쳤다.

"네. 진 회장님 심사가 뒤틀리면 이 프로젝트 자체를 무산시킬 수도 있으니까요. 그래서 우리 도준이가 필요합니다. 하하."

나를 보는 두 사람의 눈빛에 기대가 잔뜩 서려 있었다.

"그러시진 않을 겁니다. 지금 할아버지는 병원에 계시니까 이것까지 욕심내지는 않으실 거예요. 아무튼… 제가 잘 말씀드리겠습니다."

"그래, 우리 도준이 힘 좀 빌리자."

고모부는 웃으며 내 손을 살짝 잡았다.

"도준아, 내가 오 대표와 할 이야기가 좀 있으니 잠시 자리 좀 비켜 줄래?"

"최 시장님, 이 일에 도준이가 들어서는 안 될 이야기는 없습니다. 시발점이 바로 도준이 아닙니까? 그리고 어차피 제가 다 이야기해 줄 겁니다. 그냥 말씀하세요."

오세현은 슬쩍 일어서려는 나를 다시 앉혔다.

"아, 그렇군요. 이거… 괜히 도준이에게 미안한데?"

어색한 미소의 고모부에게 괜찮다는 눈짓을 보내자 조심스럽게 계획을 털어놓았다.

"제 임기가 2002년 6월까지입니다. 아시겠지만 그해 말은 대선입니다."

대선! 역시나! 고모부의 욕심인지 아닌지는 모르겠지만 바람을 잔뜩 집어넣은 건 고모가 틀림없다.

"혹시, 대선 출마를 꿈꾸십니까?"

오세현은 기가 찼지만 내색하지 않으려 애쓰는 게 역력했다.

"이제 양김시대도 끝나 갑니다. 대한민국도 좀 젊어져야 하지 않을까요? 그리고 검사 출신, 국회의원, 서울시장을 역임했으니 대선에 나가더라도 자격이 부족하다는 소리는 듣지 않을 겁니다."

"아, 그건 당연하죠. 충분한 자격 있으십니다. 허나…."

"허나, 뭐죠?"

고모부는 오세현의 입만 쳐다보기 시작했다.

"서울시장까지는 괜찮지만, 재벌가의 사위라는 게 좀… 대통령과 재벌이 한식구라면 국민이 받아들일 수 있겠습니까?"

부정적인 견해에 고모부가 입에 거품을 물기 시작했다.

"앞으로 4년이나 남았습니다. 그 4년간 기념비적인 업적 하나만 만들면 됩니다. 내가 아들도 아니고 사위니까 충분히 재벌 이미지를 희석할 수 있어요."

"좋습니다. 그 문제는 뒤로하고 제게 하시고 싶은 말은 뭐죠? 그저 대선 출마 계획을 알려 주시려는 건 아닌 듯한데…."

오세현도 능구렁이다. 고모부가 무슨 말을 하려는지 뻔히 알면서 불편한 말을 꼭 직접 하게 만든다. 설마 녹음이라도 하는 건가?

"재벌가 사람이라는 걸 털어 내려면, 대선 때 순양그룹 돈은 절대 받으면 안 됩니다. 대선 자금이 한두 푼도 아니고…."

"그 자금을 미라클에서 책임져 달라는 뜻입니까?"

"아, 전부 다 책임져 달라는 부탁은 아닙니다. 사실 제 대선 가도의 가장 큰 장애물은 아이러니하게도 우리나라 재벌들이죠. 만약 제가 청와대에 들어가면 순양그룹이 날개를 달 거로 생각하지 않겠습니까? 그래서 순양을 제외한 다른 재벌가의 돈은 받을 생각입니다. 제가 적이 아니라는 걸 알려 줘야죠."

지금 고모부가 하는 말 전부가 고모의 머리에서 나온 게 틀림없다. 할아버지에게 약점 잡힐 일이 없어야 순양을 향해 칼을 겨눌 수 있으니까 말이다. 대통령의 힘으로 오빠들을 다 쳐내면 순양그룹은 저절로 고모 손아귀에 들어간다는 계산이 섰을 것이다.

가만히 듣고 있다 보니 내게 아주 좋은 기회임을 알았다. 물론 대통령은 나중 이야기다. 지금은 서울시장으로서 꼭 할 일이 있다. 내 계획을 들으면 고모부는 물론 고모까지 좋아할 것이다.

"고모부, 재벌가 사람이라는 이미지를 깨끗하게 털어 드릴까요?"

생뚱맞은 소리에 고모부가 화들짝 놀랐다.

"뭐? 그게 무슨 뜻이야? 진짜 방법이 있어?"

"가장 손쉬운 방법이 있습니다만 쉽지는 않죠. 손에 피를 묻혀야 하니까요."

피라는 단어에 고모부는 아주 자신만만한 반응을 보였다.

"내가 검찰청 칼잡이 출신 아니냐. 피 묻히는 걸 두려워할 사람이 아니다."

"도준아, 괜히 이상한 생각이라면 그만둬."

오세현이 불안한 표정으로 머리를 저었다. 내게 장단 맞춰 주려는 건지 아니면 진심인지 분간하기 힘들지만 무시했다. 지금은 고모와 고모부를 슬슬 부추겨야 한다. 욕심에 눈먼 놈이야말로 이용하기 딱 좋지 않은가?

"할아버지가 가장 못마땅하게 생각하는 사람, 상처 좀 입어도 순양그룹에 피해가 없는 사람, 평소의 행실을 생각하면 당해도 싸다는 생각이 드는 사람… 한 명 골라 보세요."

순양그룹이 입을 손해를 생각한다면 당연히 2세는 피해야 한다. 남은 것은 3세다. 사회적으로도 손가락질하는 건 재벌 3세 아닌가?

"그 조건이라면 영준이뿐이다. 요즘이야 결혼하고 조심하지만, 그동안 집안 망신 제일 많이 시킨 놈이잖아. 연예인 스캔들에, 음주운전, 폭행… 사고란 사고는 다 쳤으니, 원."

"그럼 영준이 형이 피 흘리면 되겠네요. 순양그룹의 장손이자 서울시장의 조카지만 정의로운 서울, 공정한 서울을 세우기 위해서는 읍참마

속의 심정으로… 뭐 이런 식이겠죠?"

고모부는 쉽게 대답하지 못했다. 차라리 친조카를 희생양으로 삼는 거라면 고민이 없었을 것이다. 처가 식구를 건드리는 건, 잘못하면 돌아올 수 없는 강을 건너는 위험을 감수해야 한다. 이 일을 결정할 수 있는 건 고모부가 아니라 고모다.

"그, 그런데 괜찮을까? 아니, 방법이 있을까? 요즘 영준이는 별다른 사고도 안 치고 착실하잖아. 그렇다고 사생활을 건드릴 수도 없고 말이야. 그놈이 연예인 끼고 음주운전을 하다가 폭행 사고를 쳐도 서울시장이 뭐라 말할 수는 없어."

"방법은 고모부님이 생각해 보셔야죠. 전 고모부님께서 가족 중 한 명의 목을 벤다면, 재벌가의 사위라는 핸디캡을 극복할 수 있을 거라는 말씀을 드린 겁니다."

핸디캡 극복을 넘어 칭송받을 일이지만 여전히 대답을 못 한다. 이 양반과 더는 할 이야기가 없다. 계략을 논의할 사람은 역시 고모다. 고모부는 한참 뒤에나 입을 열었다.

"그 부분은 내가 좀 더 생각해 보마. 그보다 오 대표, 어떻습니까? 제 부탁을 들어주시겠습니까?"

오세현은 최 사장의 기대에 찬 눈빛이 부담스러운지 몇 번 헛기침했다.

"아시다시피 전 투자자입니다. 투자 방법은 여러 가지가 있지만, 공통점은 하나예요. 바로 숨은 가치를 찾아내는 겁니다. 4년 뒤, 제가 최 시장님의 가치를 발견하면 말씀하지 않아도 투자합니다."

"그때쯤이면 늦을 수도 있어요."

오세현은 4년 뒤에나 생각해 보겠다는 말을 던졌고, 고모부는 선점하지 않으면 기회가 없을 것이라는 반응이다. 내 생각은… 역사의 도도한 물결을 고모부 수준의 사람이 뒤집는 것은 불가능하지 않을까, 이 정도다.

▲▲▲

"어서 와, 우리 조카. 어쩜 넌 클수록 엄마를 닮아 가? 귀여워 죽겠어."

고모는 내 엉덩이를 툭 건드리더니 술잔을 내밀었다.

"마실래?"

내가 머리를 젓자 고모는 피식 웃었다.

"몸 상한 데는 없다고 들었는데, 아냐?"

"아뇨. 술맛도 모르는데 비싼 술 마시면 아깝잖아요."

"별걸 다 따져. 아무튼 앉자."

여전히 호텔에서 생활하지만, 남편이 시장이니 이 생활도 끝이다. 기자들 눈에라도 띄면 입방아에 오르니 이젠 집으로 들어가야 할 것이다.

"너 고모부에게 재미있는 소리를 했더구나."

"아, 그거요? 고모부가 재벌 사위 딱지를 떼고 싶어 하시길래 그냥 말씀드린 건데요?"

"너, 은근히 음흉하다? 네 고모부 귀 얇은 거 알고 그랬니?"

"무슨 말씀이세요?"

"시치미 떼기는. 왜? 아빠가, 아니 아버지가 널 3번 타자로 지명하니까 너도 욕심이 생겨?"

전부 난리구나. 내 손에 단 10퍼센트의 그룹 지분만 들어와도 든든한 지원자가 될 테니 모두 날 끌어들이려 두 눈이 시뻘겋다.

"고모도 절 그렇게 보세요?"

"고모도? 이런, 오빠들이 벌써 다녀갔구나."

고모는 입술을 한 번 짓씹었다.

"네."

"뭐라고 했는지 말해 볼래?"

"다른 사람 말은 중요한 게 아니고 고모 생각이 궁금한데요?"

"난 아직 가진 게 없거든. 그래서 생각도 없어. 오 대표가 그러더라고. 쥐뿔도 가진 게 없으면 판에 끼어들지도 못 한다고."

"그럼 왜 보자고 하셨어요? 전 큰아버지들처럼 고모도 제게 뭔가 말씀하실 줄 알았어요."

"나도 귀가 좀 얇아. 하하."

호탕한 웃음소리가 방을 메웠다.

"우리 3번 타자 이야기는 나중에 하자. 내가 판돈 마련하고 나서 말이야. 그보다 읍참마속은 가능해?"

"감당할 수 있어요? 그럼 아이디어를 짜내 볼게요."

"영준이?"

난 고개를 끄덕였다.

"너 영준이 싫어하는구나, 왜지?"

"그냥 잘난 척하는 게 꼴 보기 싫어서요. 단지 먼저 태어난 게 전분데 자기가 잘난 줄 알잖아요. 그것까지는 그렇다 쳐도 사람을 아래에 두려고 해서…."

"그 애가 그렇긴 하지."

고모는 잠깐 생각하더니 다시 입을 열었다.

"영준이가 혼이 좀 나도 아버지는 크게 노여워하지는 않으실 거야. 내가 감당할게."

어떤 일을 저질러도 단지 혼나는 것으로 끝난다고 믿는다. 이 집안사람들은 준엄한 법의 심판을 걱정하지 않는다. 다 피해갈 수 있으니까.

대신 할아버지의 심판을 두려워할 뿐이다. 고모는 진영준이 손자니까, 장손이니까 꾸중 듣고 혼나는 정도로 끝날 거로 생각하는 듯하다. 과연 그 정도로 마무리가 될까?

"그럼 전 고모만 믿고 시작합니다."

"뭘?"

"고모부께 말씀드리세요. 디지털미디어시티 사업 공고할 때 지역 단어 하나만 추가하라고요."

"단어?"

"네. 상암동만 알리지 마시고 상암동 그리고 수색동 일부라고요."

"수색동?"

"네. 그다음은 제가 생각해 놓은 게 있으니까 염려 마시고요."

고모는 내 얼굴을 보며 미소를 보였다.

"생각을 짜내는 게 아니라 이미 생각해 뒀구나."

"전부는 아니고요. 대충 얼개만요."

"이러니 아버지가 네게 푹 빠졌지."

"그냥 막내라 그러시는 거죠."

겸손을 떨어 봤지만 소용없었다. 고모도 큰아버지들과 다르지 않은 눈빛을 보이기 시작했다.

"도준아."

"네."

"내가 힘이 생겼을 때, 네가 가지게 될 걸 내게 보태면 절반을 주마. 잘 생각해 보렴. 아마 오빠들은 절반의 절반도 안 줄 거야."

"고모의 힘은 뭐죠?"

"네 고모부가 봉황이 새겨진 의자에 앉는 거지."

"대통령이 된다고 해서 순양그룹을 어찌할 수는 없을 텐데요?"

"국세청, 국정원, 검찰, 감사원, 공정거래위원회. 이런 힘 있는 기관을 손에 쥐는 거야. 네 말대로 순양그룹은 어찌할 수는 없겠지만 사람은 어찌할 수 있단다."

"사람이라고 하면 큰아버지들이겠네요."

"오빠들 손에 묻은 먼지, 진흙을 전부 털면 나만 남을걸? 주주들도 나 외에 선택할 사람이 없다는 걸 알 거야."

고모는 주먹을 불끈 쥐었다.

"너도 주주로서 내 편을 들어 줘. 그럼 절반을 줄게."

한 명은 이인자로 만들어 주겠다. 또 한 명은 비싸게 사겠다. 마지막 한 명은 절반을 주겠다…. 참 다양한 제안이다.

'가만, 한 명이 더 있는데? 아, 셋째인 진상기는 만형의 따까리지.'

"고모, 10년 뒤의 일이 될 것 같은데 천천히 하시죠. 그리고 할아버지가 변덕 한번 부리면 전 그냥 막내로 끝날지도 몰라요."

엄살 한번 부려 보니 고모는 생각지도 못한 말을 내뱉었다.

"그럼 서둘러야겠네? 아버지 변덕 부리시기 전에."

▲▲▲

고모부는 취임식에서 대통령 흉내를 냈다. 현재의 경제 위기를 이겨내기 위해 서울시에서 할 수 있는 모든 일을 다 할 것이며, 재정 적자를 최소화하여 서울 시민들의 무거운 어깨의 짐을 가볍게 해주겠다며 큰소리쳤다.

그리고 사전에 약을 치는 것도 잊지 않았다. 서울시 소유의 공유지를 200퍼센트 활용하여 경제 활성화의 기초를 다지겠다고 공언했다. 이미 눈치 빠른 건설업자들은 지금의 불황을 깨트리는 신호탄이라는 걸 알아채고 문턱이 닳도록 시장실을 드나들었다. 하지만 그들에게 기회는 돌아가지 않는다. 그 기회는 내가 쥐고 있다.

“이놈아. 절반도 안 준다고?”

“정말 너무하십니다. 절반이나 드리면 전 뭐 먹고살라고요? 순양건설이야 이거 아니더라도 버티지만, 우리 대아건설은 이거 없으면 그냥 망해요. 이거 하나 보고 쏟아부은 돈이 얼만지 아시잖아요.”

이제 붕대를 풀고 군밤 장수나 쓸법한 비니를… 아니 지금 시대는 그냥 빵모자라고 부르는, 아무튼 할아버지는 촌스러운 모습으로 투덜거렸다.

“세상에 공짜는 없는 법이다. 대현그룹이 네 고모부를 푹 구워삶았다는 소문도 들려. 자칫 잘못하다가는 뒤통수 맞는다.”

“그거 막아 주신다고 큰소리치셨으니 할아버지께서 해결해 주셔야죠. 30퍼센트 드리겠습니다.”

“건설로 돈 버는 것만 말하지 마라. 네놈이나 오세현이 그냥 있을 놈이 아니잖아? 솔직히 말해. 상암동과 그 주변 땅, 싹쓸이했지? 그것만 해도 어마어마하게 벌 텐데?”

“아뇨. 땅 투기는 안 했습니다. 시장이 고모부 아닙니까? 오 대표가 아버지랑 친군데 개발 정보 미리 빼돌렸다는 오해는 없어야죠. 게다가 대아건설 인수하고 첫 사업인데… 불미스러운 일은 애초에 막았습니다.”

“그건 잘했구나. 허허.”

할아버지는 무릎을 탁 치며 웃었다.

“좋다. 30퍼센트로 퉁치자. 대신 넌 내게 빚 하나를 진 거다. 20퍼센트나 깎아 줬으니까 말이다.”

이건 협상이다. 하지만 할아버지의 머릿속에는 협상이 아니라 양보였고 빚진 것으로 각인되었다. 이런 말도 안 되는 억지가 재벌의 기본이다.

▲▲▲

"다른 계열사에서는 얼마나 빌렸어?"

"200억 정도입니다."

"그것밖에 안 줘?"

"계열사 사장들 모르게 처리하다 보니 모두 난처하답니다. 이 돈도 정말 목을 내놓고 준 겁니다."

"새끼들이… 간덩이가 이렇게 작아서야 어디에 쓸까? 내가 책임진다는데도 이 정도니. 쯧쯧."

진영준은 목표액 '680억'에 한참 모자라는 돈을 생각하니 짜증이 솟구쳤다. 큰 욕심 내지 않고 다섯 배만 불리려고 생각했는데, 매우 아쉬웠다.

"용역들 불러서 수색동 싹쓸이해. 소문 안 나게 조심하고. 소문나면 거지 같은 새끼들 집 안 판다고 개길 거다."

"알아서 잘 처리하겠습니다. 그리고 단군 이래 가장 어려운 시기 아닙니까? 시세도 바닥이니 조금만 더 쳐준다면 팔 겁니다."

"마지막까지 개기는 놈은 시세의 두 배까지는 줘. 시끄럽지 않게 진행하는 게 이 일의 핵심이다."

"네, 이사님."

진영준은 여전히 아쉬움을 떨쳐 내지 못했다. 이런 호재를 만나는 게 어디 쉬운가? 마음 같아서는 명동 사채시장에서 확 끌어오고 싶을 정도였지만 참았다. 소문 빠른 바닥이라 여차하면 아버지나 할아버지 귀에 들어간다.

"3000억이라…."

진영준은 곧 들어올 돈을 생각하니 저절로 웃음이 비어져 나왔다. 누구에게도 말하지 않은 돈이다. 아는 놈은 진도준이 유일하다. 그놈에게 한몫 떼어 주면 좋아할 것이고, 자신의 곁에 착 붙어 다니게 될 것이다. 돈도 벌고, 아버지가 우려하는 진도준도 손에 넣으니 꿩 먹고 알 먹고다.

하지만 꿩 먹고 알 먹는 일이 순탄할 리가 있나? 수색동 땅 매입이 한창일 때, 진영준은 아버지 진영기 부회장의 호출에 마시던 술잔을 던지고 집으로 달려갔다. 얼음장처럼 냉랭한 아버지의 표정을 보자 심장이 쿵쾅거렸다. 술을 많이 마시지 않은 게 다행이다 싶을 만큼 심상치 않은 분위기였다. 재빨리 머리를 굴려 최근에 실수한 게 없는지 되새겼지만 떠오르는 건 없었다.

불길한 징조는 거실에 아버지와 나란히 앉아 있는 와이프였다. 설마 아버지에게 잦은 외박을 하소연한 건 아닌지 염려가 됐다. 그 정도 철딱서니 없는 여자는 아니다. 자기 입으로 사생활 터치는 절대 없을 거라고 말하지 않았던가.

"너 요즘 뭐 하고 다니냐?"

착 가라앉은 목소리, 이건 좀 심각하다. 화가 나면 큰소리부터 내지르고 보는 양반이 저러는 건 더 좋지 않은 징조다.

"특별한 일은 없습니다. 왜 그러시는지…?"

"네가 땅 사러 돌아다닌다는 말이 들리던데, 맞아?"

순간 진영준의 머릿속에는 이 일과 관련된 놈들의 얼굴이 순식간에 지나갔다.

'대체 어떤 새끼가 입을 나불댄 거야?'

"왜 대답 못 해? 맞아? 아니면 헛소문이냐?"

"아, 아버지. 일단 제가 설명부터 하겠습니다."

"설명? 오호라. 그러니까 근거 없는 헛소문은 아니라는 거지?"

진영준은 결혼한 것을 지금 이 순간만큼 다행이라고 생각한 적이 없었다. 결혼 전이였다면 아버지는 일단 귀싸대기 한 방 날리고 대화를 시작했을 것이다. 며느리가 지켜보니 분을 삭이느라 부르르 떨 뿐 손찌검하지는 않았다.

"좋다, 설명부터 해봐라. 그럴싸한지는 들어 보고 이 애비가 판단하마."

"제가 도준이 만나서 이야기를 잘 풀었다고 말씀드렸죠?"

"그래. 그놈이 너한테 호감을 잔뜩 드러냈다고? 의기투합도 했고."

"네. 거기서 나온 이야기입니다."

진영준은 그날 밤의 이야기를 다시 한 번 소상히 되풀이했다. 지난번에는 쏙 빼먹었던 디지털미디어시티와 땅 이야기를 덧붙인 게 차이였다. 설명이 모두 끝나자 진영기 부회장의 표정은 더욱 차갑게 변했다.

"그러니까 네 설명대로라면 도준이가 지껄인 것만 믿고 땅에다 돈을 들이붓고 있다는 말인데, 맞아?"

"아닙니다. 저도 확인하고 움직였습니다. 고모부가 취임 때 했던 말 있지 않습니까? 그리고 도준이가 다시 한 번 알려줬고요. 마지막으로 서울시 공무원에게 재차 확인했습니다. 개발은 확실하다고요."

진영기 부회장은 갑자기 며느리를 바라보며 말했다.

"새아가, 넌 이 사실을 언제 알았느냐?"

"네?

홍소영은 시아버지의 이렇게 화난 표정은 처음이다. 몰랐다고 시치미를 떼기에는 이미 늦었다. 자신의 안색이 하얗게 질렸다는 건 거울이 없어도 알 수 있었기 때문이다.

"너도 돈 마련해서 땅 샀어?"

"…네."

"저놈 말 믿고?"

시아버지가 가리키는 손끝에는 입술을 깨물고 있는 남편이 있었다.
“네. 그렇지만 저도 확인했어요, 아버님.”
“친정 기자들 돌렸냐? 기자들이 확인해 줬어?”
“네. 이미 알 만한 사람들은 다 알아요. 마포구 상암동, 은평구 수색동, 이 두 곳으로 확정 났대요. 조금씩 땅값이 오르고 있어요.”
“넌 돈이 어디서 났어? 친정집에서 빌렸니?”
“…네.”
빌린 게 아니라 그냥 받았지만, 머리를 끄덕였다.
“이제 친정도 알겠구나. 그럼 사돈댁에서도 땅을 엄청나게 사들였을 테고.”
확인하지는 않았지만, 시아버지의 말이 틀리지 않는다는 것쯤 모를 리 없으니 고개를 들지 못했다. 시댁에서 돈 빼돌려 친정에 갖다 바친 것과 뭐가 다를까? 정보가 곧 돈이 되는 시대니까 말이다.
“너희 둘, 참… 천생연분이다. 쯧쯧.”
진영준은 자신을 내려다보는 아버지의 한심한 눈길을 느끼자 억눌렀던 반발심이 튀어나왔다.
“아버지, 정확한 정보 맞습니다. 그리고… 개발 정보로 돈 버는 일이 새삼스러운 것도 아니지 않습니까? 왜 역정 내시는지 이해하기 어렵습니다.”
“이, 이놈이… 그래도!”
짝!
참았던 진영기 부회장의 손이 올라갔다. 결혼까지 한 어른이기에 손찌검만은 말아야지 하는 결심도 멍청한 아들놈에게는 소용없었다.
“이 자식아, 네가 무슨 돈으로 땅을 샀어? 사재를 담보로 대출받은 거야 네놈 거니까 다 날리든 말든 상관 않겠다. 그 정도 선에서 끝냈다면 모른 체하고 지나갔을 거야."

진영준은 눈을 감으며 얼굴을 찌푸렸다.

'젠장, 다 들켰군.'

"넌 회삿돈까지… 계열사 수십 군데에서 골고루 빼먹었지? 건설에서는 아예 선금으로 끌어다 썼고? 그게 제정신으로 할 짓이냐!"

진영기 부회장은 차마 목소리를 높이지 못했다. 이 집안사람들 전부 회삿돈을 쌈짓돈처럼 꺼내 쓴 일이 한두 번이 아니다. 자신만 해도 수십, 수백 번 그 짓을 했고 지금도 반복한다. 하지만 아들놈의 경우는 다르다. 감당할 수 있을 만큼만 빼먹어야 하는데 파악한 돈만 수백억이다. 자칫 잘못되어 그 돈이 날아가면, 최악의 경우 횡령이다.

주둥아리를 불퉁하게 내민 채 고개 숙인 아들을 보니 진영기 부회장은 속이 뒤집힐 지경이다. 이놈은 땅값은 오르고 있고 매매 차익으로 메꾸면 되니 뭐가 문제냐고 생각하는 것이다.

"잘 들어. 내가 아는 걸 네 할아버지가 모르겠어? 그런데 왜 아무 말 없으신지, 넌 모르지?"

"하, 할아버지도요?"

진영기는 아버지인 자신보다 할아버지를 더 무서워하는 아들을 보자 자존심이 상했지만 내색할 수는 없었다. 실권을 쥔 자를 두려워하는 건 당연한 일 아닌가?

"끝이 좋으면 문제 삼지 않으시는 분이다. 과정이 지저분한 것쯤 눈 감아 주시는 분 아니냐?"

아들놈의 표정이 밝아지는 것을 보니 투기가 성공할 것이라고 확신하는 모양이었다.

"이미 엎질러진 물이니 더는 말 않겠다. 하지만 끝이 좋지 않을 때 내게 와서 살려 달라고 빌지 마라. 네가 책임져야 한다."

"염려 마십시오. 화려한 엔딩이 틀림없으니까요."

가슴까지 탕탕 치며 자신감을 내비치는 아들을 보자 한숨이 나왔다. 젊은 시절 자신의 모습이 눈앞에 있었다.

8장

잘못된 선택

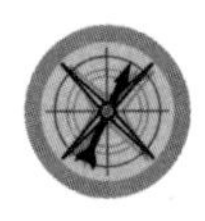

'새서울타운발전구상' 일명 디지털미디어시티 프로젝트는 서울시에서 조용하게 발표했지만, 건설업계의 반응은 더 할 수 없이 시끄럽고 뜨거웠다. 무려 17만 평의 대지 위에 빼곡히 들어설 대형 빌딩을 세우는 일이다. 향후 10년 이상 멈추지 않는 건설 현장이 될 것이다.

공교롭게도 순양의 회장 사위가 칼자루를 쥐고 있으니 건설업계는 함부로 명함을 내밀지 못했다. 그나마 대현건설 정도가 한자리 차지하기 위해 백방으로 뛰며 여론전을 펼쳤을 뿐이다.

"내가 뇌수술까지 했는데 병문안 한번 오지 않더니 돈 되는 일이라니까 밥 먹자고 연락해? 너무 속 보이는 거 아닌가?"

"영감탱이 명줄도 길어. 수술실에서 콱 뒈져야 했는데, 아쉽구먼. 허허."

"나 먼저 가면? 혼자 남은 세월을 외로워서 어찌 견디려고? 나라도 있어야 심심치 않지. 허허."

진 회장이 잔을 내밀자 대현그룹 주영일 회장은 의아한 눈빛을 보냈다.

"술 마셔도 되나?"

"주 회장 마시는 거 구경하는 거로 만족해야지. 이 꼴이잖나?"

"그냥 쓰고 계시게. 흉한 거 보면 술맛 떨어져."

진 회장이 모자를 벗으며 수술 자국을 보여 주려 하자 주 회장은 펄쩍뛰며 손을 내저었다.

"그나저나 그 교통사고 말일세. 진범은 잡았나?"

술잔을 입으로 가져가던 주 회장이 지나가는 말처럼 물었다.

"귀도 밝네. 그건 또 어떻게 알았나?"

진 회장은 미간을 찌푸렸다. 경찰까지 입을 막았지만, 대현의 정보력은 피하지 못했다.

"그냥 뚝 떼서 골고루 나눠 주게. 그게 속 편해."

주 회장은 모르는 척 엉뚱한 소리를 했지만, 못 알아들을 리 없는 진 회장이다. 자신이 자식을 의심하듯 주 회장은 이미 그 사고의 원인을 짐작한 듯 보였다.

"그래서 전부 쪼개 버렸나?"

주영일 회장은 이미 대현그룹 상속 절차를 거의 끝마쳤다. 자식들의 태어난 순서와 능력을 고려해서 큰 무리 없이 계열 분리를 한 것이다. 물론 대현이라는 이름은 유지하지만.

"내가 아들놈이 좀 많은가?"

"자랑이다! 한 배만 탔어야지. 뭔 여자를 그리 밝혔나?"

주 회장은 아들이 여덟이었다. 그 여덟의 아들은 모두 세 여자에게서 얻었다.

"없이 살다가 갑자기 돈이 생기니 여자도 생기더라고. 허허."

주 회장은 겸연쩍은 웃음을 보였지만 부끄러운 기색은 아니다.

"한 놈에게 밀어주는 게 맞아. 나눠 주면 당신이 저승으로 떠난 뒤에 결국 다 갖겠다고 싸울 게 뻔해. 아버지 마음 편하자고 자식들이 서로 칼질하게 만든 셈이야."

진 회장이 못마땅한 듯 핀잔을 줬지만 주 회장은 대수롭지 않은 반응을 보였다.

"그건 지들 문제지. 내가 저승에서 내려다볼 것도 아닌데 싸우든 말든 무슨 상관인가?"

"고약한 늙은이, 에잉."

주 회장은 술 한 잔을, 진 회장은 회 한 점을 입에 넣고 한동안 말이 없었다. 침묵을 먼저 깬 건 진 회장이었다.

"우리 사위가 진행하는 거, 눈독 들이지 말게. 그건 우리 몫이 아니야."

"그럼? 자네도 빠진 겐가?"

"그래, 정권의 눈치도 봐야지. 이번엔 고만고만한 회사들 차례야. 우리야 그거 없어도 먹고살지만, 그 프로젝트로 기사회생할 회사들이 줄을 섰어. 그들이 가져갈 거야. 청와대도 그렇게 알고 있어. 그러니 쉽게 허락이 떨어진 거고."

주 회장은 아쉬운 표정으로 술잔을 비웠다.

"이거 원, 떨어지는 떡고물이라도 주우려면 자네 허락을 받아야겠네 그려."

"알면 껄떡대지 말고 잠자코 기다려. 내가 적당히 챙겨 줄 테니까 소란 떨지 말고."

진 회장이 선심 쓰듯 말하자 주 회장은 술잔을 내려놓으며 기분 좋은 미소를 보였다.

"오늘 술값은 내가 내지."

"당연히 그래야지."

주 회장은 진 회장의 표정을 살피다 입을 열었다.

"그런데 자네 사위 말일세. 서울시장 4년 하고 나서 대선 출마한다는 소문이 자자해. 자네가 밀어주는 건가?"

"대선은 무슨! 그놈은 제 마누라 꼭두각시야. 마누라 없으면 끼니도 못 챙겨 먹을 위인이 언감생심 청와대는!"

"그게 무슨 상관인가? 어차피 투표는 국민이 하는데. 언론 좀 타고 인기 올라가면 헛된 꿈도 아니야. 지금부터 차근차근 준비하면 가능성이 꽤 커."

진 회장은 고개를 절레절레 저었다.

"그런 일은 절대 없을 걸세. 시장 놀이 4년으로 그놈 정치 인생 끝낼 걸세. 그런데 우리 주 회장님이 왜 남의 집안일에 관심을 보이실까?"

"혹시나 해서 물어보는 거지. 순양그룹 사위가 대통령이 되면 큰일 아닌가? 우리 대현그룹 조지기 시작하면 아무 일도 못 하니까 말일세."

"흐흐. 그놈이 대통령이 되면 대현은 두 번째야. 첫 번째 타깃은 바로 순양이 될 걸세."

"역시 그렇구먼. 자네 딸도 욕심이 보통 아니네."

"하나뿐인 딸이라 너무 오냐오냐 키워서 그래. 욕심이 너무 커."

"그러니까 얼른 쪼개서 나눠 주라니까!"

주 회장의 핀잔에 진 회장은 쓴웃음만 지었다.

"객쩍은 소리 그만하고 일어나세."

"아이고, 몸도 성치 않은 노인을 너무 오래 붙잡고 있었구먼. 먼저 가시게. 난 여기서 만날 사람이 또 있어."

"가진 거 자식들에게 다 줬으면 그냥 뒷방 늙은이로 지내. 나대지 말고."

"살아 있으니 일은 해야 하지 않겠는가? 밥값은 해야지."

주 회장은 방을 나서는 진 회장의 등을 한 번 쓸어내렸다.

"늙어서 아프면 서러워. 몸 잘 챙기게."

진 회장은 덕담을 건네는 주 회장을 힐끗 보며 머리를 끄덕였다. 진 회장이 떠난 것을 확인한 주영일 회장은 지금까지 진 회장과 식사했던 옆방 문을 열고 들어갔다.

"아이고, 바쁘신 최 시장님을 너무 오래 기다리게 했소이다. 미안합니다."

최창제 서울시장은 주 회장의 인사에도 굳은 얼굴로 꼼짝도 할 수 없었다. 주 회장은 최 시장의 맞은편에 털썩 앉으며 말했다.

"밤낮없이 공무 수행하느라 끼니도 못 챙길 텐데, 오늘은 제대로 된 거 한번 먹어 봅시다."

'끼니'라는 단어에 유난히 힘주어 말하자 최 시장의 표정은 더욱 굳어졌다. 비꼬는 것이거나, 도발하는 것이거나, 둘 중 하나다.

"회덮밥이면 족합니다. 여기서 시간을 너무 지체했어요."

"아이고, 이런! 내가 큰 결례를 범했구려."

내숭 떠는 주 회장의 모습도 께름칙하다. 최 시장은 예의를 던져 버렸다.

"회장님, 외람되지만 제게 하고 싶은 말이 있으시면 지금 하십시오."

"이런, 오해는 마시게. 당선 축하 인사차 만나자고 한 게 전부요."

주 회장은 급히 손사래를 쳤다.

"그럼 축하 인사는 받은 걸로 하겠습니다만, 상암동은 포기하십시오. 이미 장인어른께서 말씀하셨다시피 순양과 대현 같은 대기업 배제 원칙은 꼭 지킬 겁니다."

최 시장은 옆방에서 나눴던 대화를 이미 다 들었다는 걸 노골적으로 드러냈다. 하지만 주 회장은 조금도 당황하지 않았다.

"아닐세. 위태로운 건설사들 살리자는 좋은 정책인데 따라야지. 내 뜻을 곡해하지 마시게. 이건 진심이라오."

"그럼 회장님 진심만 받겠습니다. 식사는 다음으로 미루죠. 전 이만…."

최 시장이 일어서자 주 회장이 손을 뻗어 다시 앉혔다.

"이 사람아, 큰일 하겠다는 사람이 이리 급해서야 쓰나? 잠시 앉게."

'큰일'이라는 말이 최 시장의 발목을 잡았다. 다시 엉거주춤 궁둥이를 붙였다.

"최 시장도 이미 알겠지만, 처가살이 그거 보통 힘든 일이 아니네. 마누라 눈치 보는 거야 우리나라 남자들 전부가 겪는 거지만 장인, 장모 눈치까지 보며… 심지어 조카 눈치까지 보며 살아야 하잖나."

"회장님, 제 자존심 긁어서 좋을 게 없습니다. 서울시 인허가 문제 하나만으로도 대현그룹 발목 잡는 일, 어렵지 않습니다."

"아이코, 무서워라. 처가에서는 눈치만 보고 밖에 나오면 큰소리치는 것 또한 처가살이하는 남정네들의 공통점이지. 허허."

"주 회장님!"

약 올리는 듯한 주 회장의 말에 최 시장은 붉으락푸르락해진 얼굴로 소리쳤다.

"내가 처가살이 면하도록 도와줌세. 우리 최 시장, 청와대 가는 길에 꽃가마까지 대령하지. 어떤가?"

난데없는 주 회장의 제안에 최 시장은 말문이 막혔다. 청와대라니? 주 회장은 멍한 최 시장을 앞에 두고 말을 이었다.

"이미 최 시장 장인은 선을 그었어. 아시지 않는가? 청와대 가는 길을 닦아 주기는커녕 재 뿌리고 돌이라도 쌓아 막을 인간 아닌가?"

주 회장은 슬쩍 미소를 지었다.

"자기 핏줄에게도 가진 것 주기 싫어서 끝까지 미적대는 양반일세. 하물며 사위…? 잘되는 꼴을 못 볼 사람이지."

"회장님께서 왜 제게 이런 말씀하시는지 모르겠습니다."

정신을 가다듬은 최 시장이 가까스로 입을 뗐다.

"나야 늘 사람에게 투자하지. 당연하지 않은가? 이 정권이 끝나면 새로운 시대가 열린다고 봐야 해. 민주화니 독재니, 양김시대니 하는 거 없이 새로운 인물이 나타나겠지. 어쩌면 서울시장이 가장 선두일 지도 모르고."

"회장님 넷째 아드님도 정치가 아닙니까? 3선 의원."

"그놈은 안 돼. 우리 자동차 공장 지역에서 깃발 꽂고 선거하는 놈이야. 그 지역구에서라면 5선, 10선도 무난하지만, 그게 끝이야. 더 큰 정치인은 불가능하지."

주 회장의 아들은 의원 배지 달고 거수기 노릇이나 하며 지낸다. 같은 당 식구로서 주 회장의 말이 한 치도 틀림없음을 잘 안다.

"전 순양그룹 사람입니다."

"정치하는 사람이 뿌리가 어디 있나? 이리저리 떠돌아다니는 거지. 누구라도 밀어주고, 끌어 주고, 품어 주면 그곳이 뿌리 아니겠나."

"…."

"그리고 서울시장도, 대통령도 큰 가슴이야. 순양도, 대현도 한꺼번에 품을 수 있네."

"동시에 두 그룹의 힘이 될 수도 있다?"

주 회장은 최 시장의 의문에 정확한 답을 하지 않았다. 단지 그를 보며 싱긋 웃으며 엉뚱한 소리를 시작했다.

"내가 조언 하나만 해도 되겠나?"

"귀담아듣겠습니다."

"내가 마누라만 셋이야. 둘은 호적에 올렸고 한 명은 못 올렸지."

"공공연한 비밀 아닙니까? 그리고 회장님 세대야 이 처, 삼 첩이 없는 일도 아니고요."

"그러니까 하는 말일세. 지금도 옛날과 다를 바 없으니. 이혼하고 재혼하는 게 흠이 아닐세. 호적에 마누라 이름 두셋 정도 올리는 게 뭐 대수라고!"

최 시장은 어처구니가 없었다. 친정 믿고 큰소리치는 진서윤이 몸서리처질 때도 가끔 있었지만, 지금까지 잘 지내 왔다. 더구나 자식 셋이 다 장성했다. 힘든 시절 다 지났는데 결혼 생활을 깰 이유가 없다.

"이런, 그건 너무 나가셨어요. 전 제 아내와 헤어질 생각이 없습니다."

"누가 지금 당장 헤어지랬나? 필요한 만큼 같이 살다가 큰소리칠 만할 때가 오면 기회를 줘보라고. 고분고분 말 잘 들으면 계속 살아도 나쁠 건 없지. 사실 자네가 서울시장이 된 그 순간부터 이미 칼자루는 자네 손에 있다고 봐야지."

부인에게 눈치 없다고 워낙 구박받다 보니 느는 건 눈치였다. 주 회장이 어떤 길을 제시하는지 확실하게 알아 버렸다. 진서윤은 자신이 아니면 순양그룹은커녕 백화점 하나 손에 넣기 힘들다. 그녀가 아무리 뒤에서 통제한다고 하지만, 자신이 서울시장이며 대권을 꿈꿀 수 있다. 만약 대통령이 된다면 아내가 자신을 이용하는 게 아니라, 자신이 그녀를 이용해서 순양을 뺏으라는 말이다. 그리고 대현그룹과 손을 잡자는 의미도 있다. 두 그룹이 아무리 대단하다 한들 한국에서는 두 그룹에게 동시에 여러 특혜를 주는 게 어려운 일은 아니지 않은가? 대통령이라면 말이다.

최 시장은 주 회장의 스폰서 제의가 싫지만은 않았다. 하지만 장인어른이 아른거리는 게 마치 바람피우는 것같이 심장이 두근거리기까지 했다.

"회덮밥 나오려면 아직 멀었습니까? 갑자기 시장기가 확 도는군요."

최 시장은 주 회장을 향해 환히 웃었다.

▲ ▲ ▲

"지금까지 얼마나 끌어모았어요?"

"글쎄, 개발구상 공표 후 투기꾼들이 미친 듯이 모여드니 영준이 것만 딱 골라내기 힘들어."

남편이 시큰둥하게 대답하자 고모의 눈꼬리가 바짝 올라갔지만 크게 숨 한 번 쉬고 참아 냈다. 자리가 사람을 만든다고, 천만 시민의 수장이 되고 나서 고모부는 예전처럼 고모에게 고분고분하지 않았고, 고모도 남편을 함부로 대하지는 못했다. 그런데 고모는 이를 그리 나쁘게 여기진 않는 눈치였다.

"고모, 얼마나 사 모았는지는 중요하지 않아요. 저한테 투덜거렸어요. 시세의 두 배까지만 매입하려고 했는데 갑자기 급등하는 바람에 네 배, 다섯 배까지 줬다고 말이죠. 다 쏟아부은 건 확실합니다."

"그럼 지금 취소해 버리면…?"

"타격이 엄청날 겁니다. 회복하기 어렵죠."

잠자코 듣고 있던 고모부는 탁자를 툭 쳤다.

"좋아, 이제 터트리자."

"여보. 가만있어 보세요. 전체 규모를 파악한 뒤에…."

"아냐. 내가 생각해 둔 게 있어. 처음부터 영준이를 두들기면 당신이나 나나 많이 곤란해져."

'어라? 이건 또 무슨 소리야?'

내 목표는 진영준이 완전히 할아버지의 눈 밖에 나는 것이다. 그런데 고모부가 목표를 바꿔 버리려고 한다.

"여보! 당신이 직접 진영준을 거론해야 재벌가의 사위라는 꼬리표를 떼요."

"당연히 그렇게 할 거야. 하지만 처음부터 그럴 필요는 없어. 처음 총질은 다른 곳에서 하고, 난 총 맞고 쓰러진 영준이를 한번 밟아 주면 되는 거야."

갈수록 태산이다. 고모가 시키는 대로만 하던 돌쇠 같았던 사람이 스스로 계략을 세웠다. 갑자기 변한 게 서울시장이라는 타이틀 때문일까?

"내가 검사 생활만 몇 년인데? 기획 수사할 때는 외곽부터 치는 거야. 대 놓고 훅 들어가면 표적 수사라는 오해만 받아. 이건 내게 맡겨."

자신감 넘치는 고모부를 보자 께름칙하다. 혹시 다른 꿍꿍이가 있는 걸까?

"총잡이는 국세청이 될 테고 칼잡이는 검찰이야. 난 전리품만 주울 테니까 지켜보라고."

▲ ▲ ▲

『…이 참담한 심정과 마음 깊숙이 피어나는 분노를 참을 길 없습니다. 국난이나 다름없는 IMF를 극복하고자 서민들은 장롱 깊숙이 보관한 돌반지까지 꺼냈습니다. 그런데 부자들은 금값이 오르니 금을 사 모으고, 값 떨어진 땅, 주식, 건물을 마치 쇼핑하듯 쓸어 담고 있습니다.』

고모부의 긴급 기자회견이 TV로 생중계되었다. 그의 표정을 보니 회견문을 끝까지 듣지 않아도 그 내용이 뭔지 알 것 같았다. 그의 얼굴은 분노 그 자체였다.

『건설 경기를 부양하고, 어려운 시기일수록 힘을 잃지 않도록 문화를 촉진하려는 사업이었습니다. 그래서 국민의 자산이나 다름없는 공유지까지 내놓았습니다. 더 이상 부당이익이나 취하려는 부동산 투기는 절대 묵과할 수 없습니다.』

발표문을 내려놓은 고모부는 카메라를 응시했다. 카메라 역시 고모부의 얼굴을 줌인했다.

『서울시는 투기 현황을 조사했고 은평구 수색동에 엄청난 투기 사실도 확인했습니다. 또한 '새서울다운빌전구상' 안을 재검토했습니다.』

고모부는 물잔을 들어 목을 축였다. 이제 마지막 폭탄을 터트릴 것이다.

『재검토 결과를 말씀드리겠습니다. '새서울타운' 선정 지역 중 은평구 수색동은 제외합니다. 마포구 상암동으로 한정할 것이며 그 규모도 축소합니다. 부동산 투기꾼에게는 단 10원의 이익도 돌아가지 않도록 철저히 규제할 것입니다.』

수색동에 땅을 매입한 사람들은 큰 손해를 본다는 말이다. 초기에 싸게 매입한 사람들은 손해는 보지 않겠지만 되파는 일은 어려워졌다. 개발 제외 구역이니 사겠다는 사람은 자취를 감출 것이기 때문이다.

총잡이 칼잡이가 왜 등장하는지도 알겠다. 서울시장이 나서서 투기 과열이라고 격분했으니 두 사정 기관에서 가만히 있을 수도 없다. 나라에 돈이 없어 이 난리를 치는데 누구는 땅 투기를 일삼으니 국민 여론 등쌀에 못 이겨 곧바로 수사에 착수할 것이다.

"저 양반, 시장 되더니 포스 좔좔 이네."

"검사 출신이잖아요. 타깃 정하고 작살낼 때 고모부의 본모습이 드러나는 거죠."

뜻밖의 고모부 모습에 오세현은 짧게 휘파람까지 불었다.

"머리 좋아. 손에 피 안 묻히고 진영준을 잡잖아. 진 회장님도 괘씸하게 생각 못 할걸."

"갑자기 확 변한 것 같죠?"

"저게 본모습일 수도…."

"그럴까요?"

오세현은 나를 보며 씩 웃었다.

"저 친구 이제 질주할걸? 어쩌면 폭주로 보일 정도로 말이야."

"고모에게 주눅 들어 살던 게 터져 나오는 겁니까?"

"그렇지. 자기 생각, 소신, 의견은 입 밖에도 못 내다가 자신의 힘으로 시장이 됐잖아. 아무리 너희 고모가 지원했다 해도 최 시장의 능력이야. 그러니 자신감이 넘칠 테고."

"이제 큰일 났네. 흐흐."

오세현은 내 웃음의 의미를 단번에 알았다.

"저 집, 이제 매일 부부 싸움이야. 참, 네 고모 호텔 생활 접고 집으로 들어갔지?"

"네, 싸움을 피하지도 못하겠어요."

서울시장 부부의 가정에 불화가 시작되기도 전에 신혼부부의 불화가 먼저 시작하겠지만 말이다.

▲ ▲ ▲

홍소영은 침대에 누워 일어나지 못했다. 친정에서 준 50억을 전부 쏟아부었는데 최 시장의 발표 직후 반 토막 났다. 앞으로 더 떨어지면 얼마나 견딜 수 있을지 의문이다. 더 큰 문제는 친정이 쏟아부은 돈이다. 정확한 액수는 말하지 않았지만, 초상집 분위기라는 것만 전해 들었다.

그녀의 원망과 분노는 바로 시고모인 진서윤에게로 향했다. 서울시장은 진서윤이 조종하는 꼭두각시라고 여기기 때문이다.

"작은 사모님. 부회장님께서 찾으십니다."

침실 밖에서 들리는 소리에 몸을 일으켰다. 올 것이 왔다. 정신을 차리고 아래층 거실로 내려가니 술이 덜 깬 것 같은 남편이 머리를 떨구고 있는 모습부터 보였다.

"꼬락서니하고는. 쯧쯧."

진영기 부회장은 혀를 한번 차고는 냉랭한 표정을 지었다.

"새아가, 너도 술 마셨어? 아직 술이 덜 깬 거냐?"

"아, 아니에요, 아버님. 몸이 좀 무거워서…."

"아침도 거를 만큼 안 좋은 게냐?"

뻔히 사정을 알면서 자꾸 캐묻는 시아버지가 얄미웠지만 한마디도 못하고 머리만 숙였다.

"새아가, 지금부터 내가 하는 말 허투루 듣지 말고 친정에 알려야 한다."

"…네."

무슨 말을 할지 몰라 두려웠지만 시키는 대로 하지 않으면 안 될 만큼, 시아버지의 표정과 말투는 엄중했다.

"넌 땅을 산 적이 없다. 알겠지?"

"네?"

"네 명의로 땅을 얼마나 샀든지 간에 넌 아무것도 모르는 거다. 친정 아버지, 아니 친정 식구 중 누군가가 너도 모르게 땅을 산 거야. 넌 네 명의를 빌려주겠다고 말한 적도 없어. 한마디로 넌 이번 일에는 조금도 관여하지 않은 거다. 알아들었느냐?"

"아, 아버님. 그, 그게…."

불가능한 소리다. 자신은 직접 부동산업자들의 귀한 대접을 받으며 수색동을 누비지 않았던가? 신입 기자라도 부동산 사무실 몇 군데만 돌면 언론사 집안의 딸 홍소영이 직접 땅을 확인하고 샀다는 사실을 알게 될 것이다.

"아직 내 말을 이해 못 했느냐? 순양가의 맏며느리가 시집와서 가장 먼저 한 일이 땅 투기라고 알려지면 어떻게 되겠어? 집안 망신을 네가 다 시킬 셈이냐?"

시아버지는 며느리의 반응은 아랑곳하지 않고 말했다. 아니, 명령했다.

"만약 너라는 걸 알 수 있는 기사 한 줄이라도 나는 날에는 너뿐만 아니라 네 친정도 혹독한 대가를 치르게 할 것이야."

"네."

방법은 나중에 생각하더라도 일단은 고분고분 대답할 수밖에 없다.

"그리고 우리 장남."

"예, 아버지."

"고개 들어라. 그래야 내가 빰이라도 때리지. 다 큰 자식 뒤통수나 때릴 수 없지 않니? 가뜩이나 나쁜 머리, 더 나빠지면 안 되잖아."

진영준은 쌍욕이 터지려는 걸 참으려 이를 악물었다. 천천히 고개를 들었지만, 아버지의 손은 움직이지 않았다. 이 모습에 용기를 낸 진영준이 입을 열었다.

"아버지. 이건 제가 해결하겠습니다."

"네가? 어떻게?"

입꼬리를 비틀어 올린 아버지의 얼굴, 자신을 비웃는 게 확실하다. 하지만 지금은 최대한 아버지의 비위를 맞춰야 한다.

"제 이름으로 산 땅은 얼마 안 됩니다. 대부분 법인 명의로 매입했으니까요. 그리고 제 명의의 땅, 매입가로 법인에 넘기고요."

"그리고?"

"잠잠해질 때까지 놔둬야죠."

"놔두면? 하루가 다르게 땅값은 떨어지는데?"

"어차피 지금은 거래가 없습니다. 팔겠다고 내놔도 아무도 안 사요."

"아무도 안 사는 땅, 넌 몇 배나 더 주고 샀지?"

자꾸 비꼬는 아버지의 말은 못 들은 척했다.

"상암동 개발이 시작되면 그 땅도 제자리를 찾을 겁니다. 길 하나를 사이에 둔 곳입니다. 무조건 올라요. 그때 되팔면 손해는 없습니다."

"그렇구나. 언젠가는 돈 버는구나. 개발 기간이 10년이니까… 10년 뒤쯤 말이지. 이놈아! 그걸 말이라고!"

참고 참았던 진영기 부회장의 손이 올라가는 찰나 홍소영이 급히 입을 열었다.

"아, 아버님. 고모부 아니… 고모님 만나서 해결하겠습니다."

"당신은 잠자코 있어!"

진영준이 소리를 빽 질렀지만 이미 늦어 버렸다.

"이런, 우리 새아가를 내가 깜빡 잊고 있었구나. 그래, 좋은 방안이 있으면 한번 말해 보아라, 어서."

"고모부께서 공식적인 회견을 하셨지만, 추가적인 절차를 잠깐만 홀딩하시면 됩니다. 그동안 제가 강남 업자들에게 루머를 뿌릴게요. 투기 과열을 식히기 위한 숨 고르기 일뿐, 계획대로 추진한다고요. 그럼 순식간에 팔아 치울 수 있어요."

홍소영은 두 번 다시 없을지도 모르는 기회라 생각하고 속사포처럼 말을 쏟아 냈다.

"오호라. 인제 보니 우리 며느리 머리가 보통 아니구나. 그런 묘책을 순식간에 생각해 내다니 말이다."

홍소영은 시아버지의 표정을 보며 남편이 왜 자신의 입을 막으려 했는지 깨달았다. 얼굴 근육이 부들부들 떨릴 정도로 분노에 찬 시아버지가 경멸을 가득 담은 눈으로 자신을 쏘아보고 있었다. 급하다 보니 잠시 잊었다. 이런 부류의 사람들이 가장 싫어하는 것이 바로 한번 뱉은 말을 두 번 되풀이하는 것이라는 걸.

"새아가, 넌 지금 당장 2층으로 올라가서 짐 싸라."

"네?"

"짐 싸서 친정으로 가. 이번 일에 네 흔적 말끔히 지울 때까지 돌아오지 마. 알아들었어?"

"네!"

홍소영은 도망치듯 2층으로 올라갔다. 진영기 부회장은 혼자 남은 아들의 머리통이라도 갈기고 싶었지만 참았다. 못난 자식이 친 사고는 아비가 책임져야 하지 않겠는가?

▲▲▲

불안하다. 각본대로 움직이던 고모부가 계획에도 없던 일을 꾸미기 시작했다. 결과는 똑같다고 말했지만, 자칫 잘못하면 아무런 소득도 없이 한바탕 소란으로만 끝날 것 같아 불안하다.

진영준을 엿 먹이는 건 어쩌면 고모부 손에 달린 것일 수도 있다. 비선이 있든, 실세가 있든, 권력을 쥔 자의 입에서 나오는 말이 힘을 지닌다. 당분간은 고모부의 움직임을 지켜봐야 한다.

그리고… 나도 또 다른 내 계획을 실행에 옮겨야 한다. 이번엔 좀 어려운 일이 될 것 같다. 이 계획은 이미 알고 있는 미래를 이용하는 것도, 상대와 싸우는 것도 아니다. 큰 욕심 없는 사람에게 욕망을 심어 줘야 한다. 설득은 상대의 선의를 자극하는 것보다 욕망을 건드리는 게 훨씬 쉽다. 욕심 없는 사람은 마음을 건드릴 실낱같은 구멍이 없다. 그렇기에 욕망의 불씨를 자극하는 것이 먼저다. 그리고 큰 욕심 없는 그 사람이 지금 나를 보며 웃고 있다.

"우리 아들 심각한 얼굴을 보니 조금 떨리네. 뭐냐? 그 진지한 표정은?"

"보통은 이럴 때 웃으며 말해야 하는데 잘 안 되네요."

"좋은 일이면 웃어야지. 왜 못 웃어?"

"좋기도 하지만 큰일이거든요."

"큰일?"

"네. 10년, 20년 뒤에 완성할 큰 퍼즐의 첫 조각을 맞추는 일입니다. 퍼즐 조각도, 퍼즐을 장식할 액자도 준비했는데 퍼즐 맞출 사람이 없습니다."

아버지의 얼굴에서 미소가 사라졌다.

"그 이야기를 내게 하는 걸 보니 사람을 구해 달라는 말 같은데?"

"네."

"그럼 어떤 일인지 들어 보자. 내가 적당한 인물 있는지 물색해 보마."

"아버지도 아시죠? 고모부가 발표한 새서울타운 일명 디지털미디어시티요."

"그래, 세현이와 네가 시작한 일이잖니."

"그렇죠. 전 그 프로젝트를 단순한 건설 사업으로 본 게 아닙니다."

"그럼? 또 다른 게 있어?"

"이름대로예요. 미디어시티를 건설할 겁니다."

아버지는 언뜻 이해하지 못했는지 미간을 찌푸리더니 눈을 크게 떴다.

"그렇군. 껍데기뿐만 아니라 알맹이도 원하는 거였구나."

껍데기는 건물이고 알맹이는 바로 미디어 기업이라는 걸 아버지는 금방 알아차렸다.

"네. 이제 시대는 아날로그에서 디지털로 넘어갑니다. 그게 뉴 밀레니엄의 상징이기도 하고요. 통신망과 전자제품의 발전 속도는 이 시대 사람들의 상상 이상으로 빠릅니다. 전 상암동을 거대한 미디어 기업으로 꽉 채우고 싶습니다."

그간의 내 행보 덕분에 허무맹랑한 소리라고는 생각하지 않으신 듯하다. 오히려 호기심을 드러낸다.

"영화사, 독립 프로덕션, 음반사, 기획사 등등. 미디어 관련 기업은 많아. 하지만 이 바닥은 철저한 분업이야. 전부 다 주무르는 건 불가능해."

"과연 그럴까요?"

슬쩍 웃으며 말을 이었다.

"멀리 가지 않아도 됩니다. 당장 순양그룹만 보세요. 전자부터 식품까지 한 묶음입니다. 지금까지 미디어 시장이 찢어진 채 성장한 건 그만큼 규모가 작았기 때문이지 불가능해서가 아닙니다."

내 말이 억지처럼 들리지는 않을 것이다. 전부 주무르는 집안의 아들 아닌가?

"시장을 보세요. 시청률 60퍼센트 드라마가 줄을 이어 나오고 250만 장 이상 팔리는 음반이 쏟아집니다. 〈타이타닉〉은 관객 500만이 넘어갈 추세고요. 앞으로 1000만 관객 넘기는 영화가 나오지 말라는 법이 있습니까? 지금 시장은 엄청난 속도로 성장하는 중이에요."

현업에 있는 분이니 이런 사실을 모를 리 없다. 다만 퍼즐이 너무 크다. 100피스, 200피스짜리라면 고민하지 않겠지만, 내가 말하는 것은 2000피스, 3000피스가 넘는 크기다. 이제 1만 피스짜리를 이야기할 차례다.

"영화, 방송, 음악뿐만이 아닙니다. 전 채널 사업도 생각합니다."

"채널? 설마 방송사 말이냐?"

"네."

어이가 없는지 입을 벌린 채 말을 잊은 아버지를 보자 아차 싶었다. 부연설명이 필요하다. 지금은 방송이나 채널이라고 말하면 공중파만 생각하는 시대다. 케이블 방송은 아직 미미한 수준이다.

"오해하지 마시고요. 공중파가 아니라 케이블 방송사부터 시작해 보는 게 어떨까 합니다. 시작은 소박하게 해야죠."

"이놈아, 소박하다니? 케이블 방송 사업이 쉬운 줄 알아? 사업 신청부터 허가도 쉽지 않다. 그리고 지금 케이블 방송은 대부분 적자야."

"그러니까 소박하죠. 적자에 허덕이는 방송사를 인수만 하면 시작할 수 있으니까요."

"인수한다고?"

"네. 이미 매물로 나온 게 있지 않습니까?"

"DCN?"

1995년 3월 출범한 영화 전문채널이다. 무료 영화 채널임에도 외화 확보를 위해 무모한 출혈을 계속하다 보니 처절한 적자에 허덕인다. 게다가 멀티플렉스 영화관 사업까지 진출한 지금, 외환위기에 휘말려 회사 사정은 부도 직전이다. 워낙 큰 대기업들이 쓰러지고 있어서 언론의 관심 대상이 아닐 뿐, 업계에서는 잘 알려진 사실이다.

"영화야 아버지의 전문 분야 아닙니까? 외화도 문제없이 수급할 수 있습니다. 미국 미라클 인베스트먼트는 할리우드의 큰 투자자입니다. 한국 판권은 쉽게 확보할 수 있어요. 어떻습니까? 딱 맞지 않습니까?"

채널 운영에서 가장 중요한 콘텐츠 확보가 가능하니 갑자기 현실성 있는 계획으로 둔갑해 버렸다. 인수자금? 아버지는 단 한 번도 자금에 대한 걱정은 없었을 것이다. 아들이 엄청난 부자라는 걸 이미 아니까 말이다.

"영화로 시작해서 차근차근 채널을 늘려나갈 생각입니다. 드라마, 음악, 게임…."

"게임?"

잠자코 듣고만 있던 아버지는 생뚱맞은 단어가 나오자 의문을 표했다.

아차차, 이건 천천히 말씀드려도 되는데… 말하다 보니 사심이 불쑥 튀어나와 버렸다.

"애니메이션 채널 투니버스에서 시청률이 가장 높은 것이 작년부터 시작한 '플러스게임'이라는 코너더군요. 애들이 아니라 어른도 본다고 합니다."

내년부터 시작할 스타리그의 전신 '99 프로게이머 코리아 오픈'은 게임 방송의 포문을 열 것이다. 그 전에 게임 채널을 확보해야 한다. 그래야 임요환, 이윤열, 홍진호, 기욤 패트리 같은 친구들을 불러서 스타크래프트를 한판 할 수 있다. 물론 판판이 깨지겠지만, 바둑에도 있지 않은가? 지도 대국이라고. 할아버지도 조훈현 국수를 초대해 가끔 지도 대국을 둔다고 했다. 사람이 일만 하며 살 수는 없다. 가끔 게임도 하면서 머리를 식혀야 한다. 실력이 좀 늘면 2대 2 팀플레이도 좀 하면서 말이다.

"너 왜 실실 웃냐?"

"아, 아닙니다."

취미 생활을 상상하니 나도 모르게 웃음이 났다. 내 표정을 유심히 살피는 아버지의 눈치를 보며 다시 비즈니스로 돌아왔다.

"드라마나 게임은 나중 일이고, 우선은 말씀드렸다시피 영화입니다. 무료는 물론 유료 영화 채널도 확보할 생각입니다. 그다음 점차 늘려 가야죠."

"케이블 방송이라…."

아버지는 아직 이런 생각을 해본 적 없으니 찬성도, 반대도 못 한다.

"아버지, 케이블 채널이 공중파의 영역을 뺏어 오는 건 먼 미래가 아닙니다. 미국을 보세요."

USA, TNT, FX, MTV, Syfy 같은 베이직 케이블은 물론 유료 케이블 채널의 대명사인 HBO를 필두로 Showtime, Starz 같은 유료 채널도 성행이다. 특히, 미국은 공중파 프로그램의 재방송 외에도 오리지널 시리즈를 자체 제작한다. 이 시리즈는 2000년 이후 골든 글로브와 에미상을 휩쓸기 시작할 것이다. 케이블 채널이 엔터테인먼트 부문을 주도해 나가는 곳이 미국이다.

"글쎄다. 과연 우리나라가 미국처럼 될까? 공중파 세 곳에서 쏟아 내는 콘텐츠만 해도 넘쳐나는데?"

"특색 있는 프로그램, 웰메이드 드라마로 승부해야죠. 맛집은 위치가 후미진 곳에 있어도 손님이 알아서 찾아옵니다. 채널 사업의 관건은 결국 양질의 콘텐츠 아니겠습니까?"

"이론적으로야 그렇지만…."

"이제 열리기 시작하는 시장입니다. 우리가 의존하고 따라야 하는 것은 결국 이론뿐입니다."

아버지는 곰곰이 생각에 잠겼다. 눈치 없는 분이지만 이 정도까지 입 아프게 말했다면 누구를 생각하는지 알아챌 법도 하다. 하지만 예상을 가볍게 뛰어넘는 대답이 돌아왔다.

"도준아, 네가 말한 그 계획이 실현 가능하니 맡겨 보라고, 잘 해낼 수 있다고 큰소리치는 놈이 없진 않을 거다. 하지만 그런 놈 대부분이 사기꾼이다. 이 바닥은 사기꾼이 넘쳐나니까 말이야."

"그럼 적당한 사람이 없다는 말씀입니까?"

아버지는 머리를 끄덕였다.

"웬만한 사업가 아니면 조직 구성하는 것도 벅차. 최소 10년 잡고 적자 폭을 줄이며 버틸 만한 사람이 나와야 해. 처음부터 떼돈 버니 뭐니 하는 놈 역시 사기꾼이다."

어쩌면 좋을까? 사기꾼이 아니면서, 냉정한 시각으로 바라보며, 10년 만에 충무로 파워맨 순위 1위에 오른 사람이지만 아들의 속셈도 읽지 못한다.

"역시 믿을 만한 분은 제가 생각했던 그분밖에 없군요."

"뭐야? 이미 생각해 둔 사람이 있으면서 내게 물은 거냐?"

"네. 아무리 생각해도 전 1순위 후보로 그분밖에 생각 안 나서요. 혹시 아버지께 다른 분을 추천받을 수 있을까 해서 여쭤본 겁니다."

"그 사람이 누군데? 내가 아는 사람이냐? 설마, 오세현은 아니지?"

"세현 삼촌은 지금 일만으로도 벅차요. 제가 생각한 분은 영국에서 제대로 경영, 경제를 배웠고 미디어 분야에 10년 일했으며 지금 충무로를 꽉 잡고 계시죠."

이 정도면 알아채야 정상이다. 그리고 아버지는 정상이었다. 크게 뜬 눈을 깜빡거리지도 못하고 굳어 버렸다.

"정확히 앞으로 10년 동안 돈을 쏟아부을 생각입니다. 적자는 이미 각오했고요. 10년 뒤에 완성할 미디어 제국만 생각합니다. 충분히 뿌리고 10년 뒤부터 거둘 겁니다. 참, DCN은 멀티플렉스를 준비 중이었습니다. 인수하면 그것도 시작할 겁니다."

양질의 콘텐츠를 생산하고 그 콘텐츠를 소비할 공간과 채널을 확보한다. 퍼즐 그림은 단순하지만 크기가 크다. 그리고 퍼즐은 그림이 단순할수록 맞추기 힘들다.

"과연 내가 해낼 수 있을까?"

표정도, 대답도 미묘하다. 하고 싶은 욕심은 분명히 보이는데 실패의 두려움 때문에 주저하는 건가? 아니면 아들의 돈을, 그것도 엄청난 돈을 날려 버릴지도 모른다는 두려움 때문인가?

나 역시 성공하리라는 자신은 없다. 한국을 지배하는 미디어 그룹을 만드는 데 내가 가진 돈으로 부족할지도 모른다. 또한, 아버지의 역량이 내 기대에 미치지 못할 수도 있다. 하지만 무슨 상관인가? 돈은 또 벌면 되고 실패는 또 다른 경험이 될 것이다.

어차피 미디어 제국은 나의 첫 번째 목표가 아니다. 이것은 순양가의 큰아버지들이나 사촌들은 절대 경험하지 못하는, 우리 가족만의 기쁨을 위한 것이다. 할아버지의 유산을 차지하기 위한 전쟁의 진창에서 구르는 건 나 혼자면 충분하다. 우리 가족이 새로운 영토를 정복하는 기쁨을 만끽하게 하고 싶다.

아무튼, 아버지의 부족한 자신감을 채워 줄 동기를 만들어야겠다.

"아버지가 못하시겠다면 할 수 없죠. 다른 사람을 물색해 볼게요. 어떤 일이 있어도, 돈이 아무리 많이 들어도, 이 계획은 꼭 시작할 겁니다."

아들이 딴 놈에게 뻔히 사기당하는 꼴을 지켜볼 아버지가 있을까?

"도, 도준아… 서둘지는 말고. 생각할 시간이 필요하다. 함께할 사람이 있는지, 재능 있는 사람들이 동참할지도 알아봐야 해. 누가 뭐래도 미디어는 재기 넘치는 사람들이 돈보다 더 중요하거든."

"네. 상암동에 첫 삽 뜨는 건 아직 멀었습니다. 공사 시작할 때 DCN 인수하고 시작할 거니까 천천히, 그리고 신중히 생각하세요."

불그레 상기된 아버지의 모습을 보니 흐뭇하기도 하다. 나보다 더 열정 넘치는 젊은 사람처럼 보인다.

▲ ▲ ▲

"영준이가 계열사 돈을 좀 끌어다 썼습니다."

"그건 나도 들어서 알고…. 그 돈을 다 날렸나 보지?"

"죄송합니다. 제가 아이를 잘못 가르쳤습니다."

진 회장은 고개 숙인 장남을 못마땅하게 내려다보며 한숨을 내뿜었다.

"부전자전인 게지."

진영기는 아버지의 말이 치욕스럽기까지 했지만, 진 회장은 전혀 다른 의미로 한 말이었다.

"자식 교육 엉망인 건 네가 날 닮아서 그런 거 아니겠냐?"

물론, 어떻게 말하든 질책하는 건 맞다.

"그런데 말이다. 영준이 그놈이 돈벌이에 혈안인 놈은 아니지 않으냐? 왜 갑자기 부동산을 질렀을까?"

진영기가 대답을 못 하고 우물쭈물하자 진 회장이 말했다.

"내가 그 개발 지역을 몰라서 가만있었겠느냐? 나라도 어수선하고 최 서방이 벌이는 첫 사업인데 괜한 구설에 오르내릴까 봐 조심했던 게야. 그런데 난데없이 영준이가 왜?"

"사실은 개발 정보를 먼저 입수했습니다."

"그래? 혹시 최 서방이 알려 준 게냐? 아니면 서윤이가?"

진영기도 똑같은 생각이었다. 여동생이 진도준을 통해 아들을 꼬드긴 게 확실하다. 그리고 최 서방이 뒤통수를 쳤고. 이것이 그가 생각하는 시나리오였다. 하지만 아버지 앞에서 여동생에게 당했다는 소리를 할 수 없지 않은가?

"아닙니다. 도준이가 우연히 개발 계획서를 본 모양인데… 둘이서 술 한잔하다 그 이야기가 나왔나 봅니다. 영준이는 도준이 말을 단서로 삼아 이리저리 알아봤고요."

"도준이가?"

진 회장이 민감한 반응을 보이자 진영기는 아차 싶었다. 마치 아끼는 손자를 모함하는 모양새가 되어 버렸기 때문이다.

"그냥 지나가는 말이었을 겁니다. 원인은 영준이 욕심 때문입니다."

황급히 변명하자 진 회장은 헛기침을 한 번 했다.

"지나간 일, 따져서 뭐하겠느냐? 앞으로가 문제지."

"제가 처리하겠습니다. 너무 신경 쓰지 마십시오."

진 회장은 또 자신감을 드러내는 장남이 못 미더웠다. 이건 쉽게 풀릴 문제가 아닐지도 모른다고 생각했다.

"영기야."

"네."

"여동생한테 당하는 장남 모습은 보고 싶지 않다."

진영기는 자신이 우려했던 바로 그 말이 나오자 기다렸다는 듯이 대답했다.

"제가 잘 처리하겠다고 말씀드렸습니다. 그런 일 없을 겁니다."

"그래. 나가 봐라."

진영기는 별다른 질책 없이 잘 끝났다는 안도감에 밝은 표정으로 서재를 나갔다. 문 닫는 소리가 나자마자 진 회장의 눈썹이 꿈틀했다.

"어쩌면 좋을까. 저 나이가 되도록 누가 화살을 겨누고 있는지 짐작도 못 하다니. 어이구."

진 회장은 도준이라는 이름이 나오자마자 누가 시나리오를 썼는지 알아챘다. 이제는 손자가 슬슬 발톱까지 드러내는 것 같아 놀랍기도 하고 불안하기도 했다. 도준이가 시나리오를 썼다면 이 정도에서 끝날 것 같지 않았다. 아직 클라이맥스는 나오지 않은 게 분명했다. 진 회장 자신도 이 시나리오 끝을 모르니 불안한 마음마저 들었다.

▲▲▲

"형님, 아니 선배… 아, 시장님."

"됐다. 그냥 형님이라고 불러. 새삼스럽게…."

서울시장실을 찾은 사내들은 조금은 긴장한 모습이었다.

"그래, 좀 알아봤어?"

"네. 형님. 기자회견 끝나자마자 지검에서 땅 매입자 파악하느라 난리였습니다."

"진영준 그 새끼 맞지?"

"네. 역시 재벌 3세는 다르더군요. 이건 그냥 싹쓸이라고 표현할 수밖에 없습니다. 개인 명의는 아니고 진영준이 대주주로 있는 법인 두 곳입니다."

"자금 출처는?"

"당연히 순양그룹이죠."

최 시장은 회심의 미소를 지었다.

"걸렸어. 그렇지?"

"그런데 지검에서는 쉬쉬합니다. 더 파면 분명 배임이나 횡령 혐의 걸 수 있는데 순양 이름이 나오자마자 덮었어요."

"그 새끼들이야 전부 순양 장학생이니까. 떡값 받은 거 보답해야지."

떡값이라는 소리가 나오자 사내들은 곤혹스러운 표정이었다.

"하지만 형님. 우리도 형님 통해서 순양 돈 받아 썼어요. 우리 손으로 깔 수는 없는 일 아닙니까?"

"까는 건 내가 한다. 너희들은 어쩔 수 없이 끌려가는 거야. 그리고 걱정은 접어 둬. 우리 장인어른, 절대 떡값 준 거 떠벌릴 사람 아니다. 너희들 떡값을 끊어 버리는 선에서 정리할 거야. 잘 알잖아. 순양 돈 받아서 탈 난 사람 없다는 거."

안심시켜도 여전히 표정이 좋지 않다. 끊어질 떡값 때문이다.

"이 자식들아! 그건 내가 다 채워 줄 테니까 표정 풀어."

"감사합니다, 형님."

머쓱한 듯 뒤통수를 긁으며 고개를 꾸벅 숙였다.

"이번에 둘 다 잡는다. 진영준을 잡고 그놈을 덮어 준 놈도 잡아야지. 그리고 그 자리에 너희들이 들어가라."

"형님이 말씀하시는 그놈은 바로 검사장입니다. 힘들어요. 그냥 진영준으로 끝내시는 게…."

"너, 서울시장을 물로 보냐?"

"아니, 그게 아니고요."

"잘 들어. 시장이 마이크 잡으면 전 언론, 방송이 스피커 역할을 해줘. 지금 검찰, 법무부는 여당 쪽 라인이잖아. 내가 우리 야당과 발맞춰서 철저한 수사, 특검을 요구할 거다. 내 조카 놈은 변호사 사서 횡령이 아니라 업무용 토지 매입으로 빠져나갈 거야."

"그럼 딱히 시끄럽게 할 의미가…."

"목표는 은폐, 부실 수사를 일삼은 검찰, 바로 여당 라인을 걷어 내는 거다. 시장 임기 끝나고 다음 대선 때 검찰이 전적으로 날 서포트할 기반을 만드는 게 핵심이야."

"아…!"

"그 기반이 바로 너희들 아니냐? 대검, 중앙지검은 너희들 라인으로 확실히 장악해야지. 흐흐."

"역시, 대권 도전입니까?"

최 시장의 검찰 후배들은 은근히 떠도는 소문을 본인의 입으로 직접 듣자 화색이 돌았다. 최초의 검찰 출신 대통령이라는 타이틀에 가장 근접한 사람이기도 하다. 가능성이 적은 것도 아니다.

"그래, 나의 대권 도전 첫발은 바로 처가를 밟고 검찰 애들 쳐내는 것부터야."

"그 첫발이 언제가 될지 기대됩니다."

"기대하라고. 다음 주에 터트릴 테니까."

최 시장은 등받이에 한껏 몸을 기댔다. 그 모습은 눈치 보며 처가살이하는 사위가 아니라 거만한 검사, 당당한 남편의 태도였다.

최 시장이 말한 대로 다음 주 서울시청사 브리핑룸은 카메라와 기자들로 득실거렸다. 이미 소문이 한 바퀴 돌았다. 서울시장이 중대 발표를 할 것이며, 그 내용은 상상을 뛰어넘을 만큼 충격적이라는 것이다.

기자들이 정보를 주고받느라 웅성거릴 때 최창제 시장은 딱딱하게 굳은 얼굴로 원고 몇 장을 들고 단상에 올랐다. 카메라 플래시가 터질 때 그는 마이크 높이를 맞추고 기자회견의 포문을 열었다.

"전 오늘 서울시민과 국민 여러분께 사죄하는 심정으로 이 자리에 섰습니다. 비록 저 자신이 몰랐다고 하더라도 가족이 불미스러운 일에 연루된 점, 다시 한 번 진심으로 사과드립니다."

한걸음 옆으로 비켜 나와 깊숙이 허리를 숙였다. 기자들은 오늘 회견이 최고의 특종이라는 것을 믿어 의심치 않았다. 최 시장의 가족이야 그냥저냥 한 법무법인이지만 처가는 바로 순양그룹 아닌가? 최 시장이 기자회견까지 열 정도면 순양그룹 문제가 틀림없다.

"며칠 전, 과열된 부동산 투기를 막고자 바로 이 자리에서 수정 계획안을 발표했습니다. 그 시각 이후, 부동산 취득 과정에 불법적인 정황이 있다는 수많은 제보가 잇따랐고 서울시는 그 모든 제보 자료를 검찰로 넘겼습니다."

최 시장은 카메라를 향해 조금 더 근엄한 표정을 지었다.

"하지만 지금껏 검찰이 수사에 착수했다는 그 어떤 징후도 없었으며 오히려 수상한 사람들이 수색동으로 몰려들어 거래 내역 삭제를 요구했다고 합니다. 어떻게 이런 일이 있을 수 있습니까? 두 손 놓은 검찰, 증거를 인멸하는….”

말끝을 흐리며 머리를 푹 숙이자 기자들이 웅성거렸다. 한참을 그 상태로 가만히 있던 최 시장은 머리를 들었다.

“제가 서두에 말씀드린 가족은 두 곳입니다. 처음 공직에 몸담았던 검찰, 그리고 처가인 순양그룹입니다. 부동산 투기를 조장한 곳은 처가이며 그 사실을 알고도 방조한 곳은 바로 검찰입니다. 서울시장으로서 더는 묵과하기 힘듭니다. 그래서 전 국회에 요구합니다. 검찰이 움직이지 않는다면 국회가 움직여 주십시오.”

기자들의 표정이 안 좋아지며 웅성거렸다.

“뭐야? 여기서 국회가 왜 나와?”

“특검이라도 하자는 거야? 부동산 투기로? 오버 아냐?”

“선수 치는 거지. 행여나 자기가 정보를 흘린 게 아니냐는 오해를 피하려고.”

“선 긋기야. 순양그룹과 자신은 별개라는 걸 보여 주고 싶은 거야.”

“젠장, 최 시장 쇼하는 데 우리가 들러리 서는구먼.”

“기삿거리는 되잖아. 순양그룹과 검찰, 뭔가 있어 보이지 않아? 장단 좀 맞춰 주자고. 흐흐.”

기자들의 시큰둥한 반응을 눈으로 확인한 최 시장은 재빨리 회견을 끝마쳤다. 자신의 메시지는 충분히 전달했고 만족할 만하다.

▲▲▲

“저 새끼가 돌았나…!”

TV를 보던 진영기 부회장은 곧바로 휴대폰을 꺼냈다. 하지만 그가 전화를 건 대상은 최 시장이 아니었다.

"서윤아, 너 지금 당장 회사로 와."

"오빠. 다짜고짜 왜 그래? 나도 바빠. 그냥 전화로 이야기하면 안 돼?"

"너 지금 최 서방 이 자식이 무슨 짓을 한 줄이나 알고 있어?"

"말조심하자. 이 자식이 뭐야? 오빠 매제야."

"시끄러워! 네가 시킨 거지? 야! 내 아들 엿 먹였으면 됐지, 그걸 끄집어내서 일을 크게 만들어? 감당할 수 있어?"

"뭐야? 유치하게. 지금 협박하는 거야?"

앙칼진 여동생의 목소리가 귓속을 파고들었다.

"협박? 아니, 경고하는 거다. 여기서 멈춰. 한 발짝만 더 나가면 네 서방도 성치 않을 거다."

거칠게 전화를 끊은 진영기 부회장은 또 다른 곳으로 전화를 걸었다.

"난데, 오늘 서울시장 관련 기사… 후속 보도는 꼭 막아. 일회성 기사로 끝내지 않으면 순양과 등진다는 걸 확실하게 못 박아."

매일같이 터져 나오는 사건 사고가 어디 한둘인가? 이삼 일만 지나면 서울시장의 회견 따위야 먼 과거의 잊힌 일이 될 것이다. 이제 한군데만 더 전화하면 급한 불은 끈다. 그런데 그쪽이 더 급했는지 진영기의 휴대전화가 울렸다.

"아, 지검장."

"부회장님. 오늘 최 시장 회견 뭡니까? 애들이 보다가 황당해서 달려왔는데…."

"신경 끄세요. 언론 한번 타려고 그러는 겁니다. 정치인들이야 다 그렇지 뭐."

"그게 좀 어렵습니다. 민정수석에게 방금 연락했습니다. 문화 강국이라는 정부 시책과 관련 있는 사업인데 잡음 섞이면 곤란하다고 말입니다. 한 줌의 의혹도 없이 말끔하게 정리해 달라고 합니다."

전화기를 든 진영기의 얼굴이 찌푸려졌다. 일이 커진 것 같다. 청와대까지….

"참 내, 다들 왜 이래? 땅 좀 산 거 가지고 호들갑은! 그리고 돈을 번 것도 아니고 손해가 막심해. 적당히 좀 합시다."

"부회장님, 우리 처지도 좀…."

"아, 알았데도요. 청와대와 이야기할 테니까 조금만 더 기다려요."

통화를 끝낸 진영기 부회장은 그제야 심상치 않음을 느꼈다. 민정수석이라…. 자신의 말발이 먹히지 않고, 다이렉트도 아니라 몇 다리 건너야 통하는 곳이다. 특히 정권이 바뀐 뒤는 더욱 그렇다. 아버지라면 단번에 연결하겠지만, 이번 일은 아버지께 쪼르르 달려가서는 절대 안 된다. 정말 일이 커져 버렸다, 안 좋은 쪽으로.

▲▲▲

"잘하는 짓이다. 이젠 조카까지 팔아먹어?"

할아버지는 화난 표정이 아니었다. 한심한 표정으로 고모를 노려본다.

"아버지, 이번엔 어쩔 수 없었다고요. 영준이가 사들인 땅이 무려 수만 평이에요. 이 사실이 알려지면 우리 그이가 위험하다고요. 개발 계획을 빼돌려 부동산 투기했다는 의심을 지울 수 없어요. 이거야말로 청문회, 특검감이라고요. 그이를 노리는 사람이 얼마나 많은 줄 아세요?"

발끈한 고모가 합당한 이유를 들어 변명했지만, 할아버지의 표정은 조금도 변함이 없었다.

"그게 아니지. 영준이 꼬드겨서 땅 사게 만들고, 최 서방은 그걸 터트려서 정의로운 서울시장 흉내 낸 것 아니냐?"

"아버지!"

"시끄럽다. 너도 멍청한 건 마찬가지야. 최 서방은 너도 속였어. 그놈 목표는 영준이가 아니라 검찰이란 걸 아직도 모르겠느냐?"

나도 몰랐다. 고모부가 기자회견을 하기 전까지는 말이다. 설마 검찰을 물고 늘어질 줄이야…. 생각보다 훨씬 음흉한 양반이었다.

"그럼 어떡해요? 개발 시작 전에 다 털고 가려면 검찰 수사 종결이라는 확답을 받아 둬야 하잖아요."

"꼴에 서방이라고 편들기는…. 쯧쯧."

입술을 짓씹고 있는 고모를 보니 알 것 같다. 고모도 뒤통수가 얼얼하다는 것을.

"그리고 도준이 너!"

"네, 할아버지."

"내가 널 잘못 본 것 같다."

아직 할아버지의 속내를 모르니 장단을 맞추든, 춤을 추든 해야 한다.

일단 고개를 팍 숙였다.

"알량한 정보 좀 미리 안다고 그걸 자랑질해? 중요한 정보는 부모에게도 알려서는 안 되는 것이야. 그거 자랑질해서 네가 얻는 게 뭐 있다고!"

"죄송합니다."

한바탕 호통을 친 할아버지는 다시 고모를 향해 말했다.

"최 서방이 검찰을 도발했으니 그쪽에서도 가만있지는 않을 거다. 그리고 네 오빠도 이를 갈고 덤빌 테고… 감당할 수 있는 일을 했어야지."

고모의 표정도 좋지 않았다. 진영준을 고발하는 것까지만 해야 했다. 집안의 장조카에게 상처 입히는 정도면 순양이라는 이름을 벗을 수 있다. 일이 이렇게 커질 줄은 고모도 예상하지 못했으니 난감할 것이다.

고모가 할아버지의 눈치를 슬쩍 보며 짧은 한숨을 쉬었지만, 할아버지는 눈길을 외면했다.

"다 큰 자식들이 싸우는 거, 오랜만에 구경하는구나. 너희들끼리 싸우는 거야 상관 않겠다만, 만약 회사에 조금이라도 손해를 끼치면 누구든 요절을 낼 것이다. 명심해."

할아버지의 엄한 눈길 한 번에 고모는 조용히 일어섰다. 나도 엉덩이를 일으켰지만, 다시 주저앉아야 했다.

"도준이 넌 남아!"

서재를 나가는 고모는 내게 간절한 눈길을 보냈다. 잘 해결해 달라는 부탁일 것이다.

"무슨 짓이냐?"

"네?"

"검찰을 왜 건드려?"

"아, 아닙니다."

이런, 오해하고 계신다. 보아하니 내가 양쪽 다 물 먹이려는 수작을 부린 거로 생각하시는 게 분명하다.

"전 고모부가 순양의 사위라는 딱지를 떼고 싶어 하기에 적당히 흠집 내는 선에서 끝내는 방법만 말씀드렸습니다."

"그게 영준이고?"

"네. 그냥 은평구 수색지구를 개발에서 제외해 버리면 마무리됐을 텐데…. 검찰에 총질할 줄은 생각도 못 했습니다."

"얼씨구, 이젠 내게 감추지도 않는구나."

할아버지는 어이가 없는지 가벼운 헛웃음까지 보였다.

"다 꿰뚫으신 거 아닙니까? 숨겨서 뭐하게요?"

이럴 땐 당당하게 나가는 게 맞다. 내 계략이었다는 걸 숨기면 오히려 섭섭해 하실 것이다. 친한 사람끼리는 비밀이 없어야 하는 법이다.

"그래서? 이젠 어찌할 셈이냐?"

"제가 끼어들 틈이 있겠습니까? 서로 알아서들 하시겠죠. 드잡이하든, 악수하고 화해하든 말입니다."

할아버지의 눈빛이 변했다. 미묘한 변화였지만 분명 실망의 눈빛이었다.

"넌 네 고모부가 네 손아귀에 있다고 생각하겠지? 400억 선거자금 지원에 대한 계약서가 있으니 말이다."

"꼭 그렇지만은 않습니다. 그건 보험 같은 거죠."

"뭐가 됐든, 고삐를 쥐고 있으니 문제없다고 생각한 거 아니냐?"

"어느 정도는요."

"안됐구나. 고삐 쥔 망아지가 제대로 크지도 못하고 죽게 생겼으니. 흐흐."

즐거운 웃음이 아니다. 비웃음이다. 그런데… 죽다니? 설마 할아버지가 선수를 치시는 걸까?

"하, 할아버지. 무슨 말씀이세요? 제가 알아들을 수 있게 설명 좀…."

난 처음으로 할아버지에게 사정했다. 앞으로 고모부를 잘 키워서 쓸모 있는 종마로 만들어야 하는데 할아버지가 훼방을 놓으면 불가능하다.

"네 고모부가 너무 쉽게 생각한 것이 있어."

"검찰 말입니까? 그쪽 출신이라 만만하게 본 걸까요?"

"아니다. 사돈댁이야."

"네? 사돈…?"

"영준이 처 말이다. 네 사촌 형수."

"아…!"

잊고 있었다. 한국 언론 재벌이라고 할 수 있는 한성일보가 홍소영의 친정이지.

"소문에 네 형수도 꽤 질렀고 사돈댁도 있는 돈, 없는 돈 다 끌어모아 땅에다 묻었다고 하더구나. 사돈댁 손해가 이만저만한 게 아닐 거다. 그 원인 제공자는 바로 네 고모부고."

아차차! 생각도 못 했다. 최대 언론사가 이를 갈며 4년간 서울시장을 물어뜯는다면 할아버지 말씀대로 죽을 지경에 빠진다. 대권은커녕 시장 재선에 나와도 떨어질 판이다.

"신문쟁이가 가장 무서워하는 게 우리 같은 기업이다. 돈줄 아니냐."

"하지만 절대 밀리면 안 되는 곳이 정치죠."

"그렇지, 제대로 갑질할 수 있는 유일한 곳이야. 정치인이 무서워하는 언론사니까 기업이 광고를 주는 게다. 한성일보가 서울시장한테 물 먹었다는 소문이 나면? 힘없는 신문사라는 낙인이 찍히는 게지. 그런 망신이 어디 있겠어?"

할아버지는 난처해하는 내 모습을 물끄러미 바라보다 웃음을 터트렸다.

"으허허. 아이고, 우리 막둥이. 혼자 똑똑한 척은 다 하다가 된통 당했구나. 이 일을 어찌할꼬! 고모부마저 마부로 부리려다 돈만 날리게 생겼으니. 허허."

날 놀려먹는 할아버지의 말은 들리지도 않았다. 한성일보가 작정하고 미디어시티를 씹기 시작하면 여론이 어떻게 변할지 아무도 알 수 없다. 눈치를 보니 할아버지는 강 건너 불구경하듯 방관하실 게 뻔하고….

빨리 대책을 마련해야 한다.

"도준아."

"네."

"넌 이 할애비가 참 고약하다고 생각하느냐?"

"갑자기 무슨 말씀이세요?"

"자식 놈들이 싸우는 거 말리지는 못할망정 오히려 부추기고, 손자가 곤란한 지경에 빠졌는데 즐거워하니 말이다."

"음··· 그럼 면이 없지는 않죠. 흐흐."

진지하게 말씀하셨지만, 농담으로 받을 수밖에 없었다. 더 무거워지는 건 피하고 싶다.

"너도 네 속셈을 숨기지 않는 걸 보니 군산행의 의미를 알았나 보구나."

"네. 두 분 큰아버지와 고모가 절 끌어들이려 애쓰는 게 분명하니까요."

"싸워서 이기는 놈이 갖는 거다. 주는 대로 받아 가는 놈치고, 받은 거 제대로 지키는 놈 못 봤어. 해방되고 50년 넘게 흐르는 동안 사라진 기업이 몇인 줄 아니? 그게 다 거저 받아서 그런 게다."

"저도 그 싸움에 끼어들 건지 아닌지 궁금하신 거군요."

할아버지는 눈을 반짝이며 말했다.

"아니다. 내가 네게 얼마를 더 줘야 할지 궁금한 게다. 이미 넌 오래전부터 싸움판에 들어왔지 않으냐."

여기서 잠깐, 따질 건 따져야 한다. 철저히 계산하시는 분인데 셈이 틀리면 안 된다.

"할아버지, 더 준다는 게 무슨 말씀이신지··· 전 받은 게 없는데요?"

"뭐라? 어허, 이놈 보게? 순양자동차 가져갈 때, 지분 17퍼센트나 더 얹어 준 걸 벌써 잊었어?"

"아니죠. 그건 제가 급전 빌려드리고 이자로 받은 거죠. 말 그대로 달러 이자 아닙니까?"

할아버지는 잠시 눈만 깜빡거리더니 버럭 소리 질렀다.

"에라이, 날도둑 같은 놈아. 뭣이 어째? 허허."

"그리고 할아버지. 절대 잊으시면 안 되는 것도 있습니다."

"또 있어?"

"네. 제가 생명을 구해 드린 거 말입니다. 사고 났을 때요."

"요놈 보게나. 사고 났을 때도 멀쩡했던 놈이 생색은!"

흐뭇한 미소도 잠시, 할아버지는 다시 목소리를 낮췄다.

"도준아."

"네."

"우는 놈에게 떡 하나 더 주는 법이다."

갑자기 생뚱맞은 소리, 왜 이러실까?

"부족한 자식 놈을 보다 널 보면 이런 생각이 든다. 우리 도준이는 좀 덜 줘도 잘해내겠지. 똑같이 주면 자식 놈들이 손자와 자웅을 겨룰 기회조차 없을 게 뻔해. 이런 생각 말이다."

할아버지의 마음, 이해한다. 핏줄은 한 다리가 무서운 법이다. 나는 다리 하나를 건너서 만난 핏줄이지만, 큰아버지들이야 한울타리에서 만난 핏줄 아닌가? 혈육의 정 때문이라는 말을 차마 못 하고, 능력으로 포장해 버려야 하는 자존심도 이해한다.

"그럼 내일부터는 저도 우는소리도 하고 부족한 모습도 보여드리겠습니다. 하지만 오늘까지는 잘난 손자 노릇 할게요."

"어떻게?"

"할아버지 뜻대로 하십시오. 순양그룹은 할아버지 거 아닙니까?"

자식보다 순양그룹을 더 아끼는 마음, 내가 기대할 곳은 바로 그 마음이다.

▲ ▲ ▲

"이거, 역풍 제대로 맞겠는데?"

"사설은 더 섬뜩합니다. 단어 하나하나가 전부 비수로 날아들어요. 지금 고모부는 안절부절못할 겁니다."

오세현은 신문을 탁자 위에 휙 던져 버렸다.

"왜 쓸데없이 오버를 해서… 이러다 DMC마저 역풍 맞는 거 아냐?"

"좀 그렇죠? 땅 투기는 쏙 빼고 DMC 자체를 비리의 온상으로 부각하네요. 입찰 방식이 아니라 수의계약 한다는 게 약점이니까요."

"야! 너, 강 건너 불구경하듯 말할래? 한성일보 말려야 하지 않겠어? 오늘은 한성일보뿐이지만 내일이면 모든 신문사가 다 받아쓸걸?"

"제가 뾰족한 방법이 있나요? 혹시 할아버지를 생각하신다면 그 생각 접으세요. 관여하지 않겠다고 일찌감치 선을 그으셨어요."

"이러다가 정말 DMC까지 무산되는 거 아냐?"

오세현은 걱정 한가득한 얼굴이었다.

"그런 일은 없을 겁니다. 순양건설이 최소 30퍼센트를 먹는 사업인데 할아버지가 가만히 놔둘 리가 없어요. 고모부를 두들겨 패는 거야 구경만 하시겠지만, 사업까지 건드리면 한성일보가 작살나요."

"그럼 다행이고."

오세현의 걱정거리는 덜었지만 내 고민은 남아 있다. 고모부를 어찌해야 할까? 고모가 시키는 대로 움직이던, 조금은 모자라 보이던 사람이 취임한 지 며칠 만에 어디로 튈지 모르는 모습을 드러낼 줄이야. 할아버지는 고모부의 이런 경박한 본모습을 알고 있었을까? 그래서 정치하는 걸 그토록 반대했던 걸까? 일단은 고모를 만나야겠다. 철딱서니 없는 남편은 아내가 길들여야 한다.

"삼촌. 고모부가 더 큰 사고 치기 전에 고모 만나서 상의하는 게 어떨까요?"

"그래, 불안해서 안 되겠다. DMC가 궤도에 오를 때까지 제발 잠자코 있도록 단단히 일러두자."

고모는 호텔에서 백화점으로 집무실을 옮겼다. 호텔의 고급스러운 이미지는 정치인에게 아무런 도움이 안 되기 때문이다. 집무실 문을 열고 들어서자 이미 호텔 집무실과 차이 없는 인테리어로 치장한 게 눈에 띄었다.

"여보! 도대체 왜 그래요? 여기서 그만둬요. 검찰이랑 싸워서 뭘 얻겠다고요!"

수화기에 대고 날카롭게 소리치던 고모는 우리를 발견하자 통화를 끝냈다.

"아, 오 대표. 왔어요? 도준이도 별일 없지?"

애써 웃는 고모를 보니 고모부가 또 뭔가 사고 칠 준비를 한다는 게 느껴졌다.

"별일 많아요, 아시면서."

"뭘?"

"할아버지요. 그날 고모 먼저 가시고 전 할아버지께 몇 시간 동안 야단맞았다고요."

"너 설마…?"

"제가 바본가요? 고모 이야기는 안 했어요. 그냥 어쩌다 나온 소리라고 둘러댔어요."

"그래, 고생했다."

고모는 내 등을 쓸어 주었다.

"일단 앉으시죠. 우리 그이 때문에 오 대표님 마음 쓰시게 해서 죄송해요."

"아닙니다. 이미 벌어진 일이니 마무리나 잘해야죠."

백화점 유니폼을 입은 직원이 찻잔을 내려놓고 나가자 오세현이 슬쩍 입을 열었다.

"본의 아니게 통화 내용을 들었습니다. 혹시 또 문제가 생겼습니까?"

"그, 그게…."

오세현은 난처한 듯 입술을 잘끈잘끈 깨무는 고모에게 미소 지었다.

"진 사장님, 이미 한배를 탄 사람입니다. 문제는 같이 해결해야죠."

"그이가 중앙지검을 방문하겠다고 하네요. 미진한 검찰 수사를 항의하는 차원에서요. 이거 또 입방아에 오를 것 같아요."

"네? 이런…."

오세현뿐만 아니라 나도 어처구니가 없어 말이 나오지 않았다. 이거야말로 검찰에 괜한 시비를 거는 것과 다를 바 없다. 검찰에게 화해의 신호를 보내도 모자랄 판에 무슨 삽질인가?

우리 세 사람은 동시에 이마를 감싸 쥐었다.

"고모. 혹시 고모부 곁에 사람 두지 않았어요?"

"응? 무슨 사람?"

고모는 남편을 너무 무시한다. 오빠들에게는 사람 하나씩 다 붙여 놓고 무슨 일 하는지 감시하면서(물론 반대로 감시도 당하겠지만) 남편에게는 사람 하나 붙여 놓지 않았다.

"시장 비서나 수행원 중의 한 명 정도는 고모 사람으로 만들어 놓은 줄 알았는데 아니군요. 의원 시절부터 데리고 다닌 사람들 아닙니까?"

"아…."

고모는 남편이 자신에게 위협이 되지 않을 사람이라고 단정했다. 그리고 방심한 대가를 지금 톡톡히 치르고 있다. 나 역시 그 대가를 같이 치르고 있다.

“진 사장님, 아무래도 최 시장 주변에 변화가 있을 겁니다. 서울시 1년 예산이 올해 처음으로 10조 원을 넘었어요. 이런 엄청난 돈을 주무르는데 파리가 꼬이지 않겠습니까?”

20년 뒤면 세 배쯤 되던가? 지금이나 20년 뒤나 사는 건 별다를 게 없는데 세금만 오르는 것 같다.

“그럼 우리 그이에게 바람 넣는 사람이 있다는 뜻인가요?”

“그럴 가능성이 크죠.”

고모는 오세현의 의견에 동의하지 않는 듯했다. 당연하다. 미친 파리가 아니면 검찰과 싸우라고 바람 넣을 놈이 어디 있는가? 고모부의 지금 행동은 분명 스스로 선택한 것이다.

나는 고모와 오세현 두 사람이 나누는 대화를 귓등으로 흘리며 생각에 잠겼다. 누굴까? 돈줄이기도 하고 대선에 꼭 필요한 사람인 부인까지 무시할 정도면 파리 정도가 아니라 독수리가 착 붙었다고 봐야 한다. 그 사람이 누군지 정체를 알기 전까지는 옆에서 잔소리해 봐야 무용지물이다.

“고모.”

“응.”

두 사람은 대화를 멈추고 내게 시선을 돌렸다.

“고모부 측근 중에 고모가 부릴 만한 사람 있을까요? 떠오르는 사람 없어요?”

“글쎄, 내가 신경을 안 써서….”

“사람들 풀어서 알아보세요. 고모부는 학벌, 검찰 인맥을 많이 따지는 분이니까 그 속에 들어가지 못하는 사람 찾으세요.”

고모는 고개를 끄덕였다. 내 말뜻을 단번에 알아차릴 만큼 눈치가 빠른 사람이다.

"그리고 이제 잔소리 그만두시고요. 그동안 참았던 거 폭발하는 듯합니다. 아무도 못 말려요."

"참아? 그 사람이 뭘 참아?"

내가 입을 열려는 순간, 참다못한 오세현이 입을 열었다.

"진 사장님, 처가살이하는 남자는 어깨도 못 펴고 삽니다. 최 시장 본가 로펌도 순양그룹 덕분에 먹고살았고요. 진 사장님이 무슨 말을 하든 머리 끄덕일 수밖에 없었지요. 자존심 숨겨 가면서 산 겁니다."

오세현이 마치 자기 일인 양 거품 물고 말했지만, 고모에겐 와닿지 않은 것 같다. 더 이야기해 봤자 소용없으니 오세현은 한숨만 내쉬었다.

고모와 상의하는 건 이 정도로 끝내야 했다. 딱 봐도 고모부는 통제 불능인 상태다. 고모부 폭주의 원인 제공자가 누구인지 알기 전까지는 두 손 놓고 지켜보는 수밖에 없을 것 같았다.

다음 날 아침 예상치 못한 일을 맞이했다.

"이거 참, 어떻게 이런 일이 있을 수 있냐?"

오세현은 어이가 없는지 혀를 찼고, 나 역시 눈을 의심했다.

"도대체 하룻밤 사이에 무슨 일이 생긴 거냐?"

탁자에 죽 늘어놓은 주요 일간지를 보면 한성일보를 필두로 모든 신문이 최창제 시장의 용기에 찬사를 보내는 중이었다. 순양가의 사위면서 집안사람의 투기 정황을 터트린 용기는, 일반인이라면 엄두도 못 내는 엄청난 각오가 필요한 것이라며 보는 이가 부끄러울 정도의 칭찬을 늘어놓았다. 그리고 조심스럽게 검찰의 수사를 촉구하는 내용도 있었다. 그 어떤 불법적인 정황이 없음에도 검찰을 자극할 정도로 신문들은 철저히 서울시장 편이었다.

"야, 이거 혹시 네 할아버지가 힘쓴 거 아니냐?"

"절대 그럴 리 없어요."

한번 뱉은 말을 쉽사리 바꿀 분이 아니다.

'더욱이 한성일보까지 고모부를 빨아 재낀다?'

이해가 안 된다. 어제의 공격이 맛보기였다면 오늘이야말로 대대적인 공세를 펴는 타이밍 아닌가?

"삼촌. 우리 고모부, 대단한 스폰서 하나 잡은 것 같은데요?"

언론이 정치인에게 무릎 꿇는 부끄러운 모습은, 힘에 눌리거나 돈에 밀린 경우뿐이다. 서울시장은 대형 언론사가 두려워할 자리가 아닌 만큼 돈에 밀린 게 틀림없다.

"스폰서?"

"네. 모든 중앙일간지에 광고 도배를 약속할 만한, 엄청난 스폰서요."

"가만 보자…."

이 정도 재력 있는 스폰서라면 두 부류다. 재벌, 아니면 건설업자.

부동산 분양은 신문 광고 대부분을 차지한다. 재벌 대기업의 신제품은 전면 광고를 메워 주고, 분양 광고는 구석구석 비어 있는 면을 빼곡히 채워 준다. 서울시장에게 토지 용도변경쯤은 식은 죽 먹기 아닌가?

"그렇군. 든든한 물주를 잡았으니 와이프 말을 귓등으로도 안 듣지. 이 양반, 처가살이 탈피했군."

나는 신문을 모두 내던졌다. 고모부의 경박함에 화가 난 것이 아니다. 이런 자를 대통령으로 만들어 파트너로 삼아 볼까 하는 생각을 잠시나마 했던 나의 좁은 식견에 화가 났다.

'시장 자리에 앉은 지 얼마나 됐다고 스폰서나 구하고 다니다니!'

씩씩대는 내 모습을 오세현은 말없이 바라보기만 했다. 이미 돌이킬 수 없는 지경까지 이르렀다는 걸 그도 느꼈을 것이다.

"죄송해요, 삼촌. 이런 모습 보여서."

"아니다. 사람 잘못 본 건 너나 나나 똑같아."

"우린 DMC 챙긴 거로 만족해야겠어요. 고모부와 함께하다가는 무슨 불똥이 튈지 모르겠습니다."

"내 생각도 그렇다. 자기 입맛에 맞는 사람들만 쫓아다니는 놈은 가망 없어. 누가 스폰서인지 모르지만, 그자에게 이용당하다가 끝날 게 분명해."

의견일치를 봤으니 훌훌 털어 냈다. 이제 고모부는 우리의 조력자가 아니다.

▲▲▲

진동기 사장은 머리를 푹 숙인 사람들을 보며 속으로 혀를 찼다. 그리고 온갖 헛짓만 하고 다니는 이들을 아버지가 어떻게 처리할지 내심 궁금하기도 했다.

진 회장은 가장 멀리 앉아 있는, 고개 숙인 손자를 불렀다.

"영준아."

"네."

"날린 돈이 얼마냐?"

"그, 그게 얼마 안 됩니다."

"얼마야!"

"600억… 조금 넘습니다."

진영준은 할아버지의 고함에 기어들어 가는 목소리로 대답했다.

"얼마 안 되는 돈이지만, 넌 해결 못 하지?"

머리 숙인 진영준은 침통한 얼굴로 입을 굳게 닫았다. 이번엔 자숙의 시간이 얼마나 될까, 그리고 유배지는 어디가 될까, 하는 생각뿐이다. 아무쪼록 유럽이나 미국이면 좋겠다는 희망을 품고.

"동기야."

“네, 아버지.”

“넌 거제도에 아파트 한 채 알아봐라. 순양중공업 소유의 사택 좀 있지?”

“네.”

“오늘 그 아파트 도배하고 장판도 새로 갈아라. 필요한 가전제품도 좀 채워 놓고. 내일부터 네 장조카가 지낼 곳이니 특별히 신경 써야 한다.”

“하, 할아버지.”

진영준은 사색이 되어 다급하게 진 회장을 불렀지만, 진영기 부회장의 날카로운 눈길이 꽂히자 다시 입을 닫았다.

“조선소 자재창고 담당 직급이 뭐야?”

“과장입니다.”

갑작스러운 질문에 진동기가 재빨리 대답했다. 창고 책임자 직급이 뭔지 모르지만, 내일부터는 무조건 과장이다.

“명함도 하나 파줘.”

“네.”

진 회장은 다시 장손을 바라보며 말했다.

“우리 손자, 뭐하누? 빨리 가서 이삿짐 싸야지?”

진영준은 애처로운 눈빛으로 아버지에게 도움을 청했지만, 진영기 부회장은 이를 악물고 소리쳤다.

“빨리 나가! 거제도 내려가서 별도의 지시 있을 때까지 꼼짝도 하지 마!”

구원해 줄 사람이 없다는 걸 확인한 진영준은 머리를 떨군 채 나갔다.

“동기야.”

“네.”

“방금 네 형이 말한 별도의 지시는 네가 내려라. 저놈 하는 거 봐서

인간 됐다 싶을 때 올려. 그리고 장남."

"네."

진영기 부회장은 자기 아들 인생이 어쩌면 오늘부로 끝날지도 모른다는 두려움에 휩싸였다.

"자네 아들이 친 사고는 자네가 수습해. 어쩌면 검찰 수사가 진행될지도 몰라. 행여나 배임, 횡령 증거가 나오면 영준이는 감옥 간다. 아들내미 옥살이 시키지 않으려면 완벽하게 수습해야 할 게다."

"…네."

진 회장은 긴 한숨을 한번 내쉬었다. 하나는 끝냈다 싶었다.

"서윤아."

"네, 네."

화들짝 놀란 진서윤은 머리를 들어 진 회장의 입만 바라보았다. 어떤 처분이 떨어질지 조마조마한 심정이었다.

"넌 최 서방이랑 이혼해라."

진 회장의 폭탄 같은 말에 자식들 모두 입을 다물지 못했다. 특히, 진서윤은 입만 벙긋거릴 뿐 아무 소리도 내지 못했다.

"그놈이 순양 사위라는 딱지를 그렇게 떼고 싶어 하니 소원 들어주자. 너랑 이혼하면 만사가 해결되지 않느냐?"

"아, 아버지. 어떻게 그런 말을…? 제가 이혼녀 꼬리표를 달고 다니는 건 괜찮으세요?"

아주 근본적인 섭섭함 때문에 진서윤의 눈에서 눈물이 나려고 할 때 진 회장의 폭탄선언이 한 번 더 이어졌다.

"이혼하면 백화점, 호텔, 콘도, 골프장을 네 앞으로 해주마. 완전히 계열 분리해서 그 누구도 뺏어 가지 못하게 단속하마. 어떠냐?"

"아, 아버지!"

이번에 두 아들이 소리쳤다. 여동생의 이혼보다 현금 동원력 짱짱한 알짜배기 계열사가 떨어져 나가는 걸 염려한다.

"강요는 않으마. 딸자식 이혼을 종용하는 아비는 되기 싫다. 선택은 서윤이 네가 해라."

서재는 냉랭한 냉기만 감돌았다.

"내가 지금까지 잘못 생각했다. 능력 있는 놈을 끌어 줘서 순양을 맡기려 했는데… 이젠 아니다. 무능력한 놈을 내치는 게 더 좋을 것 같다. 앞으로 사고 치는 놈, 실수하는 놈은 전부 섬으로 보내 버릴 것이야. 서울 땅 밟으려면 호적 파가야 할 게다."

모두 마른침만 삼켰다. 진 회장은 본격적인 후계 레이스를 선언한 셈이다. 나이 때문인지 더는 미룰 수 없다고 생각하는 게 틀림없다. 이제 밀려나지 않으려면 단 한 번의 사소한 실수도 있어서는 안 된다.

9장

Don't be evil

"미국?"

"네. 아마 올해 안에 돌아오진 못할 겁니다. 해야 할 일이 좀 많아요."

아버지와 오세현이 놀란 눈으로 나를 바라봤다.

"가서 상준이 형이랑 어머니도 뵙고요, 미국 미라클에서 일도 좀 배우고 오겠습니다."

내 표정을 본 오세현은 아버지에게 눈짓했다. 복잡한 마음을 식힐 겸 좀 쉬다 오는 것도 괜찮다고 생각하는 것 같다. 하지만 아버지는 오세현의 눈짓을 보지 못했다.

"네가 미국에서 해야 할 일이 뭐가 있어? 여기에 벌인 일도 적지 않잖아?"

"그건 삼촌이 잘 알아서 하실 겁니다. 그렇죠? 삼촌?"

"그래. DMC는 내게 맡겨라. 차질 없이 진행하마."

오세현은 아버지의 옆구리를 푹 찌르며 머리를 끄덕였다. 눈치 없는 아버지… 그제야 아버지도 덩달아 머리를 끄덕였다.

조금 쉬고 싶은 마음도 있었다. 하지만 오늘 신문에 난 기사 한 꼭지가 날 흔들어 놓았다. 미국인의 인터뷰 번역판이었고, 그 미국인은 빌 게이츠다.

인터뷰어가 빌 게이츠에게 가장 두려운 게 뭔지 물었더니 "지금 이 순간, 허름한 차고(garage)에서 뭔가를 만들고 있는 20대 어린애들."이라고 대답했다.

빌 게이츠도, 스티브 잡스도 차고에서 시작했다. 난 제2의 빌 게이츠, 스티브 잡스를 찾아야 한다. 다행히 서울에서 김 서방 찾기보다는 쉽다. 회사나 사람의 이름은 이미 알고 있다.

며칠 뒤 배웅하겠다는 아버지를 겨우 말리고 공항으로 향했다. 그런데 공항에 도착하자 생각지도 못한 오세현이 기다리고 있었다.

"뭐 하러 여기까지 나오셨어요?"

"아쉬워서, 인마. 3일 뒤면 신차 발표회 아니냐? 신차 출시라도 보고 가면 좀 좋아?"

"아니에요. 제가 보나, 안 보나 달라질 건 없는데요, 뭐."

"그래도 HW 이름을 달고 나오는 첫차 아니냐?"

이미 아진자동차 시절부터 준비하던 미니밴이 나오는 것뿐이다. 내가 자동차 회사를 인수한 목적과는 상관없는, 관성으로 진행되는 일이다. 특별할 것도 없다. 인수한 이유를 밝히고 그 이유가 바로 HW자동차의 슬로건이 되는 건 뉴 밀레니엄으로 접어들 때다. 새로운 시대에 새로운 자동차 회사로 거듭나는 게 시선도 끌고 상징성도 있다.

"일단은 좀 빠져 있는 게 좋을 듯싶어서요. 대주주라고 참견하는 것이라고 오해할 수도 있고요. 삼촌도 신차 발표회는 안 가시는 게 어떨까요? 당분간 전문가들에게 맡겨 두시죠. 아진, 순양의 전문가들 아닙니까?"

"싫다. 구경 갈란다. 가끔 등장해서 그놈들 긴장하게 만드는 것도 필요해."

투자자, 아니 주주의 역할은 나보다 훨씬 더 잘 아시는 분이니 더는 말하지 않았다.

"참, 아버지랑 말씀 나눠 보셨습니까?"

"DMC?"

"네."

"너한테도 확답 안 했는데 나한테 하겠어?"

"마음을 털어놓는 건 아들보다 친구 아니겠습니까?"

"자식이… 눈치 하나는."

오세현은 웃음을 보이며 내 어깨를 툭 쳤다.

"조금만 더 기다려 봐. 하고자 하는 의욕은 상당한데 현실적인 가능성을 걱정해서 더 신중한 거야."

"적어도 올해 말까지는 시작해야 한다고 슬쩍 말씀드려 주세요. 준비 끝내고 빌딩 들어서면 곧바로 입주하는 게 좋지 않겠어요? 아버지가 자리 잡으면 뒤따라 들어올 사람도 많아질 겁니다."

"여기는 신경 쓰지 말고 가서 일 보고 와. 그쪽에 미리 이야기해 뒀으니까 불편한 건 없을 거다."

머리 식히러 간다고 했지만, 오세현은 이미 아니라는 걸 안다.

"네. 쉬엄쉬엄 할게요."

걱정하는 오세현의 배웅 속에 뉴욕행 비행기에 몸을 실었다.

"도준아!"

입국장에서 반갑게 내 이름을 부르는 소리가 들렸다.

"형!"

1년 만에 보는 상준 형은 많이 달라졌다. 음악 한답시고 요란한 복장과 형형색색으로 염색했던 머리는 온데간데없고 청바지와 셔츠가 전부인 평범한 모습이었다.

"뭐야? 음악 때려치웠어? 너무 범생이 같은데?"

"그래, 집어치웠다. 흐흐."

머쓱하게 웃는 모습을 보니 농담이 아닌 것 같다.

"진짜?"

"그 이야기는 천천히 하고 빨리 가자. 어머니가 너 먹이려고 잔칫상 준비 중이야. 억지로라도 다 먹어야 해."

어머니와 형이 사는 아파트에 들어가자 음식 냄새가 가득했다. 어머니는 뭔가 착각하신 것 같다. 나는 외국에 살다 귀국한 게 아니라 한국에서 뉴욕으로 온 거다. 그런데 식탁에는 찌개를 비롯해 한국 음식이 한가득이었다. 큰아들 챙긴다고 작은아들에게 손수 밥상을 차려 주지 못한 걸 못내 미안해 하는 엄마 마음이 고스란히 드러나는 식탁이다. 형의 당부가 아니더라도 그 마음을 감사히 여기며 남김없이 싹 비우고 터질 듯한 배를 쓰다듬었다.

만 하루를 먹고 자기만 하다 겨우 시차에 적응해 형과 술 한잔 기울이며 이야기를 나눴다.

"뭐야? 진짜 음악은 포기한 거야?"

"그래."

"왜?"

"내가 지난 2년간 깨달은 건 딱 하나야. 난 주연도, 조연도 아닌 그냥 관객이었어. 엑스트라 자격으로도 무대에 오를 수 없더라고."

"가능성도 없어?"

만지작거리는 술잔에 술을 따르자 상준 형은 씁쓸하게 웃으며 머리를 저었다.

"뉴욕 길거리에서 고물 기타 들고 노래 부르는 놈들이 나보다 나아."

"형은 원래 가수가 꿈이 아니잖아. 프로듀싱 아니었어?"

"그러니까. 가수라는 악기를 통해 음악을 뽑아내야 하는데 그게 안 되는 거야. 내가 음악 듣는 귀는 좀 있는데, 그게 전부였던 거지."

"그럼 지금은 뭐해?"

"아무것도 안 해. 그냥 여기서 빈둥거리는 게 전부야."

재능 없음을 한탄하는 청년이 한둘이겠냐마는 고개 숙인 친형의 모습은 애잔했다.

"뭐 어때? 실컷 빈둥거리다 보면 끝이 보이겠지. 조급하게 생각하지 마. 한계를 깨닫는 데 2년 걸렸으니 새로운 가능성을 찾는 데도 2년 정도는 필요하지 않겠어?"

상준 형은 날 보며 피식 웃었다.

"우린 순서를 바꿔서 태어났어야 해. 그게 더 어울려."

▲▲▲

"Wow! Howard. Look at You! What a gorgeous!"

약 3년 만에 만난 레이첼 아리에프는 나이는 더 들었지만, 한층 더 세련된 자태를 보였다. 그녀는 특유의 과장된 모습으로 나를 끌어안았다.

"당신도 마찬가지예요. 도대체 언제까지 이렇게 멋있을 겁니까?"

레이첼은 내 칭찬에 한껏 입을 벌리며 웃었다.

'젠장, 왜 이런 멘트는 일 때문에 만나는 사람에게만 나올까? 한 달에 한 번 만날까 말까 한 민영이에게는 뭐 먹을까 같은 말밖에 못 하는데.'

"제임스가 그러던데? 너 요즘 머리 복잡한 일이 많으니까 되도록 아무것도 하지 말라고."

"그렇다고 바쁜 사람 붙잡고 놀 수는 없잖아요. 머리 녹슬지 않을 정도만 하죠."

최대주주이며 20억 달러가 넘는, 가장 많은 자금을 굴리는 큰 손이지만 열 살 때부터 봐왔기 때문일까? 레이첼은 큰누나처럼 날 대했다.

"좋아. 그럼 현황만 간단히 브리핑할까?"

"그 전에 식사부터 하죠."

우리는 맨해튼의 레스토랑에서 샐러드와 프렌치프라이로 점심을 때우고 미라클 인베스트먼트 본사로 향했다. 아마도 영원히 월스트리트는 적응하기 어려울 것 같았다. 할리우드도 그렇지만 이곳 역시 인간과 완전히 다른 종이 사는 곳이다. 돈에 대한 관념이 다르다. 엄청나게 벌고 엄청나게 쓴다. 내 상식으로는 전혀 쓸모없어 보이지만 이들에게는 너무나 중요한 요소들이 가득하다.

사무실 복도에 잔뜩 걸린 그림, 곳곳에 자리 잡은 화병과 꽃만 해도 그렇다. 그림들은 진품으로 유명 갤러리에 매월 엄청난 금액의 대여료를 내며 사무실의 품격을 높이는 도구로 사용되는 것이다. 화병 역시 유명 작가의 작품이며, 꽃은 전문가가 매일 아침 새로운 것으로 바꿔 가며 관리한다. 이 모든 것에 엄청난 비용을 탕진하는 것이다.

언뜻 생각하면 미친 짓이지만 이곳에서는 당연한 것으로 여긴다. 그 이유는 바로 고객들 때문이다. 넘쳐나는 돈을 주체하지 못하는 미국 상류층들, 그들의 입맛에 맞춰 주기 위해 시작한 것인데 이젠 이곳에서 일하는 사람들까지 상류층에 전염되었다.

레이첼을 따라 들어간 회의실에는 간단한 브리핑이 아니라 아주 상세하고 빈틈없는 보고를 위한 빔프로젝터까지 준비되어 있었다. 역시, 누가 뭐래도 내가 이들의 생사를 쥐고 있으니 허투루 할 리가 없다. 지금까지의 투자와 앞으로의 투자 계획을 듣고 난 후, 입을 열었다.

"앞으로 닷컴 기업에 직접적인 투자는 금지합니다. 아무리 장밋빛 미래가 보이더라도 그들을 믿으면 안 됩니다. 물론 당신들의 직감도 믿어서는 안 되고, 데이터도 믿지 마세요."

회의실에 앉아 있던 열 명이 넘는 매니저들이 웅성거리기 시작했다. 지금 세계의 돈이 모이는 곳은 바로 미국 실리콘밸리 아닌가? 그곳에 투자하지 않는다면 월스트리트에서 바보라는 소리를 들을 것이다. 누군가 이견을 내려 움찔했을 때 레이첼이 매서운 눈으로 그들을 노려보자 모두 움츠러들었다.

“기업에 직접 투자하면 엑시트 시점을 우리가 결정할 수 없어요. 게임에 말려들면 안 된다는 거, 걸음마 때 배우는 거 아닙니까? 우리가 게임을 주도해야 합니다. 직접 투자는 닷컴 창업자의 게임입니다. 우린 나스닥에서만 게임 합니다.”

“상장 전에 직접 투자해서 높은 수익 올리는 게 하워드의 능력 아니었어? 이젠 조심하는 거야?”

모두를 대신해서 레이첼이 질문했다. 뭐라고 대답해야 하나? 닷컴 버블이 터져서 엄청난 돈이 허공에 사라지는 걸 아이러니하게도 인터넷으로 봤다고 대답할 수는 없지 않은가?

“실체가 없는 뭔가를 좋은 말로 포장해서 사람을 현혹한 뒤, 스스로 돈을 내게 하는 것을 뭐라고 하죠?”

“fraud?”

“그렇죠. 사기… 그걸 요즘은 다르게 불러요.”

모두의 시선이 내 입으로 향했다.

“벤처 정신.”

회의실은 쥐죽은 듯 조용했다.

“단 1센트라도 좋습니다. 실제 매출이 일어나는 회사, 실적이 좋지 않더라도 구체적인 서비스를 제공하는 IT기업에 투자해야 합니다. 예를 들면 아마존 같은 곳 말입니다.”

대부분 아마존의 존재 정도만 아는 듯 보였다. 하지만 디테일에 강한 친구도 있었다.

“아마존이라면 온라인 서점 말씀하시는 겁니까?”

“그렇습니다. 아마존닷컴.”

디테일에 강한 친구는 머리를 흔들었다.

"1994년 창업한 아마존을 말하는 거라면 투자가치는 제로에 수렴해요. 작년 그 회사의 상장가가 주당 18달러였지만 거래 첫날 1.96달러로 폭락한 채 마감했습니다."

"어떻게 그렇게 잘 알죠?"

내가 놀라서 묻자 디테일에 강한 친구는 한숨을 토해내며 머리를 들지 못해 회의실은 웃음바다가 되었다. 이 광경에 나도 웃음이 터져 나왔다.

"얼마나 손해 봤어요?"

웃음을 겨우 멈추고 묻자 레이첼이 손바닥을 쭉 펼쳤다.

"5000달러?"

레이철은 아주 조금 머리를 흔들었다.

"5만?"

레이첼은 머리를 끄덕이며 말했다.

"모두 가능성 없다며 뜯어말렸는데 저 친구는 결국 자기 돈으로 투자했어. 손해도 결국 자기가 안았지."

"아깝네요. 나라면 그 열 배, 아니 백 배는 투자했을 텐데."

지금도 늦지 않았다. 아직 주가는 그대로니까.

내 말이 진심이라는 걸 알아챈 레이첼이 눈을 동그랗게 떴다.

"하워드, 진심이야?"

"물론이죠. 아마존은 주문을 받고 책을 배달합니다. 아주 작게나마 매출이 발생하고요. 단순한 콘셉트지만 시끄럽게 떠들어대는 닷컴과 달라요. 서비스 콘셉트는 단순하고 쉽게 이해 가능한 회사가 진짜입니다. 나머지는 버블일 뿐이죠."

왜 모두가 막대한 수업료를 내고 나서야 이 간단한 원칙을 깨달을까?

"이 시간 이후로 닷컴 기업에 직접 투자한 돈은 전부 회수하세요. 적당한 핑계 대시고 조금 손해 보는 것도 감수하세요. 그리고 나스닥에 상장한 기업의 주식에만 투자합니다. 이게 첫 번째 규칙입니다."

"두 번째도 있어?"

레이첼은 조금의 의심도 하지 않았다. 그녀는 지금까지 내가 보여 준 결과를 가장 가까이서 본 사람이다.

"두 번째는 나스닥이 아무리 폭풍 성장하더라도 2000년 일사분기에 완전히 철수합니다."

"이유는?"

"그때쯤이면 모든 사람들이 다 알게 되니까요."

"벤처가 바로 사기라는 거?"

"그렇죠."

미국 나스닥 종합지수가 5000까지 치솟은 다음 완전히 폭락한다. 바로 뉴 밀레니엄의 선물이다. 이 사실을 알 리 없는 매니저들은 난처한 표정으로 불만을 토해냈다.

"하지만 하워드, 투자자들이 가만있지 않을 겁니다. 불붙은 닷컴기업 투자에 우리만 쏙 빠진다면 투자금을 거둬 갈 걸요? 다른 투자사도 많으니까요."

"그럼 확실하게 못 박고 투자하세요. 고객이 원하기 때문에 투자하는 거라고요. 우린 분명하게 그 위험을 안내하는 거 잊지 말고요."

모두들 어이없는 눈빛을 주고받았지만 이럴 때일수록 진정한 실력자만 남는다. 나는 이들의 실력을 보고 싶었다.

"자, 옥석을 한번 가려 봅시다. 수천 개가 넘는 회사 중에 미래의 마이크로소프트가 나올지 누가 알겠어요?"

회의를 마친 후 레이첼의 사무실로 자리를 옮겼다. 커피잔을 앞에 두고 레이첼은 내 표정을 유심히 살폈다. 난 그녀의 눈을 피하며 사무실을 둘러봤다. 미국 법인 총괄이며 가장 큰돈을 주무르는 미라클의 주역답게 그녀의 사무실 인테리어는 호사스럽기 그지없었다. 마음에는 들지 않지만, 이곳의 문화를 인정하고 받아들이기로 했다.

"하워드, 솔직하게 말해 봐. 미국에 왜 왔어?"

"보셨잖아요. 닷컴 기업에 대한 지나친 낙관을 경고하려고 왔죠."

"정말 그것뿐이야?"

내가 뭘 하는지 놓치지 않으려 매의 눈으로 관찰하는 그녀지만 지금은 좀 집요하다. 다른 이유가 있는 걸까?

"하고 싶은 말이 있는 것 같은데, 뭐죠? 솔직하게 말해 봐요."

움찔하는 것도 잠시, 그녀는 바로 호탕하게 웃었다.

"이거, 이거. 못 당하겠어. 하하."

"제안입니까? 부탁입니까? 아니면 당부인가요?"

"제안이지."

"편하게 말해 보세요."

"우리 LA 갈까?"

이번엔 내가 움찔했다. 어떻게 알았을까? 내가 캘리포니아로 갈 생각이라는 걸.

"뭐야? 너도 설마 LA?"

"비슷한데 아니에요. 전 샌프란시스코를 생각 중이었어요."

"샌프란시스코? 어디?"

"스탠퍼드 대학이요."

"좋은 대학이지."

레이첼은 머리를 끄덕였다. 내가 유학 준비라도 한다고 착각했나 보다.

"너처럼 엄청난 비즈니스 천재들을 많이 배출한 학교니까 어울리기도 해."

앞으로 줄줄이 쏟아져 나올 젊은 억만장자들이 휴학계를 내고 창업을 준비하는 곳. GAP, 나이키, 빅토리아 시크릿, 야후, 휴렛팩커드, Dolby 그리고 선마이크로시스템스 등등의 창업자를 이미 배출한 곳. 내가 이곳에서 공부할 리가 있나? 휴학계를 냈거나 내려고 생각 중인 놈들을 만나려는 거다. 그보다 LA가 더 궁금하다.

"그런데 LA는 왜요? 영화 때문에?"

"응. 다음 달에 〈라이언 일병 구하기〉 시사회가 있거든. 우리야 뭐 늘 초대받으니까. 드림웍스 창립 때부터 네가 말한 대로 모든 영화에 투자했잖아. 거의 파트너 같은 관계야."

"단지 그것뿐이면 내키지 않는데요?"

지겹다. 개봉 당시 영화관에서 몇 번 봤고 그 후로 TV에서 틈만 나면 틀어대는 바람에 스무 번 이상 본 것 같다.

레이첼은 살짝 웃으며 머리를 저었다.

"드림웍스에서 시그널을 보내왔어."

"시그널?"

"응. 우리 미라클의 자금이 한국이라는 것을 알자 아시아 배급권을 놓고 베팅해 보지 않겠느냐는 거야."

"혹시 투자를 원하는 겁니까?"

"바로 그거야."

1994년 스티븐 스필버그, 제프리 캐천버그 그리고 데이비드 게펜이 드림웍스를 만들 때 충분한 기회가 있었지만, 관심을 보이지 않았다. 어차피 영화는 각각 독립된 형태로 존재한다. 나 같은 경우 돈 벌 만한 영화만 골라서 투자하면 되지, 굳이 영화제작사에 돈 쏟아부을 이유가 없다. 스필버그라고 해서 항상 홈런 치는 건 아니니까.

하지만 지금은 상황이 다르다. 아시아 배급권이라면 아버지에게 큰 무기가 된다. 드림웍스의 파트너라는 이름값만으로도 한국 영화판의 공룡이 될 수 있다. 꽤 좋은 선물이 될 것 같다.

"조건은 오간 게 있나요?"

"드림웍스가 10억 달러로 시작했는데 5억 달러로 지분 25퍼센트와 아시아 배급권을 넘긴다는 게 1차 제안이야."

"대답은 하셨어요?"

"아니, 긍정적인 검토. 이 정도만 했어."

협상은 시작도 하지 않았다는 뜻이다. 미라클이 관심을 보인다면 드림웍스도 검토하고 따지기 시작할 것이다. 과연 아시아 배급을 원활하고 효과적으로 운용할 능력이 있는지 확인하려 들 게 뻔하다.

"스필버그의 이름값이 있는데… 지금까지 협상한 아시아 기업이 없지는 않았을 테고."

"많았지. 일본, 한국, 홍콩… 심지어 중국까지."

레이첼은 가벼운 미소를 보였다.

"드림웍스가 원하는 또 하나가 바로 커뮤니케이션이야."

그녀가 말하려는 게 뭔지 더 빨리 이해할 수 있었던 것은 대화라는 단어를 쓰지 않았기 때문이다.

"그 사람들, 제작비 대신 원가라고 했을 테고, 수익률이니, 비용, 효율, 경영 합리화 같은 소리만 떠들어댔군요."

"그래, 바로 그거야. 지겨워 죽는 줄 알았다고 한탄하더라."

그녀는 손뼉을 짝 치며 웃었다.

"주연 배우에게 쓸데없는 돈을 쓰고 매일 파티를 벌이며 흥청거리는 게 그들 눈에는 비효율적인 낭비로 보이겠지. 엔터테인먼트의 기본을 모르는 소리잖아. 그 바닥 사람들은 본능적인 욕망에 충실함으로써 에너지를 얻는다는 걸 이해하기 쉽진 않겠지."

내가 머리를 끄덕이자 그녀는 눈을 반짝였다.

"어때? 관심 있어?"

"전 관심 없는데 어마어마하게 침 흘릴 만한 사람이 있긴 해요."

"누구?"

"제 아버지죠."

"아! 영화 제작자라고 했지?"

"네, 이렇게 하죠. 드림웍스 1차 제안은 받아들일게요. 대신 협상 테이블에 앉을 사람은 제가 아니라 아버지로 하죠. 아버지가 아시아 배급에 관심 없거나 자신 없다고 하시면 없던 일로 하겠습니다."

"오케이. 그럼 미팅 스케줄 잡자."

레이첼은 즉시 휴대전화를 꺼내 어디론가 전화를 걸었고, 나도 아버지께 전화해 지금 당장 LA로 날아오라고 말씀드렸다. 아버지는 드림웍스보다 거장들과 만남만으로도 흥분에 휩싸인 것 같았다.

통화를 끝내고 난 레이첼에게 은밀한 부탁을 했다.

"이번 LA행은 우리 가족이 처음으로 외국에서 다 같이 지내는 특별한 시간이에요. 잊지 못할 추억이 되도록 준비해 줄 수 있어요? 비용은 상관없으니까."

그녀는 환하게 웃었다.

"정말 비용은 신경 안 쓸 거야?"

갑자기 덜컥 겁이 났다.

▲▲▲

로스앤젤레스 국제공항에 도착하자 누가 봐도 운전기사가 분명한 제

복 차림의 두 남자가 우리를 기다리고 있었다. 그들은 우리를 게이트 밖에 대기한 롤스로이스 팬텀 리무진 앞으로 안내했고 문도 열어 주었다. 나도 좀 놀랐지만, 어머니와 상준 형은 아예 입을 다물지 못했다.

"이건 호텔에서 제공하는 서비스예요. 우리가 머무르는 동안 언제라도 쓸 수 있으니 너무 놀라시면 안 돼요."

레이첼의 설명이 더 놀라웠다. 도대체 얼마짜리 방을 예약했기에 이런 서비스가 무상이란 말일까? 어머니와 형이 같은 차를 타고, 나는 레이첼과 다른 한 대의 차에 오르자마자 다급하게 물었다.

"레이첼, 호텔이 어디죠? 스위트는 확실할 테고 숙박비는 얼마예요?"

"1만 6000천 달러."

"1만 6000천? 설마…?"

"맞아, 하룻밤 가격이야. 호호."

놀라면 안 되는데 이미 늦었다. 명색이 재벌 3세에 한국 20대 중 최고의 자산가가 바로 나다. 또 이 정도 호사스러움은 우리 집안사람들에게는 일상이나 다름없다. 내가 좀 많이 놀랐나 보다. 레이첼도 오해를 막기 위해 급히 입을 열었다.

"나도 처음이라 놀라지 않으려고 노력 중이야. 난 500달러 이상을 숙박비로 써본 적이 없거든."

놀라는 것은 이쯤에서 끝내야 하는데 머릿속에서 이미 계산기를 두드리니 멈출 수 없었다. 객실을 세 개 잡았으니 하룻밤에 4만 8000천 달러다. 입안이 바짝 마르고 다리가 후들거렸지만, 롤스로이스는 매끄럽게 LA 시내로 달려갔다, 돌이킬 수 없다는 듯이.

리츠칼튼 프레지덴셜 스위트는 두 개의 침실과 개인 서재, 전용 주방은 물론 로스앤젤레스 야경이 보이는 옥상 인피니티 수영장이 딸려 있었다. 호화로운 스팀 사우나는 기본이다. 또한 개인 집사, 트레이너, 치료사, 와인 저장고, 전용 피트니스 센터, 헬기 서비스까지 제공된다. 입이 떡 벌어지는 호사스러움은 엄청난 비용을 잠시나마 잊게 했다.

그날 밤, 늦게 도착한 아버지의 반응도 별다르지 않았다. 단, 나를 향해 엄지를 척 내민 것은 의외였다.

"아들 덕분에 호화판 신혼여행 기분 좀 내게 생겼네. 너희는 지금부터 24시간 우리 찾지 마라."

아버지는 어머니 허리를 감싸 안고 방으로 들어가 버렸다.

"도대체 넌 얼마나 벌어들인 거야?"

같은 객실을 쓰는 형이 놀란 얼굴로 묻기에 침실 문을 열며 대답했다.

"이번에 파산할 것 같아."

이틀간, 처음으로 모든 걸 잊고 가족과 좋은 시간을 보냈다. 상준 형은 때때로 아버지와 깊은 이야기를 나누며 미래에 대한 고민을 털어놓기도 했다.

레이첼은 〈라이언 일병 구하기〉 시사회에 참석한 뒤, 드림웍스의 세 거장과 구체적인 미팅 일정을 확정했다.

"너 진짜 괜찮아?"

"제가 손해 보는 짓은 절대 안 합니다. 돈 걱정하지 마시고 제가 말씀드린 계획에 도움이 되는지 안 되는지만 판단하십시오."

"레이첼이 언질 줬어. 5억 달러가 필요한 거래인데… 과연 그만한 가치가 있을지도 의문이야."

"꿈을 돈으로 환산하지 마십시오. 돈으로 살 수 있다면 꿈이라고 할 수 없지 않을까요? 돈은 꿈을 이루기 위한 도구일 뿐입니다. 도구는 원래 쓰고 버리는 게 맞습니다. 돈 쓰세요. 하하."

아버지는 아무 말 않고 한동안 물끄러미 날 보기만 하더니 가까스로 입을 열었다.

"내가 냉혹한 재벌 회장의 아들인 줄 알았는데, 현명한 재벌 아들의 아버지였구나."

쑥스럽고 닭살 돋는 아버지의 고마운 마음을 받고 나는 스탠퍼드로 향했다.

▲ ▲ ▲

스탠퍼드 대학에서 배출한, 그리고 앞으로 배출할 기업가들의 회사를 다 합치면 한국이라는 한 국가보다 경제력이 높을 것이다.

보통 실리콘밸리와 가까운 곳에 있다 보니 스탠퍼드 졸업생이나 휴학생이 실리콘밸리로 달려간다고 생각하지만, 사실은 그 반대다. 대학이 졸업생들의 창업을 적극적으로 지원하다 보니 벤처 붐이 일었고, 이들이 모여 창업을 준비하고 회사를 세우다 보니 학교 주변으로 실리콘밸리가 형성되기 시작한 것이다.

스탠퍼드 대학에 도착하자마자 가장 먼저 달려간 곳은 도서관이다. 이곳에서부터 추적을 시작해야 한다. 도서관 인덱스를 보며 논문 검색을 시작했다. 최근 논문이어야 하고 알고리즘에 대한 것이어야 한다.

솔직히 쉽게 찾을 줄 알았다. 하지만 최근 3년간, 알고리즘이 주제인 논문만 1000편 넘게 쏟아졌다. 지금 미국 대학생들의 관심이 어디에 있는지 극명히 보여 주는 결과였다. 정확한 기억에 기대는 것이 아니라 두뇌 속 깊숙이 잠자고 있는 어렴풋한 기억을 꺼내야 한다.

'젠장, 야후의 창업자인 제리 양처럼 기억하기 쉬운 이름이라면 얼마나 좋아?'

투덜거리며 논문을 뒤지길 몇 시간, 드디어 「대규모 하이퍼텍스트 웹 검색엔진의 해부(The Anatomy of a Large-Scale Hypertextual Web Search Engine)」라는 다소 긴 제목의 논문을 발견했다. 'Web Search Engine'

이라는 단어들이 가장 먼저 눈에 들어왔고 그다음은 논문의 저자인 '세르게이 브린과 래리 페이지(Sergey Brin and Lawrence Page)'라는 이름이 보였다. 컴퓨터공학과라…. 이들이 맞을까? 너무 까마득한 기억이라 가물가물하다.

어썰 수 없다. 찬찬히 읽어 보며 힌트를 얻어야겠다. 전문용어로 뒤범벅일 게 분명한 공학도 논문을 읽으려니 눈앞이 캄캄했지만, 첫 줄을 읽는 순간 나도 모르게 만세를 불렀다. 도서관 사서가 입술에 손가락을 갖다 대며 눈을 부라렸지만, 개의치 않았다.

〈In this paper, we present Google, a prototype of a large-scale search engine….〉

고맙고 기특하게도 이들은 논문 초록(Abstract)에 반가운 단어를 써놓았다.

'반갑다, 구글!'

도서관을 뛰쳐나오니 광활한 캠퍼스가 펼쳐졌다. 젠장, 또 욕이 튀어나오려고 한다. 뭔 놈의 대학교가 이렇게 무식할 정도로 클까? 논문 찾는 시간보다 컴퓨터공학과 사무실을 찾는 시간이 더 걸릴 것 같다.

나중에 알게 된 사실이지만 면적이 3310헥타르인 스탠퍼드 캠퍼스는 3388헥타르인 송파구와 비슷한 크기다. 송파구에서 이정표 하나에 의지한 채 사무실을 찾아내는 것과 다를 바 없다.

기부자의 이름을 딴 건물이 많다 보니 10여 개의 건물이 같은 이름일 때도 있고, 학생들에게 물어볼 때마다 다른 방향으로 알려 주곤 했다. 두 놈을 만나면 하루라도 빨리 구글맵부터 만들라고 독촉해야 할 것 같다. 겨우 찾은 컴퓨터공학과 사무실에서 두 사람의 행방을 물었을 때 하늘이 무너져 내리는 것 같았다.

"얼마 전까지 기숙사에서 지냈는데 실리콘밸리로 옮겼어요."

한발 늦었나? 벌써 투자받아 창업한 걸까? 정말 구글이 간절한 순간이다. 이럴 때 검색해 보면 어떤 상황인지 충분히 알 수 있을 테니까 말이다. 새삼 두 사람이 만든 구글이 얼마나 대단한지 느낄 수 있었다.

"혹시 주소를 알려 줄 수 있어요?"

사무실 직원이 미심쩍은 눈으로 바라보기 전 재빨리 명함을 꺼냈다. 투자사라고 하면 언제나 대환영인 스탠퍼드 아닌가? 직원은 내가 명함을 꺼낸 것보다 더 빠르게 메모지에 주소를 적어 나갔다. 메모를 손에 쥐고 총알같이 밖으로 나왔다. 그리고 교내 셔틀을 타고 학교를 빠져나온 뒤 택시로 20분 거리의 실리콘밸리로 달려갔다.

알려 준 주소에 도착했을 때 안도의 숨을 쉴 수 있었다. 그곳은 한적한 주택가였다.

'요놈들! 아직 차고를 벗어나지 못했구나.'

조심스레 다가가 차고 안을 슬쩍 훔쳐봤다. 서너 개의 책상과 컴퓨터, 여기저기 뒹구는 음료수 캔과 피자 박스…. 다행이다 싶었다. 초라한 행색을 보니 아직 큰 투자는 없는 게 확실하다. 닫힌 차고 앞에 쪼그리고 앉아 두 사람이 나타나기만을 기다렸다. 차고 창업이라면 그 속에서 먹고 자는 게 당연한데 어딜 싸돌아다니는 건지….

슬슬 어두워지기 시작할 때 픽업트럭 한 대가 차고 앞에 섰다. 젊은 두 남자가 나를 발견하고는 재빨리 다가왔다.

"당신 뭐야? 남의 사무실 앞에서 뭐 하는 거지?"

"래리 페이지? 세르게이 브린?"

두 사람을 번갈아 보며 이름을 확인하자 그들의 표정은 더 험악해졌다. 내가 정장 차림의 중년 신사였다면 곧바로 굽신거렸을 것이다. 자신들을 구제할 투자자라는 걸 직감했을 테니 말이다.

"당신, 누구야? 무슨 일이지?"

"아직 안 보여? 두 사람 다 눈이 나쁘네."

"뭐가?"

"내 등에 쫙 펼쳐진 날개 말이야. 일명 천사의 날개라고도 하지."

이래도 못 알아먹는다면 그냥 외골수 공학도다. 하지만 두 사람은 다행히 눈치가 좀 있었다.

"서, 설마?"

그들은 들고 있던 맥주 팩을 떨어트렸다. 그토록 염원했던 기회가 왔지만 믿기 힘든 것이다. 자신들보다 어린 동양인이 엔젤 투자자일 거라고는 단 한 번도 생각하지 못했을 테니까 말이다.

"언제까지 놀라기만 할 건데? 들어가자고. 온종일 돌아다녔더니 목이 말라. 그 맥주 하나 정도는 대접해 주겠지?"

그들의 사무실로 들어와 맥주 한 모금으로 목을 축이고 나니 두 사람은 내 눈치를 슬쩍 보며 입을 열었다.

"여긴 아는 분 차고야. 인텔에서 일하시고."

"그런데 너 정체가 뭐야? 정말 투자자 맞아?"

이야기를 쉽게 풀어 가기 위해서는 저들이 나를 전적으로 신뢰해야 한다. 어린 나이, 동양인이라는 선입견 없이 말이다. 맥주캔을 입에 대고 곰곰이 생각하다 아주 손쉬운 방법을 떠올렸다. 나를 경외와 존경의 눈빛으로 바라보게 할 최고의 방법이다.

"잠깐만. 저 전화기 스피커 되지?"

책상 위의 전화기를 가리키자 두 사람은 머리를 끄덕였다.

"그럼 전화 한 통만 쓰자."

휴대전화를 꺼내 연락처를 살피며 원하는 이름을 찾았다. 스피커를 켜고 바로 그 번호를 눌렀다. 한참 신호음이 울리다 기다리던 목소리가 들렸다.

"마이클입니다."

"마이클. 잘 지내시죠? 저 하워드예요. 하워드 진."

"와우! 하워드. 이게 얼마 만이야? 혹시 미국이야?"

반가움을 숨길 수 없는 목소리가 스피커를 통해 흘러나왔다.

"네. 지금 캘리포니아에 있어요. 여기서 일 끝내고 시간 되면 찾아뵙죠. 그전에 부탁할 게 좀 있는데…."

"뭐든 말해."

"이 통화를 듣고 있는 두 사람이 있어요. 제가 투자하고 싶은 분들입니다. 그런데 계속 절 미심쩍은 눈으로 바라보는 중이라서요."

"으하하. 이런, 이런. 하워드가 찾아낸 사람이라면 나도 당장 투자하고 싶은데?"

귀를 쫑긋 세우고 통화를 듣던 두 사람을 보며 말했다.

"인사해. 미스터 마이클 델이니까."

"델…? 델! 바로 그 델?"

나는 머리를 끄덕이며 스피커에 대고 말했다.

"마이클, 편하게 통화해요. 전 잠시 빠져 있을게요."

황당한 표정의 두 사람을 남겨 두고 차고를 빠져나왔다. 밖은 이미 어두워져 있었다. 휴대폰을 꺼내 레이첼과 아버지에게 오늘 돌아가지 못한다고 알렸다.

젠장, 그 엄청난 리츠칼튼 호텔 스위트를 놔두고 오늘 밤은 실리콘밸리의 모텔에서 자게 생겼다. 돈이 아까워 죽을 것만 같다.

30분쯤 흐른 뒤 두 사람은 나를 불렀다. 원하는 정보는 다 얻은 것 같았다. 난 아직 끊지 않은 전화에 대고 말했다.

"마이클, 이번에 꽤 오래 미국에 있을 거예요. 다시 연락할게요."

"오케이. 언제든 전화해. 시간 없으면 내가 캘리포니아로 날아갈 테니까.”

통화를 끝냈을 때 두 사람은 내가 원하던 표정과 눈빛이 되어 있었다. 이제 내가 무슨 말을 하든 진리로 받아들일 것이다.

“저, 정말 열 살 때 델 컴퓨터에 900만 달러를 투자했어?”

“응.”

“주주의 권리 전부 포기하고 전적으로 창업자에게 맡기고? 900만 달러인데도?”

“들었을 거 아냐. 마이클이 거짓말했다고 생각해?”

“아, 아니… 믿어지지 않아서.”

“사실이니까 믿어.”

“네가… 아니, 하워드라고 했지? 하워드 진.”

“그래.”

“마이클은 네가 우리를 찾아냈다는 건 우리 비즈니스가 성공한다는 확실한 사인이라고 했어. 자신도 투자하고 싶다고 하던걸?”

두 사람의 볼이 맥주가 아니라 흥분에 취해 붉어졌다. 돈 걱정 없이 사업을 벌일 수 있다는 건 행운이며 축복이다. 억만장자 마이클 델이 투자한다면 앞으로 돈 걱정할 필요가 없다는 의미 아닌가?

“마이클 델은 잊어버려. 그 사람은 이미 성공한 억만장자야. 자신의 성공 비결을 당신들에게 강요할걸? 델 컴퓨터는 근본적으로 구글과 달라. 델은 온라인을 이용할 뿐 본질은 유통업이잖아.”

“그렇지만….”

“뭔가 착각하는 거 같은데, 돈이 부족하다고 생각하는 거야? 내가 열 살 때 900만 달러를 투자했어. 지금 내 자산이 마이클 델보다 적을 것 같아?”

두 사람이 크게 휘파람을 불며 머리를 흔들었다.

"하워드. 참, 하워드라고 불러도 돼?"

"물론."

"먼저 하나 물어보자. 왜 우리야?"

"뭐?"

"이곳 실리콘밸리에는 메마른 대지를 적셔 줄 단비 같은 돈을 기다리는 벤처가 수도 없이 많아. 그런데 왜 우리지?"

갑자기 '짠!' 하고 백기사가 등장하는 건 동화 속에나 있는 일. 이런 의심, 아니 호기심은 당연하다. 하지만 10년 뒤 당신들의 미래를 안다고 대답할 수도 없는 일. 나는 프린트한 논문을 휙 던졌다.

"이게 아주 그럴싸했거든."

한눈에 자신들의 논문이라는 걸 파악한 두 사람이지만 아직 의구심을 거두지 않았다.

"그리고 난 야후를 싫어해. 검색 결과가 완전 거지 같아서 말이야."

"우리가 야후를 넘어설 거로 생각해?"

"내게 물어볼 필요 있을까? 그게 목표 아냐? 사용자가 원하는 최적의 결과를 보여 주는 검색엔진 아니야?"

머리를 끄덕이는 두 사람을 보며 손뼉을 한번 쳤다.

"자. 이제 구체적인 이야기 좀 하자고. 지금 가장 절실한 건 뭐지? 괜찮은 사무실? 함께 일할 직원?"

"서버!"

질문이 끝나자마자 두 사람은 이구동성으로 외쳤다.

"이미 우리 검색엔진은 오픈됐어. 스탠퍼드는 물론이고 실리콘밸리 사람들이 사용 중이야. 인덱스도 꽤 많이 쌓였고. 지금 쓰는 서버는 바로 저거야."

그들은 차고 구석에 놓인 PC 두어 대를 가리켰다.

"회선도 부족하고 최적화된 퍼포먼스를 내기에는 역부족인 사양이거든."

"만족할 만한 서버를 구축하는 데 드는 비용은 이미 뽑아 봤을 것 같은데?"

"물론이야."

너저분한 책상 위를 뒤지기 시작하는 두 사람을 말리며 다시 의자에 앉혔다.

"한 번에 다 하자고. 서버 증설하고, 그럴싸한 사무실로 옮겨. 그리고 필요한 직원도 뽑아. 참, 차도 바꿔. 렉서스 정도면 되겠지? 덜덜거리는 픽업트럭 타고 다니다가 사고라도 나면 투자한 돈 회수가 불가능하니까."

입을 떡 벌린 두 사람을 보니 기분이 좋아졌다. 행운을 잡은 저 표정! 난 저들의 엔젤이다. 풍족한 생활을 하며 개발에만 전념하도록 해주고 싶었다. 이들은 한국의 몇몇 쓰레기 같은 벤처 회사와 다르다. 매출 하나 없이 투자받은 돈을 펑펑 쓰는 사기꾼에 불과한 놈들이 어디 한둘인가? 하지만 이들은 목표가 다르다. 이들은 제2의 빌 게이츠와 제리 양을 꿈꾼다. 수백억 투자금에 침 흘리는 게 아니라 수조의 주식 부자를 꿈꾸며, 이 차고에서 만들어 나가는 새로운 세상을 목표로 한다.

"자, 얼마면 될까?"

천재 공학도들 아닌가? 핑핑 돌아가는 머리로 계산한 다음 조심스레 숫자를 꺼냈다.

"15만 아니, 20만 달러면 충분할 것 같아."

두 눈을 깜빡이며 한껏 내 눈치를 살핀다. 20만 달러라면 리츠칼튼에서 우리 가족이 겨우 닷새를 묵는 비용이다. 이렇게 생각하니 정말 엄청난 사치를 부린 것이다. 다시 한 번 돈 아까워 죽을 것 같다.

"됐어. 일단 100만 달러 투자할 테니까 그걸로 성과를 보여 줘. 그다음 투자는 1000만 단위로 할 거야. 각오 단단히 해."

두 젊은 놈은 미친 듯한 괴성을 지르며 내게 덤벼들었다. 나를 번쩍 들고 차고를 한 바퀴 돌고 나서야 내려놓았다.

두 사람은 이 엄청난 행운을 만끽한 다음 캔맥주를 마시며 마음을 가라앉혔다. 그들은 이미 수많은 선배가 성공을 향해 걸어갔던 길을 안다. 내가 주는 돈이 공짜가 아님을 알고 그들이 앞으로 거머쥘 부를 나누는 것이라는 것도 잘 안다.

"저기, 하워드. 이제 구체적인 조건을 듣고 싶은데? 아, 물론 파격적인 투자자라는 건 이미 마이클 델을 통해 들었어. 하지만 계약서는 필요하니까 말이야."

어떤 조건을 내걸어야 할까? 참 무의미한 이야기다. 수백조의 기업가치를 지금 하나하나 따지며 더 먹겠다고 덤비는 내 모습을 상상하면 끔찍하다. 미래 결과를 알고 있다는 알량한 사실 하나로, 세상을 바꿔 버릴 두 사람을 통제하겠다는 생각도 버려야 한다. 개인적 욕망과 사적 목표에 매달리는 나는 이들에 비해 아주 부족한 사람에 불과하다.

이들은 세상을 바꾸고 나는 순양그룹의 미래만 바꾸면 된다. 더 큰 욕망에 사로잡혔다가는 내가 가진 유일한 무기가 사라질 수도 있다. 내가 아는 미래가 바뀌지 않을 만큼만 움직이고 욕심내자. 딱 이 정도까지만… 더는 안 된다. 나는 아직 자신들의 가치를 모르는 두 젊은이 앞에서 마음을 다잡았다.

"Don't be evil."

내 결심을 중얼거렸다.

"뭐?"

"방금 뭐라고 했어?"

정확히 알아듣지 못한 두 사람에게 나는 웃어 보였다.

"당신 둘, 운이 좋다고. 내가 이번엔 정말 욕심 버렸거든."

영문을 몰라 무슨 말을 꺼내야 할지 주저하는 모습을 보며 피식 웃었다.

"자, 이렇게 하는 건 어떨까?"

두 사람은 내 곁으로 바짝 다가앉았다.

"내가 순차적으로 3000만 달러까지 투자할게. 그 뒤에 또 투자가 필요하다면 이미 회사 규모가 엄청나게 커졌거나 돈을 다 까먹었거나, 둘 중 하나 아니겠어?"

후자는 망했다는 뜻의 다른 말이다. 구글이 망했다면 뭔가 틀어진 것이지 이들의 알고리즘이 잘못됐다는 건 아니다.

"규모가 커져 추가 투자가 필요하다면 나 아니더라도 많은 투자자가 몰려들 거야. 그들의 펀딩을 받아. 좋은 조건으로."

"잠깐, 하워드. 궁금한 게 있는데… 오해하지 말고 들어 줘."

처음 3000만 달러라는 숫자를 들었을 때의 놀라움은 이미 사라졌다. 이해하기 힘든 상황에 의구심이 든 것이다.

"뭐든지 이야기해 봐."

둘은 서로 눈빛을 교환하다 조심스레 입을 열었다.

"규모가 커져 추가 펀딩이 필요하다면 회사가 좋아졌다는 말인데 왜 투자를 멈추지? 돈은 충분하다고 하지 않았어?"

"돈은 여러 곳에서 받아. 그들은 투자에 경험이 많은 사람들 아니겠어? 실리콘밸리의 수많은 성공과 실패를 목격한 산증인들이지. 추가 펀딩은 바로 그들의 조언이 필요한 시점이라는 뜻이지. 옆에서 잔소리하는 사람들을 멀리하지 마. 주옥같은 조언을 쏟아 낼 사람들이니까."

설마 이런 말을 들을 줄 몰랐을 거다. 엔지니어들이 가장 싫어하는 게 투자자들의 간섭이니까.

"하지만 당신 두 사람의 가치관도 버리지 마. 목표는 회사가 커짐에 따라 조금씩 변하겠지만, 가치관이 흔들릴 만한 일은 하지 않는 게 좋겠지?"

"좋아, 그럼 후자의 경우에는? 우리 비즈니스가 망했을 때 투자금 회수를 위한 조건도 있어?"

"그때는 다시 시작하고 성공할 때까지 내가 돈을 쏟아부을 거야. 1억, 10억 달러라도 필요하다면 전부. 어때? 대답이 됐어?"

아주 훌륭한 대답이었는지 두 사람의 표정엔 감동의 물결이 흐르고 있었다.

"하워드, 넌 우리 구글이 꼭 성공할 거라고 진심으로 믿는구나."

'모르는 소리 하지 마. 구글이 꼭 성공해야 4차 산업 혁명이 시작되는 거야.'라는 말은 속으로 삼키고 고개만 끄덕였다.

"너의 마음은 충분히 알았어. 하지만 투자를 추상적인 믿음만으로 할 수는 없는 노릇이니까… 이제 구체적으로 원하는 걸 말해 줄래?"

아직 두 사람의 이름이 조금 헷갈린다. 둘 다 짙은 갈색 머리라 생김새로 구분할 수밖에 없다.

'좀 더 잘생긴 놈이 러시아계 세르게이던가?'

"좋아, 세르게이. 이미 알겠지만 난 의결권을 가질 생각은 없어. 내가 가질 지분만큼의 의결권은 두 사람이 공동으로 행사하도록 해. 그리고 앞으로 투자할 3000만 달러의 대가로 두 사람의 평균 지분을 원해."

평균이라는 말에 두 사람은 서로를 바라보며 눈을 깜박였다.

"뭐야? 설마 너희 둘은 영원히 똑같이 나누자… 뭐 이런 맹세라도 한 건 아니겠지? 애도 아니고?"

창업자도 쫓겨나는 곳이 미국이다. 공동 창업자도 각자의 여건에 따라 언제든 지분 차이가 확 벌어질 수도 있다. 이곳은 자본주의 천국 아닌가? 다행히 그런 유치한 맹세는 없었던 것 같다. 평균 대신에 공동이라는 말로 받아들였다.

"그러니까 출발은 우리 셋이 똑같은 지분으로 하자는 거지?"

"그렇지. 두 사람은 머리를, 나는 돈을. 공평한 것 같은데?"

두 사람은 손을 내저었다.

"공평한 게 아니라 하워드 네가 손해 보는 거야. 그 정도 투자라면 50퍼센트를 요구해도 받아들이지 않으면 멍청한 거지."

"맞아. 아예 3000만 달러에 우리를 사겠다고 해도 무리한 요구는 아니야."

"됐네. 그럼 앞으로도 내 지분을 보장해 줘. 유상 증자든, 무상 증자든. 늘 두 사람 지분의 평균을 유지하는 거로 말이야."

세르게이가 갑자기 손을 내밀었다.

"그 마음 바뀌기 전에 거래 끝내자."

"내일 계약서 만들어 줄 테니까 검토해. 그리고 100만 달러도 함께."

나는 웃으며 그가 내민 손을 잡았다. 그리고 이들이 꿈꾸는 인터넷 세상을 들으며 맥주를 마셨다. 아직 구글 어스, 맵, 번역, 구텐베르크 프로젝트, 인공지능, 자율주행 같은 자신들이 만들어 나갈 혁신적인 아이디어는 나오지 않았다. 이들만 하는 게 아니라 뒤를 이어 등장할 여러 천재들의 서비스와 융합한 결과물이기 때문이다. 새벽까지 많은 이야기를 나누고 자리에서 일어섰다.

"여기 뉴욕 사무실과 한국 사무실, 그리고 내 개인 전화야. 필요할 때 언제든 연락해."

두 사람은 내 명함을 받아든 채 놀라움을 감추지 않았다.

"너 한국인이었어?"

"왜? 일본이라고 생각했나?"

"아니. 진이라는 성을 쓰길래 홍콩 사람이라 생각했어."

오늘 밤 잠 못 이룰 두 사람을 차고에 남겨 두고 밖으로 나왔다. 근처 모텔까지 데려다주겠다는 호의를 거절했다. 천천히 걸으며 서늘한 밤공기를 즐기고 싶었다. 발걸음을 옮기는데 등 뒤에서 외치는 소리가 들렸다.

"헤이! 너 정말 스무 살 맞아?"

다음 날 만난 구글 창업자 두 사람은 계약서는 거들떠보지도 않았다. 백만 불짜리 수표를 이리저리 살펴보며 서로의 빰까지 때려 봤다.

"너 이번엔 좀 잘못 본 거 아냐?"

아침부터 계약서 챙기고, 수표 준비해서 실리콘밸리의 주택가 차고로 날아온 레이첼은 아무래도 못 미덥다는 듯 흘겨보기 시작했다. 덤 앤 더머 같은 모습을 보이는 저들이 마이크로소프트를 멀찌감치 따돌리고 세계 최고의 시가총액을 자랑하는 기업의 주인이 될 거로 생각하지 못하는 건 당연하다.

"날 믿어요. 이번엔 단순히 주식으로 돈 버는 수준이 아니에요. 새로운 세상을 여는 주역이 우리 눈앞에서 저런 우스운 모습을 보이는 순간이니까요."

내가 아무리 엄청난 소리를 해도 레이첼은 머리를 흔들며 한숨만 쉬었다.

"닷컴 기업에서 발 빼라고 말한 게 너잖아. 얘네들은 달라?"

"말씀드렸죠? 2000년이면 닷컴기업 줄줄이 무너진다고요. 이 애들은 거품 빠진 실리콘밸리의 알짜배기입니다. 앞으로 잘 보세요. 지금부터 모습을 드러내는 놈들이 진짜입니다. 사기꾼들이 사라진 자리를 채우는 실력자들이니까요."

그래도 한숨을 멈추지 못하던 그녀가 책상을 탕 치며 소리 질렀다.

"헤이! 그 수표는 진짜니까 그만 살펴봐요. 그보다 계약서부터 확인하고 사인하죠. 당신들 노는 모습 지켜볼 만큼 한가한 사람 아니거든요!"

"아, 죄송합니다."

세르게이와 래리는 황급히 수표를 서랍 속에 넣고 계약서를 팩스로 어디론가 보냈다.

"이봐! 계약서 내용은 제삼자가 보면 안 되는 건 기본이잖아. 어디로 보내는 거죠?"

레이첼이 놀라 물으니 두 사람은 씩 미소를 보이며 말했다.

"염려 마세요. 학교 창업지원센터의 변호사예요. 우리가 별도의 법률회사와 계약하기 전까지 모든 걸 점검하는 변호사들이니까요. 비밀유지사항은 이 변호사들이 더 잘 알아요."

역시 스탠퍼드다. 학생들의 창업을 위해 부족함 없는 지원을 뒷받침한다. 레이첼은 내 손을 잡고 차고 밖으로 나왔다.

"하워드. 회의 때 말한 아마존닷컴 말이야. 거긴 왜 투자 안 해? 너도 거긴 유망하다고 말했잖아. 차라리 그쪽이 더 확실해 보이던데?"

"물론 그 회사도 잠재 가치가 어마어마하죠."

"그런데?"

"주가 상승으로 돈 버는 것보다 저런 천재들과 관계를 맺는 쪽으로 방향을 틀었어요. 어차피 아마존의 사업구조는 제게 별 도움이 안 돼요."

"그럼 이제 투자 수익은 포기하는 거야?"

불안한 눈빛으로 묻는 레이첼을 향해 나는 머리를 저었다.

"돈 벌기 위해서라면 투자를 꼭 주식에만 할 필요 있나요? 더 좋은 곳도 많아요."

"뭐가 있지?"

"닷컴 버블이 터지면 돈이 어디로 쏠릴지 생각해 보세요. 월스트리트의 악마 같은 놈들이 돈을 잠재울 리는 없잖아요."

"닷컴 다음 목표?"

레이첼이 머리를 갸웃거릴 때 차고에서 부르는 소리가 들렸다.

"지금 당장 사인할게요. 학교 변호사가 실리콘밸리 계약서 수백 건을 봤지만 이런 파격적인 계약서는 처음이래요? 무조건 사인하라고 성화예요."

"우리 하워드가 원래 통이 무지하게 커. 당신들은 진짜 천사를 만난 거예요."

구글의 첫 투자자가 된 기념으로 파티할 시간도 없었다.

"빨리 돌아가자. 지금쯤 너희 아버지가 드림웍스와 미팅을 끝냈을 거야. 결과가 궁금해서 더는 기다리지 못하겠어."

레이첼의 말을 들은 두 사람의 눈이 커졌다.

"드, 드림웍스?"

"하워드! 넌 할리우드에도 투자해?"

나는 두 사람을 향해 한껏 뻐기며 말했다.

"〈라이언 일병 구하기〉 꼭 봐. 내가 35퍼센트 투자한 영화야. 하하."

레이첼도 한마디 더 보탰다.

"미라클에서 3000만 달러 투자받았다고 소문내 봐. 돈 쥚어지고 덤벼들 투자사들이 줄을 설 거야. 우린 월스트리트에서 불패 신화의 상징이거든."

▲▲▲

LA로 돌아오자 아버지는 호텔이 제공하는 롤스로이스에 나를 태우고 산타모니카 해변으로 갔다.

"갑자기 왜 바닷가에요? 날씨 엄청 더운데요."

"조용히 대화 좀 하려고. 물어볼 게 많다."

시원한 맥주 한 병씩을 들고 모래사장에 털썩 주저앉았다.

"드림웍스랑 이야기는 잘하셨어요?"

"분위기는 좋았어. 그쪽도 긍정적인 반응을 보였고."

그런데 아버지의 표정은 무슨 이유에서인지 굳어 있었다.

"혹시 드림웍스에서 무리한 걸 요구했습니까?"

"무리? 글쎄. 당연한 걸 요구했는데 나한테는 무리라는 게 정확한 표현이지."

"어떤…?"

"중동 지역을 제외한 아시아 배급망을 구축하라는 거야."

"그렇군요. 당연한 요구네요."

영화의 절반은 유통업이다. 돈만 준다고 해서 덜렁 배급권을 넘길 만큼 드림웍스의 세 거장이 바보는 아니다.

"아시아 배급권에 들어가는 돈만 5억 달러라고 들었어. 그런데 제대로 된 배급망 구축하고 2차 플랫폼 사업까지 확장하려면 또 천문학적인 돈이 들어가. 문제는 자칫 잘못하면 그 돈을 홀라당 날려 먹는다는 거지."

아마도 아버지는 투자자가 아들이 아니었다면 훨씬 가벼운 마음으로 시작했을 것이다. 투자자는 항상 돈을 잃을 리스크를 안고 사는 게 숙명이니까. 하지만 아들 돈을 날려 먹는 불명예스러운 아버지가 될 수도 있다는 두려움이 아버지의 발목을 잡는 것이다.

"성공할 자신 없으면 그만두셔도 돼요. 하지만 투자자가 아들이라서 못하겠다는 생각은 버리세요. 돈에는 이름표가 없습니다. 제 돈이니 더 신중한 것은 좋은 일이지만요."

"꽤 큰돈이 들어갈 거다."

"저 아직 돈 많습니다. 앞으로도 계속 벌어들일 거고요. 돈 걱정은 하지 마세요."

"그 돈은 큰일을 위해 준비하는 거잖아. 순양그룹을 차지하려면 아무리 돈이 많아도 부족할걸?"

'이런, 아버지가 너무 노골적으로 나오니 조금 뜨끔하네. 왜 이야기가 이런 방향으로 흘러가는 거지?'

"돈이 아무리 많아도 살 수 없는 것이 있습니다."

"생각해 보니 그렇구나. 증권시장의 주식을 깡그리 매수한다고 해서 경영권을 뺏어올 지배구조가 아니지."

돈으로 살 수 없는 것은 뺏어야 한다. 뺏어 올 때 필요한 최소한의 무기가 바로 돈이다.

"제가 가진 돈으로 아버지가 원하시는 걸 갖도록 해드리고 싶습니다."

"그 돈, 날리지 않으려면…."

"자신감부터 가지세요. 한국 최고의 영화사를 만드신 분 아닙니까? 잘해내실 겁니다."

아버지의 형제들은 근거 없는 자신감만으로 수백억을 날려 먹었지만, 아버지만이 유일하게 투자한 돈 이상을 벌어들이고 회사를 키운 사람이다. 자신감만 붙으면 작은 규모를 벗어나 큰 단위의 사업도 잘해 낼 것이다.

한동안 침음하던 아버지가 다시 입을 열었을 때는 결심을 굳힌 것 같았다.

"그럼 난 뭘 해주면 될까? 물론 성공한다는 가정하에."

"힘을 가지세요. 그리고 그 힘을 제게 나눠 주시면 됩니다."

"힘? 뭔가 착각하는 거 아냐? 끽해 봤자 영화야. 어쩌면 드라마까지 만들 수도 있겠지. 제작자, 배급자에 불과한 내가 무슨 힘을 가지겠어?"

미래는 돈이나 물리적, 법적 권력만 힘을 가지는 게 아니다. 자신의 말에 귀를 기울이는 사람이 많으면 그 사람은 권력자다. 민심이 천심이고 여론을 움직이는 자가 권력이다. 그 힘은 큰 스피커에서 나온다. 아버지는 충분히 문화 권력을 쥘 수 있다. 그때가 머지않았고, 아버지는 아직 젊다. 10년 뒤 나를 지원해 줄 든든한 버팀목의 역할을 충분히 해 줄 것이다.

"세상일은 모르는 거 아니겠어요? 하루가 다르게 변하는 세상입니다."

물끄러미 나를 보던 아버지는 맥주 한 모금으로 목을 축였다.

"네가 순양그룹만 포기하면 우리 가족은 참 여유롭게 살 텐데. 넌 괜찮은 투자회사 운영하고, 난 영화나 만들고."

"포기하기를 바라십니까?"

"아니. 그냥 아비의 바람 같은 거야. 아들이 평화롭게 살기를 바라는 마음. 하지만 원치 않는 삶을 강요하고픈 마음은 눈곱만큼도 없어."

아버지는 웃으며 내 어깨를 툭 쳤다.

"육식동물에게 풀이나 뜯어 먹고 살라는 건 죽으라는 거잖아. 사나운 맹수로 태어났으니 상대를 잡아먹으면서 살아."

"그럼 아버지는요? 초식동물입니까?"

"지금까지는 목초지의 젖소처럼 살았지. 하지만 이제 야생 물소처럼 살아야겠다."

"야생 물소는 웬만한 육식동물도 이기는데요?"

"아들 때문에라도 체질 개선해야 하지 않겠어? 하하."

맥주를 시원하게 들이켜는 아버지를 보니 의문이 생겼다. 포식자의 피를 이어받은 아버지는 과연 진짜 초식동물일까?

미친 척하고 리츠칼튼에서 일주일을 지냈다. 돈이 얼마가 깨지든 잊고 부모님이 즐겁게 지내는 것만 신경 썼다. 앞으로 이런 시간을 언제 또 가질지 모른다. 이 순간만큼은 평화롭게 풀이나 뜯는 초식동물처럼 지내고 싶었다.

일주일 후 아버지는 준비할 일이 한둘이 아니라고 엄살을 부리며 한국으로 돌아갔다. 재미있는 건 상준 형도 아버지와 함께 한국행 비행기를 탄 것이다. 어차피 빈둥거리는 거 외화 쓸 필요 뭐가 있냐며 머리를 긁적이며 말이다.

나는 뉴욕으로 돌아와서 닷컴 기업에 투자한 자금의 회수를 챙겼고, 안정적이며 장기적인 투자 종목을 골랐다. 그리고 또 하나의 괴물인 파생상품에 대해 회사의 전문가들에게 설명 들으며 열심히 공부했다.

그러는 동안 시간은 빠르게 흘러갔다. 빌 클린턴 대통령이 모니카 르윈스키와의 섹스 스캔들에 대해 대국민 사과를 발표해 미국이 떠들썩할 때 나는 박세리의 LPGA 경기를 직접 보며 응원했다. 박찬호의 경기도 보고 싶었지만, 시간 맞추기가 쉽지 않아 TV 시청으로 만족해야 했다. 9월 4일. 구글이라는 기업이 정식으로 출범하는 역사적인 날, 두 천재와 함께 엄청난 파티를 즐기는 것도 빼먹지 않았다.

겨울이 성큼 다가와 매서운 찬바람이 불 때쯤 마이클 델을 만났다. 이제는 레드오션이 되어 버린 PC 시장에서 고군분투하는 마이클을 보자 새삼 대단해 보였다. 앞으로도 20년 이상 굳건히 버티는 저력을 보여 줄 사람 아닌가?

곧 크리스마스 시즌이라는 걸 알려 주는 트리가 거리 여기저기서 눈에 띌 때가 되어서야 한국행 비행기에 올랐다.

10장

파이 나누기

한국에 돌아왔을 때 나를 가장 반겨 준 건 부모님도, 할아버지도 아닌 고모 진서윤이었다. 집에 들어선 순간 눈물범벅인 고모를 아버지와 어머니가 달래고 있는 모습을 마주했다.

"내가 널 얼마나 기다렸는지 아니? 당장에라도 미국으로 가려는 걸 오 대표가 막아서 못 갔어."

짐을 풀기도 전에 고모는 나를 앉히고 하소연하기 시작했다.

"무슨 일인데 이러세요?"

고모는 내가 뉴욕으로 떠날 때쯤 할아버지가 초강수를 둔 사실을 구구절절 이야기했다. 어찌 됐든 한 가지 목표는 달성했다. 진영준이 거제도로 쫓겨 갔으니 말이다. 할아버지의 분노가 보지 않아도 느껴졌다.

그런데 이혼이라니? 고모부를 길들이려는 것인지 진심인지 파악하기 모호하다. 아무리 평범한 사람이 아니라 해도 딸자식의 이혼을 종용하는 부모가 있을까?

"고모. 제가 뭘 할 수 있겠어요? 할아버지께서 화가 많이 나신 것 같은데…."

"너라면 아버지를 좀 구슬릴 수 있잖아. 다른 사람은 몰라도 네 말은 귀를 기울이신다고."

보다 못한 아버지도 입을 열었다.

"누나, 그럼 매형은? 매형도 이 사실을 알아?"

"아직 말도 못 꺼냈어. 이혼 이야기를 어떻게 꺼내?"

차갑게만 보였던 고모도 여린 모습을 숨기고 있었다. 누구에게도 이런 모습을 보여 줄 수 없었을 것이다. 오빠들은 가족이 아니라 경쟁자이며 서로 칼을 겨눈 관계니까. 만약 나와 단둘이 만났다 해도 평정심을 유지하며 문제를 말하고 상의하는 모습을 보였을 것이다. 하지만 아버지와 어머니를 보는 순간 숨겨 뒀던 일면이 나온 것이다. 우리 부모님은 그녀에게 경쟁자가 아닌 유일한 가족이다.

"참, 검찰은 어떻게 됐어요? 아직 서로 날 세우는 중입니까?"

"아니. 담당 부장검사 자리 옮기는 수준으로 마무리했어. 그것도 네 할아버지가 나서서 정리한 거야."

눈물을 닦는 고모를 보며 아버지가 내게 눈짓했다. 난 아버지를 따라 조용히 정원으로 나왔다.

"넌 끼어들지 마."

"네?"

"아직 세현이와 통화 못 했지? 세현이가 이리저리 알아봤는데 네 고모부가 대현그룹 손에 놀아나는 것 같다고 하더라."

"대현이요?"

"그래. 한성일보가 재까닥 돌아선 게 대현의 요청이었다고 했어. 그럼 뻔한 거 아니겠어?"

고모부의 새로운 스폰서가 대현그룹이었다니, 놀랍기보다 어이가 없었다.

"네 할아버지가 이 사실을 모를 리 없어. 그러니까 이혼이라는 초강수를 두신 거야. 대현이라면 재계의 유일한 경쟁자 아니냐? 이건 절대 용서할 수 없는 배신이야. 네가 이 문제를 입에 담는 순간 그 분노가 네게도 미칠 수 있어. 무슨 말인지 알겠지?"

당연히 무슨 말인지 알아들었다.

"네. 전 입 닫고 모른 체하겠습니다. 아버지가 고모 좀 달래 주세요. 전 제 방으로 올라가겠습니다."

다시 거실로 들어가서 울다 지친 고모에게 말했다.

"고모, 내일 제가 찾아뵐게요. 그때 다시 이야기해요."

고모나 고모부를 위해 뭔가 할 생각은 눈곱만큼도 없다. 하지만 꽤 괜찮은 사업인 백화점과 호텔의 계열 분리는 생각해 볼 문제다. 할아버지는 진심으로 딸에게 이 회사들을 떼어 줄 생각을 하신 걸까? 길게 생각할 필요가 없다. 골프장 정도면 몰라도 백화점과 호텔의 계열 분리는 보통 어려운 일이 아니다. 거미줄처럼 엮인 지배구조를 벗어나려면 엄청난 양의 주식을 매입해야 한다. 할아버지와 가족이 쥐고 있는 주식이 3퍼센트도 안 된다. 계열 분리하려면 각 계열사가 보유한 주식을 다시 사들여야 하는데 이런 곳에 돈 쓸 분이 아니다. 만약 진심이라면 이혼을 하든, 안 하든 고모 몫으로 떼어 줄 테지만 말이다.

내 방 침대에 누워 곰곰이 생각했다. 이 기회에 백화점과 호텔을 내 손에 넣어 버릴까?

다음 날 아침, 백화점에서 만난 고모는 언제 울고불고했냐는 듯 도도한 모습이었다.

"내가 어제 추한 모습을 보였지? 술을 좀 마셨더니 취했나 봐."

"전 어제의 고모가 좋은데요?"

"쓸데없는 소리를…."

고모는 잔잔하게 웃었다. 순간 어색한 침묵이 흘렀다. 고모의 표정을 보니 내게 할 말이 있는 게 분명하다. 나 역시 할 말이 있고. 누가, 어떻게 꺼낼지 타이밍 문제다.

당연히 아쉬운 게 많은 고모가 헛기침 몇 번 하고 먼저 입을 열었다.

"넌 어떻게 생각해?"

“뭘요?”

“내숭은 그만 떨자. 네가 아무리 부인하려 해도 이미 늦었어. 넌 네 아버지를 대신해서 순양 일부를 물려받을 거야. 네가 얼마나 잘하느냐에 따라 크기가 달라질 뿐이지만.”

뭘까? 도와 달라는 걸까? 아니면 손잡자는 걸까?

“부인 안 해요. 이미 저도 짐작하고 있어요.”

조금 난감한 표정을 보이며 말하자 고모의 눈이 반짝였다.

“어차피 이건 어른들 싸움이야. 네가 얼마를 물려받든, 네 큰아버지들은 널 가만두지 않을 거야. 수단과 방법을 가리지 않고 네 걸 뺏으려 들겠지. 운 좋다면 비싸게 사들일 거고.”

“고모는요?”

“나? 난 아직 가진 게 없어. 그래서 고민이다.”

“백화점, 호텔, 콘도, 골프장. 이 정도면 적은 게 아닌데요?”

고모는 미간을 찌푸렸다.

“나더러 이혼하라고?”

“선택은 고모의 몫이죠. 남편이냐, 순양이냐? 하지만 고모는 남편 때문에 순양을 포기하실 분은 아니라고 생각해요.”

“네 생각에 따라 빠른 선택을 할 수 있지.”

“네? 무슨 말씀이신지…?”

“네가 가지게 될 것과 내가 가지게 될 것을 지키기 위해, 아니 더 큰 걸 갖기 위해 우리 힘을 합치는 게 어떨까?”

‘고모가 마음이 급하구나.’

맏손자를 유배 보내고 사위를 내치는 할아버지의 결단이 후계를 정하려는 발 빠른 모습으로 비쳤을 것이다. 고모도 더 늦기 전에 자신의 영토를 확보해야 한다는 압박감이 드는 모양이다.

"힘을 합치면 어떻게 되죠? 구체적으로요."

내가 관심을 보이자 고모는 재빨리 내 곁에 앉았다.

"우리가 앞으로 가질 모든 것의 절반! 그렇게 나누자. 난 우리 힘이 되어 줄 사람들을 모을게. 순양그룹 힘의 절반은 계열사 사장들을 비롯한 임원들이 쥐고 있어. 신하 없이는 군주도 없어, 잘 알지?"

난 한동안 고민하는 모습을 보여 줬다. 그리고 천천히 입을 열었다.

"일단 할아버지가 주시는 것부터 챙기세요. 한 번에 큰 걸 가지려 하지 마시고 야금야금. 그게 올바른 순서입니다."

고모의 얼굴이 일그러졌다.

"이혼하라는 거야? 지금?"

"고모가 칼자루를 쥐어야죠. 이렇게 끌려다니다가는 아무것도 할 수 없어요."

"이혼이 어떻게 칼자루가 돼?"

"이혼이 아니라 이혼 서류요. 고모부에게 이혼 서류를 내밀어 보세요. 당장 고모 발밑에 납작 엎드릴걸요? 정치인으로서 순양의 사위라는 건 약점이지만, 그렇다고 순양 없이는 아무것도 아닌 사람이라는 걸 깨닫게 해주세요."

고모는 눈을 깜빡이며 생각하더니 나지막한 탄성을 흘렸다.

"아! 그렇구나. 이혼 서류는 양쪽에 써먹을 수 있는 칼자루가 되는 셈이구나."

고모는 머리가 꽤 잘 돌아간다. 하나를 말하니 둘을 알아챘다.

"네. 그 서류 한 장으로 백화점, 호텔, 콘도, 골프장을 챙기시고 서울시장도 다시 손에 넣을 수 있잖아요."

고모는 눈을 빛내며 내게 말했다.

"넌 어쩜 이렇게 머리가 잘 돌아가니? 이러니 아버지가 널 끔찍하게 아끼시지."

고모의 칭찬에 난 씁쓸하게 웃었다.

"머리 잘 돌아가는 건 큰 도움이 안 돼요."

"그게 무슨 말이야? 도움이 안 된다니?"

"비상한 머리를 가진 자가 제왕이 된 적 있나요? 제왕의 오른팔이 될 뿐이에요. 한 고조 곁의 장량, 촉 황제 곁에는 공명이 있었고 이성계에게는 정도전이 있었죠. 결국, 전 누군가의 오른팔이 될 뿐이에요."

내 말의 숨은 뜻을 충분히 알아들을 만큼 고모는 눈치가 빠르다.

"너무 겸손한 말 아냐? 넌 그 이상이야. 우리 조카, 왜 이리 자신감이 없어?"

고모는 더할 수 없는 친근함을 보이며 내 등을 쓰다듬었다.

"넌 아직 어려. 벌써 그렇게 네 한계를 정하지 않아도 돼. 아무튼, 이 이야기는 뒤로 미루자. 그보다 이혼 서류 있잖아. 그걸 어떻게 쓰면 좋겠어?"

"할아버지께는…."

"그건 알아. 이혼장 들이밀고 챙길 건 챙기라는 거지?"

"네. 그런데 하나 더 얹어 달라고 하세요."

"하나 더? 뭘?"

"순양유통요, 지금 하이퍼마켓(Hypermarket)을 준비 중이지 않나요?"

"하이퍼? 아, 대형할인점 말이구나."

"네. 그쪽에 엄청난 자금이 쏠렸어요. 게다가 순양유통은 비상장 회사니까 거기를 모기업으로 하세요. 백화점, 호텔 지분도 그쪽에 넘기고요. 그럼 고모는 그룹에서 현찰 장사하는 건 다 손에 넣었다고 봐야죠. 그룹 은행이나 다름없는."

"오! 근데 그것까지 주실까?"

자금순환이 가장 활발한 계열사를 다 먹는다고 생각하자 고모는 흥분에 휩싸였다.

"어차피 백화점이나 대형할인점이나 똑같은 구조 아닌가요? 취급 상품의 격만 다를 뿐이죠. 고모는 이미 백화점을 훌륭하게 경영한 성과도 있고, 이혼까지 하는데 그 정도는 얻어야죠. 순양유통을 모기업으로 해서 완전히 계열 분리하세요. 그럼 기반은 확보했다고 볼 수 있잖아요."

고모는 꿀꺽 군침을 삼켰다.

"유통을 모기업으로 만들면 난 유통 주식만 쥐면 되고, 나머지는 회삿돈으로 주식을 옮기면 깔끔하게 마무리하겠네?"

"네. 어차피 주머니만 옮기는 거니까 돈 들어갈 일 없이 계열 분리할 수 있어요. 일거양득?"

고모는 나를 확 끌어안았다.

"공명인지 장량인지 아무리 똑똑해도 우리 조카 발끝에도 못 미칠 거야."

나는 거북해서 고모를 슬쩍 떼어 냈다.

"고모는 할아버지부터 만나 보세요. 전 고모부를… 아니, 오 대표님이 고모부를 만날 겁니다. 먼저 겁을 좀 줄 테니까 고모가 결정타를 날리세요."

"겁을 줘? 어떻게?"

"고모의 남편이 아니면 아무것도 아니라는 걸 깨닫게 해야죠. 오 대표님이 남의 속을 긁는 데는 또 일가견이 있는 분이거든요."

▲▲▲

"최 시장님, 이 바닥에 소문 다 퍼졌어요. 양손에 꽃 패 쥐고 이권 장사 제대로 벌일 생각이시다는 거."

"뭐요? 누가 그래?"

"요즘 대현 주 회장과 수시로 독대한다면서요? 어쩌려고 그러십니까?"

권력의 본질을 깨달아 가고 있는 최 시장은 이미 태도부터 달라졌다. 한 줌의 권력 앞에 수백 배의 돈이 줄 서는, 힘의 균형을 경험했다. 장인의 돈이 권력을 움직이는 줄 알았는데 실상은 그 반대였다. 장인인 진 회장은 수천, 수만 배의 돈을 저울추에 올려놓은 것뿐이다.

오세현은 자신을 내려다보는 최 시장의 눈길에 슬슬 화가 치밀었다.

"주 회장은 내년에 시작할 뉴타운 건설 때문에 만난 것뿐이오. 아, 이번엔 오 대표도 빠져 줘야겠어요. 이미 DMC로 우리 계산은 끝났으니까. 그렇죠?"

"그 뉴타운, 대현건설과 수의계약 하면 말 많을 겁니다. 그렇다고 오해는 말아요. 우리 HW는 아파트에는 관심 없어요."

"HW? 아, 대아건설도 이름 바꿨지. 이젠 HW그룹 총수신가?"

"총수는 아진의 송현창 회장님이 하시죠. 저야 지주회사 대표일 뿐이고요."

"족보는 이제 다 알았고, 용건만 말해요. 난 또 뉴타운에 숟가락 올려달라고 부탁하러 온 줄 알았네."

오세현은 한숨을 쉬고 입을 열었다.

"제가 순양그룹 딱지 떼라고 한 건 재벌가 사람이라는 이미지를 지우라고 한 겁니다. 순양에서 대현그룹으로 갈아타라고 한 게 아니고요."

"주제넘은 소리나 하려면 그만 끝냅시다. 내 앞가림은 내가 하리다."

자신이 엄청난 강자라고 생각하는 최 시장은 이제 불쾌한 표정을 감추지도 않는다. 숨기지도, 참지도, 감추지도 않는 게 권력자의 특권이니까.

"아직도 모른다면 가망 없군요. 이봐요, 최 시장. 당신은 그냥 주 회장의 장난감일 뿐이요. 잠시 갖고 놀다 싫증 나면 버리는 장난감 말이요."

"뭐야? 어디서 감히 그딴 소리를!"

소파 팔걸이를 잡은 최 시장의 손이 부르르 떨렸지만, 오세현은 멈추지 않았다.

"그냥 재미 삼아 당신한테 바람 잔뜩 넣어서 이리저리 흔들어대는 거요. 바로 당신 장인인 진 회장 열 받으라고. 그게 전부야. 넘치게 가졌고, 저물어 가는 인생이 심심한 심통 맞은 영감들 장난일 뿐이라고."

"닥쳐!"

"진 회장이 당신을 버리면 대현 회장도 심드렁해서 당신 버려. 주 회장이 그깟 아파트 재개발하는 데 관심이라도 있을 것 같아?"

최 시장의 표정이 싸늘해졌다. 더는 흥분한 모습이 아니다.

"버려? 누가 누굴 버려? 진 회장이 사람 두 번 버리는 재주도 있나? 아무것도 모르면서 어디서 함부로 나불대?"

"뭐요?"

"진 회장은 이미 날 버렸어. 서울시장 출마한 그 순간에 말이야. 장인과 사위라는 법적 고리만 있을 뿐 이미 그 영감과 나는 남남이야."

오세현은 최 시장이 이토록 어긋난 길을 가는 이유를 완전히 알았다. 이런 마음이라면 절대 되돌릴 수 없다. 더 큰 충격을 받기 전에는….

"마음에서 지우는 게 한 번이고…. 방금 말했죠? 법적 고리는 남았다고. 그럼 그 고리마저 끊으면 두 번 버리는 셈이네. 그거 끊어지면 당신은 정말 끝이야. 순양 장학생들이 그 고리 때문에 참고 있는 거 몰라요?"

최 시장의 안색이 순식간에 변했다. 설마 그런 일이 생길 거라곤 생각 못 해본 그였다.

"그 고리 끊어지는 순간 여의도부터 서초동까지 당신 사냥하겠다는 놈들이 우르르 몰려들 거요. 이제 이 방으로 돈 싸 들고 오는 업자 대신 화살만 날아들걸?"

오세현은 의자에서 일어섰다. 이 정도면 충분한 사전 경고는 날린 셈이다.

"최 시장 당신 때문에 나까지 불똥 튈까 봐 걱정돼서 찾아온 겁니다. 죽으려고 용쓰는데 말릴 방법이 없네. 단, 갈 때는 혼자 조용히 가쇼. 불똥 튀면 나도 가만있지는 않을 거요."

넋 나간 표정으로 앉아 있는 최 시장을 남겨 두고 오세현은 시청을 빠져나왔다. 조금 아쉬운 마음이 들기도 했다. 앞으로 남은 임기 동안 좀 더 빼먹을 수도 있는데 말이다.

▲▲▲

"이게 뭐냐?"

진 회장은 진서윤이 내미는 파일을 열었다.

"이혼 서류예요. 협의이혼요."

"빨리도 가져온다. 그깟 덜떨어진 사내 하나 정리하는 데 무슨 고민 그리 긴 게냐?"

"아버지! 제가 애들이 셋이에요. 걔들 생각도 해야 할 거 아니에요?"

"다 큰 자식 눈치 볼 게 뭐 있누? 그리고 그놈들이 부모가 뭐 하는지 신경이나 쓴다던? 엄마 백화점 명품 가져가서 계집애들에게 안기는 것에나 신경 쓰는 최가 놈 자식 아니냐."

"아버지!"

진서윤이 소리를 버럭 지르자 진 회장은 피식 실소를 흘리며 서류를 찬찬히 살펴봤다.

"그런데 왜 날짜가 없어? 내일이라도 당장 도장 받아서 처리해."

"서울시장 임기 끝나는 날 처리할게요. 현직 시장이 이혼했다는 사실이 알려지기라도 해봐요. 신문 방송이 떠들어댈 게 뻔한데 집안 망신이잖아요. 애들도 그렇고."

이혼 서류를 툭 던진 진 회장은 딸을 흘겨보았다.

"얼렁뚱땅 넘어갈 생각하지 마. 그놈은 전자 공장 지역구에서 국회의원 한 것도 감지덕지한 놈이다. 내가 네게 주는 모든 걸 그놈이 나눠 가진다고 생각하면 열불 나서 못 참겠다."

진서윤은 아버지의 말에 담긴 진심을 읽자 용기가 샘솟았다.

"얼렁뚱땅 넘어갈 생각 전혀 없어요. 저도 이제 신물 나니까요. 멍청한 사내를 여기까지 끌고 왔는데 하는 짓 보니 가망 없어요. 이제 애들이나 바라보며 살 생각이에요."

"제 아비 닮은 놈들 아니냐?"

진서윤은 아버지지만 진절머리가 났다. 딸이 낳은 손자지만 최 씨라는 이유만으로 단 한 번도 살갑게 대한 적이 없었다.

"절 닮았어요. 아버지가 관심 두지 않아서 모르시는 거예요."

"알았다. 뭔 앙탈이냐?"

진서윤은 이혼 결정 후 한결 부드러워진 아버지의 태도를 보며 남편을 얼마나 싫어하는지 실감했다. 그런 남자와 결혼시킨 것도 아버지였지만 말이다. 어쩌면 그 사실 때문에 미안한 마음을 품고 있지는 않을까, 기대하기도 했다.

"그럼 이제 약속하신 대로 계열 분리 진행해 주실 거죠?"

나이 쉰인 딸이 어린애처럼 눈을 반짝이며 빤히 쳐다보자 진 회장은 애잔한 마음마저 들었다. 어쩌다가 이렇게 철없이 늙어 버렸을까? 언제까지나 품 안에 품고 키운 자신의 잘못이 제일 크다는 것이 아려 왔다.

"알았다. 주식 확보하고 처리하는 데 시간은 좀 걸릴 게다. 네가 이혼 서류에 최 서방 도장 받아오면 바로 시작하마."

"그런데 아버지, 저기…."

"또 뭐가 남았어?"

"백화점과 같은 계열이니까 유통도 함께 묶어서 줘요."

진서윤은 조심스레 말을 꺼냈지만 진 회장은 그녀가 뭘 원하는지 단번에 알아챘다.

"순양유통이 내년부터 새로운 사업을 시작한다는 거 알고 하는 소리냐?"

"…."

진서윤이 주저하자 진 회장은 손을 내저었다.

"욕심 그만 부려. 네가 만질 만한 게 아니다."

"제가 백화점 맡고 경영 실적 좋아진 거 알고 계시잖아요. 판매하는 상품의 질만 다를 뿐 대형할인점은 백화점이랑 그 구조가 똑같아요. 저… 잘할 자신 있어요."

"그것까지 묶으려면 복잡한 일이 한두 가지가 아냐. 순양유통 주식을 백화점에 넘기려면 이건 합병 수준…."

"아니에요. 유통을 모회사로 만들면 돼요. 백화점, 호텔의 지배지분을 유통으로 넘기고 제가 유통지분을 쥐면 한결 수월해요. 유통이 비상장기업이니까 경영권 방어하기도 어렵지 않고요. 부족하면 유상 증자하면 되잖아요."

딸의 말을 허투루 흘릴 수 없었다. 쉽고, 세금도 피하고, 경영권 방어에도 유리하다. 게다가 같은 카테고리 사업이니 함께 묶어도 편법 상속이라는 의심도 피할 수 있다.

진 회장은 놀란 눈으로 딸을 보며 말했다.

"그런 머리도 돌아가는 게냐? 허허, 참."

"제가 오빠들보다 훨씬 낫다고 몇 번이나 말씀드렸어요? 절 좀 믿어 보세요."

진서윤은 진 회장이 긍정적인 반응을 보이자 목표에 한층 더 가까워졌다는 생각에 날아갈 것 같았다. 최 시장과 담판 지을 일만 남았다.

"인감 찍어요. 당신 사정 생각해서 다음 선거 끝나고 법원에 제출할 생각이니 고맙게 생각해요. 그렇다고 꼭 재선되리라는 보장은 없지만."

"여, 여보. 이게…."

"우리나라 공직자 중에 이혼남은 없어요. 이혼은 선거에 치명적이니까 선거 끝나고 법적인 절차 밟을게요. 대신 지금부터는 별거 상태로 하죠. 이달 안으로 짐 싸서 나가요."

이혼 서류를 든 최 시장의 손이 부르르 떨렸다.

'이럴 수가!'

며칠 전 오세현의 경고처럼 한 말이 현실로 다가올 줄은 정말 몰랐다.

"위자료니 뭐니 꿈도 꾸지 말아요. 나랑 결혼하면서 당신이 가져온 건 그 몸뚱이뿐이잖아요. 이 집도 내 명의고, 결혼 생활 동안 당신은 10원짜리 하나 들고 온 적 없으니까 치사하게 위자료 가지고 싸우지는 않겠죠?"

최 시장은 몽둥이로 뒤통수를 세게 맞은 느낌이다. 아내가 하는 말이 제대로 들리지 않았고 귓가에서 윙윙거릴 뿐이었다.

"여, 여보. 아니 서윤아. 갑자기 왜 이래? 나이 쉰 넘어서 이혼이라니? 우리가 이혼할 이유가 어디 있어?"

"이유? 몰라서 물어요? 내가 왜 이러는지?"

최 시장은 매섭고 차가운 눈빛의 아내를 보자 까마득한 과거가 떠올랐다. 재벌 딸과 처음 만났던, 자신을 내려다보는 시선에 주눅이 들어 눈도 마주치지 못했던 그 순간, 바로 맞선 본 그날의 기억이었다.

진서윤은 남편의 태도와 몸짓 그리고 말투에서 그가 자신의 위치를 확인했음을 느꼈다. 그리고 연애할 때와 신혼 시절의 남편 모습이 주마등처럼 스쳐 갔다. 그는 공주를 모시는 시종이나 다를 바 없이 행동했고, 자신이 짜증 내고 변덕을 부려도 항상 기분을 맞춰 주는 남편이었다. 그런 남자가 결혼하고, 한 침대 쓰며, 살을 섞고, 애를 낳고 나니 달라지기 시작했다. 공주 대접하던 자신에게 출세를 위한 최고의 사다리 역할을 하라고 요구했다. 그녀 역시 남편을 출세시켜 순양그룹을 차지하는 데 도구로 쓰려 했다.

서로 기댈 수 있는 도구였다면 천생연분이었겠지만, 이젠 글렀다. 진서윤은 조카인 진도준과 손잡는 방법을 택했고, 남편 최창제는 대현에도 발을 걸치는 양다리를 택했다. 어긋난 것을 다시 끼워 맞추지 못한다면, 떼어 내면 되는 일이다.

"당신은 내가 시키는 대로만 해야 했어. 그게 우리를 위한 최선의 길이었는데… 당신은 그 알량한 권력에 취해 넘지 말아야 할 선을 넘은 거야. 혼자 잘나서 서울시장이 된 것 같아?"

"여보, 오해야. 그게 아니라고! 난 선택지를 좀 넓히려고…."

"웃기지 말아요. 선거자금 400억 구해 온 건 나고, 고경열 후보 혼외자를 터트린 건 오세현 대표였어. 알기나 해?"

"뭐? 그런…."

"당신은 운이 따른다고 생각했죠? 세상에 그런 운은 없어. 알게 모르게 다 누군가 움직여서 결과가 나오는 거야. 더 길게 말하기도 싫으니까 그만 끝내요. 자꾸 귀찮게 하면 내일 당장 이혼 소장 접수할 테니 그리 알아요. 마지막 호의, 베풀 때 받아."

진서윤은 남편을 침실에 남겨 두고 집을 나왔다. 남편이 짐을 싸서 떠날 때까지 호텔에서 지낼 생각을 하니 오히려 홀가분하다.

홀로 남은 최 시장은 망연자실한 채 침대에 걸터앉았다. 앞으로 벌어질 일을 생각하니 눈앞이 까맸다. 자신이 순양그룹에서 버림받은 사실을 아마도 순양 정보팀에서 흘릴 것이고, 서울시장이 별거를 시작했다는 소문이 고급 찌라시를 통해 돌 것이다. 본가가 운영하는 법무법인은 대부분 순양그룹과 관계된 일이 메인이었으니 밥줄 끊기는 것은 시간문제다. 그리고 가장 중요한 시장 재선은 물 건너갔다. 당이 뒷배 하나 없는 자신을 재공천할 리가 없다. 최 시장도 안다, 이 모든 걸 막으려면 이혼은 절대 안 된다는 것을.

▲▲▲

"괜찮은 생각 아니냐? 계열 분리도 쉽고, 한 덩어리로 묶는 일도 쉽고."

"완전히 주실 생각이시라면 나쁘지 않습니다. 그런데 이게 진 사장이 생각해 낸 것이라고요?"

"그래. 그 애가 제 거 챙기는 데는 머리가 좀 돌아가. 허허."

이학재는 진 회장의 생각에 동의할 수 없었다. 그가 아는 진서윤은 이런 생각을 짜낼 만한 인물이 아니다. 그룹을 전부 원하는 그 시커먼 욕심 때문에 자꾸 실수를 저지르고 중요한 걸 놓치곤 했다. 이런 식이면 계열사 몇 개 먹고 완전한 결별이다. 더는 순양이 아니게 된다. 갑자기 과욕을 버리고 현실적으로 변한 이유가 뭘까?

진 회장은 생각에 잠긴 이학재를 보며 혀를 찼다.

"쯧쯧. 또 딴생각하는구먼. 그만해. 이번엔 나도 생각을 굳혔으니까. 그거 떼어 주고 출가외인으로 생각할란다."

"회장님. 하나가 더 있습니다."

"뭐가 또 있어?"

"간단한 지배구조는 뺏어 오기도 쉽습니다. 순양유통 지분만 확보해 버리면 끝이니까요."

"역시 우리 학재야. 거기까지 생각하다니."

진 회장은 무릎을 치며 감탄했다.

"다시 뺏어 올 생각도 있으십니까?"

"하는 거 봐서. 만약 대형할인점 성적까지 좋다면 준 걸 굳이 되돌릴 생각은 없어."

사람의 문제다. 그리고 진 회장의 의지 문제다. 내년부터 시작할 대형할인점 사업에 좋은 인재를 대거 투입하면 좋은 성적이 나올 확률이 높다. 좋은 인재를 쏙 빼고 회사만 떼어 준다면 진서윤은 실패한다. 과연 진 회장의 진심은 뭘까?

"그럼 진행하겠습니다."

"순양유통을 모회사로 하는 데까지만 작업해 놔. 서윤이에게 넘겨주는 건 그 애가 약속 지킨다는 확신이 들 때 진행할 수 있도록."

"최 시장과 이혼하는 거 말입니까?"

"그래."

"위장 이혼도 있습니다. 아, 오해는 마십시오. 제가 꼭 이혼을 바라는 것처럼 들리네요. 허 참."

이학재가 당황해 얼굴까지 붉어졌다.

"아니야. 나도 어느 정도는 의심하고 있어. 몇 달 동안 질질 끌다가 갑자기 결정한 것도 찜찜하고."

"두 사람… 좀 지켜볼까요?"

주변에 사람을 풀어 정확히 확인하겠다는 이학재의 의견에 진 회장도 고개를 끄덕였다.

"잘 주시해 봐. 이상한 거 있으면 즉각 보고하고."

"알겠습니다."

이학재가 일어서려 할 때 진 회장은 문득 생각난 걸 물었다.

"그 친구는 어때? 데리고 다닌 지 일주일 됐나?"

"네? 누구…? 아, 김윤석 말씀이십니까?"

"그래."

"일단 이것저것 시켜 보고 있습니다만…."

"왜? 예상대로 별로야?"

"기대 이상으로 장점이 많은 친구더군요. 우직하고 성실하고 입도 무겁고요. 그런데 영민하지가 않습니다."

"머리 나빠?"

이학재는 가볍게 머리를 끄덕였다.

"데리고 쓰기에는 믿을 만하지만, 큰일 맡기기에는 한참 부족합니다."

"돌쇠 스타일도 나름 쓸 곳이 많긴 하지."

"네. 딱 그 정도입니다."

손자가 처음 낙점한 측근치고는 매우 아쉽다. 정에 이끌려 사람을 골랐지만, 쓸씀이는 구별해야 하는데 그게 가능할지 걱정되기도 한다.

"좀 가르쳐 봐. 싹수 보이는지도 계속 확인하고. 그리고 쓸 만한 애 하나 찾아봐. 도준이 수행할 놈으로."

"알겠습니다."

▲ ▲ ▲

DMC 입주사 문제로 아버지와 상의하기 위해 오세현과 내가 집으로 갔을 때 어처구니없는 상황이 벌어지고 있었다.

'부부가 번갈아 와서 징징대는군? 우리 아버지가 그렇게 만만해? 부탁할 데가 여기밖에 없어?'

아무래도 후자가 맞을 것 같다.

"처남, 이런 날벼락이 어디 있나? 자네 누이 좀 말려 주게. 이건 오해라고."

"형님, 일단 진정하시고…."

사색이 된 고모부는 하소연하는 걸 1차 목표로 삼은 것 같다. 계속해서 영문을 모르겠다며 잘못한 게 있으면 바로 잡을 테니 고모를 한 번만 만나게 해달라고 매달렸다. 아버지도 지쳐 버렸는지 결국 팔짱을 끼고 고모부의 말이 끝나기만을 기다렸다.

고모부가 잠잠해지자 아버지가 입을 열었다.

"형님. 저도 누나가 어디 있는지 모릅니다. 그리고 웬만하면 부부 일에는 관여하고 싶지 않군요."

이때 고모부는 현관에서 이 모습을 지켜보던 오세현을 발견하고 재빨리 달려왔다.

"오 대표. 당신은 뭔가 알고 있죠? 일전에 내게 조심하라고 말하지 않았소? 어떻게 그 말 하자마자 이런 일이 생기는 거요?"

또다시 이성 잃은 남자의 징징거림에 불과한 소리를 들어야 했다.

"시장님. 이건 사적인 문제가 아니라 공적인 문제입니다. 상황 파악이 안 됩니까?"

"뭐요?"

"부인을 찾아 설득할 게 아니라 순양그룹 회장님을 찾으셔야죠. 순양에 등 돌리고 대현과 악수한 결과 아닙니까?"

고모부라고 이 사실을 모르겠는가? 단지 손쉬운 상대를 찾아 문제를 해결하려는 마음일 것이다. 할아버지보다 고모와 대화하고, 설득하는 게 더 쉽다고 생각하니 아버지에게 창구 역할을 부탁하는 거겠지만, 답답한 노릇이다. 쉬운 길은 누구라도 갈 수 있다. 하지만 어렵고 힘들더라도 문제의 핵심에 바로 접근해야 해결책을 찾는다.

"공적인 문제를 사적으로 보복하는 것도 문제 아니오. 도대체 장인어른은 해도 해도 너무하신 거 아닙니까?"

"모르고 결혼하셨습니까?"

"응?"

차분히 듣던 아버지의 표정이 험악해졌다. 비록 사이가 좋지 않았다고 해도 부모 험담은 듣기 힘든 법이다.

"매형, 말은 똑바로 합시다. 우리 아버지가 성격 좋고 인자하신 분이라서 누나와 결혼했어요? 순양그룹 총수니까 결혼한 거잖습니까? 그럼 너무하든, 지독하든 입 다무세요! 매형이 우리 아버지 욕할 수 있는 순간은 순양그룹이 망해서 더는 재벌 총수가 아닐 때뿐이란 말입니다."

우리 아버지의 순하고 얌전한 모습만 봐왔던 고모부는 놀란 듯 아무 말도 하지 못했다. 사실, 돈 보고 결혼했으니 나머지는 감내하라는 소리가 틀린 말도 아니다.

"시장님, 이건 공적 문제라는 거 인정하신다면 저와 이야기합시다. 윤기야, 너도 진정하고."

오세현이 불쑥 끼어들며 아버지에게 눈짓을 보냈다. 아버지는 입을 굳게 다물고 아무 말 없이 2층으로 올라가 버렸다. 그 모습을 고모부는 지켜보기만 할 뿐 붙잡지도 못했다.

"시장님, 먼저 진 회장님의 노여움부터 풀어야 합니다. 부인과 이야기하는 건 그 뒤에 할 일입니다. 솔직히 인정하시잖습니까?"

"이혼 이야기까지 나왔는데 장인어른이 날 만나 주겠소?"

나는 우는소리 하는 고모부를 향해 말했다.

"고모부는 손을 뿌리치는 유권자와도 악수하며 시장까지 된 분 아닙니까? 무슨 수를 쓰든 만나셔야죠."

고모부의 이혼을 막고 싶은 생각은 조금도 없다. 어차피 인연은 여기까지다. 다만 끝내기 전, 하나라도 더 건지면 좋은 것 아닌가? 못 건지면 말고. 어차피 본전이다.

"선물 하나 준비해서 만나러 가십시오. 적어도 할아버지 서재까지는 들어갈 수 있잖아요."

"선물?"

"네. 그럼 빈손으로 가시려고요?"

"아, 그건 아니고. 장인어른께 어떤 선물을 드려야 할지 감이 안 와서 말이야."

난감한 표정의 고모부에게 오세현이 힌트를 주었다. 아니, 약을 뿌리는 건가?

"시장님, 오락가락하시면 안 됩니다. 진 회장님이 다시 사위로 받아줄 만한 대단한 걸 하나 준비하세요."

대단한 선물이 뭐가 있을까 생각하는 고모부를 보며 나도 머리를 굴렸다. 오세현은 분명 이미 생각해 둔 것이 있을 텐데 그게 뭘까. 나는 자리에서 슬쩍 일어났다.

"고모부, 물 한잔 갖다 드릴까요?"

오세현에게 눈짓하고 주방으로 발걸음을 옮기자 그도 슬며시 내 뒤를 따라왔다.

"뭡니까? 쓸 만한 게 있어요?"

컵에 물을 따르며 나지막이 묻자 오세현이 입꼬리를 쓱 올리며 대답했다.

"우리도 아파트 공사 한번 해야지. 그쪽은 경험이 없잖아."

오세현은 눈을 한번 찡긋하고는 재빨리 돌아갔다.

"도준아, 오 대표, 뭐 좋은 생각 없어요? 두 사람은 장인과 자주 만나니까 나보다 나을 거 아니오?"

"시장님, 먼저 주 회장과 인연 끊겠다는 걸 확실히 보여 드리세요. 그게 우선입니다."

말이 떨어지자마자 곤혹스러운 표정을 짓는 걸 보니 얼마나 받아 처먹었는지 안 봐도 알 것 같다.

고모부의 표정을 확인한 오세현이 혀를 차며 말했다.

"시장님, 이런 모습 보이시면 저도 더는 할 말 없습니다. 어차피 저는 득 될 것도 없는데 힘 빼기 싫군요. 그냥 알아서 하십시오. 전 윤기와 일 이야기를 해야 해서 이만 일어나겠습니다."

"자, 잠시만."

고모부는 일어서는 오세현의 팔을 잡고 늘어졌다.

"정말 그렇게 하면 장인어른 기분이 풀리겠소?"

"제가 어떻게 장담합니까? 그냥 제 생각이 그렇다는 거죠. 전 바빠서 이만."

잡은 손을 뿌리치고 2층으로 올라가는 오세현의 뒷모습을 보며 고모부는 크게 한숨만 내쉬었다. 내가 바통을 이어받았다. 아무래도 눈치가 없으니 오세현의 뜻을 읽지 못한 것이 분명하다.

"고모부."

"응, 도준아. 네 생각 좀 들어보자."

"할아버지께서 가장 격노하신 게…."

"그래, 말해 봐. 뭐냐?"

"서울시 내년 사업계획에 뉴타운 개발이 들어 있다면서요? 그걸 한마디도 안 하고 대현그룹과 은밀하게 진행한 게 치명타였어요. 소문에 서재를 뒤집어엎으셨다고…."

파랗게 질린 고모부의 얼굴을 보니 무슨 뜻인지 알아들은 게 틀림없다. 약 치는 건 여기까지. 이제 어떤 선택을 할지 재미있게 구경하는 일만 남았다.

고모부를 보내고 2층 서재로 올라가니 아버지와 오세현은 DMC 지도와 업체 리스트를 놓고 한창 논의 중이었다.

"고모부는 가셨어?"

"네. 그런데 윤곽은 좀 나왔어요?"

"영진위, 방통위 같은 정부 기관이나 단체는 전부 입주하니까 문제없어. 남은 건 충무로 영화사들과 독립 프로덕션의 입주야."

아버지의 표정을 보니 전망이 어두워 보이진 않았다

"날 따라올 회사가 많으니까 충무로는 걱정하지 않아. 진짜 문제는 방송사들이지."

"어차피 공중파는 정부 정책의 문제 아냐? 개별 스튜디오 이전은 발표했으니 괜찮을 것 같은데?"

"정권은 5년마다 바뀌니까. 신사옥 올릴 때까지는 장담할 수 없어."

두 분의 걱정을 이해하지만 그렇다고 그만 걱정하라는 말을 할 수도 없다. 케이블도 늘어나고 종합편성 채널도 생기면 플랫폼은 넘쳐나는 걸 알고 있는 나만 느긋한 심정이다.

"너무 조급하게 서두르지 않으셔도 됩니다. 몇 년에 걸쳐 완성해 나갈 곳이니, 미디어 기업들도 천천히 들어올 겁니다. 그보다 아버지, DCN 인수는 생각해 보셨습니까?"

"영화 수급에 문제없으니 운영의 어려움은 없어. 하지만 여전히 수익은…."

"말씀드렸듯이 수익은 당분간 생각하지 말죠. 이미 자금은 충분합니다. 튼튼한 씨앗만 뿌린다고 생각하세요."

아버지는 여전히 불안한 표정이었지만 오세현은 달랐다. 그는 미국에 그리고 한국에 쌓아 둔 돈이 얼마나 많은지 잘 알고 있다.

"야! 줄 때 받아. 그깟 케이블 방송사 하나가 아무리 돈 깨 먹어도 한강 물 몇 사발 줄어드는 거다."

'하나? 천만에. 좀 세게 나가야지.'

시작부터 인재를 싹 쓸어 올 만한 기반을 닦을 것이다.

"몇 사발에서 몇 대야로 바꾸죠. 영화, 드라마, 게임, 엔터테인먼트 채널. 시작은 이렇게 하시죠."

"뭐? 네 개나?"

"아버지라면 영화 콘텐츠 수급은 문제없으시잖아요? 그리고 이 기회에 드라마나 예능 프로그램도 제작해 보시고요. 절반은 직접 제작하시고 절반은 공중파 재방 돌리면 충분하죠."

불안해서 주저하는 아버지를 벼랑으로 밀어 버리면 어쩔 수 없이 추진력을 발휘할 것이다. 아버지의 잠재된 포텐셜을 전부 끌어올려야 한다.

"아시아 영화 유통망 구축하랴, 영화사 운영하랴, 케이블까지 굴리려면 바쁘시겠어요."

내 말뜻을 알아들은 오세현이 힘을 보태는 걸 잊지 않았다.

"나도 그 바닥 인재들 좀 찾아보마. 이번에 미디어 회사 제대로 된 거 하나 만들어 보자."

시험을 앞둔 수험생처럼 흥분과 불안, 그 상반된 감정이 고스란히 드러나는 아버지의 얼굴을 보며 오세현과 나는 크게 웃음을 터트렸다.

▲ ▲ ▲

1999년은 노스트라다무스의 종말론과 새 천년의 희망이 뒤섞인 세기말의 감정이 고스란히 드러나는 해였다. 우리 집안도 다르지 않았다. 새해 첫날 모인 가족들의 태도는 어딘지 모르게 어색했다.

"새해 복 많이 받으세요."

"건강하세요."

모두 모여 서로 인사를 나누는데 보여야 할 사람이 보이지 않았기 때문이다. 진영준은 아직 유배가 풀리지 않았고, 이 집의 유일한 사위는 아직 마음의 준비가 안 됐는지 오지 않았다. 아무도 오늘 자리에 없는 두 사람을 입에 담지 않았지만, 시누이인 고모를 바라보는 큰어머니들의 눈빛에는 깨소금이 줄줄 흘렀고, 큰아버지들은 경계심을 보였다.

할아버지가 고모에게 이혼의 대가를 듬뿍 안겨 줄 것이라는 소문이 그룹 내에서 돌기 시작했고, 이미 계열 분리 절차를 시작했다는 구체적인 정황도 있었다. 여동생이 가져가는 것이 혼수 정도라면 웃어 줄 수 있을 텐데 아예 기둥 하나를 뽑아가는 셈이니 남자 형제들의 표정이 좋을 리 없다.

떡국 먹는 식탁에서까지 싸늘한 냉기가 흐르자 할아버지는 몇 술 뜨지도 않고 수저를 내려놓았다.

"대충 배 채웠으면 너희들은 서재로 좀 오너라. 이렇게 밥 먹다가는 모두 체하겠다."

할아버지가 일어서자 큰아버지들과 고모, 아버지까지 벌떡 일어섰다.

'이거, 오늘 폭탄 떨어지겠는데.'

▲ ▲ ▲

진 회장은 서재에 모인 자식들을 하나하나 둘러보며 입을 열었다.

"오늘 내가 중대 발표를 할 생각이다. 모두 잘 듣고 불만이 있더라도 토 달지 마라. 이건 내가 심사숙고해서 내린 결론이니까 말이다."

진서윤은 오빠들에게 긴장한 표정을 들키지 않으려 애썼지만 어쩔 수 없이 자꾸 마른침을 삼켰다. 드디어 보따리 하나 챙기는 날이다. 그 보따리에 순양유통이 들어 있기만을 그녀는 빌고 또 빌었다.

"먼저, 윤기야."

"네."

진윤기의 이름이 가장 먼저 나오자 모두 의외라는 듯 눈을 굴렸다. 예상을 깨고 막내가 한몫 챙기는 게 아닌가 경계하는 것이다.

"이미 알겠지만 넌 올해부터 공식적으로 순양의료원 이사장이며 순양인력개발원 원장이다. 법적인 절차는 이미 끝냈다. 언론 발표하면 곧바로 취임하도록 해라."

다들 알고 있는 내용이라 안도했지만, 완전히 마음 놓지는 못했다. 이어질 아버지 말씀 중에 더는 나오지 않아야 한다.

"의료원은 네 가족 먹고사는 데 지장 없을 만큼 수익이 나는 곳이다. 엉뚱한 짓만 하지 않는다면 앞으로도 문제없을 것이야."

모두의 눈빛이 부드러워졌다. 병원이 전부라는 선언인 셈이니까.

"인력개발원은 각 계열사에서 부족하지 않을 만큼 돈을 줄 거니까 잘 운영하도록 해. 거기서 돈 벌 생각은 마라. 적자 나지 않을 만큼만 굴려."

진윤기는 무덤덤한 표정으로 머리만 끄덕였다. 머릿속에 병원이나 연수원이 들어올 만한 빈 공간이 없었다. 아버지가 준 선물보다 거대 미디어 회사라는, 아들이 준 숙제 생각으로 머리가 터질 지경이다.

"마지막으로 묻겠다. 난 네게 더는 물려줄 생각이 없는데… 어떠냐? 만족하냐?"

모두 진윤기의 입만 바라봤다.

"부족하다고 말씀드리면 더 주실 겁니까?"

당돌한 질문에 모두 놀랐지만 진 회장만 코웃음 쳤다.

"아니, 택도 없다."

"그럼 만족하냐고 묻지 마셔야죠."

진 회장은 막내아들을 보며 피식 웃었다. 언제 저렇게 당당해졌는지 기특하기까지 했다.

"징징대지 않는 걸 보니 불만은 있어도 욕심은 내지 않을 생각이구나. 됐다. 넌 나 아니더라도 잘난 아들 둔 덕분에 하고 싶은 거 다 하며 살 거 아니냐? 이 중에서 네가 제일 낫다."

막내인 진윤기 몫이 확실하게 정해지자 다시 긴장이 감돌았다. 이번에는 누구 차례일까?

"백화점, 호텔, 콘도, 골프장은 순양유통으로 묶어서 완전히 계열 분리할 생각이다. 지배지분 순환고리는 끊고 지분 주고받을 때 발생하는 가치 차이는 채권으로 전환해서 완전히 정리한다."

진서윤은 만세라도 부르고 싶은 걸 참아야 했다. 분명히 들었다. 순양유통이 모회사가 된다는 것을. 그리고 자신의 이름이 나왔다.

"이건 서윤이, 네 몫이다."

"아버지. 고마워요."

진서윤이 고개를 살짝 숙이자 진 회장은 손을 까닥거렸다.

"마냥 고마워할 일은 아닐 수도 있다."

"네?"

"유통으로 묶는 과정에 빚을 많이 졌어. 넌 빨리 돈 벌어서 순양그룹에 갚아야 한다. 계열 분리했으니 봐주는 거 없어."

부채야 기업의 숙명 아닌가? 진서윤은 빚이 얼마든 신경 쓰지도 않았다. 아무리 많다고 한들 이자 감당 못 하랴?

"영기, 동기야."

"네, 아버님."

두 아들의 대답에는 힘이 없었다. 방금 가문의 기둥뿌리 하나가 빠져나갔기 때문이다.

"원금하고 이자는 확실히 챙겨. 여동생이라고 봐주고, 안면이 있는 임원들이 부탁한다고 편의 봐주다가는 돈 못 받는다. 받을 돈 못 받는 건 너희 책임이다. 명심해라."

진서윤은 입술을 삐죽였다.

'심술 맞은 영감탱이. 끝까지 코를 꿰놓는 게 어딨담.'

게다가 오빠들이 채권자라면 사채업자보다 더 심하게 꼬투리를 잡을 게 뻔하다. 이자가 조금이라도 밀리면 현찰 대신 주식 내놓으라고 난리 칠 사람들이다.

"학재야."

진 회장이 슬쩍 턱짓하자 이학재는 서류 몇 장을 돌렸다.

"각 계열사의 채권 현황입니다. 98년 기준입니다. 당장 이달 말 갚아야 할 이자를 계열사별로 정리했습니다."

진서윤은 서류의 숫자를 보자 입이 떡 벌어졌다. 놀란 딸의 모습을 본 진 회장은 낄낄거리며 말했다.

"돈 빨리 안 갚으면 네 오빠들이 백화점과 호텔에 빨간딱지 붙여서 홀라당 뺏어 갈지도 몰라. 장사 잘해서 빚쟁이는 얼씬도 못 하게 해."

진 회장은 고개를 들지도 못하고 서류만 뚫어지게 보는 진서윤을 무시하고 둘째 아들에게 시선을 돌렸다.

"동기야."

"네."

"넌 올해부터 부회장이다."

감격스럽거나 고맙지는 않았다. 형인 진영기 부회장을 보면 안다. 호칭만 부회장일 뿐이다.

"중공업, 건설, 화학 분야 계열사는 네가 맡아서 뜻대로 해보아라. 여태껏 그럭저럭 굴려 왔으니 어렵지 않을 게다."

역시나! 요란하지만 아무 내용 없다. 진동기는 불만을 터트리지 않으려 이를 악물었다.

"네, 감사합니다. 회장님."

진 회장은 차남의 표정에서 속내를 읽고 피식 웃었다. 실망하기에는 아직 이르다고 말해 주고 싶었지만 그건 마지막 순서다.

"그리고 영기야."

"네."

진영기 부회장은 별 기대 없이 시큰둥하게 대답했다.

"영기 넌 지금처럼 전자 계열과 물산을 책임지는 거다."

기대가 없으면 실망도 없는 법. 진영기는 별다른 표정 없이 머리만 끄덕였다. 진 회장은 두 아들을 보며 아직 남은 결정 사항을 천천히 말하기 시작했다.

"이제 두 사람은 진정한 부회장 노릇 해야 할 게다. 앞으로 계열사 사장들은 내 얼굴 볼일 없어. 뭐든 너희들 전결로 진행해."

모든 권한을 넘겼음에도 장남과 차남, 둘 다 표정이 밝지 않다.

대단한 것처럼 말해도 진영기 부회장에게는 어차피 자신이 '명목상' 책임지고 있던 계열사가 전부다. 결정권에 좀 더 힘을 실어 주겠다는 것 정도를 선심 쓰듯 던져 준 것이다. 몇 개를 더 얹어 줘도 시원찮을 판에 겨우 현상 유지다.

차남인 진동기 사장은 조바심만 커졌다. 중공업, 건설, 화학을 다 합

쳐도 전자 계열 규모의 60퍼센트 정도다. 확정하지 않았더라면 더 많은 것을 기대라도 할 텐데, 무 자르듯 잘라 버렸으니 더 많은 것을 가질 기회조차 사라진 것 같다.

진 회장의 그룹 승계 계획은 두 아들의 불만만 커지게 했다.

"노파심에서 말해 둔다. 계열사 사장들이 너희가 못 미더워서 내게 찾아오는 일 없도록 해. 그런 일이 생기면 그 계열사는 아예 전문 경영인 체제로 바꿔 버릴 테니까. 무슨 소린지 알아들었지?"

준 거라도 언제든 뺏을 수 있다는 뜻이다. 두 아들은 단 한순간도 방심 못 하게 하는 아버지의 지독함에 이를 갈았다.

반면 셋째 진상기는 붉게 상기된 표정으로 모든 대화를 듣고 있었다. 아직 진 회장 입에서 나오지 않은 계열사가 많다. 바로 금융 부분이다. 순양생명, 순양해상화재보험, 순양증권, 순양카드 그리고 작년에 출범한 순양자산운용까지, 순양그룹의 숨겨진 대들보이며 막강한 자금력으로 구원투수 역할을 톡톡히 해내는 또 하나의 주력이다. 이건 자신이 맡는 게 분명하다. 이 정도면 형님들과 비교해도 꿀릴 게 없는 '공평한' 분배다.

"상기야."

"네."

"넌 학교법인과 복지문화 재단, 연구소 같은 비영리 법인 전부 관리해. 계열사 지분도 꽤 쥐고 있으니까 간수 잘하고. 참, 미술관은 남겨 뒀다. 너희 어머니 취미생활은 하도록 놔둬야지. 미술품 보며 유럽 귀족 흉내 내는 거 말이다."

이 무슨 황당한 소린가? 아예 그룹 경영에서 손을 떼라는 소리나 다름없는 결정에 진상기는 자신의 귀를 의심했다. 하지만 진 회장은 한술 더 떴다. 마치 약 올리는 것처럼.

"참! 프로구단도 네가 직접 챙기거라."

"아, 아버지."

"왜?"

매섭게 노려보는 진 회장을 보자 진상기는 입도 벙긋하지 못했다.

"불만이야? 잡다구리한 재단이나 던져 줘서?"

"아, 아닙니다."

진상기는 큰형의 눈짓에 입을 다물었다. 어차피 자신은 진영기 부회장과 한배를 타기로 일찌감치 결정하지 않았던가? 큰형이 자신을 재단 일이나 보도록 내버려 두지는 않을 것이라 믿었다.

장남이 모두를 대신해서 조심스레 질문을 꺼냈다.

"아버지. 그럼 금융 쪽은 누가…?"

"일단은 내가 계속 보려고. 왜? 하루라도 빨리 날 뒷방 늙은이로 쫓아내고 싶냐?"

"그런 말씀 마십시오. 아닙니다."

진영기는 황급히 손을 내저었다.

"뭐… 그것도 쪼개서 나누고 싶었는데 지분 관계 정리하려면 엄청나게 복잡해서 시간이 필요하다는구나."

진 회장이 변명처럼 그럴싸한 이유를 말했지만, 서재의 모든 이들은 아무도 믿지 않았다. 그룹의 금융계열 주인은 이 방에 없다. 밖에서 어른들에게 재롱이나 피우는 음흉한 막내놈이 주인이라는 것을 믿어 의심치 않았다.

"올해부터 내가 쪼개 준 대로 지분 정리 시작할 거다. 그거 다 끝나면 금융도 쪼갤 거야. 조바심 부리지 말고 기다려."

과연 저 말이 사실일까? 자식들은 한 가닥 기대를 버리지 못했다. 순양자산운용 정도는 집안 막내에게 줘도 괜찮다. 하지만 나머지는 안 된다. 아직 시간은 남아 있다. 그 시간 안에 그룹의 돈줄이 엉뚱한 놈에게 흘러가는 걸 막아야 한다는 게 세 아들의 공통된 생각이었다.

"오늘은 이만 돌아가. 오늘 사장단과 임원들은 새해 인사 못 오게 했어. 그놈들, 지금쯤 너희들 집 앞에서 목이 빠져라 기다리고 있을 거다. 가서 용돈이나 좀 쥐여 주도록 해."

다섯의 자식들이 줄지어 서재를 빠져나가고 이학재와 단둘만 남자 진 회장은 긴 한숨을 토해 냈다.

"이놈들은 줘도 불만이야."

"온전히 받은 게 아니라는 걸 아니까 그렇겠죠."

"앉아서 떨어지기만을 기다리면 안 되지. 이제 영역 표시를 확실히 해뒀으니 욕심나면 뺏어야지."

이학재는 잔잔한 미소를 지었다.

"역시 그룹 쪼개는 건 원치 않으시군요."

"우리나라 기업은 뭉쳐야 겨우 버텨."

"네?"

갑자기 생뚱맞은 소리를 툭 던지는 진 회장이다.

"하나하나 놓고 보면 별거 아냐. 순양전자만 보더라도 그래. 반도체, 백색가전, 휴대폰이 서로 밀어주고 끌어 주니까 버티면서 올라가는 거야. 반도체 아니었으면 가전 부분 문 닫았을 거야."

"중공업이 순양조선의 경쟁력을 키워 준 것처럼요?"

"그렇지. 순양생명 없었으면 자금줄 막혀 문 닫았을 회사가 수두룩하잖아."

'그럼 딱 하나 정해서 전부 다 줘버리지 왜 이런 게임을 하십니까?'

이학재는 이 질문을 수도 없이 던졌다. 단지 입 밖으로 내지 않았을 뿐이다. 좀 더 젊은 진양철 회장이었다면 이미 누군가를 낙점했을지도 모르지만, 노인이 되어 버린 지금, 생각이 많아졌을 게다. 자식들 모두에게 순양그룹을 주고 싶겠지만 나누든, 몰아주든 선택해야 한다. 그리고 생각이 많을수록 결정을 뒤로 미루게 된다.

오늘, 새로운 변수 하나가 등장했다. 바로 묵묵히 순양을 키우고 지켜온 가신들, 그들의 지지를 얻지 못하면 이미 얻은 것도 잃을지 모른다.

▲▲▲

가족들 모두 급히 진 회장의 저택을 떠나느라 부산을 떨었다. 며느리들과 손자들은 영문도 모른 채 쫓기듯 밖으로 나왔다. 각자 본관 현관 앞에 대기 중인 승용차에 올라탈 때 진영기는 동생을 불렀다.

"윤기야. 나 좀 보자."

한적한 장소로 옮기자 진영기는 담배를 꺼내 물었다.

"너 혹시 아버지와 미리 이야기한 거 있어?"

"무슨 이야기 말씀입니까?"

"금융 계열사 말이다."

"아뇨. 계열 분리 이야기는 저도 오늘 처음입니다. 뭐… 특별할 것도 아니지만요. 아, 누나는 좀 의외였어요."

"사실이야?"

"형님, 말 돌리지 말고요. 무슨 말씀을 하고 싶은 겁니까?"

"그거 혹시 도준이 몫으로 떼놓은 거 아냐?"

진영기가 날카롭게 동생의 표정을 훑자, 진윤기는 고개를 끄덕였다.

"저도 그렇게 생각합니다."

"뭐?"

"도준이가 어린 나이지만 이미 뛰어난 투자 감각을 보여 주지 않았습니까? 순양의 금융을 맡기에는 그 애보다 더 적합한 사람 찾기 힘들 텐데요?"

"야!"

진영기 부회장은 진윤기의 덤덤한 모습에 버럭 소리 질렀다.

"지금 이게 통장 하나 물려주는 거야?"

"통장이든, 금융사든 어차피 돈입니다. 크기의 차이가 적합성을 해치지는 않죠."

"이건 적합하다 아니다의 문제가 아니잖아. 순양생명이 쥐고 있는 계열사 지분이 얼마나 많은지 모르고 하는 소리냐?"

"물산도 그 정도 쥐고 있지 않습니까? 그리고 별 볼 일 없는 순양정밀기계도 꽤 많은 그룹 주식을 쥐고 있고요. 어차피 지분을 따져 가며 쪼갠 것처럼 보이지는 않던데요? 계열 군으로 묶은 거 아닙니까?"

진영기는 한마디도 지지 않고 말대답하는 동생을 노려보았다.

"그래서? 지분 많은 금융사가 굴러들어 오니 너도 순양그룹 한자리를 차지하겠다는 거야? 지금까지 죽어지내더니 아들 내세워서 발톱을 드러내는 거냐?"

진윤기는 긴 한숨을 내쉬며 입술을 깨물었다.

"제 거 아닙니다. 전 병원과 연수원이 전부예요. 아버지 말씀 들으셨잖…."

"야! 그걸 지금 말이라고! 넌 지금 이제 갓 스물 넘은 자식 놈과 널 따로 봐달라고 하는 거야?"

"봐달라고 한 적 없습니다."

진윤기 입에서 또다시 한숨이 새어 나왔다.

"형님, 아버지께서 금융을 제게 주신다고 했으면 전 양보합니다. 솔직히 관심도 없고요. 하지만 제 아들에게 물려주신다면 형님께 양보하라는 소리 못합니다. 부모가 돼서 변변한 밥그릇 하나 준 적 없습니다.

그런데 물려받은 밥그릇을 깰 수는 없는 일 아닙니까?"

여전히 차분한 동생을 보며 진영기도 숨을 가다듬었다.

"현실적으로 생각하자. 아버지가 앞으로 사시면 얼마나 사실 것 같아? 도준이가 20대 중반에 금융사 맡으면?"

솔직히 진윤기도 좋은 그림이 그려지지 않았다. 아무리 똑똑한 아들이라도 연륜을 뛰어넘을 수는 없다.

"순양그룹 계열 분리된 상태에서 도준이가 올라서면 아귀 같은 여의도 놈들이 작전 들어갈 거다. 무주공산이나 다름없는 거대 보험사를 서로 차지하려고 말이다. 넌 아들 지킬 자신 있어?"

진윤기는 물끄러미 큰형을 바라보다 발걸음을 옮겼다.

"우리 꼴이 참 우습지 않아요? 김칫국부터 마시는 꼬락서니잖아."

"윤기야!"

진윤기는 형의 외침을 무시하고 발걸음을 재촉했다. 어차피 좋은 소리는 나오지 않을 게 뻔하다. 새해 첫날부터 해답 없는 말싸움을 길게 하고 싶지 않았다.

▲▲▲

갑자기 집으로 돌아가는 친척들을 따라 우리 가족도 밖으로 나왔다. 차를 타기 직전 심각한 표정으로 큰아버지가 아버지를 따로 불러내, 우리 가족은 아버지를 기다리고 있었다. 이때 현관 한쪽에서 대기하던 낯익은 얼굴을 발견하고 나는 한달음에 달려갔다.

"김 대리."

"아, 실장님."

김윤석 대리는 반가운 표정으로 내 손을 꼭 잡았다.

"몸은 어때요? 어디 불편한 곳은 없어요?"

"괜찮습니다. 근육이 다 빠져서 약골이 됐지만, 몸 관리 계속하고 있으니 곧 예전처럼 될 겁니다."

아무렇지도 않은 듯 허벅지를 툭툭 치는 모습을 보니 애잔함이 밀려왔다. 아파도 쉴 수 없는, 움직일 기력만 있다면 일해야 하는 생활… 잘 안다.

"그런데 연락이라도 좀 하지 그랬어요? 이학재 실장 밑에 배치됐다는 이야기를 할아버지께 들었잖아요."

"그게… 실장님께는 절대 연락하지 말라는 엄명이 떨어졌거든요."

김 대리는 머리를 슬쩍 긁으며 말했다.

싹수를 가늠해 보겠다는 할아버지는 내가 생각지도 못한 일을 해버렸다. 김 대리가 이학재 실장 밑에서 며칠이나 버틸 수나 있을까 처음에는 걱정했는데 잘렸다는 소리는 없어서 내심 안심하고 있었다. 밝은 모습을 보니 그럭저럭 버틸 만한 것 같다.

"어때요? 할 만합니까?"

"좋습니다."

김 대리는 잔잔한 미소를 보였다. 과장된 모습이 아니어서 보기 좋았다.

"정점에 있는 분이 어떻게 사는지 조금 엿본 것 같습니다."

"그분은 어떻게 사는데요?"

"제 눈에는 마술 같은 일을 한다고나 할까요?"

"그래요?"

"네, 회장님 지시 한마디가 그룹 전체에 골고루 퍼지도록 하시는데… 굉장히 섬세하게 조율하십니다. 사장단이나 임원들을 살살 달래기도 하고 으름장 놓기도 하고요. 아슬아슬한 줄타기 같은 모습을 많이 봤습니다."

이 실장을 묘사하는 김 대리의 얼굴엔 존경과 감탄이 어려 있었다.

"많이 배우겠군요."

"아직 멀었습니다. 배우는 데도 깜냥이 돼야죠. 지금은 뭐가 뭔지 파악하기에 급급하다니까요."

"유심히 듣고 자세히 보면 언젠가는 보일 겁니다."

단순한 격려의 말이 아니다. 내가 직접 경험으로 파악한 것이다.

이때 등 뒤에서 나를 부르는 소리가 들렸다.

"도준아!"

돌아보니 상준 형이 손짓하고 있었다.

"또 봅시다. 김 대리가 내게 돌아올 날을 기다리겠습니다."

머리 숙여 인사하는 김 대리를 뒤로하고 승용차 쪽으로 달려갔다.

▲ ▲ ▲

새해 첫날부터 진영기, 진동기 형제의 집은 사장단 회의를 방불케 하는 신년회가 치러졌다. 그들은 이제 회장의 자식이 아닌 명실상부한 부회장이며 해당 계열사 사장의 인사권을 쥔 권력자가 되었다.

진서윤 역시 마찬가지였다. 자신이 돌아오기만을 기다리며 집 앞에서 대기하는 사장들과 임원들을 보자 날아갈 것 같은 기분이었다. 그들의 태도와 눈빛은 바로 어제와 확연히 달랐다. 회장 딸이라는 혈통 때문에 어쩔 수 없이 결재 서류를 내밀던 거만한 자세는 자취를 감췄다. 행여 발소리가 크게 울릴까 봐 뒤꿈치마저 들고 조심스레 집 안으로 들어오는 것이 아닌가?

"모두 앉으세요. 새해 인사는 생략하기로 하죠. 그보다 급한 일부터 처리해야 하니까요."

진서윤은 가장 먼저 부채 현황부터 쫙 돌렸다.

"그게 우리의 빚입니다. 당장 이달부터 본가에 엄청난 이자를 지급해야 해요. 모두 머리 맞대고 자금 운용 계획을 세우세요."

숫자를 보자마자 모두 미간을 찌푸렸다. 가뜩이나 IMF의 직격탄을 맞은 사업군인데, 앞으로 상당한 자금 압박에 시달릴 것이 불 보듯 뻔하다. 진서윤은 그들의 난감한 표정을 못 본 체하며 다시 입을 열었다.

"그리고 첫 번째 인사부터 발표합니다. 서초백화점 사장님."

"네."

"명동백화점 사장으로 보직 변경합니다. 그리고 명동백화점 사장님은 순양유통 대표이사로 임명합니다. 올해 출범할 대형할인점 체인 사업 성공시키는 데 전력을 기울이세요."

"네, 알겠습니다."

모기업이 될 순양유통에 최측근을 앉혀야 하는 건 자명한 일 아닌가? 순양유통의 기존 사장 역시 이미 예견한 듯 담담한 표정이었다.

"순양유통 사장님은 서초백화점 사장으로 임명합니다. 업무 인수인계 차질 없도록 신경 쓰세요."

"네."

머리들 배치만 해놓으면 손발로 부릴 사람들은 저절로 각자의 자리를 찾아갈 것이다. 나이 들고 닳고 닳은 사장들이 진서윤에게 꼼짝 못 하는 걸 보니 진 회장이 단단히 일러둔 게 틀림없다.

진서윤은 오늘 아버지의 발표가 자식들을 떠보거나 시험하는 것이 아님을 확실하게 느꼈다. 정말 그룹을 쪼개 버렸다는 확신이 섰다. 그렇다면 그룹의 금융 부분은 정말 새파란 진도준이 차지하는 걸까? 진서윤은 조카에게 한 약속이 떠올랐다.

'공평하게 절반이라….'

▲▲▲

집이 좁다는 생각을 처음 했다. 의료재단 이사진들이 새로운 이사장에게 새해 인사하러 온 건 이해한다. 그래, 지방 의료원 다섯 곳의 원장들까지도 이해한다. 그런데 과장들은 좀 심했다. 지방에서 상경한 과장들까지 합치니 100여 명에 육박한다. 진료과목이 서른 개가 넘으니 병원의 중요한 과장들은 전부 달려왔다고 봐야 한다. 출세에 관심 없는 의사들만 오지 않았다.

아버지도 당황한 기색이 역력했다. 좀 있으면 영화계 사람들도 올 텐데… 그럼 아수라장이 될 게 뻔하다. 그렇다고 문전 박대할 수는 없는 일, 나는 재빨리 고모에게 전화했다.

"고모. 강남 순양호텔 연회장 하나 급히 비워 줄 수 있어요? 100명 정도…. 한 30분 뒤에 도착하고요. 식사와 술도 좀 있어야 하는데…."

"누구 부탁인데 안 되겠어? 염려 마. 세팅해 놓을 테니까."

고모가 경쾌한 목소리로 대답하고는 전화를 끊었다.

"아버지, 이사진들과 원장들은 집 안으로 들이셔서 인사하세요. 의사들은 호텔에서 식사하도록 조치했습니다. 다들 동문이거나 선후배 사이니까 술이라도 한잔하도록요."

"그래그래. 잘했다."

이럴 때 또 전생의 노하우를 써먹는다. 얼마나 많은 의전을 치렀는가? 예상치 못한 일이 생겨도 매끄럽게 진행해야 했다. 그때의 순발력이 아직 죽지 않았다.

의사들이 싹 빠져나가자 한숨 돌린 아버지는 여유 있는 모습으로 손님들을 접대했다. 내가 특히 중요하게 생각했던 것도 잊지 않으셨다. 재빨리 원장들을 불러 VIP 환자와 병원 당 딱 스무 개만 있는 VVIP 병실의 비밀 환자를 확인했다. 오늘이 아니더라도 될 수 있으면 빨리 찾아가 직접 새해 인사를 드려야 할 사람들이 아닌가? 아플 때 찾아와 안부 챙기는 사람은 항상 고마운 법이다.

뒤이어 찾아온 영화계 인사들 덕분에 분위기는 더욱 좋아졌다. 재단 이사들과 병원장들은 스크린에서나 봤던 스타들에게 명함을 돌리며 안면을 트게 되자 횡재한 표정으로 조금이라도 몸이 아프면 언제든 찾아오라는 말도 잊지 않았다.

오후까지 한바탕 손님을 치러 내고 드디어 우리 가족만 남았다. 술기운이 조금 남아 있는 아버지가 조용히 나를 정원으로 불렀다.

"찬바람 쐬니 술이 확 깨는구나."

"술기운이 다 날아가야 할 만큼 중요한 말씀하시려고요?"

아버지는 나를 쓱 보시더니 옆구리를 쿡 찔렀다.

"자식이, 눈치 하나는 정말…."

아버지는 오늘 서재에서 있었던 일을 하나도 빠짐없이 담담하게 이야기했다. 아버지의 이야기가 끝나자마자 떠오른 사람은 고모였다. 약속한 대로 지분의 절반을 내놓을까? 그리고 내 관심을 확 끄는 단어가 하나 있었다.

"금융 부분요?"

"그래. 네 생각은 어떠냐? 할아버지께서 네게 금융 부분을 줄 거로 생각해?"

"네."

나는 자신 있게 대답하며 사족을 덧붙였다.

"큰아버지들의 방해만 없다면 자연스럽게 넘기실 겁니다. 하지만 계열사 지분 관계 정리하려면 시간이 좀 걸리겠죠? 그 안에 무슨 일이 생길지는 모르는 일 아니겠어요?"

"무슨 뜻이냐?"

"고모만 확실하게 챙긴 겁니다. 큰아버지 두 분은 인사권만 확보했고요. 하지만 할아버지의 변덕은 누구도 예측할 수 없으니 어떻게 바뀔지 아무도 모릅니다."

아버지는 차디찬 겨울 공기를 들이켜며 생각에 잠겼다. 그리고 강단 있는 표정으로 말문을 열었다.

"뭐든 혼자 하려고만 하지 말고 도움이 필요할 때는 말해라. 여차하면 내가 형님들 멱살이라도 잡으마."

"큰아버지들께서 아버지 멱살 잡을 일이 먼저 생길 거 같은데요? 하하."

'그전에 고모부터 시작하고요.'

〈3권에서 계속〉

재벌집 막내아들 2

초판 1쇄 발행 2022년 11월 18일
초판 6쇄 발행 2022년 12월 27일
지은이 산경
펴낸이 이진영, 배민수
기획·편집 밀리&셀리
표지·본문 디자인 정현옥
마케팅 태리
펴낸곳 테라코타 **출판등록** 2022년 6월 7일 제2022-000184호
주소 서울특별시 강남구 남부순환로 2921, 164호
메일 terracotta_book@naver.com
인스타그램 @terracotta_book

ISBN 979-11-979159-7-0 04810
979-11-979159-9-4 04810 (세트)

테라코타는 MJ 스튜디오의 출판 브랜드입니다.